천 개의 찬란한 태양

천 개의 찬란한 태양

할레드 호세이니 장편소설

왕은철 옮김

현대문학

내 눈의 누르(빛)인 하리스와 파라,

그리고

아프가니스탄 여성들에게 이 책을 바칩니다.

제1부

1

'하라미(사생아를 비하하여 일컫는 말)'라는 말을 처음 들었을 때, 마리암은 다섯 살이었다.

어느 목요일이었다. 그날이 목요일이 틀림없는 건 그녀가 그날 들뜨고 열중해 있었다는 걸 기억하기 때문이다. 잘릴이 오두막을 찾아오는 목요일이면 늘 그랬다. 마리암은 그가 무릎 높이까지 올라오는 개간지의 풀을 가로질러 손을 흔들며 나타나는 순간까지 시간을 때울 셈으로 의자에 올라가 어머니의 다기 세트를 내렸다. 다기 세트는 마리암의 어머니인 나나가 두 살 때 세상을 떠난 자기 어머니에게서 물려받은 유일한 유품이었다. 나나는 푸른색과 흰색이 섞인 다기 하나하나를 몹시 아꼈다. 비죽이 나온 주둥이의 우아한 곡선, 수작업으로 그려진 피리새와 국화들, 설탕 그릇에 그려진 악을 쫓는다는 용.

마리암의 손가락에서 미끄러져 오두막의 마룻바닥에 떨어져 깨진 건 이 설탕 그릇이었다.

그릇이 깨진 걸 보자 나나의 얼굴이 빨개지고 윗입술이 떨렸다. 그녀의 두 눈이, 나른한 눈과 성한 다른 눈이 모두, 깜빡거림을 멈추고 마리암을 빤히 쳐다봤다. 나나는 너무 무서워 보였다. 마리암은 어머니의 몸에 다시 한번 진(귀신)이 들어갈까 봐 무서웠다. 하지만 그때는 진이 들어가지 않았다. 대신, 나나는 마리암의 팔목을 잡아 바짝 끌어당기곤 이를 갈면서 말했다.

"등신 같은 하라미 년아. 이것이 내가 견뎌온 모든 것에 대한 보상이란 말이냐. 가보를 깨버리다니, 등신 같은 하라미 년아."

그 당시, 마리암은 이해하지 못했다. 그녀는 하라미가 무슨 말인지 알지 못했다. 그녀는 그 말의 부당함을 이해하고, 죄가 있는 건 하라미를 만든 사람들이지 태어난 죄밖에 없는 하라미가 아니라는 걸 알기엔 너무 어렸다. 말투로 보아, 하라미는 나나가 늘 욕을 하며 오두막 밖으로 쓸어내는 벌레나 허둥지둥 달아나는 바퀴벌레들처럼 추하고 역겨운 것인 모양이었다.

나중에 나이가 들었을 때 마리암은 알게 되었다. 마리암을 고통스럽게 한 건 나나가 그 말을 한 방식이었다. 나나는 그걸 말하기보다는 마리암을 향해 내뱉었다. 그때 그녀는 나나가 무슨 의미로 그랬으며 하라미는 아무도 원치 않는 존재라는 걸 이해했다. 그리고 자신이 사랑, 가족, 가정, 애정 등 다른 사람들이 갖는 것들에 대한 정당한 권리를 가질 자격이 없는 불법적인 존재라는 걸 깨달았다.

잘릴은 그런 식으로 마리암을 부른 적이 한 번도 없었다. 잘릴은 그녀가 자신의 어여쁜 꽃이라고 말했다. 그는 그녀를 무릎에 앉히고 얘기해주는 걸 좋아했다. 그는 마리암이 1959년에 태어난 곳인 헤라트시가 한때는 페르시아 문화의 요람이었고 시인들과 화가들과 수피교도들의 고향이었다고 말했다. 그는 웃으면서 이렇게 말했다.

"그때는 다리를 뻗으면 차이는 것이 시인들의 엉덩이였단다."

잘릴은 헤라트를 기리기 위해 유명한 첨탑들을 세웠다는 가우하르 샤드 여왕에 관한 이야기를 해줬다. 그는 헤라트의 푸른 밀밭, 과수원, 탐스러운 포도들이 주렁주렁 달린 포도 덩굴, 사람이 북적거리는 둥근 천장의 저잣거리에 대해 얘기해줬다.

그는 어느 날 몸을 기울이더니 이렇게 속삭였다.

"피스타치오나무가 한 그루 있는데, 그 밑에 위대한 시인인 자미가 묻혀 있단다. 자미는 500년도 더 전에 살았던 시인이란다. 정말 그렇단다. 언젠가 너를 바로 그 나무에 데리고 간 적이 있었지. 너는 그때 너무 어려서 기억이 안 날 거다."

그건 사실이었다. 마리암은 그 일이 기억에 없었다. 그녀는 헤라트까지 걸어갈 수 있는 가까운 곳에 15년이나 살았지만 그 유명한 나무는 보지 못했다. 그녀는 가까이에 있다는 유명한 첨탑들도 보지 못하고 헤라트의 과수원에서 과일을 따보지도, 밀밭을 거닐어보지도 못했다. 하지만 잘릴이 이렇게 얘기해 줄 때마다 마리암은 황홀경 속에서 귀를 기울였다. 그녀는 세상에 대해 아는 게 많은 잘릴을 흠모했다. 그녀는 그러한 것들을 알고 있는 아버지를 뒀다는 자부심에 몸이 떨렸다.

잘릴이 떠난 후, 나나가 말했다.

"그건 허풍이다! 부자는 허풍을 떠는 법이지. 그는 너를 어떤 나무에든 데려간 적이 없다. 그가 하는 말에 현혹되지 마라. 네가 사랑하는 아비는 우리를 배반했다. 그는 우리를 내쳤다. 그는 우리가 그에게 아무것도 아닌 것처럼 화려한 저택 밖으로 내쳤다. 그렇게 하며 좋아라 했다."

마리암은 그 말을 공손하게 듣기만 했다. 그녀는 감히 나나가 잘릴에 대해 이런 식으로 말하는 걸 자신이 얼마나 싫어하는지 얘기하지 못했다. 솔직히 말해, 마리암은 잘릴과 있으면서 자신이 하라미라고 전혀 느끼지 못했다. 매주 목요일, 잘릴이 만면에 다정한 미소를 띠고 선물을 사 들고 한두 시간씩 그녀를 보러 올 때, 마리암은 자신도 이 세상의 모든 아름다움과 풍요로움을 받을 가치가 있다고 느꼈다. 그리고 그것 때문에 마리암은 잘릴을 사랑했다.

마리암이 아버지를 공유해야 했을지라도 말이다.

잘릴에게는 세 아내와 아홉 명의 아이들이 있었다. 적법하게 태어난 아홉 명의 아이들 모두가 마리암에게는 남이었다. 그는 헤라트에서 가장 부유한 남자 중 한 사람이었다. 그는 마리암이 본 적이 없는 영화관을 갖고 있었다. 잘릴은 그녀가 영화관에 대해 얘기해달라고 조르자 그렇게 해줬다. 그렇게 해서 그녀는 건물의 앞면이 청색과 황갈색 테라코타 타일로 되어 있고, 개인 전용 발코니 좌석이 있으며, 천장이 마름모꼴 모양으로 되어 있다는 걸 알게 되었다. 이중문이 타일로 된 로비를 향해 열려 있는데, 그 안쪽에 있는 유리 진열장 안에는 인도 영화 포스터가 붙어 있다고 했다.

어느 날, 잘릴은 화요일에는 구내매점에서 아이들에게 아이스크림을 공짜로 준다고 말했다.

그가 이 말을 했을 때, 나나는 점잖게 웃기만 했다. 그녀는 그가 오두막을 떠날 때까지 기다렸다가 킬킬거리며 말했다.

"남의 애들은 아이스크림을 얻어먹는데, 마리암, 너는 뭘 얻어먹니? 아이스크림에 관한 이야기를 얻어먹니?"

영화관 외에도 잘릴은 카로크와 파라에 있는 땅, 세 곳의 카펫 가게, 옷 가게, 1956년산 검은색 뷰익 로드마스터를 소유하고 있었다. 그는 헤라트에서 가장 집안이 좋은 사람 중 하나였고 시장과 주지사의 친구였다. 그에게는 요리사와 운전사, 세 명의 가정부가 있었다.

나나는 그 가정부 중 하나였다. 배가 불러오기 시작할 때까지…….

나나의 말로는, 그 일이 일어나자 잘릴의 가족이 들고 일어났다고 했다. 잘릴의 처갓집 식구들은 피바람이 불 것이라고 위협했고, 부인들은 나나를 내쫓으라고 성화였다. 인근의 굴다만 마을의 미천한 석공이었던 나나의 아버지는 딸과 의절했다. 그는 치욕스럽다며 짐을 싸서 버스를 타고 이란으로 가버렸다. 그리고 그 후로 다시 나타나지도 않았고 소식도 없었다.

어느 날 아침 일찍, 오두막 밖에서 닭에게 모이를 주며 나나가 말했다.

"나는 이따금 내 아버지가 그가 가진 날카로운 칼로 명예롭게 딸을 죽일 배짱이 있는 사람이었으면 좋았을 거라는 생각을 해본다. 그게 나한텐 더 좋았을지 모른다."

그녀는 잠시 말을 멈추고 닭장에 또 한 줌의 모이를 던졌다. 그리고 마리암을 바라보았다.

"아마 너한테도 더 좋았을 게다. 네가 자신이 누구인지 알게 되는 슬픔을 맛볼 필요가 없었을 테니까. 하지만 내 아버지는 겁쟁이였다. 그에게는 배짱이 없었다."

나나의 말에 따르면 잘릴에게도 명예롭게 행동할 배짱이 없었다. 그의 가족과 아내들, 처갓집 식구들에 당당히 맞서면서 자신의 행동에 대한 책임을 질 배짱이 없었다. 그 대신 밀실에서 후다닥 체면을 차리기 위한 거래를 했다. 다음 날 그는 나나에게 하인 숙소에 있는 소지품을 챙기게 해 쫓아냈다.

"너, 그가 자기 부인들한테 뭐라고 했는지 아냐? 내가 자기한테 달려들었다고 했다. 내 잘못이었다고 했다. 디디(알겠느냐)?

이 세상에서 여자가 된다는 건 그런 의미다."

나나는 닭 모이가 담긴 그릇을 내려놓았다. 그녀는 마리암의 턱을 한 손가락으로 들어 올렸다.

"나를 보렴, 마리암."

머뭇거리며 마리암이 고개를 들었다.

"내 딸아, 이제 이걸 알아야 한다. 잘 기억해둬라. 북쪽을 가리키는 나침반 바늘처럼, 남자는 언제나 여자를 향해 손가락질을 한단다. 언제나 말이다. 그걸 명심해라, 마리암."

2

"난 잘릴과 그의 부인들에게 자리공이었다. 산쑥이었다. 너도 그랬다. 너는 아직 태어나지도 않았을 때다."

마리암이 물었다.

"산쑥이 뭔데요?"

"잡초지. 뽑아서 던져버리는 잡초 말이다."

마리암은 속으로 기분이 나빴다. 잘릴은 그녀를 잡초로 취급하지 않았다. 그는 그런 적이 없었다. 하지만 마리암은 불만을 드러내지 않는 게 현명하다고 생각했다.

"그런데 잡초와 달리, 나는 음식과 물을 주고 옮겨 심어줘야 했다. 너 때문이었다. 그것이 잘릴이 그의 가족과 협상한 것이었다."

나나는 헤라트에 사는 걸 거절했다고 말했다.

"내가 뭣 때문에 거기에 살겠니? 그가 정실부인들을 차에 태우고 온종일 시내를 돌아다니는 걸 보려고?"

나나는 헤라트에서 북쪽으로 2킬로미터쯤 떨어진 가파른 언덕에 위치한 굴다만 마을에 있는 아버지의 빈집에서도 살고 싶지 않았다고 했다. 그녀는 이웃들이 배를 쳐다보며 손가락질을 하면서 낄낄대거나, 그보다 더 못하게, 마음에도 없는 친절을 베풀지 않을, 어딘가 떨어진 곳에 살고 싶었다.

"내가 눈에 보이지 않으니 네 아버지도 안심했을 거다. 네 아버지한테도 그게 맞았던 거지."

개간지를 생각해낸 건 그의 첫 번째 부인 하디자의 장남인 무흐신이었다. 그곳은 굴다만 마을의 외곽에 있었다. 헤라트와 굴다만을 잇는 도로에서 갈라져 나간 우툴두툴한 시골길이 개간지로 통하는 길이었다. 길 양쪽에는 무릎 높이까지 풀들이 자라고 희고 샛노란 꽃들이 피어 있었다. 길은 구불구불 올라가다가 포플러나무와 사시나무들이 서 있고 이름 모를 덤불들이 무더기로 자라는 평지로 이어졌다. 그곳에 서면 왼쪽으로는 굴다만에 있는 풍차의 녹슨 날개 끝이 보이고, 오른쪽으로는 헤라트의 모든 것이 내려다보였다. 길은 굴다만을 둘러싸고 있는 사피드코산에서 흘러내리는, 송어가 많은 넓은 개울과 직각을 이루며 끝났다. 개울을 따라 산 쪽으로 200미터쯤 올라가면 가지를 늘어뜨린 버드나무들로 이뤄진 둥근 숲이 있었다. 그 중앙에 버드나무 그늘에 둘러싸인 개간지가 있었다.

잘릴은 개간지가 어떻게 생겼는지 보려고 다녀왔다. 나나는 잘릴이 돌아와 그곳에 관해 얘기했을 때, 마치 그가 감옥의 깨끗한 벽과 반들반들 윤이 나는 마루에 대해 허풍을 떠는 간수 같았다고 했다.

"그렇게 해서 네 아버지가 우리에게 이 쥐구멍을 만들어준 거다."

나나는 열다섯 살이었을 때, 결혼할 뻔했다. 구혼자는 쉰단 드에 사는 잉꼬 장사를 하는 젊은이였다. 마리암은 그 얘기를 나나에게서 직접 들었다. 나나는 그 사건을 말도 안 되는 소리 라고 일축했지만, 마리암은 그녀의 눈에 뭔가를 그리워하는 듯 한 표정이 어리는 걸 보고 나나가 그때는 행복했었다는 걸 알 수 있었다. 어쩌면 나나는 결혼을 준비하면서 인생에서 처음이 자 마지막으로 진짜 행복했었는지 몰랐다.

나나가 그 얘기를 해줄 때, 마리암은 그녀의 무릎에 앉아서 웨딩드레스를 입은 엄마를 상상해보았다. 머리를 땋아 수액으 로 붙이고 손바닥을 헤나로 붉게 칠하고, 말 등에 올라타 베일 에 가려진 녹색 옷옷 뒤에서 수줍은 미소를 짓고 있는 나나와 악사들이 샤나이(원뿔 모양의 관악기)를 불고 도홀(원통형의 큰 양 면 북)을 두드리는 가운데, 아이들이 소리를 지르며 뒤를 따르 는 모습을 상상해보았다.

그런데 결혼식 일주일 전, 진이 나나의 몸에 들어갔다. 이것은 마리암에게는 설명해줄 필요가 없는 것이었다. 그녀는 자기 눈으로 여러 번 그걸 목격했다. 마리암은 나나가 갑자기 쓰러져서는 몸이 굳어지고, 눈이 뒤집히고, 무엇인가가 그녀의 목을 안에서 조르는 것처럼 팔다리를 떨고, 입에 흰 거품을 물고, 그것도 때로는 피가 섞인 분홍색 거품을 물고, 그러다가 졸고, 정신이 혼미해지고, 알아들을 수 없는 말을 중얼거리는 걸 여러 번 목격했던 터였다.

그 소식이 쉰단드에 알려지자 잉꼬 장사꾼의 집안은 결혼식을 취소해버렸다.

나나는 이렇게 말했다.

"무서웠던 거야."

웨딩드레스는 어딘가로 감춰졌다. 그 후로, 그녀에게 청혼을 한 사람은 더 이상 없었다.

잘릴과 그의 두 아들 파르하드와 무흐신은 마리암이 그녀의 삶 중 첫 15년을 살게 될 작은 오두막을 개간지에 지었다. 그들은 햇볕에 말린 벽돌을 놓고 진흙과 짚을 이겨 붙여가며 집을 지었다. 침대 두 개, 목조 식탁 한 개, 등이 반듯한 의자 둘, 창문 하나, 토기들과 다기 세트를 놓을 수 있도록 벽에 못을 질러 만든 선반이 있는 집이었다. 잘릴은 겨울철에 대비해 무쇠 난로를 들여놓았고 오두막 뒤에는 장작을 쌓아놓았다. 그는 빵을 굽는 진흙 탄두르를 밖에 만들고 닭장도 만들었다. 또 양을 몇 마리 가져와 그들이 먹을 여물통을 만들고, 버드나무에서 100미터쯤 떨어진 곳에 깊은 구멍을 파 화장실을 만들었다.

나나의 말에 의하면, 잘릴은 인부를 고용해서 오두막을 지을 수도 있었을 테지만 그렇게 하지 않았다고 했다.

"나름대로 속죄한다는 마음이었겠지."

나나의 말로는, 마리암을 낳은 날에 아무도 그녀를 도와주러 오지 않았다고 한다. 특이할 만한 사건이 없었던 자히르 샤 왕의 40년 통치 기간 중 스물여섯 번째 해에 해당하는 1959년, 구름이 낀 축축한 어느 봄날이었다. 잘릴은 나나가 아이를 낳는 동안, 진이 그녀의 몸에 들어가 발작할지 모른다는 사실을 알면서도 의사나 산파조차 부르지 않았다고 했다. 그녀는 칼을 옆에 놓고 땀으로 멱을 감으며 오두막 바닥에 혼자서 누워 있었다.

"고통이 심해지면 베개를 물어뜯으며 목이 쉴 때까지 소리를 질렀다. 그래도 내 얼굴을 닦아주거나 물 한 모금 줄 사람은 오지 않았다. 마리암, 너는 빨리 나오지 않았다. 너는 나를 거의 이틀 동안이나 그 차갑고 딱딱한 바닥에 누워 있게 만들었다. 나는 먹지도 못하고 자지도 못했다. 나는 힘을 쓰면서 네가 나오게 해달라고 기도만 했다."

"미안해요, 엄마."

"내가 직접 탯줄을 끊었다. 그래서 칼을 옆에 두고 있었던 거다."

"미안해요."

나나는 이쯤해서 언제나 무거운 미소를 서서히 짓곤 했다. 미련이 남은 비난의 미소인지, 아니면 마지못해 하는 용서의 미소인지 마리암으로서는 알 수 없었다. 어린 마리암의 머릿속엔 자신이 태어난 방식에 대해 미안해하는 것이 부당하다는 생각은 떠오르지 않았다.

열 살이 되었을 무렵, 마리암은 자신이 그렇게 태어났다는 이야기를 더 이상 믿지 않았다. 그녀는 잘릴의 말을 믿었다. 잘릴은 자신이 떠나 있긴 했지만 나나를 병원에 입원시켜 의사가 보살피도록 했으며, 그녀는 훤한 방에 있는 깨끗하고 제대로 된 침대에 누워 있었다고 말했다. 잘릴은 마리암이 칼에 관한 얘기를 하자 슬픈 표정으로 고개를 저었다.

또한 마리암은 자신이 어머니를 이틀 동안이나 고통스럽게 했다는 사실도 의심하게 되었다.

잘릴이 말했다.

"한 시간도 안 돼 모든 게 끝났다고 들었다. 마리암, 너는 착한 딸이었단다. 태어날 때도 너는 착한 딸이었어."

그 이야기를 전해 듣더니 나나가 침을 뱉으며 말했다.

"그는 거기에 있지도 않았어! 잘난 친구들과 말을 타면서 타흐테사파르에 있었지."

딸이 태어났다고 말하자 잘릴은 어깨를 으쓱하면서 말갈기를 계속 쓰다듬었고, 타흐테사파르에 두 주를 더 머물렀다고 나나는 말했다.

"솔직히 말해, 네 아버지는 네가 한 달이 될 때까지 너를 안아주지도 않았다. 한 달이 되어서야 너를 한 번 내려다보고 너의 기다란 얼굴에 대해서 무슨 말인가를 하더니 내게 넘겨줬지."

마리암은 이 부분도 믿지 않게 되었다. 잘릴은 자신이 타흐테사파르에서 말을 타고 있었던 건 사실이라고 시인했다. 하지만 그 소식을 들었을 때, 어깨를 으쓱하지도 않았고, 말을 몰아 헤라트로 돌아왔다고 했다. 그는 마리암을 안고 흔들며 얼렀고, 그녀의 엷은 눈썹을 엄지손가락으로 만지며 자장가를 불러줬다고 했다. 마리암은 자신의 얼굴이 기다란 건 사실이지만 잘릴이 그렇게 말하는 것은 상상할 수 없었다.

나나는 마리암이라는 이름이 자기 어머니의 이름을 따 자신이 지은 것이라고 했다. 하지만 잘릴은 마리암(월하향)이 아름다운 꽃이기 때문에 자신이 지은 것이라고 했다.

마리암이 물었다.

"제일 좋아하는 꽃인가요?"

"제일 좋아하는 꽃 중 하나지."

그는 이렇게 말하며 미소를 지었다.

3

어렸을 때 기억에서 마리암의 머리에 떠오르는 것 중 하나는 손수레의 쇠바퀴들이 돌에 부딪는 소리였다. 손수레는 쌀, 밀가루, 차, 설탕, 식용유, 비누, 치약 등을 싣고 한 달에 한 번씩 왔다. 마리암의 배다른 형제 둘이 수레를 밀고 왔다. 보통 때는 무흐신과 라민이 왔고, 때로 라민과 파르하드가 오기도 했다. 그들은 돌과 조약돌을 넘고 파인 구멍들과 수풀을 돌아 개울에 도착할 때까지 교대해가며 수레를 밀었다. 개울부터는 수레를 멈추고 물건들을 들고 물을 건너야 했다. 그러고 나서 그들은 손수레를 개울 너머로 옮겨 짐을 실은 뒤, 다시 200미터를 더 밀고 가야 했다. 이번에는 키가 큰 무성한 풀을 통과하고 관목 숲을 에둘러 가야 했다. 개구리들이 뛰어올랐다. 형제는 땀으로 젖은 얼굴에 달려드는 모기를 쫓았다.

마리암이 말했다.

"아버지는 하인들을 보내면 될 텐데 저러네요."

나나가 말했다.

"나름대로 속죄한다는 마음이겠지."

손수레 소리가 나면 마리암과 나나는 밖으로 나갔다. 마리암은 식료품이 배달되던 날, 나나가 짓던 표정을 언제나 기억했다. 문간에 기대고 있는 키가 크고 마른 맨발의 여인, 가늘게 뜬 나른한 눈, 비웃듯이 팔짱을 낀 모습. 빗질을 하지 않은 짧게 자른 머리가 햇볕에 반짝이는 모습. 그녀는 몸에 잘 맞지 않는 회색 셔츠를 목까지 단추를 채워 입고 있었다. 호주머니에는 밤톨만 한 돌들이 잔뜩 들어 있었다.

아이들은 개울가에 앉아 마리암과 나나가 물건을 오두막으로 옮기기를 기다렸다. 그들은 나나의 팔 힘이 형편없고 그녀가 던진 대부분의 돌들이 자신들로부터 한참 못 미친 곳에 떨어졌지만, 30미터 안쪽으로 들어올 엄두를 내지 못했다. 나나는 쌀자루를 안으로 운반하면서 마리암이 이해할 수 없는 욕을 그들에게 퍼부었다. 그녀는 그들의 어머니를 욕했고 그들을 향해 증오에 찬 표정을 지었다. 그들은 그 모욕에 결코 대꾸하지 않았다.

마리암은 미안했다. 그 무거운 짐을 밀고 오느라 팔다리가 얼마나 아플까. 그녀는 그들에게 물을 마시게 해주고 싶었다. 하지만 아무 말도 하지 않았다. 그들이 손을 흔들어도 마주 흔들지 않았다. 한번은 나나를 즐겁게 하려고 무흐신을 향해 소리를 지르며 그의 입이 도마뱀 똥구멍같이 생겼다고 말하기까지 했다.

그러고 나서는 나중에, 죄의식과 수치심에 사로잡힌 채 그들이 잘릴에게 일러바칠까 봐 두려워했다. 하지만 나나는 썩은 앞니가 드러나도록 요란스레 웃어젖혔다. 마리암은 그녀가 발작을 하지 않을까 두려웠다. 그녀는 웃음을 그치더니 마리암을 쳐다보며 말했다.

"너는 착한 딸이다."

수레가 비면, 아이들은 허둥지둥 다가와 그걸 밀고 갔다. 마리암은 그들이 키가 큰 풀과 꽃이 달린 잡초 속으로 사라지는 모습을 지켜보았다.

"들어오는 거니?"

"예, 엄마."

"그들은 너를 비웃고 있다. 내 귀에는 그 소리가 들린다."

"네."

"내 말 못 믿겠니?"

"알았어요."

"마리암, 내가 널 사랑하는 거 알지?"

그들은 아침에 양들이 멀리서 매애— 하고 우는 소리와, 굴다만의 양치기들이 언덕배기의 풀을 뜯기기 위해 양을 몰고 가면서 불어대는 높은 피리 소리에 잠에서 깼다. 마리암과 나나는 염소의 젖을 짜고 닭들에게 모이를 주고 달걀을 거뒀다. 그들은 함께 빵을 만들었다. 나나는 마리암에게 반죽을 하는 요령과 탄두르에 불을 붙이고 납작해진 반죽을 안쪽 벽에 바짝 붙이는 요령을 알려줬다. 나나는 바느질하는 법도 가르쳐주고, 순무로 만든 스튜, 시금치 요리, 생강과 꽃양배추를 넣어 밥을 하는 법도 가르쳐줬다.

나나는 손님이 오는 게 싫다는 걸 표 나게 드러냈다. 사실, 그녀는 사람들을 대체로 싫어했다. 하지만 예외인 사람들이 몇 있었다. 굴다만 마을의 아르바브(지도자)인 하비브 한은 그중 한 사람이었다. 그는 수염을 기르고 머리는 작고 배가 볼록 나온 남자였는데, 한 달에 한 번씩 하인을 데리고 찾아왔다. 하인은 닭 한 마리 혹은 키치리(누룽지)를 갖고 왔고, 때로는 마리암을 위해 염색한 달걀 한 바구니를 들고 오기도 했다.

나나가 비비라고 부르는 뚱뚱한 노파도 있었다. 석공이었던 그녀의 죽은 남편이 나나 아버지의 친구였다고 했다. 비비는 어김없이 자신의 여섯 며느리 중 하나와 손자 한두 명을 데리고 왔다. 비비는 숨을 몰아쉬며 절뚝절뚝 개간지를 가로지른 뒤 엉덩이를 문지르면서, 나나가 그녀를 위해 끌어다 놓은 의자에 고통스러운 신음 소리를 내며 앉았다. 비비도 마리암에게 사탕, 마르멜루 한 바구니 등을 가져다주었다. 그녀는 일단 약해져가는 자신의 건강에 대한 불평을 늘어놓고, 헤라트와 굴다만에서 떠도는 이야기로 넘어갔다. 그녀는 며느리가 조용하고 효성스럽게 뒤에 앉아 있는 가운데 장황하게 열변을 토했다.

하지만 마리암이 가장 좋아했던 사람은 잘릴을 예외로 치면, 마을의 아훈드(코란 선생)인 늙은 파이줄라 선생이었다. 그는 나나가 어렸을 때 그랬던 것처럼, 일주일에 한 번씩 와서 마리암에게 다섯 개의 일일 기도와 코란을 가르쳤다. 마리암에게 읽기를 가르쳐준 사람도 파이줄라 선생이었다. 마리암이 글자에서 의미를 쥐어짜려고 하는 것처럼, 손톱 뿌리가 하얘질 때까지 집게손가락으로 단어 하나하나를 짚어가면서 소리 없이 발음하는 모습을 어깨 너머로 참을성 있게 지켜본 사람도 그였다. 연필을 쥔 그녀의 손을 잡고 글자의 형태에 따라 올라가고 돌아가고 점을 찍는 걸 가르친 것도 파이줄라 선생이었다.

그는 이가 다 빠지고 수척하고 등이 굽었으며, 흰 수염을 배꼽까지 기른 노인이었다. 보통 그는 혼자서 왔다. 이따금 마리암보다 몇 살 더 먹은 황갈색 머리칼을 한 아들 함자를 데리고 오기도 했다. 그가 오두막에 모습을 드러내면 마리암은 파이줄라 선생의 손에 입을 맞췄다. 그건 얇은 가죽으로 덮인 나뭇가지에 입을 맞추는 느낌이었다. 그러면 그는 마리암의 이마에 입을 맞추고, 그들은 수업을 하러 방 안에 앉았다. 그런 다음, 그들은 오두막 밖에 앉아 잣을 먹고 녹차를 마시며 불불(나이팅게일)들이 나무에서 나무로 날아가는 모습을 바라보았다. 때때로 그들은 개울을 따라 산 쪽으로 걸어 갈색 낙엽과 오리나무 숲 사이에서 산책을 했다. 파이줄라 선생은 산책을 할 때면 묵주를 빙빙 돌리면서 떨리는 목소리로 마리암에게 자기가 젊었을 때 보았던 것들에 관해 얘기해줬다. 이란에서 보았던 머리가 둘인 뱀, 이스파한의 아치형 다리, 마자르에 있는 하늘색 사원 밖에서 수박을 두 쪽으로 잘라 한쪽에는 알라라는 말이, 다른 쪽에는 아크바르(위대한)라는 말이 쓰여 있는지 보려고 했던 일 등등.

파이줄라 선생은 자신도 코란에 쓰여 있는 말의 의미를 이해할 수 없는 때가 더러 있다고 마리암에게 실토했다. 하지만 그는 자신의 혀가 구르면서 만들어내는 아랍어의 매혹적인 소리가 좋다고 했다. 그 소리를 들으면 위안이 되고 마음이 편해진다고 했다.

"마리암, 그게 네 마음도 편하게 해줄 거다. 필요할 때 불러내면 어김없이 네게 찾아올 거다. 얘야, 신의 말씀은 너를 저버리지 않을 것이다."

파이줄라 선생은 얘기도 잘했지만 남의 얘기도 잘 들어줬다. 마리암이 얘기할 때 그는 한눈을 판 적이 없었다. 그는 서서히 고개를 끄덕이며, 자신이 갈망하던 특혜를 받기라도 한 것처럼 고마운 표정으로 미소를 지었다. 마리암은 나나에게 감히 할 수 없는 얘기들을 파이줄라 선생에게 했다.

어느 날, 마리암은 산책을 하다가 학교에 가고 싶다는 말을 했다.

"선생님, 진짜 학교 말이에요. 교실에서 수업을 받고 싶어요. 우리 아빠의 다른 자식들처럼요."

파이줄라 선생이 걸음을 멈췄다.

일주일 전, 비비는 잘릴의 두 딸인 사이데와 나히드가 헤라트의 메흐리 여학교에 입학할 거라는 말을 했다. 그때부터 교실과 선생님들, 줄이 쳐진 공책, 검고 진한 글씨를 쓰는 잉크에 관한 생각이 마리암의 머리를 맴돌았다. 그녀는 또래의 다른 여자애들과 교실에 앉아 있는 자신의 모습을 상상해보았다. 마리암은 종이 위에 자를 대고 중요해 보이는 선을 그어보고 싶었다.

"그게 네가 원하는 것이니?"

파이줄라 선생이 굽은 허리에 손을 대고 부드럽고 물기 어린 눈으로 그녀를 바라보며 물었다. 그의 터번이 미나리아재비들 위로 그림자를 드리우고 있었다.

"네."

"네 엄마한테 허락해줄 것인지 물어봐주랴?"

마리암이 미소를 지었다. 잘릴을 제외하고, 이 세상에서 그녀를 더 잘 이해할 수 있는 사람은 늙은 선생님 말고는 아무도 없었다.

그는 관절염에 걸린 손가락으로 그녀의 볼을 두드리며 이렇게 말했다.

"내가 어쩌겠니? 신은 우리에게 나름의 약점을 주셨지. 내가 가진 많은 약점 중에서 최고의 약점은 마리암, 네 말을 도저히 거절할 수 없는 거란다."

하지만 나중에 그가 그 문제를 꺼냈을 때, 나나는 양파를 썰고 있던 칼을 내려놓으며 말했다.

"어디다 쓰려고요?"

"아이가 배우고 싶다니까 배우게 해줘. 배우도록 해줘."

"배운다고요? 선생님, 뭘 배우죠? 배울 게 뭐가 있죠?"

나나는 날카로운 어조로 말하면서 마리암을 향해 민첩하게 눈을 돌렸다.

마리암은 고개를 숙인 채 자기 손만 내려다보고 있었다.

"너 같은 계집애를 학교에 보내 어디다 쓰려고? 그건 타구唾具에 광을 내는 것과 같다. 너는 그런 데서는 쓸모 있는 걸 아무것도 배우지 못할 거야. 너나 나 같은 여자한테 필요한 유일한 기술은 학교에선 가르치지 않는다. 날 봐라."

파이줄라 선생이 끼어들었다.

"아이에게 그렇게 얘기하면 안 돼."

"나를 보렴."

마리암이 고개를 들었다.

"단 하나의 기술만 있다. 그것은 타하물(참는 것)이다."

"엄마, 뭘 참아요?"

"그게 뭔지 알려고 안달할 건 없다. 그럴 일은 쌔고 쌨으니까."

그녀는 잘릴의 부인들이 자신을 천박한 석공의 못생긴 딸이라고 업신여기며, 얼굴에 감각이 없어지고 손끝이 얼얼해질 때까지 밖에서 찬물로 빨래를 하도록 시켰다는 얘기를 늘어놓았다.

"마리암, 그게 우리 팔자다. 우리 같은 여자들은 그런 거다. 참는 거지. 그것이 우리가 가진 전부다. 알겠느냐? 게다가 그들은 학교에서 너를 비웃을 것이다. 너를 하라미라고 부르며, 너에 관해 입에 담지 못할 말들을 할 것이다. 그러도록 놔둘 수는 없다."

마리암이 고개를 끄덕였다.

"더 이상 학교 얘기는 안 할게요. 엄마가 나의 전부예요. 그들에게 엄마를 잃을 수는 없죠. 저를 보세요. 학교 얘기는 더 이상 하지 않을게요."

파이줄라 선생이 다시 끼어들었다.

"생각을 좀 해봐. 자, 아이가 원한다잖아."

"저는 선생님을 존경하지만 아이가 어리석은 생각을 하도록 하시면 안 돼요. 정말로 저 아이를 아끼신다면, 어미와 함께 집에 있는 게 팔자라는 걸 깨닫게 하셔야 해요. 바깥에는 저 아이를 위한 건 아무것도 없어요. 배척당하고 가슴앓이를 하는 것 말고는 아무것도 없다고요. 선생님, 저는 알아요. 안다고요."

4

마리암은 오두막에 손님이 오는 게 좋았다. 마을의 지도자와 그가 가져오는 선물, 비비 할머니가 아픈 엉덩이를 끌고 와서 끝없이 늘어놓는 잡담, 그리고 파이줄라 선생님. 그녀는 그들을 사랑했다. 하지만 잘릴보다 더 보고 싶은 사람은 아무도, 정말 아무도 없었다.

화요일 밤이 되면, 마리암은 잘릴이 사업상의 이유로 목요일에 오지 못해 또 한 주일을 기다리게 되면 어쩌나 하는 생각에 제대로 잠을 이룰 수 없었다. 수요일이 되면, 그녀는 오두막 주변을 거닐다가 닭장에 있는 닭들에게 멍한 표정으로 모이를 주고, 정처 없이 걸으며 꽃잎을 뜯거나 팔을 물어뜯는 모기들을 때려잡았다. 그리고 마침내 목요일이 되면, 벽에 기대앉아 개울에 눈을 고정시키고 잘릴을 기다렸다. 그게 전부였다. 질릴이 늦게 오자 끔찍한 두려움이 엄습해왔다. 무릎에 힘이 빠져서 어딘가로 가서 누워 있어야 할 정도였다.

그때, 나나가 불렀다.

"아빠 왔다. 잘난 네 아빠."

마리암은 벌떡 일어나, 만면에 미소를 짓고 기분 좋게 손을 흔들면서 개울을 건너는 그를 바라보았다. 마리암은 나나가 자신이 어떻게 하는지 살피고 있다는 걸 알았다. 그에게 달려가지 않고 문간에 서서 잘릴이 서서히 자신을 향해 오고 있는 걸 바라보며 기다리는 덴 늘 노력이 필요했다. 그녀는 자신을 억제하고 아버지가 재킷을 어깨에 걸치고, 빨간색 넥타이를 미풍에 흩날리며 키가 큰 풀 속으로 걸어오는 모습을 인내심을 갖고 지켜보았다.

개간지에 들어서면, 잘릴은 탄두르 위에 재킷을 던지고 팔을 벌렸다. 마리암은 처음에는 걸어가다가 마침내 그를 향해 달려갔다. 그는 그녀를 안아 높이 치켜들었다. 마리암은 좋아서 비명을 질렀다.

공중에 들어 올려진 마리암은 자신을 쳐다보는 잘릴의 얼굴, 그의 넓고 삐딱한 미소, 이마의 선, 그녀의 새끼손가락 끝이 들어갈 정도로 골이 진 턱, 충치 먹은 어금니가 섞인 새하얀 치아를 내려다보았다. 그녀는 잘릴의 잘 손질된 콧수염을 좋아했다. 그녀는 그가 가장 좋아하는 짙은 갈색 옷을 날씨와 상관없이 입는 모습을 좋아했다. 그녀는 앞주머니에 흰 삼각형 손수건을 꽂고 커프스단추를 채우고, 붉은색 넥타이를 풀어놓은 모습이 너무 좋았다. 마리암은 잘릴의 갈색 눈에 자신의 모습이 비치는 걸 볼 수 있었다. 물결이 치는 그녀의 머리, 흥분해서 빨개진 그녀의 얼굴, 그녀의 뒤에 있는 하늘이 거기에 비쳐 있었다.

나나는 언젠가 그가 마리암을 공중에서 놓쳐 바닥으로 떨어뜨려 뼈를 부러뜨릴 것이라고 말했다. 그러나 마리암은 잘릴이 자신을 떨어뜨릴 것이라는 말을 믿지 않았다. 그녀는 늘, 자신이 아버지의 깨끗하고 잘 가꾼 손에 들려 안전하게 내려올 것이라고 믿었다.

그들은 오두막 밖의 그늘에 앉았다. 나나는 그들에게 차를 내왔다. 잘릴과 그녀는 불편한 미소를 머금고 고개를 끄덕이며 서로를 대했다. 잘릴은 나나가 돌을 던지거나 욕설을 했던 문제에 대해서 얘기한 적이 없었다.

나나는 그가 없을 때는 폭언을 했지만, 잘릴이 찾아왔을 때는 침착하고 예의 바르게 행동했다. 머리는 언제나 깨끗이 감았고, 이도 잘 닦고 가장 좋은 히잡(이슬람 여성들이 얼굴이나 가슴을 가리기 위해 머리에 쓰는 가리개)을 둘렀다. 그녀는 무릎에 손을 포개고 맞은편 의자에 조용히 앉아 있었다. 나나는 그를 똑바로 쳐다보지도 않았고 거친 말을 한 적도 없었다. 그녀는 웃을 때는 보기 싫은 이를 보이지 않으려고 손으로 입을 가렸다.

나나는 그의 사업에 관해 물었다. 그리고 그의 부인들에 관해서도 물었다. 그녀가 잘릴의 가장 젊은 부인인 나르기스가 세 번째 아이를 낳을 예정이라는 말을 비비에게서 들었다고 하자, 그는 정중한 미소를 띠며 고개를 끄덕였다.

"행복하겠군요. 이제 몇 명이에요? 열 명인가요?"

나나가 이렇게 말하자, 잘릴이 열 명이라고 답했다.

"물론 마리암을 계산에 넣으면 열한 명이겠군요."

나중에 잘릴이 집으로 돌아간 후, 마리암과 나나는 이 문제에 관해 약간의 실랑이를 벌였다. 마리암은 그녀가 속임수를 썼다고 말했다.

나나와 차를 마신 후, 마리암과 잘릴은 늘 낚시를 하러 갔다. 그는 마리암에게 낚싯대를 드리우고 송어를 들어 올리는 법을 가르쳐줬고, 송어의 배를 따서 씻고 단번에 뼈를 발라내는 법을 가르쳐줬다. 그는 고기가 잡히기를 기다리는 동안 종이에서 펜을 떼지 않고 단 한 번에 코끼리를 그리는 법도 가르쳐줬다. 그는 그녀에게 운이 맞는 노래를 가르쳐줬다. 그들은 함께 노래를 불렀다.

> 황톳길에 놓인
> 새의 목욕 그릇
> 가장자리에 앉아
> 물을 마시던 피라미
> 철부덕 미끄러지더니

얼랄라 얼랄라

허부적 허부적

잘릴은 헤라트에서 발행되는 《이티파크이 이슬람》 신문에서
오려 온 것들을 읽어줬다. 그는 마리암과 세상을 이어주는 고
리였다. 그는 오두막 너머에, 아니 굴다만과 헤라트 너머에도,
발음을 할 수 없는 이름을 가진 대통령들과 박물관들과 축구,
지구를 돌고 달에 착륙한 인공위성들이 있는 커다란 세계가
존재한다는 걸 알려줬다. 잘릴은 매주 목요일, 세상의 일부를
오두막으로 가지고 왔다.

1973년 여름, 마리암이 열네 살이 되었을 때 그녀에게 카불
을 40년간 통치해온 자히르 샤 왕이 무혈혁명에 의해 권좌에
서 쫓겨났다는 얘기를 해준 사람도 그였다.

"왕이 치료를 받으러 이탈리아에 가 있는 동안 그의 사촌인
다우드 한이 그렇게 했지. 너, 다우드 한 기억나니? 내가 너한
테 얘기해준 적이 있잖아. 네가 태어났을 때, 그 사람이 카불의
총리였단다. 여하튼 아프가니스탄은 더 이상 군주제가 아니란
다. 이제는 공화국이야. 다우드 한이 대통령이지. 카불의 사회
주의자들이 그가 권좌에 오르는 걸 도와줬다는 소문이 파다
하다. 그가 사회주의자라는 말이 아니라 사회주의자들이 그를
도와줬다는 말이다. 여하튼 그런 소문이 있다."

마리암은 그에게 사회주의자가 무엇인지 물었다. 잘릴이 설

명하기 시작했지만, 마리암은 그의 말을 듣는 둥 마는 둥 했다.

"너, 듣고 있니?"

"네."

잘릴은 마리암이 코트의 불룩한 주머니를 바라보고 있다는 걸 알았다.

"아, 그렇구나. 더 이상 애를 태우면 안 되지."

그는 호주머니에서 작은 상자를 꺼내 그녀에게 줬다. 그는 때때로 이런 식으로 작은 선물들을 가져다줬다. 언젠가는 홍옥수紅玉髓 팔찌를 가져왔고. 또 언젠가는 청금석青金石 묵주를 가져다줬다. 그날, 마리암이 상자를 열자 달과 별들이 그려진 작은 동전들이 달린 나뭇잎 모양의 펜던트가 들어 있었다.

"마리암, 한번 해봐라."

그녀는 아버지가 하라는 대로 했다.

"어때요?"

잘릴이 환하게 웃었다.

"여왕 같구나."

그가 떠난 후, 나나는 마리암이 목걸이를 한 걸 보더니 말했다.

"그건 떠돌이들이 만든 거다. 나는 그들이 그걸 만드는 걸 본 적이 있지. 그들은 사람들이 던져준 동전을 녹여 장신구를 만들지. 너의 잘난 아버지가 다음에는 네게 금으로 된 걸 가져 다줄지 어디 한번 두고 보자. 그래, 두고 보자."

잘릴이 떠날 시간이 되면, 마리암은 언제나 문간에 서서 그가 개간지에서 빠져나가는 모습을 바라보며, 자신과 잘릴의 다음 방문 사이에 움직일 수 없는 육중한 물체처럼 서 있는 한 주를 생각하며 절망스러워했다. 마리암은 언제나 그가 가는 모습을 바라보면서 숨을 죽였다. 그녀는 숨을 죽이고 머릿속으로 초를 세었다. 그녀는 숨을 죽인 매 순간, 아버지와 하루를 더 보내게 해달라고 신에게 빌었다.

밤이 되면 마리암은 오두막에 누워 헤라트에 있는 그의 집이 어떻게 생겼을지 상상해보았다. 날마다 그와 같이 사는 건 어떤 것일지 궁금했다. 그녀는 그가 면도를 할 때 턱에 상처가 났다고 얘기해주고 그에게 수건을 건네는 자신의 모습을 상상해보았다. 그녀는 아버지를 위해 차를 끓여줄 것이었다. 그들은 헤라트에서 같이 산책을 하고, 온갖 것이 다 있다는 둥근 천장의 저잣거리를 거닐 것이었다. 그들은 그의 차를 타고 다니고 사람들은 그들을 가리키며 "잘릴 한이 딸과 함께 가네" 하고 말할 것이었다. 그는 시인이 그 밑에 묻힌 유명한 나무를 그녀에게 보여줄 것이었다.

마리암은 다음번에 잘릴에게 이러한 것들에 대해 얘기하리라 마음먹었다. 자신이 가버린 뒤 마리암이 얼마나 그를 그리워하는지 알면, 분명히 그녀를 데리고 갈 것이었다. 그는 마리암을 데리고 헤라트에 가서 다른 자식들처럼 자신의 집에서 살게 할 것이었다.

5

마리암이 잘릴에게 말했다.

"제가 뭘 원하는지 이제 알아요."

1974년 봄, 마리암이 열다섯 살이 되던 해였다. 그들 세 사람은 오두막 밖의 버드나무가 드리운 그늘에 삼각형 모양으로 놓은 접이식 의자에 앉아 있었다.

"생일 선물로 뭘 받고 싶은지 알았다고요."

잘릴이 어서 말을 해보라는 듯 미소를 지으며 말했다.

"그래?"

2주 전, 잘릴은 마리암이 졸라대자 자신의 영화관에서 상영되는 미국 영화에 대한 얘기를 해줬다. 그는 그것이 만화영화라고 불리는 특별한 종류의 영화라고 했다. 수천 개의 그림들이 이어져 스크린에 비치기 때문에 그것들이 움직인다는 착각을 갖게 만드는 영화라고 했다. 잘릴은 그 영화가 외롭게 살면서 아들을 필사적으로 원하는 자식이 없는 늙은 장난감 제조업자에 관한 이야기라고 했다. 장난감 제조업자가 장난감 소년을 만드는데 그것이 기적적으로 사람이 된다고 했다. 마리암은 이야기를 더 해달라고 졸랐다. 잘릴은 노인과 인형이 온갖 종류의 모험을 하게 되고, 못된 사내아이들이 당나귀로 변하고 쾌락의 섬이라 불리는 곳이 나오기도 한다고 했다. 그들은 고래한테 잡아먹히기까지 한다고 했다. 마리암은 나중에 파이줄라 선생에게 이 영화에 관한 얘기를 해줬다.

"아빠, 저를 영화관에 데려가주세요. 만화영화를 보고 싶으니까요. 그 인형 소년을 보고 싶어요."

이렇게 말하고 나자, 마리암은 분위기가 이상해지는 걸 느꼈다. 그녀의 부모는 엉덩이를 들썩였다. 마리암은 그들이 눈길을 교환하는 걸 느낄 수 있었다.

"그건 좋은 생각이 아니다."

이렇게 말하는 나나의 목소리는 잘릴이 와 있을 때 늘 그렇듯이 절제되고 예의 바르고 침착한 목소리였다. 하지만 마리암은 힐난의 눈초리를 느낄 수 있었다.

잘릴은 의자 위에서 몸을 뒤척였다. 그는 기침을 하며 목을 가다듬었다.

"애야, 화질이 그리 좋지 않단다. 소리도 안 좋고 말이야. 그리고 영사기가 요즘에는 제대로 안 돌아간단다. 네 엄마 말이

맞을지 모르겠구나. 마리암, 다른 선물을 생각해보렴."

나나가 말했다.

"알겠지? 네 아빠도 같은 생각이잖아."

하지만 나중에 개울에 갔을 때, 마리암이 다시 말했다.

"데려가줘요."

"가만있자. 내가 사람을 보내 너를 데려오게 할게. 네가 원하는 좋은 자리와 사탕을 듬뿍 주도록 하마."

"싫어요. 아빠가 데려가줘요."

"마리암."

"제 형제들도 데려와요. 만나고 싶어요. 모두 같이 가게요. 제가 원하는 건 그거예요."

잘릴은 한숨을 쉬었다. 그는 산을 향해 눈을 돌렸다.

마리암은 스크린에서는 사람의 얼굴이 집처럼 크고, 차가 부서질 때는 뼛속에서 쇠가 꼬이는 것 같은 느낌을 받는다고 했던 그의 말을 떠올렸다. 그녀는 형제들과 잘릴과 같이 개인 전용 발코니 좌석에 앉아 아이스크림을 먹는 자신의 모습을 상상해보았다.

"그게 제가 원하는 거예요."

잘릴은 쓸쓸한 표정으로 그녀를 바라보았다.

"내일 정오에 이곳에서 만나요. 됐죠? 내일이에요."

"이리 와라."

그는 쭈그리고 앉아 마리암을 끌어당기고 아주 오랫동안 껴안고 있었다.

처음에 나나는 주먹을 쥐었다 폈다 하면서 오두막 주변을 서성였다.

"신은 하고많은 딸들 중에서 하필이면 너처럼 배은망덕한 딸을 내게 왜 주셨는지 모르겠다. 나는 모든 걸 너를 위해 참았다! 감히 네가 어떻게! 이 배은망덕한 하라미야, 네가 감히 어떻게 나를 버린단 말이냐!"

이렇게 말하고 나서 그녀는 이죽거리는 소리로 말했다.

"참으로 어리석은 년이구나! 네가 그에게 중요한 사람이어서 집에 들일 것 같니? 네 생각에는 네가 그에게 딸일 것 같니? 너를 받아줄 것 같니? 너한테 얘기를 하나 해주마. 마리암, 남자의 마음은 지독하고도 지독한 것이다. 그것은 엄마의 배 속과 달라. 그것은 피도 나지 않아. 네가 있을 곳을 마련해주기 위해 벌어지지도 않아. 너를 사랑하는 사람은 나밖에 없다. 마리암, 너한테는 이 세상에 나밖에 없다. 내가 죽으면 너한텐 아무것도 안 남을 거다. 너한텐 아무것도 없을 거야. 아무것도 없을 거라고. 너는 아무것도 아니야!"

그런 다음, 그녀는 상대방의 죄의식에 호소하려 했다.

"네가 가면 나는 죽을 거야. 진이 몸에 들어와서 발작을 하게 될 거다. 목구멍이 막혀 죽게 될 거다. 마리암, 니를 떠나지 마라. 제발 있어다오. 네가 가면 나는 죽는다."

마리암은 아무 말도 하지 않았다.

"마리암, 너도 내가 너를 사랑한다는 걸 알잖아."

마리암은 산책을 하러 간다고 하고 밖으로 나왔다. 그 자리에 있으면 상처받을 말을 할지 몰라 두려웠다. 그녀는 진이라는 것이 거짓말이라는 걸 알았다. 잘릴은 그녀에게 나나가 특별한 병을 앓고 있으며 약을 먹으면 좋아질 수 있다고 말했다. 그 자리에 계속 있었다면 마리암은 나나에게 왜 잘릴이 보낸 의사들을 보지 않으려고 하며, 왜 그가 사다 준 약을 먹지 않으려고 하는지 물었을지 몰랐다. 이용당하고 거짓말을 듣고 자신에 대한 소유욕에 질렸다고 말해버렸을지 몰랐다. 그들의 삶의 진실을 왜곡하고 자신을 세상에 대한 불만 중 하나로 삼는 데 질려버렸다고 말했을지 몰랐다.

그녀는 또 이렇게 말해버렸을지 몰랐다.

"엄마는 무서워서 그래요. 엄마가 갖지 못했던 행복을 내가 갖게 될까 봐 무서운 거겠지요. 엄마는 내가 행복하거나 잘 살기를 바라지 않아요. 엄마는 야비한 마음을 갖고 있어요."

개간지의 가장자리에 마리암이 좋아하는 일종의 망루가 있었다. 그녀는 그곳으로 가서 따뜻한 마른 잔디 위에 앉았다. 그곳에서는 헤라트가 내려다보였다. 도시는 아이들의 체스 판처럼 펼쳐져 있었다. 도시의 북쪽으로는 '여자들의 공원'이, 남쪽으로는 차르수크 저잣거리와 알렉산더대왕 때 만들어진 성채의 잔해가 보였다. 멀리 보이는 첨탑들은 거인들의 흙 묻은 손가락처럼 보였다. 사람들과 수레와 노새들로 북적거릴 길도 보였다. 제비들이 머리 위를 날고 있었다. 그녀는 헤라트에 가본 적이 있을 제비들이 부러웠다. 그들은 회교 사원과 저잣거리 위를 날아다녔을 것이었다. 어쩌면 잘릴의 집 담장에 앉아봤을지도 모르고 그의 영화관 앞 계단에 앉아봤을지도 몰랐다.

마리암은 조약돌 열 개를 집어 세 개의 기둥을 만들었다. 이것은 나나가 보지 않을 때 그녀가 이따금 하는 놀이였다. 그녀는 첫 기둥에 네 개의 조약돌을 쌓았다. 그건 하디자의 자식들을 가리키는 것이었다. 그리고 둘째 기둥에는 아프순의 자식들을 가리키는 세 개의 조약돌을 쌓았고, 셋째 기둥에는 나르기스의 자식들을 가리키는 세 개의 조약돌을 쌓았다. 그녀는 거기에 넷째 기둥을 덧붙였다. 외로운 열한 번째 돌.

다음 날 아침, 마리암은 무릎까지 내려오는 크림색 드레스와 면바지를 입고 머리에 녹색 히잡을 썼다. 그녀는 히잡이 마음에 들지 않았다. 녹색이어서 드레스와 어울리지 않았다. 하지만 그녀가 가진 흰색 히잡은 좀이 먹어 구멍이 숭숭 뚫려 있었다.

그녀는 시계를 바라보았다. 멋들어진 녹색 판에 검은색으로 숫자가 쓰인 시계였다. 손으로 태엽을 감아줘야 하는 그 낡은 시계는 파이줄라 선생이 준 선물이었다. 9시였다. 그녀는 나니가 어디 있는지 궁금했다. 밖으로 나가 찾아볼까 생각해봤지만 그녀의 불만스러운 표정을 대하기가 겁났다. 나나는 자기를 배반했다고 몰아치면서, 마리암이 허황된 생각을 하고 있다며 빈정거릴 것이었다.

마리암은 자리에 앉았다. 그녀는 잘릴이 가르쳐줬던 것처럼 한 번에 코끼리를 그리면서 시간을 보내려고 해보았다. 앉아만 있다 보니 몸이 굳어졌지만 옷이 구겨질까 봐 누울 수도 없었다.

시곗바늘이 마침내 11시 30분을 가리켰을 때, 마리암은 열한 개의 조약돌을 호주머니에 넣고 밖으로 나갔다. 그녀는 개울로 가다가, 축 늘어진 버드나무가 드리운 그늘 밑의 의자에 나나가 앉아 있는 모습을 보았다. 나나가 그녀를 보았는지 어떤지 알 길이 없었다.

마리암은 그들이 전날 약속했던 곳으로 가서 기다렸다. 하늘에는 양배추 모양의 회색 구름들이 떠다니고 있었다. 잘릴은 구름이 회색인 이유가 위쪽에서 햇볕을 흡수하여 아래로 그림자를 드리우기 때문이라고 얘기해줬었다. "구름의 어두운 배를 네가 보고 있는 거란다."

얼마간의 시간이 흘렀다.

마리암은 오두막으로 돌아갔다. 그녀는 이번에는 나나를 지나칠 필요가 없도록 개간지의 서쪽 언저리로 우회해 돌아갔다. 시계를 보니 벌써 1시였다.

마리암은 이렇게 생각했다.

'아버지는 사업가야. 무슨 일이 있으신 거겠지.'

그녀는 개울로 되돌아가서 잠시 더 기다렸다. 지빠귀들이 공중에서 빙글빙글 돌더니 어딘가 풀 속으로 내려앉았다. 마리암은 쐐기 한 마리가 다 크지 않은 엉겅퀴의 밑자락을 따라 서서히 움직이는 모습을 바라보았다.

마리암은 다리가 뻣뻣해질 때까지 기다렸다. 이번에는 오두막으로 돌아가지 않았다. 그녀는 무릎까지 바짓가랑이를 걷어 올리고 개울을 건너 난생처음으로 헤라트를 향해 언덕을 내려갔다.

나나가 헤라트에 관해 한 얘기도 틀린 것이었다. 아무도 손가락질을 하지 않았다. 아무도 비웃지 않았다. 마리암은 사람들이 북적거리고 시끄러우며 삼나무들이 줄지어 서 있는 대로를 따라 걸어갔다. 걷는 사람들, 자전거를 탄 사람들, 노새가 끄는 수레들로 거리는 북새통이었다. 그러나 아무도 그녀에게 돌을 던지지 않았다. 아무도 그녀에게 하라미라고 하지 않았다. 그녀에게 눈길을 주는 사람조차 거의 없었다. 예상과 달리 놀랍게도 그녀는 이곳에서 평범한 사람이 되어 있었다.

마리암은 자갈길들이 교차하는 큰 공원의 중앙에 있는 타원형 연못 옆에 잠시 서 있었다. 그녀는 불투명한 눈으로 연못을 내려다보고 있는 아름다운 대리석 말들을 손가락으로 만져보았다. 소년들이 물에 종이배를 띄우려 하고 있었다. 사방은 꽃 천지였다. 튤립, 백합, 피튜니아 꽃잎들이 햇볕에 씻기고 있었다. 사람들은 길을 따라 걷기도 하고 벤치에 앉아 차를 마시기도 했다.

마리암은 자신이 이곳에 왔다는 걸 믿을 수 없을 지경이었다. 흥분해서 가슴이 콩닥콩닥 뛰었다. 파이줄라 선생님이 자신의 이런 모습을 볼 수 있었으면 싶었다. 그녀를 용감하다고 생각할 것 같았다. 그녀는 이 도시에서 자신을 기다리고 있는 새로운 삶을 생각해보았다. 아버지, 형제자매들과 함께 살면서 아무런 수치심도 느끼지 않고 무조건적인 사랑을 주고받는 새로운 삶!

그녀는 공원 옆에 있는 광장으로 다시 씩씩하게 돌아왔다. 가죽만 남은 얼굴을 한 행상들이 플라타너스나무 그늘에 앉아서 그녀를 무심히 쳐다보았다. 그들 앞에는 버찌와 포도가 피라미드처럼 쌓여 있었다. 맨발의 아이들이 마르멜루 자루를 흔들어대며 승용차와 버스를 뒤쫓았다. 마리암은 거리의 구석에 서서 행인들을 쳐다보았다. 그녀는 그들이 어떻게 주변의 경이로움에 그토록 무관심할 수 있는지 이해할 수 없었다.

잠시 후, 그녀는 용기를 내어 마차를 모는 노인에게 영화관 주인인 잘릴이 어디에 사는지 물었다. 그 노인은 볼이 통통하고 무지개무늬의 차판(아프가니스탄 전통 의상)을 입은 사람이었다.

그가 친절하게 말했다.

"너는 헤라트에 살지 않는구나. 여기에 사는 사람이라면 누구나 잘릴 한이 어디에 사는지 알지."

"가는 길을 가르쳐주실 수 있어요?"

그는 태피 과자의 껍질을 벗기면서 말했다.

"너 혼자니?"

"네."

"타거라. 데려다주마."

"가진 돈이 없어요."

그는 그녀에게 태피 과자를 주며, 지난 두 시간 동안 손님이 없어서 어차피 집에 가려던 참이었으니 상관없다고 말했다. 잘릴의 집은 가는 길에 있다고 했다.

마리암은 마차에 올라탔다. 그들은 나란히 앉아 말없이 마차를 타고 갔다. 마리암은 가는 도중에 허브 가게와 앞이 트인 작은 가게들을 보았다. 사람들은 가게에서 오렌지, 배, 책, 숄은 말할 것도 없고 심지어 매까지 사고 있었다. 아이들은 땅에 둘러앉아 공기놀이를 하고 있었다. 카펫이 깔린 찻집 밖의 층계참에서 남자들이 차를 마시고 수연통水煙筒으로 담배를 피우고 있었다.

노인은 침엽수가 심겨 있는 넓은 길로 방향을 틀었다. 그는 중간쯤 가다가 말을 멈췄다.

"저기 보이잖니. 운이 좋은 것 같구나. 저게 그 사람의 차다."

마리암이 뛰어내렸다. 노인은 미소를 지으며 말을 몰고 가버렸다.

마리암은 차를 만져본 적이 없었다. 바퀴가 번쩍거렸다. 그녀
는 검고 반짝거리는 차의 엔진 덮개에 손가락을 대보다가 거기
에 크게 비친 자신의 모습을 보았다. 의자는 흰 가죽으로 되어
있었다. 운전대 앞으로 바늘이 달린 둥근 유리 계기판이 보였다.

그 순간, 마리암을 조롱하고 그녀의 희망을 산산이 부숴버
리는 나나의 목소리가 들리는 듯했다. 절망의 물결이 그녀를
훑고 지나갔다. 마리암은 떨리는 다리로 그 집의 현관문으로
갔다. 그녀는 벽에 손을 대보았다. 잘릴의 집 벽은 너무 높고
너무 불길해 보였다. 그녀는 목을 빼고 담장 위로 올라온 삼나
무들의 우듬지를 바라보았다. 우듬지가 미풍에 흔들렸다. 그녀
는 그것이 자신을 환영하는 몸짓이라고 생각했다. 마리암은 마
음을 가다듬었다.

맨발의 젊은 여자가 문을 열었다. 아랫입술 밑으로 문신이
있는 여자였다.

"잘릴 한을 만나러 왔어요. 저는 그분의 딸인 마리암이에요."

여자가 얼떨떨한 표정을 지었다. 그리고 뭔가를 알아보는 듯
하더니 희미한 미소를 지었다.

"여기에서 기다려요."

그녀는 이렇게 말하고 문을 닫았다.

몇 분이 지나서 한 남자가 문을 열고 나왔다. 졸린 듯한 눈

과 침착한 표정의 키가 크고 어깨가 널찍한 남자였다.

그의 목소리는 불친절하진 않았다.

"나는 잘릴 한을 모시는 운전사야."

"네?"

"운전사라고. 잘릴 한은 댁에 안 계셔."

"차는 있는데요."

"급한 일로 나가셨어."

"언제 돌아오시는데요?"

"말하지 않고 나가셨어."

마리암은 기다리겠다고 말했다.

그는 문을 닫았다. 마리암은 쪼그리고 앉았다. 벌써 저녁이었다. 배가 고프기 시작했다. 마차를 몰던 노인이 준 태피 과자 외에는 먹은 게 없었다. 잠시 후, 운전사가 다시 나왔다.

"집에 가야 돼. 한 시간도 못 돼 어두워질 거야."

"저는 어둠에 익숙해요."

"추워질 거야. 내가 집에 데려다줄게. 돌아오시면 네가 왔었다고 말씀드릴게."

마리암은 말없이 그를 쳐다보기만 했다.

"그게 싫다면 호텔로 데려다줄게. 거기 가면 편안히 잘 수 있어. 어떻게 할 것인지는 내일 아침에 일어나서 생각해보고 말이야."

"집으로 들어가게 해줘요."

"들여놓지 말라는 지시를 받았어. 주인어른이 언제 돌아오실 지 아무도 몰라. 며칠 걸릴지도 몰라."

마리암은 팔짱을 끼었다.

운전사가 한숨을 쉬며 부드럽게 힐난하는 눈길로 그녀를 바 라보았다.

후에 마리암은 만약 그때 운전사가 곧바로 자신을 데려다주 게 놔뒀더라면 어떻게 됐을까 수없이 생각했었다. 하지만 그때 그녀는 그렇게 하지 않았다. 그녀는 잘릴의 집 밖에서 밤을 샜 다. 그녀는 하늘이 어두워지고 그림자가 이웃한 집들의 현관을 감싸는 모습을 지켜보았다. 문신이 있는 여자가 얼마간의 빵과 한 접시의 밥을 가져다주었다. 마리암은 먹지 않겠다고 했다. 여자는 마리암 옆에 그것을 놓고 갔다. 거리 아래쪽으로부터 발자국 소리가 나고 문이 열리고 나지막하게 인사하는 소리가 이따금 들려왔다. 전깃불이 들어오고 창문이 희미하게 빛났다. 개들이 짖었다. 배고픔을 더 이상 참을 수 없게 되자, 그녀는 밥과 빵을 모두 먹어버렸다. 그리고 정원에서 울어대는 귀뚜라 미 소리에 귀를 기울였다. 하늘에는 구름이 창백한 달을 지나 치고 있었다.

아침에 마리암은 놀라서 잠에서 깨어났다. 누군가가 밤사이 에 그녀에게 담요를 덮어준 모양이었다.

그녀의 어깨를 흔든 건 운전사였다.

"이제 됐어. 이만큼 했으면 됐어. 이제 갈 시간이야."

마리암은 일어나서 눈을 비볐다. 등과 목이 아팠다.

"저는 기다릴 거예요."

"이것 봐. 잘릴 한이 너를 지금 데려다주라고 말씀하셨어. 지금 당장 말이야. 알아듣겠어? 잘릴 한이 그렇게 말씀하셨다고."

그가 차의 뒷문을 열며 부드럽게 말했다.

"어서 타."

"그분을 만나고 싶어요."

마리암의 눈이 눈물에 젖었다.

운전사가 한숨을 쉬며 말했다.

"집에 데려다줄게. 자, 어서 타."

마리암은 일어서서 그를 향해 걸었다. 그리고 마지막 순간에 방향을 바꿔 문을 향해 달려갔다. 그녀는 운전사의 손가락이 자신의 어깨를 잡으려고 하는 걸 느꼈다. 그녀는 그걸 떨쳐내고 문을 박차고 들어갔다.

잘릴의 정원에 있었던 몇 초 안 되는 순간, 마리암의 눈은 안에서 식물들이 자라는 반짝이는 유리 온실, 나무 시렁에 달라붙은 포도나무 덩굴, 회색 돌무더기로 둘러싸인 연못 속의 물고기, 과일나무, 밝은 색깔의 꽃들을 마음에 새겨 넣었다. 그녀의 눈길은 이러한 모든 것들을 훑어보고 나서야 연못 너머의 위층 창문에 있는 사람의 얼굴에 멎었다. 그 얼굴은 잠깐 거기에 있었을 뿐이다. 그것은 잠깐이었지만, 그 사람의 눈이 커지고 입이 벌어지는 모습을 마리암이 볼 수 있을 정도로 충분히 긴 시간이었다. 그 얼굴은 금세 시야에서 사라졌다. 손이 보이더니 후다닥 끈을 잡아당겼다. 커튼이 내려왔다.

그때, 두 손이 마리암의 겨드랑이 속으로 들어오더니 그녀의 몸이 위로 들렸다. 마리암은 발버둥을 쳤다. 그녀의 호주머니에 있던 조약돌이 빠져나왔다. 차로 끌려가 뒷좌석의 차가운 가죽 시트에 앉혀지는 동안, 그녀는 발버둥을 치며 울었다.

운전사는 운전을 하면서 낮은 소리로 그녀를 위로했다. 마리암은 그의 말이 귀에 들어오지 않았다. 그녀는 뒷자리에서 몸을 들썩거리며 울었다. 그것은 슬픔과 분노와 환멸의 눈물이었다. 하지만 대부분, 깊고 깊은 치욕의 눈물이었다. 어리석게도 잘릴의 말을 곧이곧대로 믿고, 색깔이 안 맞는 것도 마다하지 않고 히잡을 두른 것에서부터 시작해 무슨 옷을 입어야 할지 망설이느라 그 난리를 쳤으며, 그곳을 떠나기를 거부하고 길 잃은 개처럼 길거리에서 잤다는 사실이 치욕스러워 흘리는 눈물이었다. 마리암은 어머니의 상처받은 표정과 그녀의 부석부석한 눈을 무시했던 걸 생각하자 수치스러웠다. 나나의 경고가 맞았던 것이다.

마리암은 위층 창문으로 얼핏 보았던 그의 얼굴에 대해 계속 생각했다. 그는 그녀가 길바닥에서 자도록 내버려뒀다. '길바닥에서' 말이다. 마리암은 누워서 울었다. 그녀는 일어나 앉지 않았다. 누구에게 그 모습을 보이고 싶지도 않았다. 그녀는 헤라트의 모든 사람들이 오늘 아침, 그녀가 스스로를 어떻게 망신거리로 만들었는지 알고 있다고 상상했다. 그녀는 파이줄라 선생님이 옆에 있었으면 싶었다. 그의 무릎에 얼굴을 묻고 싶었다. 그가 다독거려줬으면 싶었다.

얼마 후, 길이 울퉁불퉁해지면서 차 소리가 더 요란해졌다. 그들은 헤라트와 굴다만 사이에 있는 가파른 길을 올라가고 있었다.

나나에게 무슨 말을 해야 할지, 어떻게 잘못을 빌어야 할지, 어떻게 나나의 얼굴을 대할지 알 수 없었다.

차가 멈췄다. 운전사가 그녀가 나오는 걸 도와줬다.

"데려다줄게."

그녀는 길을 가로질러 올라가는 걸 그가 도와주도록 내버려뒀다. 길을 따라 인동덩굴이 자라고 있었다. 박주가리도 있었다. 꿀벌들이 바람에 나풀거리는 야생화들 위에서 윙윙거리고 있었다. 운전사는 그녀의 손을 잡고 개울을 건너는 걸 도와줬다. 그런 다음 손을 놓고, 120일 동안 분다는 그 유명한 바람이 아침나절에서부터 저녁까지 곧 불기 시작하고, 모래파리들이 어떻게 미쳐 날뛰는지에 대해 얘기했다. 그때 갑자기 그가 앞을 가로막고 마리암의 눈을 가리며 그들이 온 방향으로 그녀를 밀쳤다.

"돌아서! 안 돼! 보지 마! 돌아서! 돌아서!"

하지만 그는 충분히 빠르지 못했다. 마리암은 보고 말았다.

한 줄기 돌풍이 불면서 버드나무의 늘어진 가지를 갈라놓았다. 마리암의 눈에 나무 밑에 있던 의자가 뒤집혀 있는 것이 얼핏 보였다. 높은 가지에 늘어진 로프. 그 끝에 매달려 있는 나나.

6

그들은 나나를 굴다만의 공동묘지 구석에 묻었다. 남자들이
수의를 입힌 나나의 시신을 땅속에 넣고, 파이줄라 선생이 무
덤가에서 기도문을 외울 때 마리암은 다른 여자들과 함께 비
비 옆에 서 있었다.

후에 잘릴은 마리암을 데리고 오두막에 가서, 그들을 따라
온 마을 사람들 앞에서 마리암을 크게 생각하는 척하며 행동
했다. 그는 마리암의 옷들을 챙겨 여행 가방에 넣었다. 그는 누
워 있는 그녀의 옆에 앉아서 얼굴에 부채질을 해줬다. 그는 그
녀의 이마를 어루만지며 수심에 찬 얼굴로 무엇이 필요한지 물
었다. 그는 두 번씩이나 그렇게 물었다.

"파이줄라 선생님이 필요해요."

"물론이지. 밖에 계시다. 모셔 오마."

파이줄라 선생의 홀쭉하고 구부정한 모습이 오두막의 문간에 나타났을 때, 마리암은 그날 처음으로 울었다.

"오, 마리암."

그는 곁에 앉아 그녀의 얼굴을 손으로 감쌌다.

"그래, 마리암, 어서 울어라. 창피할 것 없다. 하지만 '그의 손에 왕국이 있고, 모든 걸 관장하시며, 죽음과 삶을 만드시는 그분이 너를 시험하실 수 있다'라는 코란의 말씀을 기억하거라. 얘야, 코란은 진실을 말한다. 그분이 우리에게 주는 모든 시련과 슬픔에는 뜻이 있는 거란다."

하지만 마리암은 신의 말에서 위안을 찾을 수 없었다. 그날은 아니었다. 그때는 아니었다. "네가 가면 나는 죽을 거야. 나는 그냥 죽을 거다." 그녀의 귀에 들리는 건 나나가 했던 말뿐이었다. 마리암이 할 수 있는 건 울고 또 울면서, 파이줄라 선생의 앙상한 손에 눈물을 떨구는 것뿐이었다.

잘릴은 자신의 집으로 돌아갈 때 마리암과 함께 뒷좌석에 앉아 그녀의 어깨에 팔을 둘렀다.

"마리암, 나하고 있어도 된다. 네 방을 만들어놓으라고 얘기해놓았다. 위층에 있다. 마음에 들 거다. 정원이 내려다보일 거야."

처음으로 마리암은 나나의 귀로 그의 말을 들을 수 있었다. 언제나 밑바닥에 깔려 있던 위선, 공허하고 허세로 가득한 다짐의 목소리를 이제 분명히 들을 수 있었다. 그녀는 그를 쳐다볼 수 없었다.

차가 잘릴의 집 앞에 멈췄을 때 운전사가 그들을 위해 문을 열어주고 마리암의 여행 가방을 들어줬다. 잘릴은 그녀의 양어깨를 손으로 잡고 대문으로 들어갔다. 불과 이틀 전, 마리암은 그 문 밖에서 그를 기다리며 잠을 잤었다. 이틀 전만 해도 그녀는 잘릴과 함께 정원에서 걷는 것 말고는 아무것도 생각할 수 없었다. 그러나 그것이 이제는 또 다른 삶처럼 느껴졌다. 삶이 어쩌면 그렇게 빨리 뒤집힐 수 있단 말인가. 그녀는 땅만 내려다보았다. 회색 돌길을 내딛는 자신의 발만 내려다보았다. 그녀는 그들이 지나칠 때, 정원에 있던 사람들이 중얼거리며 길을 비킨다는 걸 알았다. 그녀는 위층 창문에서 자신을 무겁게 내려다보는 눈길을 느꼈다.

집 안에 들어가서도 마리암은 계속 고개를 숙이고 있었다. 그녀는 청색, 황색의 팔각형 무늬가 있는 적갈색 카펫 위를 걸어가며 곁눈으로 대리석상들의 하단, 꽃병들의 하단, 벽에 걸려 있는 화려한 색깔의 태피스트리의 닳은 하단을 보았다. 그들이 오르는 넓은 계단도 똑같은 카펫으로 덮여 있었다. 그 카펫은 계단 하나하나의 아래쪽에 못으로 고정되어 있었다. 계단을 오르자 잘릴은 그녀를 왼쪽으로 데리고 가 카펫이 깔린 또 다른 기다란 복도를 걸어갔다. 그는 어떤 문을 열고 들어갔다.

"네 동생들인 닐로우파르와 아티에가 가끔 이곳에서 놀지.

하지만 대부분은 객실로 사용한단다. 편할 게다. 좋지 않니?"

촘촘하게 짜인 녹색의 꽃무늬 담요가 덮인 침대가 놓여 있었다. 아래에 있는 정원이 내려다보이도록 올린 커튼은 담요와 같은 색이었다. 침대 옆에는 세 개의 서랍이 달린 장롱이 있었고, 그 위에 꽃병이 놓여 있었다. 벽을 따라 선반들이 있었고, 각 선반에는 마리암이 알지 못하는 사람들의 액자 사진들이 걸려 있었다. 선반 중 하나에 똑같은 목각 인형들이 크기에 따라 일렬로 놓여 있었다.

잘릴이 그녀가 인형을 바라보는 걸 보고 말했다.

"마트료시카 인형들이란다. 모스크바에 갔을 때 샀지. 갖고 놀고 싶으면 놀아라. 아무도 상관하지 않을 거다."

마리암은 침대에 앉았다.

잘릴이 물었다.

"뭐 필요한 게 있니?"

마리암은 누웠다. 그리고 눈을 감았다. 잠시 후, 그녀는 그가 조용히 문을 닫고 나가는 소리를 들었다.

마리암은 아래층에 있는 화장실을 사용해야 할 때를 제외하고 방에만 있었다. 그녀에게 문을 열어줬던 문신을 한 여자가 꼬챙이에 꿰어 구운 양고기, 사브지(채소 카레의 일종), 아시 수프를 접시에 담아 가져왔다. 그녀는 대부분의 음식에 손을 대지 않았다. 잘릴은 하루에 여러 번 들어와서 그녀의 침대맡에 앉아 괜찮은지 물었다.

"아래층에서 우리와 함께 식사를 해도 된다."

그는 이렇게 말했지만 별로 확신이 없어 보였다. 마리암이
혼자 먹는 게 좋다고 말하자, 그는 너무 쉽게 그 말을 믿었다.

마리암은 창문으로 자신이 궁금해했고 보고 싶어 했던 것,
즉 잘릴이 사는 모습을 무감각하게 바라보았다. 하인들은 대
문을 부리나케 들락거렸다. 정원사는 늘 나무를 다듬고 온실
에 있는 나무에 물을 주었다. 엔진 덮개가 기다랗고 미끈한 차
들이 도로에 멈춰 섰다. 양복을 입고 모피 모자를 쓴 남자들,
히잡을 두른 여자들, 머리를 말쑥하게 빗은 아이들이 차에서
나왔다. 마리암은 잘릴이 낯선 사람들과 악수를 하고 팔짱을
끼고 고개를 끄덕이는 모습을 보면서, 나나가 말했던 것이 진
실이었다는 걸 깨달았다. "마리암, 너한테는 이 세상에 나밖에
없다. 내가 죽으면 너한테 아무것도 없을 거다. 너한테 아무것
도 없을 거야. 아무것도 없을 거라고!" 그녀는 이곳에 속한 사
람이 아니었다.

'그렇다면 내가 있을 곳은 어디인가? 나는 이제 어찌해야 하
지?'

오두막을 둘러싼 버드나무에 불던 바람처럼, 형언할 수 없는
암흑의 돌풍이 마리암에게 불어닥치는 듯했다.

잘릴의 집에 온 지 이틀째였다. 작은 여자아이가 방에 들어
와 말했다.

"뭘 가져가려고 왔어."

마리암은 침대에서 일어나 앉아 다리를 꼬고 담요를 무릎 위로 끌어당겼다.

아이는 방을 가로지르더니 벽장문을 열었다. 그리고 네모난 회색 상자를 꺼내 열면서 말했다.

"이게 뭔지 알아? 축음기라는 거야. 축, 음, 기. 레코드판을 트는 거라고. 음악 말이야."

"네가 닐로우파르구나. 여덟 살이고."

아이가 방긋 웃었다. 잘릴의 웃는 모습과 보조개를 닮은 아이였다.

"어떻게 알았지?"

마리암은 어깨를 으쓱해 보였다. 그녀는 아이에게 자신이 언젠가 조약돌에 아이의 이름을 붙여 부른 적이 있다는 말을 하지 않았다.

"노래 듣고 싶어?"

마리암은 다시 한번 어깨를 으쓱해 보였다.

닐로우파르는 축음기의 코드를 꽂았다. 그녀는 상자의 뚜껑 밑에 있는 주머니에서 작은 레코드판을 꺼냈다. 그리고 그걸 올려놓고 바늘을 내려놓았다. 음악이 나오기 시작했다.

나는 당신에게 보내는 달콤한 편지를
꽃잎에 쓰겠어요.

당신은 내 마음의 술탄,

내 마음의 술탄이에요.

"이 노래 알아?"

"아니."

"이란 영화에 나오는 노래야. 아빠의 영화관에서 보았거든.
헤이, 이것 좀 볼래?"

마리암이 뭐라고 대답하기도 전에 닐로우파르는 자신의 손
바닥과 이마를 땅에 댔다. 그리고 발을 들어 올리며 물구나무
서기를 했다.

그녀가 컬컬한 소리로 물었다.

"이렇게 할 수 있어?"

"아니."

닐로우파르는 다리를 내리고 블라우스를 내렸다. 그녀는 발
그레해진 이마에서 머리칼을 걷어내며 말했다.

"내가 가르쳐줄게. 그런데 여기에 얼마나 오래 있을 거야?"

"모르겠다."

"우리 엄마 말로는 언니가 진짜 언니는 아니라던데. 그럼 언
니가 말했던 것과 다르잖아."

마리암은 이렇게 둘러댔다.

"나는 그렇게 말한 적이 없어."

"엄마 말로는 그랬다던데 그러네. 상관없어. 언니가 그 말을

했든 안 했든 난 상관없어. 언니가 진짜 언니라 해도 상관없어. 괜찮아."

마리암은 침대에 누웠다.

"나, 피곤해."

"엄마 말로는 진이 언니 엄마한테 들어가서 목을 매고 죽었다던데."

마리암이 몸을 돌려 누우며 말했다.

"이제 그만해. 아니, 저 음악 말이야."

그날은 비비도 마리암을 보러 왔다. 그녀가 왔을 때는 비가 내리고 있었다. 비비는 얼굴을 찡그리며 침대 옆의 의자에 묵직한 몸을 내려놓았다.

"마리암, 이 염병할 놈의 비 때문에 내 엉덩이가 부서지는구나. 죽겠다. 빌어먹을. 얘야, 이리 와라. 울지 마. 뚝 그쳐. 불쌍한 것 같으니."

그날 밤, 마리암은 오랫동안 잠을 잘 수 없었다. 그녀는 침대에 누워 하늘을 바라보면서 아래층에서 나는 발소리, 벽 때문에 둔탁하게 들리는 사람들의 목소리, 유리창을 모질게 때리는 빗소리에 귀를 기울였다. 그러다가 깜빡 졸았다. 그리고 고함치는 소리에 놀라서 깨었다. 아래층에서 화난 목소리가 들렸다. 마리암은 무슨 말인지 알아들을 수 없었다. 누군가가 방문을 쾅 닫았다.

다음 날 아침, 파이줄라 선생이 그녀를 찾아왔다. 그의 흰 수염과 이가 빠지고 없지만 상냥하기 그지없는 미소를 보자, 다시 한번 눈물이 솟았다. 그녀는 침대에서 내려와 그에게 달려갔다. 늘 그랬던 것처럼 그녀는 그의 손에 입을 맞추고, 그는 그녀의 이마에 입을 맞췄다. 그녀는 그에게 의자를 가져다줬다.

그는 가져온 코란을 마리암에게 보여주며 펼쳤다.

"늘 하던 수업을 빼먹을 필요가 없다는 생각이 들었다."

"선생님, 저는 더 이상 배울 필요가 없어요. 선생님은 저에게 몇 년 전에 코란에 나오는 모든 장과 절을 가르쳐주셨잖아요."

그는 미소를 지으며 알았다는 듯 손을 들어 올렸다.

"들켰구나. 하지만 너를 찾아올 더 좋은 구실을 찾아낼 수 없었다."

"선생님한테는 구실이 필요 없어요. 선생님은 그러실 필요 없어요."

"마리암, 그렇게 말해주다니 고맙구나."

그는 마리암에게 자신의 코란을 건넸다. 그녀는 코란에 이마를 대면서 세 번 입을 맞추고 코란을 돌려줬다.

"얘야, 어떻게 지내니?"

"저는……." 그녀는 이렇게 운을 떼다가 말을 멈췄다. 목구멍에 돌이 걸린 것 같았다.

"저는 엄마가 했던 말을 계속 생각하고 있어요. 엄마는……."

파이줄라 선생이 그녀의 무릎에 손을 대며 말했다.

"아니, 아니다. 마리암, 네 엄마는 정신이 온전치 않은 불행한 사람이었다. 알라신이 네 엄마를 용서해주시기를 빈다. 네 엄마는 끔찍한 짓을 했다. 자기한테도 그랬고 너한테도 그랬고 알라신한테도 그랬다. 알라신은 네 엄마를 용서해주실 거다. 모든 걸 용서해주시는 분이니까 말이다. 하지만 알라신은 네 엄마가 한 일 때문에 슬퍼하고 계신다. 알라신은 자기 목숨이든 다른 사람의 목숨이든 목숨을 거두는 일을 용납하지 않으신다. 알라신께서는 생명이 신성한 것이라고 말씀하신다. 너도 알다시피."

그는 이 부분에서 의자를 바짝 더 끌어당기고 두 손으로 마리암의 손을 잡았다.

"너도 알다시피, 나는 네가 태어나기 전부터 네 엄마를 알았다. 작은 아이였을 때부터 말이다. 그때도 네 엄마는 행복하지 못한 아이였다. 유감스럽지만, 네 엄마가 한 일의 씨앗은 오래전에 뿌려졌던 거다. 내가 하고 싶은 말은 그것이 네 잘못이 아니었다는 거다. 얘야, 그건 네 잘못이 아니었다."

"저는 엄마 곁을 떠나지 말았어야 해요. 떠나지 말았어야 했다고요."

"그런 생각 그만해라. 그렇게 생각해봐야 좋을 게 없다. 얘야, 내 말 알아듣겠니? 좋을 게 없단 말이야. 그런 생각을 하면 네가 망가질 거야. 그건 네 잘못이 아니었단 말이다. 네 잘못이 아니었어. 아니었어."

마리암은 고개를 끄덕였다. 필사적으로 그의 말을 믿고 싶었다. 그러나 그럴 수가 없었다.

한 주가 지난 어느 날 오후, 문을 두드리는 소리가 나더니 키가 큰 여자가 들어왔다. 고운 피부에 붉은 머리를 하고 손가락이 긴 여자였다.

"나는 아프순이다. 닐로우파르의 엄마다. 마리암, 씻고 아래층으로 내려오지 않겠니?"

마리암은 방에 있는 게 좋다고 말했다.

"아니다, 너는 모르겠지만 내려와야 해. 너와 얘기를 좀 해야겠다. 중요한 일이다."

7

잘릴과 그의 부인들은 기다란 짙은 갈색 탁자의 맞은편에 앉았다. 마리암과 그들 사이의 탁자 중앙에는 싱싱한 금잔화가 꽂힌 유리 꽃병과 물 주전자가 놓여 있었다. 자신을 닐로우파르의 어머니 아프순이라고 말했던 붉은 머리의 여자는 잘릴의 오른편에 앉아 있었다. 다른 두 부인들인 하디자와 나르기스는 그의 왼편에 앉아 있었다. 부인들은 얇은 검은 스카프를 두르고 있었다. 그런데 마지못해 그런 것처럼 머리가 아니라 목에 느슨하게 두르고 있었다. 그들이 나나를 위하여 검은 스카프를 두를 것이라고 상상할 수 없었던 마리암은 그들 중 하나 혹은 잘릴이 그렇게 하자고 제안했을 것이라고 생각했다.

아프순은 잔에 물을 따라 마리암 앞에 있는 바둑판무늬의 헝겊 받침에 놓아줬다.

그녀는 손으로 부채질을 하며 말했다.

"이제 겨우 봄인데 벌써 덥네."

턱이 작고 검은 고수머리를 한 나르기스가 물었다.

"편안하니? 우리는 네가 편안하게 지내기를 바라고 있어. 이…… 시련이…… 아주 힘들 거라는 거 알고 있다. 그래, 힘들겠지."

다른 두 사람이 고개를 끄덕였다. 마리암은 그들의 뽑힌 눈썹과 희미한 동정의 미소를 눈여겨보았다. 머릿속에서 유쾌하지 못한 소리가 들리는 듯했다. 목이 탔다. 그녀는 물을 조금 마셨다.

마리암은 잘릴의 뒤에 있는 널찍한 창문을 통해 꽃이 핀 사과나무들을 볼 수 있었다. 창문 옆의 벽에는 검은 목제 캐비닛이 있었다. 그 안에는 시계와 잘릴이 어린 소년 셋과 물고기 한 마리를 들고 찍은 사진이 액자에 담겨 있었다. 물고기의 비늘이 햇볕을 받아 빛나고 잘릴과 소년들이 이를 드러내고 웃는 사진이었다.

아프순이 말했다.

"우리가 너를 내려오라고 한 것은 아주 좋은 소식이 있기 때문이야."

마리암이 눈을 치켜떴다.

그녀는 의자에 구부정하게 앉아 탁자 위의 주전자를 무심히 바라보고 있는 잘릴의 옆에 앉은 여자들이 재빠르게 눈길을 교환하는 걸 보았다. 마리암을 향해 눈을 돌린 사람은 셋 중에서 나이가 제일 많아 보이는 하디자였다. 그들은 마리암을 부르기 전에 누가 그렇게 해야 할지도 약속을 해놓은 것 같았다.

하디자가 말했다.

"너한테 청혼자가 있어."

마리암은 가슴이 철렁 내려앉았다.

그녀는 갑자기 얼얼하니 굳어버린 입으로 말했다.

"뭐라고요?"

하디자의 말이 이어졌다.

"하스테가리(청혼자)가 있다는 말이야. 이름은 라시드야. 네 아버지가 사업상 알고 지내는 사람의 친구란다. 원래는 칸다하르 출신의 파슈툰족인데 지금은 카불의 데흐마장 지역에 살고 있어. 이층집도 갖고 있단다."

아프순이 고개를 끄덕이고 있었다.

"너나 우리처럼 페르시아어를 쓴단다. 그러니 너는 파슈토어를 배울 필요가 없을 거야."

마리암은 가슴이 답답해졌다. 방 안이 빙빙 돌면서 현기증이 일었다. 발밑이 움직이는 것 같았다.

하디자의 말이 이어지고 있었다.

"구두장이야. 그러나 길가에 있는 평범한 무치(구두 수선공)는 아니란다. 자기 가게도 갖고 있고, 카불에서 가장 인기가 많은 구두장이 중 한 사람이란다. 외교관들이나 대통령의 친인척들처럼 높은 사람들을 위해 구두를 만든단다. 그러니 먹고사는 덴 지장이 없을 거다."

마리암의 심장이 그녀의 가슴속에서 공중제비를 하고 있었다. 마리암의 눈길이 잘릴에게 멎었다.

"맞나요? 지금 하는 저 말이 맞나요?"

하지만 잘릴은 그녀를 쳐다보지 않으려 했다. 그는 아랫입술의 가장자리를 깨물며 계속 주전자만 바라보고 있었다.

아프순이 거들었다.

"너보다 나이가 약간 많긴 하지. 하지만 아직 마흔은 안 됐을걸. 많아야 마흔다섯일 거야. 나르기스, 그렇지 않아?"

"네, 맞아요. 하지만 마리암, 나는 네 청혼자보다 20년 위인 남자들에게 아홉 살짜리 여자애들을 주는 경우를 봤어. 우리 모두가 봤어. 너, 지금 몇 살이지? 열다섯인가? 결혼하기에 딱 좋은 나이야."

이 말에 모두가 고개를 끄덕였다. 마리암은 자신과 똑같은 나이의 배다른 자매들인 사이데와 나히드에 관해서는 그들이 아무 말도 하지 않고 있다는 사실을 놓치지 않았다. 그 애들은 카불 대학에 들어갈 예정이었다. 그 애들에게는 열다섯 살이 결혼하기에 딱 좋은 나이가 아닌 모양이었다.

나르기스의 말이 이어졌다.

"게다가 그 사람도 소중한 사람을 잃었다더라. 10년 전에 부인이 아이를 낳다가 죽었단다. 그리고 3년 전에는 아들이 호수에 빠져 죽었다고 하고."

"그래, 아주 서글픈 일이야. 그 사람은 지난 몇 년 동안 찾아봤지만 적당한 신붓감을 찾지 못했단다."

마리암은 잘릴을 바라보며 말했다.

"저는 그러고 싶지 않아요. 저는 원치 않아요. 그러지 마세요."

마리암은 코를 훌쩍이며 애원하는 자신의 어조가 마음에 들지 않았지만 어쩔 수 없었다.

부인 중 하나가 말했다.

"마리암, 정신 차려."

마리암은 이제 더 이상, 누가 무슨 말을 하는지 신경을 쓰지 않았다. 그녀는 잘릴을 응시하며 그가 뭔가 말해주기를, 이 모두가 사실이 아니라고 말해주기를 기다리고 있었다.

"평생 여기에서 살 수는 없잖니."

"네 자신의 가정을 원하지 않는 거니?"

"그래, 가정과 네 아이들 말이다."

"앞을 봐야지."

"촌사람과 결혼하는 게 좋을 수도 있겠지. 그러나 라시드는 건강하고 너한테 관심이 있는 사람이다. 집도 있고 직장도 있어. 그게 정말로 중요한 거 아니니? 카불은 아름답고 신나는 도시다. 이렇게 좋은 기회는 또 없을 거야."

마리암은 부인들을 향해 말했다.

"저는 파이줄라 선생님과 같이 살 거예요. 선생님은 저를 받아주 실 거예요. 틀림없어요."

하디자가 말했다.

"그건 좋지 않아. 그 사람은 늙었고 또……."

그녀는 적당한 말을 찾으려고 하는 것 같았다. 마리암은 그녀가 진짜 말하고 싶은 건 '그가 너무 가까이 산다'는 말이라는 걸 알았다. 그녀는 그들이 뭘 하려는지 알았다. '너한테 이렇게 좋은 기회는 또 없을 거야.' 그들에게도 이렇게 좋은 기회는 없을 터였다. 그들은 마리암이 태어나면서 치욕을 당했고, 이것이 남편의 수치스러운 실수의 마지막 흔적을 단 한 번에 지울 수 있는 절호의 기회였다. 그들은 그녀를 멀리 보냄으로써 치욕의 뿌리를 제거하려 하고 있었다.

하디자가 드디어 말했다.

"그는 너무 늙고 힘이 없어. 그가 죽으면 어떻게 할 거야? 너는 그의 가족한테 짐이 될 거야."

'네가 지금 우리한테 그러는 것처럼 말이야.' 마리암은 그녀가 입 밖에 내지 않은 말이 바로 이 말이라는 걸 알았다. 그 말이 추울 때 입에서 나오는 입김처럼 하디자의 입에서 나오는 게 거의 보이는 것 같았다.

마리암은 헤라트의 동쪽으로 650킬로미터쯤 떨어진 크고 낯설고 인구가 많은 카불에서 사는 모습을 상상해보았다. 그 도시에 대해서는 잘릴이 언젠가 얘기해준 적이 있었다. 650킬로미터. 지금까지 그녀가 오두막에서 가장 멀리 와본 건 잘릴의 집까지 걸어온 2킬로미터가 전부였다. 그녀는 상상하기 어려울 만큼 멀리 떨어진 카불에 가서 낯선 사람의 집에서 그 남자의 기분을 맞춰주고 그가 내리는 명령에 복종하면서 살아가는 자신의 모습을 상상해보았다. 그녀는 라시드라는 남자를 위해 청소하고 요리하고 빨래를 해줘야 할 것이었다. 다른 허드렛일도 있을 것이었다. 나나는 그녀에게 남편들이 아내들에게 뭘 하는지 얘기해준 적이 있었다. 그녀를 두렵게 하고 식은땀이 나도록 만든 것은 특히 그 친밀한 행위에 대한 생각이었다. 그녀는 그것이 고통스럽고 잘못된 행위라고 상상했다.

그녀는 다시 잘릴을 향해 말했다.

"말씀해주세요. 저한테 이러지 않으시겠다고요."

아프순이 말했다.

"사실대로 말하면, 네 아버지는 이미 라시드에게 허락하셨어. 라시드는 헤라트에 와 있어. 카불에서 여기까지 먼 길을 온 거야. 내일 아침 니카(결혼식)가 있을 거야. 그리고 정오에 카불을 향해 떠나는 버스가 있다."

마리암이 소리쳤다.

"말씀해보세요!"

여자들이 이제 조용해졌다. 마리암은 그들도 잘릴을 지켜보고 있다는 걸 깨달았다. 모두 기다리고 있었다. 침묵이 방 안에 깃들었다. 잘릴이 무기력하고 상심한 표정을 지으며 자신의 결혼반지를 빙빙 돌리고 있었다. 캐비닛 안에서 시계가 재깍재

깍 돌아가는 소리가 들렸다.

여자들 중 하나가 마침내 입을 열었다.

"잘릴?"

잘릴의 눈이 천천히 들리면서 마리암의 눈에 멎더니 잠시 머뭇거리다가 내려갔다. 그는 입을 벌렸지만 거기에서 나온 것은 고통스러운 외마디 신음 소리뿐이었다.

마리암이 말했다.

"뭔가 얘기를 좀 해주세요."

그때 잘릴이 가늘고 비참한 목소리로 말했다.

"제기랄, 마리암, 나한테 이러지 마라."

그는 마리암이 마치 자신을 괴롭히기라도 하는 것처럼 말했다.

그것과 함께 마리암은 팽팽했던 긴장감이 방에서 떠나는 걸 느꼈다.

잘릴의 부인들이 더 기운찬 어조로 또다시 다짐을 하기 시작했을 때, 마리암은 식탁을 내려다보았다. 그녀의 눈은 식탁 다리의 매끈한 모습, 모서리의 굽이진 곡선, 반짝거리는 짙은 갈색 표면을 더듬었다. 그녀는 자신이 숨을 내뱉을 때마다 표면에 김이 서린다는 걸 알았다. 그녀는 아버지의 식탁을 떠났다.

아프순은 위층에 있는 방으로 그녀를 데려다주었다. 아프순이 문을 닫았다. 마리암의 귀에 자물쇠 채우는 소리가 들렸다.

8

아침이 되자, 그들은 마리암에게 흰 면바지 위에 받쳐 입을, 소매가 기다란 짙은 녹색 드레스를 주었다. 아프순은 그녀에게 녹색 히잡과 그에 어울리는 샌들을 주었다.

그녀는 기다란 갈색 식탁이 있는 방으로 들어갔다. 이번에는 식탁의 중앙에 설탕을 입힌 아몬드 사탕 그릇과 코란과 녹색 베일, 거울이 놓여 있었다. 마리암이 전에 본 적이 없는 두 남자—그녀는 이들이 증인들이라고 생각했다—와 낯모르는 율법학자가 벌써 식탁에 앉아 있었다.

잘릴은 그녀에게 의자를 내줬다. 그는 머리를 깨끗이 감고 옅은 갈색 양복에 붉은색 넥타이를 매고 있었다. 그는 의자를 내어주면서 미소를 지으려고 했다. 하디자와 아프순이 이번에는 마리암 쪽에 앉았다.

율법학자가 손짓으로 베일을 가리켰다. 마리암이 의자에 앉기 전에 나르기스가 그녀의 머리에 베일을 씌워줬다. 마리암은 자신의 손을 내려다보았다.

잘릴이 누군가에게 말했다.

"이제 들어오시라고 해."

마리암은 그 사람을 보기 전에 그의 냄새를 먼저 맡았다. 담배 냄새, 잘릴이 바르는 것과는 다르게 진하고 달짝지근한 화장수 냄새. 그 냄새가 마리암의 코에 진동했다. 그녀는 베일을 통해 곁눈으로 문간에 웅크리고 서 있는 남자를 바라보았다. 키가 크고 배가 나오고 어깨가 넓은 남자였다. 그 사람의 큰 몸집을 보니 숨이 막힐 것 같았다. 그녀는 눈길을 내려뜨려야 했다. 가슴이 방망이질을 했다. 그는 문간에서 주춤거리는 것 같았다. 그런 다음 방을 가로질러 서서히, 무겁게 걸어오는 것 같았다. 식탁에 있는 사탕 그릇이 그가 내딛는 걸음에 맞춰 덜거덕거렸다. 그는 둔탁한 소리를 내며 그녀 옆의 의자에 몸을 부렸다. 그의 숨소리가 요란했다.

율법학자가 그들을 환영하는 말을 했다. 그는 이번 결혼이 전통적인 혼례식으로 치러지는 게 아니라고 말했다.

"신랑은 곧 출발할 예정인 카불행 버스표를 갖고 있습니다. 시간 관계상 전통적인 혼례 절차를 일부 생략하고 결혼식을 빨리 진행하겠습니다."

율법학자는 기도를 몇 마디 하고 결혼의 중요성에 대해서 몇 마디 했다. 그는 잘릴에게 이 결혼에 이의가 있느냐고 물었고, 잘릴은 고개를 저었다. 그런 다음 율법학자는 라시드에게 마리암과 진심으로 결혼하기를 원하느냐고 물었다.

"네."

라시드의 거친 목소리는 마리암에게 마른 낙엽이 발밑에서 으스러지는 소리를 생각나게 했다.

"마리암, 당신은 이 남자를 남편으로 맞겠습니까?"

마리암은 아무 말도 하지 않았다. 헛기침 소리들이 났다.

식탁 아래쪽에서 여자의 목소리가 들렸다.

"네."

율법학자가 말했다.

"본인이 대답을 해야 합니다. 내가 세 번 물을 때까지 기다려야 합니다. 중요한 것은 이 남자가 이 여자를 원하고 있다는 것입니다. 그 반대의 경우가 아닙니다."

그는 그 질문을 두 번 더 했다. 마리암이 대답을 하지 않자, 그는 이번에는 힘을 줘서 한 번 더 물었다. 마리암은 그녀의 옆에 앉은 잘릴이 자리에서 뒤척거리며 발을 꼬았다가 풀었다가 하는 걸 느낄 수 있었다. 헛기침을 하는 소리들이 들렸다. 누군가가 작고 흰 손을 뻗어 식탁에서 먼지를 쓸어냈다.

잘릴이 속삭였다.

"마리암."

그러자 그녀가 실낱같은 소리로 대답했다.

"네."

누군가가 베일 밑으로 거울을 밀어 넣었다. 마리암은 거기에
비친 자신의 모습을 먼저 보았다. 둥글지 않은 못생긴 눈썹, 윤
기 없는 머리, 너무 딱 붙어서 사팔뜨기라고 오해받을 만한 서
글픈 녹색 눈. 거칠고 칙칙한 피부에 군데군데 나 있는 점들.
그녀는 자신의 이마가 너무 크고, 턱은 너무 작고, 입술은 너
무 얇실하다고 생각했다. 전체적인 인상은 기다랗고 삼각형이
진 얼굴이어서 사냥개와 다소 흡사한 인상을 주었다. 하지만
마리암은 이상하게도, 별 특징이 없는 부분들이 모여서 예쁘
지는 않아도 쳐다보기에는 불쾌하지 않은 얼굴을 이루고 있는
걸 보았다.

마리암은 라시드를 처음으로 보았다. 거울을 통해서였다. 크
고 혈색이 좋은 사각형 얼굴, 음흉한 기운이 느껴지는 불그죽
죽한 볼, 축축하고 충혈이 된 눈, 다닥다닥 붙은 이, 박공지붕
처럼 앞으로 밀려나온 두 앞니, 두 손가락이 채 들어가지 못할
정도로 좁은 짙은 눈썹 위의 머리 선, 숱이 많고 거칠고 흑백
이 뒤섞인 머리칼.

그들의 눈길이 잠시 거울 속에서 만났다가 미끄러졌다.

'이게 내 남편의 얼굴이구나.' 마리암은 이렇게 생각했다.

그들은 라시드가 코트 호주머니에서 꺼낸 얇은 금반지를 교
환했다. 그의 손톱은 썩어가는 사과 속처럼 누런 갈색이었다.
어떤 손톱은 끝이 말리고 들려 있었다. 그의 손가락에 반지를

끼워주려고 할 때, 마리암의 손이 떨렸다. 라시드가 그녀를 거들어줘야 했다. 반지가 약간 작았지만, 라시드는 어렵지 않게 그녀의 손가락으로 밀어 넣었다.

그가 말했다.

"됐네요."

부인 중 하나가 말했다.

"예쁜 반지네요. 마리암, 참 예쁘다."

율법학자가 말했다.

"자, 이제 증서에 서명하는 일만 남았습니다."

마리암은 자신의 손에 사람들의 눈이 쏠려 있는 걸 의식하며 서명을 했다. 마리암이 27년 후에 어떤 서류에 서명을 할 때도 율법학자가 참석해 있을 것이었다.

율법학자가 말했다.

"이제 두 사람은 남편과 아내가 되었습니다. 타브리크(축하합니다)."

라시드는 다양한 색깔로 칠해진 버스에서 기다리고 있었다. 마리암이 잘릴과 함께 서 있는 뒤쪽 범퍼 옆에서는 그가 보이지 않았다. 그가 피우는 담배 연기가 열린 창문 밖으로 꼬불꼬불 올라가는 모습만이 보였다. 그들 주변에서는 사람들이 악수를 하고 작별 인사를 했다. 사람들은 코란에 입을 맞추고 아래로 건넸다. 맨발의 소년들이 껌과 담배꽁초를 버리는 재떨이에 가려 얼굴이 보이지 않는 여행객들 사이로 뛰어다녔다.

잘릴은 그녀에게 카불이 무척 아름다운 곳이며 무굴제국의 바부르 황제가 자신이 죽으면 거기에 묻어달라고 했다는 얘기를 하느라 바빴다. 마리암은 그가 카불의 정원, 가게, 나무, 공기에 대해 얘기할 것이고, 머지않아 그녀는 버스에 타고 그는 버스를 따라 걸으면서 아무런 상처도 받지 않은 채 기쁜 마음으로 손을 흔들 것이라는 걸 알았다.

그렇게 놔둘 수는 없었다.

"저는 아버지를 존경했어요."

잘릴은 하던 말을 멈췄다. 그는 팔짱을 꼈다 풀었다 했다. 젊은 인도인 부부가 지나갔다. 부인은 사내아이를 안고 남편은 여행 가방을 끌고 있었다. 잘릴은 그들이 가로막은 것이 고마운 모양이었다. 그들은 미안하다고 말했다. 그는 예의 바르게 미소를 지어 보였다.

"목요일이 되면 저는 몇 시간이고 아버지를 기다리며 앉아 있었죠. 안 오실 것 같아 애가 타 몸이 아플 정도였어요."

"얘야, 너는 먼 길을 가야 한다. 뭔가를 좀 먹어야지."

그는 그녀에게 약간의 빵과 염소 치즈를 사줄 수 있다고 말했다.

"저는 늘 아버지에 대해 생각했어요. 저는 아버지가 100살까지 살게 해달라고 기도하곤 했어요. 저는 몰랐어요. 아버지가 저를 수치스럽게 생각한다는 걸 몰랐어요."

잘릴은 아래를 내려다보며 웃자란 아이처럼 구두의 앞축으로 뭔가를 팠다.

"아버지는 저를 수치스럽게 생각하셨어요."

그가 중얼거렸다.

"너를 찾아가마. 내가 카불로 가마. 우리는⋯⋯."

"아니, 아니에요. 오지 마세요. 만나지 않겠어요. 오지 마세요. 저는 아버지로부터 연락을 받고 싶지 않아요. 그러고 싶지 않아요."

그는 그녀에게 상처받은 표정을 지어 보였다.

"아버지와 저는 여기서 끝났어요. 이제 작별 인사를 하시죠."

그가 희미한 소리로 말했다.

"이렇게 떠나지 마라."

"아버지는 제게 파이줄라 선생님한테 작별 인사를 할 시간을 줄 만한 품위도 없으셨어요."

그녀는 돌아서서 버스의 옆쪽으로 걸어갔다. 그녀는 잘릴이 따라오는 소리를 들을 수 있었다. 그녀가 버스에 올라타려 할 때, 그가 뒤에서 부르는 소리가 들렸다.

"마리암."

그녀는 계단을 올라갔다. 그녀는 그가 밖에서 자신과 나란히 걸어오는 걸 곁눈으로 보아 알았지만 창문 밖을 내다보지 않았다. 마리암은 라시드가 다리 사이에 그녀의 여행 가방을 놓고 앉아 있는 뒤쪽으로 걸어갔다. 그녀는 잘릴이 유리창에 손바닥을 댔을 때도, 그리고 창문을 두드리고 또 두드려도, 바라보지 않았다. 버스가 출발했을 때도, 그녀는 그가 차를 따라 뛰어오는 걸 돌아보지 않았다. 버스가 그곳을 빠져나왔을 때도, 그녀는 그가 멀어지고 먼지구름에 싸여 사라지는 모습을 돌아보지 않았다.

창가를 떠나 가운데로 자리를 옮긴 라시드가 두툼한 손으로 그녀의 손을 잡으며 말했다.

"자, 됐어. 자, 자."

그는 이 말을 하면서 뭔가 더 흥미로운 것이 그의 눈길을 사로잡기라도 한 것처럼, 눈을 가늘게 뜨고 창밖을 바라보았다.

9

그들이 라시드의 집에 도착했을 때는 다음 날 이른 저녁 무렵이었다.

라시드가 말했다.

"우리가 있는 곳은 데흐마장이라는 곳이야."

그들은 밖에 있는 인도에 서 있었다. 그는 한 손으로 여행 가방을 들고 다른 손으로 나무로 된 앞문을 열었다.

"도시의 남서쪽으로는 동물원이 가까이 있어. 대학도 가깝고."

마리암은 고개를 끄덕였다. 그녀는 벌써, 그가 하는 말을 이해할 수는 있었지만, 그가 얘기를 할 때 주의 깊게 들어야 한다는 건 알고 있었다. 그녀는 그가 말하는 페르시아어의 카불 사투리에 익숙하지 않았다. 그의 고향인 칸다하르의 파슈토어

억양이 섞여 있는 것에도 익숙하지 않았다. 반면, 그는 그녀가 쓰는 페르시아어의 헤라트 사투리를 이해하는 데 전혀 문제가 없는 것 같았다.

마리암은 좁은 비포장도로를 재빨리 훑어보았다. 도로 옆으로 라시드의 집이 있었다. 담장을 같이 쓰는 집들이 도로를 따라 다닥다닥 붙어 있었다. 집들 앞에는 도로로부터 그들을 분리해주는 작은 뜰이 있었다. 대부분의 집들은 지붕이 납작한 벽돌집이었다. 어떤 벽돌은 도시를 감싸고 있는 산들처럼 우중충한 색깔이었다. 인도와 도로 사이의 하수도에는 탁한 물이 흐르고 있었다. 마리암은 바람에 날려 거리의 이곳저곳에 흩어져 있는 작은 쓰레기 더미들을 보았다. 라시드의 집은 이층집이었다. 마리암은 그 집이 한때는 푸른색이었다는 걸 알 수 있었다.

라시드가 대문을 열자 마리암의 눈앞에 작고 조야한 뜰이 나타났다. 누런 잔디가 듬성듬성 힘겹게 나와 있었다. 마리암은 오른쪽 옆으로 옥외 변소가 있고, 왼쪽 옆으로 펌프식 우물과 죽어가는 묘목들이 있는 걸 보았다. 우물 옆에는 연장을 넣어두는 창고가 있었고, 벽에는 자전거 한 대가 기대져 있었다.

"당신 아버지가 나한테 당신이 낚시를 좋아한다고 말씀하시더군."

라시드는 그들이 뜰을 가로지를 때 이렇게 말했다. 마리암은 뒤뜰이 없는 걸 눈여겨보았다.

"이곳에서 북쪽으로 가면 계곡이 있지. 고기가 많은 강이 있어. 언젠가 내가 당신을 그곳에 데려다줄 수도 있어."

그는 문을 열고 그녀를 안으로 들어가게 했다.

라시드의 집은 잘릴의 집보다 훨씬 작았다. 하지만 마리암과 나나가 살던 오두막에 비하면 저택이었다. 아래층에는 통로도 있었고 거실도 있었다. 그는 부엌으로 가서 그녀에게 그릇, 냄비, 압력밥솥, 석유풍로를 보여줬다. 거실에는 황록색 가죽 소파가 있었다. 찢어진 옆구리를 엉성하게 꿰맨 소파였다. 벽에는 아무것도 없었다. 탁자, 두 개의 등나무 의자, 두 개의 접는 의자가 있었고 구석에는 검은 스토브가 있었다.

마리암은 거실 한가운데에 서서 주위를 둘러보았다. 그녀가 살았던 오두막에서는 천장이 손가락 끝에 닿았다. 침대에 누우면 창문으로 쏟아져 들어오는 햇볕의 방향으로 시간을 짐작할 수 있었다. 그녀는 문이 어느 정도 열리면 삐걱대는 소리가 나는지 알았다. 그녀는 서른 개의 판자로 된 마룻바닥에 난 틈새 하나하나를 알았다. 이제 그 모든 익숙한 것들이 사라져버렸다. 나나는 죽고 없었고, 마리암은 자신이 알고 있던 삶으로부터 멀리 떨어진 낯선 도시에 와 있었다. 봉우리에 눈이 덮인 산과 계곡들과 사막으로부터 멀리 떨어진 이 낯선 도시에 와 있었다. 그녀는 여러 개의 다른 방들, 담배 냄새, 낯선 세간으로 가득 찬 찬장, 거무튀튀한 녹색 커튼, 천장이 손에 닿지 않는 낯선 사람의 집에 와 있었다. 마리암은 이 집의 공간에 질식할 것 같았다. 나나, 파이줄라 선생님, 그녀의 옛 삶에 대한 그리움의 고통이 가슴을 파고들었다.

그녀는 울고 있었다.

"뭣 때문에 우는 거야?"

라시드가 지르퉁하여 말했다. 그는 바지 주머니에 손을 넣어 손수건을 꺼내 마리암의 손바닥에 쥐여주었다. 그리고 담배에 불을 붙이고 벽에 기대었다. 그는 마리암이 손수건으로 눈가를 누르는 모습을 지켜보았다.

"괜찮아?"

마리암이 고개를 끄덕였다.

"정말이야?"

"네."

그러자 그는 마리암의 팔꿈치를 잡고 거실 창문으로 데리고 갔다.

그는 집게손가락의 비틀린 손톱으로 유리를 두드리며 말했다.

"저쪽이 북쪽이야. 정면에 있는 건 아스마이산이고, 왼쪽으로 보이는 건 알리아바드산이야. 대학교는 그 밑에 있지. 여기서는 안 보이는 뒤편 동쪽에는 쉬르다르와자산이 있지. 매일 정오에 그곳에서 대포를 쏘지. 자, 이제 그만 울어. 진짜 그만 해."

마리암은 눈을 문질렀다.

그가 얼굴을 찌푸리며 말했다.

"나는 여자가 우는 건 질색이야. 미안해. 나는 그런 건 질색이거든."

"집에 가고 싶어요."

라시드는 짜증이 섞인 한숨을 내쉬었다. 그가 내뿜은 담배 연기가 마리암의 얼굴을 때렸다.

"이번만은 봐주지."

다시 한번, 그는 그녀의 팔꿈치를 잡고 위층으로 데리고 갔다.

좁고 침침한 통로와 두 개의 침실이 있었다. 큰방의 문이 열려 있었다. 마리암은 그 문을 통해서 그 방에도 집의 다른 부분과 마찬가지로 가구가 거의 없다는 걸 알았다. 구석에는 침대가 있었고 그 위에 갈색 담요와 베개 하나가 있었고, 벽장과 경대가 있었다. 벽은 작은 거울을 제외하고는 텅 비어 있었다. 라시드는 문을 닫았다.

"이게 내 방이야."

그는 그녀에게 객실을 써도 좋다고 말했다.

"당신이 신경 쓰지 않았으면 해. 나는 혼자 자는 게 익숙하거든."

마리암은 그 말을 듣고 얼마나 마음이 놓이는지 그에게 말하지 않았다.

마리암이 사용하게 될 방은 잘릴의 집에서 그녀가 묵었던 방보다 훨씬 작았다. 침대가 하나 있었고, 낡고 희끄무레한 갈색 경대와 작은 벽장이 하나 있었다. 창문은 뜰을 향해 나 있었고, 그 너머로 도로가 보였다. 라시드는 그녀의 여행 가방을 구석에 놓았다.

마리암은 침대에 앉았다.

그가 문간에 서서 몸을 약간 구부리며 말했다.

"당신이 아직 못 본 것 같은데 창턱을 봐. 그게 어떤 것인지 알아? 헤라트로 떠나기 전에 내가 놓아둔 거야."

마리암은 그제야 창턱에 놓인 바구니를 보았다. 흰 월하향이 옆으로 나와 있었다.

"좋아? 마음에 들어?"

"네."

"그렇다면 고맙다고 해."

"고마워요. 미안해요."

"떨고 있네. 나한테 겁을 먹고 있는가 보군. 내가 무서워? 내가 무서운 거야?"

마리암은 그를 보고 있지 않았다. 하지만 그녀는 그러한 질문들 속에 상대를 괴롭히려는 것처럼 음흉스럽고 장난스러운 뭔가가 있다는 걸 느낄 수 있었다. 그녀는 재빨리 고개를 저었다. 그녀는 자신이 결혼을 하고 처음으로 거짓말을 했다는 걸 알았다.

"아니라고? 그렇다면 됐군. 이제 여기가 당신 집이야. 두고 보면 알겠지만 좋아질 거야. 이곳에 전기가 들어와 있다고 내가 얘기했던가? 밤낮으로 들어와."

그는 나가려고 하는 것 같았다. 그런데 문에서 잠시 멈추고 담배를 한 모금 길게 빨더니 담배 연기에 눈을 찌푸렸다. 마리 암은 그가 뭔가를 말하려고 한다고 생각했다. 그러나 그는 아무 말도 하지 않았다. 그는 문을 닫고 그녀를 여행 가방과 꽃과 함께 남겨두고 나갔다.

10

처음 며칠 동안, 마리암은 방에서 거의 나가지 않았다. 그녀
는 매일 새벽, 멀리서 들려오는 아잔(기도 시각을 알리는 소리)
에 잠이 깨어 기도를 하고 다시 침대로 들어갔다. 그녀는 욕실
에서 라시드가 샤워를 하고, 가게로 나가기 전에 그녀의 상태
가 어떤지 보러 방에 들어올 때까지 침대 속에 있었다. 그녀는
창문에서 그가 자전거 짐받이에 점심 도시락을 묶고 자전거를
끌고 뜰을 가로질러 거리로 나가는 모습을 지켜보았다. 그리고
그가 자전거 페달을 밟고, 두툼한 어깨의 큼직한 모습이 거리
끝에서 사라지는 걸 지켜보았다.

마리암은 하루의 대부분을 침대에서 하릴없이 외롭게 보냈
다. 때때로 그녀는 아래층에 있는 부엌으로 내려가, 기름때가
묻어 끈적거리는 조리대, 탄 음식 냄새가 나는 꽃무늬 비닐 커

튼을 만져봤다. 그녀는 아귀가 잘 맞지 않는 서랍, 짝이 맞지 않는 스푼과 나이프, 여과기와 홈이 파인 나무 주걱들을 바라보았다. 그녀의 새로운 일상의 도구들이었다. 그 모든 것이 그녀의 삶에 덮친 재앙을 생각나게 했다. 누군가 다른 사람의 삶에 불쑥 끼어든 사람처럼 발붙일 곳이 없고 뿌리가 뽑힌 느낌이 들었다.

오두막에 살 때는 식욕이 늘 일정했다. 그런데 여기에서는 좀처럼 배가 고프지 않았다. 때때로 그녀는 남은 밥과 빵을 거실 창가로 가져가서 먹었다. 그곳에서는 도로에 있는 단층집들의 지붕이 보였다. 뜰에서 빨래를 하고 아이들을 쫓는 여자들, 모이를 쪼는 닭들, 삽과 가래, 나무에 매인 암소들도 보였다.

그녀는 여름밤에 나나와 같이 오두막의 납작한 지붕 위에서 굴다만 위로 달빛이 비치는 걸 바라보며 잠을 자던 때가 그리웠다. 그때는 밤에도 날씨가 너무 더워 창문에 붙은 젖은 이파리처럼 셔츠가 가슴에 들러붙곤 했다. 그녀는 오두막 안에서 파이줄라 선생님과 같이 겨울 오후에 책을 읽던 때가 그리웠다. 나무에서 지붕 위로 고드름이 떨어지던 소리, 눈이 소복이 덮인 가지에서 울어대던 까마귀들.

마리암은 집 안을 계속 돌아다녔다. 부엌에서 거실로 갔다가, 계단을 올라 방으로 갔다가 다시 내려왔다. 결국 그녀는 자신의 방으로 되돌아가 기도를 하거나 침대에 앉아 어머니와 집을 그리워했다.

마리암은 해가 서쪽으로 넘어갈 때가 되면 정말 걱정이 되었다. 그녀는 밤을 생각하면 이가 덜덜 떨렸다. 남편들이 부인들에게 하는 짓을 라시드가 마침내 그녀에게 하기로 작정했는지 모를 일이었다. 그가 아래층에서 혼자 식사를 할 때, 그녀는 침대에 누워 두려움에 몸을 떨었다.

　그는 언제나 그녀의 방 앞에서 걸음을 멈추고 머리를 들이밀었다.

　"벌써 자는 건 아니겠지? 겨우 7시야. 안 자는 거지? 대답해봐. 어서."

　"저, 여기 있어요."

　그는 어둠 속에서 마리암이 이렇게 말할 때까지 계속 다그쳤다.

　그러고 나서 그는 문간에 앉았다. 그녀는 누운 자리에서 그의 큰 몸집, 기다란 다리, 그의 매부리코 주위에서 소용돌이치는 담배 연기, 밝아졌다가 어두워졌다가를 반복하는 호박색 담뱃불을 볼 수 있었다.

　그는 그녀에게 하루 동안 있었던 일에 대해 얘기해줬다. 그는 외무차관을 위해 구두를 만들어줬다고 했다. 그의 말에 따르면, 외무차관은 그한테서만 구두를 맞춰 신는다고 했다. 폴란드 외교관 부부가 샌들을 주문했다는 말도 했다. 그는 사람들이 구두에 대해 갖고 있는 편견에 대해 얘기했다. 구두를 침대 위에 놓으면 가족 중 누군가가 죽음을 당하고 구두를 왼쪽부터 신으면 누군가와 싸울 징조라고 믿는 미신적인 사람들이 있다고 했다.

"금요일에 무심코 그랬다면 예외래. 당신은 구두를 묶어서 못에 걸어놓는 것도 나쁜 징조라고 생각한다는 거 알고 있어?"

라시드 자신은 그런 걸 믿지 않는다고 했다. 그의 생각에 미신은 주로 여자들의 관심사였다.

그는 그녀에게 거리에서 들은 얘기를 해줬다. 가령, 리처드 닉슨 미국 대통령이 스캔들 때문에 사임을 했다는 얘기도 해줬다.

닉슨에 대해 들어본 적도 없고, 그를 사임하게 만든 스캔들에 대해서 들어본 적도 없던 마리암은 아무 대꾸도 하지 않았다. 그녀는 라시드가 얘기를 끝내고 담배를 비벼 끄고 가주기를 조바심치며 기다렸다. 그가 통로를 가로지르고 방문을 여닫는 소리가 들릴 때가 되어야, 그녀의 배를 움켜쥐고 있던 쇠주먹이 풀어지는 느낌이었다.

그런데 어느 날 밤, 그가 담배를 비벼 끄더니 잘 자라고 인사를 하는 대신, 문간에 기대섰다.

"저걸 풀지 않을 셈이야?"

그는 머리로 마리암의 여행 가방을 가리키며 말했다. 그리고 팔짱을 꼈다.

"당신에게 시간이 필요하다고 생각했어. 하지만 이건 말도 안 돼. 일주일이 지났는데 말이야. 좋아, 내일 아침부터는 아내

노릇을 해야 해. 파미디(알아들었어)?"

마리암은 이가 떨렸다.

"대답해."

"알았어요."

"좋아. 도대체 뭘 생각하는 거지? 이게 호텔이야? 그리고 나는 무슨 호텔 지배인이야? 좋아, 저런. 저런. 빌어먹을! 내가 여자들이 우는 것에 대해 뭐라고 했지? 마리암. 내가 우는 것에 대해 뭐라고 했지?"

다음 날 아침, 라시드가 출근한 후 마리암은 옷을 풀어 경대에 넣었다. 그녀는 우물에서 물을 한 통 길어 걸레를 빨고 자신의 방 창문과 거실 창문을 닦았다. 그녀는 마루를 쓸고 천장 구석에서 펄럭이는 거미줄을 털어냈다. 그리고 창문을 열고 환기를 시켰다.

그녀는 콩 세 컵을 물에 담갔다. 그리고 칼을 찾아 당근 몇 개와 감자 두 개를 썰어 역시 물에 담갔다. 그녀는 더러운 양념 병이 놓인 곳 뒤에 있는 상자에서 밀가루를 찾아냈다. 그리고 나나가 알려준 대로 반죽을 만들었다. 그녀는 가장자리를 안으로 접어 돌리고 다시 밀고 하는 동작을 되풀이하며 반죽을 했다. 반죽을 끝낸 후, 그것을 촉촉한 천으로 쌌다. 그리고 히잡을 쓰고 탄두르가 있는 곳으로 출발했다.

라시드는 그것이 길 아래쪽으로 가다가 왼쪽으로 한 번, 오른쪽으로 한 번 방향을 꺾으면 있다고 얘기했었다. 하지만 그럴 필요도 없었다. 똑같은 방향으로 가고 있는 여자들과 아이들이 있어서 그들을 따라가기만 하면 되었다. 어머니 뒤를 따라가거나 그보다 앞서 달려가는 아이들은 누덕누덕 기운 셔츠를 입고 있었다. 그들의 바지는 너무 크거나 작아 보였고, 신발 끈은 다 해져 나풀거렸다. 그들은 버려진 자전거 바퀴를 막대기로 굴렸다.

아이 어머니들은 서너 명이 함께 걸어갔다. 일부는 부르카(몸 전체를 가리고 눈 부위만 망사로 되어 있는 여성 의상)를 입고 있었고 어떤 사람들은 그렇지 않았다. 그들이 고음으로 얘기하는 소리와 자지러지는 웃음소리가 들렸다. 그녀는 고개를 내려뜨리고 걸으면서 조롱이 섞인 그들의 말소리를 들었다. 대부분, 아픈 아이들이나 게으르고 고마워할 줄 모르는 남편들에 관한 얘기를 하는 것 같았다.

"글쎄, 밥이 저절로 되는 줄 안다니까요."

"세상에. 한순간도 쉴 새가 없다니까요."

"그 사람이 나한테 이러는 게 아니겠어요. 정말이에요. 맹세해요. 정말로 나한테……."

호소하는 것 같으면서도 이상하게도 유쾌한 어조로 이러한 대화가 끝없이 이어졌다. 그것은 거리에서도, 거리의 모퉁이를 돌 때도, 탄두르에서 줄을 서 있을 때도 이어졌다. 노름에 빠진 남편들, 자기 어머니한테는 돈을 몽땅 쓰면서도 마누라한테는 한 푼도 쓰지 않으려 하는 남편들에 관한 얘기들이었다. 마리암은 그렇게 많은 여자들이 어쩌면 그렇게도 하나같이 끔찍한 남자들과 결혼해서 어쩌면 그렇게도 비참한 생활을 하는지 그 이유가 궁금했다. 혹은 이러한 얘기들이 쌀을 씻거나 밀가루 반죽을 하는 것처럼, 여자들의 일상적인 여흥인지 궁금했다. 그들은 그녀도 곧 자기들 사이에 끼기를 바라고 있는지도 몰랐다.

마리암도 탄두르 앞에서 줄을 섰다. 사람들이 자신을 흘깃흘깃 쳐다보는 것 같았다. 수군거리는 소리도 들렸다. 손에 땀이 나기 시작했다. 그녀는 자신이 아버지와 그의 가족에게 치욕을 안겨준 하라미로 태어났고, 어머니를 배신하고 스스로를 치욕스럽게 만들었다는 사실을 그들 모두가 알고 있다고 상상했다.

그녀는 히잡 끝으로 윗입술에 난 땀을 가볍게 두드리며 침착해지려고 노력했다.

몇 분 동안, 아무 일도 일어나지 않았다.

그런데 누군가가 마리암의 어깨를 두드렸다. 돌아보니, 자기처럼 히잡을 쓴 옅은 피부의 통통한 여자였다. 짧고 뻣뻣한 검은 머리에 인상이 좋고 거의 완벽하게 둥글둥글한 얼굴의 여자였다. 그녀의 입술은 마리암의 것보다 훨씬 더 짙었다. 아랫입술이 살짝 아래로 늘어져 있었다. 마치 입술 선 바로 밑에 있는 큼직한 검은 점 때문에 아래로 끌려 내려온 것 같았다. 그녀의 큰 녹색 눈이 마리암을 향해 빛났다.

여자가 이를 드러내고 웃으며 말했다.

"당신은 라시드의 색시군요. 헤라트에서 왔다고 하던데 너무 젊네요! 이름이 마리암이라고 하던데 맞죠? 내 이름은 파리바예요. 당신과 같은 거리에 산답니다. 당신의 집에서 왼쪽으로 다섯 번째 집이죠. 대문이 녹색이에요. 얘는 내 아들 누르랍니다."

그녀의 옆에 있는 사내아이는 어머니처럼 부드럽고 행복한 얼굴에 뻣뻣한 머리를 하고 있었다. 그의 왼쪽 귓불에 검은 털이 듬성듬성 나 있었다. 눈에는 장난기가 가득했다. 그가 손을 들어 올리고 인사했다.

"안녕하세요."

"누르는 열 살이에요. 나한테는 저 애보다 나이가 많은 아마드라는 아들도 있어요."

누르가 말했다.

"형은 열세 살이에요."

파리바라는 여자가 웃으며 말했다.

"내 남편의 이름은 하킴이에요. 여기 데흐마장에서 교사로 있어요. 우리 집에 놀러 오세요. 차라도 한잔하게요."

그때 갑자기 용기가 난 것처럼, 다른 여자들이 파리바를 지나쳐 놀라운 속도로 마리암을 에워쌌다.

"당신이 라시드의 색시군요."

"카불은 어때요?"

"나도 헤라트에 가본 적이 있어요. 사촌이 거기 살거든요."

"아들 낳고 싶어요, 딸 낳고 싶어요?"

"첨탑들! 정말 아름다웠어요! 눈부신 도시더라고요!"

"아들이 더 좋은 거예요, 마리암. 대를 이어주니까요."

"무슨 소리예요! 사내애들은 결혼하면 도망가버리잖아요. 딸이 더 좋죠. 뒤에 남아 부모가 늙으면 보살펴주고 말이죠."

"당신이 온다는 얘기를 들었어요."

"쌍둥이를 낳아요. 아들 하나 딸 하나로요. 그러면 모든 사람이 만족할 테니까요."

마리암은 주춤주춤 뒤로 물러났다. 그녀는 숨을 헉헉거리고 있었다. 귀에서 소리가 나고 맥박이 뛰고 눈이 이 사람 저 사람의 얼굴로 옮겨 다녔다. 그녀는 다시 뒤로 물러났다. 하지만 갈 곳이 없었다. 그녀는 한가운데에 있었다. 얼굴을 찡그리고 있는 파리바를 바라보았다. 파리바는 그녀가 괴로워하고 있다는 걸 알았다.

파리바가 말했다.

"이 사람을 그냥 놔둬요! 저리 비켜요! 그냥 놔둬요! 당신들 때문에 겁을 먹고 있잖아요!"

마리암은 밀가루 반죽을 가슴으로 바짝 끌어당기고 사람들을 밀치고 나갔다.

"어디 가는 거죠?"

그녀는 공터에 도착할 때까지 사람들을 밀치고 나갔다. 그런 다음 거리 위쪽으로 달려가기 시작했다. 방향을 잘못 잡았다는 걸 깨달은 건 교차로에 도달해서였다. 그녀는 돌아서서, 고개를 숙이고 다른 방향으로 달려갔다. 한번은 넘어져서 무릎에 심한 찰과상을 입었다. 그러나 곧 다시 일어나서 여자들이 있는 곳을 쏜살같이 지나쳤다.

"무슨 일이죠?"

"당신은 지금 피를 흘리고 있어요!"

마리암은 한쪽 구석으로 갔다가 다시 다른 쪽 구석으로 갔다. 그리고 마침내 자신이 살고 있는 거리를 찾았다. 그런데 갑자기 어느 것이 라시드의 집인지 기억할 수 없었다. 그녀는 헐떡거리며 거리 아래쪽으로 달려갔다. 이제는 거의 눈물에 젖어 아무 문이나 열어보고 있었다. 어떤 문은 잠겨 있었고, 어떤 문은 열어보면 낯선 뜰이 보이고 개가 짖고 놀란 닭들이 달아났다. 그녀는 라시드가 집에 오다가, 길을 잃고 무릎에 피를 흘리며 헤매고 있는 자신을 보는 광경을 상상해보았다. 마리암은 집을 찾게 해달라고 기도하면서 문들을 열어보았다. 얼굴은 눈물로 범벅이 돼 있었다. 그러다가 어떤 집 문이 열렸다. 옥외 변소와 우물과 공구실이 보였다. 그녀는 등 뒤로 문을 닫고 빗장을 걸었다. 그리고 담장 옆에 엎드려 토했다. 그러고 나서 다리를 벌리고 벽에 아무렇게나 기대앉았다. 그녀는 그렇게 외로워 본 적이 없었다.

라시드는 그날 밤 집에 오면서, 갈색 종이봉투를 가져왔다. 마리암은 그가 창문이 깨끗이 닦이고 마루가 깨끗해지고 거미줄이 없어졌다는 사실을 눈여겨보지 않는 데 실망했다. 하지만 그는 그녀가 벌써 거실 바닥에 펴놓은 깨끗한 소프라(매트) 위에 접시를 갖다 놓은 걸 흡족하게 생각하는 것 같았다.

마리암이 말했다.

"다알(콩으로 만든 음식)을 만들어봤어요."

"잘했어. 배고파 죽을 지경이군."

그녀는 라시드가 손을 씻도록 아프타와(유리 주전자)에서 물을 부어줬다. 그가 수건으로 손을 닦을 때, 그녀는 김이 모락모락 나는 다알이 든 그릇과 보풀보풀한 쌀밥이 담긴 접시를 갖다 놓았다. 그를 위해 준비한 첫 식사였다. 마리암은 자신이 그 요리를 할 때 더 좋은 상태였더라면 싶었다. 그녀는 탄두르에서 있었던 일 때문에 마음이 동요된 상태였다. 그녀는 하루 종일, 다알이 제대로 만들어지는지, 색깔은 제대로 냈는지 조바심쳤다. 그가 생강을 너무 많이 넣었거나 심황을 너무 적게 넣었다고 할까 봐 걱정스러웠다.

그는 황금색이 나는 다알을 스푼으로 떴다.

마리암은 약간 걱정이 되었다. 그가 실망하거나 화를 내면 어쩌지? 맛없다고 접시를 밀쳐버리면 어쩌지?

그녀는 가까스로 이렇게 말했다.

"조심해요. 뜨거우니까요."

라시드는 입김을 불고 수저를 입 속에 넣었다.

"맛있네. 약간 싱겁지만 맛있어. 맛있다는 말로는 부족할 것 같아."

마리암은 그가 먹는 모습을 바라보았다. 마음이 놓였다. 자부심이 그녀의 경계심을 풀어놓았다. "맛있다는 말로는 부족할 것 같아." 그녀는 이 작은 칭찬에 놀라움과 전율을 동시에 느꼈다. 그날의 불쾌한 기분이 조금 사라지는 듯했다.

"내일은 토요일이야. 구경을 시켜주려고 하는데 어떻게 생각해?"

"카불 시내요?"

"아니, 캘커타."

마리암이 눈을 깜빡거렸다.

"농담이야. 물론 카불 시내지, 어디겠어?"

그는 갈색 종이봉투에 손을 집어넣었다.

"하지만 우선, 당신한테 하고 싶은 말이 있어."

그는 봉투에서 하늘색 부르카를 꺼냈다. 라시드가 그걸 들어 올리자, 주름이 진 천이 그의 무릎 위로 펼쳐졌다. 그는 부르카를 말아 올리고 마리암을 바라보았다.

"마리암, 가게로 부인을 데리고 오는 손님들이 있지. 여자들이 아무것도 쓰지 않은 채 들어와 나한테 직접 얘기를 하고 내 눈을 아무 수치심도 없이 쳐다본다니까. 그들은 화장을 하고 무릎이 드러나는 스커트를 입어. 때때로 그들은 내 앞에 발을 들이밀기도 하지. 치수를 재라고 말이야. 남편이라는 작자들은 거기에 서서 바라보기만 해. 그렇게 하라고 놔두는 거야. 그들은 낯선 남자가 부인의 발을 만져도 아무렇지도 않게 생각하는 거야. 그들은 자기들이 교육을 받았기 때문에 지식인이고 현대인이라고 생각하겠지. 그들은 그렇게 함으로써 자신들의 명예와 자부심을 잃고 있다는 걸 모르고 있어."

그는 고개를 저었다.

"그들은 대부분, 카불에서 잘사는 지역에 살지. 그곳에 당신을 데려다줄게. 당신도 보게 될 거야. 하지만 그런 남자들은 바로 이 지역에도 있어. 거리 아래쪽에 선생이 하나 살고 있지. 그 사람 이름은 하킴이야. 그의 부인 파리바는 스카프 외에는 머리에 아무것도 쓰지 않은 채 혼자서 거리를 나다닌다니까. 나는 솔직히 자기 부인을 통제하지 못하는 남자를 보면 당황스러워."

그는 마리암을 빤히 쳐다보았다.

"하지만 나는 다른 사람이야, 마리암. 내 고향에서는 눈길 한 번 잘못 던져도, 말 한마디 잘못해도 칼부림이 나. 내가 태어난 곳에서는 여자의 얼굴은 남편만 볼 수 있어. 그 점을 염두에 두라고. 알겠어?"

마리암은 고개를 끄덕였다. 그녀는 그가 건네주는 봉투를 받아 들었다.

그녀가 만든 음식이 맛있다고 했을 때 느꼈던 기쁨은 이제 사라지고 없었다. 그 자리에 두려움이 자리를 잡았다. 이 남자의 의지가 마리암에게는 굴다만을 굽어보고 있는 사피드코산만큼이나 위압적이고 요지부동하게 느껴졌다.

라시드가 말했다.

"자, 이젠 내 말 알아들었겠지. 다알 좀 더 가져와."

11

마리암은 부르카를 착용한 적이 없었다. 그래서 라시드가 착용하는 걸 도와줘야 했다. 패드를 댄 부분이 머리를 너무 조이는 것 같았다. 망사를 통해 세상을 본다는 게 낯설었다. 그녀는 그것을 입고 방 안에서 걷는 연습을 하다가 끝자락을 밟아 계속 넘어졌다. 주변을 볼 수 없게 되니 힘이 빠졌다. 그녀는 주름진 천이 입을 질식시킬 것처럼 압박하는 게 싫었다.

"익숙해질 거야. 시간이 지나면 좋아질 거야."

그들은 버스를 타고 샤레나우 공원이라 불리는 곳으로 갔다. 아이들이 그네를 타거나 나무의 몸통에 네트를 묶고 배구를 하고 있었다. 라시드와 마리암은 산책을 하며 아이들이 연을 날리는 모습을 바라보았다. 마리암은 이따금 부르카 자락에 걸려 넘어지면서 라시드 옆에서 걸었다. 라시드는 마리암을 데리고 하지 야구브라 불리는 사원 근처에 있는 작은 음식점으로 점심을 먹으러 갔다. 마룻바닥은 찐득거렸고 대기엔 연기가 자욱했다. 벽에서는 희미한 날고기 냄새가 났다. 음악 소리는 시끄러웠다. 라시드는 그것이 로가리(현악기) 음악이라고 말해줬다. 호리호리한 사내애들이 한 손으로는 꼬챙이에 부채질을 하고, 다른 손으로는 모기를 잡으며 요리를 하고 있었다. 음식점에 들어가본 적이 없던 마리암은 처음에는 그렇게 많은 사람들과 함께 북적거리는 실내에 앉아 부르카를 들어 올리고 음식 조각을 입에 넣어야 한다는 게 야릇했다. 탄두르에서 느꼈던 것과 흡사한 불안감이 찾아왔다. 하지만 라시드가 있으니 조금은 위안이 되었다. 그리고 얼마 후에는 시끄러운 음악에도 개의치 않게 되었다. 연기도 그렇고 사람들까지 괜찮아졌다. 놀라운 일이지만 부르카도 편안하게 느껴졌다. 부르카는 한쪽에서만 볼 수 있게 된 창문 같았다. 그 안에 있으니, 낯선 사람들의 뜯어보는 눈길로부터 보호를 받는 관찰자가 된 것 같았다. 그녀는 사람들이 한 번 쳐다보는 것만으로 자신의 치욕스러운 과거를 알아버릴지 모른다는 걱정을 더 이상 하지 않게 되었다.

거리로 나가자, 라시드는 여러 건물들의 이름을 자신 있게 말해줬다. 그는 미국 대사관, 외무부 건물 등에 대해 잘 알고 있었다. 그는 자동차를 가리키며 어디에서 만들어졌으며 차종이 무엇인지 잘 알고 있었다. 소련산 볼가, 미국산 쉐보레, 독일산 오펠 등등.

라시드가 물었다.

"당신은 어느 것이 마음에 들어?"

마리암은 그 질문에 머뭇거리다가 볼가를 가리켰다. 그러자 라시드가 웃었다.

카불은 마리암이 보았던 헤라트보다 훨씬 더 북적거렸다. 나무들도 적고 말들이 끄는 수레들도 적었지만, 차, 고층 건물, 신호등, 포장도로는 훨씬 더 많았다. 어디서나 그 도시 특유의 말소리가 들렸다. 애칭인 조 대신 잔이라는 말을 썼고, 자매를 뜻하는 함시레 대신 함시라라는 말을 썼다.

거리의 행상한테서 라시드는 그녀에게 아이스크림을 사줬다. 처음 먹어보는 아이스크림이었다. 마리암은 그런 맛을 상상해본 적이 없었다. 위에는 피스타치오 가루가 뿌려지고 맨 밑에는 가느다란 쌀국수가 있는 아이스크림이었다. 그녀는 그걸 몽땅 다 먹어버렸다. 그녀는 아이스크림의 달짝지근하고 매혹적인 맛에 놀랐다.

그들은 코체흐 모르가(닭 도로)라 불리는 곳으로 걸어갔다. 라시드의 말로는, 그곳은 카불에서 가장 잘사는 지역 중 하나에 있는 좁고 혼잡한 시장이라고 했다.

"이 근방에 외국의 외교관들과 부유한 사업가, 왕족들이 살아. 당신이나 나와는 다른 사람들이지."

마리암이 말했다.

"닭 도로라면서 닭은 한 마리도 안 보이네요."

"닭 도로에 없는 게 하나 있다면 바로 닭이지."

라시드는 이렇게 말하며 웃었다.

도로에는 양가죽 모자와 무지개색 차판을 파는 가게들과 작은 노점들이 늘어서 있었다. 라시드는 한 상점에 들어가 무늬가 새겨진 은장도를 살펴보았다. 그리고 또 다른 상점에 들어가서는 오래된 라이플총을 살펴보았다. 가게 주인이 라시드한테 한 말에 따르면, 그 총은 영국군에 대항하여 싸운 첫 번째 전쟁의 유물이었다.

"내가 모세 다얀이오."

라시드는 이렇게 나직이 말하고 살짝 미소를 지었다. 마리암은 그 미소가 오직 그녀만을 위한 것이라고 느꼈다. 결혼한 사람 사이에 짓는 은밀한 미소.

그들은 카펫 가게, 수세공품 가게, 제과점, 남자 양복과 여자 드레스를 파는 옷 가게를 지나쳐 걸었다. 옷 가게의 레이스 커튼 뒤에서는 젊은 여자들이 단추를 달고 목깃에 다림질을 하고 있었다. 때때로 라시드는 알고 지내는 가게 주인들과 인사를 했다. 때로는 페르시아어로 했고 때로는 파슈토어로 했다. 그들이 악수를 하고 볼에 입을 맞출 때, 마리암은 몇 발자국 떨어져 서 있었다. 라시드는 그녀를 부르거나 소개하지 않았다.

그는 그녀에게 자수 가게 밖에서 기다리라고 했다.

"잠깐만 들어가서 인사하고 나올게. 주인을 알거든."

그녀는 차들이 코체흐 모르가 위쪽으로 올라가는 모습을

바라보았다. 차들은 행상과 보행자들을 뚫고 지나갔다. 움직일 생각을 하지 않는 아이들과 당나귀들을 향해선 경적을 울렸다. 그녀는 싫증이 난 듯한 상인들이 그들의 작은 노점 안에서 담배를 피우거나 타구에 침을 뱉는 모습을 지켜보았다. 그들은 이따금 그늘 속에서 얼굴을 내밀고 지나가는 행인들에게 옷감이나 목에 털이 달린 푸스틴(코트)을 사라고 했다.

하지만 마리암의 눈길을 가장 많이 끈 건 여자들이었다.

이곳 여자들은 가난한 지역에 사는 여자들과 달랐다. 그녀와 라시드가 살고 있는 곳에서는 많은 여자들이 완전히 몸을 가리고 다녔다. 라시드가 사용했던 말에 따르면, 이 여자들은 '현대적'이었다. 그랬다. 아프가니스탄의 현대적인 여성들은 아내가 얼굴에 화장을 하고 머리에 아무것도 쓰지 않고 낯선 사람들 사이를 걸어 다녀도 개의치 않는 현대적인 남성들과 결혼한 것이었다. 마리암은 그들이 거리 아래쪽에서 거리낌 없이 돌아다니는 모습을 바라보았다. 남자와 같이 다니는 여자도 있었고, 혼자서 다니는 여자도 있었고, 아이들과 같이 다니는 여자도 있었다. 볼이 발그레한 아이들은 번쩍번쩍 빛나는 신발을 신고 가죽 줄이 달린 시계를 차고, 높은 핸들과 금빛 바큇살이 달린 자전거를 끌고 다녔다. 그 아이들은 벌레한테 물린 상처가 볼에 나 있고 못 쓰게 된 자전거 바퀴를 막대기로 굴리고 다니는 데흐마장의 아이들과는 너무 달랐다.

이 여자들은 한결같이 핸드백을 들고 나풀거리는 스커트를 입고 있었다. 어떤 여자는 자동차 핸들을 잡고 담배를 피우기까지 했다. 그들은 기다란 손톱은 분홍색이나 오렌지색으로, 입술은 튤립처럼 빨갛게 칠하고 있었다. 그들은 하이힐을 신고 끝없이 급한 일을 하는 사람들처럼 빠르게 걸었다. 그들은 검은 선글라스를 끼고 있었다. 그들이 지나가면 향수 냄새가 났다. 마리암은 그들 모두가 대학을 졸업하고, 자신만의 책상이 있는 공공건물에서 일을 하며, 타이핑을 하고 담배를 피우고 중요한 사람들에게 중요한 전화를 한다고 생각했다. 이 여자들을 보면서 마리암은 신기하다고 생각했다. 그들은 그녀에게 자신의 비천함과 평범한 외모, 꿈이 없는 삶, 많은 것들에 대한 무지를 깨닫게 했다.

그때, 라시드가 어깨를 두드리며 뭔가를 건네줬다.

"받아."

구슬 모양의 술과 테두리가 금실로 장식된 짙은 적갈색 실크 숄이었다.

"마음에 들어?"

마리암이 고개를 들었다. 그는 눈을 깜빡이더니 그녀의 눈길을 피했다. 그녀에게 그것은 감동적인 몸짓으로 다가왔다.

마리암은 잘릴이 단호하고 즐겁게 선물을 주던 방식을 떠올렸다. 그것은 고마움 외에는 아무 반응도 할 수 없게 만드는 쾌활함이었다. 나나가 잘릴의 선물에 대해서 한 말은 옳았다. 그것은 내키지 않아 하는 속죄의 표시였고, 그녀보다는 자신의 마음을 달래기 위한 불성실하고 잘못된 몸짓이었다. 마리암은 라시드가 준 숄이 진정한 선물이라는 걸 알았다.

"예쁘네요."

그날 밤, 라시드는 그녀의 방을 다시 찾았다. 문간에서 담배를 피우는 대신, 그녀가 누워 있는 침대 곁으로 와서 앉았다. 침대가 그의 무게에 기울면서 스프링이 삐걱거렸다.

잠깐 머뭇거리는 시간이 지나갔다. 그의 손이 그녀의 목을 만졌다. 두툼한 손가락이 그녀의 목덜미를 천천히 눌렀다. 그의 엄지손가락이 그녀의 쇄골 위의 오목한 부분을 만지더니 그 밑의 살을 만졌다. 마리암은 떨기 시작했다. 그의 손이 더 아래로 내려가고 또 내려가더니 블라우스 자락을 더듬었다.

그녀는 달빛을 받은 그의 모습, 그의 두툼한 어깨와 가슴, 열린 목깃으로부터 비어져 나온 회색 털을 바라보며 말했다.

"저는 못 해요."

이제, 그의 손이 그녀의 오른쪽 젖가슴을 세게 만지고 있었다. 그녀는 그가 숨을 몰아쉬는 소리를 들을 수 있었다.

그가 담요 속으로 들어왔다. 그녀는 그의 손이 자신의 벨트를 풀고 그녀의 바지 끈을 푸는 걸 느낄 수 있었다. 그녀는 시트를 움켜쥐었다. 그는 몸을 비틀고 움직여 그녀의 위로 올라갔다. 그녀가 훌쩍이는 소리를 냈다. 마리암은 눈을 감고 이를 악물었다.

갑작스럽고 놀라운 고통이 찾아왔다. 눈이 크게 뜨였다. 그녀는 이 사이로 숨을 들이켜며 자신의 엄지손가락을 물어뜯었다. 그녀는 다른 쪽 팔로 라시드의 등을 잡고 그의 셔츠를 움켜쥐었다.

라시드는 그녀의 베개에 얼굴을 묻었다. 마리암은 눈을 크게 뜨고 이를 악물고 몸을 떨며 그의 어깨 위의 천장을 바라보았다. 그녀의 어깨에 닿는 그의 빠른 숨결이 느껴졌다. 그들 사이의 대기에서는 담배 냄새와 저녁에 먹은 양파를 곁들인 양고기 냄새가 났다. 이따금 그의 귀가 그녀의 볼에 닿았다. 그는 면도를 하고 온 것 같았다.

그 일이 끝나자 그는 헐떡거리며 그녀의 몸에서 내려왔다. 그는 이마에 팔을 둘렀다. 그의 손목시계의 푸른 바늘이 어둠 속으로 보였다. 그들은 서로를 바라보지 않은 채, 잠시 그렇게 누워 있었다.

그가 약간 분명치 않은 목소리로 말했다.

"마리암, 이건 수치스러운 게 아니야. 결혼한 사람들이 하는 거라고. 무함마드와 부인들도 했던 거야. 전혀 수치스러운 게 아니라고."

잠시 후, 그는 담요를 들치고 일어나 방을 나섰다. 그녀가 결혼식 면사포처럼 달의 얼굴을 가리고 있는 구름과 하늘의 별들을 바라보면서, 아래의 고통이 잦아들기를 혼자서 기다리도록, 그는 베개 위에 머리 자국을 남겨놓고 방을 나섰다.

12

　1974년이었다. 라마단이 그해 가을에 찾아왔다. 마리암은 인생에서 처음으로, 어떻게 초승달이 뜨면서 도시 전체가 탈바꿈하고 리듬과 분위기가 바뀔 수 있는지 보았다. 그녀는 카불 전체에 나른한 침묵이 깃드는 걸 보았다. 자동차들의 수가 줄더니 거의 없어지고 나중에는 아무 소리도 안 나기까지 했다. 가게들도 문을 닫았다. 식당은 전기를 끄고 문을 닫았다. 거리에서 담배를 피우는 사람도 없었고, 창문턱에서 차를 마시는 사람도 없었다. 해가 서편으로 넘어가고 쉬르다르와자산에서 대포가 발사되자, 도시는 단식을 끝냈다. 마리암도 그랬다. 그녀는 빵과 대추 하나를 먹으며 15년 만에 처음으로 집단적 경험을 공유하는 달콤함을 맛보았다.

　며칠 동안을 제외하고, 라시드는 단식을 하지 않았다. 몇 번 그랬다가 기분이 상해 집에 돌아왔다. 배가 고프자 그는 무뚝뚝해지고 짜증을 냈다. 어느 날 밤, 저녁이 몇 분 늦어지자, 그는 무와 함께 빵을 먹기 시작했다. 마리암이 쌀밥과 양고기와 오크라 쿠르마(시금치 요리)를 갖다 놓아도, 손을 대지 않으려 했다. 그는 아무 말도 하지 않고 빵만 계속 씹었다. 몹시 화가 나서 이마의 힘줄이 올라오고 관자놀이가 씰룩거렸다. 그는 빵을 씹으며 앞만 처다봤다. 마리암이 말을 걸자, 그는 건성으로 그녀를 쳐다보고 또 다른 빵 조각을 입에 넣었다.

라마단이 끝나자 마리암은 마음이 놓였다.

마리암은 지난날을 회상했다. 잘릴은 라마단이 끝나고 사흘간 계속되는 이드 울 피트르(이슬람교의 축제일)의 첫째 날, 오두막으로 마리암과 나나를 찾아왔었다. 양복을 입고 넥타이를 맨 그는 이드 선물을 갖고 그들을 찾아왔었다. 어느 해에는 마리암에게 양털로 만든 스카프를 주었다. 세 사람은 차를 마셨다. 그리고 잘릴은 돌아갔다.

"진짜 가족하고 이드를 보내려고 가는 거다."

나나는 잘릴이 시내를 건너고 손을 흔들 때 이렇게 말했었다.

파이줄라 선생도 왔었다. 그는 마리암에게 은박지로 싼 초콜릿, 물감을 들인 삶은 달걀 한 바구니, 그리고 과자를 가져다줬다. 그가 가고 나면, 마리암은 과자를 갖고 버드나무 위로 올라갔다. 높은 가지에 앉아 그녀는 파이줄라 선생이 준 초콜릿을 먹었다. 초콜릿을 싼 은박지는 아래로 떨어뜨렸다. 위에서 보면 은박지가 흩어진 모습이 은색 꽃이 핀 것처럼 보였다. 초콜릿을 다 먹고 나면, 마리암은 과자를 먹기 시작했다. 그리고 그가 가져다준 달걀에 연필로 사람의 얼굴을 그렸다. 하지만 그렇게 해도 별 재미가 없었다. 마리암은 이드가 되면, 가족들이 제일 좋은 옷을 입고 서로를 방문하는 게 싫었다. 그녀는 눈을 빛내며 기분 좋게 덕담을 건네는 사람들로 가득할 헤라트를 상상해보았다. 그러면 버림받았다는 느낌이 장막처럼 내려왔다가 이드가 지나고 나서야 걷혔다.

마리암은 올해, 난생처음으로 어렸을 때 상상했던 이드를 눈으로 확인했다.

라시드와 그녀는 거리로 나갔다. 마리암은 그렇게 활기 넘치는 곳을 걸어본 적이 없었다. 가족들은 추운 날씨에도 아랑곳하지 않고 친척들을 방문하기 위해 정신없이 도시로 몰려들었다. 마리암은 파리바와 양복을 입은 그녀의 아들 누르를 보았다. 흰 스카프를 두른 파리바는 안경을 낀 작고 수줍어 보이는 남자와 같이 걸어갔다. 그녀의 큰아들도 같이 가고 있었다. 마리암은 탄두르에 처음 갔을 때, 파리바가 그의 큰아들 이름이 아마드라고 했던 걸 떠올렸다. 그의 눈은 깊고 생각에 잠겨 있었다. 얼굴은 동생보다 사색적이고 엄숙해 보였다. 어린 티가 나는 동생과 달리, 조숙해 보이는 얼굴이었다. 아마드의 목에서 알라신 펜던트가 반짝이고 있었다.

파리바는 라시드 옆에서 부르카를 입고 걸어가는 그녀를 알아본 게 분명했다. 그녀는 손짓을 하며 소리쳤다.

"이드 무바라크(좋은 이드 보내세요)!"

부르카 안에서 마리암이 보이지 않게 고개를 끄덕였다.

라시드가 물었다.

"저 선생 부인을 안단 말이야?"

마리암은 모른다고 했다.

"가까이하지 않는 게 상책이야. 참견하기 좋아하고 말 많은 여자야. 저 남편이라는 작자는 자기가 인텔리라고 생각한다니까. 하지만 저자는 쥐새끼일 뿐이야. 잘 보라고. 쥐새끼같이 생겼잖아?"

그들은 샤레나우 공원으로 갔다. 아이들이 구슬이 달린 밝은 색깔의 조끼에 새 셔츠를 입고 뛰어놀면서 자기들이 받은 이드 선물을 비교해보고 있었다. 여자들은 사탕이 담긴 접시를 들고 다녔다. 상점 진열장에는 등이 걸려 있었고, 확성기에서는 음악이 터져 나왔다. 낯선 사람들이 지나가면서 그녀에게 "이드 무바라크!"라는 말을 건넸다.

그날 밤, 그들은 차만에 갔다. 마리암은 라시드 뒤에 서서 폭죽이 녹색, 분홍색, 황색으로 터지면서 밤하늘을 밝히는 걸 바라보았다. 그녀는 오두막 밖에서 파이줄라 선생과 함께 앉아서 멀리 헤라트의 하늘에 폭죽이 터지는 걸 바라보던 때가 그리웠다. 선생의 백내장이 낀 부드러운 눈에 형형색색의 폭죽 색깔이 비치곤 했었다. 그러나 그녀는 누구보다도 나나가 그리웠다. 마리암은 그녀의 어머니가 살아서 이걸 보고 있다면 얼마나 좋으랴 싶었다. 이 축제 속에서 그녀를 보면 얼마나 좋으랴 싶었다. 그리고 그들과 같은 사람들에게도 만족감이라는 것과 아름다움이라는 것이 손에 넣을 수 없는 게 아니라는 걸 보았더라면 얼마나 좋으랴 싶었다.

집에 이드 손님들이 찾아왔다. 모두 남자들이었다. 라시드의 친구들이었다. 문 두드리는 소리가 나자, 마리암은 위층에 있는 자신의 방으로 가야 한다는 걸 알았다. 남자들이 아래층에서 라시드와 함께 차를 마시고 담배를 피우고 얘기를 하는 동안, 그녀는 방문을 닫고 있었다. 라시드는 손님들이 떠날 때까지는 내려오지 말라고 마리암에게 말했다.

마리암은 개의치 않았다. 사실, 우쭐한 느낌마저 들었다. 라시드는 두 사람이 함께하는 것을 신성한 것으로 생각했다. 그녀의 나무스(명예)는 그에게 지켜야 할 가치가 있는 것이었다. 그녀는 자신이 소중하고 중요한 존재라는 느낌을 받았다.

이드의 사흘째이자 마지막 날, 라시드는 친구들을 만나러 갔다. 밤새도록 배가 불편했던 마리암은 물을 끓여 생강을 넣은 녹차를 만들어 마셨다. 거실에 가자, 지난밤에 왔던 손님들이 남긴 흔적이 있었다. 뒤집힌 컵, 매트리스 사이에 낀 씹다 만 호박씨, 음식 자국이 있는 접시들이 그 흔적이었다. 마리암은 남자들이 얼마나 게을러질 수 있는지에 대해 놀라면서 어지럽혀진 것들을 치우기 시작했다.

라시드의 방에 갈 생각은 없었다. 하지만 거실을 치우고 계단을 치우고 다시 위층 통로를 치우다 보니 그의 방문까지 가게 됐고, 어느새 그의 방에 들어가 있었다. 그녀는 처음으로 그 방에 들어가 그의 침대에 앉았다. 불법 침입자가 된 기분이었다.

그녀는 묵직한 녹색 커튼, 벽을 따라 가지런히 놓인 윤이 나는 구두, 회색 페인트가 떨어져 나가 그 밑의 나무가 살짝 드러난 벽장문을 눈여겨보았다. 그녀는 그의 침대 옆의 옷장 위에 담배 한 갑이 놓여 있는 걸 보았다. 그녀는 입술 사이에 담배를 한 개비 물고 벽에 붙은 작은 타원형 거울 앞에 서보았다. 그녀는 거울을 향해 연기를 뿜고 재를 떠는 동작을 흉내 내보았다. 그리고 그것을 제자리에 갖다 놓았다. 그녀는 카불 여자들이 담배를 피우는 우아한 동작을 도저히 흉내 낼 수 없었다. 자신이 담배를 피우는 동작을 취하자 천박하고 우스워 보였다.

죄책감이 들었지만, 그녀는 그의 옷장 서랍 위 칸을 열었다.

총이 눈에 먼저 들어왔다. 나무 손잡이에 총신이 짧은 검은색 총이었다. 그녀는 그것을 집어 들기 전에 총이 어느 방향으로 놓여 있는지를 눈여겨보았다. 그녀는 총을 손바닥에 놓고 이리저리 돌려보았다. 보기보다 훨씬 무거웠다. 손잡이는 부드럽고 총신은 차가웠다. 다른 사람을 죽이는 데나 쓰는 물건을 라시드가 갖고 있다는 사실이 불안했다. 하지만 그는 그들의 안전을 위하여, 그녀의 안전을 위하여 그걸 갖고 있을 게 분명했다.

총 밑으로 구석이 접힌 잡지 여러 권이 있었다. 마리암은 하나를 집어 펼쳤다. 그녀의 내부에 있던 뭔가가 쿵 내려앉았다. 입이 크게 벌어졌다.

잡지에는 여자들만 있었다. 셔츠도 안 입고, 바지도 안 입고, 양말도 안 신고, 팬티도 안 입은 아름다운 여자들만 있었다. 그들은 정말 아무것도 입고 있지 않았다. 그들은 엉클어진 시트 사이에 누워 반쯤 감긴 눈으로 마리암을 쳐다보았다. 대부분, 다리를 벌리고 있었다. 다리 사이의 검은 부분이 완전히 드러나 있었다. 어떤 여자들은 마치 기도를 하는 것처럼 엎어져 있었다. 그들은 지루한 듯한 경멸의 표정을 띠고 어깨 너머를 보고 있었다.

마리암은 재빨리 잡지를 원래 자리에 넣었다. 약에 취한 느낌이었다. 이 여자들은 누구지? 어떻게 이런 식으로 사진을 찍는 거지? 뭔가가 목구멍으로 넘어올 것 같았다. 그녀의 방을 찾지 않을 때는 그가 이걸 보았단 말인가? 그녀가 이 방면에서 그를 실망시켰단 말인가. 여자 손님들에 대해서 했던 말은 무엇이고 명예가 어쩌고 체신이 어쩌고 했던 말은 그렇다면 무엇이었던가. 그 여자 손님들은 구두의 치수를 재게 하려고 그에게 발을 내밀었을 뿐 아니던가. 여자의 얼굴은 남편만 볼 수 있다고 나한테 말하지 않았던가. 잡지에 나온 여자들한테도 남편이 있을 게 틀림없다. 적어도 그들 중 일부에게는 남편이 있을 거다. 그게 아니라면 최소한 남자 형제들이 있을 거 아닌가. 만약 그가 다른 남자들의 아내나 여자 형제들의 은밀한 부분을 바라보는 것에 대해 아무렇지 않게 생각한다면, 왜 그녀에게 몸을 가리라고 했단 말인가.

마리암은 당황스럽고 혼란스러운 마음으로 그의 침대에 앉았다. 결국 그는 그녀가 오기 전에 몇 년 동안 혼자 살았던 남자였다. 그가 필요한 건 그녀와 다른 것일 터였다. 그녀에게는 몇 달이 지났어도 그들의 육체적 관계는 아직도 참을 만한 고통 이상의 것이 아니었다. 반면에 그의 성욕은 격렬했다. 때로는 폭력에 가까울 정도였다. 그는 그녀를 눕히고 젖가슴을 움켜쥐고 맹렬하게 엉덩이를 움직였다. 그는 남자였다. 여자 없이 오랜 세월을 살았던 남자였다. 신이 그를 그렇게 만들었는데 그녀가 그를 탓할 수 있을까?

마리암은 이것에 관해 그에게 얘기할 수 없다는 걸 알았다. 그것은 말로 할 수 없는 것이었다. 하지만 그것은 용서할 수 없는 것일까? 마리암은 자신의 삶 속의 다른 남자에 대해 생각해보았다. 세 여자의 남편이고 아홉 아이의 아버지였던 잘릴은 나나와 관계를 맺었다. 어느 것이 더 나쁜가? 라시드의 잡지인가, 아니면 잘릴이 한 짓인가? 시골뜨기 여자에 하라미인 주제에 무슨 자격으로 판단을 내릴 수 있는가?

마리암은 옷장의 맨 아래 서랍을 열어보았다.

그녀는 거기에서 유누스라는 아이의 사진을 보았다. 흑백사진이었다. 너덧 살쯤 되어 보이는 아이였다. 그는 줄무늬 셔츠에 나비넥타이를 매고 있었다. 날씬한 코에 검은 눈이 약간 들어간 잘생긴 사내아이였다. 그는 카메라의 플래시가 터질 때 뭔가가 눈에 들어간 것처럼 산란한 표정이었다.

그 사진 밑으로 또 다른 흑백사진이 있었다. 이번 것은 표면이 약간 더 거칠었다. 한 여자가 앉아 있고, 그 뒤로 검은 머리의 더 마르고 더 젊은 라시드가 있었다. 여자는 아름다웠다. 잡지 속의 여자들처럼 아름답지는 않을지 몰라도 아름다웠다. 마리암보다 확실히 더 아름다웠다. 고운 턱에 기다란 검은 머리를 가운데에서 가르고 있었다. 광대뼈는 크고 이마는 부드러웠다. 마리암은 자신의 얼굴을 비교해봤다. 얇은 입술, 긴 턱. 그러자 질투심이 일었다.

그녀는 이 사진을 오랫동안 바라보았다. 그런데 라시드가 그 여자에게 뭔가 불안한 기운을 드리우고 있는 것 같았다. 그녀의 어깨를 짚은 그의 손, 꼭 다문 입술에 떠도는 그의 미소, 그리고 미소를 짓지 않은 여자의 무뚝뚝한 얼굴. 여자의 몸이 약간 앞으로 쏠려 있었다. 마치 그의 손에서 벗어나려고 몸부림을 치는 듯했다.

마리암은 모든 걸 제자리에 넣었다.

나중에 그녀는 빨래를 하면서, 그의 방에 몰래 들어간 것을 후회했다. 왜 들어갔을까? 그에 관해서 무엇을 알았단 말인가? 그가 총을 갖고 있고, 남자에게 필요한 것을 필요로 하는 남자라는 것? 그녀는 그와 그의 부인의 사진을 그렇게 오랫동안 바라보지 말았어야 했다. 그녀의 눈은 한순간에 아무렇게나 찍힌 그들의 자세에 어떤 의미를 부여해버린 것이었다.

빨래를 많이 널자 빨랫줄이 아래로 처졌다. 마리암은 문득, 라시드가 가엾다는 생각이 들었다. 그도 힘든 삶을 살아온 사람이었다. 가족을 잃고 팔자도 사나웠다. 그녀는 한때 이 뜰에서 눈사람을 만들었고, 똑같은 계단을 오르내렸을 그의 아들 유누스를 생각해보았다. 호수가 그 아이를 라시드에게서 빼앗아 삼켜버렸다. 코란에서 고래가 그의 이름과 같은 예언자를 집어삼켰듯이 말이다. 얼이 나간 채, 호수의 둑을 거닐며 아들을 마른 땅으로 토해내라고 무기력하게 애원했을 라시드의 모습을 그려보자 너무 가슴이 아팠다. 그녀는 처음으로 남편과 동질감을 느꼈다. 그녀는 그들이 좋은 반려자가 될 것이라고 혼잣말을 했다.

13

병원에 갔다가 버스를 타고 집으로 가는 길이었다. 마리암에게 정말로 이상한 일이 일어나고 있었다. 어디를 보나 밝은 색깔밖에 없었다. 우중충한 갈색 아파트도 그랬고, 앞이 트인 함석지붕의 가게들도 그랬고, 하수도에서 흐르는 흙탕물도 그랬다. 무지개가 그녀의 눈 속으로 스며든 것 같았다.

라시드는 장갑을 낀 손가락으로 장단을 맞추며 콧노래를 흥얼거리고 있었다. 도로에 난 구멍 때문에 버스가 덜커덩거리며 앞으로 쏠릴 때마다, 그는 본능적으로 그녀의 배를 감쌌다.

"잘메이라는 이름은 어떨까? 좋은 파슈툰 이름이거든."

"딸이면 어쩌려고요?"

"내 생각엔 아들이야. 그래, 아들이라고."

버스 안에서 웅성거리는 소리가 났다. 어떤 승객들이 뭔가를 가리키고 있었고, 다른 승객들은 좌석 위로 몸을 구부려 그걸 보려고 하고 있었다.

라시드가 창유리를 두드리며 미소를 지었다.

"보라고, 저기. 보여?"

마리암은 사람들이 가던 길을 멈추는 걸 보았다. 신호등에서 사람들은 창문 밖으로 고개를 내밀고 부드럽게 떨어지는 눈을 올려다보았다. 마리암은 첫눈이 무슨 대단한 거라고 사람들이 이렇게 호들갑을 떨까 궁금했다. 아직 때가 묻지 않고 밟히지 않은 뭔가를 볼 기회라서 그럴까? 사람들의 발에 밟혀 더러워지기 전에 새로운 계절의 우아하고 아름다운 시작을 볼 기회라서 그럴까?

라시드가 말했다.

"딸은 아니겠지만, 만약 그렇다면 아이의 이름은 당신 마음대로 지어."

다음 날 아침, 마리암은 톱질과 망치질 소리에 잠에서 깼다. 그녀는 숄을 두르고 눈 덮인 뜰로 나갔다. 지난밤에 내리던 굵은 눈은 그친 상태였다. 이제는 가벼운 눈송이가 흩날리면서 마리암의 볼을 간질였다. 바람은 전혀 없었다. 대기에서는 석탄 타는 냄새가 났다. 흰 눈에 덮인 카불은 섬뜩할 정도로 조용했다. 덩굴손 같은 연기가 이곳저곳에서 꼬불꼬불 올라가고 있었다.

라시드는 공구실에 있었다. 그는 나무 판에 못을 박고 있었다. 그는 마리암을 보자, 입에 물고 있던 못을 떼어내고 말했다.

"놀래주려고 했는데. 아이가 나오면 침대가 필요할 거잖아. 이것이 다 만들어지기 전에 당신이 보면 안 되는데."

마리암은 그가 그러지 않았으면 싶었다. 아들이 태어날 거라는 지나친 희망을 갖지 않았으면 싶었다. 그녀도 아이를 가진 것이 기쁘긴 했지만, 그의 기대가 마음을 무겁게 했다. 어제만 해도 라시드는 아이가 입을 부드러운 양가죽 겨울 코트를 사가지고 돌아왔다. 부드러운 양가죽으로 안감을 대고 붉고 노란 고운 명주실로 소매를 장식한 옷이었다.

라시드는 기다랗고 좁은 판자를 들어 올렸다. 그는 그것을 반으로 자르면서, 계단이 아이한테는 위험할 거라고 말했다.

"나중에 기어오르려고 할 나이가 되면 손을 좀 봐야겠어."

그는 석유풍로도 걱정이 된다고 말했다. 나이프와 포크도 아이의 손이 닿지 못하는 곳으로 치워야 한다고 말했다.

"늘 조심해야 해. 사내애들은 무모하니까 말이야."

마리암은 한기가 들어 숄을 꼭 여몄다.

다음 날 아침, 라시드는 저녁에 친구들을 불러 자축연을 벌여야겠다고 말했다. 마리암은 아침 내내, 준비를 했다. 콩과 쌀을 씻고, 보라니(가지 샐러드)를 만들기 위해 가지를 자르고, 아우샤크(부추 요리)를 만들기 위해 잘게 다진 소고기를 부추에 곁들여 익혔다. 그리고 마루를 쓸고 커튼의 먼지를 털고, 다시 눈이 내리기 시작했음에도 불구하고 환기를 시켰다. 또한 거실 벽을 따라 놓인 매트리스와 쿠션을 정돈하고 과자와 볶은 아몬드를 그릇에 담아 식탁에 놓았다.

그녀는 이른 저녁, 남자들이 집에 도착하기 전에 자신의 방에 가 있었다. 그녀는 웃고 떠들고 놀리는 소리가 아래층에서 나기 시작했을 때 침대에 누웠다. 손이 자꾸 아래로 내려가는 건 어쩔 수 없었다. 그녀는 거기에서 자라고 있을 아이에 대해 생각했다. 활짝 열어놓은 문으로 들어오는 한 줄기 바람처럼 행복감이 느껴졌다. 그녀의 눈이 젖어들었다.

마리암은 이란 국경 근처의 서쪽 헤라트에서부터 동쪽의 카불까지 650킬로미터에 이르는 길을 라시드와 함께 버스를 타고 왔던 것에 대해 생각했다. 버스는 크고 작은 도시들, 끝없이 이어지는 작은 마을들을 지나쳤다. 산을 넘고, 사막을 넘고, 여러 지역을 지나쳤다. 그녀는 그 돌들과 햇볕에 그을은 언덕들을 넘어와 이제, 자신의 집과 남편을 갖고, 마지막으로 소중하기 이를 데 없는 것을 향해 나아가고 있었다. 엄마가 된다는 건 소중한 일이었다. 이 아이, 그녀의 아이, 그들의 아이에 대해 생각한다는 게 얼마나 즐거운 일인가. 그녀는 아이에 대한 사랑이 자신이 지금까지 인간으로서 느꼈던 모든 걸 이미 하찮은 것으로 만들어버렸으며 또 자신이 더 이상 공기놀이를 할 필요가 없다는 걸 깨닫자 감개무량했다.

아래층에서 누군가가 오르간을 조율하고 있었다. 그런 다음 타블라(음높이가 다른 한 쌍의 작은 북)를 두드리는 소리가 났다. 누군가가 목청을 가다듬었다. 그런 다음, 휘파람 소리와 박수 치는 소리, 노랫소리가 들렸다.

마리암은 자신의 부드러운 배를 쓰다듬었다. "아직은 손톱보다 작습니다." 의사는 이렇게 말했었다.

"엄마가 되는 거야."

그녀는 이렇게 말하고 웃었다. 그리고 여러 번 그 말을 반복하며 음미했다.

아이를 생각하자 가슴이 부풀었다. 살아오면서 잃어버렸던 모든 것들, 그녀가 느꼈던 슬픔과 외로움과 비참한 느낌이 씻겨 내려갈 때까지, 가슴이 부풀어 올랐다. 신이 그 먼 길을 가로질러 이곳까지 오게 한 이유가 바로 이것이었다는 생각이 들었다. 그녀는 이제 알았다. 파이줄라 선생이 가르쳐줬던 코란의 한 구절이 생각났다.

"알라신은 동쪽이고 서쪽이시다. 따라서 네가 어디를 가든 알라신의 뜻이다."

마리암은 기도할 때 쓰는 양탄자를 펴고 기도를 드렸다. 그녀는 기도가 끝나자 손바닥을 찻종 모양으로 만들어 얼굴 앞에 대고 이 행운이 자신에게서 빠져나가지 않도록 해달라고 신께 빌었다.

하맘(목욕탕)에 가자고 한 것은 라시드였다. 마리암은 목욕탕에 가본 적이 없었다. 그는 목욕탕에서 나와서 찬바람을 쐬고 피부에서 열기가 빠져나가는 걸 느끼는 것보다 좋은 건 없다고 했다.

여자 하맘에 들어서자, 수증기 속에서 움직이는 사람들의 형체가 보였다. 엉덩이도 보이고 어깨도 보였다. 사람들이 등을 문지르고 머리를 감는 동안, 여자아이들이 지르는 소리, 나이든 여자들이 툴툴거리는 소리, 목욕물이 떨어지는 소리가 벽 사이에서 울렸다. 마리암은 지나가는 사람들로부터 수증기에 가려진 채, 구석에 혼자 앉아 속돌로 발뒤꿈치를 문지르고 있었다.

그때 피가 쏟아졌다. 그녀가 비명을 질렀다.

젖은 자갈을 밟는 소리가 들리고, 수증기 속으로 그녀를 들여다보는 얼굴들이 보이고, 혀를 차는 소리가 들렸다.

그날 밤 늦게, 파리바는 침대에 누워 남편에게 목욕탕에서 비명 소리가 나서 달려갔더니 라시드의 부인이 구석에서 무릎을 껴안고 발치에 피가 흥건한 채 있었다는 얘기를 했다.

"가엾은 것이 이를 덜덜 떨더라고. 너무 심하게 몸을 떨었어."

마리암은 파리바를 보고 애원하는 목소리로 이렇게 말했다고 했다.

"이건 정상이죠? 그렇죠? 정상이죠?"

라시드와 버스를 타고 돌아가는 길. 다시 내리는 눈. 이번에
는 함박눈. 눈은 인도에도, 지붕 위에도 소복이 쌓이고 있었다.
나뭇가지 위에도 쌓이고 있었다. 마리암은 상인들이 가게 앞의
눈을 치우는 걸 바라보았다. 한 무리의 사내아이들이 검은 개
를 쫓고 있었다. 그들은 버스를 향해 손을 흔들었다. 마리암은
라시드를 바라보았다. 그의 눈은 감겨 있었다. 그는 콧노래를
흥얼거리지도 않았다. 마리암도 의자에 머리를 기대고 눈을 감
았다. 그녀는 젖은 양말과 살갗을 쿡쿡 찌르는 듯한 축축한 스
웨터를 벗고 싶었다. 버스에서 내리고 싶었다.

집에 도착하자, 마리암은 소파에 누웠다. 라시드는 그녀에게
누비이불을 덮어줬다. 그러나 그의 동작은 딱딱하고 정성이 없
었다.

그가 다시 말했다. "나한테 돌아오는 건 뭐냔 말이야? 의사
한테 돈을 주고 진찰을 받았어. 그렇다면 '신의 뜻'이라는 말보
다는 더 좋은 게 나와야 할 게 아니야."

마리암은 누비이불 밑에서 무릎을 오그린 채 그에게 좀 쉬
라고 말했다.

그는 자신의 방에서 하루 종일 담배를 피우며 앉아 있었다.

마리암은 소파에 누워 무릎 사이에 손을 넣고 눈발이 날리
는 모습을 바라보았다. 나나가 했던 말이 떠올랐다. 나나는 눈
송이 하나하나가 이 세상 어딘가에서 고통받고 있는 여자의
한숨이라고 했었다. 그 모든 한숨이 하늘로 올라가 구름이 되

어 작은 눈송이로 나뉘어 아래에 있는 사람들 위로 소리 없이 내리는 거라고 했었다.

"그래서 눈은 우리 같은 여자들이 어떻게 고통당하는지를 생각나게 해주는 거다. 우리에게 닥치는 모든 걸 우리는 소리 없이 견디잖니."

나나는 이렇게 말했었다.

14

슬픔이 그녀를 계속 놀라게 만들었다. 만들어지다 말고 공구실에 놓여 있는 침대, 라시드의 방 벽장 안에 있는 양가죽 외투만 생각해도 걷잡을 수 없이 슬퍼졌다. 아이가 태어나서 칭얼거리고 목구멍으로 꼴깍꼴깍 소리를 내고 알아들을 수 없는 말을 중얼대는 것만 같았다. 아이가 젖가슴에 코를 비비는 것 같았다. 슬픔이 몰려와 그녀를 덮치고 뒤집어버리는 것 같았다. 마리암은 자신이 한 번도 보지 못한 아이를 그리워한다는 사실에 할 말을 잃고 있었다.

울적한 기분이 조금 괜찮아지는 날도 있었다. 전에 살던 생활 습관대로, 일어나서 기도를 하고 설거지를 하고 라시드를 위해 식사를 준비하는 게 그리 힘들지 않은 때도 있었다.

마리암은 밖에 나가는 게 두려웠다. 그녀는 이웃 여자들과 그들의 많은 자식들이 갑자기 부러워졌다. 어떤 여자들은 자식이 일고여덟 명이나 되었다. 그들은 자신들이 얼마나 운이 좋은지 이해하지 못했다. 그들은 아이들이 배 속에 자라고 팔에 안겨 꿈틀거리고 젖을 빨아 먹는 게 얼마나 축복된 일인지 알지 못했다. 그들은 아이가 피가 되어 나와서 비눗물에 씻겨 낯선 사람들의 때와 섞여 목욕탕 하수구로 들어가는 경험을 해보지 않은 사람들이었다. 마리암은 자기 자식들이 말을 안 듣고 게으르다며 불평하는 여자들의 말을 엿들을 때면 화가 났다.

'인샬라(알라신의 뜻이라면), 너는 또 낳을 거야. 너는 젊어. 틀림없이 또 기회가 올 거야.'

그녀는 이렇게 생각하며 자신을 위로하려고 해봤다. 그러나 마리암의 슬픔은 아주 구체적인 것이었다. 마리암은 그녀를 한동안 너무 행복하게 해줬던 바로 '그 아이'를 위해 슬퍼하고 있었다.

마리암은 어떤 때는 자신이 아이를 가질 자격이 없다고 생각했다. 그녀는 자신이 나나에게 한 짓 때문에 벌을 받는다고 생각했다. 그녀가 가까이에 있었다면, 어머니의 목에서 올가미를 벗겨낼 수 있었을 게 아닌가. 엄마를 배반한 딸은 엄마가 될 자격이 없었다. 바로 이게 벌이었다. 그녀는 나나의 진이 밤중에 몰래 들어와 자신의 자궁을 날카로운 발톱으로 파고 아이를 훔쳐 가는 꿈을 꿨다. 꿈속에서 나나는 그걸 보며 좋아서 깔깔거렸다.

마리암은 어떤 날은 분노에 휩싸였다. 라시드의 잘못이라는 생각이 들어서였다. 너무 앞질러서 좋다고 난리를 친 라시드 때문에 그렇게 됐다는 생각이 들었다. 그가 터무니없이 사내아이를 임신했다고 생각하고, 이름까지 지어놓는 등 난리를 치더니 이 지경이 됐다고 생각했다. 게다가 목욕탕까지 데리고 가다니! 수증기, 더러운 물, 비누 등 그곳에 있던 뭔가가 이런 일이 일어나도록 만들었다는 생각이 들었다. 아니, 그건 아니지. 라시드에게는 잘못이 없어. 내 잘못이야. 그녀는 이번에는 자신의 잘못된 수면 습관, 너무 매운 음식을 먹는 습관, 과일을 충분히 먹지 않는 습관, 차를 너무 많이 마시는 습관 때문에 그런 일이 벌어졌다고 자책했다.

아니, 신의 잘못이었다. 자신을 조롱거리로 만든 건 신의 잘못이었다. 다른 여자들한테 허락하는 것을 그녀에게는 허락하지 않는 신의 잘못이었다. 그녀에게 최고의 행복을 가져다줄 것처럼 앞에 놓고 흔들다가 가져가버린 신의 잘못이었다.

그러나 이렇게 비난을 해보아도 소용없었다. 이러한 생각들은 신을 모독하는 것이었다. 알라신은 악의적인 신이 아니었다. 그의 손에 왕국이 있으며 모든 걸 관장하시고 죽음과 삶을 만드신 게 알라신이라는 파이줄라 선생님의 말이 떠올랐다.

마리암은 죄의식을 느끼며 무릎을 꿇고 용서해달라고 빌었다.

목욕탕에서 그 사건이 벌어진 이후부터 라시드에게 변화가 생겼다. 그는 집에 와서는 거의 아무 말도 하지 않았다. 그는 식사를 하고 담배를 피우고 잠자리에 들었다. 그리고 이따금 밤늦게 잠깐 들어와서 거칠게 마리암의 몸을 취했다. 그는 인상을 찌푸리고 그녀가 만든 음식을 타박하고, 뜰이 어질러져 있다거나 집 안이 깨끗하지 못하다며 사소한 것을 갖고 트집을 잡았다. 그는 어쩌다가 한 번씩, 금요일에 그녀를 데리고 시내로 나갔다. 그러나 인도를 걸을 때면 아무 말도 하지 않고 그녀보다 몇 걸음 앞에서 걸었다. 그는 그녀가 보조를 맞추기 위해 거의 달음박질을 해야 한다는 사실엔 신경을 쓰지 않았다. 더 이상 잘 웃지도 않았다. 과자나 선물을 사주지도 않았다. 전과 다르게 가던 길을 멈추고 이곳저곳의 명칭을 말해주지도 않았다. 그녀가 질문을 하면 화가 나는 것 같았다.

어느 날 밤, 그들은 라디오를 들으며 거실에 앉아 있었다. 겨울이 지나가고 있었다. 얼굴에 눈을 휘몰아치면서 눈물이 나게 만들었던 맹렬한 바람이 잠잠해졌다. 흰 눈이 큰 느릅나무 가지에서 떨어지고 있었다. 몇 주 후면 초록색 움이 틀 것이었다. 라시드는 담배 연기에 눈을 찡그리면서, 하마항(아프가니스탄의 인기 가수)의 노래에 나오는 북소리에 무심코 발로 장단을 맞추고 있었다.

마리암이 물었다.

"저한테 화났어요?"

라시드는 아무 말도 하지 않았다. 노래가 끝나고 뉴스가 나왔다. 다우드 한 대통령이 소련 정부의 기대와 달리 소련의 고문관들을 모스크바로 다시 돌려보냈다는 뉴스가 흘러나오고 있었다.

"당신이 화가 났을까 봐 걱정이 돼요."

라시드가 한숨을 쉬었다.

"화났어요?"

그의 눈이 그녀를 향했다.

"내가 왜 화가 나야 하지?"

"모르겠어요. 그런데 저번에 아이가……."

"내가 당신을 위해 그 모든 걸 해줬는데, 나를 그런 사람으로밖에 생각하지 않는단 말이야?"

"아니에요. 물론 아니에요."

"그렇다면 나를 괴롭히지 마!"

"베바크시(미안해요), 라시드. 정말 미안해요."

그는 담배를 비벼서 끄고 또 다른 담배에 불을 붙였다. 그는 라디오의 볼륨을 높였다.

라디오 소리 때문에 마리암이 목소리를 높여 말했다.

"제가 생각해봤는데요."

라시드가 다시 한숨을 쉬었다. 이번에는 더 짜증을 내며 볼륨을 다시 줄였다. 그는 진저리가 난다는 듯 이마를 문질렀다.

"또 무슨 얘기야?"

"장례를 제대로 치러줘야 할 것 같아요. 아이의 장례 말이에요. 그냥 우리 둘이서 기도를 하고 그렇게라도 말이죠."

마리암은 그것에 관해 한동안 생각하고 있었다. 그녀는 그 아이를 잊고 싶지 않았다. 아이를 영원히 잃어버리고도 아무런 표시도 하지 않는다는 게 옳지 않은 것 같았다.

"이유가 뭔데? 그건 바보 같은 짓이야."

"그러면 제 마음이 편해질 것 같아요."

그가 날카롭게 응수했다.

"그렇다면 혼자 해. 나는 이미 아들 하나를 묻었어. 또 하나를 묻고 싶지 않아. 자, 나는 라디오나 들어야겠어."

그는 볼륨을 다시 높인 뒤 머리를 뒤로 젖히고 눈을 감았다.

그 주의 어느 날 아침, 화사한 햇볕이 들 때, 마리암은 뜰을 파기 시작했다. 그녀는 삽으로 땅을 찍으면서 낮은 소리로 말했다.

"알라신의 이름으로, 알라신의 사자의 이름으로, 축복과 평화가 깃들기를 바라옵니다."

그녀는 라시드가 아이를 위해 사놓았던 양털 가죽 외투를 구멍에 넣고 흙으로 덮었다.

"당신은 밤을 낮으로 바꾸시고, 또 낮을 밤으로 바꾸시는 분이십니다. 당신은 죽은 자를 살게 하시고 산 자를 죽게 하시는 분이십니다. 당신은 끝없는 양식을 주시는 분입니다."

그녀는 삽의 뒷부분으로 흙을 두드렸다. 그리고 그 위에 쪼그리고 앉아 눈을 감았다.

"알라신이시여, 양식을 주소서. 제게 양식을 주소서."

15

1978년 4월

1978년 4월 18일, 마리암은 열아홉 살이 되었다. 그리고 그 날, 미르 아크바르 하이베르라는 이름의 남자가 살해당했다. 이틀 후, 카불에서는 큰 시위가 벌어졌다. 이웃들이 거리에서 그것에 관한 얘기를 하고 있었다. 마리암은 이웃들이 몰려나와 흥분한 상태에서 얘기를 하고 트랜지스터라디오를 귀에 대고 있는 모습을 창문으로 바라보았다. 그녀는 파리바가 자신의 집 담벼락에 기대어 데흐마장으로 새로 이사 온 여자와 얘기하는 걸 보았다. 파리바는 미소를 지으며 자신의 부푼 배에 손을 대고 있었다. 이름이 잘 생각나지 않는 다른 여자는 파리바보다 나이가 많아 보였다. 이상하게 머리에 진홍빛이 돌았다. 그녀는 사내아이의 손을 잡고 있었다. 마리암은 그 아이의 이름이 타리크라는 걸 알았다. 그 여자가 거리에서 그 이름을 부르는 소리를 들은 적이 있었기 때문이다.

마리암과 라시드는 이웃들에 합류하지 않았다. 그들은 몇만 명이 거리로 몰려 나가 카불 정부 청사로 행진을 할 때 라디오를 듣고 있었다. 라시드는 미르 아크바르 하이베르가 유명한 공산주의자였으며, 그의 지지자들은 다우드 한 정권이 그를 살해했다며 시위를 벌이고 있다고 말했다. 그는 이 말을 하면서 마리암을 쳐다보지 않았다. 요즘 들어서 그는 더 이상 그녀를 쳐다보지 않았다. 마리암은 그가 자신에게 얘기를 하고 있는 건지 알 수 없었다.

"공산주의자가 뭔데요?"

이렇게 묻자, 그가 콧방귀를 뀌며 눈썹을 치켜올렸다.

"공산주의자가 뭔지도 모른단 말이야? 그렇게 간단한 것을? 그건 누구나 아는 건데, 그걸 모른단 말이야? 하기야 놀랄 일도 아니지."

그때 그는 식탁에 발목을 걸치며 그건 칼 마르크스를 믿는 사람이라는 뜻이라고 중얼거렸다.

"칼 마르크스가 누군데요?"

라시드가 한숨을 쉬었다.

라디오에서는 아프간공산당 지도자인 타라키가 시위자들에게 선동적인 연설을 하고 있다는 여자의 목소리가 흘러나오고 있었다.

"제 말은 그들이 뭘 원하느냐는 말이에요. 이 공산주의자들이 믿는 게 뭐냐고요?"

라시드가 껄껄 웃으며 고개를 흔들었다. 하지만 마리암은 그가 팔짱을 끼고 눈을 두리번거리는 것으로 보아 그것에 관해 잘 모르고 있다고 생각했다.

"아무것도 모르는군. 어린애 같네. 머리가 텅 비었어. 안에 든 게 아무것도 없다니까."

"제가 물은 것은……."

"춥 코(입 닥쳐)."

마리암은 시키는 대로 했다.

그가 이런 식으로 대하는 걸 견디는 건 쉬운 일이 아니었다. 그의 경멸과 조롱과 모욕, 그리고 집고양이에 지나지 않는 것처럼 그녀를 지나쳐버리는 태도를 견디는 건 쉬운 일이 아니었다. 하지만 4년간에 걸친 결혼생활을 한 후, 마리암은 두려울 때는 견디는 수밖에 없다는 사실을 분명히 깨달았다. 그녀는 그의 변덕, 격한 성격, 사소한 일에서조차 대결 구도로 몰고 가는 성격을 두려워하며 살았다. 그는 어떤 때는 주먹을 날리기도 했고 뺨을 때리기도 했으며 발로 차기도 했다. 그래놓고는 사과를 하기도 했고 그냥 넘어가기도 했다.

목욕탕에서 그 일이 있고 나서 4년 동안, 여섯 번에 걸쳐 그 일이 반복되었다. 의사를 찾아가고 희망을 가졌다가 다시 아이를 잃고 좌절하는 일이 반복되었다. 매번 더 힘들어졌다. 그런 일이 있을 때마다, 라시드는 더 멀어지고 화를 냈다. 이제는 그녀가 하는 어떤 것도 그를 즐겁게 하지 못했다. 그녀는 집을 청소하고, 그가 깨끗한 옷을 입을 수 있도록 늘 빨래를 해놓고, 그가 좋아하는 요리를 해줬다. 한번은 화장품을 사서 바르기까지 했다. 그러나 그는 집에 돌아와서 그녀를 한 번 쳐다보더니 혐오스럽다는 듯 몸을 움츠렸다. 그녀는 화장실로 달려가 모든 걸 씻어냈다. 치욕적인 눈물이 비눗물, 입술연지, 마스카라와 섞여 쏟아져 내렸다.

이제 마리암은 그가 저녁에 집에 오는 소리를 들으면 겁부터 났다. 열쇠 돌아가는 소리가 나고 문이 삐걱 소리와 함께 열리면 가슴이 방망이질을 했다. 그녀는 그의 구두 발자국 소리, 구두를 벗고 난 후의 낮은 발소리를 침대에서 들었다. 마룻바닥 위로 의자 다리를 끄는 소리, 앉으면서 등나무 의자가 삐걱거리는 소리, 접시에 스푼이 닿는 소리, 신문 넘기는 소리, 물 마시는 소리를 들으며 그녀는 그가 뭘 하고 있는지 알았다. 그녀는 가슴을 졸이며, 오늘 저녁에는 무슨 구실을 대 자신을 닦달할 것인지 궁금했다. 그의 화를 돋울 건 아무리 사소한 것이라도 늘 있었다. 그를 즐겁게 하기 위해 아무리 노력을 해도, 아무리 그의 요구대로 해줘도 충분하지 않았다. 그녀는 그에게 아들을 되돌려줄 수 없었다. 가장 본질적인 면에서 그를 실망시켰다. 그것도 일곱 번이나 그랬다. 이제 그에게 짐밖에 되지 않았다. 마리암은 자신을 쳐다보는 그의 눈길에서 그걸 알 수 있었다. 그녀는 그에게 짐이었다.

그녀는 그에게 이렇게 물었다.

"이제 무슨 일이 일어나는 거죠?"

라시드는 곁눈질로 그녀를 쳐다봤다. 그는 한숨 같기도 하고 신음 같기도 한 소리를 내더니 식탁에서 다리를 내리고 라디오를 껐다. 그리고 라디오를 갖고 위층으로 올라가 문을 닫았다.

4월 27일이었다. 마리암이 궁금해했던 것이 풀렸다. 느닷없이, 요란스러운 함성이 들렸다. 그녀는 맨발로 거실로 뛰어 내려갔다. 라시드는 벌써 내려와서, 헝클어진 머리와 속옷 차림으로 창문에 손바닥을 대고 지켜보고 있었다. 마리암은 그의 옆으로 갔다. 하늘에서는 전투기들이 북쪽과 동쪽을 향해 날아가고 있었다. 비행기의 소음에 귀가 얼얼했다. 멀리서 쿵쿵하는 소리가 울리고 하늘로 연기가 솟구쳤다.

"무슨 일이죠? 무슨 일이 일어나는 거죠?"

"모르겠어."

그는 이렇게 중얼거리고 라디오를 틀려고 했다. 하지만 아무 소리도 나오지 않았다.

"우리는 어쩌죠?"

라시드가 짜증이 묻은 소리로 말했다.

"기다리는 거지."

나중에 마리암이 부엌에서 시금치 소스를 곁들여 밥을 하고 있을 때, 라시드는 아직도 라디오를 틀려고 애쓰고 있었다. 마리암은 라시드를 위해 요리하는 걸 즐기고 또 그걸 기다리기까지 했던 때를 떠올렸다. 이제는 요리를 하면서도 걱정이 앞섰다. 그는 흠만 잡았다. 언제나 쿠르마가 너무 짜거나 싱겁다고 했다. 밥이 너무 기름지거나 퍽퍽하다고 했고, 빵이 너무 물렁물렁하거나 딱딱하다고 했다. 라시드가 그렇게 흠을 잡기 시작하자, 그녀는 부엌일에 자신감이 없어졌다.

그녀가 음식을 가져왔을 때, 라디오에서 국가가 연주되고 있었다.

"사브지를 만들었어요."

"내려놓고 조용히 해."

음악이 희미해지면서 남자의 목소리가 들렸다. 그는 압둘 카데르 공군 대령이라고 자신을 소개했다. 그는 오전에 제4기갑 사단 반군이 공항과 도시의 주요 지역을 장악했다고 말했다. 카불 라디오방송국, 내무부 건물, 외무부 건물도 장악했다고 했다. 그는 자랑스럽게, 카불이 이제 민중의 손에 들어갔다고 말했다. 반군의 미그기들이 대통령 궁을 공격했고, 탱크가 궁 내로 들어가서 격렬한 전투를 벌이고 있다고 했다. 압둘은 다우드를 따르는 군대가 거의 무너졌다고 장담하고 있었다.

공산주의자들은 다우드 한 정권과 관련이 있는 사람들을 약식으로 처형하기 시작했다. 폴레차르히 감옥에서는 눈을 파내고 성기에 전기충격을 줘서 사람을 죽이고 있다는 소문이 카불 시내에 돌기 시작했다. 마리암은 대통령 궁에서 학살이 있었다는 소리를 들었다. 다우드 한도 살해당했다. 그러나 그 보다 앞서, 스무 명 남짓한 그의 가족들이 반군에 살해당했다. 거기엔 여자들과 손자들도 포함되어 있었다. 그가 스스로 목숨을 끊었다는 소리도 있었고, 전투 중에 총에 맞아 죽었다고 하는 소리도 있었고, 반군이 그를 사로잡고 있다가 가족이 몰살당하는 것을 두 눈으로 보게 한 뒤에 죽였다고 하는 소리도 있었다.

라시드는 볼륨을 높이고 라디오에 더 바짝 다가갔다. 압둘 카데르가 말했다.

"혁명군 평의회가 설치되었습니다. 우리 와탄(나라)은 이제 아프가니스탄 민주공화국이라는 이름으로 알려질 것입니다. 귀족과 친인척의 시대, 불평등의 시대는 끝났습니다. 우리는 수십 년에 걸친 폭정을 끝냈습니다. 권력은 이제 민중과 자유를 사랑하는 사람들의 손에 있습니다. 우리 나라의 역사에 영광스러운 새 시대가 열렸습니다. 새로운 아프가니스탄이 태어났습니다. 아프간 민중 여러분, 여러분은 두려워할 게 아무것도 없습니다. 새로운 정권은 이슬람적이고 민주적인 원칙들을 최대한 존중할 것입니다. 지금은 기뻐하고 환호할 때입니다."

라시드는 라디오를 껐다.

마리암이 물었다.

"그러니까 이게 좋은 건가요, 나쁜 건가요?"

"부자들한테는 나쁘고 우리한테는 그다지 나쁘지 않다는 소리겠지."

마리암은 잘릴을 생각했다. 그녀는 공산주의자들이 그를 표적으로 삼을지 궁금했다. 그들이 그를 감옥에 집어넣을까? 그의 아들들까지 그럴까? 그의 사업과 재산을 몰수할까?

라시드가 밥을 쳐다보며 말했다.

"따뜻해?"

"냄비에서 막 퍼가지고 왔어요."

그는 툴툴거리며 자신의 접시를 달라고 했다.

밤하늘이 붉고 노란 불빛으로 갑자기 밝아졌다. 그때, 거리 아래쪽에서는 기진맥진한 파리바가 팔꿈치로 몸을 괴고 버티고 있었다. 그녀의 머리는 땀으로 범벅이 되어 있었고, 윗입술 가장자리에도 땀방울이 송글송글 맺혀 있었다. 침대 옆에는 나이 지긋한 산파 와즈마가 있었다. 파리바의 남편과 아들들은 갓난애를 돌려가며 안았다. 그들은 아이의 적은 머리숱, 분홍색 볼, 장미 봉오리 같은 오므린 입술, 부석부석한 눈꺼풀 뒤에서 움직이는 경옥색 눈을 신기하게 바라보고 있었다. 그들은 아이의 첫 울음소리를 듣고 서로를 바라보며 미소를 지었다. 아이의 울음은 처음에는 고양이 울음소리 같더니 건강하고 힘찬 소리로 바뀌었다. 누르는 아이의 눈이 보석 같다고 말했다.

가족 중 가장 종교적인 아마드는 새로 태어난 여동생의 귀에
대고 아잔을 불러주고 그녀의 얼굴을 세 번 입으로 불었다.

하킴이 아이를 흔들며 물었다.

"이름을 라일라라고 한다고?"

파리바가 피곤한 미소를 지으며 말했다.

"응. 라일라. 밤의 미녀라는 뜻이야. 이상적인 이름이야."

라시드는 손가락으로 밥을 돌돌 말아 입에 넣고 한 번, 두
번 씹더니 인상을 찌푸리며 소프라에 뱉어버렸다.

마리암이 물었다.

"왜 그래요?"

그녀는 미안해하는 자신의 목소리가 마음에 들지 않았다.
그녀는 자신의 맥박이 빨라지고 피부가 수축되는 걸 느낄 수
있었다.

그는 마리암의 우는 듯한 소리를 흉내 내어 말했다.

"왜 그래요? 또 그렇게 만들어놓았잖아."

"평상시보다 5분을 더 삶았어요."

"뻔뻔한 거짓말 마."

"정말이에요."

그는 손가락에 묻은 밥알들을 털어내더니 접시를 밀쳐버렸
다. 소스를 곁들인 밥이 소프라 위에 흩어졌다. 라시드는 거실
에서 뛰쳐나가더니 문을 쾅 닫고 집 밖으로 나가버렸다.

마리암은 바닥에 무릎을 꿇고 밥알들을 주워 접시에 담으려고 했다. 하지만 손이 너무 심하게 떨리고 있었다. 떨림이 멈추기를 기다려야 했다. 두려움이 밀어닥쳤다. 그녀는 몇 번 심호흡을 해보려고 했다. 어두워진 거실 창문에 그녀의 창백한 모습이 비쳤다. 그녀는 고개를 돌렸다.

　그때, 앞문이 열리고 라시드가 거실로 돌아왔다.

　"일어나. 이리 와. 일어나란 말이야."

　그는 그녀의 손을 움켜쥐더니 손가락을 벌리고 자갈을 한 줌 쥐여주었다.

　"입에 넣어."

　"뭐라고요?"

　"이걸 네 입에 넣으란 말이다."

　"그만해요, 라시드. 저는……."

　그의 힘센 손이 마리암의 턱을 틀어쥐었다. 그는 두 손가락을 밀어 넣어 그녀의 입을 벌리고 차갑고 딱딱한 자갈을 그 속에 밀어 넣었다. 마리암은 몸부림을 쳤다. 하지만 그는 윗입술에 경멸의 미소를 띠고 자갈을 계속 밀어 넣었다.

　"이제 씹어라."

　모래와 자갈을 입에 가득 담은 채, 마리암은 애원했다. 눈물이 그녀의 눈가에서 흘러나오고 있었다.

　그가 고함을 쳤다.

　"씹어!"

담배 냄새가 나는 그의 숨결이 그녀의 얼굴을 때렸다.

마리암은 씹었다. 입 안쪽에서 뭔가가 부서졌다.

"좋아."

라시드의 볼이 떨리고 있었다.

"이제는 네가 만든 밥이 어떤 맛인지 너도 알겠지. 이제 네가 이 결혼생활에서 나한테 뭘 주었는지 알겠지. 이 형편없는 음식 말고는 아무것도 없다."

그는 이렇게 말하고는 조약돌과 피와 두 개의 깨진 어금니 조각을 뱉어내도록 마리암을 남겨두고 가버렸다.

제2부

16

1987년 봄, 카불

아홉 살이 된 라일라는 아침이 되면 늘 그랬듯이, 타리크를 그리며 침대에서 일어났다. 그러나 오늘 아침, 그녀는 타리크를 만날 수 없다는 걸 알았다.

그녀는 타리크가 부모님을 따라 남쪽의 가즈니시에 사는 작은아버지 댁을 방문하러 간다고 말했을 때 이렇게 물었다.

"얼마나 오래 가 있을 거야?"

"열사흘 동안."

"열사흘씩이나?"

"그렇게 오래는 아니잖아. 라일라, 너는 얼굴을 찌푸리고 난리구나."

"그런 게 아니야."

"너, 울지 않을 거지?"

"울지 않을 거야! 오빠 때문에 울지는 않아. 어림도 없지."

이렇게 말하면서 그녀는 타리크의 정강이를 발로 찼다. 의족이 아니라 진짜 정강이를 말이다. 그는 라일라의 뒷덜미를 장난스럽게 살짝 쳤다.

열사흘이라니 2주가 다 되는 기간이다. 겨우 닷새밖에 지나지 않았다. 라일라는 시간에 관한 근본적인 진실을 깨닫게 되었다. 타리크의 아버지가 가끔씩 옛 파슈토 곡을 연주하는 아코디언처럼, 시간은 타리크가 있고 없음에 따라 늘어나고 줄어들었다.

아래층에서는 그녀의 부모가 싸우고 있었다. 늘 되풀이되는 싸움. 라일라는 그것이 어떻게 진행되는지 잘 알고 있었다. 사납고 지지 않으려 하는 엄마, 왔다 갔다 하면서 소리를 지르는 엄마, 순하고 얼떨떨해 보이는 아빠, 고분고분하게 머리를 끄덕이며 폭풍우가 지나가기를 기다리는 아빠. 라일라는 문을 닫고 옷을 갈아입었다. 하지만 문을 닫아도 소리가 들렸다. 아직도 엄마의 목소리가 들렸다. 마침내 문을 쾅 닫는 소리. 쿵쿵거리는 발소리. 엄마의 침대가 요란하게 삐걱대는 소리. 아빠는 또 하루를 살아남은 모양이었다.

그가 이제 라일라를 불렀다. "라일라! 학교에 늦겠다."

"잠깐만요."

라일라는 신발을 신고 어깨까지 내려오는 금발 머리를 거울에 비춰가며 재빨리 빗질을 했다. 엄마는 늘 라일라의 머리가 자신의 머리 색깔을 닮았다고 했다. 짙은 속눈썹에 청록색을 띤 눈, 보조개, 높은 광대뼈, 샐쭉거리는 아랫입술까지 닮았다고 했다. 그것은 그녀가 자신의 할머니한테서 물려받은 것이라고 했다. 엄마의 말에 따르면, 그녀의 할머니는 굉장한 미인이었다고 했다. 어느 계곡에서나 그녀의 아름다움에 대한 얘기가 자자했다. 그런데 그것이 두 세대를 건너뛰어 라일라한테로 온 모양이라고 했다. 엄마가 얘기한 계곡이란 카불에서 100킬로미터쯤 떨어진 판지시르였다. 그곳은 페르시아어를 사용하는 타지크 지역이었다. 사촌이었던 엄마와 아빠는 판지시르에서 태어나 자랐다. 1960년, 아빠가 카불 대학에 입학 허가를 받았을 때, 꿈에 부푼 신혼부부였던 그들은 카불로 왔다.

라일라는 엄마가 또 한 차례의 싸움을 하려고 방에서 나오지 않기를 바라며 아래층으로 서둘러 내려왔다. 그런데 아빠가 방충망 옆에 무릎을 꿇고 있었다.

"라일라, 너 이것 보았니?"

방충망은 지난 몇 주 동안 찢어져 있었다. 라일라는 그의 옆에 쭈그려 앉았다.

"아뇨, 새로 생긴 게 분명해요."

"네 엄마한테 나도 그렇게 말했다."

엄마가 난리를 치고 난 다음이면 늘 그렇듯이 그는 풀이 죽은 것 같았다.

"네 엄마 말로는 벌들이 자꾸 이곳으로 들어온다는구나."

라일라는 그가 안쓰러웠다. 바비는 몸집이 작은 사람이었다. 여자처럼 어깨도 좁고 손도 가냘팠다. 밤에 라일라가 그의 방에 가면, 그는 늘 코끝에 안경을 얹고 책을 들여다보고 있었다. 때로는 라일라가 왔다는 것도 알아차리지 못했다. 그녀가 온 걸 알아채면, 그는 읽던 페이지를 표시해두고 다정한 미소를 지었다. 그는 루미, 하페즈가 쓴 대부분의 가잘(시)들을 외우고 있었다. 그는 영국과 러시아가 아프가니스탄을 놓고 벌인 전쟁에 대해 자세하게 알았다. 그는 종유석과 석순의 차이가 무엇인지를 알았고, 지구와 태양 사이의 거리가 카불에서 가즈니까지 150만 번 가는 거리라고 얘기할 수 있었다. 하지만 라일라는 사탕 단지의 뚜껑을 열 때면 엄마한테 가야 했는데, 그럴 때면 배신감이 느껴졌다. 일상적인 도구들은 바비를 당황하게 만들었다. 그는 삐걱거리는 문의 경첩에 기름을 바르지도 않았다. 천장은 그가 막은 다음에도 계속 샜다. 엄마 말에 따르면, 아마드가 누르와 함께 소련군에 대항하여 지하드(성전)를 하러 가기 전에는 그러한 것들을 제대로 고친 사람은 아마드였다고 했다.

그녀는 이렇게 말했다.

"그러나 급히 읽어야 할 책이 있다면, 네 아빠가 제격이다."

아직도 라일라는 아마드와 누르가 소련군과의 전쟁에 나가기 전에는, 그러니까 아빠가 그들이 전쟁에 나가도록 허용하기 전에는, 엄마도 책을 좋아하는 아빠의 습관을 좋아하고, 그의 건망증과 바보 같은 성격이 매력적이라고 생각했다는 느낌을 떨칠 수 없었다.

바비가 수줍게 웃으며 말했다.

"그래, 오늘이 며칠째냐. 닷새째냐? 아니면 엿새째냐?"

"제가 알 게 뭐예요? 안 세봤어요."

라일라는 어깨를 으쓱하며 거짓말을 했다. 그녀는 아빠가 기억해주는 게 좋았다. 엄마는 타리크가 카불을 떠나 있다는 것도 모르고 있었다.

"금세 돌아와 손전등을 흔들 게다."

바비가 라일라와 타리크가 밤마다 서로에게 신호를 보내는 놀이를 하는 걸 가리키며 말했다. 워낙 오랫동안 해와서 이제는 그것이 이를 닦는 것처럼 잠자리에 들 때 치르는 의식이 되었다.

바비는 찢어진 곳에 손가락을 들이밀었다.

"빨리 고쳐야겠다. 이제 가는 게 좋겠다."

그는 목소리를 높여 어깨 너머로 소리쳤다.

"파리바, 지금 가려고 해. 라일라를 학교에 데려다주고 갈게. 나중에 학교에서 데려오는 것 잊지 마!"

라일라는 밖으로 나가 바비의 자전거 뒷좌석에 타려 하고 있었다. 그때, 구두장이 라시드가 아내와 단둘이 살고 있는 집 옆의 도로에 한 대의 차가 주차되어 있는 게 보였다. 이 동네에서는 보기 드문 벤츠였다. 엔진 덮개와 차 지붕과 트렁크를 가르는 두툼한 흰 선이 있는 청색 벤츠였다. 라일라는 두 남자가 앉아 있는 모습을 보았다. 한 사람은 운전석에, 다른 한 사람은 뒷좌석에 앉아 있었다.

"저 사람들이 누구죠?"

그녀가 묻자 바비가 말했다.

"우리가 상관할 일이 아니야. 어서 타. 학교에 늦겠다."

라일라는 저번에 있었던 또 다른 싸움을 떠올렸다. 그때, 엄마는 아빠를 굽어보며 이렇게 말했었다.

"아무것도 당신하고 상관없다는 거지? 그게 상관할 일이 아니란 말이야? 당신 자식들이 전쟁에 나가는데도? 내가 그렇게 애원했건만, 당신은 그 염병할 책에 코를 박고 우리 아들들이 하라미라도 되는 것처럼 보내버렸어."

바비는 거리 위쪽을 향해 페달을 밟았다. 뒤에 탄 라일라는 그의 배에 팔을 두르고 있었다. 그들이 청색 벤츠를 지나칠 때, 라일라는 어렴풋이 뒷좌석에 앉아 있는 남자를 보았다. 마르고 머리가 하얗게 센 남자였는데 짙은 갈색 양복을 입고 앞주머니에 흰 삼각형 모양의 손수건을 꽂고 있었다. 라일라는 그 차가 헤라트의 번호판을 달고 있다는 것도 눈여겨보았다.

그들은 말없이 자전거를 타고 갔다. 이따금 방향을 틀어야 할 때는 바비가 조심스럽게 브레이크를 밟으며 말했다.

"라일라, 꼭 잡아. 속도를 줄일 테니까. 그래, 그렇게."

그날 수업 시간에 라일라는 공부에 집중하기가 어려웠다. 타리크가 없어서도 그랬고 그녀의 부모가 싸워서도 그랬다. 그래서 선생이 루마니아와 쿠바의 수도가 어디냐고 물었을 때 라일라는 방심하고 있던 참이었다.

선생의 이름은 샨자이였다. 그러나 그녀가 없는 자리에서 학생들은 그녀를 랑그마알(화가) 선생이라고 불렀다. 그녀가 아이들을 때리는 모습 때문에 붙여진 별명이었다. 그녀는 화가가 붓을 놀리는 것처럼, 손바닥과 손등을 사용해 앞뒤로 번갈아가며 아이들의 따귀를 때렸다. 랑그마알 선생은 짙은 눈썹과 날카로운 얼굴의 여자였다. 학교에 처음 왔을 때, 그녀는 자랑스럽게 자신이 호스트 출신의 가난한 농부의 딸이라고 얘기했다. 그녀의 자세는 곧았고, 새까만 머리를 뒤로 잡아당겨 묶고 있었다. 그래서 랑그마알 선생이 돌아설 때, 라일라는 그녀의 목에 난 검은 털을 볼 수 있었다. 랑그마알 선생은 화장도 안 했고 장신구도 달지 않았다. 그녀는 여학생들에게 화장을 하지 못하도록 했다. 그녀는 여자와 남자는 모든 점에서 동등하다며, 남자들이 화장을 하지 않는데 여자들이 해야 할 이유는 없다고 말했다. 그녀는 소련이 아프가니스탄과 더불어 세계에서 가장 좋은 나라라고 말했다. 소련은 노동자들에게 친절하고 소련 사람들은 모두가 평등하다고 했다. 소련에서는 모든 사람이 행복하고 친절해서, 범죄가 많아 사람들이 집을 나서기를 두려워하는 미국과는 다르다고 했다. 진보에 반동적인 자들과 퇴보적인 악당들을 물리치고 나면, 아프가니스탄에 있는 모든 사람들도 행복해질 것이라고 말했다.

"우리 소비에트 동지들이 1979년에 이곳에 온 이유가 바로 그거란다. 이웃을 도와주기 위해서 말이야. 우리 나라를 퇴보적이고 원시적인 나라로 만들려고 하는 짐승들을 쳐부술 수 있도록 도와주려고 말이야. 여러분도 도와야 해. 이 반군들에 대해서 아는 사람은 누구나 신고를 해야 해. 그건 여러분의 의무야. 잘 듣고 있다가 보고를 해야 해. 그게 여러분의 부모라 해도, 여러분의 숙부나 숙모라 해도 그렇게 해야 해. 그들 중 누구도 여러분의 조국만큼 여러분을 사랑하지는 못하기 때문이지. 나라가 먼저라는 걸 기억해! 나는 여러분이 자랑스러울 것이고, 조국도 여러분이 자랑스러울 거야."

랑그마알 선생의 책상 뒷벽에는 소련 지도, 아프가니스탄 지도, 그리고 바비의 말에 따르면, 한때는 서슬이 퍼런 아프가니스탄 비밀경찰의 총수였던 공산주의자 대통령인 나지불라의 최근 사진이 액자에 넣어져 걸려 있었다. 다른 사진들도 있었다. 대부분 소련의 젊은 군인들이 농부들과 악수를 하고, 사과 묘목을 심고, 집을 짓고, 온화한 미소를 짓고 있는 사진들이었다.

랑그마알 선생이 말했다.

"내가 너의 백일몽을 방해했니, 인킬라비 소녀야?"

그녀는 라일라를 인킬라비 소녀라는 별명으로 불렀다. 혁명의 소녀라는 의미였다. 그녀가 1978년 4월 쿠데타가 일어났던 날 밤에 태어났기 때문이었다. 그러나 랑그마알 선생은 누군가가 수업 시간에 쿠데타라는 말을 쓰면 몹시 화를 냈다. 그녀는 쿠데타가 아니라 혁명이었다고 주장했다. 불평등에 항의해서 노동자들이 들고 일어났다는 것이었다. 지하드라는 말도 금지된 말이었다. 그녀에 따르면, 지방에는 전쟁이라고 할 만한 것도 없었고, 외국 선동분자들이 사주한 골칫거리들과의 작은 승강이만 있었을 뿐이라고 했다. 아무도 그녀가 있을 때는 8년 동안 싸우고 난 후, 소련이 이 전쟁에서 지고 있다는 소문을 감히 입에 올리지 못했다. 특히 미국의 레이건 대통령이 소련의 헬리콥터를 격추시키기 위해 스팅어 미사일을 배에 실어 무자헤딘에게 보내기 시작했고, 전 세계의 이슬람교도들이 지하드를 하러 아프가니스탄으로 몰려들고 있다는 말도 할 수 없었다. 이집트, 파키스탄, 심지어 잘사는 사우디의 이슬람교도까지 막강한 재력으로 무장한 채 지하드를 위해 이곳으로 온다는 말도 그녀 앞에서는 할 수 없었다.

라일라는 가까스로 대답했다.

"부쿠레슈티와 아바나입니다."

"그 나라들이 우리의 우방이냐 아니냐?"

"우방입니다."

랑그마알 선생이 짤막하게 고개를 끄덕였다.

학교가 끝났지만 엄마는 또다시 나타나지 않았다. 라일라는 동급생인 기티, 하시나와 함께 집으로 돌아올 수밖에 없었다.

기티는 머리를 두 가닥으로 땋아 고무줄로 묶고 다니는 앙상하고 작은 아이였다. 그녀는 늘 얼굴을 찌푸린 채 마치 방패라도 되는 것처럼 책들을 가슴에 끌어안고 걸어갔다. 하시나는 라일라와 기티보다 세 살이 많은 열두 살이었지만, 3학년 때 한 번, 4학년 때 두 번 낙제를 했다. 그녀는 부족한 머리를 장난과 입담으로 때웠다. 기티는 하시나의 입이 재봉틀처럼 움직인다고 말했다. 선생님에게 랑그마알이라는 별명을 붙인 것도 하시나였다.

오늘, 하시나는 마음에 들지 않는 청혼자들을 물리치는 방법을 알려준다며 큰소리를 쳤다.

"절대 안전한 방법이야. 내 말 믿으라고."

기티가 말했다.

"말도 안 돼. 나는 청혼자가 있기에는 너무 어리잖아."

"어리지 않아."

"여하튼 아무도 나한테 청혼하러 오지 않았어."

"얘, 그건 네가 수염이 났기 때문이야."

기티의 손이 금세 턱으로 올라갔다. 그녀는 놀란 표정으로 라일라를 쳐다보고 설마 그렇지는 않겠지 하면서 고개를 저었다. 라일라는 그러한 그녀를 가엾게 쳐다봤다. 기티는 라일라가 만난 사람 중 가장 유머 감각이 없는 사람이었다.

"여하튼 얘들아, 어떻게 할지 알고 싶니 어쩌니?"

라일라가 말했다.

"말해봐."

"콩이야. 적어도 네 캔 정도는 준비해둬야지. 저녁에 이빨이 없는 도마뱀이 너희들한테 청혼하러 나타날 거야. 얘들아, 타이밍이 가장 중요한 거야. 그자에게 차를 대접할 시간이 될 때까지 참았다가 그걸 폭죽처럼 터뜨리는 거야."

라일라가 말했다.

"기억해둘게."

"그 남자도 그럴걸."

라일라는 그러한 충고는 필요 없다고 말할 수 있었다. 바비가 그녀를 결혼시킬 생각을 하지 않았기 때문이었다. 바비는 카불에 있는 커다란 빵 공장인 실로에서 일하고 있었다. 그는 오븐에 지핀 열기와 시끄러운 제분기 사이에서 하루 종일 일하고 있었지만, 대학을 졸업한 사람이었다. 그는 공산주의자들한테 해고를 당하기 전에는 고등학교 선생이었다. 소련군이 침공하기 1년 반 전인 1978년, 쿠데타가 일어난 직후에 그는 해고당했다. 바비는 라일라에게 어렸을 때부터, 라일라의 안전 다음으로 그의 인생에서 중요한 것은 그녀의 교육이라고 말했다.

"나는 네가 아직 어리다는 건 안다. 하지만 나는 네가 지금 이걸 이해하고 알았으면 싶다. 결혼은 늦출 수 있지만 교육은 그럴 수 없는 거란다. 너는 아주 영리한 아이야. 정말로 그렇지.

라일라, 너는 원한다면 뭐든지 될 수 있어. 나는 알아. 그리고 또 한 가지, 전쟁이 끝나면 아프가니스탄은 남자들만큼이나 너를 필요로 할 거라는 사실도 알지. 어쩌면 더 필요로 할지도 모르지. 여자들이 교육을 받지 못하면 사회는 성공할 수가 없는 거다. 그럴 수가 없지."

하지만 라일라는 바비가 그런 말들을 했으며, 그 같은 아빠를 뒀다는 게 너무 좋고, 아빠가 자기를 그렇게 생각해주는 게 너무 자랑스럽고, 그래서 교육을 받기로 결심했다는 말은 하시나에게 하지 않았다. 지난 2년 동안, 라일라는 해마다 각 학년에서 최우수 학생에게 주어지는 아왈 누므라(우등상)를 받았다. 하지만 그녀는 하시나에게 이런 것들에 대해서도 아무 말하지 않았다. 하시나의 아버지는 2, 3년 지나면 그녀를 시집보내버릴 게 거의 확실한 성격 못된 택시 기사였다. 그런 경우는 별로 없었지만 하시나는 언젠가 심각한 표정으로, 자기보다 스무 살이나 많고 라호르에서 자동차 판매점을 하는 사촌과 결혼하기로 이미 약속이 되어 있다고 말한 적이 있었다. "그 사람을 두 번 봤어. 두 번 다, 입을 쩍 벌리고 음식을 먹더라고." 하시나는 이렇게 말했었다.

"얘들아, 콩이야. 콩을 기억해."

하시나는 여기까지 말하고 짓궂은 미소를 짓더니 라일라의 팔꿈치를 쿡 찔렀다.

"젊고 잘생긴 외다리 왕자님이 문을 두드리면 그건 예외지.

그때는⋯⋯."

라일라는 팔꿈치를 밀쳐냈다. 다른 사람이 타리크에 대해서 그런 얘기를 했다면 화를 냈을 것이다. 그러나 그녀는 하시나에게 악의가 없다는 걸 알았다. 그저 놀리고 있을 뿐이었다. 그녀는 아무나 놀렸다. 자기 자신에게도 그랬다.

기티가 말했다.

"사람들에 관해 그렇게 말하면 안 돼!"

"어떤 사람들 말이니?"

"전쟁 때문에 다친 사람들 말이야."

기티는 하시나가 놀리고 있다는 걸 모르고 진지하게 말했다.

"우리 기티 선생님께서 타리크한테 푹 빠졌구먼. 나는 알고 있었어! 하하! 하지만 너는 그에게 이미 임자가 있다는 걸 모르니? 라일라, 그렇잖니?"

"나는 빠지지 않았어. 아무한테도!"

그들은 라일라에게서 떨어져 아직도 그런 식으로 말싸움을 하며 자신들이 사는 곳을 향해 돌아섰다.

라일라는 마지막 세 블록을 혼자서 걸었다. 그녀가 사는 거리로 들어섰을 때, 아직도 청색 벤츠가 라시드와 마리암의 집 밖에 주차되어 있는 걸 보았다. 갈색 양복을 입은 나이 든 남자는 이제 지팡이를 짚고 자동차의 엔진 덮개 옆에 서서 그 집을 바라보고 있었다.

그때, 라일라의 등 뒤에서 누군가가 말했다.

"야, 노랑머리, 여기 봐."

라일라가 몸을 돌리자 총열이 그녀를 맞았다.

17

총은 붉은색이었다. 그리고 방아쇠 주변은 밝은 녹색이었다. 총 뒤에서 하딤이 히죽거리며 웃고 있었다. 하딤은 타리크처럼 열한 살이었다. 그는 뚱뚱하고 키가 크고 심한 주걱턱이었다. 그의 아버지는 데흐마장에서 정육점을 하고 있었다. 하딤은 때때로 행인들에게 송아지의 내장을 던지는 고약한 버릇을 갖고 있었다. 때때로 타리크가 가까이에 있지 않으면, 하딤은 쉬는 시간에 라일라를 따라다니면서 추파를 던지고 이상한 소리를 내곤 했다. 언젠가 그는 라일라의 어깨를 두드리며 이렇게 말했다.

"노랑머리, 너 참 예쁘다. 너랑 결혼하고 싶다."

그가 총을 흔들었다.

"걱정하지 마. 이건 표시 안 날 테니까. 네 머리에는 표시 안 나지."

"경고하겠는데 다시는 그러지 마!"

"네가 어쩔 건데? 그 병신이 나한테 엉겨 붙게 할 거냐? 빨리 와서 이 바드마시(나쁜 놈)로부터 나를 구해줘! 이렇게 말할 거냐?"

라일라가 뒤로 물러나기 시작했다. 하지만 하딤은 벌써 방아쇠를 당기고 있었다. 가늘고 미지근한 물줄기가 라일라의 머리를 때렸다. 얼굴을 가리려고 손을 올리자 물줄기는 그녀의 손바닥을 때렸다. 다른 사내아이들이 숨었던 곳에서 나오더니 웃고 난리였다.

거리에서 들었던 적이 있는 욕이 라일라의 머리에 떠올랐다. 사실, 그녀는 그게 무슨 뜻인지도 잘 몰랐다. 그 말을 해서 어쩌자는 것도 아니었다. 그러나 그 말에 들어 있는 사나운 힘이 느껴졌다. 그녀는 그것을 폭발시켰다.

"니미 씹이다!"

하딤이 당황하지 않고 쏘아붙였다.

"적어도 우리 엄마는 네 엄마처럼 미치광이는 아니다. 적어도 우리 아빠는 네 아빠처럼 계집애 같진 않다! 그나저나 네 손에서 나는 냄새나 맡아봐라."

다른 사내아이들이 하딤의 마지막 말을 따라서 했다.

"냄새나 맡아봐라! 냄새나 맡아봐라!"

라일라는 냄새를 맡아봤다. 그러나 그러기 전에 벌써, 그가 라일라의 머리에는 표시가 나지 않을 거라고 했던 말의 의미를 알았다. 그녀는 비명을 질렀다. 그러자 사내아이들이 더 심하게 야유를 했다.

라일라는 돌아서서 울부짖으며 집으로 달려갔다.

그녀는 우물에서 물을 길어 욕실에 가서 대야에 물을 붓고 옷을 벗었다. 그리고 혐오감 때문에 울먹이면서 손가락으로 정신없이 두피를 긁으며 머리를 감았다. 그녀는 머리를 헹구고 다시 머리에 비누칠을 했다. 여러 차례 토할 뻔했다. 그녀는 울고 떨면서, 비누를 묻힌 목욕 수건으로 얼굴과 목이 붉어질 때까지 문지르고 또 문질렀다.

라일라는 깨끗한 셔츠와 바지로 갈아입으면서, 타리크가 있었다면 이런 일은 없었을 거라고 생각했다. 하딤은 감히 그러지 못했을 것이다. 물론 엄마가 제때에 학교에 오기만 했어도 그런 일은 없었을 것이다. 가끔 라일라는 엄마가 왜 자기를 낳았는지 궁금했다. 그녀는 이제, 사람들이 먼저 낳은 자식들에게 이미 사랑을 다 주어버렸다면 더 이상 아이를 낳지 말아야 한다고 믿었다. 그것은 공정하지 않았다. 몹시 화가 났다. 라일라는 방으로 가서 침대 위에 쓰러졌다.

최악의 상태가 지나가자, 그녀는 통로를 가로질러 엄마의 방문을 두드렸다. 라일라는 어렸을 때, 이 방문 밖에서 몇 시간 동안이나 앉아 있곤 했다. 그녀는 문을 두드리며 마력을 깨기 위한 주문처럼 몇 번이고 엄마를 불렀다. 엄마, 엄마, 엄마, 엄마……. 그러나 엄마는 결코 문을 열어주지 않았다. 그녀는 지금도 문을 열어주지 않았다. 라일라는 문고리를 돌리고 걸어 들어갔다.

때때로 엄마의 기분이 괜찮을 때도 있었다. 그럴 때면, 그녀는 눈을 빛내며 장난스럽게 침대에서 뛰쳐나왔다. 미소를 지으면 늘어진 아랫입술이 위로 치켜졌다. 그녀는 목욕을 하고 새 옷으로 갈아입고 마스카라를 칠했다. 그리고 라일라가 빗겨주도록 머리는 놔두고—이건 라일라가 좋아하는 것이었다—귀걸이를 달았다. 그들은 만다이 시장으로 쇼핑을 하러 갔다. 라일라는 그녀와 주사위로 뱀과 사다리 놀이를 했다. 그들은 검은 초콜릿을 잘라 나눠 먹었다. 그것은 몇 안 되는 공통된 취미 중 하나였다. 엄마는 기분이 좋은 날이면, 초콜릿을 먹어서 갈색으로 변한 이를 드러내고 집에 오는 아빠를 향해 웃었다. 라일라는 그럴 때가 좋았다. 만족감이 방 안에 넘쳤다. 그럴 때면, 라일라는 잠시나마 집 안이 사람들로 북적거리고 시끌벅적하고 즐거웠을 때 엄마와 아빠 사이에 있었을 상냥함과 로맨스를 엿보았다.

엄마는 때로 기분이 좋으면 빵을 구웠다. 그리고 이웃에 사는 여자들을 불러 차를 마시며 과자를 먹었다. 라일라는 엄마가 식탁에 컵, 냅킨, 좋은 접시들을 놓을 때, 그릇을 깨끗이 닦아놓았다. 나중에 라일라는 여자들이 차를 마시고 시끄럽게 얘기하면서 엄마의 빵 굽는 솜씨를 칭찬할 때면, 그 대화에 끼려고 했다. 말할 것은 많지 않았지만, 그녀는 앉아서 듣는 걸 좋아했다. 이러한 모임이 있을 때면 정말로 좋은 게 있었다. 그녀는 엄마가 아빠에 대해 다정한 말을 하는 걸 들을 수 있었다.

"우리 남편은 최고의 선생이었어요. 학생들이 아주 좋아했어요. 다른 선생들처럼 자로 때리지 않아서만이 아니었어요. 그가 학생들을 존중했기 때문에 학생들도 그를 존경했던 거죠. 그는 훌륭한 선생이었답니다."

엄마는 아빠가 청혼한 이야기를 하기를 즐겼다.

"나는 열여섯 살이었고, 그이는 열아홉 살이었죠. 판지시르에서 우리는 바로 옆집에서 살았어요. 나는 그이가 너무 좋았어요. 나는 두 집 사이에 있는 벽을 타고 올라가곤 했죠. 우리는 그의 아버지의 과수원에서 놀았죠. 하킴은 들킬까 봐 늘 겁을 냈어요. 나의 아버지한테 얻어맞을까 봐 겁이 났던 거죠. '당신의 아버지한테 뺨 맞을 거야.' 그는 늘 이렇게 말했어요. 그이는 그때도 조심스럽고 진지한 사람이었어요. 그런데 어느 날 내가 이렇게 말했죠. '오빠, 어떤 게 좋을까? 오빠가 나한테 청혼을 할 거야, 아니면 내가 오빠한테 하스테가리로 가게 할 거야?' 나는 정확히 그렇게 말했어요. 여러분은 그이의 얼굴 표정을 봤어야 해요!"

엄마는 손뼉을 치며 웃었다. 다른 여자들과 라일라도 따라서 웃었다.

엄마가 이러한 이야기들을 하는 걸 들으며, 라일라는 엄마가 아빠에 대해서 이런 식으로 말했던 때가 있었다는 사실을 떠올렸다. 그때는 엄마 아빠가 각자의 방에서 자지도 않았다.

결국 엄마가 청혼에 대해서 한 이야기는 중매 이야기로 넘어갔다. 아프가니스탄이 소련으로부터 해방되고 자식들이 집으로 돌아오면 그들에게 신부가 필요할 것이었다. 여자들은 아마드와 누르에게 알맞을 이웃집 딸들을 골라보았다. 화제가 오빠들로 옮겨 가면, 라일라는 언제나 소외된 느낌을 받았다. 마치 그들이 그녀만 보지 못한 영화에 대해 얘기하는 듯한 느낌이 들었다. 아마드와 누르가 카불을 떠나 북쪽의 판지시르로 가서 아마드 샤 마수드 사령관 밑에서 지하드에 참여했을 때, 라일라는 두 살이었다. 라일라는 오빠들에 대해선 아무것도 기억하지 못했다. 아마드의 목에 걸린 빛나는 알라신 펜던트와 누르의 귓가에 난 검은 털. 이것이 그녀가 기억하는 전부였다.

누군가가 말했다.

"아지타는 어때요?"

엄마는 말도 안 된다는 듯 손바닥으로 자신의 얼굴을 가볍게 치며 말했다.

"양탄자 제조업자의 딸 말인가요? 그 애는 하킴보다 콧수염이 많아요!"

"아나히타는 어때요? 자르구나 학교에서 1등을 한다던데."

"그 아이의 이를 본 적 있으세요? 묘석 같아요. 입 속에 무덤을 숨기고 있는 것 같아요."

"와히디의 딸들은 어때요?"

"두 난쟁이 말인가요? 안 돼요, 안 돼. 내 아들들한테는 안 돼요. 나의 술탄들한테는 안 돼요. 그들한테는 더 좋은 색시가 필요해요."

잡담이 길어지면서 라일라는 공상을 했다. 그리고 늘 그랬던 것처럼, 그녀의 생각은 타리크를 향했다.

엄마는 노란 커튼을 치고 있었다. 어두웠다. 방에는 빨지 않은 리넨, 땀, 더러운 양말, 향수, 지난밤에 먹다 남긴 쿠르마의 냄새가 뒤섞여 있었다. 라일라는 방을 가로지르기 전에 눈이 어둠에 익숙해지기를 기다렸다. 어둠에 익숙해졌을 때도 바닥에 널려 있는 옷가지에 발이 걸렸다.

라일라는 커튼을 젖혔다. 침대 발치에 낡은 접이식 철제 의자가 있었다. 라일라는 거기에 앉아 담요로 몸을 감싸고 있는 어머니를 바라보았다.

벽에는 아마드와 누르의 사진들이 가득했다. 낯선 두 사람이 사방에서 미소를 짓고 있었다. 세발자전거를 타는 누르의 사진도 있었다. 아마드가 열두 살이었을 때, 아빠와 함께 만든 해시계 옆에서 기도를 하고 있는 사진도 있었다. 뜰에 있는 배나무 밑에서 두 형제가 등을 맞대고 앉아 있는 사진도 있었다.

엄마의 침대 밑으로 아마드의 구두 상자 모서리가 보였다.

때때로 엄마는 라일라에게 그 안에 담겨 있는 오래된 신문 기사나 팸플릿을 보여줬다. 아마드가 파키스탄에 본부를 둔 반군들이나 저항 단체로부터 얻은 것이라고 했다. 라일라는 기다란 흰옷을 입은 남자가 다리를 잃은 작은 아이에게 막대사탕을 주는 모습이 담긴 사진을 본 적도 있었다. 그 사진 밑에는 이런 설명이 붙어 있었다. '소련의 지뢰들은 아이들을 노리고 있습니다.' 그 신문 기사에는 소련군이 화려한 색상의 장난감 안에 폭약을 숨겨놓기를 좋아한다는 말도 쓰여 있었다. 아이가 그걸 주우면, 장난감이 폭발하여 손가락이나 손 전체가 날아가게 만들었다. 그렇게 되면 아이의 아버지는 지하드에 참여하지 못하고 집에서 아이를 돌봐야 했다. 아마드의 구두 상자 안에 든 또 다른 기사에는 무자히드라는 어린아이의 말이 인용되어 있었다. 그 아이는 소련군이 마을에 가스를 살포하여 사람들에게 화상을 입히고 눈을 멀게 했고, 그의 어머니와 누나가 피를 토하며 시내로 달려갔다고 증언했다.

"엄마."

담요로 둘러싸인 몸이 약간 움직였다. 신음 소리가 났다.

"엄마, 일어나요. 3시예요."

또 다른 신음 소리가 들렸다. 잠수함의 잠망경처럼 손이 쑥 나오더니 내려갔다. 이번에는 몸이 더 확실하게 움직였다. 엄마의 몸을 덮은 담요들이 부딪는 소리가 났다. 엄마는 천천히 몸을 드러냈다. 처음에는 꾀죄죄한 머리, 다음에는 찡그린 하얀 얼굴, 불빛에 눈이 부셔 감긴 눈, 침대 머리를 더듬는 손, 그녀가 끙끙거리며 빠져나오면서 미끄러지는 시트. 엄마는 안간힘을 써서 고개를 들었다가 불빛에 눈이 부셔 고개를 숙였다.

엄마가 중얼거렸다.

"학교는 어땠니?"

늘 그런 식이었다. 두 사람 다, 시치미를 떼고, 의무적인 질문에 형식적인 답변을 했다. 열기라곤 하나도 없이 똑같이 반복되는 낡고 지겨운 일종의 춤.

"괜찮았어요."

"뭘 배웠니?"

"똑같은 거죠."

"뭣 좀 먹었니?"

"예."

"됐다."

엄마는 다시 고개를 들어 창문 쪽을 바라보았다. 그녀가 주춤했다. 눈까풀이 떨렸다. 그녀의 오른쪽 얼굴이 붉었다. 그쪽으로 머리가 눌려 있었다.

"머리가 아프다."

"아스피린 좀 갖다드릴까요?"

엄마는 관자놀이를 문질렀다.

"아니, 나중에. 아빠는 왔니?"

"이제 3시밖에 안 됐어요."

엄마가 하품을 했다.

"아, 맞다. 네가 이미 말했지. 막 꿈을 꾸고 있었다."

이런 말을 하는 그녀의 목소리는 잠옷이 시트에 닿으면서 나는 소리보다 조금밖에 크지 않았다.

"네가 들어오기 전에 말이다. 그런데 무슨 꿈이었는지 생각이 나지 않는다. 너도 그런 적이 있니?"

"엄마, 그건 누구한테나 있는 일이에요."

"이상한 일도 다 있다."

"엄마가 꿈을 꾸고 있는 동안, 어떤 머슴애가 제 머리에 오줌을 쌌어요."

"뭘 쌌다고? 뭐라고 했니?"

"오줌이라고요."

"저런. 세상에. 안됐구나. 쯧쯧. 내일 아침 내가 그 애와 얘기해보마. 아니면 그 아이의 엄마와 얘기하는 게 좋을지도 모르겠다. 그래, 그게 좋겠다."

"아직 나는 엄마한테 누가 그랬는지 얘기도 하지 않았잖아요."

"그래, 누구였니?"

"신경 쓰지 마세요."

"너, 화났구나."

"엄마가 나를 데리러 오기로 돼 있었잖아요."

"그랬지."

엄마가 쉰 목소리로 말했다. 라일라는 이해할 수 없었다. 엄마는 자신의 머리를 뜯기 시작했다. 머리를 쥐어뜯는데도 달걀처럼 머리가 벗어지지 않는다는 게 참 신기했다.

"그 아이의 이름이 뭐였더라? 네 친구 말이다. 타리크였던가? 그래, 그 아이는 어떠니?"

"일주일 동안 어디에 가고 없어요."

엄마는 코로 한숨을 내쉬었다.

"그렇구나. 너, 씻었니?"

"네."

"그렇다면 네 몸은 깨끗하구나."

엄마는 지친 눈길을 창문으로 향했다.

"깨끗하다면 됐다."

라일라가 일어섰다.

"숙제를 해야겠어요."

"물론 그렇겠지. 얘야, 나가기 전에 커튼을 닫으렴."

그렇게 말하는 엄마의 목소리가 희미해졌다. 벌써 시트 아래로 들어가고 있었다.

라일라가 커튼에 손을 뻗을 때, 먼지구름을 일으키며 차 한 대가 지나가는 게 보였다. 헤라트 번호판을 단 청색 벤츠가 마침내 떠나고 있었다. 차의 뒤 창문이 햇볕에 반짝였다. 그녀는 차가 모퉁이를 돌아 사라질 때까지 바라보았다.

엄마가 라일라의 등 뒤에서 말하고 있었다.

"내일은 잊지 않겠다. 약속하마."

"어제도 그렇게 말했어요."

"라일라, 너는 몰라."

"뭘 몰라요?"

라일라가 몸을 돌려 엄마를 바라보았다.

"내가 뭘 모른다고요?"

엄마가 손을 들어 올려 가슴을 두드렸다.

"여기 있는 것 말이다. 여기에 뭐가 있는지 모른단 말이다."

그러더니 그녀의 손이 흐늘흐늘 아래로 내려왔다.

"너는 몰라."

18

한 주가 지났다. 하지만 아직도 타리크는 오지 않았다. 또 한 주가 왔다가 갔다.

시간을 때우기 위해, 라일라는 바비가 아직 손보지 못한 방충망을 꿰맸다. 그리고 바비의 책들을 내려놓고 먼지를 털어 다시 알파벳순으로 정렬했다. 그녀는 하시나, 기티, 기티 어머니와 함께 코체흐 모르가에 갔다. 기티의 엄마는 재봉사였는데, 때때로 엄마와 바느질을 같이 했다. 라일라는 인간이 직면해야 하는 가장 어려운 일 중에서 기다리는 일만큼 힘든 게 없다고 생각하게 되었다.

또 한 주가 지났다.

라일라는 끔찍한 생각에 사로잡혔다.

타리크는 오지 않을지 몰랐다. 그의 부모는 영원히 떠났는지

몰랐다. 가즈니로 간다는 것은 핑계에 불과했는지 몰랐다. 두
사람에게 헤어짐의 아픔을 덜어주기 위한 어른들의 계략이었
는지 몰랐다.

그가 또 지뢰를 밟았는지 몰랐다. 타리크가 다섯 살이었던
1981년, 그의 부모가 남쪽에 있는 가즈니로 그를 데리고 갔을
때 그랬듯이 말이다. 라일라의 세 번째 생일 직후에 생긴 일이
었다. 그때 그는 운이 좋았다. 다리 하나만 잃고 목숨을 잃지
않았다는 것만으로도 다행이었다.

그녀의 머리는 이러한 생각으로 빙빙 돌았다.

그런데 어느 날 밤, 라일라는 거리 아래쪽에서 자그만 플래
시 불빛이 비치는 걸 보았다. 그녀의 입에서 외마디 소리가 새
어 나왔다. 그녀는 침대에서 재빨리 자신의 플래시를 찾았지만
작동이 안 됐다. 라일라는 손바닥으로 플래시를 쿵쿵 치면서
닳아버린 전지를 욕했다. 하지만 그건 중요하지 않았다. 그가
돌아왔다. 안도감으로 머리가 어지러웠다. 그녀는 침대의 가장
자리에 앉아 그 아름다운 노란 눈이 깜빡깜빡하는 모습을 바
라보았다.

다음 날, 타리크의 집에 가면서 라일라는 하딤과 그의 친구
들이 길 건너에서 노는 걸 보았다. 하딤은 쪼그려 앉아 막대기
로 흙에 뭔가를 그리고 있었다. 그는 그녀를 보자 막대기를 놓
고 손가락을 흔들었다. 그가 무슨 말을 하자 아이들이 왁자지

껄하게 웃는 소리가 들렸다. 라일라는 고개를 숙이고 빨리 지나갔다.

그녀는 타리크가 문을 열자 이렇게 소리쳤다.

"그간 뭐 했던 거야?"

그때서야 그녀는 그의 작은아버지가 이발사라는 걸 떠올렸다. 타리크는 새로 깎은 머리를 손으로 긁적거리며 미소를 지었다. 약간 고르지 못한 흰 이가 드러나 보였다.

"마음에 들어?"

"군대에 가는 사람처럼 보여."

그가 머리를 낮추며 말했다.

"만져보고 싶어?"

뻣뻣한 작은 머리털이 기분 좋게 라일라의 손바닥에 닿았다. 타리크는 원뿔 모양의 두상에 보기 싫은 종기가 나 있는 다른 애들과 달랐다. 그의 머리는 완벽한 곡선을 이루고 있었고 종기도 없었다.

그가 고개를 들자 햇볕에 탄 볼과 이마가 라일라의 눈에 들어왔다.

"왜 그렇게 오래 걸린 거야?"

"작은아버지가 아프셨거든. 자, 들어와."

그는 라일라를 데리고 거실로 들어갔다. 라일라는 이 집의 모든 걸 좋아했다. 거실에 있는 해진 낡은 양탄자, 소파에 있는 누비이불, 그의 어머니가 쓰는 천, 실패에 꽂힌 바늘들, 낡은 잡지들, 누군가가 열기를 기다리며 구석에 놓여 있는 아코디언 케이스 등 모든 게 좋았다.

타리크의 어머니가 부엌에서 소리쳤다.

"누구냐?"

그가 대답했다.

"라일라예요."

그는 의자를 가져다줬다. 거실에는 불이 훤히 밝혀져 있었다. 이중 창문이 뜰 쪽으로 나 있었다. 창턱에는 타리크의 어머니가 가지를 절이거나 당근 마멀레이드를 만들어 담아놓는 데 사용하는 빈 단지들이 놓여 있었다.

타리크의 아버지가 들어서며 말했다.

"우리 며느리가 왔구나."

그는 머리가 희끗희끗하고 몸이 마른 60대 초반의 목수였다. 그의 앞니들은 사이가 벌어져 있었다. 그는 평생을 밖에서 보낸 사람처럼 눈이 가늘었다. 그가 팔을 벌리자 라일라가 안겼다. 기분 좋고 낯익은 톱밥 냄새가 그녀를 반겼다. 그들은 볼에 세 번 입을 맞췄다.

타리크의 어머니가 그들을 지나치며 말했다.

"당신이 그렇게 부르면 저 애가 우리 집에 안 올 거예요."

그녀는 큰 그릇과 큰 스푼, 네 개의 작은 그릇들이 담긴 쟁반을 나르고 있었다. 그녀는 쟁반을 식탁에 놓았다. 그리고 라일라의 얼굴을 만지며 말했다.

"노인네의 말에 신경 쓰지 마라. 너를 보니까 좋구나. 이리 와, 앉아라. 과일을 좀 가져왔다."

식탁은 컸다. 다듬어지지 않은 가벼운 나무로 만들어진 것이었다. 타리크의 아버지가 만든 것이었다. 의자들도 마찬가지였다. 식탁에는 자홍색 초승달과 별들이 그려진 황록색 비닐 식탁보가 깔려 있었다. 거실 벽은 대부분, 어렸을 때부터 찍은 타리크의 다양한 사진들로 덮여 있었다. 아주 어렸을 때의 사진을 보면 다리가 둘이었다.

라일라가 촉촉한 건포도, 피스타치오, 살구가 든 그릇에 수저를 넣으며 타리크의 아버지에게 말했다.

"동생분이 편찮으시다고 들었어요."

그는 담배에 불을 붙이며 말했다.

"그랬지. 그러나 다행히 지금은 괜찮아졌다."

"심장발작이란다. 이번이 두 번째야."

타리크의 어머니가 남편을 훈계하는 표정으로 바라보며 말했다.

타리크의 아버지는 담배 연기를 내뿜으며 라일라에게 눈웃음을 지어 보였다. 그녀는 타리크의 부모가 그의 할머니, 할아버지라고 해도 사람들이 쉽게 믿을 것 같다는 생각이 다시 들었다. 타리크의 어머니는 마흔 살이 훨씬 넘어서야 그를 낳았다.

타리크의 어머니는 그릇 너머로 라일라를 쳐다보며 물었다.

"얘야, 네 아빠는 어떠시니?"

라일라가 알기로 타리크의 어머니는 가발을 썼다. 세월이 흐르면서 가발이 흐릿한 자주색을 띠어가고 있었다. 오늘은 가발이 이마 아래로 내려와, 귀밑의 흰머리가 다 보였다. 어떤 날은 가발이 높게 올라가 있었다. 하지만 라일라에게 타리크의 어머니는 절대 불쌍해 보이지 않았다. 라일라가 본 것은 가발 아래에 있는 그녀의 차분하고 자신 있는 얼굴과 영리하게 생긴 눈과 서두르는 법이 없는 기분 좋은 몸가짐이었다.

라일라가 말했다.

"괜찮으세요. 물론 아직도 실로에서 일하시고요. 괜찮으세요."

"네 엄마는?"

"좋은 날도 있고 안 좋은 날도 있어요. 늘 똑같으세요."

타리크의 어머니가 수저를 그릇에 넣으며 말했다.

"그래. 얼마나 힘드시겠니. 아들들과 헤어져 있으니 많이 힘드시겠지."

타리크가 말했다.

"점심 먹고 갈 거야?"

그의 어머니가 말했다.

"그래야지. 내가 쇼르와(아프간 전통 수프)를 만들 거다."

"저는 모자헴(훼방꾼)이 되고 싶진 않아요."

타리크의 어머니가 말했다.

"훼방이라니! 우리가 2주 동안 떠나 있었다고 예의를 차리는 거니?"

라일라가 얼굴을 붉히며 웃었다.

"좋아요. 먹고 갈게요."

"그럼 그래야지."

솔직히 말하면, 라일라는 자기 집에서 밥을 먹는 게 싫은 만큼이나 타리크의 집에서 밥을 먹는 게 좋았다. 타리크의 집에서는 혼자 먹는 법이 없었다. 그들은 늘 함께 식사를 했다. 라일라는 그들이 사용하는 보라색 플라스틱 컵과 물 주전자에 레몬 조각이 떠 있는 게 좋았다. 식사를 하기 전에 요구르트를 한 접시 먹는 것도 마음에 들었다. 그리고 모든 것에 신 오렌지즙을 짜서 넣는 것도 좋았다. 그들은 심지어 요구르트에도 그걸 넣어 먹었다. 그들이 서로에게 농담을 하며 놀리는 것도 좋았다.

식사를 할 때는 늘 대화가 이어졌다. 타리크와 그의 부모는 파슈툰족이었지만, 라일라가 와 있을 때는 그녀를 배려해 페르시아어를 사용했다. 그러나 라일라는 학교에서 배웠기 때문에 파슈토어를 어느 정도 알아들었다. 바비는 그녀에게 아프가니스탄에서 소수민족인 타지크족과 숫자가 가장 많은 파슈툰족 사이에 갈등이 있다고 말했다. 타리크의 가족은 파슈툰족이었다.

바비는 이렇게 말했었다.

"타지크족은 언제나 무시당하며 살았지. 파슈툰 왕들이 이 나라를 거의 250년 동안이나 통치했단다. 그에 반해, 타지크족은 1929년에 아홉 달 동안 통치한 게 전부였지."

라일라는 이렇게 물었었다.

"아빠도 무시당하는 느낌을 받아요?"

바비는 셔츠 가장자리로 안경을 닦으며 말했었다.

"나한테 그건 난센스야. 아주 위험하기까지 한 난센스지. 나는 타지크족, 너는 파슈툰족, 저 남자는 하자라족, 저 여자는 우즈베크족, 이러한 것들이 난센스지. 우리는 모두 아프간이야. 그것만이 중요한 거야. 하지만 하나의 집단이 나머지 집단들을 그렇게 오랫동안 지배하게 되면 문제가 생기지. 모욕감도 생기고 적대감도 생기고 말이다. 늘 그랬단다."

그럴지도 몰랐다. 하지만 라일라는 타리크의 집에서는 그걸 느끼지 못했다. 이런 문제들은 화제에 오르지도 않았다. 타리크의 집에서 보내는 시간은 늘 자연스러웠고 복잡하지 않았다. 종족이나 언어의 차이, 혹은 그녀의 집에서 공기를 오염시키는 개인적인 악의와 불평 때문에 복잡해지지도 않았다.

타리크가 말했다.

"카드놀이나 할까?"

그의 어머니가 남편이 자꾸 뿜어대는 담배 연기가 못마땅해 손을 내저으며 말했다.

"그래, 위층으로 올라가거라. 나는 쇼르와를 만들 테니."

그들은 타리크의 방 한가운데에 배를 깔고 누워, 돌아가면서 판즈파르(아프간 카드 게임)를 했다. 타리크는 공중에서 발을 돌리며 작은아버지 집에 갔다 온 얘기를 해줬다. 작은아버지를 도와 복숭아 묘목을 심었던 일, 정원에서 뱀을 잡았던 일 등등.

이 방은 라일라와 타리크가 숙제를 하고, 카드로 탑을 쌓고, 서로의 모습을 우스꽝스럽게 그리던 방이었다. 비가 오면, 그들은 창턱에 기대어 오렌지 맛이 나는 미지근한 환타를 마시며 굵은 빗물이 유리를 타고 흘러내리는 모습을 바라보았다.

라일라가 카드를 섞으며 말했다.

"좋아, 내가 문제를 낼게. 세상을 돌아다니는데도 구석에 처박혀 있는 게 뭐지?"

"잠깐만."

타리크가 몸을 들더니 의족을 단 왼쪽 다리를 빙 돌렸다. 그는 주춤거리며 옆으로 누워 팔꿈치에 몸을 기댔다.

"그 베개 좀 줘."

그는 베개로 다리를 받쳤다.

"좋아. 이게 편하다."

라일라는 그가 다리가 잘린 부분을 처음 보여줬던 때를 떠올렸다. 그녀는 그때 여섯 살이었다. 그녀는 타리크의 왼쪽 무릎 아래의 팽팽하고 반들반들한 피부를 손가락으로 찔러보았다. 손가락에 작고 단단한 돌출부가 느껴졌다. 타리크는 그것이 뼈가 돌출한 부분이라고 말했다. 절단한 후에 때때로 뼈가 그렇게 자란다는 것이었다. 그녀는 아프냐고 물었다. 그는 저녁때가 되면 쑤신다고 했다. 맞지 않는 골무를 손가락에 낀 것처럼, 부어서 의족이 제대로 맞지 않아서 그렇다고 했다. "마찰이 심해질 때도 있어. 특히 더울 때가 그래. 그러면 뾰루지가 나고 물집이 생겨. 하지만 어머니가 그런 데 바르는 연고를 갖고 계셔. 그리 나쁘지 않아." 라일라는 울음을 터뜨렸다. "왜 우는 거야? 이 기르야노크(울보)야, 네가 보고 싶어 했잖아! 네가 울고 불고 할 줄 알았다면 안 보여줬을 거야." 그는 다시 다리를 묶으면서 이렇게 말했었다.

그가 말했다.

"우표지."

"뭐라고?"

"답이 우표란 말이야. 점심 먹고 나서 동물원에 가자."

"그 답 알고 있었던 거지?"

"아냐, 전혀 몰랐어."

"이 사기꾼."

"너, 샘나서 그러는 거지?"

"뭐가 샘나?"

"내가 영리하니까."

"영리하다고? 정말이야? 그렇다면 체스를 하면 누가 늘 이기는지 말해봐."

"그건 내가 져주는 거지."

그가 웃으며 말했다. 두 사람 모두 그것이 사실이 아니라는 걸 알았다.

"누가 수학 과목에서 낙제를 했지? 한 학년 위지만 수학 숙제를 갖고 누구한테 도움을 청하지?"

"수학 과목이 흥미가 없지 않다면 나는 너보다 두 학년 위일 거야."

"오빠는 지리 과목도 재미없어하잖아."

"어떻게 알았니? 자, 입 다물고. 그러니까 동물원에 갈 거야, 안 갈 거야?"

라일라가 미소를 지으며 말했다.

"가지."

"좋아."

"오빠, 보고 싶었어."

잠시 말이 끊겼다. 타리크는 못마땅한 표정으로 그녀를 쳐다보았다. 웃는 모습과 찡그린 모습이 반반 섞인 표정이었다.

"너, 대체 왜 그래?"

라일라는 궁금했다. 그녀는 하시나와 기티를 2, 3일만 못 만나면 똑같은 말을 아무 망설임 없이 서로에게 수없이 했다. "하시나, 보고 싶었다." "얘, 나도 보고 싶었어."

타리크의 찡그린 표정을 보고, 라일라는 이 점에서는 남자들이 여자들과 다르다는 걸 알았다. 그들은 우정을 내보이지 않았다. 그들은 이러한 말을 하고 싶은 충동도, 필요도 느끼지 않았다. 라일라는 그녀의 오빠들도 이랬을 것이라고 상상했다. 라일라는 남자들이 태양을 대하는 것처럼 우정을 대한다는 걸 알게 되었다. 똑바로 바라보지 않을 때, 그것의 광채를 최대한 즐길 수 있는, 의심의 여지가 없는 존재. 태양.

"오빠를 화나게 하려고 한번 해봤어."

타리크가 그녀를 곁눈질로 바라보았다.

"그렇다면 성공했다."

하지만 라일라는 그의 찡그린 표정이 부드러워졌다고 생각했다. 햇볕에 탄 그의 볼이 순간적으로 짙어진 것 같았다.

라일라는 그 말을 할 생각은 아니었다. 사실, 그녀는 타리크에게 그 얘기를 하는 건 아주 좋지 않은 생각이라고 속으로 단정하고 있었다. 타리크가 그냥 넘어가지 않을 것이기 때문이었다. 누군가가 다치게 될 것이었다. 하지만 그들이 나중에 버스 정거장으로 걸어갈 때, 그녀는 벽에 몸을 기대고 있는 하딤을 다시 보았다. 그는 벨트에 엄지손가락을 끼운 채 친구들에 둘러싸여 있었다. 그는 그녀를 향해 도전적인 웃음을 지어 보였다.

그래서 그녀는 타리크에게 말해버렸다. 자기도 모르게 입에서 말이 튀어나왔다. 이미 쏟아진 물이었다.

"뭘 어떻게 했다고?"

그녀는 다시 설명했다.

그가 하딤을 손가락으로 가리키며 말했다.

"저놈이라고? 확실해?"

"확실해."

타리크는 이를 악물고 파슈토어로 라일라가 알아들을 수 없는 말을 중얼거렸다. 그러더니 이번에는 페르시아어로 말했다.

"너는 여기에서 기다려."

"안 돼, 타리크."

그는 벌써 도로를 건너고 있었다.

하딤이 그를 먼저 보았다. 그의 얼굴에서 웃음이 사라졌다. 그는 벽에서 몸을 뗐다. 그는 벨트에서 엄지손가락을 빼고 몸을 더 곧게 펴면서 험악한 표정을 지었다. 다른 사람들이 그의 눈길이 닿는 곳을 쳐다보았다.

라일라는 자신이 아무 말도 하지 않았더라면 싶었다. 저 애들이 떼로 덤비면 어쩌지? 몇 명이나 되지? 열? 열하나? 열둘? 저 애들이 타리크를 다치게 하면 어쩌지? 걱정이 태산이었다.

하딤과 그의 친구들에게서 몇 발자국 떨어진 곳에서 타리크가 멈췄다. 라일라는 그 모습을 보며, 그가 다시 한번 생각해보고 마음을 고쳐먹고 있는지 모른다고 생각했다. 그녀는 타리크가 몸을 구부렸을 때, 그가 신발 끈이 풀어진 척하면서 다시 그녀가 있는 곳으로 돌아올지 모른다고 상상했다. 그때, 그의 손이 움직이기 시작했다. 그때서야 그녀는 상황을 이해했다.

타리크가 몸을 곧게 펴고 한쪽 다리로 섰을 때, 다른 아이들도 상황을 이해했다. 그가 하딤을 향해 절뚝거리며 가기 시작했을 때, 풀어낸 의족이 그의 어깨 위로 칼처럼 들려 있었다.

아이들이 후다닥 옆으로 비켜섰다. 그들은 그가 하딤이 있는 곳으로 나아가도록 비켜섰다.

그리고 흙이 튀고 주먹질이 오가고 울부짖는 소리가 났다.

그 후로 하딤은 다시는 라일라를 괴롭히지 않았다.

그날 밤, 늘 그랬던 것처럼, 라일라는 두 사람만을 위한 저녁 상을 차렸다. 엄마는 배고프지 않다고 했다. 그녀는 바비가 집에 오기도 전에 접시를 갖고 자기 방으로 들어갔다. 그녀는 라일라와 바비가 식탁에 앉을 때쯤에는 잠들어 있거나 침대에 그냥 누워 있었다.

바비가 욕실에서 나왔다. 집에 왔을 때는 밀가루를 뒤집어써 하얗던 머리가 이제는 깨끗이 감겨 빗질이 돼 있었다.

"라일라, 오늘 저녁은 뭐지?"

"수프 남은 거요."

그가 머리를 말리던 수건을 접으며 말했다.

"맛있겠다. 그런데 오늘 밤은 우리 뭐 하지? 분수 덧셈이던가?"

"아니, 분수를 혼수混數로 바꾸는 거요."

"아, 맞다."

바비는 저녁을 먹고 나면 늘 라일라의 숙제를 도와주고 자기 나름의 숙제를 내줬다. 라일라를 다른 학생들보다 한두 단계 앞서가게 하려는 것이었다. 학교에서 시키는 공부를 못마땅하게 생각해서가 아니었다. 물론 그는 선전을 가르치는 건 싫어했다. 사실, 바비는 공산주의자들이 잘한 게 하나 있다면 교육이라고 생각했다. 아이러니하게도 그들 때문에 그가 교직에서 쫓겨나긴 했지만 말이다. 더 구체적으로 얘기하면, 그는 여자들에 대한 그들의 교육정책을 좋게 생각했다. 정부는 모든 여성들을 위한 교육을 장려했다. 카불 대학의 학생 중 거의 3분의 2가 이제 여성이었다. 바비는 여자들이 법과 의학, 공학을 공부하고 있다고 말했다.

"라일라, 이 나라에서 여자들은 언제나 힘들게 살아왔다. 공산주의 정권하에서 어쩌면 여자들은 더 자유로워졌는지 몰라. 전보다 더 권리를 누리고 있지."

바비는 이런 말을 할 때 언제나 목소리를 낮췄다. 누가 공산주의자들에 관해서 조금이라도 동정적인 말을 하는 걸 엄마가 못 참는 걸 알기 때문이었다.

"하지만 그건 사실이야. 아프간 여성으로서는 좋은 때다. 라일라, 너도 그걸 이용할 수 있어. 물론 그쪽 사람들이 처음에 무기를 든 이유 중 하나가 여자들에게 허용하는 자유 때문이었지만 말이다."

그는 마지막 말을 하면서 슬픈 듯이 고개를 저었다. 그가 말하는 '그쪽'은 카불이 아니었다. 카불은 비교적 개방적이고 진보적이었다. 카불에서는 여성들이 대학에서 가르치고 학교를 운영하고 관공서에서 근무했다. 바비가 '그쪽'이라고 한 건 부족들이 사는 지역이었다. 특히 파키스탄 인접 지역인 남쪽과 동쪽의 파슈툰 지역을 의미했다. 그곳에서는 거리에서 여자를 볼 수 없었다. 여자들은 부르카를 입고 남자가 동반해야만 거리에 나갈 수 있었다. 고대의 부족법에 따라 사는 그 지역 남자들은 여자들을 해방시키고 강제 결혼을 폐지하고 여자의 결혼 최소 연령을 열여섯 살로 높이려고 하는 공산주의자들과 그들의 법령에 반기를 들었다. 그곳 남자들은 정부가 이래라저래라 하면서 자신들의 딸들이 집을 떠나 학교에 다니고 남자들과 함께 일을 하도록 장려하는 것이 수백 년이 된 자신들의 전통을 모욕하는 것이라고 생각했다.

"그렇게 되면 안 되고말고!"

바비는 냉소적으로 말하는 걸 좋아했다.

그는 한숨을 쉬더니 이렇게 말했다.

"라일라, 우리 아프간 사람이 쳐부술 수 없는 유일한 적이 있다면 그건 우리들 자신이란다."

바비는 식탁에 앉아 빵에 수프를 찍었다.

라일라는 식사를 하면서 타리크가 하딤에게 어떻게 했는지 얘기할 작정이었다. 하지만 그럴 시간이 없었다. 바로 그때, 문을 두드리는 소리가 나고, 낯선 사람이 어떤 소식을 갖고 밖에서 있었기 때문이다.

19

라일라가 문을 열자 그가 말했다.

"애야, 네 부모님과 얘기를 해야겠다."

그는 햇볕에 탄 날카로운 얼굴에 땅딸막한 남자였다. 감자 색깔의 코트를 입고 갈색 양털 파콜(아프가니스탄의 전통 베레 모)을 머리에 쓰고 있었다.

"누구라고 말씀드릴까요?"

그때, 바비의 손이 라일라의 어깨에 닿았다. 그는 그녀를 부 드럽게 문에서 끌어당겼다.

"라일라, 너는 위층으로 가는 게 어떠니. 어서 올라가라."

그녀가 계단을 올라가는데, 낯선 사람이 바비에게 판지시르 의 소식을 전할 게 있다고 말했다. 엄마도 이제 내려와 있었다. 그녀는 한 손으로 입을 막고 바비와 파콜을 쓴 남자를 번갈아 쳐다보고 있었다.

라일라는 계단 위에서 내려다보았다. 그녀는 낯선 사람이 부
모와 함께 자리에 앉는 걸 보았다. 그가 그들을 향해 몸을 기
울였다. 그리고 낮은 소리로 몇 마디 했다. 바비의 얼굴이 점점
더 하얘지고 있었다. 그는 자신의 손을 쳐다보고 있었다. 엄마
는 소리를 지르며 머리를 쥐어뜯고 있었다.

다음 날 아침, 추도식이 있는 날이었다. 이웃집 여자들이 몰
려와서 장례식 다음에 있을 하틈(마지막) 식사를 준비하고 있
었다. 엄마는 아침 내내 소파에 앉아서 얼굴이 부은 채로 손
수건을 만지작거리고 있었다. 두 여자가 번갈아가며 엄마의 손
을 아주 조심스럽게 두드리며 훌쩍였다. 마치 그녀가 세상에서
가장 진귀하고 망가지기 쉬운 인형이라도 되는 것 같았다. 엄
마는 그들이 옆에 있다는 걸 모르는 듯했다.

라일라는 엄마 앞에 무릎을 꿇고 손을 잡았다.

"엄마."

엄마의 눈길이 내려왔다. 그녀가 눈을 깜빡거렸다.

두 여자 중 하나가 위엄 있게 말했다.

"라일라, 우리가 엄마를 보살피마."

라일라는 전에 장례식에 갔다가 이런 여자들을 본 적이 있
었다. 그들은 죽음과 관련된 모든 걸 관장하고, 아무도 그들의
일에 간섭하지 못하게 하면서 위로를 전담하는 여자들이었다.

"괜찮다. 얘야, 너는 가서 다른 일을 하거라. 네 엄마는 이대로 놔두고."

그렇게 쫓겨난 라일라는 자신이 쓸모없는 존재 같았다. 그녀는 이 방 저 방을 돌아다녔다. 부엌 주변에서 한동안 꾸물거리고 있는데 엄숙한 표정의 하시나와 그녀의 어머니가 왔다. 기티와 그녀의 어머니도 왔다. 기티는 라일라를 보자 뛰어오더니 앙상한 팔로 그녀를 안았다. 그녀는 라일라를 아주 길게, 놀라울 만큼 세게 안아줬다. 몸을 떼는 그녀의 눈에 눈물이 그렁거렸다.

"라일라, 이걸 어쩌니."

라일라는 그녀에게 고맙다고 했다. 세 소녀는 누군가가 그들에게 식탁 위의 유리잔과 접시 닦는 일을 시킬 때까지 뜰에 앉아 있었다.

바비도 하릴없이 집 안을 계속 들락거렸다. 뭔가 할 일을 찾는 듯했다.

"저이가 나한테 못 오게 해줘요."

엄마가 오전에 입을 뗀 건 그 말을 했을 때뿐이었다.

바비는 통로에 있는 접이식 의자에 처량하게 앉아 있었다. 여자들 중 하나가 그에게 방해가 된다고 말했다. 그는 미안하다며 서재로 사라졌다.

그날 오후, 남자들은 바비가 추도식을 위해 빌려놓은 카르테

세 회관에 갔다. 여자들은 집으로 왔다. 라일라는 고인의 가족이 앉는 거실 입구 가까이에 엄마와 같이 앉았다. 문상객들은 문에서 신발을 벗고 들어가면서 지인들에게 고개를 끄덕이며 벽을 따라 놓인 접이식 의자에 앉았다. 라일라가 태어날 때 도와준 늙은 산파인 와즈마도 와 있었다. 타리크의 어머니도 와 있었다. 그녀는 가발 위에 검정 스카프를 두르고 있었다. 그녀는 라일라에게 고개를 끄덕이며 다문 입술에 서서히 슬픈 미소를 지어 보였다.

카세트 플레이어에서 남자의 비음 섞인 목소리가 코란을 암송하고 있었다. 그사이, 여자들은 한숨을 쉬면서 훌쩍거렸다. 낮은 기침 소리와 속삭이는 소리가 났다. 이따금, 누군가가 슬픔에 짓눌린 흐느낌을 토해냈다.

라시드의 부인 마리암도 왔다. 그녀는 검은 히잡을 두르고 있었다. 머리칼 몇 가닥이 이마 아래로 흘러내리고 있었다. 그녀는 라일라의 반대편에 앉아 있었다.

라일라 옆에 앉은 엄마는 계속 몸을 앞뒤로 움직였다. 라일라는 엄마의 손을 무릎에 끌어다 놓고 두 손으로 어루만졌다. 그러나 엄마는 그걸 알지 못하는 것 같았다.

라일라가 엄마의 귀에 대고 말했다.

"엄마, 물 갖다줄까요? 목말라요?"

하지만 엄마는 아무 말도 하지 않았다. 그녀는 아무것도 하지 않고 앞뒤로 몸을 흔들며 얼이 빠진 눈길로 양탄자를 바라보았다.

이따금 라일라는 수심에 잠긴 사람들의 표정을 보면서, 자신의 가족에게 닥친 재앙이 어느 정도의 것인지 느꼈다. 가능성의 부정, 희망의 좌절.

하지만 그 느낌은 오래가지 않았다. 엄마의 상실감을 실제로 느끼는 것은 어려운 일이었다. 그녀의 마음속에 살아 있는 존재로 느낀 적이 없는 사람들의 죽음에 대해 슬퍼한다는 것은 어려운 일이었다. 그녀에게 아마드와 누르는 언제나 말로만 듣던 사람들 같았다. 우화에 나오는 사람들처럼. 역사책에 나오는 왕들처럼.

피와 살을 가진 진짜 사람은 타리크였다. 그녀에게 파슈토어로 욕을 가르쳐주고, 소금에 절인 클로버잎을 좋아하고, 음식을 씹을 때면 인상을 쓰며 낮은 신음 소리를 내고, 왼쪽 쇄골 밑에 만돌린을 뒤집어놓은 모양의 옅은 분홍색 반점이 나 있는 타리크는 진짜였다.

그렇게 그녀는 엄마 옆에 앉아서 아마드와 누르의 죽음을 열심히 슬퍼했다. 그러나 진짜 오빠는 라일라의 마음속에 살아 있었다.

20

이후로 엄마를 괴롭히게 될 병이 그때 시작되었다. 가슴의 통증과 두통, 관절염과 식은땀, 귀를 마비시키는 통증, 다른 사람은 아무도 느낄 수 없는 응어리. 바비는 그녀를 의사에게 데리고 갔다. 피검사와 소변검사를 해보고 엑스레이를 찍어봤지만 실제로 아픈 곳을 찾지 못했다.

엄마는 대부분 침대에 누워 있었다. 그녀는 검은 옷을 입었다. 그녀는 머리를 뜯고 입술 아래에 있는 점을 깨물었다. 그녀는 깨어 있을 때는 집 안을 비틀비틀 걸어 다녔다. 그리고 그들을 조만간 만나기라도 할 것처럼, 아들들이 한때 잠을 자고 까불고 베개를 갖고 장난을 치던 방으로 걸어 들어갔다. 언제나 마지막에는 라일라의 방에 들어왔다. 하지만 그녀를 맞은 것은 그들의 부재였다. 그리고 라일라였다. 그것이 엄마에게는 똑같은 것이었다.

엄마가 소홀히 하지 않은 유일한 일은 다섯 차례에 걸친 나마즈(기도)였다. 그녀는 고개를 푹 숙이고 얼굴 앞에 손을 들고 손바닥을 펴고 무자헤딘의 승리를 기원하면서 기도를 끝냈다. 라일라는 점점 더 허드렛일을 도맡아야 했다. 그녀가 집안을 돌보지 않으면 옷, 구두, 벌어진 쌀자루, 콩이 담긴 캔, 더러운 접시들이 곳곳에 나뒹굴었다. 라일라는 엄마의 옷을 빨고 시트를 바꿨다. 그녀는 엄마를 설득하여 침대에서 나오게 해 씻게 하고 음식을 먹게 했다. 바비의 셔츠에 다리미질을 하고 바지를 개어놓는 것도 그녀의 일이 되었다. 날이 갈수록, 라일라가 요리를 하는 일이 많아졌다.

때때로 허드렛일이 끝나면 라일라는 엄마의 침대 속으로 들어갔다. 그녀는 엄마를 팔로 감싸고 손을 맞잡고 엄마의 머리에 얼굴을 묻었다. 그러면 엄마는 몸을 뒤척이며 무슨 말인가를 했다. 결국 이야기는 아들들에 관한 이야기로 돌아갔다.

어느 날 그들이 누워 있을 때, 엄마가 말했다.

"아마드는 지도자가 될 재목이었다. 카리스마가 있었지. 그보다 세 배나 나이가 많은 사람들도 그의 말을 존중했다. 대단했었지. 누르는 어떻고. 누르는 건물과 다리를 스케치하곤 했지. 그는 건축가가 될 재목이었다. 그는 카불을 다른 모습으로 만들었을 거야. 그런데 그 아이들은 이제 순교자가 되어 있구나."

라일라는 침대에 누워 귀를 기울이며 자신은 샤히드(순교자)

가 되지도 않았고 이처럼 살아 있으며, 희망도 있고 미래도 있다는 걸 엄마가 알아줬으면 싶었다. 하지만 라일라는 자신의 미래가 오빠들의 것과는 비교도 되지 않는다는 걸 알았다. 그들은 그녀를 초라하게 만들었다. 죽을 때도 그녀는 그들에 가려 미미한 존재일 터였다. 엄마는 오빠들의 삶을 보관한 박물관의 큐레이터였고 라일라는 그곳을 찾은 방문객일 뿐이었다. 그녀는 오빠들의 신화를 위한 피난처에 불과했다. 그녀는 엄마가 그들의 신화를 기록하는 데 필요로 하는 양피지일 뿐이었다.

"그 소식을 전해준 사람은 내 아들들의 시체가 막사에 도착하자, 아마드 샤 마수드가 직접 장례식을 주관했고 그들을 위해 묘지에서 기도를 했다고 말했다. 라일라, 네 오빠들은 판지시르의 사자인 마수드 사령관이 몸소 장례식을 주관할 정도로 용감한 사내들이었다."

엄마가 몸을 돌려 누웠다. 라일라는 몸을 뒤척여 자신의 머리를 엄마의 가슴에 기댔다.

엄마가 거친 목소리로 말했다.

"나는 어떤 날은 통로에 있는 시계 소리를 들으며 누워 있다. 그럴 때 나는 나를 기다리고 있는 모든 분, 시, 일, 월, 년을 생각한다. 내 아들들이 없는 그 모든 걸 말이다. 숨을 쉴 수가 없다. 누군가가 내 가슴을 밟는 것 같다. 그래서 힘이 빠진다. 너무 힘이 빠져 어딘가에서 까무러치고 싶을 뿐이다."

"제가 해드릴 수 있는 게 있었으면 좋겠어요."

라일라는 이렇게 말했다. 진심이었다. 하지만 그 말은 친절한 이방인의 형식적인 위안처럼 두루뭉술하고 너무 상투적으로 들렸다.

엄마가 한숨을 깊게 쉬고 나서 말했다.

"너는 착한 딸이다. 내가 너한테 엄마 노릇을 제대로 못 했다."

"그런 말씀 마세요."

"아니다, 그건 사실이다. 나는 알고 있다. 미안하다, 얘야."

"엄마?"

"응."

라일라는 일어나 앉아 엄마를 내려다보았다. 엄마의 머리는 이제 희끗희끗했다. 라일라는 통통했던 엄마가 그렇게 마른 걸 보고 깜짝 놀랐다. 그녀의 창백한 볼은 늘어져 있었다. 그녀가 입던 블라우스는 어깨 아래로 처져 있었다. 그녀의 목과 쇄골 사이에 큰 공간이 있었다. 라일라는 어머니의 손가락에서 결혼반지가 빠진 걸 몇 차례 보았다.

"엄마한테 물어보고 싶은 게 있어요."

"뭔데?"

"설마⋯⋯."

그녀는 그 문제에 관해 하시나에게 얘기했었다. 하시나의 제안대로 그들 두 사람은 하수구에 아스피린 병을 비우고 부엌 칼과 날카로운 꼬챙이를 소파 밑의 양탄자에 숨겼다. 바비가 면도칼을 찾지 못하고 허둥댔을 때, 라일라는 그에게 자신이 두려워하는 것에 대해 얘기했다. 그러자 그는 소파 가장자리에 털썩 주저앉아 무릎 사이에 손을 넣었다. 라일라는 그의 입에서 아니라는 말을 듣고 싶었다. 그러나 되돌아온 건 그의 당황하고 퀭한 표정뿐이었다.

"설마 목숨을……. 엄마, 나는 걱정이 돼요."

"그 소식을 들은 날에는 그럴 생각도 했었다. 네게 거짓말을 하지는 않겠다. 그 후로도 그걸 생각했다. 하지만 걱정하지 마라, 라일라. 나는 내 아들의 꿈이 현실로 되기를 바란다. 나는 소련군이 망신을 당하고 물러나고, 무자헤딘이 승리하여 카불로 돌아오는 날을 보고 싶다. 나는 아프가니스탄이 해방될 때 그 자리에 있고 싶다. 그래서 내 아들들도 그걸 보도록 말이다. 내 눈을 통해서 그걸 보도록 말이다."

엄마는 곧 잠이 들었다. 라일라는 이중적인 느낌이 들었다. 그녀는 엄마가 살려고 한다는 사실에 마음이 놓였다. 그러나 또 한편으로 엄마가 살려는 이유가 자신이 아니라는 사실 때문에 괴로웠다. 그녀는 오빠들처럼 엄마의 가슴에 흔적을 남기지 못할 존재였다. 엄마의 가슴은 창백한 해변 같았다. 부풀었다가 부서지고, 다시 부풀었다가 부서지는 슬픔의 물결에 자신의 발자국이 영원히 씻겨 내리는 차가운 해변 같았다.

21

운전사는 소련군의 지프차와 장갑차의 긴 수송대가 지나가도록 택시를 길옆에 세웠다.

타리크가 앞좌석에서 몸을 기울여 운전사 너머로 소리쳤다.

"이봐요! 이봐요!"

지프차 한 대가 경적을 울렸다. 타리크가 휘파람을 불고 활짝 웃으며 손을 흔들었다.

그가 소리쳤다.

"멋진 총! 기가 막힌 지프차! 기가 막힌 군대! 새총을 쏘는 농민들한테 지다니 안됐다!"

수송대가 지나갔다. 운전사는 다시 길로 들어섰다.

라일라가 물었다.

"얼마나 더 가야 돼요?"

운전사가 말했다.

"길어야 한 시간이다. 수송대나 검문소가 또 있다면 모르지."

라일라, 바비, 타리크는 당일치기 여행을 가고 있었다. 하시나도 가고 싶어 했지만, 그녀의 아버지는 딸이 통사정을 해도 허락해주지 않았다. 그 여행은 바비의 생각이었다. 그는 자기 월급으로 그 여행을 감당할 수 없는 상황이었음에도 불구하고 운전사를 고용했다. 그는 여행이 라일라의 교육에 도움이 될 거라는 말 외에는 어디로 가는지 아무것도 얘기해주지 않았다.

그들은 아침 5시부터 차를 타고 달리고 있었다. 라일라가 앉은 창문으로 보이는 풍경은 눈 덮인 산봉우리에서 사막으로, 다시 협곡으로, 다시 햇볕에 그을린 바위들의 노두露頭로 변했다. 그들은 초가지붕의 흙집들, 밀짚 다발이 흩어져 있는 밭들을 지나쳤다. 라일라는 회색 들판 이곳저곳에 쿠치 유목민들의 검은 텐트가 세워져 있는 걸 보았다. 불에 탄 소련 탱크들과 부서진 헬리콥터의 잔해가 자주 눈에 띄었다. 그녀는 이곳이 아마드와 누르의 아프가니스탄이겠구나 생각했다. 결국 전쟁이 이곳에서 벌어지고 있었던 거로구나. 카불은 아니었다. 카불은 대체적으로 평화로웠다. 이따금 총격전이 벌어지는 걸 제외하면, 그리고 인도에서 소련군들이 담배를 피우고 소련군의 지프차들이 덜거덕거리며 지나다니는 걸 제외하면, 전쟁이란 카불에서는 소문에 불과했을지도 몰랐다.

그들이 두 개의 검문소를 지나 계곡에 들어섰을 때는 늦은 아침이었다. 바비는 햇볕에 그을려 붉은색이 된 고풍스러운 벽들을 손으로 가리켰다. 라일라는 창의 반대쪽으로 몸을 기울여 멀리 보이는 그곳을 쳐다보았다.

"샤흐르에조하크라는 곳이야. 붉은 도시라는 의미다. 요새였던 곳이지. 900여 년 전에 침략자들로부터 계곡을 지키기 위해 만들어진 곳이란다. 칭기즈칸의 손자가 13세기에 저곳을 공격하다가 죽음을 당했지. 나중에 그곳을 함락시킨 건 칭기즈칸 자신이었단다."

운전사가 담뱃재를 창밖에 털며 말했다.

"젊은 친구들, 저게 우리 나라의 역사라네. 끝없이 반복되는 침략의 역사지. 마케도니아인들, 사산왕조의 사람들, 아랍인들, 몽골인들. 이제는 소련인들이지. 하지만 우리는 저기에 있는 벽과 같지. 부서지고, 쳐다봐야 아름다울 것도 없건만, 아직도 저렇게 서 있지 않은가. 그렇지 않은가요, 바다르(어르신)?"

바비가 말했다.

"맞습니다."

30분쯤 지나자 운전사가 차를 세웠다.

바비가 말했다.

"너희 두 사람, 밖으로 나와서 한번 보거라."

그들은 택시에서 내렸다. 바비가 손가락으로 가리켰다.

"저기다. 봐라."

타리크가 숨을 몰아쉬었다. 라일라도 그랬다. 그녀는 그때, 자신이 100살까지 산다 해도 저렇게 장엄한 것은 결코 보지 못할 것이라는 걸 알았다.

두 개의 불상은 그녀가 지금까지 사진들을 보며 상상했던 것보다 훨씬 더 높고 거대한 것이었다. 라일라는 햇볕에 표백된 절벽에 조각된 불상들이 2천여 년 전에 실크로드의 계곡을 가로지르는 대상隊商들을 내려다보았던 것처럼 자신들을 내려다보고 있다고 상상했다. 불상 양쪽으로 쑥 내밀어진 벽감을 따라 절벽에는 각양각색의 동굴들이 있었다.

타리크가 말했다.

"제가 너무 작게 느껴져요."

바비가 말했다.

"올라가고 싶니?"

라일라가 물었다.

"불상 위로요? 그렇게 할 수 있어요?"

바비가 미소를 지으며 손을 내밀었다.

"가자."

올라가는 건 타리크에게는 힘든 일이었다. 구부러지고 좁고 침침한 계단을 조금씩 올라갈 때, 타리크는 라일라와 바비를 잡아야 했다. 그들은 올라가는 길에 그늘진 동굴들과 절벽에 벌집 모양으로 나 있는 굴들을 보았다.

바비가 말했다.

"발을 디딜 때 조심해라. 위험하니까."

그의 말소리가 크게 울렸다.

어떤 부분에서는 계단이 불상의 구멍으로 통해 있었다.

"얘들아, 내려다보지 마라. 위만 쳐다봐."

바비는 바미안이 9세기에 이슬람의 통치를 받기 전에는 불교가 번성하는 중심지였다고 그들에게 말했다. 사암 절벽이 스님들에게는 집이었다고 했다. 그들은 절벽에 동굴을 만들어 살았고, 그곳은 피곤한 여행자들에게는 안식처였다고 했다. 스님들은 동굴의 벽과 지붕에 아름다운 프레스코화를 그렸다고 했다.

"한때는 이 동굴에서 5천여 명의 스님들이 수행을 했단다."

타리크는 정상에 올랐을 때, 심하게 숨을 헐떡거렸다. 바비도 헐떡거리고 있었다. 그러나 그의 눈은 흥분으로 반짝이고 있었다.

"우리는 지금 불상의 머리 위에 서 있다. 이곳 벽감에서는 모든 게 잘 보이지."

바비가 손수건으로 이마를 훔치며 말했다.

그들은 울퉁불퉁한 돌출부로 조금씩 움직여 바비를 가운데 두고 나란히 서서 계곡을 내려다보았다.

라일라가 말했다.

"저기 봐요!"

바비가 미소를 지었다.

아래쪽의 바미안 계곡에는 풍요로운 논밭이 펼쳐져 있었다. 바비는 논밭에 심긴 것들이 푸른 겨울밀과 자주개자리, 감자들이라고 했다. 논밭의 경계에는 포플러나무들이 심겨 있었고, 논밭 사이로 시내와 용수로가 흐르고 있었다. 자그맣게 보이는 여성들이 둑 위에 쪼그리고 앉아 빨래를 하고 있었다. 바비는 경사면을 수놓고 있는 벼와 보리를 가리켰다. 가을이었다. 라일라는 밝은 웃옷을 입은 사람들이 흙집의 지붕 위에 추수한 것을 널고 있는 모습을 볼 수 있었다. 시내로 통하는 중심 도로에도 포플러나무가 심겨 있었다. 작은 가게와 찻집, 이발관들이 길 양쪽에 있었다. 마을과 강, 시내 저 너머에 있는 살풍경하고 뿌연 갈색 언덕들이 라일라의 눈에 들어왔다. 그것들 너머로, 아니 아프가니스탄의 모든 것 너머로, 봉우리에 흰 눈이 덮인 힌두쿠시산도 보였다.

그 모든 것 중에서도 하늘은 한 점 티끌도 없는 완벽한 푸른색이었다.

라일라가 심호흡을 하며 말했다.

"정말 조용하네요."

양들과 말들의 작은 모습이 눈에 들어왔다. 하지만 그들이 우는 소리는 들리지 않았다.

바비가 말했다.

"이곳을 떠올릴 때면 나는 늘 정적과 평화로움을 떠올린다. 나는 너희들이 그것을 체험하기를 바랐다. 나는 너희들이 조국의 유산을 보고 풍요로운 과거에 대해 알기를 바랐다. 내가 뭔가를 너희들에게 가르칠 수 있다면 이것이다. 어떤 것들은 책에서 배우지. 그러나 직접 보고 느껴야 하는 것들도 있는 법이다."

타리크가 말했다.

"저기 봐요."

그들은 매 한 마리가 마을 위에서 원을 그리며 날고 있는 모습을 바라보았다.

라일라가 물었다.

"엄마를 이곳에 데려온 적 있어요?"

"그럼, 여러 번 같이 왔지. 네 오빠들이 태어나기 전에도 왔고 후에도 왔다. 네 엄마는 그때만 해도 모험심이 강하고 아주 생기발랄한 사람이었다. 네 엄마는 지금까지 내가 만난 사람 중에서 가장 발랄하고 행복했던 여자였다."

그는 기억을 떠올리며 미소를 지었다.

"웃는 모습도 근사했지. 라일라, 네 엄마와 결혼한 이유는 바로 그 웃는 모습 때문이었다. 정말이야. 웃는 모습이 사람을 꼼짝 못 하게 했다. 저항할 수가 없었지."

바비에 대한 애정이 파도처럼 몰려왔다. 이후로 늘 그녀는 그를 그런 모습으로 기억했다. 팔꿈치를 바위에 받치고, 손으로 턱을 감싸고, 햇볕에 눈을 찡그리고, 바람에 머리를 살랑거리며 엄마에 대해 회상하던 모습으로 말이다.

타리크가 말했다.

"저는 동굴을 좀 볼까 해요."

바비가 말했다.

"조심해라."

"알겠어요, 아저씨."

타리크의 목소리가 메아리를 쳤다.

라일라는 아래를 내려다보았다. 울타리에 매어놓은 암소 옆에서 남자 셋이 얘기하는 모습이 보였다. 그들 주변의 나무들이 황토색, 오렌지색, 주홍색으로 옷을 갈아입고 있었다.

바비가 말했다.

"나도 네 오빠들이 보고 싶다."

그가 눈물을 약간 글썽거렸다. 턱이 떨리고 있었다.

"나는 그렇지 않을지 모르지만, 네 엄마한테는 슬픔이나 기쁨이 극단적이지. 네 엄마는 숨길 줄도 모르는 사람이다. 그런 적이 없었다. 나는 다르다. 나는…… 하지만 네 오빠들의 죽음은 내 마음도 갈기갈기 찢어놓았다. 나도 그 애들이 보고 싶다. 하루도…… 라일라, 참 힘들다. 너무 힘들구나."

그는 엄지와 검지로 눈가를 눌렀다. 다시 이야기를 하려고 했을 때, 그의 목소리는 나오지 않았다. 그는 입술을 깨물고 기다렸다. 그리고 길게 심호흡을 하고 그녀를 바라보았다.

"하지만 나는 네가 있어서 좋다. 그래서 나는 신께 매일 감사의 기도를 드린다. 하루도 빠짐없이 말이다. 때때로 네 엄마가 날 정말로 힘들게 할 때, 너는 내가 가진 것의 전부라는 생각을 한다."

라일라는 바비에게 다가가 그의 가슴에 뺨을 댔다. 그는 약간 놀란 것 같았다. 그는 엄마와 달리, 애정을 밖으로 표현한 적이 거의 없었다. 바비는 딸의 머리끝에 살짝 입을 맞추고 어색하게 껴안았다. 그들은 바미안 계곡을 내려다보며 이렇게 한동안 서 있었다.

"나는 이 땅을 사랑하지만, 어떤 때는 이 땅을 떠날까 하는 생각도 해본다."

"어디로요?"

"잊을 수 있는 곳이면 어디든 좋지. 파키스탄도 좋겠지. 1년이나 2년쯤 말이다. 서류가 갖춰지길 기다리면서 말이다."

"그다음에는요?"

"그다음이라는 말은 거창하구나. 미국도 괜찮겠지. 바다와 가까운 곳이면 좋겠지. 캘리포니아처럼 말이야."

바비는 미국인들이 너그러운 사람들이라고 말했다. 미국인들은 그들이 자립할 때까지 먹을 것을 주고 경제적인 도움을 줄 것이라고 했다.

"직장을 잡고 몇 년 동안 돈을 모아 작은 아프간 음식점을 내고 싶다. 화려한 건 말고, 식탁 몇 개와 양탄자가 있는 아주 작고 수수한 걸로 말이야. 카불 사진도 좀 걸어놓고 말이다. 미국인들에게 아프간 음식을 맛보게 해줘야지. 네 엄마의 요리

솜씨라면 사람들이 거리까지 줄을 서겠지. 너는 물론 학교에 계속 다녀야겠지. 너는 내가 교육에 대해 어떻게 생각하는지 알잖니. 너에게 좋은 교육을 시키는 것이 우리의 최우선적인 목표다. 고등학교를 마치면 대학교에 가겠지. 하지만 너도 시간이 나면 도와줄 수 있겠지. 주문을 받고 물 주전자를 채우는 일은 할 수 있겠지."

바비는 식당에서 생일 파티, 약혼식, 신년 모임을 하도록 유치하겠다고 했다. 식당은 그들처럼 전쟁을 피해 나라를 떠난 다른 아프간 사람들이 모이는 장소가 될 것이라고 했다. 그리고 모든 사람들이 떠나고 식당 청소가 끝나면 그들은, 그러니까 그들 세 사람은 한밤중에 빈 식탁에 앉아 차를 마실 것이라고 했다. 피곤하지만 운이 좋은 것에 감사하는 마음으로……

바비는 말을 마치자 조용해졌다. 두 사람 다 그랬다. 그들은 엄마가 아무 데도 가지 않을 것이라는 걸 알았다. 아마드와 누르가 아직 살아 있을 때, 아프가니스탄을 떠난다는 것은 엄마에게는 생각할 수도 없는 일이었다. 그리고 보따리를 싸서 지금 달아나는 것은 아들들의 희생에 대한 모욕이요 배반이었다.

"어떻게 그런 생각을 할 수 있지? 걔들의 죽음이 당신에게는 아무 의미도 없단 말이야? 내가 찾을 수 있는 유일한 위안은 그 애들의 피가 스며든 똑같은 땅을 내가 밟고 다닌다는 거야. 안 돼, 그런 일은 있을 수 없어."

라일라는 엄마가 이렇게 말하는 걸 상상해보았다.

라일라는 바비도 엄마 없이는 떠나지 않으리라는 걸 알았다. 그녀가 라일라에게 엄마 노릇을 못 하는 것 이상으로 아내 노릇을 하지 않음에도 불구하고 마찬가지일 것이었다. 엄마를 위해서라면 그는 일터에서 집으로 돌아와 옷에 묻은 밀가루를 털어내듯, 자신의 백일몽을 털어버릴 것이었다. 그들은 그렇게 남아 있을 것이었다. 그들은 전쟁이 끝날 때까지 그렇게 있을 것이었다. 전쟁이 끝난 후에 어떻게 되든 머물러 있을 것이었다.

라일라는 엄마가 바비에게 언젠가, 신념이 전혀 없는 남자와 결혼했다는 말을 한 적이 있다는 걸 떠올렸다. 엄마는 이해하지 못했다. 엄마는 거울을 들여다보면, 삶에 대한 그의 무한한 신념이 자신을 마주 쳐다볼 것이라는 사실을 이해하지 못했다.

나중에 그들은 점심으로 빵을 곁들여 삶은 달걀과 감자를 먹었다. 그리고 타리크는 콸콸 흐르는 시내 둑에 있는 나무 밑에서 낮잠을 잤다. 상의를 둘둘 말아 베개로 삼고 손을 가슴에 대고 잤다. 운전사는 아몬드 열매를 사겠다며 마을에 갔다. 바비는 커다란 아카시아나무 밑에 앉아 소설책을 읽었다. 라일라는 그 책의 내용을 알았다. 언젠가 그가 읽어준 적이 있었다. 그것은 산티아고라는 이름의 늙은 어부에 관한 이야기였다. 어부가 무지무지하게 큰 고기를 잡았는데, 배를 안전한 곳에 몰고 갔을 즈음엔, 상어들이 고기를 다 뜯어 먹어 남은 게 없었다는 내용이었다.

라일라는 개울가에 앉아 시원한 물에 발을 담갔다. 머리 위에서 모기들이 윙윙거리고 사시나무 씨앗들이 춤을 췄다. 잠자리 한 마리가 근처에서 날고 있었다. 라일라는 잠자리가 이 풀잎 저 풀잎으로 돌아다닐 때, 날개가 햇볕에 반짝이는 모습을 바라보았다. 날개가 자주색, 녹색, 오렌지색으로 변하면서 반짝였다. 시내 건너에는 하자라족 소년들이 마른 쇠똥을 집어 등에 멘 삼베 자루에 집어넣고 있었다. 어딘가에서 당나귀가 우는 소리가 났다. 발전기를 돌리는 소리도 났다.

라일라는 바비의 꿈에 대해 다시 생각했다. 바다 가까이에서 살고자 하는 소박한 꿈.

불상 위에서 바비에게 하지 않은 이야기가 있었다. 라일라는 그들이 아프가니스탄을 떠날 수 없다는 게 기쁘다는 말을 하지 못했다. 여윈 얼굴에 진지하기 그지없는 기티, 심술궂은 웃음에 무모하기까지 한 익살을 잘 떠는 하시나가 보고 싶을 것이었다. 그러나 무엇보다도 라일라는 타리크가 가즈니에 가고 없던 4주 동안 얼마나 힘들고 심심했었는지 너무나 잘 기억하고 있었다. 그녀는 그가 없을 때 얼마나 시간이 더디 갔으며 자신이 중심을 잃고 괴롭힘을 당하며 돌아다녔는지 너무 잘 기억하고 있었다. 그를 영원히 볼 수 없다면 어떻게 살 수 있겠는가?

총알이 오빠를 그렇게 갈기갈기 찢어놓은 나라에서 한 사람과 그렇게 가까이 있고 싶어 하는 건 의미 없는 일인지도 모른다는 생각이 들었다. 하지만 라일라는 의족으로 하딤을 공격하던 타리크의 모습을 떠올렸다. 세상 그 어느 것도 그보다 더 의미 있는 일이 없을 것 같았다.

6개월 후인 1988년 4월, 바비는 좋은 소식을 갖고 집에 왔다.

"그들이 조약에 서명했대! 제네바에서! 그들이 떠나고 있어! 9개월 후에는 아프가니스탄에 소련군은 없을 거야!"

엄마는 침대에서 일어나 앉아 있었다.

그녀는 어깨를 으쓱하며 말했다.

"하지만 공산주의 정권은 남아. 나지불라 대통령은 소련의 허수아비야. 그 사람은 어디 안 가. 전쟁은 계속될 거야. 이게 끝이 아니라고."

"나지불라는 버티지 못할 거야."

"엄마, 그들이 떠나고 있어요! 정말로 떠나고 있어요!"

"나는 싫으니까 원한다면 두 사람이나 축제 기분에 젖으라고! 나는 무자헤딘이 이곳 카불에서 승리의 행진을 할 때까지는 그렇게 못 해!"

그 말과 함께 그녀는 다시 누워서 담요를 끌어당겼다.

22

1989년 1월

라일라가 열한 살이 되기 3개월 전인 1989년 1월, 어느 춥고 흐릿한 날이었다. 그녀는 부모와 하시나와 함께 마지막 소련군이 도시를 떠나는 걸 보러 갔다. 구경꾼들이 와지르아크바르칸 근처의 군사 클럽 밖에 있는 도로의 양쪽에 모여 있었다. 그들은 흙이 묻은 눈 속에 서서 탱크, 장갑차, 지프차들이 지나가는 모습을 바라보았다. 헤드라이트의 불빛에 옅은 눈이 내리는 모습이 비쳤다. 야유하는 소리가 들렸다. 아프간 병사들은 사람들이 거리에 들어서지 못하도록 막았다. 이따금 그들이 경고사격을 해야 했다.

엄마는 아마드와 누르의 사진을 머리 위로 들고 있었다. 배나무 밑에서 서로 등을 대고 있는 두 아들의 사진이었다. 다른 여자들도 그녀처럼 죽은 남편, 아들, 형제의 사진을 들고 있었다.

누군가가 라일라와 하시나의 어깨를 두드렸다. 타리크였다.

하시나가 소리쳤다.

"그걸 어디에서 구했어?"

"이때를 위해 구해놨지."

타리크는 귀마개가 달린 큼지막한 러시아 털모자를 쓰고 있었다. 귀마개를 내려 쓰고 있었다.

"나, 어때?"

라일라가 웃으며 말했다.

"웃겨."

"바로 그거야."

"이렇게 하고 부모님과 같이 왔단 말이야?"

"부모님은 집에 계셔."

지난가을, 가즈니에 살던 타리크의 작은아버지가 심장마비로 죽었다. 그리고 몇 주일 후, 타리크의 아버지가 심장발작을 일으키면서 몸이 많이 약해졌다. 게다가 불안감과 우울증까지 겹쳤다. 한번 우울증이 찾아오면 벗어나는 데 몇 주씩 걸렸다. 라일라는 이처럼 타리크가 예전의 모습을 되찾은 것이 기뻤다. 라일라는 그의 아버지가 아프고 난 후로 몇 주 동안, 그가 무겁고 침울한 얼굴로 돌아다니는 모습을 지켜봐야 했었다.

엄마와 바비가 소련군을 바라보는 동안, 세 사람은 살짝 빠져나갔다. 타리크는 노점상에서 고수잎 처트니를 두툼하게 친 삶은 콩을 한 접시씩 그들에게 사줬다. 그들은 닫힌 양탄자

가게의 차일 밑에서 그걸 먹었다. 그런 다음, 하시나는 가족을 찾으러 갔다.

버스를 타고 집으로 돌아올 때, 라일라는 타리크와 함께 부모 뒤에 앉았다. 엄마는 창가에 앉아 사진을 끌어안고 밖을 내다보고 있었다. 바비는 어떤 남자가 소련군은 떠나지만 카불에 있는 나지불라에게 무기를 보낼 것이라고 얘기하는 걸 무덤덤하게 듣고 있었다.

"나지불라는 그들의 꼭두각시입니다. 그들은 그를 통해 전쟁을 계속할 거요."

다른 쪽에 앉아 있던 누군가가 그의 말에 맞장구를 쳤다.

엄마는 결국에는 숨이 차서 마지막 몇 마디가 작지만 높은 괴성으로 변할 때까지 끝없이 계속되는 기도를 혼자서 중얼거리고 있었다.

그들은 나중에 영화관에 가서 소련 영화를 보았다. 의도한 건 아니지만, 페르시아어 더빙은 사람을 웃기게 만들었다. 상선이 나오고 일등항해사가 선장의 딸과 사랑에 빠지는 이야기였다. 여자의 이름은 알료나였다. 그런데 격렬한 폭풍이 불고 번개가 치고 비가 억수같이 쏟아지고 바닷물이 올라오면서 배가 요동을 쳤다. 미쳐 날뛰는 선원 중 하나가 뭐라고 소리를 질렀다. 그런데 그걸 터무니없이 침착한 아프간 말로 번역해놓은 것이 우스웠다.

"죄송스럽지만 로프를 건네주시겠습니까?"

그걸 보고 타리크가 킬킬거렸다. 곧 그들은 웃느라 정신이 없어졌다. 한 사람이 지치면 다른 사람이 콧방귀를 뀌고, 그렇게 되면 그들은 또 한 차례 웃음을 터뜨렸다. 그들보다 두 줄 앞에 앉은 남자가 고개를 돌리더니 조용히 하라고 했다.

영화의 막바지에 결혼식 장면이 나왔다. 선장은 마음이 누그러져 알료나와 일등항해사가 결혼하는 걸 허락했다. 갓 결혼한 두 사람이 서로를 향해 웃었다. 모든 사람이 보드카를 마시고 있었다.

타리크가 속삭였다.

"나는 결혼하지 않을 거야."

"나도."

라일라는 순간적으로 머뭇거리다가 그렇게 말했다. 그녀는 자신의 목소리에 실망감이 묻어 있는 걸 들킬까 봐 두려웠다. 그녀의 심장이 뛰기 시작했다. 타리크는 이번에는 더 강하게 말했다.

"절대 안 할 거야."

"결혼식이라는 건 어리석은 짓이야."

"요란스럽기만 해."

"또 거기에 들어가는 비용은 어떻고."

"뭣 때문에 그렇게 하지?"

"다시는 입지 않을 옷을 사면서 말이지."

"맞아."

"내가 결혼한다면, 결혼식 단상에 세 사람이 있어야 할 거야. 나, 신부, 그리고 내 머리에 총을 겨누는 남자, 이렇게 세 사람."

앞줄에 앉은 남자가 다시 한번 그들을 꾸짖듯이 쳐다보았다.

스크린에서는 알료나와 그녀의 남편이 입을 맞추고 있었다.

입 맞추는 장면을 바라보면서 라일라는 기분이 이상해졌다. 가슴이 쿵쿵거리고 귀에 피가 몰리는 것 같았다. 그녀는 자기 옆에서 몸을 움츠리며 조용해져 있는 타리크를 강하게 의식했다. 입 맞추는 장면이 오래 계속되었다. 움직이지 않고 소리를 내지 않는 게 갑자기 절박한 문제가 되어버린 듯했다. 그녀는 타리크가 자신을 바라보고 있는 걸 느꼈다. 그녀가 그를 바라보는 것처럼, 그가 한 눈으로는 영화 속의 장면을, 다른 눈으로는 그녀를 바라보고 있는 걸 느꼈다. 라일라의 숨소리가 불규칙하고 약간 머뭇거린다는 걸 그가 알아챌 것만 같았다.

그녀는 자신의 입술이 그의 입술에 닿는 느낌이 어떨지 궁금했다. 그의 입술 위의 솜털이 자신의 입술을 스치는 느낌이 어떨지 궁금했다.

그때 타리크가 거북하게 자리에서 움직였다. 그리고 긴장한 목소리로 말했다.

"너, 시베리아에서 코를 풀면 바닥에 떨어지기 전에 녹색 고드름으로 변한다는 거 알고 있어?"

두 사람 다 웃었다. 하지만 이번에는 짧고 긴장된 웃음이었다. 영화가 끝나고 밖으로 나왔을 때, 라일라는 하늘이 어두컴 컴해진 걸 보고 마음을 놓았다. 밝은 대낮에 타리크의 눈을 대하지 않아도 되었기 때문이다.

23

1992년 4월

3년이 지났다.

그동안, 타리크의 아버지는 여러 차례 발작을 일으켰다. 왼손이 마비되고 목소리가 불분명해졌다. 흥분하면 목소리가 더 불분명해졌다. 자주 있는 일이었다.

타리크는 키가 더 컸다. 그래서 적십자에서 새로운 의족을 주었다. 하지만 그걸 받기 위해 6개월을 기다려야 했다.

하시나가 두려워했던 것처럼, 그녀의 가족은 하시나를 라호르로 데리고 갔다. 자동차 판매점을 운영하는 사촌과 결혼시키기 위해서였다. 그들이 하시나를 데리고 가는 날 아침, 라일라와 기티는 작별 인사를 하기 위해 하시나의 집에 갔다. 하시나는 남편이 될 사람이 그의 형제들이 살고 있는 독일로 이사할 준비를 벌써 시작했다고 말했다. 1년 안에 프랑크푸르트로 갈 거라고 했다. 세 사람은 부둥켜안고 울었다. 기티의 울음은 속수무책이었다. 라일라가 마지막으로 본 하시나의 모습은 그녀의 아버지가 택시의 비좁은 뒷좌석에 그녀를 태우는 모습이었다.

소련은 놀라울 정도로 빠르게 무너졌다. 몇 주 동안, 바비는 소련으로부터 독립한 나라들에 관한 소식을 집에 가져왔다. 리투아니아, 에스토니아, 우크라이나가 독립을 선포했다고 했다. 소련기가 크렘린 궁전에서 내려오고 러시아 공화국으로 바뀌었다고 했다.

카불에서 나지불라는 전략을 바꿔 자기가 독실한 이슬람교도라고 말하기 시작했다.

바비는 이렇게 말했다. "너무 늦었어. 하루는 비밀경찰의 수반이었다가 다음 날에는 그들의 친척들을 고문하고 죽였던 사람들과 함께 사원에서 기도할 수는 없는 노릇이지."

나지불라는 카불 주변으로 올가미가 조여오는 걸 느끼고 타협을 시도했지만 무자헤딘이 거부했다.

엄마는 침대에서 이렇게 말했다. "잘됐어."

그녀는 무자헤딘을 위한 경계를 게을리하지 않고 그들의 행진을 기다렸다. 그리고 아들들의 적들이 몰락하기를 기다렸다.

결국 그들은 1992년 4월, 라일라가 열네 살이 되었을 때 몰락했다.

나지불라는 결국 항복하고 도시의 남쪽에 있는 다루라만 궁전 가까이에 있는 유엔 공관으로 피신했다.

지하드는 끝났다. 라일라가 태어났던 밤 이후로 권력을 장악했던 여러 개의 공산 정권들이 모두 무너졌다. 엄마의 영웅들인 아마드와 누르의 형제 전사들이 승리했다. 10년이 넘는 세월 동안, 그들의 가족을 남겨두고 산으로 들어가 모든 걸 희생하며 아프가니스탄의 독립을 위해 싸웠던 무자헤딘이 전쟁에 지친 몸을 이끌고 카불로 돌아오고 있었다.

엄마는 그들의 이름을 모두 알고 있었다.

변절로 유명한 준비시밀리 도당의 지도자인 현란한 우즈베크 사령관 도스툼. 공학을 공부했고 한때 마오쩌둥계 학생을 죽였던 파슈툰족이자 헤즈베 이슬람 도당의 지도자인 격하고 무뚝뚝한 굴부딘 헤크마트야르. 군주제일 때 카불 대학에서 이슬람 교리를 가르쳤던 자미아트에이슬라미 도당의 타지크 지도자인 라바니. 이테하드이이슬라미 도당의 지도자이자 아랍인들과 관계가 있는 파그만 출신의 파슈툰족 사이야프. 이란 시아파와 강한 유대 관계가 있으며 그의 동료 하자라들에게는 마바 마자리라고 알려진 히즈베와흐다트 도당의 지도자인 압둘 알리 마자리.

그리고 엄마가 생각하는 영웅이자 라바니의 동맹자인 타지크 사령관 아마드 샤 마수드도 있었다. 그는 판지시르의 사자라 불리는 사려 깊고 카리스마가 강한 사람이었다. 엄마는 자신의 방에 마수드의 포스터를 걸어놓고 있었다. 치켜뜬 눈썹이 살짝 옆으로 기운 마수드의 잘생기고 사려 깊은 얼굴은 카불 어디에서나 볼 수 있었다. 그의 고상한 검은 눈이 게시판, 벽보, 가게의 창문, 택시 안테나에 달린 작은 깃발들로부터 사람들을 응시했다.

엄마가 고대하던 날이었다. 그 모든 기다림의 세월이 결실을 맺은 것이었다.

그녀는 더 이상 경계를 할 필요가 없어졌다. 그녀의 아들들은 마침내 안식을 찾을 수 있었다.

나지불라가 항복한 다음 날, 엄마는 새로운 여자가 되어 침대에서 일어났다. 아마드와 누르가 샤히드가 된 후로 5년이 흘렀다. 그녀는 처음으로 상복이 아닌 흰 물방울무늬가 있는 코발트청색 리넨 드레스를 입었다. 그녀는 창문을 닦고 마루를 쓸고 집에 환기를 시키고 오랫동안 목욕을 했다. 목소리에는 활기가 넘쳤다.

그녀가 말했다.

"파티를 해야지. 내일 점심 식사를 거창하게 할 거다."

그녀는 라일라를 보내 이웃들을 초대했다.

엄마는 부엌에서 엉덩이에 손을 얹고 둘러보면서 다정하게 그녀를 나무랐다.

"라일라, 부엌이 이게 뭐니? 제자리에 있는 게 하나도 없구나."

그녀는 이제 자신이 돌아왔으니 자기 영역을 되찾아야 한다고 주장하는 것처럼, 그릇들을 요란하게 이리저리 옮기기 시작했다. 라일라는 물러났다. 그것이 최선이었다. 엄마는 화를 낼 때 그런 것처럼 행복에 취했을 때도 못 말리는 사람이었다. 엄마는 강낭콩과 말린 시라잎을 넣은 아시 수프, 코프타(잘게 다진 고기를 소시지 모양으로 만들어 구운 것), 싱싱한 요구르트를 넣고 민트를 곁들인, 김이 모락모락 나는 뜨거운 만두를 힘차게 요리하기 시작했다.

엄마가 부엌 조리대 옆에서 커다란 삼베 쌀자루를 열면서 말했다.

"너, 눈썹을 뽑고 있구나."

"조금요."

엄마는 자루에서 쌀을 퍼서 물을 담은 검은색 그릇에 부었다. 그녀는 소매를 걷고 젓기 시작했다.

"타리크는 어떠냐?"

"아버지가 아프세요."

"지금 몇 살이지?"

"모르겠어요. 아마 60대이실 거예요."

"타리크의 나이 말이다."

"아, 열여섯요."

"괜찮은 애다. 그렇게 생각지 않니?"

라일라는 어깨를 으쓱해 보였다.

"하지만 그 애는 더 이상 어린애가 아니다. 열여섯이라면 남자가 다 됐다. 너는 그렇게 생각지 않니?"

"엄마, 왜 그러세요?"

엄마가 순진한 웃음을 지으며 말했다.

"아무것도 아니다. 아무것도 아니야. 그냥 네가…… 아니, 아니다. 말하지 않는 게 좋겠구나."

라일라는 빙빙 돌려가며 장난스럽게 힐난하는 것에 짜증이 났다.

"무슨 말씀을 하시고 싶은 건데요?"

"글쎄."

엄마는 이렇게 말하며 그릇 가장자리를 손으로 잡았다. 라일라는 그녀가 "글쎄"라고 말하면서 그릇을 손으로 잡는 걸 보고 뭔가 석연치 않은 느낌을 받았다. 할 말을 미리 준비하고 있는 것 같았다. 그녀는 훈계를 당할까 봐 두려웠다.

"너희들이 어렸을 때 같이 돌아다니는 건 괜찮았지. 그건 해롭지 않았다. 보기에도 좋았고 말이다. 하지만 지금은 달라. 너, 지금 보니까 브래지어를 하고 있구나."

라일라는 방심하고 있다가 들켜버리고 말았다.

"브래지어라면 나한테 얘기할 수 있었을 텐데. 나는 몰랐다. 네가 나한테 얘기하지 않다니 실망이구나."

엄마는 자신이 유리한 위치에 있다는 걸 느끼고 라일라를 압박했다.

"여하튼 이것은 나나 브래지어에 관한 얘기가 아니라 너와 타리크에 관한 얘기다. 그는 남자다. 그러니 평판이 어떻든 무슨 상관이겠니? 하지만 너는 어떠냐? 특히 너처럼 예쁜 여자애의 평판은 민감한 문제란다. 그건 네 손에 든 찌르레기와 같아. 느슨하게 잡으면 날아가버린다."

"그렇다면 엄마가 담장을 기어오르고 아빠랑 과수원에서 몰래 놀던 것은 뭐였죠?"

라일라는 이렇게 공격을 할 수 있게 되어 좋았다.

"우리는 사촌이었다. 그리고 결혼을 했다. 그 아이가 너한테 청혼하기라도 했니?"

"그는 친구예요. 라피크라고요. 우리는 그런 사이가 아니에요."

라일라는 방어적으로, 그러나 별로 설득력이 없게 말했다.

"타리크는 제게 오빠나 다름없어요."

그녀는 이렇게 불쑥 말해버리고 말았다. 그녀는 엄마의 얼굴에 구름이 지나가고 안색이 어두워지기 전에 자신이 실수를 했다는 걸 알았다.

엄마가 자르듯이 말했다.

"그건 아니다. 너는 목수의 외다리 자식을 네 오빠들과 비교해서는 안 된다. 네 오빠들 같은 사람은 아무도 없다."

"제가 그렇다고…… 제 말은 그런 뜻이 아니었어요."

엄마는 코로 한숨을 내쉬고 이를 악물었다.

"여하튼 내가 말하고자 하는 것은 조심하지 않으면 사람들이 수군거릴 것이라는 거다."

조금 전까지만 해도 지나가듯이 수줍게 얘기하던 그녀의 목소리는 어디론가 사라지고 없었다.

라일라는 뭔가를 말하려고 입을 벌렸다. 엄마의 말에 일리가 없는 건 아니었다. 라일라는 타리크와 거리에서 까불며 놀던 순진했던 시절이 이제는 지나버렸다는 걸 알았다. 지난 얼마 동안, 라일라는 타리크와 같이 사람들 앞에 있을 때는 이상한 느낌을 받기 시작했다. 두 사람을 쳐다보고 뜯어보고 수군거리는 게 느껴졌다. 전에는 느끼지 못했던 것이었다. 그녀가 타리크한테 그것도 가망 없이 필사적으로 빠져 있지 않다면 지금도 그렇게 느끼지 않을 것이었다. 그와 가까이 있으면 그녀는 그의 깡마른 몸과 자신의 몸이 얽히는 수치스러운 생각에 사로잡혔다. 밤이 되어 침대에 누우면, 그녀는 그가 자신의 배에 입을 맞추는 걸 상상했다. 그의 입술은 얼마나 부드러울까 궁금했다. 그녀의 목, 가슴, 등, 그 밑으로 그의 손이 닿는 느낌을 상상해보았다. 그녀는 그를 이런 식으로 생각하면서 죄의식에 사로잡혔다. 하지만 그것은 그녀의 얼굴이 화끈거리며 배에서부터 위로 올라오는 특이하고 따뜻한 느낌을 동반하는 죄의식이었다.

그래, 엄마의 말은 일리가 있었다. 그녀가 알고 있는 것 이상으로 그랬다. 이웃들 모두가 그렇지는 않을지 몰라도 적어도 그중 몇몇은 벌써 그녀와 타리크에 대해 수군거리고 있을지 몰랐다. 라일라는 그들의 교활한 웃음을 느꼈다. 그리고 두 사람이 그렇고 그런 사이라는 소문이 있다는 걸 알고 있었다. 며칠 전의 일이었다. 그녀는 타리크와 걸어가다가, 부르카를 입은 아내 마리암을 데리고 가는 구두장이를 지나치게 되었다.

구두장이는 그들을 지나치면서 장난스럽게 말했다.

"천상, 라일리와 마즈눈이로군그래."

네자미가 쓴 12세기의 유명한 낭만시에 나오는 불행한 연인들을 가리키는 말이었다. 그것은 바비의 말에 의하면, 페르시아어로 된 『로미오와 줄리엣』이었다. 네자미가 셰익스피어보다 4세기나 앞서, 불행한 연인들에 관한 이야기를 썼다고 했다.

엄마의 말에는 일리가 있었다.

라일라를 괴롭히는 건 그런 말을 할 자격이 엄마한테는 없다는 사실이었다. 바비가 그 문제를 꺼냈더라면 다른 문제였을 것이다. 하지만 엄마가? 엄마는 그렇게 오랜 세월을 라일라에게 매몰차게 대하고, 자기 방에 틀어박혀 라일라가 어디를 가는지, 누구를 만나는지, 무슨 생각을 하는지 상관하지 않던 사람이었다. 이건 공정치 못했다. 라일라는 자신이 부엌에 있는 그릇들보다 나을 게 없는 존재 같았다. 함부로 버려두다가 기분이 내키면 언제나 자기 마음대로 자기 것이라고 주장할 수 있는 그릇들보다 나을 게 없는 것 같았다.

하지만 오늘은 그들 모두에게 중요한 날이었다. 이런 문제를 갖고 분위기를 망치는 건 속 좁은 일이었다. 그래서 라일라는 그냥 넘어가기로 했다.

"알겠어요."

"좋아! 그러면 그 문제는 해결되었다. 아빠는 어디 있니? 사랑스러운 내 남편은 어디 있지?"

구름 한 점 없는 눈부신 날이었다. 파티를 하기에는 완벽한 날이었다. 남자들은 뜰에 있는 부실한 의자에 앉았다. 그들은 차를 마시고 담배를 피우며 큰 소리로 무자혜딘의 계획에 대해 얘기하고 있었다. 라일라는 바비에게 들어 대충 알고 있었다. 아프가니스탄은 이제 아프가니스탄 이슬람국이라 불렸다. 무자혜딘의 여러 도당들이 페샤와르에서 결성하여 시브가둘라흐 모자디디가 이끄는 이슬람 지하드 평의회가 두 달 동안 모든 걸 감독하게 되어 있었다. 그다음 넉 달은 라바니가 이끄는 지도자회의가 감독하게 돼 있었다. 그 6개월 동안, 지도자들과 원로들의 평의회인 로야 지르가가 소집되어 임시정부를 구성하고 2년 동안 통치하고, 그 후로 자연스럽게 민주 선거로 넘어갈 예정이었다.

남자들 중 하나가 임시로 만든 석쇠 위에서 지글지글 익고 있는 양꼬치에 부채질을 하고 있었다. 바비와 타리크의 아버지는 오래된 배나무 그늘 밑에서 장기를 두고 있었다. 장기에 몰두한 표정이었다. 타리크도 옆에 앉아 장기를 구경하면서 정치

이야기에 귀를 기울이고 있었다.

여자들은 거실, 통로, 부엌에 모여 있었다. 그들은 집 안을 돌아다니며 난리를 치는 아이들을 엉덩이를 약간 움직여 능숙하게 피하고 갓난아이들이 다치지 않게 들어 올리며 얘기를 했다. 우스타드 사라항의 가잘이 녹음기에서 울려 퍼지고 있었다.

라일라는 부엌에서 기티와 함께 유리병에 물을 채우고 있었다. 기티는 전처럼 수줍어하지도 않았고 심각하지도 않았다. 지난 몇 달 동안, 그녀의 이마에서 찌푸린 표정이 사라졌다. 그녀는 요즘에는 드러내놓고 잘 웃었다. 라일라는 그녀의 웃음이 약간 들떠 있다고 생각했다. 그녀는 더 이상 단조롭게 머리를 묶지 않고 그냥 자라게 놔뒀다. 그녀의 머리가 붉은 줄무늬를 이루며 빛났다. 라일라는 기티를 이렇게 변화시킨 게 그녀에게 관심을 쏟은 열여덟 살의 사내아이라는 걸 알게 되었다. 그의 이름은 사비르였다. 그는 기티의 오빠가 속한 축구팀의 골키퍼였다.

기티는 라일라에게 이렇게 말했다.

"웃을 때 보면 정말로 멋져. 그리고 숱이 많은 검은 머리가 너무너무 좋아!"

물론 그들이 서로한테 끌리고 있다는 사실을 아무도 알지 못했다. 기티는 아무도 모르게 그를 15분씩 두 번 만났다고 했다. 시의 다른 쪽 타이마니 지역에 있는 작은 찻집에서 만나 차를 마셨다고 했다.

"라일라, 그 사람이 나한테 청혼할 것 같아. 빠르면 이번 여름에 그럴 것 같아. 너, 그게 믿겨지니? 자꾸 그 사람 생각만 나."

"학교는 어떻게 하고?"

라일라가 묻자, 기티는 고개를 비스듬하게 기울이고 '우리 둘다 잘 알잖아' 하고 말하는 듯한 표정을 지었다.

하시나는 이렇게 말하곤 했었다.

"스무 살이 됐을 때쯤이면 기티와 나는 아이를 네다섯씩 낳았을 거야. 그러나 라일라, 너는 우리 두 바보가 자랑할 만한 사람이 될 거야. 너는 뭔가가 될 거야. 신문 1면에 네 사진이 실릴 날이 올 거야."

기티는 지금 라일라 곁에서 꿈꾸는 듯한 표정을 지으며 오이를 썰고 있었다.

엄마는 밝은색 여름 치마를 입고 산파인 와즈마와 타리크의 어머니와 함께 삶은 달걀의 껍질을 벗기고 있었다. 엄마는 와즈마에게 말하고 있었고, 와즈마는 고개를 끄덕이며 엄마의 말에 관심이 있는 표정을 지으려고 했다.

"그분이 직접 장례를 주관하셨대요. 그리고 묘지에서 기도도 직접 하셨고요. 그분에게 품위가 있다는 증거지요. 생각이 깊고 명예를 아시는 분이래요."

엄마는 삶은 달걀을 또 하나 깠다.

여자들은 부엌을 들락거리며 쿠르마, 마스타와(수프), 빵 등의 음식을 거실로 가져가 마루에 깔아놓은 매트에 진열했다.

어쩌다 한 번씩, 타리크가 어슬렁거리며 들어왔다. 그는 이것 저것을 조금씩 먹었다.

기티가 말했다.

"남자는 들어오면 안 돼."

와즈마가 소리쳤다.

"나가, 나가, 나가."

타리크는 여자들이 기분 좋게 자기를 쫓아내는 것에 미소를 지었다. 그는 여기에서 환영을 받지 못하고, 이를 약간 드러내고 웃으면서 남성적인 무례함으로 이 여성적인 분위기를 오염시키는 것에서 재미를 느끼는 것 같았다.

라일라는 이 여자들에게 더 이상의 험담거리를 주지 않으려고 그를 쳐다보지 않으려 최선을 다했다. 그래서 그녀는 눈을 내리깔고 그에게 아무 말도 하지 않았다. 하지만 그녀는 며칠 전에 꿨던 꿈이 생각났다. 부드러운 녹색 베일 밑의 거울에 비치던 두 사람의 얼굴. 그의 머리에서 팅 팅 소리를 내며 유리 위로 떨어지던 쌀.

타리크는 감자를 곁들인 송아지 고기 요리를 맛보려고 손을 뻗었다.

"저리 비켜!"

기티가 그의 손등을 찰싹 쳤다. 그래도 타리크는 그걸 훔쳐 가며 웃었다.

그는 이제 라일라보다 30센티미터쯤 더 컸다. 그리고 면도를 했다. 얼굴은 더 홀쭉하고 각이 졌다. 어깨는 벌어져 있었다. 타리크는 윤이 나는 검은색 단화를 신고 주름이 있는 바지에 짧은 소매 셔츠를 입기를 좋아했다. 그렇게 입으니까 남성적인 팔이 드러나 보였다. 날마다 뜰에서 녹슨 바벨을 들어 올린 결과였다. 최근 그의 얼굴에 장난스럽게 시비 거는 표정이 어려 있었다. 그는 얘기를 할 때 고개를 약간 옆으로 돌렸고, 웃을 때는 한쪽 눈썹이 활 모양으로 굽어졌다. 머리를 기른 뒤 그에겐 불필요할 정도로 머리칼을 흔드는 습관이 생겼다. 이를 반쯤 드러내고 장난스럽게 웃는 모습도 새로운 것이었다.

타리크가 마지막으로 부엌에서 쫓겨날 때, 라일라는 남모르게 그를 쳐다보다가 그의 어머니한테 들켜버렸다. 가슴이 뛰었다. 마음이 켕겨서 눈도 깜빡거렸다. 재빨리 그녀는 잘게 썬 오이를 간을 맞춰 물을 뿌린 요구르트 주전자 속으로 던지는 데 열중했다. 하지만 그녀는 타리크의 어머니가 흡족한 미소를 띠고 자신을 바라보는 걸 느낄 수 있었다.

남자들은 자신들의 접시에 음식을 담고 마실 것을 들고 나갔다. 그런 후, 여자들과 아이들은 마루 위의 매트 둘레에 모여 먹었다.

매트를 치우고 접시를 부엌에 갖다 놓은 후, 녹차를 마실 사람과 홍차를 마실 사람을 구분해 차를 내놓기 시작할 때, 타리크가 고갯짓을 하고 문에서 나갔다.

라일라는 5분 정도 기다렸다가 뒤따라 나갔다.

그는 세 집 건너, 길 아래쪽에 있었다. 그는 집 사이에 있는 좁은 골목길 입구의 벽에 기대고 있었다. 그는 우스타드 아왈 미르가 작곡한 옛 파슈토 노래를 흥얼거리고 있었다.

다 제 마 지바 와탄,
다 제 마 다다 와탄.
이것은 우리의 아름다운 땅,
이것은 우리의 사랑하는 땅.

타리크는 담배를 피우고 있었다. 이것도 새로운 습관이었다. 요즘 어울려 다니는 애들로부터 배운 것 같았다. 라일라는 타 리크의 새 친구들을 참을 수 없었다. 그들은 모두 똑같이 주 름이 있는 바지를 입고 팔과 가슴의 윤곽이 드러나는 꼭 끼는 셔츠를 입었다. 그들은 향수를 너무 많이 뿌리고 담배를 피웠 다. 그들은 떼거리로 몰려다니며 농담을 하고 큰 소리로 웃고, 때로는 히죽히죽 웃으며 여자들의 등 뒤에서 이름을 부르기도 했다. 타리크의 친구 중 하나는 자신이 실베스터 스탤론을 가 장 많이 닮았다면서 람보라고 부르라고 우겼다.

라일라는 골목으로 들어가기 전에 주위를 두리번거리며 말 했다.

"담배 피우는 줄 알면 오빠 엄마가 가만 안 둘 거야."

그는 라일라가 들어설 수 있도록 옆으로 비키며 말했다.

"엄마는 안 그러셔."

"언제라도 마음이 바뀌실 수 있어."

"누가 이를 건데? 네가?"

라일라는 발을 가볍게 굴렀다.

"그대의 비밀을 바람한테 얘기하라. 하지만 그걸 나무한테 얘기했다고 바람을 탓하진 마라."

타리크가 미소를 지었다. 한쪽 눈썹이 활처럼 휘었다.

"누가 한 말이야?"

"칼릴 지브란."

"유식한 체하네."

"나한테 담배 줘."

그는 안 된다고 고개를 저으며 팔짱을 끼었다. 벽에 기대어 팔짱을 끼고 입가에 담배를 물고 성한 다리를 무심하게 구부리는 것도 새로 생긴 습관이었다.

"왜 안 되는데?"

"너한테는 나쁜 거야."

"그럼 오빠한테는 나쁘지 않고?"

"나는 여자들을 위해 그러는 거야."

"어떤 여자들?"

그가 능글맞은 미소를 지었다.

"여자들은 이게 섹시하다고 생각하거든."

"그렇지 않아."

"아니라고?"

"그래, 아니야."

"섹시하지 않다고?"

"오빠는 힐라(머저리) 같아."

"좀 심하다."

"그나저나 어떤 여자들 말인데?"

"너, 질투하는구나."

"관심 없지만 호기심이 당길 뿐이야."

"앞뒤가 안 맞는 소리다."

그는 담배를 또 한 모금 빨고 담배 연기 사이로 눈을 가늘게 뜨고 바라보았다.

"그들은 지금쯤 우리에 관해 얘기하고 있을 게 분명해."

엄마가 했던 말이 그녀의 머릿속에 떠올랐다. "그건 네 손에 든 찌르레기와 같아. 느슨하게 잡으면 날아가버린다." 엄마는 이렇게 말했었다. 죄의식이 라일라의 마음속을 파고들었다. 라일라는 엄마의 목소리를 무시해버렸다. 대신, 그녀는 타리크가 '우리'라고 했던 말을 음미했다. 그한테서 나온 그 말이 너무 짜릿하게 느껴졌다. 둘이서 뭔가 공모를 하는 것 같았다. 타리크가 그처럼 아무렇지 않으면서도 자연스럽게 '우리'라는 말을 쓰다니 얼마나 든든한지 몰랐다. 그 말은 둘의 관계를 인정하고 구체화시키는 말이었다.

"그들이 무슨 말을 하는데?"

"우리가 죄악의 강에서 배를 타고 불경한 빵을 먹고 있다고
하겠지."

라일라가 맞장구를 쳤다.

"사악한 인력거를 타고 말이지?"

"신성모독죄를 범하고."

그들은 웃었다. 타리크는 그녀의 머리가 더 길어졌다고 말했
다.

"보기 좋다."

라일라는 얼굴을 붉힌 게 티가 나지 않기를 바랐다.

"말 돌리고 있네."

"내가 뭘?"

"오빠를 섹시하다고 생각하는 골 빈 여자들 말이야."

"알잖아."

"알긴 뭘 알아?"

"나한테는 너밖에 안 보여."

라일라는 혼란스러워졌다. 그녀는 그의 얼굴을 살피려고 했
다. 그러나 속내를 알 수 없었다. 타리크는 그의 눈에 깃든 아슬
아슬하고 절박한 표정과 달리 바보처럼 웃고 있었다. 조롱과 진
실 사이의 중간 지점에 정확히 떨어지도록 계산된 영악한 표정.

타리크는 성한 발뒤꿈치로 담배꽁초의 불을 껐다.

"그래, 네 생각은 어때?"

"파티 말이야?"

"누가 머저리일까? 무자혜딘을 두고 하는 말이야. 그들이 카불에 온 것 말이야."

"아."

그녀는 바비가 총과 자만심이 결혼한 격이라면서 얘기해준 것에 대해 말하기 시작했다. 그때, 그녀의 집 쪽에서 소란스러운 소리가 들렸다. 시끄러운 소리도 들리고 비명을 지르는 소리도 들렸다.

라일라는 달리기 시작했다. 타리크는 뒤에서 절뚝거리며 달려왔다.

뜰에서 난투가 벌어지고 있었다. 두 남자가 땅바닥에서 구르며 칼부림을 하고 있었다. 라일라는 그중 하나가 초반부에 정치 얘기를 하던 사람이라는 걸 알았다. 다른 사람은 꼬챙이에 펜 고기를 구울 때 부채질을 하던 사람이었다. 여러 남자들이 그들을 갈라놓으려 하고 있었다. 바비는 그 사이에 있지 않았다. 그는 울고 있는 타리크의 아버지와 함께, 싸우는 곳으로부터 상당히 떨어진 담 옆에 서 있었다.

라일라는 사람들의 흥분한 목소리에서 주워들은 것을 꿰맞춰보았다. 정치 얘기를 하던 파슈툰족 남자가 1980년대에 소련군과 '협상을 했다'는 이유로 아마드 샤 마수드를 배신자라고 하자, 고기 꼬챙이에 부채질을 하던 타지크족 남자가 화를 내며 그 말을 취소하라고 한 모양이었다. 그 남자가 거절하자, 타지크족 남자가 마수드가 아니었으면 상대편 남자의 여동생이 소련군 병사들에게 아직도 "그것을 주고 있을 것"이라고 말했다. 그들은 주먹질을 했다. 그중 하나가 칼을 휘두르기 시작했다. 누가 먼저 그랬는지에 대해서는 의견이 일치하지 않았다.

라일라는 타리크도 난투에 끼어드는 걸 보고 기겁했다. 말리던 사람들도 이제 주먹을 날리고 있었다. 누군가 또 다른 칼을 휘두르는 것 같았다.

그날 저녁 늦게, 라일라는 난투극에 대해 다시 생각해보았다. 상대방을 눕히고 소리를 지르고 꽥꽥거리고 주먹을 날리는 남자들, 그 사이에서 인상을 찌푸리고 머리는 엉망이 되고 의족은 떨어져 나간 채 기어 나오려고 하던 타리크.

얼마나 빨리 모든 것이 명백해졌는지, 머리가 어찔할 정도였다.

지도자 평의회가 너무 성급하게 구성되었다. 평의회는 라바니를 대통령으로 선출했다. 다른 도당들은 그것이 종족 편중이라고 비난했다. 마수드는 평화와 인내심을 갖자고 호소했다.

관직에서 제외당한 헤크마트야르는 진노했다. 오랫동안 압박받고 무시당해온 하자라족은 부글부글 끓었다.

서로를 모욕하고 손가락질하고 비난하는 소리가 이어졌다. 모임들은 취소되었다. 도시는 숨을 죽였다. 산에서는 장전된 탄창들이 칼라시니코프 소총에 끼워졌다.

완전무장을 하고 있지만 이제는 공동의 적이 없는 무자헤딘은 서로를 적으로 만들었다.

마침내 심판의 날이 카불에 찾아왔다.

로켓탄이 비 오듯 퍼붓기 시작했다. 사람들은 살기 위해 도망쳤다. 엄마도 그랬다. 그녀는 다시 상복으로 갈아입고 방으로 들어가서 커튼을 여미고 머리 위에 담요를 뒤집어썼다.

24

라일라가 타리크에게 말했다.

"쌩— 하는 그 소리가 싫어. 빌어먹을 그 쌩— 소리가 지긋지긋해."

타리크는 알겠다는 듯 고개를 끄덕였다.

라일라는 나중에 그것이 사실은 쌩— 하는 소리라기보다는 그것의 출발 시간과 부딪는 시간 사이의 몇 초라고 생각했다. 알지 못하고 기다리는 일. 판결을 막 들으려고 하는 피고인처럼.

그것은 때로 그녀가 바비와 식사를 하고 있을 때 일어났다. 그것이 시작되면 그들의 고개가 순간적으로 들렸다. 그들은 포크를 공중에 들고 씹다 만 음식을 입에 담은 채 쌩— 하는 소리를 들었다. 라일라는 그들의 흐릿한 얼굴이 칠흑처럼 까만 창문 유리에 비치는 걸 보았다. 벽에 비친 그들의 그림자는 움직이지 않았다. 쌩— 하는 소리. 다행스럽게도 다른 곳으로부터 들리는 폭발음, 적어도 이번에는 목숨을 건졌다는 걸 알고 내쉬는 안도의 숨. 그사이, 어딘가에서는 아우성과 질식할 듯한 연기 속에서 맨손으로 형제자매, 손자 손녀의 남아 있는 시신을 파편 속에서 끌어내고 있을 터였다.

하지만 자신이 이번에는 살아남았다는 생각은 누가 죽었을까 하는 걱정과 괴로움으로 이어졌다.

로켓탄이 발사될 때마다 라일라는 기도를 하며 거리로 달려 나갔다. 이번에는, 분명히 이번에는, 타리크가 부서진 벽돌 밑에 깔려 있을 것 같았다.

밤이 되면 라일라는 침대에 누워 창문에 갑자기 흰 불빛이 비치는 걸 보았다. 그녀는 자동소총 소리를 듣고 머리 위로 날아가는 로켓탄의 숫자를 세어보았다. 집이 흔들리고 석회 가루가 천장에서 쏟아져 내렸다. 어떤 날은 로켓탄의 불빛이 너무 밝아 그 빛으로 책을 읽을 수 있을 정도였다. 잠은 오지 않았다. 그래도 잠이 들면 불길과 찢겨 나간 팔다리와 다친 사람들의 신음 소리로 가득한 꿈을 꿨다.

아침이 돼도 안심이 되지 않았다. 나마즈 시각을 알리는 소리가 울려 퍼졌다. 그러면 무자헤딘은 총을 내려놓고 서쪽을 향해 기도했다. 그런 다음, 양탄자를 접고 총을 장전했다.

산에서는 카불을 향해 총을 쐈고, 카불은 산을 향해 총을 쐈다. 라일라를 비롯한 나머지 시민들은 자신이 잡은 고기를 상어들이 뜯어 먹는 걸 바라보는 산티아고 노인처럼 무력하게 그 모습을 지켜보았다.

라일라는 어디를 가든, 마수드의 군인들을 보았다. 그녀는 그들이 거리를 순찰하고 몇백 미터마다 차를 세우고 검문을 하는 걸 보았다. 그들은 작업복에 파콜을 쓰고 탱크 위에 앉아서 담배를 피웠다. 그들은 교차로에 쌓은 모래 부대 뒤에서 지나가는 사람을 엿보았다.

그렇다고 라일라가 외출을 많이 한 건 아니었다. 그녀는 외출할 때는 언제나 타리크와 같이 갔다. 타리크는 이러한 기사도적 의무를 즐기는 것 같았다.

그가 어느 날 말했다.

"총을 한 자루 샀어."

그들은 라일라의 집 뜰에 있는 배나무 밑에 앉아 있었다. 그는 그 총이 베레타 반자동소총이라고 했다. 라일라에게 그것은 그저 검고 치명적인 것으로만 보였다.

"싫어. 총을 보면 무서워."

타리크는 들고 있던 잡지의 책장을 넘겼다.

"지난주에 카르테세에 있는 집에서 세 사람의 시체가 발견되었대. 내 말 듣는 거야? 세 자매가 강간을 당한 거야. 목이 베였대. 누군가가 그들의 손에서 반지를 이빨로 뺐나 봐. 이빨 자국이 나 있었대."

"그런 얘기 듣고 싶지 않아."

"네 기분을 상하게 하려고 한 건 아니었어. 다만 이걸 갖고 다니니까 한결 낫다는 말을 하고 싶었을 뿐이야."

그는 이제 거리에서 그녀의 생명선이었다. 그는 떠도는 이야기를 얘기해줬다. 산에 있는 군인들이 남녀노소를 가리지 않고 무차별적으로 아래에 있는 시민들을 죽이면서 내기를 하고 있다는 말을 해준 것도 타리크였다. 그들은 자동차를 향해선 로켓포를 발사하지만 무슨 이유에선지 택시는 공격하지 않는다고 했다. 그러고 보니, 사람들이 최근에 차를 노란색으로 칠하는 이유를 알 만했다.

타리크는 카불 시내의 관할구역이 계속 바뀌고 있다고 말했다. 예를 들어, 이 도로는 왼쪽에 있는 두 번째 아카시아나무까지 한 사령관의 관할이었고, 다음 네 블록은 폭파된 약국 옆에 있는 제과점까지 다른 사령관의 관할이었다. 그리고 그 도로를 건너 서쪽으로 1킬로미터쯤 가면 또 다른 사령관의 관할이었다. 따라서 저격병의 총에 맞기 십상이었다. 이것이 엄마가 영웅이라고 했던 자들의 실체였다. 사령관들. 라일라는 그들을 토팡그다르라고 부르는 소리를 들었다. 소총병이라는 의미였다. 다른 사람들은 아직도 그들을 무자헤딘이라고 불렀다. 그러나 그렇게 부를 때마다 그들의 얼굴에는 싫으면서도 빈정거리는 듯한 표정이 어렸다. 그건 깊은 혐오감과 경멸감이 배인 말이었다.

타리크는 탄창을 총에 다시 장전했다.

라일라가 물었다.

"그걸 갖고 다닌단 말이야?"

"뭘?"

"그걸로 사람을 죽이려고?"

타리크는 총을 허리춤에 넣었다. 그리고 멋지면서도 끔찍한 말을 했다.

"너를 위해서야, 라일라. 너를 위해서라면 죽일 거야."

그는 가까이 다가왔다. 그들의 손이 한 번, 두 번 스쳤다. 라일라는 타리크가 자신의 손을 더듬더듬 잡으려 할 때, 그냥 내버려뒀다. 그리고 그가 갑자기 몸을 기울여 입을 맞췄을 때도 그냥 내버려뒀다.

그 순간, 엄마가 여자의 평판과 찌르레기를 비교하며 했던 말들은 중요하지 않게 생각되었다. 터무니없다는 생각까지 들었다. 살인이나 약탈과 같은 추한 것들의 와중에서, 나무 밑에 앉아 타리크와 입을 맞추는 것은 무해한 일이었다. 사소한 일이었다. 쉽게 용서받을 수 있는 방종이었다. 그래서 그녀는 그가 입을 맞추게 내버려뒀다. 그리고 그가 몸을 떼자, 이번에는 자신이 몸을 기울여 그에게 입을 맞췄다. 심장이 뛰고, 목이 떨리고, 얼굴이 얼얼하고, 배 속 깊은 곳에 불이 난 것 같았다.

그해, 그러니까 1992년 6월이었다. 카불 서쪽에서 심한 전투가 벌어졌다. 사이야프 사령관의 파슈툰 군대와 와흐다트 도당의 하자라 군대 사이에 벌어진 전투였다. 포탄이 전기선을 끊어버리고 가게와 집들이 있던 블록 전체가 가루로 변했다. 라일라는 파슈툰 군인들이 하자라족의 집을 공격하고 안으로 들어가 처형을 하듯이 모든 가족을 사살하고 있으며, 하자라 군인들이 파슈툰족 시민들을 납치하고 파슈툰족 여자들을 강간하고 파슈툰족이 모여 사는 구역에 폭격을 가하고 무분별하게 살인을 일삼고 있다는 말을 들었다. 매일, 나무에 묶여 있는 시체들이 발견되었다. 때로는 알아볼 수 없을 정도로 타버린 시체였다. 종종 머리에 총을 맞고 눈알이 빠지고 혀가 뽑힌 상태였다.

바비는 카불을 떠나자고 다시 엄마를 설득하려 했다.

"그들이 해결책을 찾을 거야. 이 싸움은 일시적인 거라고. 그들이 뭔가 대책을 찾아낼 거야."

"파리바, 이 사람들이 아는 것은 전쟁밖에 없어. 그들은 한 손에 우유병을 들고 다른 손에 총을 잡고 걸음마를 했던 자들이야."

엄마가 쏘아붙였다.

"당신이 대체 뭐길래 그런 소리를 해? 지하드에 참여해봤어? 갖고 있는 모든 걸 버리고 목숨을 걸어봤어? 무자헤딘이 아니었다면 우리는 아직도 소련군의 종일 거야. 그걸 기억하라고. 그런데 당신은 지금, 그들을 배반하자고 말하고 있어."

"파리바, 배반을 하는 쪽은 우리가 아니야."

"갈 테면 당신이나 가. 당신 딸을 데리고 도망치라고. 가서 엽서나 한 장 보내시지. 평화가 오고 있어. 나는 그걸 기다릴 거야."

거리가 너무 위험해지자 바비는 상상도 할 수 없는 행동을 했다. 그는 라일라를 학교에서 자퇴시켜버렸다.

가르치는 일은 자신이 도맡았다. 해가 지면, 라일라는 그의 서재로 갔다. 헤크마트야르가 도시의 남쪽 외곽에서부터 마수드를 향해 로켓포를 발사할 때, 바비와 그녀는 하페즈의 가잘, 아프간 시인 우스타드 할릴룰라 할릴리의 가잘들을 공부했다. 바비는 그녀에게 이차방정식을 푸는 방법을 가르치고 다항식을 인수분해하고 곡면을 변수로 나타내는 걸 가르쳤다. 그는 가르칠 때는 사람이 변했다. 자신의 본령本領인 책 사이에 있게 되자, 그는 더 커 보였다. 그의 목소리는 더 깊고 더 차분한 곳에서 나오는 것 같았다. 눈도 별로 깜빡이지 않았다. 라일라는 멋지게 칠판을 지우고 학생들을 인자하고 자상하게 바라보았을 그의 모습을 상상해보았다.

하지만 주의를 기울이는 게 쉽지 않았다. 라일라는 계속 마음이 산란했다.

"각뿔의 면적은 어떻게 내지?"

바비가 이렇게 물으면, 라일라의 머릿속에 떠오른 것은 타리크의 도톰한 입술, 그녀의 입술에 와 닿던 그의 뜨거운 숨결,

그의 담갈색 눈에 비친 자신의 모습이 전부였다. 그녀는 그 나무 밑에서 입을 맞춘 이래, 두 번 더 그와 입을 맞췄다. 그녀는 더 오래, 더 정열적으로, 덜 어색하게 입을 맞췄다고 생각했다. 두 번 다, 엄마가 파티를 연 날, 타리크가 담배를 피우던 침침한 골목에서였다. 두 번째 만났을 때, 그녀는 그가 가슴을 만지도록 놔뒀다.

"라일라?"

"네, 아빠."

"각뿔. 면적. 뭘 생각하는 거야?"

"아빠, 미안해요. 아, 제가…… 가만있자, 각뿔이라면 밑면 면적 곱하기 높이 곱하기 3분의 1이죠."

바비는 그녀에게 눈길을 던지며 석연치 않은 듯 고개를 끄덕였다. 라일라는 두 사람이 연거푸 입을 맞출 때, 그녀의 젖가슴을 꽉 쥐고 허리의 잘록한 부분 아래로 내려가던 타리크의 손길을 떠올렸다.

같은 달인 6월의 어느 날이었다. 기티는 두 명의 동급생들과 함께 학교에서 돌아오고 있었다. 기티의 집에서 불과 세 블록밖에 떨어지지 않은 곳에서 로켓탄의 유탄이 그들을 덮쳤다. 나중에 라일라는 기티의 어머니 닐라가 기티가 죽은 곳으로 달려가서, 비명을 지르며 앞치마에 딸의 살점을 주워 담았다는 얘기를 들었다. 몸에서 떨어져 나간 그녀의 오른발이 2주

후에 어떤 집의 옥상에서 발견되었다. 아직도 나일론 양말에 자주색 운동화가 신겨 있었다고 했다.

기티가 죽은 다음 날, 라일라는 울고 있는 여자들 사이에 어리벙벙하여 앉아 있었다. 라일라가 알고, 가깝게 지내고 사랑했던 누군가가 죽은 것은 이번이 처음이었다. 그녀는 기티가 더 이상 살아 있지 않다는 이해할 수 없는 현실을 받아들일 수 없었다. 라일라와 둘이서 수업 시간에 은밀한 쪽지를 주고받던 기티였다. 손톱을 예쁘게 다듬고, 핀셋으로 턱에 난 털을 뽑던 기티였다. 그리고 골키퍼인 사비르와 결혼하려고 하던 기티였다. 그 기티가 죽은 것이었다. 죽었다. 산산조각이 나서. 마침내 라일라는 친구를 위해 울기 시작했다. 오빠의 장례식 때는 흘릴 수 없었던 모든 눈물이 그녀의 눈에서 쏟아져 내리고 있었다.

25

라일라는 거의 움직일 수 없었다. 시멘트가 그녀의 몸 마디마디를 응고시킨 것 같았다. 대화가 계속되고 있었다. 라일라는 어찌할 바를 몰랐다. 하지만 그저 남의 말을 엿듣는 것처럼 그것으로부터 떨어져 있는 느낌이었다. 타리크의 이야기를 들으며 라일라는 자신의 삶을 상상해보았다. 섬유질이 분리되어 아래로 툭 떨어지는 썩은 사과 같은 삶.

1992년 8월, 후덥지근한 오후였다. 그들은 라일라의 집 거실에 있었다. 어머니는 복통으로 하루 종일 고생했다. 헤크마트야르가 남쪽으로부터 로켓포를 쏘아대고 있음에도 불구하고 바비는 몇 분 전에 그녀를 의사한테 데리고 갔다. 라일라의 소파 옆자리에 앉은 타리크는 무릎 사이에 손을 끼고 바닥을 내려다보고 있었다.

그는 떠난다고 말하고 있었다.

인근 지역도 아니었다. 카불의 다른 지역도 아니었다. 아프가니스탄도 아니었다.

떠난다고 했다.

라일라는 할 말을 잃었다.

"어디로 가는데? 어디로 갈 건데?"

"우선 파키스탄으로 가나 봐. 페샤와르. 그다음에는 몰라. 인도 북부일지도 모르고 이란일지도 몰라."

"얼마나 오래?"

"모르겠어."

"그걸 안 지가 얼마나 오래됐느냔 말이야."

"며칠 됐어. 라일라, 얘기하려고 했어. 하지만 차마 말하지 못하겠더라. 네가 얼마나 상심할지 알았으니까."

"언제 가는데?"

"내일."

"내일?"

"라일라, 나를 봐."

"내일이라고?"

"우리 아버지 때문이야. 싸우고 죽이고 하는 걸 더 이상 못 견디시겠대."

라일라는 얼굴을 손에 묻었다. 두려움의 물결이 밀려왔다.

이런 걸 예상했어야 했다. 그녀가 알고 있는 거의 모든 사람들이 짐을 챙겨 떠났다. 이웃에는 낯익은 얼굴들이 거의 없었다. 무자헤딘 도당들 사이에 전투가 벌어진 지 불과 4개월밖에 되지 않았는데, 라일라는 거리에서 더 이상 아는 사람을 만나지 못했다. 하시나의 가족은 5월에 테헤란으로 달아났다. 와즈마와 그녀의 친척들도 같은 달에 이슬라마바드로 떠났다. 기티의 부모와 그녀의 형제들은 기티가 죽은 직후인 6월에 떠났다. 라일라는 그들이 어디로 갔는지 알지 못했다. 이란의 마슈하드로 갔다는 소문만 들었다. 사람들이 떠난 후, 그들의 집은 며칠 동안 비어 있다가 군인들이나 낯선 사람들이 들어가 살았다.

모든 사람이 떠나고 있었다. 이제 타리크도 떠나려 했다.

"우리 어머니는 더 이상 젊지 않으셔. 부모님들은 내내 두려움에 떨고 계셔. 라일라, 나 좀 봐."

"나한테 얘기했어야지."

"나 좀 봐."

신음 소리가 라일라의 입에서 나왔다. 그리고 울부짖는 소리. 그녀는 울고 있었다. 그가 엄지손가락으로 볼에 흐르는 눈물을 닦아주려 하자, 그녀는 그의 손을 밀어냈다. 이기적인 몸짓이긴 했지만, 그녀는 그가 자신을 버린다는 사실에 분노하고 있었다. 타리크는 그녀의 일부가 아니었던가. 모든 기억 속에서 그의 그림자는 그녀의 그림자 옆에 있었다. 어떻게 그런 그가 그녀를 버릴 수 있는가. 그녀는 타리크의 뺨을 때렸다. 그리고 또 때리고 그의 머리를 잡아당겼다. 그가 그녀의 팔목을 잡아야 했다. 그는 그녀가 알아들을 수 없는 뭔가를 말하고 있었다. 그는 부드럽고 조리 있게 말하고 있었다. 그러다 그들의 이마와 이마, 코와 코가 닿았다. 그녀는 그의 뜨거운 숨결을 자신의 입술에 다시 한번 느꼈다.

그리고 갑자기 그의 몸이 쏠렸다. 그녀의 몸도 그랬다.

그 일이 있은 후, 며칠 동안, 아니 몇 주 동안, 라일라는 그때 무슨 일이 있었는지 낱낱이 기억하려고 해봤다. 불타고 있는 박물관을 뛰쳐나가는 예술품 애호가처럼 그녀는 표정, 속삭임, 신음 등 잡을 수 있는 것이면 어느 것이나 잡으려 했다. 기억의 저편으로 물러나지 못하게 잡으려는 거였다. 그러나 시간은 불길 중에서도 가장 용서를 모르는 것이어서, 그녀는 결국 모든 걸 구해낼 수는 없었다. 그래도 그녀에게는 남아 있는 게 있었다. 저 아래에서 느껴지던 굉장한 첫 고통. 양탄자 위를 비추던 비스듬한 햇살. 성급하게 드러난 그녀의 발꿈치가 그의 서늘하고 딱딱한 다리에 닿던 감촉. 그의 팔꿈치를 감싸던 그녀의 손. 뒤집어진 만돌린 모양의 반점이 그의 쇄골 밑에서 붉게 빛나던 모습. 그녀의 얼굴 위에 떠 있던 그의 얼굴. 그녀의 입술과 턱을 간질이던 그의 검은 고수머리. 들키면 어쩌나 하는 두려움. 믿기지 않는 그들의 대담함과 용기. 고통과 섞이던 낯설고 표현할 수 없는 쾌감. 타리크의 얼굴에 어리던 무수한 표정. 불안, 부드러움, 미안한 마음, 당혹감, 하지만 대부분, 굶주린 표정.

그다음에는 허둥지둥했다. 서둘러 셔츠 단추를 채우고, 벨트를 차고, 머리를 손가락으로 빗었다. 그들은 옆에 앉아 서로의 냄새를 맡았다. 얼굴엔 화색이 돌았고, 방금 일어났던, 아니 자신들이 방금 했던 엄청난 일 앞에 놀라서 할 말을 잃었다.

라일라는 양탄자에 세 방울의 피가 묻어 있는 걸 보았다. 그녀의 피였다. 라일라는 부모가 나중에 그녀가 죄를 범한 걸 까마득히 모르고 이 소파에 앉아 있을 모습을 상상해보았다. 수치심과 죄책감이 몰려왔다. 계단 위에서 시계가 돌아가는 소리가 라일라의 귀에 엄청나게 크게 들렸다. 그것은 계속해서 내리치며 형을 선고하는 재판관의 의사봉 같았다.

타리크가 말했다.

"나하고 같이 가자."

잠시, 라일라는 그렇게 할 수 있다고 생각했다. 타리크와 그의 부모와 같이 길을 떠나는 게 가능하다고 생각했다. 가방에 짐을 챙기고 버스에 올라타 이 모든 폭력을 뒤로하고, 그것이 행복이든 불행이든, 다가오는 것을 맞는 것이 가능하다고 생각했다. 그렇게 되면 그녀를 기다리는 쓸쓸한 고립감과 지독한 고독을 견딜 필요가 없었다.

그녀는 갈 수 있었다. 그들은 같이 있을 수 있었다.

그들은 더 많은 오후를 이렇게 보낼 수 있을 것이었다.

"라일라, 나는 너와 결혼하고 싶어."

그들이 마루에 있었던 후로 그녀는 처음으로 눈을 들어 그의 눈을 맞았다. 그녀는 그의 얼굴을 살폈다. 이번에는 장난기가 없었다. 그의 표정에는 확신이 있었고, 순진하지만 굳건한 진지함이 있었다.

"타리크."

"라일라, 우리 결혼하자. 오늘 결혼할 수 있어."

그는 사원에 가 율법학자를 찾고, 두 명의 증인을 세우는 일에 대해 얘기하기 시작했다.

하지만 라일라는 무자헤딘처럼 완강하고 타협할 줄 모르는 엄마에 대해 생각하고 있었다. 그녀의 주변에 감도는, 원한과 절망감으로 질식할 듯한 분위기를 생각하고 있었다. 그녀는 오래전부터 체념을 하고 엄마의 독설을 받아내는 바비에 대해 생각하고 있었다. "라일라, 때때로 너는 내가 가진 것의 전부라는 생각을 한다." 바비는 이렇게 말했었다.

이런 것들이 그녀가 처한 상황이었다. 회피할 수 없는 진실이었다.

"네 아버님께 결혼하게 해달라고 할게. 네 아버지는 우리를 축복해주실 거야. 나는 그걸 알아."

그의 말이 맞았다. 바비는 그럴 것이다. 하지만 그렇게 되면 그는 산산이 부서질 것이었다.

타리크는 아직도 얘기하고 있었다. 목소리가 작아졌다가 커지고, 애원했다가 이성에 호소하기도 했다. 그의 얼굴이 밝아졌다가 어두워졌다.

라일라가 말했다.

"그럴 수 없어."

"그렇게 말하지 마. 나는 너를 사랑해."

얼마나 오랫동안 이 말을 기다려왔던가? 얼마나 수없이 그 말을 듣는 걸 꿈꿨던가? 드디어 그 말을 듣게 되었다. 그런데 이 무슨 아이러니란 말인가. 그 아이러니에 가슴이 미어졌다.

"우리 아빠 때문에 떠날 수 없어. 나는 아빠에게 세상 모든 것이야. 우리 아빤 못 견디실 거야."

타리크도 그걸 알고 있었다. 그는 자신이 부모에게 할 수 있는 것보다 더, 그녀가 자신의 의무를 저버리지 못할 것이라는 걸 알았다. 그러나 실랑이는 계속되었다. 그는 애원하고 그녀는 안 된다고 하고, 그의 청혼에 그녀는 미안하다고 하고, 그의 눈물에 그녀의 눈물이 겹쳐졌다.

결국 라일라는 그에게 가라고 말해야 했다.

그녀는 그에게 작별 인사를 하러 오지 말라고 했다. 그리고 문을 닫았다. 라일라는 그가 주먹으로 문을 두드리는 소리에 몸을 떨면서 문에 등을 기대고 서 있었다. 그녀는 한쪽 팔로는 배를 잡고 한 손으로는 입을 막았다. 그는 문틈으로 다시 돌아오겠다고, 그녀를 위해 다시 돌아오겠다고 말했다. 그녀는 그가 지쳐서 체념을 할 때까지 서 있었다. 그의 고르지 못한 발자국 소리가 희미해졌다. 언덕으로부터 들리는 총성을 제외하고는 모든 것이 조용해졌다. 그녀의 배에서, 그녀의 눈에서, 그녀의 뼈에서 피가 뛰고 있었다.

26

그날은 그해의 가장 더운 날이었다. 산맥이 뼛속까지 태울 듯한 열기를 가둬버려 도시를 연기처럼 질식시켰다. 며칠 동안 전기가 들어오지 않았다. 카불 전역에서 선풍기가 돌아가지 않았다. 마치 조롱하듯이.

라일라는 거실 소파에 조용히 누워 있었다. 블라우스에 땀이 배었다. 내쉰 숨에 코끝이 타는 것 같았다. 그녀는 부모가 엄마의 방에서 얘기를 나누고 있다는 걸 알았다. 어젯밤과 그제 밤에 잠에서 깨었더니, 아래층에서 그들이 이야기하는 소리가 들렸다. 그들은 문에 총구멍이 난 후로 매일매일 얘기를 했다.

멀리서 대포 소리가 들렸다. 기나긴 총격전이 벌어지는 소리가 더 가까이에서 들리고, 이어서 또 다른 총격전이 벌어지는 소리가 들렸다.

라일라의 마음속에서도 전쟁이 벌어지고 있었다. 한편에는 수치심과 죄의식이, 다른 한편에는 그녀와 타리크가 했던 일이 죄받을 일이 아니라 그들이 서로를 보지 못할 것이라는 사실 때문에 빚어진, 자연스럽고 아름답고 불가피하기까지 한 것이었다는 확신이 있었다.

라일라는 옆으로 누워서 뭔가를 기억해내려고 했다. 그들이 마루에 있을 때, 타리크는 이마를 그녀의 이마에 대었다. 그리고 헐떡거리며 무슨 말인가를 했었다. "내가 아프게 하는 거야?" 혹은 "이렇게 하면 아파?"

라일라는 정확히 어떤 말이었는지 기억이 나지 않았다.

"내가 아프게 하는 거야?"

"이렇게 하면 아파?"

그가 떠난 지 두 주밖에 되지 않았는데, 벌써 그러한 일이 벌어지고 있었다. 시간은 벌써 기억의 날카로운 가장자리를 무디게 만들고 있었다. 라일라는 기억을 되살리려 안간힘을 썼다. 무슨 말을 했지? 갑자기, 그걸 아는 것이 중요한 일처럼 느껴졌다.

라일라는 눈을 감았다. 그리고 집중을 했다.

시간이 흘러가면서, 그녀는 이러한 행동에 서서히 지쳐갔다. 오래전에 일어났던 일을 불러내어 먼지를 털어내고 다시 한번 소생시키는 일이 점점 더 힘들어졌다. 몇 년이 지나면, 그를 잃어버린 걸 더 이상 슬퍼하지 않게 될 날이 올지 몰랐다. 그의 얼굴이 어떻게 생겼는지 기억이 가물가물해지기 시작하고, 길

거리에서 타리크라는 이름의 아이를 부르는 소리를 들어도 더 이상 어찌할 바를 몰라 하지 않을 날이 올지 몰랐다. 부재의 아픔에 너무 익숙해지면 지금처럼 그를 그리워하지 않게 될지 몰랐다. 다리가 하나 없는 사람의 환상통처럼.

나중에 더 커서, 셔츠를 다림질하거나 아이들에게 그네를 태워줄 때, 더운 날 그녀의 발밑으로 느껴지는 양탄자의 온기 혹은 낯모르는 사람의 둥근 이마와 같은 아주 사소한 것들이 그 날 오후 함께 있었던 기억을 오랜만에 한 번씩 불러일으킬지 몰랐다. 그러면 그 모든 것이 몰려올지 몰랐다. 그때의 자연스러움. 놀라울 정도의 경솔함. 그들의 미숙함. 그 행위의 고통, 쾌감, 슬픔. 엉킨 몸의 열기.

그렇게 되면 그것은 그녀를 가득 채우고 숨을 못 쉬게 만들 것이었다.

그리고 그것은 사라질 것이었다. 그 순간은 지나가버릴 것이었다. 그러면 그녀는 희미한 불안감 말고는 아무것도 느끼지 못하고 늘어져 있을 것이었다.

라일라는 그가 "이렇게 하면 아파?" 하고 말했다고 결론지었다. 그래. 바로 그것이었다. 라일라는 그걸 기억하고 있다는 사실에 행복했다.

그때 바비가 계단 위에서 그녀의 이름을 부르며 빨리 올라오라고 했다.

"엄마도 동의했다. 우리는 떠나는 거야, 라일라. 우리 셋이서 말이야. 카불을 떠나는 거다."

홍분감을 억누르고 있었지만 그의 목소리가 떨리고 있었다.

엄마의 방에서 세 사람은 침대에 앉았다. 밖에서는 헤크마트야르 도당과 마수드 도당이 싸우고 또 싸웠다. 로켓탄이 하늘을 날고 있었다. 라일라는 도시의 어딘가에서 누군가가 방금 죽었으며, 무너진 건물 위로 검은 연기가 치솟고 있을 거라는 걸 알았다. 아침이 되면 시체를 밟지 않기 위해 돌아가야 할 것이었다. 일부는 시체를 찾겠지만, 일부는 찾지 못할 것이었다. 그렇게 되면 사람 고기를 맛본 카불의 개들이 향연을 벌일 것이었다.

그래도 라일라는 거리로 달려가고 싶은 충동을 느꼈다. 그녀는 행복감을 억누를 수 없었다. 너무 좋아서 소리를 지르지 않고 앉아 있는 데 노력이 필요했다. 바비는 파키스탄으로 먼저 갔다가 비자를 신청할 계획이라고 했다. 파키스탄! 그곳은 타리크가 있는 곳이었다! 라일라는 흥분하여 날짜를 계산해보았다. 타리크가 떠난 지 17일밖에 되지 않았다. 엄마가 17일 전에만 결정을 했더라면 그들은 함께 떠날 수 있었을 것이다. 그녀는 지금쯤 타리크와 같이 있을 것이다! 하지만 그건 지금 중요한 게 아니었다. 그들은, 그녀와 엄마와 바비는 페샤와르로 갈 생각이었다. 그렇게 되면 타리크와 그의 부모를 거기서 만날 수 있을 것이었다. 틀림없이 그럴 것이었다. 그들은 서류를 같이 준비할 수 있을 것이었다. 그런 다음에 누가 알랴 싶었다. 누가 알겠는가! 유럽! 미국! 그래, 바비가 늘 말했던 것처럼, 바다 가까운 어딘가로……

엄마는 침대 머리판에 대고 반쯤은 눕고 반쯤은 일어난 자세로 앉아 있었다. 눈이 부석부석했다. 그녀는 머리를 잡아 뜯고 있었다.

사흘 전, 라일라는 바람을 쐬려고 나갔었다. 앞문에 기대고 서 있는데 크고 날카로운 소리가 나더니 그녀의 오른쪽 귀 옆으로 뭔가가 지나가고 눈앞에서 작은 나무 파편들이 날아갔다. 기티가 죽은 후로 무수한 로켓탄이 카불에 떨어졌다. 그런데 라일라의 머리에서 세 뼘도 떨어지지 않은 문에 뚫린 구멍 한 개가 엄마를 깨어나게 했다. 그리고 전쟁이 벌써 그녀의 두 자식을 앗아 갔다는 걸 깨닫게 했다. 지금 벌어지는 전쟁은 살아 있는 자식마저도 앗아 갈 수 있다는 걸 깨닫게 했다.

벽에서 아마드와 누르가 미소를 지으며 내려다보고 있었다. 죄책감이 깃든 엄마의 눈이 이 사진, 저 사진을 바라보고 있었다. 그들의 승낙을 바라는 것 같았다. 그들의 축복을 바라는 것 같았다. 용서를 구하는 것 같았다.

바비가 말했다.

"여기에는 우리에게 남은 게 아무것도 없어. 우리 아들들은 죽었어. 하지만 우리한테는 아직 라일라가 있어. 우리에게는 아직 서로가 있어, 파리바. 우리는 새 삶을 시작할 수 있어."

바비는 침대 위로 손을 뻗었다. 그가 몸을 기울여 손을 잡자, 엄마는 가만히 내버려뒀다. 그녀의 얼굴에 깃든 양보의 표정. 체념. 그들은 서로의 손을 가볍게 잡았다. 그리고 조용히 서로를 포옹했다. 엄마는 바비의 목에 얼굴을 묻었다. 그녀의 손이 그의 셔츠를 움켜쥐고 있었다.

그날 밤, 몇 시간 동안, 라일라는 흥분해서 잠을 이룰 수 없었다. 그녀는 침대에 누워 멀리 지평선이 오렌지색과 노란색으로 번쩍거리는 모습을 바라보았다. 하지만 그녀는 흥분감과 밖에서 터지는 대포알 소리에도 불구하고 잠이 들었다.

그리고 꿈을 꿨다.

그들은 기다란 해변에 누비이불을 깔고 앉아 있다. 춥고 구름이 많이 낀 날이다. 하지만 어깨에 담요를 덮고 타리크 옆에 있으니 따뜻하다. 바람에 휘둘리는 야자수 밑으로 하얀 페인트를 칠한 낮은 울타리가 있다. 그 뒤로 여러 대의 차가 주차된 게 보인다. 바람 때문에 눈물이 난다. 바람이 그들의 신발을 모래로 덮고, 모래언덕의 구부러진 능선으로부터 다른 모래언덕으로 마른풀을 휘몰고 간다. 그들은 멀리서 요트들이 움직이는 모습을 바라보고 있다. 주변에서는 갈매기들이 소리를 지르며 바람을 가르며 날고 있다. 바람이 낮은 경사로에서 또 다른 모래 먼지를 일으킨다. 어디선가 노래가 들리는 것 같다. 그녀는 오래전에 바비가 들려준 노래하는 모래에 관한 이야기를 그에게 해준다.

타리크가 그녀의 눈썹에서 모래 알갱이를 털어낸다. 그녀는 그의 손가락에 반지가 반짝이는 걸 본다. 자기가 끼고 있는 것과 똑같은 것이다. 빙 돌아가면서 소용돌이무늬가 새겨진 금반지.

그녀가 그에게 말한다. "맞아. 모래와 모래가 부딪치며 나는 소리야. 들어봐." 그가 귀를 기울인다. 그가 얼굴을 찡그린다. 그들은 기다린다. 그들은 다시 그 소리를 듣는다. 바람이 부드러워질 때는 신음 소리, 세게 불 때는 약한 고음의 합창. 모래의 노래.

바비는 절대적으로 필요한 것만을 가져가야 한다고 말했다. 나머지는 다 팔 거라고 했다.

"그렇게 하면 내가 일자리를 잡을 때까지 페샤와르에서 버틸 수 있을 거야."

이틀 동안, 그들은 팔 것을 모아서 쌓았다.

라일라는 자신의 방에서 낡은 블라우스, 낡은 신발, 책, 장난감을 가려냈다. 침대 밑을 보니, 5학년 때 휴식 시간에 하시나가 줬던 자그마한 노란 유리 소가 있었다. 바퀴가 달린 작은 목각 얼룩말도 있었다. 언젠가 타리크와 함께 하수도에서 발견한 도기 우주비행사도 있었다. 그때 그녀는 여섯 살, 그는 여덟 살이었다. 두 사람 중 하나가 발견한 우주비행사를 놓고 둘이서 약간의 실랑이를 벌였던 일이 생각났다.

엄마도 자기 물건을 모았다. 그녀는 머뭇거렸다. 눈은 활기가 없고 멍했다. 그녀는 결혼반지를 제외하고는 좋은 접시들, 냅킨, 장신구, 대부분의 옷들을 모아놓았다.

"이걸 팔려고 하는 건 아니겠죠?"

라일라가 엄마의 웨딩드레스를 들어 올리며 말했다. 라일라는 레이스, 목선을 따라서 있는 리본, 소매를 따라 손으로 하나하나 달아놓은 작은 진주알들을 만져보았다.

엄마는 어깨를 으쓱하고 그걸 가져가더니 무뚝뚝하게 옷더미 위에 던져버렸다. 라일라는 그것이 꼭, 단번에 반창고를 떼어버리는 모습 같다고 생각했다.

가장 고통스러운 일을 하는 사람은 바비였다.

라일라는 그가 책꽂이를 바라보면서 슬픈 표정을 지은 채 서재에 서 있는 걸 보았다. 그는 샌프란시스코의 금문교가 그려진 중고 티셔츠를 입고 있었다. 짙은 안개가 흰 파도로부터 위로 올라와 다리의 탑들을 휘덮고 있었다.

"영화 속의 한 장면 같구나. 사람이 외딴섬에 살며, 다섯 권의 책만 가질 수 있다면 어떤 책을 선택할 것인가, 그 기로에 처한 사람처럼 말이다. 나는 실제로 내가 그런 일을 겪을 거라곤 생각해본 적이 없었다."

"아빠, 나중에 책을 다시 모아야겠어요."

그는 슬픈 미소를 지었다.

"음. 내가 카불을 떠난다니 믿기지 않는구나. 나는 여기에서 학교를 다녔고 첫 직장을 여기에서 잡았고 여기에서 아빠가 되었다. 내가 곧 다른 도시의 하늘 밑에서 잠을 잘 거라고 생각하니 낯설구나."

"저도 그래요."

"하루 종일, 카불에 관한 한 편의 시가 머리에 떠돌더구나. 사이브에타브리지라는 시인이 17세기에 썼던 시다. '지붕 위에서 희미하게 반짝이는 달들을 셀 수도 없고 / 벽 뒤에 숨은 천 개의 찬란한 태양들을 셀 수도 없으리.' 전에는 전체를 다 외웠었는데 지금은 두 줄밖에 생각이 나질 않는구나."

라일라는 고개를 들었다. 그가 울고 있었다. 그녀는 그의 허리에 팔을 둘렀다.

"아빠, 우리는 다시 돌아올 거예요. 전쟁이 끝나면요. 알라신의 뜻이라면, 우리는 카불에 다시 올 거예요. 두고 보세요."

사흘째 되는 날 아침, 라일라는 물건들을 뜰로 운반해 앞문 옆에 쌓기 시작했다. 그들은 택시를 불러 그것들을 전당포로 가져갈 참이었다.

라일라는 집 안과 뜰을 오가며 옷, 접시, 여러 상자의 책들을 날랐다. 정오쯤 되자 앞문 옆에 쌓은 물건들이 허리 높이까지 올라왔다. 그녀는 기진맥진했지만 한 번 더 오갈 때마다 타리크를 볼 시간이 더 가까워졌다는 걸 알기에, 다리에 힘이 생기고 팔은 지칠 줄 몰랐다.

"큰 택시를 불러야겠다."

위층 침실에서 엄마가 소리쳤다. 그녀는 팔꿈치를 창턱에 괴고 창문 밖으로 몸을 내밀고 있었다. 밝고 따뜻한 햇볕이 그녀의 흰머리와 야위고 움푹 들어간 얼굴을 비추고 있었다. 엄마는 넉 달 전에 파티를 했을 때 입었던 코발트청색 드레스를 입고 있었다. 젊은 여자가 입는 옷이었다. 하지만 한순간, 라일라에게는 그녀가 노인으로 보였다. 힘줄이 앙상한 팔, 푹 들어간 관자놀이, 피곤이 배어 가장자리가 거무튀튀한 눈을 한 노인으로 보였다. 결혼사진에서 환히 웃고 있는 통통하고 둥근 얼굴의 여자와는 너무나 다른 모습이었다.

라일라가 말했다.

"두 대가 필요할 것 같아요."

바비는 거실에 책 상자를 쌓고 있었다.

엄마가 말했다.

"끝나거든 올라와라. 삶은 달걀과 남은 콩으로 점심을 먹자."

"제가 좋아하는 거네요."

이렇게 말하고 나자, 라일라는 갑자기 꿈이 생각났다. 타리크와 함께 누비이불 위에 앉아 있던 모습. 바다. 바람. 그리고 모래언덕.

모래의 노래가 어땠는지 잘 생각이 나지 않았다.

라일라는 동작을 멈췄다. 회색 도마뱀이 땅에 난 구멍에서 나오는 게 보였다. 그것은 고개를 이쪽저쪽으로 돌리고 눈을 깜빡이더니 돌 아래로 달려갔다.

라일라는 다시 해변의 모습을 그려보았다. 이번에는 소리가 더 컸다. 매 순간, 소리가 더 커지고 더 높아졌다. 소리가 그녀의 귀를 가득 채웠다. 아니, 그 밖의 모든 것을 적셔버렸다. 갈매기들은 소리 없이 부리를 닫았다 열었다 하면서 무언극을 하고 있었다. 파도는 거품과 물보라를 일으키며 소리 없이 부서지고 있었다. 모래들이 계속 노래를 했다. 이제는 비명을 지르고 있었다. 딸랑딸랑 소리를 내는 것 같았다.

아니, 딸랑딸랑 소리는 아니지. 그래. 휘파람 소리겠지.

라일라는 발밑으로 책들을 떨어뜨렸다. 그녀는 하늘을 바라보았다. 그리고 한 손으로 눈을 가렸다.

그때 거대한 소리가 났다.

그녀의 뒤에서 하얀 빛이 번쩍였다.

그녀의 발밑이 기울어졌다.

뭔가 뜨겁고 강력한 것이 뒤에서 그녀를 덮쳤다. 그것은 그녀에게서 샌들을 벗겨냈다. 그리고 그녀를 들어 올렸다. 이제 그녀는 비틀리고 돌아가며 공중으로 날아가고 있었다. 하늘이 보였다. 그다음에 땅이 보이고 다시 하늘이 보이고 다시 땅이 보였다. 불이 붙은 커다란 나뭇조각이 날아갔다. 산산조각이 난 유리 조각들도 날아갔다. 하나하나가 주위에서 날아가고 겹겹이 튀어 오르고 햇볕을 받는 모습이 보이는 것 같았다. 작고 아름다운 무지개들……

라일라의 몸이 벽에 부딪쳤다. 그리고 땅으로 떨어졌다. 그녀의 얼굴과 팔 위로 먼지와 작은 돌과 유리가 쏟아졌다. 그녀가 마지막으로 본 건 근처에서 쿵 소리를 내며 뭔가가 떨어지는 모습이었다.

피로 범벅이 된 물체. 짙은 안개 속으로 보이는 금문교의 끝이 그 위로 보였다.

움직이는 사람들의 형체. 천장에 달린 형광등. 그녀를 굽어보는 어떤 여자의 얼굴.

라일라는 다시 어둠 속으로 들어갔다.

또 다른 얼굴. 이번에는 남자의 얼굴. 넓적하고 수그린 듯한 모습. 입술이 움직이지만 소리는 들리지 않는다. 라일라의 귀에는 윙윙대는 소리뿐이다.

그 남자가 그녀를 향해 손을 흔든다. 그의 입술이 다시 움직인다.

한 잔의 물. 분홍색 알약 하나.

다시 어둠 속으로.

다시 여자. 기다란 얼굴, 가느다란 눈. 그녀가 뭔가를 얘기한다. 라일라는 울리는 소리 말고는 아무것도 들을 수 없다. 하지만 그 여자의 입에서 나오고 있는 진한 검은색 시럽 같은 말들을 볼 수는 있다.

가슴이 아프다. 팔과 다리도 아프다.

주변에서 움직이는 사람들.

타리크는 어디 있을까?

왜 여기에 없는 걸까?

어둠. 한 무리의 별들.

바비와 그녀가 어딘가 높은 곳에 앉아 있다. 그가 보리밭을
가리킨다. 발전기 소리가 나기 시작한다.

얼굴이 기다란 여자가 그녀를 굽어보며 서 있다.

숨 쉬는 게 힘들다.

어딘가에서 아코디언 소리가 들린다.

고맙게도 다시 주는 한 알의 분홍색 알약. 그리고 깃드는 정
적. 깊은 정적이 모든 것 위에 내려온다.

제3부

27

마리암

"날 알아보겠어?" 소녀의 눈이 떨렸다.

"무슨 일이 있었는지 알아?"

소녀의 입술이 떨렸다. 그녀는 눈을 감았다. 그리고 침을 삼켰다. 그녀의 손이 자신의 왼쪽 뺨을 스쳤다. 그녀가 뭔가 얘기를 하려고 입을 달싹거렸다.

마리암이 더 가까이 몸을 기울였다.

"이쪽 귀가 안 들려요." 소녀가 속삭였다.

소녀는 처음 일주일간은 라시드가 병원에서 사 온 분홍색 알약의 도움으로 자는 일 외에는 거의 아무것도 하지 않았다. 그녀는 잠을 자면서 뭔가를 중얼거렸다. 때로 그녀는 뭔가 알아들을 수 없는 말을 하고 소리를 지르고 마리암이 알지 못하는 사람들의 이름을 불렀다. 그녀는 잠을 자면서 울고 흥분하고 담요를 걷어찼다. 그런 때는 마리암이 붙잡고 있어야 했다. 때로 그녀는 구역질을 심하게 하고 마리암이 먹여준 모든 걸 토했다.

흥분하지 않았을 때는 마리암과 라시드가 묻는 말에 짤막하게 대답하면서 담요 속에서 우울한 눈으로 그들을 바라보았다. 때때로 그녀는 어린애 같았다. 마리암과 라시드가 음식을 먹이려고 하면 도리질을 했다. 그녀는 마리암이 숟가락으로 음식을 먹여주면 몸이 경직되었다. 하지만 쉽게 지쳐 결국 그들의 끈질긴 노력에 굴복했다. 그런 다음에는 오랫동안 울었다.

라시드는 마리암에게 소녀의 얼굴과 목에 난 상처, 어깨와 팔뚝과 다리 아래쪽으로 꿰맨 상처에 연고를 발라주게 했다. 마리암은 붕대를 빨아서 상처를 묶어줬다. 그녀는 소녀가 구역질을 할 때는 머리칼이 얼굴에 닿지 않게 뒤로 잡아줬다.

그녀는 라시드에게 물었다.

"이 아이는 얼마나 오래 있을 건가요?"

"좋아질 때까지. 잘 봐. 갈 수 있는 상황이 아니잖아. 불쌍한 것."

깨진 벽돌 조각 틈에서 그녀를 찾아내 꺼내준 사람은 라시드였다.

그는 소녀에게 말했다.

"내가 집에 있었기에 망정이지."

그는 소녀가 누워 있는 마리암의 침대 옆 의자에 앉아 있었다.

"내 말은 네가 운이 좋다는 거야. 너를 내가 이 손으로 꺼냈어. 이만한 쇳조각이 있었지."

그는 그것의 실제 크기를 보여주기 위해 엄지와 검지를 벌려 보였다. 마리암이 어림잡기로는 실제보다 두 배는 크게 벌린 것 같았다.

"이만했어. 네 어깨에 박혀 있었다. 정말로 박혀 있었어. 내가 펜치를 사용해서 빼내야 했어. 하지만 이제 괜찮아. 곧 괜찮아질 거야."

하킴의 책들을 한 움큼 구해낸 사람도 라시드였다.

"대부분은 불에 타버렸고, 나머지는 사람들이 가져간 것 같다."

그는 첫 주에는 마리암이 소녀를 돌보는 걸 도와줬다. 하루는 일터에서 돌아오는 길에 새 담요와 베개를 사갖고 왔고 어떤 날은 약병을 가져왔다.

"비타민이다."

타리크의 집에 사람들이 살고 있다는 소식을 라일라에게 전해준 것도 라시드였다.

"사이야프의 사령관 중 하나가 부하 세 사람에게 선물로 줬단다. 선물로 말이다. 쳇!"

부하 세 사람은 사실, 햇볕에 얼굴이 그을린 소년들이었다. 마리암은 지나가면서 그들을 본 적이 있었다. 그들은 언제나 작업복을 입고, 칼라시니코프 소총을 벽에 기대놓고, 타리크의 집 앞문에 쪼그려 앉아 담배를 피우고 카드놀이를 했다. 거드름을 피우며 사람을 무시하는 듯한 건장한 애가 대장이었다. 그중 나이가 가장 어린 사람은 말수도 가장 적었다. 그는 친구들처럼 안하무인적인 태도를 취하기가 어려운 모양이었다. 그는 마리암이 지나갈 때는 미소를 지으며 모자에 가볍게 손을 댔다. 그럴 때는 겉모습에 나타난 독선적 분위기가 없어졌다. 거기에서 마리암은 얼핏 아직 타락하지 않은 겸손함을 보았다.

어느 날 아침, 그 집에 로켓탄이 쏟아졌다. 나중에 들은 소문에 의하면, 와흐다트의 하자라 도당에서 발포한 것이라고 했다. 한동안 이웃들은 여기저기서 소년들의 찢어진 사체를 보았다.

라시드가 말했다.

"자업자득이지."

마리암은 로켓탄이 소녀의 집을 쑥밭으로 만들었다는 걸 감안하면, 그녀가 비교적 경미한 상처만 입고 살아난 것은 정말로 운이 좋았다고 생각했다. 서서히 소녀의 상태가 좋아졌다. 음식을 더 먹고 머리를 혼자 빗기 시작했다. 혼자 목욕을 할 수 있을 정도가 되었다. 그리고 마리암과 라시드와 함께 아래층에서 식사를 하기 시작했다.

하지만 난데없이 무슨 기억이 나기라도 하면, 돌처럼 침묵한 채 무뚝뚝해지고 움츠러들고 의기소침해졌다. 때로는 파랗게 질리기도 했다. 악몽을 꾸고 갑작스럽게 슬픔이 북받치는 모양이었다. 그리고 구역질을 했다.

그리고 때로 후회했다.

어느 날 그녀가 말했다.

"저는 여기 있을 자격이 없어요."

마리암이 침구를 바꾸고 있었다. 소녀는 마루에 앉아 다친 무릎을 가슴으로 끌어당기고 그 모습을 바라보았다.

"아버지가 책 상자를 나르겠다고 하셨어요. 제겐 너무 무겁다고 하시면서요. 하지만 저는 못 하시게 했죠. 저는 너무 들떠 있었어요. 그 일이 일어났을 때, 집 안에 있어야 했던 사람은 저였어요."

마리암은 깨끗한 시트를 빠르게 털어 침대에 깔았다. 그녀는 소녀의 금발 머리, 날씬한 목, 초록색 눈, 높은 광대뼈, 통통한 입술을 바라보았다. 마리암은 그녀가 어렸을 때의 모습을 떠올렸다. 탄두르까지 어머니를 따라서 아장아장 걸어가던 모습, 작은오빠한테 업혀 머리칼을 그의 귀 위로 늘어뜨리던 모습, 목수 아들과 공기놀이를 하던 모습.

소녀는 마리암이 지혜로운 말이나 격려의 말을 해주기를 기다리기라도 하는 것처럼 그녀를 바라보았다. 하지만 마리암이 무슨 지혜로운 말을 할 수 있겠는가? 어떤 격려의 말을 할 수 있겠는가? 마리암은 나나가 묻히던 날을 떠올렸다. 그녀는 파이줄라 선생이 코란을 인용했을 때도 위안을 받지 못했었다. "그의 손에 왕국이 있고, 모든 걸 관장하시며, 죽음과 삶을 만드신 그분이 너를 시험하실 수 있다." 선생은 마리암의 죄의식에 대해 이렇게 말했었다. "그런 생각을 하면 네가 망가질 거야. 그건 네 잘못이 아니었단 말이다. 네 잘못이 아니었어."

무슨 말로 마음의 짐을 덜어줄 수 있단 말인가?

마리암은 아무 말도 할 필요가 없었다. 소녀가 얼굴을 찡그리면서 몸을 숙이며 토할 것 같다고 말하고 있었기 때문이다.

"잠깐! 참아! 그릇을 가져올게. 마루에는 토하지 마. 방금 닦았거든. 저런. 저런!"

소녀의 부모를 죽게 만든 그 폭발이 있은 지 한 달쯤 되던 어느 날이었다. 한 남자가 문을 두드렸다. 마리암이 문을 열었다. 그는 자신이 온 이유를 설명했다.

마리암이 말했다.

"어떤 남자가 너를 만나러 왔다."

소녀가 베개에서 얼굴을 들었다.

"이름이 압둘 샤리프라고 하더라."

"저는 그런 사람 모르는데요."

"여하튼 너를 보자고 한다. 아래로 내려가봐라."

28

라일라

라일라는 압둘 샤리프와 마주 앉았다. 그는 주먹코에 머리
가 작고 마른 남자였다. 그의 코에는 볼에 난 상처와 똑같이
움푹 들어간 상처들이 있었다. 짧은 갈색 머리는 바늘방석 속
의 바늘처럼 서 있었다.

그가 풀어진 목깃을 여미고 손수건으로 이마를 가볍게 두드
리며 말했다.

"함시라, 나를 용서해줘야겠어. 아직 기운을 차리지 못해서
그래. 뭐라더라, 술파제라고 하는 것을 닷새만 더……."

라일라는 잘 들리는 오른쪽 귀가 그가 있는 곳과 가까워지
도록 자리를 고쳐 앉았다.

"제 부모님의 친구신가요?"

압둘 샤리프가 빠르게 말했다.

"아니, 아니. 잠깐만."

그는 손가락 하나를 들고 말했다. 그리고 마리암이 앞에 놓아준 물을 길게 한 모금 들이켰다.

그가 입술을 두드리다가 다시 이마를 두드렸다.

"처음부터 시작해야겠군. 나는 사업가야. 옷 가게를 여럿 갖고 있지. 대부분 남자 옷을 파는 가게들이야. 모자, 양복, 넥타이 등 아무거나 다 팔지. 여기 카불에도 두 군데나 있어. 막 팔아버렸지만, 타이마니에도 하나가 있었고 샤레나우에도 하나가 있었지. 파키스탄의 페샤와르에도 두 개가 있지. 창고도 거기에 있어. 그래서 나는 여행을 많이 하지. 그게 말이야, 요즘은."

그는 여기에서 고개를 저으며 피곤한 듯한 미소를 지었다.

"요즘은 그게 위험한 일이 됐지만 말이야. 여하튼 최근에 나는 사업차 페샤와르에 갔었어. 주문을 받고 재고를 조사하기 위해서였지. 물론 가족을 방문하기 위한 목적도 있었지. 나한테는 딸이 셋 있거든. 나는 무자헤딘이 서로의 목을 겨누기 시작했을 때, 딸과 아내를 페샤와르로 이주시켰지. 그들의 이름을 사망자 명단에 끼워 넣고 싶지 않았거든. 솔직히 말하면, 내이름도 끼워 넣고 싶지 않아. 알라신의 뜻이라면, 나는 곧 그들에게 돌아갈 거야. 여하튼 나는 지지난 수요일에 카불에 왔어야 했는데 아파서 그럴 수가 없었지. 그 얘기는 하지 않을게. 내가 개인적인 용무를 보러 갔는데, 깨진 유리 더미를 지나가는 느낌이 들었다는 얘기면 충분하겠지. 그건 헤크마트야르 때문은 아니었지. 사실은 내 아내인 나디아가 나한테 병원에 좀 가라고 애원을 했었거든. 알라신이 그녀에게 축복을 내리시기를! 하지만 나는 아스피린과 물로 이겨낼 수 있다고 생각했지. 나디아는 계속 우겨댔고 나는 안 간다고 버티며 옥신각신했지. '고집 센 당나귀한테는 고집 센 마부가 필요하다'라는 옛 속담이 있지. 그런데 이번에는 당나귀가 이겼어. 그러니까 내가 이겼던 거지."

그는 남은 물을 다 마시고 잔을 마리암에게 건네며 말했다.

"너무 자마트(실례)가 되지 않는다면 한 잔 더 주시오."

마리암은 유리잔을 받아 물을 채우러 갔다.

"내가 아내의 말을 들었어야 했다는 건 말할 필요도 없지. 늘 나보다 현명한 사람이니까 말이야. 알라신이 그녀를 오래 살게 해주시기를! 나는 병원에 갔을 때, 열이 나서 바람에 흔들리는 베이드(나무)처럼 떨고 있었지. 의사 말로는 내 피가 감염됐다고 하더군. 2, 3일만 더 지체했더라면 내 아내를 과부로 만들었을 거라고 하더군. 그들은 나를 중환자실에 입원시켰어. 아, 고맙습니다."

그는 마리암에게서 물 잔을 받고 코트 주머니에서 큼지막한 흰 알약을 꺼냈다.

"이렇게 크다니까."

라일라는 그가 알약을 삼키는 걸 바라보았다. 그녀는 자신의 숨이 가빠지고 있다는 걸 의식했다. 무거운 걸 묶어놓은 것처럼 다리가 무겁게 느껴졌다. 라일라는 그가 얘기를 아직 다하지 않았고 그녀에게 하려고 하는 말은 정작 시작하지도 않았다고 속으로 생각했다. 하지만 금세 이야기를 계속할 것이었다. 그녀는 듣고 싶지 않은 이야기를 그가 얘기하기 전에 자리를 박차고 일어나고 싶은 충동을 억제했다.

압둘 샤리프는 유리잔을 탁자 위에 놓았다.

"거기서 자네의 친구인 모하마드 타리크 왈리자이를 만났어."

라일라의 심장박동이 빨라졌다. 타리크가 병원에? 중환자실에? 심각하게 아픈 사람들이나 가는 중환자실에?

그녀는 마른침을 삼키고 몸을 뒤척였다. 마음을 단단히 먹어야 했다. 그렇지 않으면 걷잡을 수 없을 것 같았다. 라일라는 병원과 중환자실에 대한 생각에서 벗어나, 두 사람이 몇 년 전에 페르시아어 여름학교에 등록했을 때 이후로 그가 정식 이름으로 불리는 걸 들은 적이 없다는 사실을 떠올렸다. 선생은 종이 울리고 출석을 부를 때는 그의 이름을 그렇게 불렀다. 모하마드 타리크 왈리자이. 그때 그녀는 그의 이름이 그렇게 불리는 걸 들으며 우습다고 생각했었다.

압둘 샤리프가 알약이 잘 넘어가도록 하려는 것처럼 주먹으로 가슴을 두드리며 말을 이었다.

"나는 간호사한테서 그에게 무슨 일이 있었는지 전해 들었지. 페샤와르에서 지낸 시간이 많았기 때문에 나는 우르두어에 아주 능숙했거든. 여하튼, 내가 주워들은 바에 의하면 자네 친구는 스물세 명의 피난민들과 함께 트럭을 타고 폐샤와르로 가다가 국경 근처에서 십자포화를 받았대. 로켓탄에 맞았다더 군. 아마 유탄이었겠지만, 이 사람들의 속내는 알 수 없거든. 결코 알 수 없지. 여섯 명만이 살아남았대. 모두 중환자실로 들어갔고, 세 명은 24시간이 못 되어 죽었대. 두 사람은 자매였다고 하던데 살아서 퇴원했대. 자네의 친구 왈리자이 씨가 마지막 남은 사람이었지. 내가 도착했을 때, 그 친구는 병원에 거의 3주 동안이나 입원해 있었어."

그래, 그는 살아 있었다. 하지만 얼마나 심하게 다쳤을까? 라일라는 미칠 것 같았다. 중환자실에 있을 정도로 심하게 다친 건 분명했다. 라일라는 땀이 나고 얼굴이 뜨거워지는 걸 느꼈다. 그녀는 다른 걸 생각해보려고 했다. 타리크와 바비와 함께 불상을 보기 위해 바미안에 갔던 일처럼 즐거운 뭔가를 생각해보려고 했다. 하지만 자꾸 타리크의 부모가 떠올랐다. 뒤집어진 트럭에 갇혀 연기 속에서 타리크를 찾으려고 고함을 지르고, 팔과 가슴에 불이 붙은 모습과 가발이 녹아 두피에 붙은 타리크의 어머니의 모습이 떠올랐다. 그리고······.

라일라는 빠른 숨을 연거푸 내쉬어야 했다.

"그는 내 옆의 침대에 있었어. 우리 사이에는 벽이 없이 커튼만 있었어. 그래서 나는 그를 자세히 볼 수 있었지."

압둘 샤리프는 갑자기 자신의 결혼반지를 만지작거렸다. 그가 말하는 속도가 느려졌다.

"짐작하겠지만, 자네 친구는 심하게, 그것도 아주 심하게 다쳤어. 그의 몸 이곳저곳에 고무관이 꽂혀 있었어. 나는 처음에는……."

그는 여기에서 헛기침을 했다.

"나는 처음에는 그 사람이 그때 두 다리를 잃었다고 생각했어. 그런데 간호사가 그게 아니라 오른쪽 다리만 잃고, 왼쪽 다리는 전에 다쳐서 그렇게 된 거라고 하더군. 내장도 다쳤던가 봐. 벌써 세 차례나 수술을 받은 상태였어. 내장의 일부를 잘라냈다나 봐. 다른 건 기억이 잘 안 나. 그리고 그 친구는 화상도 입었더군. 아주 심하게 말이야. 그 얘기는 그쯤 해둘게. 함시라, 자네도 끔찍한 악몽을 견뎠을 테니까, 내가 더 이상 얘기할 필요는 없겠지."

타리크는 이제 두 다리가 모두 없다는 말이었다. 몸통만 있다는 말이었다. 다리가 없다니! 라일라는 쓰러질 것 같았다. 그녀는 마음의 덩굴손을 방 밖으로 내보내려고 필사적으로 노력했다. 이 남자에게서 떨어져 창문 밖으로 나가, 밖에 있는 거리를 넘고, 도시를 넘고, 지붕이 납작한 집들과 시장을 넘고, 모래성으로 변한 좁은 도로들을 넘고……

"그는 대부분, 약 기운에 취해 있었어. 짐작하겠지만 고통 때문이었지. 하지만 약 기운이 떨어지면 정신이 맑아지는 때가 있었지. 고통스럽긴 하지만 정신만은 맑아지는 때가 있었어. 그러면 나는 침대에 누운 채로 그와 얘기를 했지. 나는 그에게 내가 누구이며 어디 출신인지 얘기해줬지. 내 생각에 그는 옆에 내가 있다는 걸 좋아했던 것 같아.

　얘기는 대부분 내가 했지. 그는 말하는 걸 힘들어했거든. 그의 목소리는 쉰 상태였어. 입을 움직이는 것만으로도 아픈 것 같았지. 그래서 나는 그에게 내 딸들과 페샤와르에 있는 내 집, 나와 내 처남이 집 뒤편에 만들고 있는 베란다에 관해서 얘기했지. 카불에 있는 가게들을 처분했으며 서류를 정리하려고 카불로 가는 길이었다는 얘기도 했지. 별건 아니었지만 그는 그 얘기에 관심을 갖더군. 적어도 내 입장에서는 그렇게 생각하고 싶어.

　때로 그 친구도 얘기를 했지. 많은 경우, 나는 그가 무슨 말을 하는지 다 알아들을 수는 없었지만, 알 만한 건 충분히 알았어. 그는 자기가 어디에 살았는지 얘기했어. 가즈니에 살던 작은아버지에 대해서도 얘기하더군. 어머니의 요리 솜씨, 그에게 아코디언을 연주해주던 목수 아버지에 대해서도 얘기했어.

　하지만 함시라, 대부분의 얘기는 자네에 관한 거였어. 뭐라더라, 자신이 최초로 기억하는 게 자네라고 했던가. 맞아, 그렇게 말했어. 자네를 정말로 많이 생각하고 있다는 걸 알 수 있더군. 발래(그래), 그건 분명하더군. 하지만 그는 자네가 거기에 없는 것이 좋다고 말했어. 그런 모습을 보이고 싶지 않다고 말이야."

　라일라의 발은 몸속의 피가 모두 빠져버린 것처럼 마루에 붙어 움직일 줄 몰랐다. 하지만 그녀의 마음은 멀리 가 있었다. 그녀의 마음은 쏜살같이 날아가는 미사일처럼 카불을 넘고, 바위가 많은 산을 넘고, 세이지 관목들이 깔쭉깔쭉 자란 사막들을 넘고, 들쭉날쭉한 붉은 바위로 된 협곡을 넘고, 꼭대기가 눈으로 덮인 산을 넘어 자유롭고 가볍게 날아가고 있었다.

"내가 카불로 돌아간다고 말하니까, 자네를 찾아가 자네를 생각하고 있다고, 자네가 보고 싶다고 전해달라고 하더군. 그러마고 약속했지. 나는 그와 정이 많이 들었거든. 호감이 가는 친구였어."

압둘 샤리프는 손수건으로 이마를 닦았다.

그리고 다시 결혼반지를 만지작거리며 말을 이었다.

"어느 날 밤에 일어나보니 난리법석이 났더군. 여하튼 밤이었던 것 같아. 그런 곳에서는 밤낮을 구분하기가 어렵거든. 창문이 없기 때문에 해가 뜨는지 지는지 알 수가 없어. 여하튼 잠에서 깨어보니, 그의 침대 주변에서 난리법석이 벌어졌더라고. 자네는 나도 약 기운에 취해 있었다는 걸 알아야 해. 약 기운에 취했다가 빠져나오기를 반복했지. 그러니 어떤 것이 현실이고 어떤 것이 꿈인지를 분간하기 어려웠어. 여하튼 내가 기억하는 건 의사들이 그의 침대 주위에 몰려 있고 소리를 치고 경보기가 울리고 주사기가 이곳저곳에 꽂힌 모습이 전부야. 아침이 되자, 침대는 비어 있었어. 간호사에게 물어보니, 그 친구가 용감하게 끝까지 잘 버텼다고 하더군."

라일라는 자신이 고개를 끄덕이고 있다는 걸 희미하게 의식했다. 그녀는 알고 있었다. 물론 알고 있었다. 이 남자와 마주 앉은 순간, 그가 왜 여기에 왔으며, 무슨 소식을 갖고 왔는지 알았다.

그가 다시 말을 이었다.

"처음에는, 그러니까 처음에는 자네가 정말 세상에 존재하는 사람이라고 생각하지 않았어. 그가 모르핀을 맞아서 그런 얘기를 했다고 생각했지. 나는 어쩌면 자네가 존재하지 않기를 바라고 있었는지도 모르겠어. 나는 나쁜 소식을 전하는 게 늘 두려웠거든. 하지만 나는 그에게 약속했어. 앞서 말했던 것처럼, 나는 그 친구를 상당히 좋아하게 되었어. 그래서 며칠 전에 이곳에 왔을 때, 자네를 수소문했지. 사람들이 이 집에 있다고 하더군. 자네의 부모님한테 무슨 일이 있었는지도 들었어. 그 소식을 들었을 때, 나는 돌아서서 이곳을 떠났어. 자네한테 아무 말도 하지 말아야겠다고 생각했거든. 자네에게 너무 심한 짓이라고 생각했어. 누구한테도 그건 마찬가지일 거야."

압둘 샤리프가 탁자 너머로 손을 뻗었다. 그리고 그녀의 무릎에 한 손을 댔다.

"하지만 나는 돌아왔어. 자네가 알기를 그가 바랐을 것 같아서였어. 나는 그렇게 믿어. 정말 안됐어. 바라건대……."

라일라는 더 이상 듣고 있지 않았다. 그녀는 어떤 남자가 판지시르에서 아마드와 누르의 사망 소식을 갖고 왔던 날을 떠올리고 있었다. 구부정한 자세로 식탁에 앉아 있던 바비의 창백한 얼굴, 그 소식을 듣고 입으로 올라가던 엄마의 손이 떠올랐다. 라일라는 그날 엄마가 허물어지는 걸 보았다. 그녀는 두려웠다. 하지만 진정한 슬픔을 느끼지는 못했다. 그녀는 엄마의 상실감이 얼마나 끔찍한 것인지를 이해하지 못했다. 그런데 다른 사람의 죽음을 다른 사람이 가져왔다. 지금은 자신이 의자에 앉아 있는 사람이 되어 있었다. 이것은 엄마의 고통에 냉담했던 것에 대한 벌일까?

라일라는 엄마가 어떻게 땅에 고꾸라졌으며, 어떻게 소리를 지르며 머리를 쥐어뜯었는지 기억했다. 하지만 라일라는 그렇게 할 수도 없었다. 그녀는 움직일 수 없었다. 손끝 하나 까닥할 수 없었다.

대신, 그녀는 무릎에 손을 축 늘어뜨리고 의자에 앉아 있었다. 그리고 아무것도 바라보지 않고 마음이 날아가도록 했다. 그녀는 그것이 아름답고 안전한 곳을 찾을 때까지 계속 날아가게 했다. 푸른 보리밭이 있고, 깨끗한 물이 흐르고, 수천 개의 사시나무 씨가 공중에서 춤추고, 바비는 아카시아나무 밑에서 책을 읽고, 타리크는 가슴에 손을 얹고 낮잠을 자고, 그녀는 시내에 발을 담그고, 햇볕에 하얘진 바위로 된 불상들의 눈길 밑에서 좋은 꿈을 꾸는 아름답고 안전한 곳을 찾을 때까지.

29

마리암

"안됐다."

라시드가 마리암을 쳐다보지도 않고 마스타와와 고기 완자
가 든 그릇을 받아 들며 소녀를 향해 말했다.

"두 사람이 아주 가까운…… 친구였다는 건 알고 있다. 어렸
을 때부터 늘 같이 다녔잖아. 끔찍한 일이다. 너무 많은 아프간
젊은이들이 이런 식으로 죽어가고 있어."

그는 아직도 소녀를 바라보며 손으로 다급한 몸짓을 했다.
마리암이 그에게 냅킨을 건네줬다.

수년 동안, 마리암은 그가 먹는 모습을 보았다. 관자놀이가
꿈틀거리고, 한 손으로는 쌀밥을 촘촘하게 뭉치고, 다른 손등
으로는 입가에서 흘러내리는 밥알과 기름기를 닦는 모습을 말
이다. 수년 동안, 그는 고개를 들지도 않고 말도 하지 않고 먹

기만 했다. 선고를 내리는 것처럼 침묵을 지키다가 못마땅한 듯 툴툴거리고 혀를 한 번 차고, 빵이나 물을 더 달라는 짤막한 지시를 내리면서.

그런데 지금 그는 숟가락을 사용해 먹고 있었다. 그리고 냅킨도 사용했다. 물을 달라고 할 때도 공손하게 했다. 그리고 말을 했다. 그것도 기운차게 끝없이.

"내 의견을 묻는다면, 미국인들이 헤크마트야르에게 무장을 시킨 것은 잘못이었어. 소련군과 싸우라고 80년대에 CIA가 그에게 줬던 모든 총을 다 줘버린 게 잘못이었어. 소련군은 물러갔지만 아직도 그는 총을 갖고 있어. 그리고 네 부모처럼 죄 없는 사람들을 향해 총부리를 겨누고 있어. 그리고 이것을 지하드라고 부르고 있어. 코미디지! 여자들과 어린아이들을 죽이는 것과 지하드가 무슨 관련이 있지? CIA가 마수드 사령관에게 무장을 시키는 게 나을 뻔했지."

마리암의 눈까풀이 저절로 쑥 올라갔다. 마수드 사령관? 라시드가 마수드에 대해 폭언을 하고 있었다. 그가 배반자이고 공산주의자라는 얘기였다. 그런데 마수드는 타지크족이었다. 라일라도 그랬다.

"분별이 있는 훌륭한 사람이 있긴 하지. 평화롭게 해결하는데 진짜로 관심을 갖고 있는 사람 말이야."

라시드는 어깨를 으쓱하더니 한숨을 쉬었다.

"그렇다고 미국에서 신경을 쓴다는 말은 아니야. 파슈툰족,

하자라족, 타지크족, 우즈베크족이 서로를 죽이든 말든 그들이 무슨 상관이겠어? 누가 누군지 가려낼 수 있는 미국인들이 얼마나 될까? 그들로부터 도움을 바라면 안 되지. 이제, 소련이 무너졌으니 우리는 그들에게 소용이 없어. 우리는 끝장이 난 거야. 그들에게 아프가니스탄은 케나라브(똥구멍)야. 내가 말을 좀 험하게 하는 건 미안하지만 그건 사실이야. 라일라, 너는 어떻게 생각하니?"

소녀는 뭔가 이해할 수 없는 말을 중얼거리면서 그릇 속에 있는 고기 완자를 이리저리 밀쳤다.

라시드는 그가 지금까지 들은 것 중 가장 영리한 말을 그녀가 하기라도 한 것처럼, 생각에 잠겨 머리를 끄덕였다. 마리암은 고개를 돌려야 했다.

"네 아버지—네 아버지한테 알라신이 평화를 주시기를!—와 나는 이런 얘기를 자주 하곤 했지. 물론 네가 태어나기 전의 일이야. 우리는 정치에 대해 끝없이 얘기를 했어. 책에 대해서도 그랬고. 마리암, 우리가 그랬잖아? 당신도 기억하잖아."

마리암은 물을 마시느라 바빴다.

"여하튼 내가 정치 얘기를 해서 너를 지루하게 만들지 않았나 모르겠다."

나중에 마리암은 부엌에서 설거지를 하고 있었다. 갑자기 배가 꼬이는 느낌이 들었다.

그가 무슨 얘기를 했느냐가 중요한 게 아니었다. 뻔뻔스러운 거짓말, 부자연스러운 감정 표시도 아니었다. 그가 소녀를 벽돌 밑에서 꺼내준 이후로 자신을 때리지 않았다는 사실도 아니었다.

문제는 그것이 각본에 의한 것이라는 사실이었다. 일종의 연기 같았다. 교활하면서도 감정적으로 깊은 인상을 심어주고 마음을 사려고 하는 시도였다.

갑자기 마리암은 그녀가 의심하는 게 맞는다는 걸 알았다. 그녀는 옆머리를 얼얼하게 얻어맞은 것 같은 두려움을 느끼며 자신이 목격하고 있는 것이 구애와 다름없다는 걸 깨달았다.

마침내 마리암은 용기를 내어 그의 방으로 갔다.

라시드가 담배에 불을 붙이고 말했다.

"왜 안 된다는 거야?"

마리암은 자신이 졌다는 걸 알았다. 그녀는 자신이 암시하는 것에 그가 놀라는 시늉을 하고 부인하고 화를 낼 줄 알았다. 그렇다면 자신이 유리한 위치에 설 수 있었다. 그에게 망신을 줄 수 있었다. 하지만 그는 담담하게 사실을 인정하고 사무적인 어조로 말함으로써 마리암의 기를 꺾어버렸다.

"앉아."

그는 벽을 뒤로하고, 두툼하고 긴 다리를 벌린 채 매트리스 위에 앉아 있었다.

"졸도해서 머리가 박살 나기 전에 앉아."

마리암은 그의 침대 옆에 있는 접이식 의자에 앉았다.

"거기 재떨이 좀 이리 내."

그녀는 고분고분하게 그의 말에 따랐다.

마리암도 그렇고 라시드 자신도 그의 정확한 나이를 알지 못했지만, 예순 살 혹은 그보다 많을 게 틀림없었다. 머리는 백발이었다. 하지만 아직도 전처럼 숱이 많고 거칠었다. 눈꺼풀 아래의 살이 늘어져 있었고, 쭈글쭈글하고 가죽 같은 목살도 그랬다. 그의 볼은 전보다 약간 더 늘어져 있었다. 아침에는 몸이 약간 구부정했다. 하지만 어깨는 아직도 탄탄하고 상체는 굵고 손의 힘은 강했다. 그는 배가 나와 있었다. 그래서 그가 방에 들어올 때는 배가 먼저 들어왔다.

마리암은 그가 대체로 자신보다 세월의 무게를 훨씬 잘 견뎌냈다고 생각했다.

"우리는 이 상황을 합법화시킬 필요가 있어."

그는 자신의 배 위에 재떨이를 놓고 균형을 잡으며 말했다. 그의 입술이 장난스럽게 찌푸려졌다.

"사람들이 수군거릴 거야. 결혼도 하지 않은 젊은 여자가 여기에 산다는 건 명예롭지 못한 일이야. 내 평판에도 좋지 않고, 그 애한테도 좋지 않고, 당신한테도 좋지 않아."

"지난 18년 동안, 저는 단 한 번도 뭘 부탁한 적이 없어요. 단 한 번도요. 제가 지금 부탁하고 있어요."

그는 담배 연기를 빨아 서서히 뱉었다.

"당신이 그렇게 말하면, 그 애가 그냥 여기에 머물게 할 수는 없지. 계속 먹여주고 옷 사주고 재워줄 수는 없지. 마리암, 나는 적십자사가 아니야."

"하지만 이건?"

"이게 뭔데? 뭐라고? 그 애가 너무 어리다고? 열네 살이야. 어린애가 아니라고. 당신도 열다섯 살이었어, 기억 안 나? 내 어머니도 나를 낳았을 때 열네 살이셨어. 열세 살에 결혼하셨고."

마리암은 경멸감과 무기력감으로 마비가 되어 말했다.

"저는…… 저는 이건 원치 않아요."

"이건 당신이 결정할 일이 아니야. 그 애와 나의 일이라고."

"제가 너무 늙었다는 말이군요."

"그 애는 너무 어리고 당신은 너무 늙었다, 이건가? 말도 안 되는 소리 집어치워."

마리암은 치마를 세게 움켜쥐었다. 그녀의 손이 떨리고 있었다.

"정말로 너무 나이가 많다고요. 당신이 제게 이렇게 할 정도로 나이가 많다고요. 제가 그 세월을 살아왔는데 이제는 나를 암바그(후처의 형님)로 만들겠다 이거죠?"

"그렇게 과장하지 마. 이건 흔한 일이야. 당신도 알 거야. 내 친구들한테는 부인이 둘, 셋, 넷까지 있어. 당신의 아버지도 셋이잖아. 게다가 대부분의 남자들은 지금 내가 하는 일을 오래전에 했을 거야. 당신도 그게 사실이라는 걸 알잖아."

"나는 용납 못 하겠어요."

이 말을 듣고 라시드가 딱하다는 듯 웃었다.

그가 한쪽 발가락으로 다른 쪽 발가락의 딱딱한 뒤꿈치를 긁으며 말했다.

"다른 선택을 할 수도 있지. 그 애가 나가면 되잖아. 막지는 않겠어. 하지만 멀리 가지는 못할걸. 먹을 것도 없고 마실 것도 없고, 호주머니에 돈 한 푼 없고, 총알과 로켓탄은 사방팔방으로 날아다닐 테니까. 당신은 그 애가 납치되거나 강간을 당하거나 목이 베인 채 길가의 시궁창에 던져질 때까지 며칠이나 걸릴 것 같아? 잘해야 사흘?"

그는 기침을 하며 등 뒤의 베개를 매만져 바로잡았다.

"밖은 무시무시해. 내 말 들어, 마리암. 피에 굶주린 악당들은 어디를 가도 있어. 그 애는 가망이 없어. 전혀 없어. 하지만 그 애가 기적적으로 페샤와르에 간다고 해보자. 그다음에는 어떻게 되지? 수용소가 어떤 건지 당신이 알기나 해?"

그는 담배 연기 사이로 마리암을 응시했다.

"사람들은 마분지 상자 쪼가리 밑에서 살고 있어. 폐결핵, 설사병, 굶주림, 범죄에 시달리면서 말이야. 그것도 겨울이 닥치기 전이나 가능하지. 동상이 걸리는 계절이 찾아오면 사람들은 폐렴에 걸리고 고드름이 돼. 수용소 자체가 얼어붙은 묘지가 되는 거지."

그는 장난스럽게 손을 빙빙 돌리는 동작을 했다.

"물론 페샤와르 창녀촌에서 따뜻하게 지낼 수도 있겠지. 그곳은 장사가 잘된다고 하더군. 그 애처럼 예쁘면 수입도 괜찮겠지. 그렇게 생각하지 않아?"

라시드는 침대 옆 탁자에 재떨이를 놓고 침대 가장자리에 다리를 걸쳤다.

그는 승자가 그러하듯이 이제는 더 회유하는 태도로 나왔다.

"이봐, 나는 당신이 이 문제를 좋게 받아들이지 않을 거라는 걸 알고 있었어. 당신을 탓하는 게 아니야. 하지만 이게 최선이야. 마리암, 이렇게 생각해보라고. 내가 당신한테는 집안 살림을 도와줄 사람을 구해주고, 그 애한테는 안식처를 준다고 말이야. 집과 남편을 제공하는 거지. 요즘은 때가 때인 만큼 여자한테는 남편이 필요해. 과부들이 길거리에서 자는 것 못 봤어? 그들은 이런 기회라면 정신없이 달려들걸. 사실 이건 말이야, 자선을 하는 거나 마찬가지야."

그가 미소를 지었다.

"내가 보기에 나는 훈장감이야."

마리암은 나중에 어둠 속에서 소녀에게 말했다.

오랫동안 소녀는 아무 말도 하지 않았다.

"그는 아침까지 답을 원하고 있어."

"지금 말씀드릴게요. 그렇게 하겠다고 하세요."

30

라일라

다음 날, 라일라는 침대에 누워 지냈다. 그녀는 아침에 라시드가 고개를 들이밀고 이발관에 간다고 말했을 때, 담요 속에 있었다. 그리고 그가 오후 늦게 집에 돌아와 새로 이발한 모습과 새로 구입한 크림색 세로줄무늬의 청색 중고 양복, 그리고 새 결혼반지를 보여줬을 때도 여전히 침대에 누워 있었다.

라시드는 라일라의 옆에 앉아 천천히 리본을 풀고 상자를 열어 반지를 조심스럽게 꺼내며 시위를 했다. 그는 그 반지가 마리암의 옛 반지를 주고 바꾼 것이라고 말했다.

"그 여자는 신경 안 써. 내 말 믿어. 눈치도 못 챌 거야."

라일라는 침대 저편으로 몸을 뺐다. 아래층에서 마리암이 다리미질을 하는 소리가 들렸다.

"여하튼 저 여자는 한 번도 반지를 낀 적이 없어."

라일라는 힘없이 말했다.

"저는 그걸 원치 않아요. 이렇게는 안 되죠. 다시 갖다주셔야 해요."

"다시 갖다주라고?"

한순간 성마른 표정이 그의 얼굴을 스치고 지나갔다. 그는 미소를 지었다.

"거기에 돈을 더 내야 했어. 사실, 상당히 더 내야 했지. 이게 더 좋은 거야. 22캐럿짜리 금이야. 무게가 얼마나 나가는지 볼래? 자, 한번 봐. 싫어?"

그는 상자를 닫았다.

"꽃은 어때? 그게 좋겠다. 꽃 좋아하니? 좋아하는 꽃이 있니? 데이지? 튤립? 라일락? 필요 없다고? 그래! 하기야 나도 그건 별로다. 다만 나는…… 데흐마장에 있는 양복장이를 알고 있어. 내일 너를 데리고 가서 드레스를 맞춰주려고 생각 중이다."

라일라는 고개를 저었다.

라시드는 눈썹을 치켜올렸다.

라일라가 이렇게 말을 시작했다.

"저는 그냥 바로……."

그때, 그가 그녀의 목에 손을 댔다. 라일라는 몸을 움츠리며 주춤거리지 않을 수 없었다. 그의 손이 닿자, 셔츠를 입지 않고 까칠까칠하고 낡고 젖은 털실 스웨터를 입은 느낌이 들었다.

"뭐라고?"

"그냥 바로 끝냈으면 좋겠어요."

라시드의 입이 벌어지고, 누런 이빨이 드러나며 만족스러운 웃음으로 변했다.

"좋지."

라일라는 압둘 샤리프가 오기 전에는 파키스탄으로 떠날 작정이었다. 압둘 샤리프가 그의 소식을 전해준 후에도 떠날 수 있었을지 모른다. 이곳으로부터 멀리 떨어진 곳으로 가고 싶었다. 거리의 모퉁이마다 함정이 있고, 골목길마다 도깨비 상자처럼 그녀를 덮칠 유령을 숨기고 있는 이 도시로부터 멀어지고 싶었다. 그녀는 그 모험을 감행했을 수도 있었다.

그러나 갑자기, 떠나는 것이 더 이상 선택이 아니게 되었다.

날마다 터져 나오는 구토.

커지는 가슴.

이 혼란의 와중에서 여하튼, 생리를 하지 않았다는 깨달음.

라일라는 수천 개의 막대기들에 매달린 비닐들이 살을 에는 바람에 펄럭이고 있는 삭막한 들판의 난민 수용소를 상상해보았다. 그녀는 자신이 그곳에 있다고 상상해보았다. 그녀의 아이가 초췌한 관자놀이, 늘어진 턱, 얼룩덜룩하고 푸르스름한 피부를 하고 텐트 속에 있다고 상상해보았다. 그녀는 아이의 작은 몸이 낯선 사람들에 의해 씻겨 황갈색 수의에 싸여 독수리들의 실망한 눈길 밑에서, 바람에 노출된 땅에 파인 구멍 속으로 들어가는 모습을 상상해보았다.

그녀가 어떻게 지금 달아날 수 있겠는가.

라일라는 자신의 삶을 스쳐 간 끔찍한 숫자의 사람들을 생각해보았다. 아마드와 누르는 죽었고, 하시나는 어디로 가고 없고, 기티는 죽었고, 엄마는 죽었고, 아빠도 죽었고. 이제 타리크마저…….

하지만 기적적으로 이전 삶의 일부가 남아 있었다. 그녀가 이토록 철저히 외로운 사람이 되기 이전과의 마지막 끈이 남아 있었다. 그녀의 몸에 아직도 살아 있는 타리크의 일부. 작은 팔이 솟고 반투명의 손이 자라는 그의 일부가 살아 있었다. 그가 라일라에게 남긴 것, 그리고 그녀의 옛 삶에서 남은 유일한 것을 어떻게 위태롭게 할 수 있겠는가?

그녀는 신속하게 결정을 내렸다. 타리크와 같이 시간을 보낸 이후로 6주가 흘렀다. 조금만 더 지체하면 라시드가 의심할 것이었다.

라일라는 자신이 지금 하고 있는 일이 명예롭지 못한 일이라는 걸 알았다. 명예스럽지 못하고 부정직하고 수치스러운 일이었다. 그리고 마리암에게는 너무너무 부당한 짓이었다. 하지만 배 속의 아이가 오디보다 크지 않았지만, 라일라는 이미 엄마로서 감당해야 하는 희생에 대해 알았다. 미덕이나 정조는 그다음 문제였다.

그녀는 배에 손을 댔다. 그리고 눈을 감았다.

라일라는 소리 없는 의식의 부분적인 것만을 기억했다. 라시드가 입은 크림색 줄무늬 양복. 진한 헤어스프레이 냄새. 면도를 하다 생긴 목울대 바로 위의 작은 상처. 그녀에게 반지를 끼워줄 때 느껴지던, 담뱃진이 묻은 거친 손가락. 펜. 나오지 않는 펜. 다른 펜을 찾던 일. 혼인증서. 서명. 그는 확실하게, 그녀는 떨면서 했던 서명. 기도. 라시드가 눈썹을 다듬었다는 걸 거울로 알아본 순간.

방 어딘가에서 바라보고 있을 마리암. 그녀의 불만으로 질식할 듯한 공기.

라일라는 차마 그녀의 눈을 쳐다볼 수 없었다.

그날 밤, 라일라는 라시드의 차가운 시트를 덮고서 그가 커튼을 닫는 걸 바라보았다. 그녀는 그가 자신의 셔츠 단추를 풀고 바지의 허리끈을 잡아당기기 전에도 떨고 있었다. 그는 흥분해 있었다. 라시드는 자신의 셔츠를 벗고 벨트를 풀면서 끝없이 그녀를 더듬었다. 라일라는 그의 늘어진 가슴, 튀어나온 배꼽, 그것의 한가운데에 있는 작은 힘줄, 가슴에 무성한 흰털, 가슴과 상박을 보았다. 그녀는 라시드의 눈이 자신의 온몸을 훑어보는 걸 느꼈다.

"나는 너를 사랑하는 것 같구나."

라일라는 이를 덜덜 떨면서 불을 꺼달라고 했다.

나중에 그녀는 그가 잠든 걸 확인하고, 조용히 매트리스 밑으로 손을 뻗어 거기에 숨겨놓았던 칼을 찾았다. 그리고 그걸로 집게손가락을 찔렀다. 그리고 담요를 들추고 그들이 함께 누워 있던 시트 위에 피가 떨어지게 했다.

31

마리암

낮 시간에 위층에서는 주로 침대가 삐걱거리는 소리, 걷는 소리가 들릴 뿐이었다. 목욕탕에서 물소리가 들리거나 침실 유리에 찻숟가락이 부딪는 소리가 들리기도 했다. 가끔씩 그녀의 모습이 보이기도 했다. 멀리서 희미하게 치마가 펄럭이며, 가슴에 팔을 포개고, 소리가 나는 샌들을 신고 계단을 서둘러 올라가는 모습이 보이기도 했다. 그럴 뿐이었다.

하지만 그들이 서로 마주치는 건 불가피한 일이었다. 마리암은 계단, 좁은 복도, 부엌, 혹은 뜰에서 들어올 때 소녀를 지나쳤다. 이런 식으로 만날 때면, 두 사람 사이에 어색한 긴장감이 흘렀다. 소녀는 스커트를 추스르며 미안하다고 한두 마디 했고, 그녀가 지나칠 때면 마리암은 소녀의 붉어진 얼굴을 곁눈질로 쳐다보았다. 때로 마리암은 소녀에게서 라시드의 냄새를 맡을 수 있었다. 그녀는 소녀의 살갗에서 그의 땀내, 담배 냄새, 식욕을 느낄 수 있었다. 다행히도 섹스는 마리암의 삶에서 하나의 닫힌 장이었다. 상당히 오랫동안 그랬다. 이제 라시드의 밑에 깔려 힘들었던 것만 생각해도 속이 메스꺼웠다.

하지만 밤이 되면, 서로를 피하는 게 불가능했다. 라시드는 그들이 가족이라고 말했다. 가족이니까 같이 식사를 해야 한다고 했다.

"이게 뭐야?"

라시드가 손가락으로 고기에서 뼈를 발라내며 말했다. 그는 소녀와 결혼식을 올리고 한 주가 지나자 스푼과 포크를 사용하던 속임수를 그만뒀다.

"내가 두 개의 조상彫像과 결혼한 거야 뭐야? 마리암, 저 사람한테 갑 베잔(뭔가 얘기를 좀 해봐). 예의는 어디다 팔아먹은 거야?"

그는 뼈의 골수를 빨아 먹으며 소녀에게 말했다.

"그러나 네가 저 여자를 비난해서는 안 된다. 조용하잖니. 사실, 축복이지. 할 말이 많지 않으니 말이 없을 수밖에 없지. 우리는, 그러니까 너와 나는 도시 사람들이다. 하지만 저 여자는 데하티(시골 여자)다. 하기야 시골 여자도 아니지. 아니고말고. 저 여자는 마을에서 한참 떨어진 곳에 있는 진흙으로 지은 오두막에서 자랐다. 저 여자의 아버지가 그렇게 만든 거지. 마리암, 당신이 하라미라는 걸 새색시한테 얘기해줬어? 여하튼, 저 여자는 하라미야. 그러나 전반적으로 생각하면, 저 여자한테는 괜찮은 점이 없지는 않지. 너도 알게 될 거다, 라일라. 저 여자는 우선 튼튼하지. 일을 잘하고 가식이 없어. 차에 비유하자면 볼가라고나 할까."

마리암은 이제 서른세 살이었다. 하지만 하라미라는 말을 듣자 아직도 고통스러웠다. 그 말을 듣자 아직도 자신이 해충이나 바퀴벌레 같은 느낌이 들었다. "너는 꼴사나운 하라미 년이다. 이것이 내가 견뎌온 모든 것에 대한 보상이란 말이냐. 가보를 깨버리다니, 이 꼴사나운 하라미 년아." 마리암은 나나가 팔목을 잡으며 이렇게 말했던 걸 떠올렸다.

라시드가 소녀를 향해 말했다.

"반면에 너는 벤츠지. 번쩍번쩍 빛나는 최고급 신형 벤츠야. 하지만. 하지만."

그는 기름기가 묻은 집게손가락을 들어 올렸다.

"벤츠는 조심히 다뤄야지. 아름다움과 장인정신에 대한 존경심의 문제니까. 두 사람은 내가 자동차 얘기를 하니까 미쳤다고 생각하겠지. 두 사람이 차라고 말하는 것은 아니야. 나는 단지 요점을 말하고 있을 뿐이야."

라시드는 쌀밥을 동글게 만 것을 접시 뒷면에 내려놓았다. 그의 손이 음식 위에서 멈칫거렸다. 그가 생각에 잠긴 표정으로 아래를 내려다보았다.

"죽은 사람에 대해서 나쁘게 얘기해서는 안 되는 법이지. 그리고 결례를 저지르자고 내가 이런 말을 하는 건 아니야. 그걸 알아줬으면 해. 하지만 나는 네 부모─알라신이시여, 그들을 용서하시고 천국에 맞아주소서─가 네 응석을 받아준 것이 좀 걸린다. 미안하다."

마리암은 그때, 소녀가 순간적으로 라시드를 차갑고 증오스러운 눈으로 쏘아보는 걸 눈여겨보았다. 그러나 그는 고개를 내리고 있어서 그걸 보지 못했다.

"여하튼 중요한 것은 내가 지금 네 남편이고, 네 명예만이 아니라 우리의 명예를 지키는 것이 내 의무란 사실이다. 그것이 남편이 져야 하는 짐이야. 내 몫은 내가 알아서 할 테니 걱정하지 마라. 너는 말리카(여왕)이고 이 집은 너의 궁전이다. 필요한 게 있으면 마리암에게 말하면 해줄 거야. 마리암, 그렇지 않아? 뭘 갖고 싶으면 내가 구해다 주마. 나는 그런 남편이다. 그대신, 내가 요구하는 것은 간단한 것이다. 나 없이는 이 집을 나서면 안 된다. 그게 전부다. 간단하지 않으냐? 만약 내가 집에 없고 뭔가가 급히 필요하다면, '절대적으로' 필요해서 나를 기다릴 수 없는 상황이라면, 마리암을 내보내라. 그러면 나가서 가져다줄 게다. 내 말에 모순이 있다는 걸 알 게다. 그러나 사람은 볼가와 벤츠를 똑같은 식으로 몰지는 않는 법이다. 그렇게 하는 건 바보 같은 짓이지 않겠느냐? 또한 우리가 같이 외출을 할 때 너는 부르카를 입어야 한다. 물론 자신을 보호하기 위해서다. 이 도시에는 지금 음탕한 남자들이 너무 많다. 결혼한 여자들의 명예마저 더럽히려고 하는 사악한 마음을 가진 놈들이 많단 말이다. 그래, 이게 전부다."

그는 기침을 했다.

"내가 없을 때는 마리암이 내 눈과 귀가 될 것이다."

그는 이 말을 하고 마리암을 향해 쏜살같은 눈길을 던졌다. 쇠를 앞부리에 댄 발로 관자놀이를 치는 것처럼 딱딱한 눈길이었다.

"너를 못 믿는다는 게 아니다. 정반대다. 솔직히 너는 나이보다 훨씬 더 현명해 보인다. 하지만 너는 아직 젊은 여자다, 라일라. 젊은 여자들은 불행한 선택을 할 수 있지. 젊은 여자들은 잘못된 행동을 하는 경향이 있지. 여하튼 마리암이 책임을 질 거다. 그리고 무슨 잘못이 있다면……."

그의 말은 끝없이 이어졌다. 마리암은 라시드의 요구와 생각들이 카불에 쏟아지는 로켓탄들처럼 비 오듯 쏟아질 때, 곁눈으로 소녀를 지켜보며 앉아 있었다.

어느 날, 마리암은 뜰의 빨랫줄에서 걷어 온 라시드의 셔츠를 거실에서 개고 있었다. 그녀는 소녀가 얼마나 오랫동안 거기에 서 있었는지 알지 못했다. 그녀는 셔츠를 집어 돌아섰을 때, 소녀가 두 손으로 찻잔을 감싸고 문간에 서 있는 걸 보았다.

"놀라게 해드릴 뜻은 없었어요. 죄송해요."

마리암은 그녀를 쳐다보기만 했다.

햇살이 소녀의 얼굴을 비췄다. 그녀의 커다란 녹색 눈과 부드러운 이마, 높은 광대뼈, 마리암의 옅고 볼품없는 눈썹과는 사뭇 다른 매력적인 짙은 눈썹에 햇살이 비췄다. 빗질을 하지 않은 그녀의 노란 머리는 가운데에서 갈라져 있었다.

마리암은 컵을 움켜쥐고 있는 소녀의 굳은 모습과 팽팽해진 어깨를 보고 그녀가 긴장해 있다는 걸 알 수 있었다. 마리암은 그녀가 침대에 앉아 용기를 내려고 하는 모습을 상상해보았다.

소녀가 친근하게 말했다.

"나뭇잎이 떨어지고 있네요. 보셨어요? 가을은 제가 좋아하는 계절이에요. 사람들이 정원에서 낙엽을 태우는 냄새가 저는 좋아요. 저의 어머니는 봄을 가장 좋아하셨어요. 제 어머니와 알고 지내셨나요?"

"별로."

소녀는 손을 컵 모양으로 만들어 귀에 갖다 댔다.

"네?"

마리암이 목소리를 높였다.

"아니라고 대답했다. 나는 네 엄마를 몰랐어."

"아."

"필요한 게 있니?"

"저는…… 지난밤에…… 그분이 말씀하신 것에 대해……."

마리암이 말을 잘랐다.

"그렇지 않아도 내가 그것에 관해 얘기하려던 참이었다."

"네, 말씀하세요."

소녀가 진지하게, 거의 간절하게 말했다. 그녀가 한 걸음 앞으로 다가왔다. 마음이 놓이는 듯했다.

밖에서 꾀꼬리 한 마리가 지저귀고 있었다. 누군가가 짐마차를 끌고 가는 소리가 들렸다. 이음새가 삐걱거리고 쇠바퀴가 덜거덕거리는 소리가 마리암의 귀에 들렸다. 멀지 않은 곳에서 총을 쏘는 소리가 들렸다. 한 발의 총소리, 이어지는 세 발의 총소리. 그리고 찾아오는 정적.

"나는 네 하인은 되지 않을 거다. 그건 못 한다."

소녀의 몸이 움찔했다.

"물론 안 되죠!"

"너는 궁전의 말리카이고 나는 데하티인지 모르겠지만, 네 명령은 받아들이지 않을 것이다. 네가 불평을 해서 그가 내 목을 딸 수도 있겠지만 나는 그렇게 하지 않겠다. 내 말 들리느냐? 나는 네 하인이 되지 않겠단 말이다."

"아니, 제가 그걸 바란 건 아니었……."

"그리고 만약 네가 네 얼굴을 이용해 나를 제거할 수 있다고 생각한다면 그건 오산이다. 내가 여기에 먼저 있었다. 나는 내쫓기진 않을 것이다. 네가 나를 쫓아내는 걸 용납하지 않겠다."

소녀가 힘없이 말했다.

"그건 제가 원하는 게 아니에요."

"너, 이제는 상처가 나은 것 같구나. 그러니 이제부터 이 집에서 네 몫의 일을 해라."

소녀가 재빨리 고개를 끄덕였다. 찻물이 조금 엎질러졌지만 그녀는 알지 못했다.

"네, 그것이 제가 아래층으로 내려온 또 다른 이유예요. 저를 돌봐준 것에 대해 고맙다고 말씀드리고 싶어……."

마리암이 말허리를 잘랐다.

"만약 네가 등을 돌리고 내 남편을 훔칠 줄 알았더라면, 나는 너를 먹여주지도 않았을 것이고 씻기고 보살펴주지도 않았을 것이다."

"훔치다니요……."

"요리와 설거지는 내가 하겠다. 너는 빨래와 청소를 해라. 나머지는 번갈아가며 하자. 한 가지만 더 얘기해두겠다. 나는 너와 친해지고 싶지 않다. 그건 내가 원치 않는 것이다. 내가 원하는 것은 혼자 있는 것이다. 날 혼자 있게 내버려둬라. 나도 너한테 그렇게 하겠다. 그렇게 살면 된다. 그것이 규칙이다."

마리암은 말을 끝냈을 때, 가슴이 뛰고 입이 타는 걸 느꼈다. 그녀는 이런 식으로 말해본 적이 없었다. 그렇게 격하게 자신의 의지를 얘기해본 적이 없었다. 소녀가 눈물을 흘리고 고개를 떨구지 않았더라면 유쾌했을 것이다. 그런데 눈물을 보는 순간, 마음속에 품고 있던 말을 쏟아내면서 느꼈던 만족감이 어찌 된 일인지 부당한 것처럼 느껴졌다.

그녀는 소녀에게 셔츠를 내밀었다.

"벽장이 아니라 알마리(서랍장)에 갖다 넣어라. 그는 흰 것은 위 서랍에, 나머지 것은 양말과 함께 가운데 서랍에 넣어두는 걸 좋아한다."

소녀는 마루에 컵을 놓고 손바닥을 위로 해 셔츠를 받아 들었다.

그녀가 쉰 목소리로 말했다.

"모든 게 다 죄송해요."

"그래야지. 너는 미안해야 한다."

32

라일라

라일라는 몇 년 전에 엄마의 기분이 좋았을 때 사람들이 집에 모였던 걸 떠올렸다. 여자들은 정원에서 와즈마가 자기 집 뜰에 있는 뽕나무에서 따 온 오디를 먹고 있었다. 포동포동한 오디는 흰색과 연분홍색이 섞여 있었고, 어떤 것들은 와즈마의 코에 드러난 핏줄처럼 짙은 자주색이었다.

와즈마가 오디 한 움큼을 푹 꺼진 입에 힘차게 털어 넣으며 말했다.

"자네들, 라시드의 아들이 어떻게 죽었는지 알아?"

기티의 엄마인 닐라가 말했다.

"가르가 호수에 빠져 죽지 않았나요?"

"그런데 말이야 자네들은……."

와즈마는 손가락을 들어 올리며 고개를 끄덕이고 입 안에

든 걸 씹어 삼키면서 그들이 기다리도록 만들었다.

"자네들은 그가 그 시절에 샤랍(술)을 마시곤 했다는 거, 그리고 그날은 술에 취해 울고 있었다는 걸 알고 있었어? 사실이야. 술에 취해 울었다고 하더군. 아침부터 술을 먹다가 정오가 되었을 때는 안락의자에 누워 뻗어 있었대. 바로 옆에서 정오를 알리는 대포를 쏘아도 속눈썹 하나 까딱하지 않았을 만큼 취해 있었대."

라일라는 와즈마가 입을 가리고 트림을 하고, 몇 개 남지 않은 이빨을 혀로 핥던 모습을 떠올렸다.

"나머지는 자네들의 상상에 맡기겠어. 그 아이는 아무도 모르는 사이, 물속으로 들어갔대. 얼마 후, 아이는 얼굴을 아래로 향하고 떠 있었대. 사람들이 도우려고 달려갔지. 사람들의 반은 아이를 깨우려고 하고, 나머지 반은 아이 아버지를 깨우려고 말이지. 누군가가 아이한테 몸을 굽히고 입으로 인공호흡을 시켰다더군. 그러나 소용없었지. 죽은 게 분명했어. 아이는 그렇게 죽었다네."

라일라는 와즈마가 한 손가락을 들어 올리고 경건하고 떨리는 목소리로 말하던 걸 떠올렸다.

"그래서 코란에서 술을 금지한 거야. 멀쩡한 사람들이 술 취한 자의 죄악을 늘 뒤집어쓰니까 말이야. 그렇잖아."

라시드에게 임신했다고 얘기한 후, 라일라의 머리는 이러한 생각들로 빙빙 돌았다. 그는 임신했다는 얘기를 듣더니, 냉큼 자전거에 올라타 사원으로 가서 아들을 낳게 해달라고 빌었다.

그날 밤, 식사를 하면서 라일라는 마리암이 접시에 놓인 고깃덩어리를 빙글빙글 돌리며 밀치는 모습을 바라보았다. 라시드가 그 소식을 흥분한 목소리로 마리암에게 전할 때, 라일라는 그 자리에 있었다. 라일라는 그렇게 잔인한 모습을 본 적이 없었다. 그 말을 들을 때, 마리암의 속눈썹이 파르르 떨렸다. 그녀는 얼굴을 붉히고 쓰린 속으로 쓸쓸히 앉아 있었다.

나중에 라시드는 라디오를 들으려고 위층으로 올라갔다. 라일라는 마리암이 매트를 닦는 걸 거들었다.

마리암이 밥알과 빵 부스러기를 주우며 말했다.

"네가 전에 벤츠였다면 지금은 뭔지 상상할 수 없구나."

라일라는 가볍게 응수했다.

"기차요? 아니면 엄청나게 큰 제트기요?"

마리암이 허리를 폈다.

"그렇다고 집안일로부터 너를 면제시켜줄 거라고 생각하지는 마라."

라일라는 입을 벌렸다. 그리고 생각해보았다. 그녀는 마리암이 이 일에 있어서 아무 죄도 없는 사람이라는 사실을 떠올렸다. 마리암도 그렇고 배 속의 아이도 그랬다.

나중에 라일라는 침대에서 울음을 터뜨렸다.

라시드는 그녀의 턱을 들어 올리며 무슨 일인지 알고 싶어 했다.

"어디 아픈 거야? 배 속의 아기가 잘못된 거야? 아니라고? 마리암이 함부로 대하더냐? 그렇지?"

"아니에요."

"내려가서 그년을 혼내줘야겠군. 하라미 주제에 감히 누구를 ……."

"아니라니까요!"

그는 벌써 일어서고 있었다. 라일라가 팔뚝을 잡아 앉혀야 했다.

"그러지 마세요! 아니에요! 저한테 잘해주셨어요. 잠깐만 기다려줘요. 저, 곧 괜찮아질 테니까요."

그는 옆에 앉아 라일라의 목을 쓰다듬으며 뭔가를 중얼거렸다. 그의 손이 그녀의 등을 서서히 위아래로 쓰다듬었다. 그는 몸을 기울이고 히죽 웃었다.

"내가 네 기분이 풀어지게 할 수 있는지 한번 보자."

우선, 장작으로 쓰려고 베어 가지 않은 나무들에서 반점이 있는 노란 잎들이 떨어졌다. 차갑고 살을 에는 바람이 도시를 강타했다. 바람은 남아 있는 마지막 잎사귀들을 내동댕이쳤다. 나무들은 갈색 언덕을 배경으로 유령처럼 서 있었다. 지붕 위에 눈이 내렸다. 처음엔 가볍게 내렸고 내리자마자 녹아버렸다. 그러고 나자 길이 얼어붙고 엄청나게 쌓였다. 서리가 낀 창문도 반쯤 눈으로 덮였다. 눈과 함께 연들이 찾아왔다. 한때는 카불

의 겨울 하늘을 지배했지만, 이제 연은 로켓탄과 전투기들이
점령해버린 하늘에서 겁에 질린 침입자 신세였다.

라시드는 전쟁에 관한 소식을 계속 집으로 가져왔다. 라일라
는 라시드가 설명해주는 것이 당황스러웠다. 그에 따르면, 사이
야프는 하자라와 싸우고 하자라는 마수드와 싸우고 있었다.

"물론 그는 파키스탄의 지원을 받고 있는 헤크마트야르와 싸
우고 있지. 마수드와 헤크마트야르는 불구대천의 원수지. 사이
야프는 마수드 편이야. 헤크마트야르는 지금은 하자라 편이야."

예측 불가능한 우크베크 사령관 도스툼이 어느 편인지는 아
무도 모른다고 했다. 도스툼은 1980년대에는 무자헤딘 옆에서
소련군에 대항해 싸웠다. 하지만 소련군이 떠난 후 변절을 하
고 나지불라의 공산주의 괴뢰정권에 합류했다. 그는 다시 한번
변절을 하고 무자헤딘의 편으로 돌아오기 전에 나지불라가 직
접 주는 메달을 받기까지 했다. 당분간, 도스툼은 마수드를 지
원하는 중이었다.

카불, 특히 카불 서부에서는 격렬한 싸움이 벌어졌다. 눈으
로 덮인 건물 위로 검은 연기가 치솟았다. 대사관들은 문을 닫
았다. 학교 건물은 무너졌다. 병원 대기실에서는 부상자들이
피를 흘리며 죽어가고 있다고 했다. 수술실에서는 마취도 하지
않고 팔다리를 자르는 수술을 하고 있다고 했다.

"하지만 너는 걱정하지 마라. 너는 나와 같이 있으니 안전하
다. 너는 내 꽃이야. 누구든 너한테 해를 끼치려고 하면, 내가

그놈의 간을 꺼내 그놈에게 먹일 테다."

그 겨울, 라일라가 어디로 돌아서든 벽이 그녀의 앞길을 가로막았다. 그녀는 어린 시절의 광활한 하늘, 바비와 함께 운동회에 가고 엄마와 함께 만다이에서 쇼핑을 하고, 기티와 하시나와 함께 거리에서 마음대로 달리고 사내아이들에 대해 얘기하던 때가 그리웠다. 타리크와 함께 클로버로 가득한 시내의 둑에 앉아 사탕을 먹고 수수께끼를 풀면서 해가 지는 모습을 바라보던 시절이 그리웠다.

하지만 타리크에 대해서 생각하는 것은 위험했다. 그가 집에서 멀리 떨어진 침대에 누워 화상을 입은 몸 곳곳에 튜브를 꽂고 있는 모습이 이내 떠오르기 때문이었다. 목을 계속 타게 만드는 우울함처럼 사람을 마비시키는 슬픔이 라일라의 가슴을 타고 올라왔다. 다리에 힘이 빠졌다. 뭔가를 붙잡고 있어야 했다.

라일라는 집을 청소하고, 라시드와 같이 쓰는 침실의 호박색 벽을 문지르고, 밖에 있는 큰 라간(통)에 넣고 빨래를 하며 1992년의 겨울을 보냈다. 때로 그녀는 자신을 위에서 바라보는 상상을 해보았다. 소매를 팔꿈치까지 걷어붙이고 쭈그리고 앉아 통의 가장자리에 대고 빨개진 손으로 라시드의 속옷을 짜는 모습을 바라보는 상상 말이다. 그럴 때면, 난파를 당해 살아남았지만 해안은 보이지 않고 사방에 물밖에 없는 상황에 처한 사람처럼 어찌할 바를 몰랐다.

너무 추워서 밖으로 나갈 수 없을 때면, 라일라는 집 주변을 천천히 걸었다. 그녀는 벽을 손톱으로 긁으며 걷다가 복도를 걷다가 다시 돌아와서 계단을 오르내렸다. 세수도 하지 않고 머리도 빗지 않은 상태였다. 그녀는 마리암과 마주칠 때까지 걸었다. 마리암은 그녀를 음산한 눈길로 쳐다보더니, 다시 피망을 썰고 고기에서 비계를 발라내는 일로 되돌아갔다. 가슴 아픈 침묵이 방 안에 가득했다. 라일라는 아스팔트에서 올라오는 열기처럼, 마리암으로부터 말없는 적개심이 발산되어 나오는 게 눈에 보이는 것만 같았다. 라일라는 다시 자신의 방으로 되돌아가 침대에 앉아 눈이 내리는 모습을 지켜보았다.

어느 날, 라시드는 라일라를 자신의 구두 가게로 데리고 갔다.

밖에 나가자 그는 한 손으로 그녀의 팔꿈치를 잡고 걸었다. 밖으로 나오는 것은 라일라에게는 다치는 걸 피하는 연습이 되었다. 아직도 그녀의 눈은 부르카의 제한된 시야에 적응하는 중이었고, 발은 밑자락에 걸려 넘어졌다. 그녀는 넘어지는 것도 두려웠고 도로에 난 구멍에 발을 헛디뎌 발목이 접질리는 것도 두려웠다. 그래도 아무도 자신을 알아볼 수 없는 부르카를 입고 있다는 사실에 조금 안심이 되기도 했다. 옛날에 알던 사람을 만난다고 해도 그녀를 알아볼 수 없을 것이었다. 그녀는 그들의 눈에 나타난 놀라움, 동정심, 그리고 자신이 얼마나 추락했으며 높았던 희망이 얼마나 꺾였는지를 보고 즐거워하는 모습을 지켜볼 필요가 없었다.

라시드의 가게는 라일라가 생각했던 것보다 크고 밝았다. 그는 복잡한 작업대 뒤에 그녀를 앉게 했다. 작업대 위에는 낡은 구두창과 가죽 쪼가리들이 널려 있었다. 그는 라일라에게 망치를 보여주고 사포질하는 기구를 어떻게 작동시키는지 보여줬다. 그의 목소리는 자부심에 차 크게 울렸다.

그는 셔츠 밑으로 손을 넣어 라일라의 배를 만졌다. 부풀어 오른 피부에 닿는 그의 손끝은 나무껍질처럼 거칠고 차가웠다. 라일라는 부드럽지만 강하고, 손등에는 구불구불한 힘줄이 드러나 있던 타리크의 손을 떠올렸다. 언제나 매력적이면서 남성적이었던 타리크의 손.

"배가 빨리도 불러오네. 큼직한 사내애가 나올 모양이야. 내 아들은 팔라완(강한 남자)이 될 거야! 제 아비처럼."

라일라는 셔츠를 끌어당겼다. 그가 이렇게 말하자 두려움이 엄습했다.

"마리암하고는 어떻게 지내냐?"

그녀는 잘 지낸다고 말했다.

"좋아. 좋아."

그녀는 그들이 처음으로 제대로 한바탕 싸웠다는 사실을 말하지 않았다.

며칠 전이었다. 라일라가 부엌에 가니, 마리암이 서랍을 쾅쾅 여닫고 있었다. 마리암은 밥을 섞는 데 쓰는 긴 나무 숟가락을 찾고 있다고 했다.

그녀가 라일라를 향해 돌아서며 말했다.

"그걸 어디다 뒀지?"

"제가요? 제가 안 가져갔는데요. 저는 여기에 거의 들어오지도 않잖아요."

"그건 그렇지."

"저를 나무라시는 건가요? 그렇게 하자고 하셨잖아요. 식사를 담당하겠다고 하셨잖아요. 하지만 바꾸고 싶으시면……."

"그러니까 너는 그것에 다리가 달려 뚜벅뚜벅 걸어 나갔다고 말하는 거냐? 그랬다는 거냐?"

"제 말은……."

라일라는 자신을 억제하려고 노력했다. 보통, 그녀는 마리암이 조롱을 하고 손가락질을 해도 참을 수 있었다. 그러나 그날은 발목이 붓고 머리가 아프고 가슴앓이가 심한 상태였다.

"제 말은 어딘가에 그걸 잘못 두셨을지 모른다는 거죠."

"내가 잘못 됐다고?"

마리암이 서랍 하나를 잡아당겼다. 그 안에 들어 있던 주걱과 나이프 때문에 소리가 났다.

"네가 여기에 얼마나 살았지? 몇 달? 나는 이 집에서 19년을 살았다. 네가 기저귀에 똥오줌을 지릴 때부터 나는 그 숟가락을 이 서랍에 넣어두고 썼다."

라일라는 이제 폭발 직전이었다. 그녀는 이를 악물고 말했다.

"그래도 어딘가에 두고 잊어버리셨을 수도 있잖아요."

"네가 나를 화나게 하려고 어딘가에 숨겼을 수도 있지."

"당신은 불쌍한 사람이군요."

마리암이 움찔하더니 다시 본래의 모습으로 돌아와 입을 오므리고 말했다.

"너는 창녀야. 창녀이자 도둑이지. 그게 너다!"

그다음에 고함 소리가 이어졌다. 던지진 않았지만 그들은 그릇을 치켜들었다. 그들은 서로에게 막말을 했다. 지금 와서 생각하니 얼굴이 화끈거렸다. 그들은 그 후로 말을 하지 않았다. 라일라는 자신이 너무 쉽게 자제심을 잃었다는 사실이 아직도 놀라웠다. 하지만 사실대로 말하면, 한편으로 좋기도 했다. 마리암을 향해 소리를 지르니 후련했다. 부글부글 끓는 분노와 슬픔을 발산할 대상을 찾아 욕을 퍼붓고 나니 후련했다.

라일라는 마리암도 똑같은 기분이 아니었을까 궁금했다.

그러고 나서 그녀는 위층으로 달려가 라시드의 침대에 몸을 던졌다. 아래층에서는 마리암이 아직도 소리를 지르고 있었다.

"더러운 년! 더러운 년!"

라일라는 침대에 누워 베개에 대고 신음했다. 갑자기 부모가 사무치게 그리웠다. 그 끔찍한 사건 이후로 그렇게 강렬한 그리움을 느낀 적이 없었다. 그녀는 시트를 움켜쥐고 누워 있었다. 그때 갑자기, 그녀는 숨을 죽였다. 그녀는 일어나 앉아, 배

아래로 손을 내렸다.

아이가 처음으로 발길질을 한 것이었다.

33

마리암

그다음 해인 1993년 봄, 이른 아침이었다. 마리암은 거실 창문 옆에 서서 라시드가 여자를 집 밖으로 데리고 나가는 모습을 지켜보았다. 여자는 허리를 숙이고 비틀거렸다. 그녀가 부르카 안에서 팽팽한 배를 한쪽 팔로 감싸는 모습이 보였다. 라시드는 조심스럽게 여자의 팔꿈치를 잡고 교통경찰처럼 그녀를 안내해 뜰을 가로지르고 있었다. 그는 잠시 기다리라는 손짓을 하고 앞문으로 달려가더니 여자한테 어서 오라고 손짓을 하면서 한쪽 발로 대문을 열어 잡고 있었다. 여자가 가까이 오자, 그는 그녀의 손을 잡고 문을 나서는 걸 도와줬다. "발 조심해, 내 사랑." 마리암의 귀에 이렇게 말하는 소리가 들리는 것 같았다.

그들은 다음 날 저녁 일찍 돌아왔다.

마리암은 라시드가 뜰에 먼저 들어오는 걸 보았다. 그가 문을 너무 일찍 놓아버리는 바람에 여자의 얼굴에 맞을 뻔했다. 그는 빠르게 뜰을 가로질렀다. 땅거미가 뜰에 구릿빛을 드리우고 있었다. 그 속에서도 마리암은 그의 안색이 어둡다는 걸 알아보았다. 집 안에 들어서자 그는 코트를 벗어 소파에 던졌다. 그는 마리암을 스쳐 지나가며 무뚝뚝한 목소리로 말했다.

"배고프니, 저녁 준비해."

앞문이 열렸다. 마리암은 통로에서, 여자가 포대기로 싼 아이를 왼쪽 팔에 안고 있는 걸 보았다. 그녀는 문이 닫히지 않도록 하기 위해, 한쪽 발은 밖에 다른 쪽 발은 안쪽에 두고 있었다. 그녀는 허리를 굽히고 툴툴거리며, 문을 열기 위해 내려놓았던 소지품이 든 종이봉투를 집으려고 했다. 힘이 들어가자 여자의 얼굴이 찡그려졌다. 그녀는 고개를 들고 마리암을 쳐다봤다.

마리암은 몸을 돌려 라시드에게 줄 음식을 데우기 위해 부엌으로 갔다.

"누군가가 내 귓속을 드라이버로 쑤시는 것 같아."

라시드가 눈을 비비며 말했다. 그는 헐렁헐렁한 끈으로 묶인 툼반(바지)만 입은 채, 부석부석한 눈으로 마리암의 방 문간에 서 있었다. 흰머리는 헝클어져 있었다.

"저렇게 울어대니 도저히 못 참겠어."

아래층에서는 여자가 아이에게 노래를 불러주며 마루에서 걸음마를 시키고 있었다.

라시드가 말했다.

"지난 두 달 동안 편히 잔 날이 하루도 없어. 방에서는 하수구 냄새가 나고 똥걸레는 사방에 널려 있고 미치겠어. 언젠가는 밤에 똥걸레를 밟은 적도 있다니까."

마리암은 꼴좋다며 속으로 웃었다.

라시드가 어깨 너머로 소리쳤다.

"밖으로 데리고 나가! 밖으로 데리고 나갈 수 없나?"

노래가 잠시 멈췄다.

"폐렴에 걸릴 거예요."

"지금은 여름이야!"

"뭐라고요?"

라시드는 이를 악물고 목소리를 높였다.

"밖은 따뜻하다고 말했다!"

"밖으로 데리고 나갈 수는 없어요!"

다시 노래가 이어졌다.

"저것을 상자에 넣어 카불강에 떠내려 보내고 싶을 때가 있다니까. 모세처럼 말이야."

마리암은 아이의 엄마가 지어준 아지자라는 이름으로 그가 딸아이를 부르는 걸 들은 적이 없었다. 아지자는 귀엽다는 뜻이었다. 아이는 라시드에게 언제나 '아이'였다. 몹시 화가 났을 때는 '저것'이라고 했다.

어느 날 밤, 마리암은 그들이 다투는 소리를 엿들었다. 그녀는 발소리를 죽이고 문 가까이로 가서 그가 아이에 대해 불평하는 소리를 들었다. 끝없이 울어대고, 냄새가 나고, 장난감 때문에 그를 넘어지게 하고, 아이를 먹이고 트림시키고 옷을 갈아입히고 걸음마를 시키고 안아주면서 자신에게는 전혀 신경을 쓰지 않는다는 불평이었다. 여자는 여자대로 그가 방 안에서 담배를 피우고 아이를 그들과 함께 자지 못하게 한다고 불평했다.

그들은 목소리를 낮춰 다른 것을 갖고도 싸웠다.

"의사는 6주라고 했어."

"라시드, 아직 안 돼요. 안 돼요. 놔요. 그러지 말아요."

"두 달째야."

"쉿, 조용히 해요. 거봐요, 아이가 깼잖아요."

그녀는 그런 다음 더 날카롭게 말했다.

"이렇게 아이가 깨니 좋은가요?"

마리암은 그걸 엿듣다가 자신의 방으로 살금살금 돌아가곤 했다.

그런데 라시드가 지금은 그녀에게 말하고 있었다.

"당신이 도와줄 수 없어? 뭔가 당신이 할 수 있는 게 있을 거야."

마리암이 말했다.

"내가 아이에 대해 뭘 안다고 그래요?"

그때 목소리가 들렸다.

"라시드! 젖병 좀 가져다줄 수 있어요? 알마리 위에 있어요. 애가 젖을 안 먹으려고 하네요. 젖병으로 다시 먹여봐야겠어요."

아이의 날카로운 울음소리가 고기를 내려치는 칼처럼 오르락내리락했다.

라시드는 눈을 감았다.

"저것이 대장이라니까. 저것이 헤크마트야르라고. 라일라가 굴부딘 헤크마트야르를 낳은 거야."

마리암은 여자가 아이를 먹이고 흔들고 어르고 걸음마를 시키는 일을 하면서 나날을 보내는 모습을 지켜보았다. 아이가 낮잠을 잘 때도 더러워진 기저귀를 문질러, 라시드에게 우겨서 사 오라고 한 소독제 통에 넣는 일을 했다. 사포로 손톱을 다듬어줘야 했고, 아이의 옷을 빨아서 널어야 했다. 아이에 관한 다른 것들과 마찬가지로 이 옷들도 말다툼의 빌미가 되었다.

라시드가 말했다. "그게 뭐가 어때서?"

"사내아이의 옷이잖아요."

"애가 그 차이를 알 것 같아? 상당한 돈을 주고 산 옷들이야. 그리고 나한테 말하는 태도가 그게 뭐야. 앞으로 말조심하는 게 좋을걸."

매주, 여자는 어김없이, 불에 화로를 달궈 약간의 야생 루타 씨를 집어넣고 연기를 피운 다음, 아이를 향해 연기를 부쳤다. 악마를 쫓으려는 것이었다.

마리암은 아이에 대한 여자의 열정적인 모습을 지켜보는 데 지쳤다. 사실 속으로는 감탄하고 있었다. 밤새 아이를 보살피느라 안색이 창백하고 고개가 아래로 처진 아침에도 여자의 눈에 숭배의 표정이 깃드는 게 놀라웠다. 여자는 아이가 방귀를 뀌면 재미있어라 웃었다. 아이에게 일어나는 미세한 변화에 매혹당한 것 같았다. 아이가 하는 모든 것이 놀라운 모양이었다.

"보세요! 딸랑이를 집으려 하고 있어요. 영리하기도 하지."

"신문에 내야겠군." 라시드가 말했다.

매일 밤, 시연이 있었다. 여자가 라시드에게 뭔가를 보라고 하면, 그는 턱을 들고 푸른 힘줄이 드러난 매부리코 아래로 성마른 곁눈질을 했다.

"봐요. 제가 손가락으로 소리를 내면 웃는 모습 좀 보세요. 봤죠? 봤어요?"

라시드는 투덜대면서 밥 먹는 일로 돌아갔다. 마리암은 여자가 있다는 것만으로 그가 좋아했던 때를 떠올렸다. 그녀가 말하는 모든 것이 그를 즐겁게 하고 그의 흥미를 끌고 접시에서 눈을 들어 고개를 끄덕이던 때가 있었다.

그런데 여자가 남자의 호감을 잃게 됐으니 마리암으로서는 기뻐해야 할 일이었다. 그건 자신이 옳았다는 걸 증명하는 것이었다. 그런데 이상하게도 그렇지 않았다. 정말 그렇지 않았다. 놀랍게도 마리암은 여자를 동정하고 있었다.

여자는 저녁을 먹을 때도 걱정이 태산이었다. 무엇보다도 큰 걱정거리는 폐렴이었다. 아이가 작은 기침을 한 번만 해도 그걸 의심했다. 변이 묽을 때마다 이질을 걱정했다. 반점이 하나만 생겨도 천연두나 홍역을 걱정했다.

어느 날 밤 라시드가 말했다.

"아이한테 그렇게 집착해서는 안 돼."

"무슨 말씀이세요?"

"지난밤에 〈미국의 소리〉 방송을 들었는데, 흥미로운 통계를 얘기해주더군. 그들 말로는 아프가니스탄 아이들은 다섯 살이 되기 전에 네 명 중 하나가 죽는다는 거야. 그렇게 말했다고. 어라, 뭐라고! 뭐! 너, 어디 가는 거야? 이리 와. 당장 이리 와!"

그는 마리암에게 당혹스러운 눈길을 던졌다.

"저년, 왜 저래?"

그날 밤, 마리암이 누워 있는데 싸움이 다시 시작되었다. 덥고 건조한 여름밤이었다. 카불의 여름은 늘 그랬다. 마리암은 창문을 열었다. 그러나 열기를 식혀줄 바람은 들어오지 않고 모기만 들어오자 다시 닫았다. 그녀는 열기가 땅으로부터 올라와 뜰에 있는 옥외 변소의 쪼개진 갈색 판자를 통과하고, 다시 벽을 타고 위로 올라와 자신의 방으로 들어오는 걸 느낄 수 있었다.

보통, 싸움은 몇 분이 지나면 멈췄다. 하지만 이번 싸움은 30분이 지났어도 계속되고 있었을 뿐만 아니라 오히려 더 커지고 있었다. 마리암은 라시드가 이제 소리를 지르는 걸 들을 수 있었다. 그의 목소리 밑으로 머뭇머뭇하지만 날카로운 여자의 목소리가 들렸다. 곧 아이가 소리를 내어 울기 시작했다.

그때, 마리암은 그들의 방문이 거칠게 열리는 소리를 들었다. 그녀는 아침에 보면 문의 손잡이가 벽에 부딪친 자국이 동그랗게 나 있을 것이라고 생각했다. 마리암은 방문이 거칠게 열리고 라시드가 들어왔을 때 침대에 일어나 앉아 있었다.

그는 흰 팬티와 그에 어울리는 셔츠를 입고 있었다. 셔츠 겨드랑이는 땀으로 누래져 있었다. 라시드는 슬리퍼를 신은 채 여자와 결혼할 때 사둔 갈색 가죽 벨트를 손에 들고 있었다. 그는 구멍이 난 끝부분을 말아 주먹에 쥐고 있었다.

그는 마리암에게 다가오며 으르렁거렸다.

"네년이 한 짓이라는 걸 나는 알고 있다."

마리암은 침대에서 빠져나와 뒤로 물러서기 시작했다. 그녀의 손은 본능적으로 가슴을 가리고 있었다. 그는 마리암을 때릴 때면 가슴부터 때렸다.

그녀가 더듬거렸다.

"무슨 말씀이세요?"

"저년이 나를 거부하는 것 말이다. 네가 저년에게 그러라고 시켰지."

오랜 세월에 걸쳐 마리암은 그의 경멸과 비난, 비웃음과 질책에 마음을 모질게 먹는 법을 배웠다. 하지만 두려움에 대해서는 통제할 수 없었다. 오랜 세월이 흘렀건만 마리암은 아직도 그가 이처럼 냉소를 띠고 벨트를 손에 감아쥐고 가죽 소리를 내며 핏발 선 눈으로 다가오면 겁에 질려 오들오들 떨었다. 그것은 호랑이 우리에 풀어놓은 염소가, 호랑이가 처음에 고개를 들고 으르렁거리기 시작할 때 느낌 직한 두려움이었다.

이제 여자가 방에 들어와 있었다. 눈은 크게 뜨고 얼굴은 찡그리고 있었다.

라시드가 마리암을 향해 침을 뱉었다.

"네년이 저년을 물들게 할 줄 내가 알았어야 했어."

라시드는 벨트를 휘둘러 자기 허벅지를 찰싹 때리며 시험해 보았다. 버클 소리가 요란하게 났다.

여자가 말했다.

"바스(그만해요)! 이러지 말아요."

"방으로 돌아가라."

마리암이 다시 뒤로 급히 물러섰다.

"안 돼요! 이러지 말아요!"

"당장 돌아가!"

라시드는 다시 벨트를 치켜들었다. 그것이 이번에는 마리암을 향해 떨어졌다.

그때, 놀라운 일이 벌어졌다. 여자가 그를 향해 돌진했다. 그녀는 두 손으로 그의 팔을 움켜쥐고 그를 끌어내리려고 했다. 하지만 거기에 매달려 대롱거리는 것 이상은 하지 못했다. 그래도 그녀는 라시드가 마리암을 향해 달려드는 속도를 늦추는 덴 성공했다.

라시드가 소리쳤다.

"놔라!"

"당신이 이겼어요. 당신이 이겼어요. 이러지 말아요. 제발 때리지 마세요. 제발 이러지 마세요."

그들은 이렇게 실랑이를 벌였다. 여자는 매달려 애원하고, 라시드는 마리암에게서 눈을 떼지 않고 그녀를 떼어내려고 했다. 그사이, 마리암은 너무 놀라서 아무것도 할 수 없었다.

결국, 마리암은 오늘은 맞지 않으리라는 걸 알았다. 적어도 그날 밤은 아니었다. 그는 원하는 바를 얻었다. 그는 팔을 올리고 가슴을 헐떡거리고 이마에 땀을 흘리며 그렇게 얼마간 더 있었다. 라시드가 팔을 내렸다. 여자의 발이 바닥에 닿았다. 하지만 그를 믿지 못하는 것처럼 팔을 놓지 않았다. 그가 여자를 뿌리쳐야 했다.

라시드가 어깨에 벨트를 걸치며 말했다.

"두 년 다 가만두지 않겠다. 내가 내 집에서 나를 바보로 만들게 가만둘 것 같으냐."

그는 마지막으로 마리암을 살벌하게 쳐다본 다음, 뒤에 있던 여자를 밀치고 방에서 나갔다.

마리암은 그들의 문이 닫히는 소리를 듣고는, 침대로 들어가 베개에 머리를 묻고 몸의 떨림이 멈추기를 기다렸다.

그날 밤, 마리암은 잠에서 세 번 깼다. 처음에는 서쪽에 있는 카르테차르 방향으로부터 날아오는 로켓탄이 우르렁거리는 소리였다. 두 번째는 아래층에서 아이가 울고, 여자가 아이의 울음을 그치게 하고, 젖병에 숟가락이 부딪는 소리 때문이었다. 세 번째는 갈증 때문이었다. 그녀는 갈증 때문에 침대를 빠져나왔다.

한 줄기 달빛이 창문을 통해 흘러드는 걸 빼고는 아래층 거실은 어두웠다. 마리암은 어딘가에서 파리 한 마리가 윙윙거리는 소리를 들었다. 구석에 있는 스토브의 윤곽이 보였다. 스토브의 파이프가 올라온 것이 천장 바로 밑으로 날카로운 각을 이루고 있었다.

부엌으로 가는 길에 마리암은 뭔가에 걸려 넘어질 뻔했다. 발밑으로 뭔가가 보였다. 눈이 어둠에 익숙해지자, 여자와 아이가 바닥에 누비이불을 깔고 누워 있는 게 보였다.

여자는 옆으로 누워 코를 골며 자고 있었다. 아이는 깨어 있었다. 마리암은 탁자 위에 있는 석유램프에 불을 붙이고 쭈그려 앉았다. 불빛 속에서 그녀는 처음으로 아이를 자세히 들여다보았다. 검은 머리, 속눈썹이 짙은 담갈색 눈, 분홍색 볼, 잘 익은 석류 색깔의 입술.

마리암은 아이도 자신을 자세히 들여다보고 있다는 느낌을 받았다. 아이는 누워서 고개를 옆으로 돌리고 흥미와 당혹스러움과 의심이 뒤섞인 눈으로 마리암을 골똘히 쳐다보고 있었다. 마리암은 자신의 얼굴이 아이를 놀라게 할지 모른다고 생각했다. 하지만 그때, 아이가 즐거운 듯한 소리를 냈다. 마리암은 아이가 자신에게 호감을 갖고 있다는 걸 알았다.

마리암이 속삭였다.

"쉿! 네가 그러면 반쯤 죽은 거나 마찬가지인 네 엄마를 깨우게 돼."

아이의 손이 동그랗게 말렸다. 아이의 주먹이 오르락내리락하다가 입으로 갔다. 아이는 제 손을 입에다 넣었다. 아이가 생긋 웃었다. 아이의 입술에 묻은 작은 침방울들이 빛을 발했다.

"이 꼴 좀 봐. 선머슴애처럼 쯧쯧! 이런 더위에 칭칭 감고 있으니, 네가 아직 깨어 있는 것도 무리는 아니구나."

마리암은 아이의 몸에서 담요를 떼어냈다. 그런데 놀랍게도 그 밑으로 또 다른 담요가 있었다. 그녀는 혀를 차며 그것도 떼어냈다. 아이는 무엇이 좋은지 꺄륵꺄륵 웃으며 새처럼 팔을 펄럭거렸다.

"좀 낫지?"

마리암이 물러가려고 할 때, 아이가 그녀의 새끼손가락을 잡았다. 자그만 손가락들이 마리암의 새끼손가락을 꼭 잡았다. 손가락들은 따뜻하고 부드럽고, 침으로 촉촉해져 있었다.

아이가 말했다.

"구누."

"알았다. 놔라."

아이가 다시 다리를 버둥거리며 마리암의 손가락을 붙잡고 늘어졌다.

마리암은 손가락을 빼냈다. 아이가 미소를 지으며 연이어 알 수 없는 소리를 냈다. 다시 주먹이 입으로 갔다.

"너는 뭐가 그렇게 좋으냐? 응? 뭐가 그리 우스워? 너는 네 엄마 말과 다르게 그렇게 영리하지 않은 모양이다. 아버지는 짐 승이고 어머니는 바보다. 네가 그걸 안다면 그렇게 웃지 않을 게다. 정말 그렇게는 안 될 거다. 자, 이제 자거라. 어서."

마리암은 일어나서 몇 걸음을 떼었다. 그때, 아이가 에, 에, 에 하는 소리를 냈다. 마리암은 그것이 아이가 큰 소리로 울 조짐이라는 걸 알았다. 그녀는 다시 돌아섰다.

"왜 그러니? 원하는 게 뭐니?"

아이가 잇몸이 없는 입으로 크게 미소를 지었다.

마리암은 한숨을 쉬었다. 마리암은 앉아서 아이가 그녀의 손가락을 잡고 있도록 해줬다. 그리고 아이가 통통한 다리를 공중에 버둥거리면서 뭔가를 재잘대는 모습을 바라보았다. 마리암은 아이가 움직임을 멈추고 부드럽게 코를 골기 시작할 때까지 바라보며 앉아 있었다.

밖에서는 앵무새들이 즐겁게 노래를 부르고 있었다. 이따금,

새들이 날아오를 때면, 구름 사이로 내려온 푸르스름한 달빛이 그들의 날개에 비치는 모습이 보였다. 갈증에 목이 타고 발이 저렸지만, 마리암이 아이의 손에서 손가락을 부드럽게 빼내고 일어서기까지는 오랜 시간이 걸렸다.

34

라일라

라일라에게 이 세상의 기쁨 중에서 최고의 것은 아지자의 큰 동공이 팽창했다 수축했다 하는 모습을 쳐다볼 수 있도록 바짝 붙어서 누워 있는 것이었다. 라일라는 아지자의 부드러운 피부, 움푹 들어간 손가락 마디, 팔꿈치의 주름진 곳을 만지는 걸 좋아했다. 때로 그녀는 아지자를 가슴에 엎어놓고 부드러운 머리에 대고 아빠에 관한 이야기를 속삭였다. 아지자에게는 얼굴도 모르는 낯선 사람으로 남아 있을 타리크에 관한 이야기를 말이다. 라일라는 그의 수수께끼를 푸는 능력, 속임수와 장난, 걸핏하면 웃던 모습에 대해 얘기해줬다.

"네 아빠는 너처럼 세상에서 가장 아름다운 속눈썹을 갖고 있었지. 턱도 잘생기고 코도 잘생기고 이마는 둥글었지. 아지자야, 네 아빠는 잘생긴 분이었다. 완벽했어. 너처럼 완벽했어."

하지만 그녀는 그의 이름을 입 밖에 내지 않았다.

때로 그녀는 라시드가 아지자를 이상하게 쳐다보는 걸 보았다. 지난밤, 라시드는 침실 바닥에 앉아 발바닥에 박힌 티눈을 제거하다가 아주 심드렁하게 말했다.

"그래서 너희 두 사람의 관계는 뭐였지?"

라일라는 무슨 말인지 이해하지 못하는 것처럼 당혹스러운 표정을 지었다.

"너와 그 야크렝가(병신) 말이야. 너희 둘은 어떤 사이였지?"

"그는 제 친구였어요."

라일라는 목소리가 변하지 않도록 주의하며 말했다. 그녀는 아이가 먹을 분유를 타느라 바빴다.

"잘 아시잖아요."

"내가 뭘 안다는지 모르겠군."

라시드는 티눈을 창턱에 놓고 침대로 들어갔다. 침대 스프링이 큰 소리를 내며 삐걱거렸다. 그는 다리를 벌리고 가랑이를 만졌다.

"친구로서 너희 둘은 규칙에 어긋나는 짓을 한 적이 있냐?"

"규칙에 어긋나는 짓이라고요?"

라시드는 편안한 미소를 짓고 있었지만, 라일라는 냉혹한 의심의 눈길을 느낄 수 있었다.

"가만있자. 그가 너한테 키스를 한 적이 있냐? 네 몸에 손을 댄 적이 있어?"

라일라는 자신의 화난 기색이 전달되기를 바라며 몸을 움츠렸다. 그녀는 가슴이 뛰어 속이 울렁거리는 걸 느낄 수 있었다.

"그는 제게 오빠 같았어요."

"친구야, 아니면 오빠야?"

"둘 다요. 그는……."

"어느 쪽이었지?"

"둘 다였다고요."

"하지만 형제자매라는 건 흥미로운 존재들이지. 그래, 때로 오빠는 여동생에게 자지를 보여주기도 하고, 여동생은……."

"혐오스럽군요."

"그러니까 아무 일도 없었다는 말이지?"

"더 이상 이 문제에 관해 얘기하고 싶지 않아요."

라시드는 머리를 옆으로 기울이고 입을 다물고 고개를 끄덕였다.

"너도 알다시피 사람들이 수군거렸거든. 그들은 너희 둘에 대해 온갖 얘기를 다 했어. 그런데 너는 아무 일도 없었다고 말하고 있어."

그녀는 일부러 그를 노려보았다.

그는 눈 한번 깜빡이지 않고 고통스러울 정도로 오랫동안 라일라의 눈길을 잡고 있었다. 젖병을 잡고 있는 그녀의 손가락 마디가 창백해졌다. 라일라는 움찔하지 않으려고 온 힘을 다했다.

만약 자신에게서 그녀가 뭘 훔쳐 가고 있는지 알게 되면 그가 어떻게 할 것인지 생각하자 덜덜 떨렸다. 그녀는 아지자가 태어난 이후로 매주, 그가 화장실에 가거나 잠들어 있을 때면 라시드의 지갑을 열고 지폐를 한 장씩 훔쳤다. 어떤 때는 지갑이 두툼하지 않으면 그보다 작은 액수의 지폐를 훔치거나 손을 대지 않기도 했다. 그가 눈치를 챌까 두려워서였다. 지갑이 두툼하면 그보다 많은 액수를 훔쳤다. 때로는 상당히 큰 액수를 훔치기도 했다. 그녀는 바둑판무늬 겨울 코트의 안감에 만들어놓은 주머니에 돈을 숨겼다.

라일라는 자신이 이듬해 봄에 도망갈 계획을 세우고 있다는 걸 알면 그가 어떻게 할지 궁금했다. 늦어도 이듬해 여름까지는 도망갈 심산이었다. 라일라는 천 아프가니 이상을 모았으면 싶었다. 그중 절반은 카불에서 페샤와르로 가는 버스 삯이었다. 그녀는 때가 되면 결혼반지를 저당 잡힐 심산이었다. 라시드가 그녀를 총애할 때 주었던 다른 귀금속도 마찬가지였다.

마침내 그가 손가락으로 배를 두드리며 말했다.

"여하튼 나를 탓할 수는 없지. 나는 남편이니까 말이야. 남편은 그런 것들이 궁금한 거라고. 하지만 그가 그렇게 죽었으니 참 다행이야. 만약 이곳에 있다면, 내 손이 닿는 곳에 있다면."

그는 이 사이로 공기를 빨아들이는 소리를 내며 고개를 저었다.

"죽은 사람에 대해 나쁘게 얘기하지 않으면 어떻게 되나요?"

"어떤 사람들은 죽어도 완전히 죽은 게 아닐 수 있지."

이틀 후, 라일라가 아침에 일어나보니, 침실 문밖에 말끔히 개킨 아이 옷들이 쌓여 있었다. 몸통에 작은 분홍빛 고기들이 달린 나선형 아동복, 청색 꽃무늬 명주옷과 그에 어울리는 양말과 장갑, 당근 색깔의 물방울무늬가 있는 노란 파자마, 소맷부리에 점이 찍힌 주름이 달린 녹색 면바지가 놓여 있었다.

그날 밤, 라시드는 라일라가 새로 입혀준 파자마를 입고 있는 아지자를 눈여겨보지도 않고, 저녁을 먹다가 입맛을 다시며 말했다.

"소문에 의하면, 도스툼이 편을 바꿔 헤크마트야르 쪽으로 간다는 것 같아. 그렇게 되면 양쪽하고 싸워야 하니까 바빠지겠군. 또 하자라족을 잊어서는 안 되지."

그는 그해 여름에 마리암이 만든 절인 가지를 두 손가락으로 집었다.

"그냥 소문이기를 바라야지. 만약 그런 일이 생기면, 이 전쟁은 금요일에 파그흐만에서 소풍을 즐기는 것처럼 보일 테니까 말이야."

그가 기름기가 묻은 손을 흔들며 말했다.

나중에 라시드는 라일라의 몸에 올라와 아무 말 없이 서둘러 섹스를 끝냈다. 툼반을 제외하고는 옷을 완전히 입은 채였다. 툼반도 벗은 게 아니라 무릎까지 내리기만 했다. 미친 듯한 흔들림이 멈추자, 그는 그녀의 몸에서 내려와 금세 잠이 들었다.

라일라는 침실을 빠져나갔다. 마리암은 부엌에 쭈그리고 앉아 송어 두 마리를 손질하고 있었다. 그녀는 벌써 쌀을 그릇에 불리고 있었다. 부엌은 미나리와 연기, 거무스름한 양파와 생선 냄새로 진동했다.

라일라는 구석에 앉아 치맛단을 단정하게 무릎에 얹었다.

"고마워요."

마리암은 그녀를 알은체하지 않았다. 그녀는 첫 번째 송어를 자르고 나서 두 번째를 집어 들었다. 톱니 모양의 칼로 지느러미를 자르고 고기를 뒤집어 배를 자기 방향으로 놓고 꼬리에서부터 아가미까지 능숙하게 갈랐다. 라일라는 그녀가 엄지손가락을 생선 주둥이에 넣고 밀더니 일격에 아래쪽으로 아가미와 내장을 제거하는 모습을 바라보았다.

"옷들이 참 예뻐요."

"나한테는 쓸모없던 거야."

마리암이 중얼거렸다. 그녀는 생선을 끈적끈적한 회색 액으로 더러워진 신문지에 놓고는 머리를 잘라냈다.

"네 딸이 입든지 아니면 좀이 먹든지 할 것들이었지."

"고기를 이렇게 다듬는 걸 어디서 배웠어요?"

"어렸을 때, 시냇가에서 살면서 고기를 잡곤 했지."

"저는 고기를 잡아본 적이 없어요."

"별거 아니야. 대부분 기다리는 거지."

라일라는 그녀가 내장을 제거한 송어를 삼등분하는 걸 바라보았다.

"옷도 직접 만들었어요?"

마리암이 고개를 끄덕였다.

"언제 그랬어요?"

마리암은 물이 든 그릇에 고기를 넣어 씻었다.

"처음 임신했을 때였지. 아니면 두 번째였는지도 모르겠어. 18년이나 19년 전일 거야. 여하튼 오래됐어. 앞서 말한 것처럼, 나한테는 쓸모없는 것들이었어."

"정말로 솜씨가 좋으세요. 저한테 가르쳐주시면 좋겠어요."

마리암은 헹군 송어를 깨끗한 그릇에 담았다. 그녀의 손끝에서 물방울이 떨어졌다. 그녀는 고개를 들고 라일라를 쳐다보았다. 마치 처음으로 바라보는 것 같았다.

"지난밤에 그가 그랬을 때…… 전에는 내 편을 들어준 사람이 한 번도 없었는데."

라일라는 마리암의 늘어진 뺨, 주름이 잡혀 처진 눈꺼풀, 입가의 깊은 주름을 쳐다보았다. 라일라 역시 처음으로 누군가를 바라보는 사람처럼 그러한 것들을 보았다. 라일라는 처음으로 적이 아니라 불평을 밖으로 얘기하지 못하고, 무방비 상태로 짐을 지고, 체념한 채 운명을 견디고 있는 사람의 얼굴을 보았다. 라일라는 자신이 계속 이곳에 있게 되면, 지금부터 20년 후엔 자신의 얼굴도 이렇게 될 것인지 궁금했다.

"저는 가만히 있을 수가 없었어요. 저는 사람들이 그런 짓을 하는 집에서 자라지 않았거든요."

"이제는 여기가 너의 집이야. 그것에 익숙해져야 해."

"그건 아니에요. 저는 안 그럴 거예요."

마리암이 걸레로 손을 닦으며 말했다.

"알다시피, 그 사람은 너한테도 그럴 거야. 곧 그럴 거야. 딸을 낳았잖아. 그러니 네 죄는 내 것보다 더 용서할 수 없는 것이지."

라일라가 일어섰다.

"밖이 추운 건 알아요. 그래도 우리 두 죄인들이 뜰에 나가 차이(차) 한잔하면 어떨까요?"

마리암은 놀라는 것 같았다.

"안 돼. 콩을 까고 씻어야 해."

"아침에 제가 도와드릴게요."

"이곳도 치워야 해."

"같이 하죠. 제가 착각한 게 아니라면, 할와(아프가니스탄 전통 과자)가 좀 남았을 거예요. 차이와 같이 먹으면 아주 맛있잖아요."

마리암은 조리대 위에 걸레를 놓았다. 라일라는 소매를 잡아당기고 히잡을 바로잡고 머리카락을 뒤로 넘기는 모습에서 그녀의 불안한 마음을 읽었다.

"중국인들은 차를 하루 거르는 것보다는 밥을 사흘 거르는 것이 낫다고 한대요."

마리암이 반쯤 미소를 지었다.

"좋은 말이네."

"그래요."

"하지만 오래는 못 있어."

"딱 한 잔만 마셔요."

그들은 밖에 있는 의자에 앉아 손으로 할와를 집어 먹었다. 그들은 차이를 두 잔째 마셨다. 라일라가 한 잔 더 마시겠느냐고 묻자, 마리암은 그러겠다고 했다. 멀리서 총성이 들렸다. 그들은 구름이 달 위로 지나가고 그 계절의 마지막 개똥벌레들이 어둠 속에서 밝은 노란색 호를 그리는 모습을 바라보았다. 아지자가 깨어나서 울고 라시드가 빨리 와서 아이의 입을 닥치게 하라고 소리를 쳤을 때, 라일라와 마리암은 눈길을 교환했다. 편안하고 뜻있는 눈길. 라일라는 말없이 눈길을 교환하면서, 그들이 더 이상 적이 아니라는 걸 알았다.

35

마리암

그날 밤부터, 마리암과 라일라는 허드렛일을 같이 했다. 그
들은 부엌에 앉아 밀가루를 반죽하고 파를 다듬고 마늘을 다
졌다. 그리고 숟가락을 두드리며 당근을 갖고 놀고 있는 아지
자에게 오이를 조금씩 먹여주기도 했다. 아지자는 옷을 두툼하
게 입고 따뜻하게 목도리를 두르고 덮개가 달린 요람에 누워
있었다. 마리암과 라일라는 설거지를 하면서 아이를 살폈다. 셔
츠와 바지와 기저귀를 빨면서, 마리암의 손과 라일라의 손이
부딪쳤다.

마리암은 임시적이지만 기분 좋은 동료 의식에 서서히 익숙
해갔다. 그녀는 라일라와 같이 뜰에서 석 잔의 차이를 마시는
시간을 기다렸다. 이제는 밤이 되면 되풀이되는 의식이었다. 아
침이 되면, 마리암은 라일라가 아침을 준비하기 위해서 아래로

내려오면서 떨어진 슬리퍼로 계단을 짚는 소리가 기다려졌다. 그리고 아지자의 높은 웃음소리, 여덟 개의 작은 이, 아이의 피부에서 나는 젖내가 기다려졌다. 라일라와 아지자가 자러 들어가면 마리암은 조바심을 태우며 기다렸다. 그녀는 씻을 필요가 없는 접시를 씻고 거실에 있는 쿠션을 다시 만지작거렸다. 그녀는 라일라가 아지자를 허리춤에 올려 잡고 부엌에 들어올 때까지 닥치는 대로 아무 일이나 했다.

아지자는 아침에 자기가 먼저 마리암을 발견하면, 눈을 동그랗게 뜨고 칭얼대며 꿈틀거리기 시작했다. 그녀는 마리암을 향해 팔을 내밀고 작은 손을 쥐었다 폈다 하면서 안아달라고 했다. 아이의 얼굴에는 좋아서 죽겠는 마음과 걱정스러운 마음이 뒤섞여 있었다.

라일라는 그녀가 마리암을 향해 기어가도록 놓아주며 말했다.

"얘가 난리법석을 떠네! 난리법석이라니까요. 걱정 마라. 마리암 할라(이모)는 어디 가는 게 아니니까. 저기 있잖아. 보이지? 자, 어서 가."

아지자는 마리암의 팔에 안기자마자, 엄지손가락을 입에 넣고 마리암의 목에 얼굴을 묻었다.

마리암은 반은 당혹스럽고 반은 고마운 미소를 입술에 머금고 어색하게 아이를 흔들었다. 지금까지 누군가가 이처럼 자신을 필요로 해준 적이 없었다. 누군가가 그렇게 순진하게, 그렇게 에누리 없이 사랑을 표시한 적이 없었다.

마리암은 울음이 나오려 했다.

"너는 어째서 나처럼 늙고 못생긴 할망구를 좋아하느냐? 응? 나는 있으나 마나 한 사람이라는 게 보이지 않느냐? 데하티란 말이다. 내가 너한테 줄 게 뭐가 있다고 이러느냐?"

마리암은 아지자의 귀에 대고 이렇게 속삭였다.

하지만 아지자는 좋아서 얼굴을 더 깊이 파묻었다. 아이가 그렇게 하자 마리암은 황홀해졌다. 눈물이 솟았다. 마음에 날개가 달렸다. 잘못되고 실패한 관계로 점철된 삶을 살아온 그녀가 이 작은 아이에게서 처음으로 진정한 관계를 찾다니 놀라운 일이 아닐 수 없었다.

이듬해인 1994년 1월, 도스툼은 편을 또 바꿨다. 그는 굴부딘 헤크마트야르에 합류해, 코흐에쉬르다와자산에서 도시를 굽어보는 옛 성채인 발라 히사르 근처에 자리를 잡았다. 그들은 힘을 합해 마수드, 국방부와 대통령 궁에 있는 라바니 군을 향해 발포했다. 카불강의 양쪽에서 그들은 서로를 향해 연거푸 대포를 쏘아댔다. 도로에는 시체, 유리 조각, 찌그러진 쇠들이 나뒹굴었다. 약탈과 살인이 벌어졌다. 점점 더 강간이 많아졌다. 시민들을 위협하고 병사들에게 보상을 하기 위한 수단이었다. 마리암은 여자들이 강간당할 것이 두려워 스스로 목숨을 끊고, 남자들이 그들의 아내나 딸이 병사들한테 강간을 당하면 명예가 더럽혀졌다는 이유로 죽인다는 얘기를 들었다.

아지자는 박격포 소리가 나면 소리를 질렀다. 마리암은 아이의 마음을 다른 데 쏠리게 하려고, 마룻바닥에 쌀로 집이나 수탉이나 별 모양을 그려놓고 그걸 흩뜨리게 했다. 그녀는 잘릴이 가르쳐준 것처럼, 아지자를 위해 펜을 떼지 않고 단 한 번에 코끼리를 그렸다.

라시드는 시민들이 날마다 수십 명씩 죽어가고 있다고 말했다. 병원과 약국이 폭격당하고 있었다. 비상식량을 실은 차들은 도시에 들어오지 못하고 습격을 당했다. 마리암은 헤라트에도 이런 식의 싸움이 벌어지고 있는지 궁금했다. 만약 그렇다면, 파이줄라 선생님은 어떻게 대처하고 있으며, 비비 아줌마도 아들, 며느리, 손자들과 어떻게 지내고 있는지 궁금했다. 그래, 잘릴도 그곳에 있었다. 마리암은 그도 자신처럼 숨어 지내고 있을지 궁금했다. 그렇지 않으면 부인들과 아이들을 데리고 이 나라를 빠져나갔을까? 그녀는 잘릴이 이 모든 살육으로부터 떨어진 어딘가에 안전하게 있기를 바랐다.

전투는 라시드조차 일주일 동안이나 집에 머물게 만들었다. 그는 뜰 쪽으로 난 문을 잠그고 부비트랩을 설치하고 앞문까지 잠그고 소파로 바리케이드를 만들었다. 그는 담배를 피우며 집 안을 거닐고, 창밖을 내다보고, 총을 청소하고, 총알을 장전하고 또 장전했다. 그는 거리를 향해 두 번이나 총을 발사했다. 누군가가 담을 기어오르려고 했다는 것이었다.

"그들은 젊은 애들을 강제로 끌어들이고 있어. 무자헤딘 말이야. 백주대낮에 총부리를 겨누면서 말이야. 그들은 애들을 거리에서 바로 끌어간다니까. 상대편 군인들은 이러한 애들을 사로잡으면 고문을 한대. 전기로 감전시켜 죽이고 펜치로 불알을 으깨버린대. 그리고 애들을 집으로 끌고 가서, 아버지를 죽이고 누이들과 어머니를 강간한대."

그는 머리 위로 총을 흔들었다.

"내 집에 들어올 테면 들어오라지. 그놈들의 불알을 짓이겨 버리겠어! 그놈들의 대갈통을 잘라버리겠어! 당신 두 사람은 샤이탄(사탄)도 두려워하지 않는 남자가 있어서 얼마나 운이 좋은지 알기나 해."

그는 바닥을 내려다보고 아지자가 그의 발치에 있는 걸 보았다.

"저리 가거라!"

그는 총으로 아이를 쫓는 몸짓을 하면서 고함을 쳤다.

"날 따라다니지 마라! 손을 흔들지도 말고! 그런다고 내가 너를 안아줄 줄 아느냐? 저리 가! 발에 밟히기 전에 저리 가란 말이야!"

아지자는 겁을 먹었다. 아이는 상처받고 당황한 표정으로 마리암을 향해 기어갔다. 아이는 마리암의 무릎에서 어두운 기색으로 엄지손가락을 빨며, 음침한 모습으로 생각에 잠긴 라시드를 바라보았다. 이따금 그녀는 마리암을 올려다보았다. 다짐을 해주기를 바라는 듯한 표정이었다. 마리암에게는 그렇게 보였다.

하지만 아버지에 관한 문제라면, 마리암으로선 다짐해줄 말이 아무것도 없었다.

전투가 잠잠해지자 마리암은 마음이 놓였다. 더 이상 라시드와 함께 갇혀 있을 필요가 없기 때문이었다. 그의 심술궂은 짜증은 집 안 분위기를 오염시켰다. 그녀는 그가 장전된 총을 아지자 가까이에서 흔드는 걸 보고 너무 놀랐다.

그해 겨울 어느 날이었다. 라일라가 마리암의 머리를 땋아주겠다고 했다.

마리암은 가만히 앉아서 라일라가 날렵한 손가락으로 머리를 땋는 모습을 거울로 바라보았다. 라일라는 골똘한 표정으로 머리를 땋는 일에 열중해 있었다. 아지자는 몸을 곱송그리고 마룻바닥에서 잠들어 있었다. 마리암이 만들어준 인형을 안고 있었다. 마리암은 콩으로 인형의 속을 넣고, 차로 염색한 천으로 인형의 옷을 만들어 입히고 다 쓰고 난 작은 실패에 실을 달아 귀걸이를 만들어줬다.

그때, 아지자가 자면서 방귀를 뀌었다. 라일라가 웃기 시작했다. 마리암도 따라서 웃었다. 그들은 거울에 비친 서로를 쳐다보며 눈물이 날 정도로 웃었다. 그 순간이 너무 자연스럽고 너무 격의가 없어서였던지, 갑자기 마리암은 그녀에게 잘릴, 나나, 그리고 나나의 진에 대해서 얘기하기 시작했다. 라일라는 마리암의 어깨에 손을 얹고 서서 거울 속에 비친 마리암의 얼굴에 시선을 고정했다. 동맥에서 콸콸 흘러나오는 피처럼 말들이 흘러나오고 있었다. 마리암은 비비, 파이줄라 선생, 잘릴의 집에서 겪은 굴욕, 나나의 자살에 대해 얘기했다. 그녀는 잘릴의 부인들, 라시드와 결혼을 서둘렀던 일, 카불로 오던 여정, 임신, 희망과 절망의 끝없는 반복, 라시드에게 맞았던 일 등에 대해 얘기했다.

나중에 라일라는 마리암의 의자 발치에 앉았다. 그녀는 아지자의 머리에 엉켜 있는 솜 부스러기를 멍하니 떼어냈다. 침묵이 이어졌다.

라일라가 말했다.

"저도 얘기하고 싶은 게 있어요."

마리암은 그날 밤, 잠을 자지 않았다. 그녀는 침대에 일어나 앉아 소리 없이 내리는 눈을 지켜보았다.

계절이 왔다 갔다. 카불의 대통령들은 취임을 했다가 암살을 당했다. 제국은 패배했다. 오랜 전쟁이 끝나고 새로운 전쟁이 시작되었다. 하지만 마리암은 거의 의식하지 못했다. 관심도 없었다. 그녀는 마음의 먼 구석에 갇혀 그러한 세월을 살았다. 희로애락과 꿈과 환멸을 초월한 메마른 불모의 땅에서 말이다. 그곳에서 미래는 중요하지 않았다. 과거는 사랑이라는 것이 해로운 착각이요, 그것의 공범인 희망은 믿을 수 없는 환상이라는 걸 깨닫게 해줬다. 독성이 있는 그 쌍둥이 꽃들이 메마른 땅에서 돋아나기 시작할 때마다 마리암은 그걸 뿌리째 뽑아버렸다. 그녀는 그것들이 자리를 잡기 전에 뽑아서 시궁창에 던져버렸다.

그런데 어찌 된 일인지, 지난 몇 달 동안, 라일라와 아지자─이 아이도 알고 보니 자신처럼 하라미였다─가 그녀의 일부가 되었다. 마리암이 그렇게 오랫동안 견뎌왔던 삶이 이제, 그들 없이는 참을 수 없을 것 같았다.

"아지자와 저는 올봄에 떠날 거예요. 마리암, 우리와 같이 가요."

세월은 마리암에게 친절하지 않았다. 하지만 어쩌면 더 친절한 세월이 아직 기다리고 있는지도 모를 일이었다. 그녀 같은 하라미는 결코 보지 못할 것이라고 나나가 말한 축복된 삶이 있을지도 모를 일이었다. 예기치 않은 새로운 꽃 두 송이가 그녀의 삶에 피어올랐다. 마리암은 눈이 내리는 걸 바라보면서, 파이줄라 선생이 염주를 돌리며 몸을 기울인 채 부드럽고 떨리는 목소리로 속삭이는 모습을 상상해보았다. "하지만 마리암, 그것들을 심으시는 분은 신이시다. 네가 그것들을 가꾸는 것이 그분의 뜻이다. 그분의 뜻인 게야."

36

라일라

1994년 봄의 어느 날 아침, 햇볕이 서서히 하늘에서 어둠을 물리치기 시작할 때, 라일라는 라시드가 알고 있다는 걸 확신하게 되었다. 언제라도 그녀를 침대 밖으로 끌어내 정말로 자신을 그것도 모를 정도의 바보로 생각했느냐고 다그칠 것만 같았다. 하지만 아잔이 들렸다. 아침 해가 지붕 위를 비추고 수탉이 울었다. 일상적이지 않은 일은 아무것도 일어나지 않았다.

그녀는 라시드가 욕실에 있는 소리를 들을 수 있었다. 그의 면도기가 세면기 가장자리에 부딪는 소리가 들렸다. 그리고 그가 아래층으로 내려가 돌아다니고 차를 데우는 소리가 들렸다. 그리고 열쇠가 짤랑거리는 소리가 났다. 이제 그는 자전거를 끌고 뜰을 가로지르고 있었다.

라일라는 거실의 커튼 틈으로 그가 페달을 밟는 걸 바라보왔다. 자전거에 비해 사람이 너무 컸다. 아침 해가 손잡이를 비추고 있었다.

"라일라?"

마리암이 문간에 있었다. 라일라는 그녀도 잠을 자지 못했다는 걸 알 수 있었다. 그녀는 마리암도 밤새도록 행복감에 취했다가 입이 바짝 마를 정도로 걱정하기를 반복했는지 궁금했다.

라일라가 말했다.

"30분 후에 출발할 거예요."

택시의 뒷좌석에서 그들은 아무 말도 하지 않았다. 아지자는 마리암의 무릎에 앉아 인형을 끌어안고 차창 밖으로 지나가는 도시의 모습을 동그란 눈으로 바라보고 있었다.

아이가 고무줄놀이를 하는 작은 소녀들을 가리키며 소리쳤다.

"오나. 마얌! 오나."

어디를 보나 라시드가 보이는 것 같았다. 유리창이 석탄가루 색깔인 이발관들이나 자고새를 파는 작은 노점들, 혹은 마루에서 천장까지 낡은 타이어를 쌓아놓은 상점들에서 그가 나올 것만 같았다.

라일라는 몸을 더 낮췄다.

마리암은 곁에서 나직하게 기도를 올리고 있었다. 라일라는 그녀의 얼굴을 볼 수 있었으면 싶었다. 그러나 마리암은 부르카를 입고 있었다. 두 사람 다 그랬다. 그래서 그녀가 볼 수 있는 건 망사를 통해서 반짝이는 그녀의 눈이 전부였다.

몇 주 만에 처음으로 밖으로 나온 것이었다. 물론 전날 전당포에 간 건 예외로 쳐야 했다. 그녀는 전당포에 가서 유리로 된 카운터 너머로 결혼반지를 넘겼다. 그리고 이제 되돌아갈 수는 없으며 결국 모든 것이 끝났다는 생각에 전율을 느끼며 그곳을 나왔었다.

이제, 라일라는 집에서 들리는 소리를 통해서만 짐작했던 최근 전투의 참상을 직접 눈으로 확인할 수 있었다. 지붕이 부서지고 벽돌과 들쭉날쭉한 돌만 남은 집들, 대들보가 구멍으로 비어져 나온 동강 난 건물들, 토막이 나 뒤집어진 상태로 겹겹이 쌓여 있는 차들, 직경이 서로 다른 구멍이 난 벽들, 산산조각이 난 유리들이 사방에 널려 있었다. 그녀는 사원을 향해 가는 장례 행렬을 보았다. 검은 옷을 입은 노파가 머리를 쥐어뜯으며 뒤를 따르고 있었다. 그들은 돌로 쌓은 무덤들과 너덜너덜한 샤히드 깃발이 미풍에 나부끼는 곳을 지나쳤다.

라일라는 여행 가방 위로 손을 뻗어 딸의 부드러운 팔에 손가락을 둘렀다.

카불 동쪽에 있는 폴마흐무드칸 근처에 있는 라호르 버스 정류장에는 버스들이 공회전을 하며 보도를 따라 줄지어 서 있었다. 터번을 두른 남자들이 짐 꾸러미와 나무 상자들을 버스 위로 들어 올리고 여행 가방들을 밧줄로 동여매고 있었다. 정류장 안에는 남자들이 매표소에 길게 줄을 지어 서 있었다. 부르카를 입은 여자들이 자신들의 소지품을 발 옆에 쌓아놓고 무리를 지어 서서 잡담을 했다. 그들은 갓난애들을 흔들며, 아이들에게 너무 멀리 가지 말라고 꾸중했다.

무자혜딘 병사들이 정거장과 보도를 순찰하고 여기저기에서 무뚝뚝한 소리로 명령을 내렸다. 그들은 먼지가 묻은 녹색 작업복에 목이 긴 구두를 신고 있었다. 그들은 모두 칼라시니코프 소총을 들고 있었다.

라일라는 감시당하는 느낌을 받았다. 그녀는 사람들의 얼굴을 쳐다보지 않았지만, 이곳에 있는 모든 사람들이 자신과 마리암이 하는 일을 못마땅하게 바라보고 있다고 느꼈다.

라일라가 물었다.

"누구 그럴 만한 사람 있어요?"

마리암은 팔에 안은 아지자를 고쳐 안았다.

"찾고 있어."

라일라는 그들을 자기 가족이라고 얘기해줄 만한 적당한 남자를 찾는 일이 위험한 일이라는 걸 알았다. 1978년과 1992년 사이에 여자들이 즐겼던 자유와 기회는 이제 과거의 것이 되고 말았다. 라일라는 아직도 바비가 공산주의 정권이 통치하던 때에 관해서 하던 말을 기억했다. "라일라, 지금은 아프간 여성으로서는 좋은 때다." 그는 이렇게 말했었다. 무자혜딘이

1992년 4월에 권력을 잡으면서, 아프가니스탄의 명칭은 아프가니스탄 이슬람국으로 바뀌었다. 라바니가 정권을 잡으면서 대법원은 이제 강경파 율법학자들로 채워졌다. 그들은 여자들에게 권한을 주었던 공산주의 시절의 법령을 폐지하고, 여자들에게 몸을 가리라고 명령하고 남자 친척 없이 여자들이 여행하는 걸 금지하고, 간통 시 돌로 쳐 죽이는 엄격한 이슬람법에 기초한 법령을 통과시켰다. 이러한 법을 실제로 집행하는 것은 드문 경우였지만 여하튼 법은 법이었다. "하지만 그들이 서로 싸우느라 그렇게 정신이 없지 않다면 우리들한테 그걸 더 강요할 거예요." 라일라는 마리암에게 이렇게 말했었다.

이번 여행에서 두 번째로 위험한 일은 그들이 실제로 파키스탄에 도착했을 경우였다. 파키스탄에는 이미 200만 명에 달하는 아프간 난민들이 있었다. 파키스탄은 그해 1월, 국경을 폐쇄했다. 라일라는 비자를 가진 사람들만 입국시킨다는 얘기를 들었다. 하지만 국경은 구멍이 많았다. 늘 그랬다. 라일라는 수천 명의 아프간 사람들이 아직도 파키스탄으로 들어가고 있다는 걸 알았다. 그들은 뇌물을 주거나 인도주의적인 근거를 제시함으로써 파키스탄으로 들어갔다. 밀입국을 주선하는 사람들은 늘 있었다. "거기에 도착하면 길을 찾아야지요." 그녀는 마리암에게 이렇게 말했었다.

마리암이 턱으로 몸짓을 하며 말했다.

"저 남자 어떨까?"

"믿을 만하게 보이지 않아요."

"저 사람은?"

"너무 나이가 많아요. 그리고 다른 두 남자와 같이 가잖아
요."

라일라가 마침내 한 사람을 찾아냈다. 그는 베일을 두른 여
자와 밖에 있는 공원 벤치에 앉아 있었다. 아지자 또래의 챙이
없는 모자를 쓴 사내아이를 무릎에 놓고 흔들고 있었다. 그는
키가 크고 호리호리하고 수염을 기르고 있었고, 목깃을 푼 셔
츠와 단추가 떨어진 수수한 회색 코트를 입고 있었다.

그녀는 마리암에게 말했다.

"여기서 기다려요."

마리암이 기도를 중얼거리는 소리가 다시 들렸다.

라일라가 다가가자, 젊은 남자는 한 손으로 햇볕을 가리며
올려다보았다.

"죄송합니다만, 페샤와르에 가시나요?"

그가 눈을 가늘게 뜨고 말했다.

"네."

"우리를 도와주실 수 있는지 여쭙고 싶어서요. 저희의 부탁
을 들어주실 수 있습니까?"

그는 아이를 부인에게 건넸다. 그와 라일라는 한쪽으로 갔
다.

"함시라, 무슨 일이죠?"

그녀는 그의 부드러운 눈과 친절해 보이는 얼굴을 보자 용기가 났다.

그녀는 그에게 마리암과 입을 맞춰놓은 이야기를 했다. 그녀는 자신이 비와(과부)라고 했다. 그녀는 카불에 아무도 남은 사람이 없어서 어머니와 딸과 함께 페샤와르에 있는 숙부 집에 가서 살 예정이라고 했다.

젊은 남자가 말했다.

"내 가족과 같이 가길 원하시는군요."

"당신에게는 자마트(성가신 일)인 줄 알지만 당신이 제 혈육처럼 보여서 그만……."

"함시라, 걱정 마세요. 이해합니다. 문제없습니다. 가서 차표를 사 올게요."

"고마워요. 당신은 사와브(착한 일)를 하시는 겁니다. 신께서 기억해주실 겁니다."

그녀는 부르카 밑에 있는 호주머니에서 봉투를 꺼내 그에게 건넸다. 거기에는 1100아프가니가 들어 있었다. 지난해에 숨겨놓은 돈에 반지를 판 돈을 합한 돈이었다. 그는 바지 주머니에 봉투를 밀어 넣었다.

"여기에서 기다리세요."

그녀는 그가 정거장에 들어가는 걸 지켜보았다. 그는 반 시간 후에 돌아왔다.

"제가 차표를 갖고 있는 게 최선일 것 같습니다. 버스는 한 시간 후인 11시에 출발합니다. 같이 차를 타시죠. 제 이름은 와킬입니다. 그럴 리야 없겠지만, 그들이 물으면 당신이 제 사촌이라고 얘기하겠습니다."

라일라는 그에게 자신들의 이름을 말해줬다. 그는 기억하겠다고 말했다.

"가까이 계십시오."

그들은 와킬의 가족 가까이에 있는 벤치에 앉았다. 화사하고 따뜻한 아침이었다. 멀리 보이는 산 위로 몇 개의 희미한 구름이 떠 있을 뿐, 하늘은 푸르렀다. 마리암은 짐을 싸다가 급하게 챙겨 온 크래커를 아지자에게 먹이기 시작했다. 그녀는 라일라에게도 하나를 줬다.

라일라가 웃으며 말했다.

"먹으면 토할 거예요. 너무 흥분해서요."

"나도 그래."

"고마워요, 마리암."

"뭘?"

"같이 와주셔서요. 저 혼자서는 이 일을 할 수 없을 것 같아요."

"그럴 필요가 없지."

"마리암, 우리가 가는 곳에서는 괜찮겠지요?"

마리암의 손이 다가오더니 그녀의 손을 잡았다.

"코란에는 알라신은 동쪽이며 서쪽이라고 돼 있지. 따라서 어디를 가든 알라신의 뜻이야."

아지자가 버스를 가리키며 말했다.

"보브, 마얌, 보브!"

마리암이 말했다.

"알겠다, 아지자. 보브가 맞아. 곧 우리는 보브를 타게 될 거다. 너는 많은 것들을 보게 될 거다."

라일라가 미소를 지었다. 그녀는 도로 건너편의 가게에서 목수가 나무를 켜는 모습을 바라보았다. 톱밥이 위로 치솟고 있었다. 그녀는 빠른 속도로 지나가는 차들을 바라보았다. 창문은 검댕으로 얼룩져 있었다. 그녀는 공회전을 하고 있는 버스들을 바라보았다. 버스 옆구리에는 공작, 사자, 일출, 번쩍이는 칼들이 그려져 있었다.

아침 햇살의 온기 속에서 라일라는 마음이 들뜨고 대담해져 있었다. 그녀는 행복감에 취했다. 누런 눈의 길 잃은 개가 절뚝거리며 지나가자, 라일라는 앞으로 몸을 기울여 개의 등을 쓰다듬어줬다.

11시 몇 분 전이 되자, 휴대용 확성기를 든 남자가 페샤와르로 가는 승객들에게 탑승하라고 말했다. 수압으로 작동되는 버스의 문이 소리를 내며 힘차게 열렸다. 여행객들은 문을 향해 달려갔다. 그들은 남보다 먼저 버스에 오르려고 뛰어갔다.

와킬은 아들을 안으면서 라일라를 향해 몸짓을 했다.

라일라가 말했다.

"예, 가요."

와킬이 앞장섰다. 버스에 다가가자, 코와 손바닥을 유리창에 밀착시키고 있는 사람들의 얼굴이 보였다. 사방에서 작별 인사를 하는 소리가 들렸다.

젊은 병사가 버스 문에서 표 검사를 하고 있었다.

아지자가 소리쳤다.

"보브!"

와킬은 군인에게 표를 건넸다. 군인은 그것들을 반쯤 찢고 다시 건네줬다. 와킬은 그의 부인을 먼저 버스에 태웠다. 라일라는 와킬과 군인이 눈길을 교환하는 걸 보았다. 버스의 발판에 선 와킬이 몸을 아래로 굽혀 군인의 귀에 대고 무슨 말인가를 했다. 군인이 고개를 끄덕였다.

라일라의 가슴이 뛰기 시작했다.

군인이 말했다.

"당신들 두 사람, 아이와 함께 옆으로 비켜서요."

라일라는 못 들은 척했다. 그녀는 계단을 오르려고 했다. 하지만 그가 그녀의 어깨를 잡아 거칠게 대열에서 빼냈다. 그는 마리암에게 소리쳤다.

"당신도 마찬가지야. 서두르시오! 당신들이 사람들을 막고 있소."

라일라가 멍해진 입술 사이로 말했다.

"무슨 문제죠? 우리한테는 표가 있어요. 제 사촌이 표를 주지 않던가요?"

그는 손가락으로 조용히 하라는 몸짓을 취하고 다른 군인에게 낮은 목소리로 무슨 말인가를 했다. 오른쪽 볼에 상처 자국이 있는 살찐 다른 남자가 고개를 끄덕였다.

그 군인이 라일라에게 말했다.

"나를 따라오시오."

"우리는 이 버스를 타야 해요. 우리한테는 차표가 있어요. 우리한테 왜 그러시죠?"

라일라는 자신의 목소리가 떨리고 있다는 걸 알고 이렇게 소리쳤다.

"당신들은 이 버스에 타지 못해. 순순히 인정하세요. 나를 따라와야 할 거요. 어린 딸이 보는 데서 질질 끌려오지 말고."

그들은 트럭으로 끌려갔다. 라일라는 어깨 너머를 쳐다보고 버스의 뒷자리에 탄 와킬의 아이를 알아보았다. 아이는 그녀를 보고 행복하게 손을 흔들었다.

그들은 토라바즈 한 교차로에 있는 경찰서로 끌려갔다. 그들은 책상 하나를 사이에 두고, 사람들이 북적거리는 기다란 복도 양쪽에 따로 앉아야 했다. 책상에 앉은 남자는 줄담배를 피우며 이따금 타자기를 두드렸다. 이렇게 세 시간이 지나갔다. 아지자는 라일라와 마리암 사이를 비틀거리며 오갔다. 아이는 책상에 앉은 남자가 준 종이 클립을 갖고 놀았다. 아지자는 크래커를 다 먹은 상태였다. 그러다가 아이는 마리암의 무릎에서 잠이 들었다.

3시쯤 되었을 때, 라일라는 면접실로 들어갔다. 마리암은 복도에서 아지자와 함께 기다려야 했다.

면접실 책상의 다른 쪽에 앉아 있는 사람은 검은 양복에 넥타이를 매고 단화를 신은 민간인복 차림의 30대 남자였다. 가지런히 다듬은 턱수염, 짧은 머리, 그에 어울리는 눈썹을 한 남자였다. 그는 책상 위에 놓인 지우개 끝을 연필로 튕기며 라일라를 응시했다.

그는 주먹으로 입을 가리고 예의 바르게 헛기침을 하고 말했다.

"함시라, 우리는 당신이 이미 거짓말을 하나 했다는 걸 알고 있어요. 정류장에 있던 젊은 남자는 당신의 사촌이 아니었소. 그 사람이 직접 그 정도까지는 우리에게 얘기했어요. 문제는 당신이 거짓말을 하나 더 할 것이냐 하는 것이오. 개인적으로 나는 당신에게 그러지 말라고 충고하고 싶소."

"저희는 제 숙부의 집에 가서 살려고 가는 중이었습니다. 그게 사실입니다."

경찰이 고개를 끄덕였다.

"복도에 있는 함시라는 당신의 어머니인가요?"

"네."

"그분은 헤라트 말씨를 쓰던데 당신은 그렇지 않군요."

"어머니는 헤라트에서 자라셨고 저는 이곳 카불에서 태어났습니다."

"물론 그렇겠죠. 당신은 미망인이신가요? 참, 그렇다고 말씀하셨죠. 위로의 말씀을 드립니다. 그런데 당신의 숙부는 어디 사시죠?"

"페샤와르에 삽니다."

"아, 그것도 당신이 말했죠."

그는 연필 끝을 빨더니 빈 종이에 뭔가를 기록했다.

"그런데 페샤와르 어디에 살죠? 어느 구역인가요? 거리 이름이나 번지를 아시나요?"

라일라는 가슴으로 올라오고 있는 두려움의 거품을 억누르려고 애썼다. 그녀는 알고 있는 유일한 거리의 이름을 댔다.

"잠루드가에 사세요."

그녀는 무자헤딘이 처음에 카불에 들어왔을 때 엄마가 열었던 파티에서 누군가가 그 도로의 이름을 말하는 걸 들은 적이 있었다.

"아, 그래요. 펄 콘티넨털 호텔과 같은 도로군요. 그분이 그렇게 말했을 수도 있겠네요."

라일라는 이 기회를 잡고 그가 그렇게 말했다고 했다.

"네, 같은 도로예요."

"그런데 그 호텔은 하이베르가에 있어요."

라일라는 복도에서 아지자가 우는 소리를 들었다.

"제 딸이 겁을 먹었나 봐요. 데리고 들어와도 될까요, 형제님?"

"경찰관이라고 불러주세요. 곧 아이와 같이 있게 될 겁니다. 당신의 숙부라는 분의 전화번호를 알고 있나요?"

"그럼요. 알고 있었는데 제가……."

그들 사이에 부르카가 있었지만, 라일라는 그의 꿰뚫는 눈길을 피하지 못했다.

"너무 혼란스러운 통에 잊어먹은 것 같아요."

그는 코로 한숨을 쉬었다. 그는 숙부의 이름과 숙모의 이름을 물었다. 아이들이 몇 명이고, 그들의 이름이 무엇이고, 그가 어디에서 일하며, 나이가 몇 살인지도 물었다. 그 질문들이 라일라를 당황스럽게 만들었다.

그는 연필을 내려놓고 손가락을 오그리며, 부모들이 아장아장 걸음마를 하는 아이에게 뭔가를 전달하고자 할 때 그러하듯 앞으로 몸을 숙였다.

"함시라, 당신은 여자가 달아나는 것이 범죄라는 것을 알고 있겠죠. 우리는 남편이 죽었다며 혼자 여행하는 여자들을 많이 봅니다. 사실인 경우도 있지만, 대부분 사실이 아니죠. 당신은 달아나는 것 때문에 감옥에 갇힐 수도 있어요. 그건 이해하겠죠?"

"우리를 보내주세요, 경찰관님."

그녀는 옷깃에 달린 그의 이름을 보았다.

"라만 경찰관님, 당신의 이름의 의미를 생각해서라도 자비를 베풀어주십시오. 두 여자를 보내준들 무슨 상관이 있겠습니까? 우리를 풀어준다고 무슨 해가 됩니까? 우리는 범죄자가 아닙니다."

"그럴 수는 없어요."

"제발 부탁입니다."

"함시라, 이것은 카눈(법)의 문제입니다."

라만이 무거운 목소리로 말했다.

"당신도 아시다시피, 법을 집행하는 것이 나의 임무입니다."

미칠 듯한 상황이었지만, 라일라는 하마터면 웃을 뻔했다. 그녀는 무자헤딘 도당들이 저지른 짓에도 불구하고 그가 그 단어를 사용하는 걸 보고 깜짝 놀랐다. 살인, 약탈, 강간, 고문, 처형, 폭격, 교전 중에 죽어가는 죄 없는 사람들은 상관하지 않고 서로를 향해 발사한 수만 발의 로켓탄들. 그러고도 '법'이라니! 하지만 그녀는 입을 다물었다.

대신 천천히 이렇게 말했다.

"당신이 우리를 돌려보내면, 그가 우리한테 무슨 짓을 할지 몰라요."

그녀는 그가 눈을 움직이지 않으려고 애쓰고 있다는 걸 알았다.

"남자가 자기 집에서 무슨 일을 하든 그건 그 사람의 문제입니다."

분노의 눈물이 라일라의 눈을 자극했다.

"라만 경찰관님, 그렇다면 법은 어떻게 되는 거죠? 당신은 질서를 유지하기 위해 거기에 있을 건가요?"

"함시라, 우리는 규칙상 개인적인 가정사에는 개입하지 않습니다."

"물론 그러시겠죠. 남자한테 유리할 때만 그렇겠죠. 이건 개인적인 가정사의 문제가 아니던가요? 아닙니까?"

그는 책상에서 몸을 빼고 일어서서 웃옷을 바로잡았다.

"면담은 끝났습니다. 함시라, 당신은 자신의 상황에 대해 제대로 설명하지 못했습니다. 자, 이제 나가십시오. 기다리는 동안, 당신과 어떤 관계든, 밖에 있는 분과 몇 마디 얘기를 나누겠습니다."

라일라는 항의하다가 소리를 지르기 시작했다. 그는 남자 둘을 불러 그녀를 끌어내게 했다.

마리암의 면담은 몇 분밖에 걸리지 않았다. 밖으로 나왔을 때, 그녀는 크게 동요하고 있었다.

"너무 많은 질문을 했어. 미안해, 라일라. 나는 너처럼 영리하지가 못해. 그가 너무 많은 질문을 했어. 나는 어떻게 답변해야 할지 몰랐어. 미안해."

라일라가 힘없이 말했다.

"마리암, 당신의 잘못이 아니에요. 제 잘못이죠. 모두 제 잘못이에요. 모든 것이 제 잘못이에요."

경찰차가 집 앞에 멈춰 섰을 때는 6시가 지나 있었다. 라일
라와 마리암은 뒷좌석에 앉아서 기다려야 했다. 조수석에 앉
은 무자헤딘 군인이 그들을 지켰다. 차에서 나와 문을 두드리
고 라시드와 얘기를 한 사람은 운전사였다. 그들에게 나오라는
몸짓을 한 사람도 그였다.

"집에 도착하신 걸 환영합니다."

앞좌석에 앉은 남자가 담배에 불을 붙이며 말했다.

그는 마리암에게 말했다.

"너, 너는 여기에서 기다려."

마리암이 말없이 소파에 가 앉았다.

"너희 둘은 위층으로 가."

라시드는 라일라의 팔꿈치를 잡아 계단 위로 그녀를 밀쳤
다. 그는 일터에서 신던 구두를 아직도 신고 있었다. 아직 슬리
퍼로 갈아 신지 않은 상태였다. 시계도 풀지 않고 코트도 벗지
않은 상태였다. 라일라는 한 시간이나 몇 분쯤 이 방 저 방을
돌아다니며 문을 쾅쾅 여닫고 화가 나 욕을 하고 있었을 그를
상상해보았다.

계단 위에 이르자, 라일라가 그에게 돌아섰다.

"마리암은 그러려고 하지 않았어요. 제가 시킨 거예요. 마리
암은 그러려고 하지 않았어요."

라일라는 주먹이 날아오는 걸 보지 못했다. 한순간, 말을 하

고 있었는데 다음 순간, 자신의 몸이 갑자기 바닥에 쭉 뻗어 있었다. 눈이 크게 벌어지고 얼굴이 붉어진 상태로 헉헉거리고 있었다. 전속력으로 달리는 차에 흉골 하단과 배꼽 사이를 치인 것 같았다. 그녀는 자신이 아지자를 떨어뜨렸다는 걸 깨달았다. 아지자가 자지러지게 울고 있었다. 그녀는 다시 숨을 쉬려고 해봤다. 하지만 거칠고 숨이 막힌 소리밖에 낼 수 없었다. 그녀의 입에서 뭔가가 떨어졌다.

라일라는 머리를 잡혀 끌려갔다. 그녀는 아지자가 들리는 걸 보았다. 아지자는 신이 벗겨진 채 작은 발을 버둥거리고 있었다. 라일라의 머리털이 뽑혔다. 그녀의 눈에 고통의 눈물이 어렸다. 그녀는 라시드의 발이 마리암의 방문을 차서 여는 걸 보았다. 아지자는 침대에 내던져지고 있었다. 그는 라일라의 머리를 놓았다. 그녀는 왼쪽 엉덩이에 그의 구두 앞부리가 닿는 걸 느꼈다. 그가 문을 쾅 닫을 때, 그녀는 고통에 겨워 울부짖었다. 문이 잠기는 소리가 들렸다.

아지자는 아직도 비명을 지르고 있었다. 라일라는 헉헉거리며 몸을 웅크렸다. 그녀는 손으로 몸을 밀어 아지자가 누워 있는 침대로 기어갔다. 그녀는 딸을 향해 손을 뻗었다.

아래층에서 매질이 시작되었다. 라일라에게 들리는 그 소리는 규칙적이고 낯익은 행동에서 나오는 소리였다. 욕설도 없었고, 비명도 없었고, 애원도 없었고, 놀라는 소리도 없었다. 때리고 맞는 규칙적인 일만 있었다. 뭔가 견고한 것이 살을 계속 쿵쿵 내려치는 소리, 뭔가가, 누군가가 벽을 쿵쿵 치는 소리, 옷이 찢기는 소리. 이따금, 달음박질을 치는 발자국 소리, 말없는 추격, 가구 뒤집히는 소리, 유리가 깨지는 소리가 들렸다. 그리고 다시 한번 쿵쿵 하는 소리가 계속되었다.

라일라는 아지자를 껴안았다. 아지자가 오줌을 쌌다. 라일라의 옷 앞자락으로 온기가 퍼졌다.

아래층에서는 도망가고 쫓는 일이 마침내 멈췄다. 이제는 곤봉으로 소의 옆구리를 치는 듯한 픽픽 소리만 들렸다.

라일라는 소리가 멈출 때까지 아지자를 흔들며 달랬다. 그녀는 방충망이 열렸다가 쾅 닫히는 소리를 듣고, 아지자를 바닥에 내려놓고 창문 밖을 내다보았다. 그녀는 라시드가 마리암의 목덜미를 잡고 뜰을 가로지르는 모습을 바라보았다. 마리암은 맨발에 몸을 웅크리고 있었다. 그의 손에 피가 묻어 있었다. 마리암의 얼굴, 머리, 목 아래, 등에 피가 낭자했다. 그녀의 셔츠 앞자락이 찢겨져 있었다.

라일라는 유리에 얼굴을 대고 울었다.

"마리암, 정말 미안해요."

그녀는 라시드가 마리암을 공구실 안으로 밀어 넣는 걸 바라보았다. 그는 안으로 들어가서 망치와 여러 장의 긴 나무판자를 가지고 나왔다. 그는 공구실로 통하는 이중문을 닫고 호주머니에서 열쇠를 꺼내더니 자물쇠를 채웠다. 그는 문을 확인해보고, 다시 공구실 뒤로 가서 사다리를 가져왔다.

몇 분 후, 그의 얼굴이 라일라의 방 창문에 나타났다. 입가에는 못이 물려 있었고 머리는 흐트러져 있었다. 이마에는 피가 묻어 있었다. 그를 보자 아지자가 소리를 지르며 라일라의 겨드랑이에 얼굴을 묻었다.

라시드는 창에 판자를 대고 못질을 하기 시작했다.

어둠은 완전했다. 뚫고 들어갈 수도 없었고 지속적이었다. 거기엔 층도 없고 질도 없었다. 라시드는 판자 사이의 틈을 뭔가로 메우고, 문 밑에 움직일 수 없는 큰 물건을 놓았다. 그래서 빛은 그 밑으로부터도 들어오지 않았다. 열쇠 구멍도 뭔가로 막혔다.

라일라는 시간의 흐름을 눈으로 확인할 수 없었다. 그래서 그녀는 귀로 시간을 가늠했다. 아잔과 수탉의 울음소리는 아침을 의미했다. 아래층 부엌에서 접시가 달가닥거리고 라디오 소리가 나면 저녁을 의미했다.

첫날, 라일라와 아지자는 어둠 속에서 더듬더듬 서로를 찾았다. 라일라는 아지자가 울거나 기어 다니면 찾을 수 없었다.

아지자가 희미하게 울었다.

"아이시(우유). 아이시."

"조금만 있어라."

라일라는 딸에게 입을 맞췄다. 이마에 입을 맞추려 했지만 정수리에 입이 닿았다.

"곧 우유가 생길 거야. 조금만 참아. 착하지, 우리 딸. 조금만 참으면 아이시를 가져다줄게."

라일라는 그녀에게 노래를 불러주기도 했다.

사원의 아침 종소리가 두 번째로 울렸지만 아직도 라시드는 그들에게 아무런 음식도 주지 않았다. 물도 주지 않았다. 그날은 질식할 듯한 더위가 그들을 덮쳤다. 방은 찜통으로 변했다. 라일라는 입 밖으로 마른 혀를 내놓고 밖에 있는 우물과 차가운 물에 대해 생각했다. 아지자는 계속 울었다. 라일라는 딸의 볼을 닦아주면서 아이의 손이 건조하다는 사실에 깜짝 놀랐다. 그녀는 부랴부랴 아지자의 옷을 벗기고, 부채질을 해줄 뭔가를 찾으려고 했지만, 머리가 어질어질해질 때까지 입김을 부는 것으로 만족해야 했다. 곧 아지자가 더 이상 기어 다니지 않기 시작했다. 그녀는 잠들었다 깨었다를 반복했다.

라일라는 그날 여러 차례, 이웃들이 들었으면 하고 주먹으로 벽을 치며 사력을 다해 도와달라고 소리쳤다. 그러나 아무도 오지 않았다. 그녀의 비명 소리는 아지자를 놀라게 할 뿐이었다. 아지자가 다시 울기 시작했다. 그러나 힘이 없는 울음소리였다. 라일라는 바닥에 주저앉았다. 그녀는 얻어맞아 피투성이가 된 채 이 더위 속에 공구실에 갇혀 있는 마리암을 생각했다. 죄책감이 일었다.

더위에 온몸이 잠긴 라일라는 얼핏 잠이 들었다. 그리고 아지자와 함께 우연히 타리크를 만나는 꿈을 꿨다. 그는 사람들이 많은 길 건너편에 있는 양복점 차일 밑, 무화과 상자 위에 앉아 있었다. 라일라가 말했다.

"저게 네 아빠야. 저기 있는 사람 보이지? 저 사람이 네 진짜 아빠야."

라일라는 그의 이름을 불렀다. 하지만 거리의 소음에 그녀의 목소리가 묻혀버렸다. 타리크는 자신을 부르는 소리를 듣지 못했다.

라일라는 머리 위로 로켓탄이 지나가는 소리에 잠에서 깼다. 그녀가 볼 수 없는 어딘가에서 폭발음이 들리고 자동소총이 오랫동안 미친 듯이 발사되는 소리가 들렸다. 라일라는 눈을 감았다. 그녀는 복도에서 울리는 라시드의 무거운 발자국 소리에 다시 잠에서 깨었다. 그녀는 문으로 몸을 끌고 가서 손바닥으로 문을 두드렸다.

"라시드, 물 한 잔만 줘요. 나를 위해서가 아니에요. 아이를 위해서 주세요. 당신의 손에 아이의 피를 묻히고 싶진 않을 거잖아요."

그는 그냥 지나가버렸다.

라일라는 애원하기 시작했다. 그녀는 용서해달라고 빌었다. 다시는 그러지 않겠다고 했다. 그녀는 그를 저주했다.

라시드의 방문이 닫혔다. 라디오가 켜졌다.

세 번째 아잔이 들렸다. 더위가 계속되었다. 아지자는 더 심하게 늘어졌다. 아이는 울지도 않고 움직이지도 않았다.

라일라는 아지자의 입에 귀를 대어봤다. 그럴 때마다 아이의 열은 숨소리가 들리지 않을까 봐 두려웠다. 몸을 일으키는 것만으로도 머리가 어지러웠다. 그녀는 잠이 들었다. 그리고 기억할 수 없는 꿈들을 꿨다. 깨어나면 아지자가 어떻게 됐는지 만져봤다. 갈라진 입술을 만져보고 목에서 희미하게 뛰는 맥박을 확인하고 다시 누웠다. 그들은 여기에서 죽을 게 분명했다. 그러나 그녀가 정말로 두려워했던 건 어리고 가냘픈 아지자보다 자신이 더 오래 사는 것이었다. 아지자는 얼마나 더 견딜 수 있을까? 아지자는 이 더위에 죽을지도 몰랐다. 그렇게 되면 그녀는 굳어가는 작은 몸 옆에 누워 자신의 죽음을 기다려야 할 것이었다. 다시 그녀는 잠이 들었다. 그리고 다시 깨었다가 또 잠이 들었다. 꿈을 꾸는지 깨어 있는지 분간하기 어려웠다.

그녀를 다시 깨운 건 수탉이나 아잔이 아니라 뭔가 무거운 것이 질질 끌리는 소리였다. 그녀는 덜거덕거리는 소리를 들었다. 갑자기 방 안이 빛으로 가득해졌다. 그녀의 눈이 비명을 질렀다. 라일라는 고개를 들고 움츠리며 눈을 가렸다. 그녀는 손가락 사이로, 직사각형의 빛 속에 서 있는 크고 흐릿한 실루엣을 보았다. 그 실루엣이 움직였다. 이제 그 형상이 옆에서 몸을 웅크리고 그녀를 굽어다보았다. 그녀의 귀에 목소리가 들렸다.

"너, 다시 그렇게 해도 내가 너를 찾아낼 것이다. 무함마드의 이름을 걸고 맹세하건대, 너를 찾아내고 말 것이다. 그렇게 되면, 이 나라에서 내가 하는 일에 책임을 물을 법정은 없을 것이다. 마리암을 첫 번째로 끝내고 이 아이를 두 번째로 끝내고 너를 마지막으로 끝낼 것이다. 모든 걸 네가 지켜보게 만들겠다. 알겠느냐? 네가 지켜보도록 만들겠단 말이다."

그렇게 말하고 그는 방을 나섰다. 그러나 그는 라일라의 옆구리에 발길질을 한 후에 방을 나섰다. 라일라는 며칠 동안 피오줌을 싸야 했다.

37

마리암
1996년 9월

그로부터 2년 반이 흐른 9월 27일 아침, 마리암은 고함 소리, 휘파람 소리, 폭죽과 음악이 터져 나오는 소리에 잠에서 깨었다. 그녀는 거실로 달려갔다. 라일라는 벌써 창문에 와 있었다. 아지자는 그녀의 어깨에 올라타고 있었다. 라일라가 돌아서서 미소를 지었다.

"탈레반이 들어왔대요."

마리암은 2년 전인 1994년 10월에 처음으로 탈레반에 대해 들었다. 그때, 라시드는 그들이 칸다하르의 군벌들을 무너뜨리고 도시를 점령했다는 소식을 알려줬다. 그들은 소련과의 전쟁이 벌어질 때 가족들이 파키스탄으로 피신했던 젊은 파슈툰 남자들로 조직된 게릴라들이라고 했다. 대부분은 파키스탄 국경에 설치된 난민 수용소에서 성장했고 일부는 거기에서 태어났다고 했다. 그들은 파키스탄 마드라사(학교)에서 율법학자들로부터 샤리아(이슬람법)를 배웠다. 그들의 지도자는 오마르라는 이름의 신비하고 문맹인 애꾸눈 은둔자였다. 라시드가 재미있다며 해준 얘기에 따르면, 오마르는 스스로를 아미룰 무미닌 즉 신심이 깊은 사람들의 지도자라 일컫고 있다고 했다.

"이 애들이 리샤(뿌리)가 없다는 건 사실이지."

라시드는 이렇게 말했다. 마리암에게 한 말도 아니고 라일라에게 한 말도 아니었다. 2년 반 전에 도망가려다 실패한 후로, 마리암은 그녀와 라일라가 그에게 별 차이가 없는 인간이 되었다는 걸 알았다. 같이 비참하고, 같이 그의 불신과 혐오와 무시의 대상이었다. 그가 얘기할 때, 마리암은 그가 자신이나 혹은 보이지는 않지만, 그녀와 라일라와는 다르게, 자신의 의견을 들을 가치가 있는 방 안의 누군가와 얘기를 하고 있다는 느낌을 받았다.

그는 담배를 피우면서 천장을 바라보며 말했다.

"그들에게 과거는 없을지 모르지. 그들은 세계나 이 나라의 역사에 대해 아무것도 모를 수 있지. 그래, 그들과 비교하면, 여기에 있는 마리암은 대학교수쯤 될지 몰라. 하! 사실이야! 하지만 주위를 둘러보라고. 뭐가 보이지? 완전무장을 하고 헤로인으로 돈을 벌고 서로한테 지하드를 선포하고 그 사이에 낀 모든 사람을 죽이는 타락하고 탐욕스러운 무자헤딘 사령관들이잖아. 적어도 탈레반은 순수하고 타락을 몰라. 적어도 그들은 품위를 갖춘 이슬람의 자식들이야. 그들은 이곳을 청소하고 평화와 질서를 가져올 거야. 사람들은 우유를 사러 나가다 더 이상 총에 맞지 않아도 될 거야. 로켓탄도 더 이상 없을 거고! 그걸 생각해보라고."

지난 2년 동안, 탈레반은 무자혜딘으로부터 도시를 점령하고 그들이 정착하는 곳에서는 어디서나 파벌 싸움을 중지시키면서 카불을 향해 다가왔다. 그들은 하자라 사령관인 압둘 알리 마자리를 잡아 처형했다. 몇 달 동안, 그들은 카불의 남쪽 외곽에 자리를 잡고, 아마드 샤 마수드와 로켓탄을 주고받고 도시를 향해 발포를 했다. 1996년 9월 초, 그들은 잘랄라바드와 사로비를 점령했다.

라시드는 무자혜딘이 갖지 못한 것을 탈레반이 갖고 있다고 말했다. 그들은 단결해 있다고 했다.

"오라지. 나는 장미 꽃잎을 뿌리며 그들을 환영할 거야."

그날, 그들 넷은 밖으로 나갔다. 라시드는 새로운 세계와 새로운 지도자를 환영하려고 그들을 이 버스 저 버스에 태우고 돌아다녔다. 마리암은 포격을 맞아 부서진 구역에 사는 사람들이 깨진 벽돌 조각에서 나와 거리로 움직이는 모습을 보았다. 그녀는 노파 하나가 한 움큼의 쌀을 행인들에게 던지며 이가 죄다 빠진 입으로 웃는 모습을 바라보았다. 두 남자가 파괴

된 건물 옆에서 서로를 껴안고 있었다. 그들 위의 하늘에서는 지붕 위로 올라간 사내아이들이 터뜨린 폭죽 소리, 그들이 내는 휘파람 소리, 우우 하는 소리로 요란했다. 차들이 울리는 경적과 경쟁이라도 하듯, 카세트에서는 국가가 흘러나왔다.

"마얌, 저기 봐요!"

아지자가 자데메이완드를 따라 달려가는 사내아이들을 가리키며 말했다. 그들은 주먹을 흔들면서 끈에 매단 녹슨 깡통들을 끌고 달려가고 있었다. 그들은 마수드와 라바니가 카불에서 물러갔다고 소리치고 있었다.

"알라후 아크바르(알라신은 위대하시다)!"

어디서나 이렇게 외치는 소리가 들렸다.

마리암은 자데메이완드에 있는 집 창문에 시트가 걸려 있는 걸 보았다. 거기에는 큰 검정 글씨로 이렇게 쓰여 있었다.

"젠다 바드 탈레반(탈레반 만세)!"

길을 따라가면서, 마리암은 똑같은 말들이 쓰여 있는 걸 보았다. 창문에도, 문에도, 자동차 안테나에도 그 말이 붙어 있었다.

마리암은 그날 늦게 라시드, 라일라, 아지자와 함께 파슈툰 광장에서 탈레반을 처음 보았다. 사람들이 그곳에 모여 있었다. 목을 길게 빼고 기웃거리는 사람들, 광장의 중앙에 있는 남색 분수 주위에 몰려 있는 사람들, 분수의 마른 바닥에 걸터앉은 사람들. 그들은 옛 하이베르 식당이 있던 곳과 가까운 광장의 끝을 보려 하고 있었다.

라시드는 큰 몸집을 이용해 구경꾼들을 밀치고 누군가가 확성기로 무슨 말인가를 하는 곳으로 그들을 데리고 갔다.

아지자는 그 모습을 보더니 날카로운 비명을 지르며 마리암의 부르카에 얼굴을 묻었다.

확성기에서 나오는 목소리의 주인공은 검은 터번을 두르고 수염을 기른 호리호리한 젊은 남자였다. 그는 임시변통한 교수대 옆에 서 있었다. 그는 한 손에 로켓발사기를 들고 있었다. 그의 옆에는 피투성이가 된 두 남자가 신호등 기둥에 로프로 매달려 있었다. 그들의 옷은 갈가리 찢겨져 있었다. 퉁퉁 부은 얼굴은 푸르딩딩한 자주색이었다.

마리암이 말했다.

"왼쪽에 있는 사람은 내가 아는 사람이야."

마리암 앞에 있던 젊은 여자가 돌아서서 그 사람이 나지불라라고 했다. 다른 남자는 그의 형제였다. 마리암은 소련군이 주둔하던 때, 게시판과 점포 앞에서 환히 웃고 있던, 콧수염을 기른 나지불라의 통통한 얼굴을 떠올렸다.

그녀는 탈레반이 다루라만 궁 근처의 유엔 건물에 피신해 있던 나지불라를 끌어냈다는 얘기를 나중에 들었다. 그들은 그를 몇 시간 동안 고문하고 트럭에 다리를 묶어 거리로 끌고 다녔다고 했다.

"이자는 수많은 이슬람교도를 죽였습니다!"

젊은 탈레반이 확성기에 대고 소리치고 있었다. 그는 파슈토어 억양이 섞인 페르시아어로 말하다가 파슈토어로 말을 바꿨다.

그는 무기로 시체들을 가리키며 한 마디 한 마디를 강조하며 말했다.

"이놈의 죄에 대해서는 누구나 알고 있습니다. 이놈은 공산주의자였고 카피르(배신자)였습니다. 이것이 이슬람에 범죄를 저지른 이교도들을 우리가 처리하는 방식입니다!"

라시드는 능글맞은 웃음을 흘리고 있었다.

마리암의 품에서 아지자가 울기 시작했다.

다음 날, 카불에 트럭들이 몰려들었다. 붉은 도요타 트럭들이 하이르하나, 샤레나우, 카르테파르완, 와지르아크바르칸, 타이마니의 거리를 헤집고 다녔다. 검은 터번을 두르고 수염을 기른 무장한 남자들이 트럭의 뒤 칸 바닥에 앉아 있었다. 트럭의 확성기에서는 처음에는 페르시아어로, 다음에는 파슈토어로 안내 방송이 터져 나왔다. 똑같은 내용이 사원 위에 설치된 확성기에서도 흘러나왔고, 이제 〈이슬람의 목소리〉라는 이름으로 바뀐 라디오에서도 마찬가지였다. 메시지는 전단으로 만들어져 거리에 뿌려졌다. 마리암은 뜰에서 전단지 하나를 발견했다.

우리 와탄(나라)은 이제 아프가니스탄 이슬람 에미리트이다. 다음은 우리가 집행하고 여러분이 복종해야 하는 법이다.

모든 시민은 하루에 다섯 차례씩 기도를 해야 한다. 기도 시간에 다른 일을 하다가 적발되면 곤장에 처한다.

모든 남자들은 수염을 길러야 한다. 적어도 턱 밑으로 주먹만 한 길이로 길러야 한다. 이를 어기면 곤장에 처한다.

사내아이들은 터번을 둘러야 한다. 1학년에서 6학년까지는 검은 터번을 두르고, 상급반 학생들은 흰 터번을 둘러야 한다. 사내아이들은 모두 이슬람 옷을 입어야 한다. 셔츠의 목깃은 채워야 한다.

노래는 금지한다.

춤은 금지한다.

카드놀이, 장기, 노름, 연날리기는 금지한다.

책을 쓰고, 영화를 보고, 그림을 그리는 것은 금지한다.

잉꼬를 키우면 곤장에 처한다. 새는 죽인다.

도둑질을 하면 손목을 자른다. 재범일 경우에는 발을 자른다.

이슬람교도가 아니면, 이슬람교도가 보이는 곳에서 기도를 하지 말아야 한다. 그렇지 않으면 곤장을 맞고 감옥에 갇힐 것이다. 이슬람교도를 개종시키려다가 잡히면 처형된다.

다음은 여자들에 관련된 사항이다.

여자들은 항상 집에 있어야 한다. 여자들이 이유 없이 거리를 나다니는 것은 옳지 않다. 밖으로 나갈 경우에는, 마흐람(남자 친척)이 대동해야 한다. 거리에서 혼자 다니다가 걸리면 곤장에 처해진 후 귀가시킨다.

여자들은 어떠한 상황에서도 얼굴을 보여선 안 된다. 밖으로 나갈 때는 부르카를 입어야 한다. 그렇지 않으면 심하게 맞게 된다.

화장품은 금지한다.

장신구는 금지한다.

멋있는 옷을 입어서는 안 된다.

상대방이 말을 걸지 않으면 말해서는 안 된다.

남자들과 눈을 마주치면 안 된다.

공공장소에서 웃어서는 안 된다. 웃다가 적발되면 곤장에 처해질 것이다.

손톱을 치장해서는 안 된다. 그러다가 적발되면 손가락 하나를 자를 것이다.

여자아이들은 학교에 다닐 수 없다. 여학교는 즉시 폐쇄될 것이다.

여자들은 밖에서 일을 하면 안 된다.

간통을 하다가 적발되면 돌로 쳐 죽일 것이다.

이를 명심하고 복종하라. 알라후 아크바르.

라시드는 라디오를 껐다. 그들은 거실 바닥에 앉아서 저녁을 먹고 있었다. 그들이 나지불라의 시체가 밧줄에 매달린 걸 본

지 일주일이 채 지나지 않았을 때였다.

라일라가 말했다.

"그들이 인구의 반을 집에 머물게 하고 아무것도 못 하게 할 수는 없죠."

라시드가 말했다.

"왜 안 된다는 거야?"

마리암은 그때는 라시드와 생각이 같았다. 결과적으로 그는 그녀와 라일라에게 똑같은 짓을 해오지 않았던가. 라일라도 틀림없이 그걸 알고 있을 터였다.

"여기는 시골이 아니라 카불이에요. 이곳 여자들은 법과 의술 분야에서 일을 해왔고 관공서에서도 일해왔어요."

라시드가 피식 웃었다.

"시 나부랭이나 읽던 대학 졸업생의 오만한 딸처럼 얘기하는 구나. 네가 그렇게 말하다니 참 도시적이고 타지크적이다. 너는 탈레반이 집행하려고 하는 게 새롭고 급진적인 것 같으냐? 너는 네가 애지중지하는 카불이라는 작은 껍질 밖에서 살아본 적이 있느냐? 파키스탄 국경을 따라 남쪽, 동쪽으로 나 있는 진짜 아프가니스탄에 가본 적이 있느냔 말이다. 없다고? 나는 가본 적이 있으니, 이 나라의 많은 곳들은 그런 식으로 늘 살아왔고, 적어도 그와 비슷하게 살아왔다는 걸 너한테 얘기해 줄 수 있다. 네가 알고 싶어 하진 않겠지만 말이다."

"저는 못 믿겠어요. 그들은 진심이 아니에요."

"탈레반이 나지불라에게 한 일은 나한테는 심각해 보였다. 너는 그렇게 생각하지 않느냐?"

"그는 공산주의자였어요! 그는 비밀경찰의 총수였다고요."

라시드가 웃었다. 마리암은 그의 웃음 속에서 답을 들었다. 탈레반의 눈에는 공산주의자이자 공포스러운 비밀경찰의 총수였다는 것은 여자라는 것보다 약간만 더 경멸스러운 존재였을 뿐이다.

38

라일라

라일라는 탈레반이 들어왔을 때 바비가 그걸 보지 않았다는 사실이 기뻤다. 보았다면 많이 상심했을 것이다.

남자들이 곡괭이를 휘두르며 몰려가 카불박물관을 파괴했다. 그들은 이슬람 이전기의 조상들, 즉 무자혜딘에게 약탈당하지 않았던 것들을 가루로 만들어버렸다. 그들은 대학교의 문을 닫고 학생들을 귀가시켰다. 그들은 그림들을 벽에서 떼어 난도질했다. 그들은 텔레비전 화면을 걷어차 부쉈다. 코란을 제외한 책들은 수북이 쌓아놓고 불에 태웠다. 서점들은 문을 닫았다. 할릴리, 파즈와크, 안사리, 하지 데흐칸, 아슈라키, 베이타브, 하페즈, 니자미, 루미, 하이얌, 베이델을 비롯한 많은 시인들의 시집이 연기로 사라졌다.

라일라는 나마즈를 빼먹은 남자들이 거리에서 잡혀 사원으로 떠밀려 갔다는 얘기를 들었다. 그녀는 코체흐 모르가 근처에 있는 마르코 폴로 식당이 취조실로 바뀌었다는 걸 알았다. 때때로 검은 페인트칠을 한 창문 뒤에서 비명 소리가 흘러나왔다. 수염을 기른 순찰대가 도요타 트럭을 타고 사방을 돌아다니며 말끔히 면도를 한 사람들의 얼굴을 피투성이로 만들려고 혈안이었다.

그들은 영화공원, 아리아나, 아리엽 같은 영화관들도 폐쇄했다. 영사실을 약탈하고 필름은 불태웠다. 라일라는 그녀와 타리크가 그 영화관들에 앉아 힌두 영화를 보던 때를 떠올렸다. 그들은 비극적인 운명 때문에 갈라져 한 사람은 먼 곳을 떠돌고 다른 사람은 강제로 결혼을 하고, 울고, 또 금잔화 꽃밭에서 웃고, 재회를 기다리는 연인들에 관한 감상적인 영화들을 보았었다. 그녀는 그러한 영화들을 보며 운다고 놀리던 타리크를 떠올렸다.

마리암이 어느 날 라일라에게 말했다.

"그들이 우리 아버지의 영화관은 어떻게 했을지 궁금해. 아직도 거기에 있는지, 아직도 아버지가 주인인지 궁금해."

카불의 고대음악 구역인 카라바트도 조용해졌다. 음악가들은 얻어맞고 감옥에 갇혔으며, 그들의 루바브(류트)와 탐부라(기타), 발풍금은 구둣발에 짓밟혔다. 탈레반은 타리크가 좋아하던 가수인 아마드 자히르의 무덤에 가서 총알을 난사했다.

라일라가 마리암에게 말했다.

"죽은 지 20년이 다 된 사람이에요. 한 번 죽는 것으로 충분하지 않나요?"

라시드는 탈레반에 크게 구애받지 않았다. 원래 기르고 있던 수염을 기르고, 원래 가던 사원에 가면 되는 일이었다. 라시드는 종잡을 수 없이 시끌벅적하고 스캔들을 일으키는 경향이 있는 별난 사촌을 대하듯이, 관용과 애정으로 탈레반을 대했다.

매주 수요일 저녁, 라시드는 〈이슬람의 목소리〉에 귀를 기울였다. 탈레반이 처형일이 확정된 사람들의 명단을 발표하기 때문이었다. 그리고 금요일에는 가지 경기장에 가서 펩시 한 병을 사서 마시며 구경을 했다. 그는 침대에 누워 라일라에게, 사람들의 손이 잘리고 매질을 당하고 목이 매달리고 머리가 잘리는 장면을 이상하게 들뜬 기분으로 묘사했다.

그는 어느 날 밤, 담배 연기를 뿜어내며 말했다.

"오늘은 어떤 사람이 자기 형을 죽인 사람의 목을 가르는 걸 보았지."

라일라가 말했다.

"그들은 야만인들이에요."

"그렇게 생각해? 뭐와 비교해서 그렇다는 말이야? 소련군은 100만 명을 죽였다. 너는 무자헤딘이 지난 3년 동안 카불에서만 몇 명을 죽였는지 알고 있니? 50만 명이야. 50만 명이라고! 그와 비교해, 도둑 몇 명의 손을 잘라내는 것이 그렇게 지나친 거냐? 눈에는 눈, 이에는 이다. 코란에 그렇게 쓰여 있어. 그리고 말이야, 누군가가 아지자를 죽인다면 너는 복수하고 싶지 않겠냐?"

라일라는 그에게 혐오스러운 눈길을 던졌다.

"나는 요점을 얘기하는 거다."

"당신도 그들과 똑같아요."

"그런데 아지자의 눈 색깔이 묘해. 그렇게 생각하지 않니? 네 눈도 닮지 않고 내 눈도 닮지 않았어."

라시드는 몸을 굴려 그녀를 쳐다보며 집게손가락의 구부러진 손톱으로 라일라의 허벅지를 부드럽게 긁었다.

"내가 설명해보겠다. 엉뚱한 생각이 들면 말이다, 그렇게 될 거라는 말은 아니지만 그럴 수도 있겠지. 그렇게 되면 아지자의 정체를 드러내는 것도 내 권한이겠지. 너는 어떻겠느냐? 어느 날, 내가 탈레반한테 가서 너에게 의심스러운 점이 있다고 말할 수도 있다. 그렇게만 하면 된다. 그들이 누구의 말을 믿겠느냐? 그들이 너한테 무슨 짓을 할 거라고 생각하느냐?"

라일라는 허벅지를 끌어당겼다.

"내가 그럴 거라는 말은 아니다. 그러지 않을 거다. 아마 그러지 않을 거다. 너는 나를 알잖니."

"혐오스럽군요."

"말 한번 거창하구나. 나는 늘 그게 싫었다. 어렸을 때도 그랬고 그 절름발이하고 돌아다닐 때도 그랬고, 너는 책을 갖고 다니고 시를 외우면서 네가 아주 영리하다고 생각했겠지. 그래, 너의 영리함이 지금은 무슨 소용이 있느냐? 너를 길바닥에 나앉지 않도록 해주는 게 너의 영리함이냐, 아니면 나냐? 내가 혐오스럽다고? 이 도시에 사는 여자들의 절반은 나 같은 남편을 만나려고 죽기 살기로 덤빌 거다. 죽기 살기로 말이야."

그는 다시 몸을 굴려 천장을 향해 담배 연기를 내뿜었다.

"너, 거창한 말들을 좋아하느냐? 내가 너한테 하나 말해주마. 균형이다. 라일라, 바로 그게 내가 지금 여기에서 하고 있는 일이다. 균형을 잃지 않도록 해라."

그날 밤 내내 라일라의 배를 꼬이게 만든 건 라시드의 말이 마지막 한 마디까지 구구절절 맞는다는 사실이었다.

하지만 아침이 되었어도, 그 후로 며칠이 지났어도, 속이 느글거리는 느낌이 가시지 않고 계속되었다. 아니, 더 나빠져서 당혹스럽게도 이제 낯익은 느낌이 되어버렸다.

그로부터 얼마 지나지 않은 춥고 흐린 오후였다. 라일라는 침실 바닥에 누워 있었다. 마리암은 자신의 방에서 아지자와 함께 낮잠을 자고 있었다.

라일라의 손에는 버려진 자전거 바퀴에서 펜치로 뽑은 바큇살이 들려 있었다. 그녀는 몇 년 전에 타리크와 입을 맞췄던 골목에서 그걸 발견했다. 오랫동안 라일라는 바닥에 누워 다리를 벌린 채, 이 사이로 공기를 들이마시고 있었다.

그녀는 자신이 임신했다는 걸 안 순간부터 아지자를 사랑했었다. 지금 같은 의심과 불안감은 전혀 없었다. 자기 자식에게 사랑을 느끼지 못할까 봐 두려워하다니, 엄마로서 얼마나 끔찍한 일인가 싶었다. 얼마나 부자연스러운 일인가. 그러나 그녀는 땀에 젖은 손으로 바큇살을 잡은 채, 자신이 정말로 타리크의 아이를 사랑했던 것처럼 라시드의 아이를 사랑할 수 있을지 궁금해하지 않을 수 없었다.

결국, 라일라는 그걸 할 수 없었다.

바큇살을 내려놓게 한 건 피를 흘리며 죽을지 모른다는 두려움 때문이 아니었다. 저주받을 행동이라는 생각 때문도 아니었다. 사실, 그녀는 그것이 저주받을 만한 행동이라고 생각했다. 라일라는 무자헤딘이 쉽사리 했던 일, 즉 전쟁 중에 죄 없는 사람의 목숨을 희생시키는 일을 할 수 없었기 때문에 바큇살을 내려놓았다. 그녀의 전쟁은 라시드와의 전쟁이었다. 아이한테는 책임이 없었다. 그렇지 않아도 죽은 사람은 충분히 많았다. 라일라는 싸움의 와중에서 죄 없는 사람들이 죽는 걸 충분히 본 터였다.

39

마리암

1997년 9월

"이 병원에서는 더 이상 여자들을 치료하지 않아요."

보초가 소리를 질렀다.

그는 계단 위에 서서 말랄라이 병원 앞에 모인 군중들을 차 갑게 내려다보고 있었다.

군중들로부터 신음 소리가 터져 나왔다.

한 여자가 마리암의 뒤에서 소리쳤다.

"그러나 이곳은 여성병원이잖아요!"

사람들은 이구동성으로 그 말이 맞는다고 소리쳤다.

마리암은 아지자를 한쪽 팔에서 다른 쪽 팔로 옮기고, 신음 하고 있는 라일라를 부축했다. 라일라는 라시드의 목에 팔을 두르고 있었다.

탈레반이 말했다.

"이제는 아니오."

체격이 큰 남자가 소리쳤다.

"이보시오, 내 아내가 아이를 낳으려 하고 있소! 거리에서 아이를 낳으란 말이오?"

마리암은 그해 1월, 남자와 여자는 서로 다른 병원에서 치료를 받고, 카불의 병원에 근무하는 여성 근무자들을 한곳에서 근무하게 할 거라는 소식을 들었다. 아무도 그걸 믿지 않았고 탈레반은 그 정책을 집행하지 않았다. 최근까지.

다른 남자가 소리쳤다.

"알리 아바드 병원은 어떻소?"

보초가 고개를 저었다.

"와지르아크바르칸 병원은 어떻소?"

"남성 전용이오."

"우리는 어디로 가란 말이오?"

"라비아 발히로 가시오."

젊은 여자가 사람들을 밀치고 앞으로 나가, 이미 거기에 갔었다고 말했다. 그녀의 말로는 깨끗한 물도 없고 산소도 없고 약도 없고 전기도 없다고 했다.

"그곳엔 아무것도 없어요."

"그래도 그곳으로 가야 해요."

신음 소리와 아우성치는 소리가 커졌다. 욕을 하는 소리도 들렸다. 누군가가 돌을 던졌다.

탈레반이 칼라시니코프 소총을 공중으로 들어 올려 공포를 쏘았다. 그 뒤에 있던 다른 탈레반이 채찍을 휘둘렀다.

군중들은 재빨리 흩어졌다.

라비아 발히의 대기실은 부르카를 입고 아이들을 데리고 있는 여자들로 붐볐다. 대기에서는 땀, 씻지 않은 몸, 오줌, 담배 연기, 소독약 냄새가 뒤섞여 고약한 냄새가 났다. 한가롭게 돌아가는 천장의 선풍기 밑에서 아이들은 다리를 뻗고 졸고 있는 아버지들의 다리를 뛰어넘으며 서로를 쫓아다니고 있었다.

마리암은 지도처럼 생긴 벽토가 떨어지는 벽에 라일라가 기대고 앉도록 부축해줬다. 라일라는 배에 손을 대고 앞뒤로 몸을 움직였다.

마리암이 말했다.

"진찰을 받도록 할 테니 걱정 마."

그러자 라시드가 말했다.

"서둘러."

접수창구에서는 여자들이 서로에게 삿대질을 하며 밀치고 있었다. 어떤 사람들은 아직도 갓난애를 안고 있었다. 어떤 사람들은 대열에서 빠져나가 진료실로 통하는 이중문으로 뛰어갔다. 무장한 탈레반 경비가 그들을 가로막고 돌려보냈다.

마리암은 힘겹게 앞으로 나아갔다. 발을 비집고 낯선 사람들의 팔목과 엉덩이와 어깨 사이로 밀고 들어갔다. 누군가가 갈비뼈를 팔꿈치로 치자, 그녀도 팔꿈치로 맞받아쳤다. 누군가의 손이 그녀의 얼굴을 필사적으로 잡아 뜯으려고 했다. 앞으로 더 빨리 나아가려고 마리암은 사람들의 목, 팔, 팔꿈치, 머리를 움켜쥐었다. 옆에 있던 여자가 씩씩거리며 항의하자 그녀도 씩씩거렸다.

마리암은 이제 어머니의 희생에 대해 알게 되었다. 그 앞에서는 체면도 없었다. 그녀는 서글픈 심정으로 나나를 떠올렸다. 나나도 어머니로서 희생을 했던 여인이었다. 모든 것을 버릴 수도 있었을 것이다. 혹은 마리암을 어딘가 시궁창에 던지고 도망갈 수도 있었을 것이다. 하지만 그녀는 그렇게 하지 않았다. 대신, 나나는 하라미를 낳은 치욕감을 견뎌냈다. 그리고 고마워할 줄도 모르는 마리암을 기르고, 나름의 방식으로 마리암을 사랑하면서 살았다. 그런데 결국 마리암은 그녀를 버리고 잘릴을 택했다. 그녀는 뻔뻔스럽게 뒤엉킨 사람들의 맨 앞으로 나아가면서, 자신이 나나에게 더 좋은 딸이었더라면 싶었다. 모성에 대해 지금 알게 된 걸 어렸을 때 알았더라면 싶었다.

그녀는 어느새, 머리에서 발끝까지 더러운 회색 부르카를 입고 있는 간호사 앞까지 나아갔다. 간호사는 부르카의 머리 부분이 피로 엉겨 있는 젊은 여자와 얘기하고 있었다.

마리암이 소리쳤다.

"내 딸의 양수가 터졌는데 아이가 나오지 않아요."

피투성이의 젊은 여자가 소리쳤다.

"간호사님에게 얘기하는 사람은 나예요! 차례를 기다리세요!"

바람이 개간지에 불 때 이리저리 흔들리던 오두막 주변의 큰 풀들처럼, 사람들은 이리저리 쏠리고 있었다. 마리암의 뒤에 있는 여자가 자기 딸이 나무에서 떨어져 팔꿈치가 부러졌다고 소리치고 있었다. 다른 여자는 자신이 피똥을 싸고 있다고 소리쳤다.

간호사가 물었다.

"산모에게 열이 있나요?"

마리암은 상대가 자신에게 말을 하고 있다는 걸 깨닫는 데 약간의 시간이 걸렸다.

"아뇨."

"피를 흘리나요?"

"아뇨."

"어디 있죠?"

마리암은 부르카로 가려진 사람들의 머리 위로, 라일라가 라시드와 함께 서 있는 곳을 손가락으로 가리켰다.

간호사가 말했다.

"알았어요."

마리암이 소리쳤다.

"얼마나 오래 기다려야 해요?"

누군가가 그녀의 어깨를 잡아당겼다.

간호사가 말했다.

"모르겠어요."

간호사는 의사가 두 사람밖에 없으며 둘 다 지금 수술 중이라고 했다.

마리암이 말했다.

"지금 아프다니까요."

머리가 피투성이로 된 여자가 소리쳤다.

"나도 그래! 당신 차례를 기다리라니까요!"

누군가가 마리암을 끌어당기고 있었다. 간호사는 사람들의 어깨와 뒤통수에 가려 이제 보이지 않았다. 갓난애의 젖트림 냄새가 났다.

간호사가 소리쳤다.

"산모를 걷게 하고 기다리세요."

간호사가 마침내 그들을 불러들였을 때는 날이 어두워져 있었다. 분만실에는 여덟 개의 침대가 있었다. 온몸을 부르카로 가린 간호사들이 몸을 비틀고 신음을 하는 침대 위의 여자들을 돌보고 있었다. 두 여자는 아이를 낳는 중이었다. 침대 사이에는 커튼도 없었다. 누군가가 검게 칠한 창문 아래의 침대가 라일라에게 주어졌다. 깨지고 물기가 없이 마른 싱크대가 가까이 있었다. 더러워진 수술 장갑이 거기에 걸려 있었다. 방 한가운데에는 알루미늄 탁자가 있었다. 위쪽 선반에는 새까만 담요가 놓여 있었고 아래쪽 선반은 비어 있었다.

여자 중 하나가 마리암이 바라보는 걸 보고 피곤한 목소리로 말했다.

"위쪽에는 살아서 나온 아이들을 놓는대요."

짙은 감색 부르카를 입은 의사는 몸집이 작고 동작이 민첩한 여자였다. 그녀는 어찌할 바를 모르고 있었다. 그녀가 말하는 모든 게 성마르고 다급하게 들렸다.

"첫아이죠."

그녀는 그런 식으로 말했다. 그건 질문이 아니라 설명이었다.

마리암이 말했다.

"아뇨, 두 번째예요."

라일라는 비명을 지르고 옆으로 굴렀다. 그녀의 손가락이 마리암의 손가락에 얽혔다.

"처음 출산할 때 무슨 문제가 있었나요?"

"아뇨."

"당신이 어머니인가요?"

"네."

마리암은 그렇게 대답했다.

의사는 부르카의 아래쪽을 들추고 원뿔 모양으로 생긴 금속기구를 꺼냈다. 그녀는 라일라의 부르카를 들추고 기구의 넓적한 끝을 그녀의 배에 대고 좁은 끝을 귀에 갖다 댔다. 그녀는 1분 가까이 듣더니 위치를 바꾸고 다시 듣고 위치를 다시 바꿨다.

"함시라, 아이가 느껴져야 해서 그래요."

그녀는 싱크대 위에 빨래집게로 걸려 있던 장갑 한쪽을 끼었다. 그녀는 한 손으로 라일라의 배를 위로 밀고 다른 손을 안에 집어넣었다. 의사는 그 일을 끝내고 장갑을 간호사에게 줬다. 간호사는 그걸 물에 씻어 다시 줄에 걸어놓았다.

"따님은 제왕절개를 해야 합니다. 그게 뭔지 아세요? 배를 갈라서 아이를 꺼내야 해요. 아이가 엉덩이를 아래쪽으로 향하고 있어서요."

마리암이 말했다.

"무슨 말인지 모르겠어요."

의사는 태아가 스스로 나올 수 없는 위치에 있다고 말했다.

"지금도 시간이 너무 지체됐어요. 지금 수술실로 들어가야 해요."

라일라는 찡그리며 고개를 끄덕이고 고개를 한쪽으로 떨궜다.

"말씀드려야 할 게 있어요."

의사는 이렇게 말하고, 마리암에게 바짝 다가서서 몸을 기울이고 더 작고 내밀한 목소리로 말했다. 그녀의 목소리에는 이제, 당혹스러운 기미가 있었다.

라일라가 신음 소리를 내며 물었다.

"의사 선생님이 무슨 말을 하는 거죠? 뭐가 잘못됐나요?"

마리암이 말했다.

"산모가 그걸 어떻게 참죠?"

그녀의 목소리가 방어적으로 변하는 걸로 보아 의사는 이 질문에 자신에 대한 비난이 섞여 있다고 느꼈음이 분명했다.

"제가 그렇게 하고 싶어서 그런다고 생각하세요? 제가 어떻게 해주길 바라죠? 그들은 내가 필요로 하는 걸 주지 않을 거예요. 나한테는 엑스레이도 없고, 흡입관도 없고, 간단한 항생제도 없어요. NGO에서 돈을 주겠다고 하면 탈레반이 그걸 거절하고 있어요. 그러면서 남자들을 위한 시설에 돈을 쏟아붓고 있어요."

마리암이 물었다.

"하지만 의사 선생님한텐 없나요?"

라일라가 신음 소리를 내며 물었다.

"무슨 일이죠?"

"당신이 직접 약을 살 수는 있어요, 하지만……"

마리암이 말했다.

"약 이름을 써주세요, 나가서 구해 올게요."

부르카 밑으로 의사가 고개를 짧게 흔들었다.

"시간이 없어요. 그리고 인근 약국에는 그게 없어요. 그걸 구하려면 혼잡한 교통을 뚫고 이곳저곳을 찾아다녀야 해요. 아마 도시 전체를 뒤져야 할 거예요. 그래도 그걸 구할 가능성은 별로 없어요. 벌써 8시 반이 다 됐으니, 당신은 아마 통금령을 위반했다고 체포될 거예요. 약을 찾는다 해도 손에 넣을 수 없을 거예요. 아니면 똑같이 다급한 상황에 있는 다른 사람과 그걸 사려고 경쟁해야 할 거예요. 시간이 없어요. 아이는 지금 나와야 해요."

"무슨 일인지 나한테 말해줘요."

라일라가 팔꿈치로 몸을 받치고 일어나며 말했다.

의사는 심호흡을 하더니 병원에 마취제가 없다고 라일라에게 말했다.

"하지만 지체하게 되면 아이는 죽을 거예요."

"그렇다면 내 배를 갈라요."

라일라는 침대에 다시 누워 무릎을 오므렸다.

"내 배를 갈라서 아이를 꺼내줘요."

수술실은 낡고 더러웠다. 라일라는 의사가 대야에 손을 씻을 때, 바퀴 달린 침대에 누웠다. 그녀는 간호사가 누런 갈색 액체를 묻힌 천으로 배를 문지를 때마다 이를 악물고 숨을 쉬었다. 다른 간호사는 문에 서 있었다. 그녀는 바깥쪽을 감시하려고 문을 열고 서 있었다.

의사가 이제 부르카를 벗었다. 마리암은 의사의 하얗게 센 정수리와 무거운 눈꺼풀, 그리고 피곤할 때 생기는 수포가 입가에 나 있는 모습을 바라보았다.

의사는 문에 있는 간호사를 고개로 가리키며 말했다.

"그들이 부르카를 입고 수술을 하라고 해서 간호사가 망을 보는 겁니다. 그들이 오면 부르카를 다시 입기 위해서죠."

그녀는 사무적이고 거의 무관심한 어조로 말했다. 마리암은 의사가 화를 내는 단계를 넘어서 있다는 걸 알았다. 의사는 자신이 일하는 것만으로도 운이 좋다는 걸 알고, 언제건 그들이 빼앗아 갈 뭔가가, 뭔가 다른 것이 있다는 걸 이해하는 사람 같았다.

라일라의 어깨 양쪽에 두 개의 수직 쇠막대가 있었다. 천으로 라일라의 배를 소독한 간호사가 핀을 사용하여 거기에 시트를 고정시켰다. 그것은 라일라와 의사를 가르는 일종의 커튼이었다.

마리암은 라일라의 머리 뒤에서 뺨이 닿을 수 있도록 얼굴을 낮췄다. 라일라가 이를 부딪는 소리가 들렸다. 그들은 손을 맞잡고 있었다.

커튼 사이로 마리암은 의사의 그림자가 왼쪽으로, 간호사의 그림자가 오른쪽으로 움직이는 모습을 보았다. 라일라는 이를 악물고 입을 크게 벌리고 있었다. 침방울이 그녀의 다문 이 사이로 나왔다. 그녀는 빠르고 낮은 시시— 하는 소리를 냈다.

의사가 말했다.

"용기를 내요."

그녀가 라일라 위로 몸을 굽혔다.

라일라의 눈이 번쩍 뜨였다. 입이 벌어졌다. 그리고 그녀는 몸이 떨리고 목의 힘줄이 긴장되고, 얼굴에서 땀이 쏟아지고, 마리암의 손가락을 으스러지게 쥔 상태로 버티고 또 버텼다.

마리암은 그때, 라일라가 소리를 지를 때까지 얼마나 오래 버텼는지 생각하면 늘 감탄을 금치 못했다.

40

라일라
1999년 가을

구멍을 파자고 한 건 마리암의 생각이었다. 어느 날 아침, 그
녀는 공구실 뒤의 땅을 가리키며 말했다.

"여기가 좋겠어. 딱 좋은 곳이야."

그들은 교대해가면서 삽으로 땅을 파고 흙을 퍼냈다. 그들은
크고 깊은 구멍을 원하는 게 아니었다. 파내기가 힘들면 안 되
었다. 모든 곳을 황폐하게 만든 것은 1998년에 시작해 이듬해
까지 계속된 가뭄이었다. 지난겨울에는 눈도 거의 오지 않았고
봄에는 비가 전혀 오지 않았다. 농부들은 바싹 마른 땅을 뒤
로하고 가재도구들을 팔고 물을 찾아 이 마을 저 마을을 전전
했다. 그들은 파키스탄이나 이란으로 갔다. 카불에 정착하기도
했다. 하지만 지하의 수면은 도시에서도 낮아져 수심이 얕은
우물은 말라버렸다. 깊은 우물에는 사람들이 길게 줄을 서 있

어서, 라일라와 마리암은 차례가 될 때까지 몇 시간을 기다려야 했다. 카불강은 봄에 홍수가 나지 않자 완전히 말라붙었다. 이제 공중화장실에는 인간의 배설물과 잡석 외에는 아무것도 없었다.

그래서 그들은 계속 삽질을 했다. 하지만 땅은 바위처럼 딱딱해져 있었고 흙은 너무 굳어 돌 같았다.

마리암은 이제 마흔 살이었다. 뒤로 넘긴 머리가 듬성듬성 희끗희끗해 보였다. 눈 아래의 살이 갈색 초승달 모양으로 늘어져 있었다. 앞니는 두 개가 없었다. 하나는 빠졌고, 다른 하나는 그녀가 우연히 잘메이를 떨어뜨렸다가 라시드한테 맞아서 부러졌다. 뜰에 앉아 구릿빛 태양 밑에서 일하느라 피부는 새까맣게 타 있었다. 그들은 앉아서 잘메이가 아지자를 쫓아다니는 모습을 바라보았다.

구멍을 다 팠을 때, 그들은 위에 서서 내려다보았다.

마리암이 말했다.

"이거면 되겠어."

잘메이는 이제 두 살이었다. 그는 작은 갈색 눈과 고수머리를 한 통통한 아이였다. 볼에는 날씨와 상관없이 라시드처럼 붉은색이 감돌았다. 머리 선도 아버지를 닮아 짙은 반달 모양이고 이마 아래까지 내려와 있었다.

라일라와 혼자 있을 때면 잘메이는 말 잘 듣고 싹싹하고 장난치기 좋아하는 아이였다. 그는 라일라의 어깨에 올라타 아지자와 함께 뜰에서 숨바꼭질하는 걸 좋아했다. 기분이 좀 가라앉으면, 라일라의 무릎에 앉아 그녀가 불러주는 노래를 듣기를 좋아했다. 잘메이가 좋아하는 노래는 〈모하마드 선생님〉이었다. 아이는 엄마가 자신의 고수머리를 향해 노래를 부르면 통통한 작은 발을 흔들다가, 그녀가 후렴을 부르면 부를 수 있는 부분은 따라서 불렀다.

모하마드 선생님,
오 사랑하는 친구
튤립 꽃밭을 보러
우리, 마자르로 가요.

라일라는 잘메이가 자신의 볼에 촉촉한 입맞춤을 하는 걸 좋아했다. 움푹 들어간 팔꿈치와 통통한 발가락도 좋았다. 그에게 간지럼을 태우고, 쿠션과 베개로 터널을 만들어놓고 밑으로 기어가게 하고, 늘 한 손으로 그녀의 귀를 잡고 품에서 잠드는 모습을 지켜보는 것도 좋았다. 그녀는 마루에 누워 다리 사이에 자전거 바큇살을 잡고 있던 그 오후를 생각하면 속이 뒤틀렸다. 너무너무 아슬아슬했던 순간이었다. 그런 생각을 할 수 있었다는 것이 이제는 상상하기 힘들었다. 그녀의 아들은 축복이었다. 라일라는 자신의 두려움이 근거 없는 것이었으며,

아지자를 사랑한 것만큼 뼛속까지 잘메이를 사랑한다는 사실에 안도하는 마음이 되었다.

하지만 잘메이는 아버지를 숭배했다. 그래서 아버지가 그에게 맹목적인 사랑을 쏟을 때면 사람이 확 바뀌었다. 그는 무례하고 건방지게 웃었다. 아버지와 같이 있으면 화도 잘 냈다. 불만도 많았다. 그는 라일라한테 혼나도 짓궂은 짓을 계속했다. 라시드가 없으면 절대로 하지 않는 행동이었다.

라시드는 모든 걸 허용했다.

그는 이렇게 말했다. "머리가 좋다는 증거야."

그는 잘메이가 무모한 짓을 할 때도 그렇게 말했다. 공깃돌을 삼키고 숨을 헐떡일 때도 그랬고, 성냥불을 켤 때도 그랬고, 라시드의 담배를 씹어 먹을 때도 그랬다.

잘메이가 태어나자, 라시드는 라일라와 같이 쓰는 침대로 그를 옮겼다. 그는 새 유아 침대를 사들이고 측면에 사자와 웅크린 표범을 그려 넣게 했다. 그는 옷, 딸랑이, 젖병, 기저귀를 새로 사들였다. 그러나 그들은 그것들을 살 형편도 아니었을 뿐만 아니라 아지자가 쓰던 것들도 아직 쓸 만했다. 어느 날, 그는 건전지로 돌아가는 자동차를 사갖고 와서 잘메이의 침대에 걸어놓았다. 노랗고 검은 작은 꿀벌들이 해바라기꽃에 매달려 대롱거리는 장난감도 있었다. 그것은 흔들거리다가 누르면 소리가 났다. 스위치를 켜면 노래가 나왔다.

라일라가 말했다.

"장사가 잘 안 된다면서요."

그는 쓸데없는 소리 하지 말라는 듯 말했다.

"나한테는 돈을 빌릴 친구들이 있어."

"어떻게 갚을 건데요?"

"잘되는 날이 올 거야. 늘 그렇거든. 이거 봐, 아이가 좋아하잖아. 안 보여?"

대부분, 아이는 라일라 옆에 있지 않았다. 라시드는 그를 가게로 데리고 가서, 어지러워진 작업대 밑을 기어 다니게 했고, 낡은 고무 골무와 가죽 부스러기를 갖고 놀게 했다. 라시드는 쇠못을 박고 사포 바퀴를 돌리면서 조심스럽게 그를 지켜보았다. 잘메이가 신발이 놓인 선반을 엎어버리면, 라시드는 온화한 미소를 지으며 부드럽게 혼냈다. 그 짓을 되풀이하면, 라시드는 망치를 내려놓고 아이를 탁자에 앉히고 부드럽게 타일렀다.

잘메이에 대한 그의 인내심은 깊어서 마르는 법이 없는 샘물 같았다.

그들은 저녁이 되면 같이 집에 왔다. 잘메이의 머리가 라시드의 어깨 위에서 오르락내리락했다. 둘에게선 접착제와 가죽 냄새가 났다. 그들은 비밀을 공유한 사람들처럼 웃었다. 마치 하루 종일 구두 가게에 앉아서 구두는 만들지 않고 은밀한 음모를 꾸미기라도 한 것 같았다. 잘메이는 저녁을 먹을 때 아버지 옆에 앉아서 둘만의 놀이를 하는 걸 좋아했다. 마리암, 라일라, 아지자는 매트 위에 접시를 놓고 먹었다. 잘메이와 라시드는 돌아가면서 서로의 가슴을 찌르고 낄낄거리고 서로에게 빵 부스러기를 던지고, 다른 사람들이 알아들을 수 없는 말을 속삭였다. 라일라가 끼어들면, 라시드는 쓸데없이 참견하는 것이 못마땅한 듯 눈을 치켜떴다. 그녀가 잘메이를 안아보겠다고 하거나, 설상가상으로 잘메이가 그녀를 향해 손을 뻗으면, 라시드는 무서운 얼굴로 그녀를 노려보았다.

라일라는 괴로운 심정으로 그 자리를 떠났다.

어느 날 밤이었다. 잘메이가 두 살이 된 몇 주 후였다. 라시드가 텔레비전과 비디오를 사갖고 집에 왔다. 낮에는 훈훈하고 기분 좋은 날씨였는데 밤이 되니 쌀쌀했다. 별도 없는 쌀쌀한 밤이었다.

라시드는 거실 탁자에 그것을 놓았다. 그는 암시장에서 그걸 샀다고 말했다.

라일라가 물었다.

"또 빌려서요?"

"매그나박스야."

아지자가 방에 들어왔다. 그녀는 텔레비전을 보자 달려갔다.

마리암이 말했다.

"아지자, 조심해. 만지지 마라."

아지자의 머리는 라일라처럼 옅은 색깔이었다. 엄마를 닮아 볼에 보조개가 있었다. 아지자는 침착하고 생각이 많은 아이가 되어 있었다. 몸가짐도 여섯 살짜리 여자애 같지 않았다. 라일라는 딸이 말하는 모습이 놀라웠다. 억양이나 운율, 말을 할 때 사이를 두는 요령, 그 모든 것이 너무 어른스러워 도무지 어린애 같질 않았다. 매일 아침 잘메이를 깨워서 옷을 입히고 아침을 먹이고 머리를 빗겨주는 건 아지자였다. 변덕스러운 동생을 다독이고 낮잠을 재우는 것도 그녀였다. 그를 돌보며, 아지자는 화가 났을 때 어른들이 그런 것처럼 고개를 살살 흔들었다.

아지자는 텔레비전의 전원 스위치를 눌렀다. 라시드가 벼락같이 소리를 치며 아지자의 손목을 움켜잡고 탁자 위에 놓았다. 부드러움이라곤 눈곱만큼도 찾아볼 수 없는 행동이었다.

"이건 잘메이의 텔레비전이다."

아지자는 마리암한테 가더니 그녀의 무릎으로 들어갔다. 두 사람은 이제 떨어질 수 없었다. 최근 들어 마리암은 아지자에게 코란에 나오는 시편들을 가르치기 시작했다. 라일라도 그게 좋았다. 아지자는 벌써 이클라 편, 파티하 편을 암송할 줄 알았고, 네 가지의 아침 기도를 할 줄 알았다. "이 지식과 이 기도가 내가 이 아이에게 줄 수 있는 모든 것이야. 그것은 내가 갖고 있는 유일한 재산이야." 마리암은 라일라에게 이렇게 말했었다.

잘메이가 방으로 들어왔다. 사람들이 거리의 마술사들의 간단한 묘기를 기다리는 것처럼, 라시드는 기대 섞인 눈으로 그를 지켜보았다. 잘메이는 텔레비전 선을 잡아당기고 스위치를 눌러보더니 빈 화면에 손바닥을 댔다. 그가 손바닥을 떼자, 유리에 생겼던 작은 손자국이 희미해졌다. 라시드는 잘메이가 손바닥을 연거푸 붙였다 떼었다 하는 모습을 바라보며 자부심 가득한 미소를 지었다.

탈레반은 텔레비전을 금지했다. 비디오테이프는 공개적으로 잘라서 테이프를 찢어내 울타리 기둥에 걸쳐놓았다. 접시안테나는 뜯어내서 가로등 기둥에 걸어놓았다. 하지만 라시드는 그런 것들이 금지되었다는 이유만으로 그것들을 찾을 수 없는 건 아니라고 말했다.

"내일은 만화영화를 찾아봐야겠다. 어렵겠지만, 암시장에 가면 무엇이든 살 수 있거든."

"그렇다면 우리한테 새 우물을 사주실 수도 있겠네요."

라일라가 이렇게 말하자, 그는 경멸에 찬 눈길로 그녀를 바라보았다.

또다시 흰 쌀밥만으로 된 저녁을 먹고, 가뭄 때문에 차 마시는 걸 건너뛰었을 때였다. 라시드는 담배를 피운 다음, 라일라에게 자신이 생각했던 것에 대해 얘기했다.

라일라가 말했다.

"안 돼요."

그는 그녀에게 허락을 받으려는 게 아니라고 말했다.

"네가 허락하든 말든, 나는 상관하지 않아."

"진상을 제대로 알게 되면 그러겠죠."

그는 감당할 수 있는 것 이상으로 더 많은 친구들로부터 돈을 빌려 썼으며, 가게에서 나오는 돈만으로는 더 이상 다섯 사람이 먹고살 수 없는 상황이라고 설명했다.

"진즉 얘기하지 않았던 건 걱정을 덜어주기 위해서였어. 게다가 너는 그들이 얼마나 많이 벌어들이는지 알게 되면 놀랄걸."

라일라는 다시 안 된다고 말했다. 그들은 거실에 있었다. 마리암과 아이들은 부엌에 있었다. 접시가 부딪는 소리, 잘메이의 높은 웃음소리, 마리암에게 뭔가를 얘기하는 아지자의 고르고 조리 있는 목소리가 그녀의 귀에 들렸다.

라시드가 말했다.

"저 아이 같은 애들도 있을 거야. 더 어린 애도 있어. 카불에 있는 모든 사람들이 똑같이 하고 있어."

라일라는 다른 사람들이 그들의 자식들을 어떻게 하는지는 상관없는 일이라고 말했다.

라시드는 이제 인내심을 잃어가고 있었다.

"내가 잘 지켜볼게. 거기는 안전한 곳이야. 길 건너에는 사원이 있어."

라일라가 말허리를 잘랐다.

"제 딸을 거지로 만드는 것은 용납 못 해요!"

라시드의 두툼한 손이 라일라의 뺨에 정통으로 맞으면서 큰 소리가 났다. 라일라는 머리가 빙빙 돌았다. 부엌에서 들리던 소리들도 뚝 그쳤다. 잠시, 집 안은 완벽하게 조용해졌다. 다급한 발걸음 소리가 들리더니 마리암과 아이들이 거실로 왔다. 그들은 라일라와 라시드를 번갈아 쳐다보았다.

그때, 라일라가 그를 주먹으로 쳤다.

누군가를 때린 것은 그때가 처음이었다. 물론, 타리크와 함께 장난삼아 서로를 주먹으로 치던 때도 있었다. 그러나 그때는 손바닥을 펴고 때렸다. 아니, 때렸다기보다는 어루만졌다고 해야 옳았다. 그것은 그들이 느끼는 당황스럽기도 하고 짜릿하기도 한 불안감을 다정하고 편안한 방식으로 표현한 것이었다. 그들은 타리크가 교수 같은 목소리로 '델토이드'라고 부르는 서로의 힘줄을 겨냥해 때리곤 했었다.

라일라는 자신의 주먹이 공중을 가르는 모습을 바라보았다. 라시드의 억세고 거친 살갗의 주름이 주먹에 느껴졌다. 그것은 마루에 쌀자루를 놓는 것 같은 소리를 냈다. 그녀는 그를 세게 쳤다. 사실, 그 충격으로 그는 두 걸음 뒤로 비틀거리며 물러났다.

놀라는 소리, 비명 소리, 날카로운 비명 소리가 거실 한쪽으로부터 들렸다. 라일라는 누가 어떤 소리를 냈는지 알지 못했다. 그 순간, 그녀는 너무 놀라서 그런 것에 신경을 쓸 틈이 없었다. 그녀는 자신의 손이 무슨 짓을 했는지 이해하려고 기다리고 있었다. 그녀의 손이 그렇게 했을 때, 그녀는 자신이 웃었을지도 모른다고 생각했다. 놀랍게도 라시드가 침착하게 거실을 나갔을 때, 그녀는 자신이 씨익 웃었을지 모른다고 생각했다.

갑자기 삶의 모든 어려움이, 그녀와 아지자, 마리암의 삶의 모든 어려움이 가라앉고, 텔레비전 화면에 나타났던 잘메이의 손자국처럼 증발해버린 것 같았다. 터무니없긴 하지만 이 결정적인 순간을 위해서라면, 그때까지의 무례와 고통을 끝낼 이 거부의 몸짓을 위해서라면, 그들이 참아야 했던 모든 게 그럴 만한 가치가 있었던 것 같았다.

라일라는 라시드가 거실로 돌아왔다는 걸 알아차리지 못했다. 그의 손이 목에 둘리고 몸이 들려 벽에 내동댕이쳐질 때까지는.

가까이 있자, 그의 냉소 띤 얼굴이 너무너무 커 보였다. 라일라는 그 얼굴이 나이가 들면서 얼마나 더 부풀었는지, 그의 코에 난 실핏줄이 얼마나 더 터졌는지 보았다. 라시드는 아무 말도 하지 않았다. 하기야 총구를 부인의 입에 밀어 넣으면서 무슨 말이 필요하고 또 무슨 말을 할 수 있겠는가.

급습, 그것이 그들이 뜰에서 구멍을 파고 있는 이유였다. 급습은 때로는 달마다, 때로는 주마다, 최근 들어서는 거의 날마다 있었다. 대부분, 탈레반은 물건을 압수하고 누군가의 엉덩이에 발길질을 하고 한두 사람의 뒤통수를 갈겼다. 하지만 때때로 공개적으로 손바닥과 발바닥에 매질을 했다.

마리암이 구멍 가장자리에 무릎을 대고 말했다.

"조심해."

그들은 텔레비전을 싼 비닐의 양쪽 귀퉁이를 잡고 텔레비전을 구멍에 넣었다.

"됐어."

그들은 그 일이 끝나자 구멍을 흙으로 덮었다. 그리고 흔적이 남지 않도록 흙을 둘레에 뿌렸다.

마리암이 치마에 손을 닦으며 말했다.

"됐어."

그들은 한두 달이나 6개월, 혹은 더 걸릴지 모르지만, 탈레반이 급습의 횟수를 줄이면 텔레비전을 꺼내기로 했다.

라일라는 꿈을 꾸었다. 그녀와 마리암은 공구실 뒤에서 다시 땅을 파고 있다. 그런데 이번에 그들이 땅속으로 넣는 것은 아지자다. 아지자의 숨결이 비닐에 김을 서리게 한다. 라일라는 공포에 질린 그녀의 눈과 창백한 손바닥을 본다. 아지자가 손바닥으로 비닐을 치며 민다. 아지자가 애원한다. 라일라는 그녀가 지르는 비명을 들을 수 없다. 라일라가 말한다. "잠시만 있으면 된다. 잠시만 있으면 돼. 급습 때문이라는 걸 모르겠니? 급습이 끝나면 엄마와 마리암 할라가 꺼내줄게. 약속하마, 애야. 그때 같이 놀자꾸나. 네가 하고 싶은 모든 놀이를 같이 하자꾸

나." 그녀는 삽에 흙을 채운다. 알갱이가 굵은 한 덩이의 흙이 비닐 위로 떨어진다. 그때, 라일라는 숨을 헐떡거리며 잠에서 깨었다. 입에서 흙 맛이 느껴졌다.

41

마리암

2000년 여름, 가뭄이 3년째 계속되었다. 최악의 해였다.

헬만드, 자볼, 칸다하르의 마을 사람들은 그들의 가축을 위해 풀과 물을 찾아서 계속 움직이는 유목민 집단이 되었다. 그들은 아무것도 찾지 못하고 염소와 양과 소들이 죽자, 카불로 왔다. 그리고 카레아리아나 언덕 기슭에 자리를 잡고, 열다섯 채에서 스무 채의 움막들이 옹기종기 모인 빈민굴에서 살았다.

그해 여름은 〈타이타닉〉의 여름이기도 했다. 마리암과 아지자는 엉켜서 몸을 구르고 웃으면서 지냈다. 아지자는 자기가 잭이 되겠다고 했다.

"조용히 해라, 아지자."

"잭이라고요! 할라, 제 이름은 잭이에요. 잭이라고 해보세요!"

"네 아빠 깨겠다. 화내실 거야."

"잭이라니까요! 할라는 로즈이고요."

결국 누워 있던 마리암은 다시 한번 로즈가 되겠다고 양보를 했다.

그녀의 말씨가 누그러졌다.

"좋아, 너는 잭이다. 너는 젊어서 죽고 나는 늙을 때까지 살게 되지."

아지자가 말했다.

"하지만 저는 죽지만 영웅으로 죽고 로즈는 나를 그리워하며 평생을 비참하게 살게 돼요."

아지자는 그렇게 말한 후, 마리암의 가슴 위로 다리를 벌리고 서서 이렇게 말했다.

"자, 우리는 키스를 해야 해요!"

마리암은 고개를 이쪽저쪽으로 돌리고, 아지자는 키스를 하기 위해 오므린 입술을 갖다 대려고 했다. 그녀는 깔깔대며 자신의 수치스러운 행동에 신이 나 있었다.

때때로 잘메이가 어슬렁거리며 들어와서 그 모습을 지켜보았다. 그는 자기는 무슨 배역을 맡느냐고 물었다.

아지자가 말했다.

"너는 빙산을 하면 되겠다."

그해 여름, 〈타이타닉〉의 열기가 카불을 사로잡았다. 사람들은 파키스탄에서 불법 복제된 비디오를 몰래 들여왔다. 때로는 속옷에 숨겨 갖고 왔다. 통행금지 시간이 되면, 모든 사람들은 문을 잠근 뒤 불을 끄고 소리를 낮추고, 운명의 배에 탄 잭과 로즈와 승객들을 위해 눈물을 흘렸다. 전기가 들어오면 마리암과 라일라, 아이들도 그걸 봤다. 그들은 늦은 밤에 공구실 뒤에서 텔레비전을 꺼내, 불을 끄고 창문을 누비이불로 가리고 열 번도 넘게 비디오를 보았다.

행상들은 카불강의 마른 강바닥으로 이동했다. 곧 강바닥에서는 외바퀴 손수레에 늘어놓은 원목에 감긴 타이타닉 카펫, 타이타닉 천을 살 수 있었다. 타이타닉 탈취제, 타이타닉 치약, 타이타닉 향수, 타이타닉 부르카까지 있었다. 아주 악착같은 거지는 자기가 '타이타닉 거지'라고 했다.

'타이타닉시'가 태어났다.

사람들은 말했다.

"그건 노래를 뜻하는 거야."

"아니야, 바다야. 호화 유람선이야."

사람들은 속삭였다.

"그것은 섹스야."

아지자가 수줍게 말했다.

"그 모든 건 레오에 관한 거예요."

라일라는 마리암에게 말했다.

"모든 사람이 잭을 원하고 있어요. 바로 그거예요. 사람들은 모두, 잭이 자신들을 재앙으로부터 구해주길 바라고 있어요.

하지만 잭은 없어요. 잭은 돌아오지 않아요. 잭은 죽었어요."

그해의 늦여름, 한 옷감 가게 주인이 담뱃불을 끄는 걸 잊고 잠이 들었다. 그는 살아남았지만 가게는 그렇지 못했다. 불은 옆에 있던 옷감 가게, 중고 옷 가게, 작은 가구점, 제과점으로 번졌다.

그들은 후에 라시드에게, 바람이 서쪽이 아니라 동쪽으로 불었다면, 그 블록의 구석에 있던 그의 가게는 괜찮았을지 모른다고 말했다.

그들은 모든 걸 팔았다.

처음에는 마리암의 것을, 그다음에는 라일라의 것을, 그다음에는 아지자가 입었던 아기 옷을, 그다음에는 라일라가 라시드와 싸우면서 아지자에게 사줬던 몇 개의 장난감들을 팔았다. 라시드의 시계도 팔고, 그의 라디오, 두 개의 넥타이, 구두, 반지까지 팔았다. 소파, 탁자, 양탄자, 의자도 팔았다. 라시드가 텔레비전을 팔자 잘메이는 난리법석을 떨었다.

불이 난 후로 라시드는 거의 매일 집에 있었다. 그는 아지자의 뺨을 때리고 마리암에게 발길질을 했다. 그는 물건들을 집어 던졌다. 그는 라일라에게 트집을 잡았다. 그녀에게서 나는 냄새, 그녀의 옷 입는 방식, 머리를 빗는 방식, 그녀의 누렇게 변한 이에 이르기까지 사사건건 트집을 잡았다.

"너, 어떻게 된 거야? 나는 파리(공주)와 결혼했다고 생각했는데 지금 보니 노파로군. 너는 마리암처럼 되어가고 있어."

그는 하지 야구브 광장 근처에 있는 요리점에서 일하다가 해고를 당했다. 손님과 싸움을 했기 때문이었다. 손님은 라시드가 무례하게 빵을 식탁에 던졌다고 불평했다. 라시드는 손님에게 낯짝이 고양이 같은 우즈베크인이라고 했다. 한쪽에서 총을 휘두르자, 다른 쪽에서는 꼬챙이를 휘둘렀다. 라시드는 자신이 꼬챙이를 휘둘렀다고 말했다. 하지만 마리암은 그의 말을 믿지 않았다.

타이마니에 있는 음식점에서 해고당한 것은 손님들이 너무 오래 기다린다고 불평해서였다. 라시드는 요리사가 느리고 게을러서 그랬다고 했다.

라일라가 말했다.

"당신이 밖에 나가 낮잠을 자고 있었는지도 모르죠."

마리암이 말했다.

"라일라, 자극하지 마."

"이년아, 너 조심해."

"그렇든가 아니면 담배를 피우든가 했겠죠."

"이런 염병할!"

"당신의 본성은 어쩔 도리가 없어요."

그는 라일라에게 덤벼들었다. 그녀의 가슴, 머리, 배를 주먹으로 치고 머리를 잡아당기고 벽으로 밀쳤다. 아지자는 소리를 치며 그의 셔츠를 잡아당겼다. 잘메이도 소리를 지르며 엄마에게서 그를 떼어놓으려 했다. 라시드는 아이들을 밀쳐버리고 라일라를 바닥에 내동댕이치고 발로 차기 시작했다. 마리암이 라일라 위에 몸을 던졌다. 그러자 그는 마리암을 발로 차기 시작했다. 그는 더 이상 그럴 수 없을 때까지, 침을 튀기고 살기가 가득한 눈으로 발길질을 했다.

"라일라, 네년은 나한테 죽여달라고 하고 있다."

그는 헐떡거리면서 이렇게 말하고 집을 뛰쳐나갔다.

돈이 떨어지자, 배고픔이 그들의 삶에 어둠을 드리우기 시작했다. 마리암은 배고픔이 순식간에 삶의 핵심이 되었다는 사실에 경악을 금치 못했다.

고기나 양념도 없이 끓인 맨밥도 이제는 구경하기 어려웠다. 그들은 점점 더 규칙적으로 식사를 걸렀다. 때때로 라시드는 정어리 통조림과 톱밥 맛이 나는 마른 빵을 집으로 가져왔다. 그는 식품점에서 훔쳐 온 가루 반죽에 싼 고기 요리 통조림을 오등분해서, 잘메이에게 가장 많이 주었다. 그는 순무에 소금을 쳐 날것으로 먹었다. 시든 상추잎과 새까매진 바나나를 저녁으로 먹었다.

굶어서 죽는 것이 갑자기 현실이 되었다. 어떤 사람들은 기다리지 않으려 했다. 마리암은 어떤 집 과부가 마른 빵을 갈아서 쥐약을 묻혀 일곱 명의 자식에게 먹이고, 자신이 가장 많이 먹었다는 얘기를 들었다.

아지자의 갈비뼈가 드러나기 시작했다. 통통한 볼은 사라지고 없었다. 종아리는 가늘어지고 안색은 묽은 차 색깔로 변했다. 마리암은 아지자를 안을 때, 팽팽한 살가죽 아래로 돌출된 엉덩이뼈를 느낄 수 있었다. 잘메이는 흐리멍덩해진 눈을 반쯤 감고 누워 있거나, 아버지의 무릎에 넝마처럼 늘어져 있었다. 그는 소리칠 힘이 있을 때는 울다가 잠이 들었지만 곤히 자지 못했다. 마리암은 자리에서 일어날 때마다 흰 점들이 눈앞에서 뛰어다니는 걸 느꼈다. 머리가 어지럽고 귀가 울렸다. 그녀는 라마단이 시작될 때, 배고픔에 관해서 파이줄라 선생이 해줬던 얘기를 떠올렸다. "뱀에 물린 사람도 잠을 자지만, 배고픈 사람은 잠을 못 잔다."

라일라가 말했다.

"눈앞에서 제 자식들이 죽어가고 있어요."

마리암이 말했다.

"죽지 않을 거야. 내가 죽게 놔두지 않을 거야. 라일라, 괜찮아질 거야. 나는 어떻게 해야 할지 알고 있어."

데일 듯이 더운 어느 날, 마리암은 부르카를 입고 라시드와 함께 인터콘티넨틸 호텔로 걸어갔다. 버스 요금은 이제 감당할 수 없는 사치가 되었다. 마리암은 가파른 언덕의 정상에 도착했을 즈음엔 기진맥진해 있었다. 경사를 오르는데 자꾸 현기증

이 났다. 두 번이나 발을 멈추고 현기증이 가라앉기를 기다려
야 했다.

호텔 입구에서 라시드는 문지기와 인사를 나누며 포옹을 했
다. 문지기는 부르고뉴 양복을 입고 챙이 달린 모자를 쓰고 있
었다. 두 사람은 다정해 보였다. 라시드는 문지기의 팔꿈치를
잡고 얘기를 했다. 그는 마리암을 몸짓으로 한 번 가리켰다. 그
들은 잠시 그녀를 향해 눈길을 주었다. 마리암은 문지기가 어
쩐지 낯이 익다 싶었다.

문지기가 안으로 들어가자 마리암과 라시드는 기다렸다. 고
지대에 서 있으니 기술대학 건물이 보이고 그 너머로 옛 하이
르하나 지역과 마자르로 가는 길이 보였다. 남쪽으로는 오래전
에 버려진 실로 빵 공장이 보였다. 수없이 포탄을 맞은 탓에
공장의 희미한 황색 앞면에는 큰 구멍이 숭숭 나 있었다. 더
남쪽으로는 폐허가 된 다루라만 궁이 보였다. 오래전, 라시드
는 그녀를 데리고 그곳으로 소풍을 갔었다. 마리암에게 그날에
대한 기억은 더 이상 자신의 것처럼 보이지 않는 과거의 유물
이었다.

마리암은 이러한 것들에 몰두했다. 마음이 떠돌도록 놔두면
용기가 없어질 것만 같았다.

몇 분마다 지프차와 택시들이 호텔 입구로 올라왔다. 문지기
들이 승객들을 맞으려고 달려갔다. 손님들은 모두, 무장을 하
고 수염을 기르고 터번을 두른 남자들이었다. 그들은 한결같이

자신만만하고 위압적인 모습으로 차에서 내렸다. 마리암은 그들이 호텔 문으로 들어가면서 하는 얘기를 들었다. 파슈토어, 페르시아어가 들렸다. 우르두어와 아랍어도 들렸다.

라시드가 낮은 목소리로 말했다.

"우리의 진짜 주인이 누군지 봐. 파키스탄 사람들과 아랍 이슬람들이야. 탈레반은 허수아비야. 이 사람들이 진짜 선수들이고 아프가니스탄은 그들의 운동장이지."

라시드는 탈레반이 이 사람들로 하여금 나라 전체에 비밀 캠프를 만들게 하고, 거기에서 젊은 사람들에게 자살폭탄병과 지하드 전사가 되는 훈련을 시키고 있다는 소문을 들었다고 말했다.

마리암이 말했다.

"왜 이렇게 오래 걸리죠?"

라시드가 침을 뱉고 흙으로 덮었다.

한 시간 후, 라시드와 마리암은 문지기를 따라 안으로 들어가 기분 좋게 서늘한 로비를 가로질렀다. 타일이 깔린 바닥에 그들의 구두가 닿는 소리가 들렸다. 마리암은 총을 찬 두 남자가 의자에 앉아 차를 마시며 설탕을 입힌 젤라비(과자)를 먹고 있는 걸 보았다. 그녀는 젤라비를 좋아하는 아지자를 생각하고 눈길을 돌렸다.

문지기는 그들을 발코니로 데리고 갔다. 그리고 주머니에서 작은 검정 핸드폰과 번호가 적힌 종이를 꺼냈다. 그는 라시드에게 그 핸드폰이 지배인의 것이라고 말했다.

그가 말했다.

"5분만 쓸 수 있어. 더 이상은 안 돼."

라시드가 말했다.

"고맙네. 이 은혜 잊지 않을게."

문지기는 고개를 끄덕이고 걸어 나갔다. 라시드가 번호를 돌렸다. 그리고 마리암에게 핸드폰을 건넸다.

마리암은 신호음이 가는 소리를 들으며 옛 생각을 했다. 1987년 여름, 그러니까 13년 전에 마지막으로 잘릴을 만났다. 헤라트 번호판이 달리고 차의 지붕, 엔진 덮개, 트렁크를 양분해주는 흰 띠가 있는 청색 벤츠가 그녀의 집 밖에 주차되어 있었다. 그는 지팡이를 짚고 거리에 서 있었다. 잘릴은 거기에서 몇 시간 동안 그녀를 기다리며 서 있었다. 그는 그녀가 전에 한번 '그의' 집 밖에서 '그의' 이름을 불렀던 것처럼, 이따금 그녀의 이름을 부르며 기다리고 있었다. 마리암은 커튼을 약간 젖히고 그의 모습을 흘긋 보았다. 짧게 흘긋 본 것에 불과했지만, 그의 머리가 하얘졌으며 몸이 구부정해졌다는 걸 알 수 있을 정도로 충분히 긴 시간이었다. 그는 늘 그랬듯이 안경을 끼고 붉은 넥타이를 차고 가슴 호주머니에 삼각형 모양의 흰 손수건을 넣고 있었다. 가장 두드러진 건 그가 마리암이 기억하는 것보다 훨씬 더 말랐다는 것이었다. 짙은 갈색 양복 상의와 셔츠와 바지가 헐렁해 보였다.

잘릴도 잠깐에 불과했지만 그녀를 보았다. 그들의 눈길이 커튼에 난 틈을 통해 잠깐 만났다. 오래전에 또 다른 커튼의 틈으로 그들의 눈길이 만났듯이 말이다. 하지만 마리암은 재빨리 커튼을 여몄다. 그리고 침대에 앉아 그가 떠나기를 기다렸다.

마리암은 지금, 잘릴이 그녀의 집 문에 놓고 간 편지를 떠올렸다. 그녀는 그것을 며칠 동안 베개 밑에 두고 있었다. 이따금 그걸 들고 만지작거렸다. 그러다가 결국 그것을 열어보지 않고 찢어버렸다.

그런데 지금, 이렇게 세월이 흐른 지금, 그녀가 그에게 전화를 하고 있었다.

마리암은 이제, 자신의 어리석고 철없던 자존심을 후회했다. 이제야 그녀는 그때 잘릴을 들어오게 했었더라면 싶었다. 그를 들어오게 하고, 그와 마주 앉아서, 그가 무슨 말을 하는지 들어보는 게 무슨 해가 되었으랴! 그는 그녀의 아버지였다. 좋은 아버지가 아니었다는 건 사실이었다. 하지만 라시드의 악의에 비하면, 그리고 사람들이 서로에게 가하는 잔혹함과 폭력에 비하면, 그의 잘못은 얼마나 평범해 보이는가!

그녀는 그의 편지를 찢어버리지 않았더라면 싶었다.

남자의 깊은 목소리가 들렸다. 헤라트 시장 사무실로 전화가 연결된 것이었다.

마리암이 헛기침을 하며 말했다.

"살람(안녕하세요). 저는 헤라트에 살거나 몇 년 전에 그곳에 살았던 사람을 찾고 있는 중이에요. 이름은 잘릴 한이고요, 샤레나우에 살았고 영화관을 갖고 있었습니다. 그분이 지금 어디에 살고 있는지 알 수 있을까요?"

남자의 목소리에 짜증이 묻어났다.

"그런 이유로 시장 사무실에 전화를 했다는 말이오?"

마리암은 달리 전화할 곳이 없었다고 말했다.

"저를 용서하십시오. 당신이 해야 할 중요한 일들이 있겠지만 이건 죽느냐 사느냐의 문제입니다. 저는 죽고 사는 문제 때문에 전화를 하는 겁니다."

"나는 모르겠어요. 영화관은 오래전에 닫혔어요."

"그분을 알고 있는 누군가가 있지 않을까요? 누구라도……."

"아무도 없어요."

마리암은 눈을 감았다.

"부탁입니다. 아이들과 관련된 문제입니다. 아주 어린 아이들요."

긴 한숨 소리가 들렸다.

"어쩌면 누군가……."

"여기에 운동장 관리인이 있어요. 그 사람은 평생 여기서 살았을 겁니다."

"네, 그분에게 한번 물어봐주세요."

"내일 다시 전화하시오."

마리암은 그럴 수 없다고 말했다.

"저는 이 전화를 5분밖에 사용할 수 없습니다. 저는……."

저쪽에서 딸깍하는 소리가 들렸다. 마리암은 그가 전화를 끊었다고 생각했다. 하지만 발자국 소리, 목소리, 멀리서 들리는 자동차 경적 소리, 선풍기 같은 뭔가가 규칙적인 소리를 내며 돌아가는 소리가 수화기를 통해 들려왔다. 그녀는 전화를 다른 쪽 귀로 옮기고 눈을 감았다.

그녀는 잘릴이 미소를 지으며 호주머니 속으로 손을 넣던 모습을 떠올렸다. "응, 그렇구나. 여기 있다." 달과 별들이 그려진 작은 동전들이 달린 나뭇잎 모양의 펜던트! "마리암, 한번 해보렴." "어때요?" "여왕 같구나."

이런 생각을 하는 사이, 몇 분이 지나갔다. 발자국 소리가 나고 끼익하는 소리가 났다.

"그 사람이 알고 있답니다."

마리암이 말했다.

"어디에 있답니까? 잘릴 한이 어디에 사는지 알고 있답니까?"

잠시 말이 끊겼다.

"오래전인 1987년에 죽었다고 합니다."

마리암의 가슴이 철렁 내려앉았다. 물론 그녀도 그 가능성을 생각해보긴 했다. 잘릴은 지금쯤 70대 중반이나 후반이 됐을 것이다. 하지만…….

1987년.

그는 그때 죽어가고 있었다. 아아, 그는 작별 인사를 하려고 헤라트에서 그 먼 길을 달려온 것이었다.

마리암은 전화기를 들고 발코니의 가장자리로 갔다. 그곳에서 그녀는 한때 유명했던 호텔 수영장이 텅 비고 흉물스럽게 변한 모습을 볼 수 있었다. 총알에 맞아 구멍이 패고 타일은 흉하게 변해 있었다. 테니스 코트는 부서지고 코트의 한가운데에는 누덕누덕한 네트가 뱀의 허물처럼 늘어져 있었다.

저쪽 사람이 말했다.

"이제 끊어야겠습니다."

마리암은 전화기에 대고 소리 없이 울면서 말했다.

"귀찮게 해서 죄송합니다."

그녀는 잘릴이 호주머니에 선물을 가득 넣고 징검다리를 건너며 자신을 향해 손을 흔드는 모습을 떠올렸다. 그녀는 늘 마음을 졸였었다. 아버지와 더 많은 시간을 보낼 수 있도록 허락해달라고 신에게 기원했었다.

"고맙습니다."

마리암은 이렇게 말하기 시작했지만, 저쪽 남자는 이미 전화를 끊은 상태였다.

라시드가 그녀를 바라보고 있었다. 마리암이 고개를 저었다.

그는 그녀에게서 전화를 낚아채며 말했다.

"아무 짝에도 쓸모없는 인간들. 그 애비에 그 딸이로군."

로비에서 나오다가 라시드는 이제는 아무도 없는 커피 탁자로 기운차게 가더니 마지막 남은 젤라비 조각을 호주머니에 집어넣었다. 그리고 집으로 가져가 잘메이에게 주었다.

42

라일라

아지자는 종이봉투에 꽃무늬 셔츠, 하나밖에 없는 양말, 짝
이 맞지 않는 털실 장갑, 별과 혜성들이 점점이 박힌 낡은 주황
색 담요, 쪼개진 플라스틱 컵, 주사위를 챙겨 넣었다.

2001년 4월, 서늘한 아침이었다. 라일라가 스물세 살이 되기
직전이었다. 하늘은 반투명한 회색이었고, 끈적끈적한 찬바람
이 방충망을 계속 흔들어대는 소리가 났다.

라일라가 아마드 샤 마수드가 프랑스로 가 유럽의회에서 연
설을 한다는 말을 들은 지 며칠 지나서였다. 마수드는 이제 그
의 고향인 북쪽에서, 탈레반과 아직도 싸우고 있는 유일한 반
대파인 북쪽연합을 이끌고 있었다. 유럽에서 마수드는 아프가
니스탄에 있는 테러리스트들에게 경고를 해주고 탈레반과 싸우
는 자신을 미국과 함께 도와달라고 서방국가들에게 간청했다.

그는 말했다.

"부시 대통령이 우리를 도와주지 않는다면, 이 테러리스트들은 미국과 유럽에 곧 해를 끼칠 것입니다."

그보다 한 달 앞서, 라일라는 탈레반이 바미안에 있는 거대한 불상의 틈새에 TNT를 설치해 폭파시킬 계획이라는 걸 알았다. 그들은 불상을 우상숭배와 죄악의 물건으로 간주했다. 미국에서부터 중국까지 전 세계가 거세게 항의했다. 지구 곳곳에 있는 나라들의 정부, 역사학자, 고고학자들이 편지를 써서 아프가니스탄에 있는 두 개의 위대한 유산을 파괴하지 말아달라고 탈레반에게 간청했다. 하지만 탈레반은 계획했던 대로 밀고 나가 2천 년이 된 불상의 내부에 폭약을 설치했다. 그들은 폭약이 터질 때마다 알라후 아크바르를 외쳤고, 불상에서 팔이나 다리가 먼지구름을 일으키며 떨어져 나갈 때마다 환성을 질렀다. 라일라는 1987년에 바비, 타리크와 함께 두 개의 석불 중 더 큰 불상 위에 서서, 햇살이 화사하게 비치는 그들의 얼굴에 부는 바람을 맞으며, 구불구불한 계곡 위로 한 마리 매가 원을 그리며 날고 있는 모습을 내려다보던 기억을 떠올렸다. 하지만 그녀는 불상이 파괴되었다는 소식을 들었을 때, 아무런 감각이 없었다. 그것은 중요하지 않은 것 같았다. 자신의 삶이 바스러지고 있는데, 어찌 불상을 염려할 수 있겠는가?

라시드가 그녀에게 가야 될 시간이라고 말할 때까지, 라일라는 아무 말도 하지 않고 돌 같은 표정으로 거실 구석의 마루에 앉아 있었다. 그녀의 헝클어진 머리가 얼굴 주위에서 흔들렸다. 아무리 숨을 들이쉬어도 폐에 공기가 부족한 것 같았다.

카르테세로 가는 길에, 잘메이는 라시드의 팔에서 펄쩍펄쩍 뛰었다. 아지자는 마리암의 손을 잡고 빠르게 걸었다. 바람이 아지자의 턱 밑에 묶인 더러운 스카프를 들추고 치맛자락을 흔들었다. 아지자의 얼굴은 이제 더 굳어 있었다. 마치 걸음을 옮길 때마다 자신을 속이고 있다는 걸 알아차리기 시작하는 것 같았다. 라일라는 아지자에게 진실을 얘기할 용기를 찾지 못했다. 그녀는 아지자에게 아이들이 먹고 자고 학교가 끝나도 집에 오지 않는 특수학교에 가는 거라고 말했다. 아지자는 라일라에게 며칠 동안 똑같은 질문을 퍼부었다. 학생들은 서로 다른 방에서 자는 거야? 아니면 큰 방에서 같이 자는 거야? 친구를 사귀게 될까? 선생님들은 좋을까?

"얼마나 오래 거기에 있어야 해요?"

그녀는 이 질문을 수없이 했다.

그들은 땅딸막하고 막사처럼 생긴 건물에서 두 블록 떨어진 곳에서 걸음을 멈췄다.

라시드가 말했다.

"잘메이와 나는 여기에서 기다릴게. 아, 내가 하마터면 잊어먹을 뻔……."

그는 주머니에서 껌 하나를 꺼내 너그러운 표정을 가장하며 아지자에게 주었다. 작별 선물이었다. 아지자는 그걸 받아 들고 고맙다고 속삭였다. 라일라는 아지자가 그렇게 품위가 있고, 용서할 수 있는 무한한 능력을 갖고 있는 데 놀랐다. 눈물이 핑 돌았다. 그녀의 가슴은 미어지고 있었다. 라일라는 오늘 오후부터는 아지자가 자신의 옆에서 낮잠을 자지 못하고, 그녀의 팔에 와 닿던 아지자의 가벼운 팔, 갈비뼈 쪽으로 비집고 들어오던 아지자의 둥근 머리, 그녀의 목을 훈훈하게 하던 아지자의 숨결, 그녀의 배를 차던 아지자의 뒤꿈치를 느끼지 못할 거라는 생각에 설움이 북받쳤다.

아지자가 떠날 때, 잘메이가 울면서 소리치기 시작했다.

"아지자! 아지자!"

그는 아버지의 팔에서 꿈틀거리며 발길질을 했다. 그는 길 건너에 있는 오르간 연주자의 원숭이에 주의가 팔릴 때까지 누나를 불렀다.

그들은 마지막 두 블록은 따로 떨어져 걸었다. 마리암, 라일라, 그리고 아지자. 그들이 건물에 도착했을 때 라일라는 깨진 앞면, 축 처진 지붕, 유리가 없어진 창에 못으로 박은 판자, 썩어가는 벽에 걸쳐진 그네의 윗면을 보았다.

그들은 문 옆에 멈췄다. 라일라는 아지자에게 했던 말을 되풀이했다.

"그들이 네 아빠에 대해 물으면 뭐라고 대답하라고 했지?"

아지자는 신중한 표정을 지으며 말했다.

"무자헤딘 때문에 돌아가셨다고요."

"그래, 아지자. 알겠지?"

아지자는 이렇게 물었다. "이곳이 특수학교예요?"

건물의 모습을 보고 아이는 충격을 받은 것 같았다. 아이의 아랫입술이 떨리고 있었다. 눈에는 눈물이 글썽거렸다. 라일라는 아지자가 용기를 내려고 얼마나 힘들게 노력하고 있는지 보았다.

아지자는 가늘고 생기 없는 목소리로 말했다.

"솔직히 말하면, 그들은 나를 안 받아줄 거예요. 특수학교잖아요. 집에 가고 싶어요."

라일라가 가까스로 말했다.

"늘 오마. 약속할게."

마리암이 말했다.

"나도 그러마. 아지자, 너를 보러 같이 오마. 늘 그랬던 것처럼 같이 놀자꾸나. 네 아버지가 일자리를 찾을 때까지만 잠시 있으면 된다."

라일라가 동요하며 말했다. "여기에는 먹을 것이 있어."

그녀는 부르카를 쓰고 있어서, 자신이 속으로 무너져 내리고 있는 걸 아지자가 볼 수 없다는 사실이 다행이라고 생각했다.

"여기에선 굶지는 않을 거다. 밥과 빵, 물이 있고 과일도 있을지 모른다."

"하지만 엄마는 여기에 안 계실 거잖아요. 할라도 마찬가지 고요."

라일라가 말했다.

"늘 찾아오마. 아지자, 날 봐라. 꼭 오마. 나는 네 엄마다. 누가 죽인다 해도 널 찾아오겠다."

고아원 원장은 구부정하고 가슴이 좁고 기분 좋게 주름살이 잡힌 남자였다. 머리가 벗어지고 수염은 텁수룩하고 눈은 완두콩 같았다. 이름은 자만이었다. 그는 챙이 없는 사발 모양의 모자를 쓰고 있었다. 안경의 왼쪽 렌즈가 약간 깨져 있었다.

그는 그들을 사무실에 데리고 들어가면서, 라일라와 마리암에게 이름을 묻고, 아지자에게도 이름과 나이를 물었다. 그들은 희미하게 불을 밝힌 통로를 지나갔다. 맨발의 아이들이 옆으로 비켜서며 바라보았다. 그들은 머리가 제멋대로이거나 빡빡 밀고 있었다. 그들은 소매가 닳은 스웨터에 무릎이 실만 남을 정도로 닳은 남루한 청바지, 테이프로 덕지덕지 기운 코트를 입고 있었다. 비누와 탤컴파우더, 암모니아수와 지린내가 났다. 아지자는 점점 더 걱정이 되는지 훌쩍거리기 시작했다.

라일라는 뜰을 바라보았다. 잡초가 무성한 땅에 망가질 듯한 그네, 낡은 타이어, 바람이 빠진 농구공이 있었다. 그들이 지나친 방들엔 아무것도 없었다. 창문은 비닐로 막아놓았다. 한 사내아이가 방에서 나오더니 라일라의 팔꿈치를 잡고 그녀의 팔을 기어오르려고 했다. 오줌처럼 보이는 것을 닦고 있던 직원이 걸레를 놓고 아이를 떼어놓았다.

자만은 고아들을 부드럽게 대하는 것 같았다. 그는 지나가면서 몇몇 아이의 머리를 가볍게 두드리면서 친절하게 한두 마디를 했고, 생색내는 기색이 없이 그들의 머리를 헝클었다. 아이들은 그의 손길을 환영했다. 아이들은 모두 자만이 인정해주기를 바라며 그를 바라보는 것 같았다.

그는 그들을 사무실로 데리고 들어갔다. 달랑 의자 세 개만 있고, 책상 위에는 서류 뭉치가 어지럽게 널려 있었다.

자만이 마리암에게 말했다.

"당신은 헤라트 출신이군요. 억양을 보면 알 수 있죠."

그는 의자에 앉아 몸을 뒤로 젖히고 손으로 배를 만지며 자기 처남이 그곳에 산 적이 있다고 말했다. 그의 평범한 몸짓에서 라일라는 그가 움직이는 걸 힘들어하고 있다는 걸 알았다. 라일라는 그가 희미하게 미소를 짓고 있지만, 그 이면에 걱정스럽고 아픈 무엇인가가 있고, 즐거운 표정 뒤에 실망감과 패배감이 숨겨져 있다는 걸 알았다.

자만이 말했다.

"처남은 유리 제조업을 했답니다. 아름다운 경옥색 백조를 만들었죠. 햇빛에 비춰보면 작은 보석들로 가득한 유리처럼 반짝였죠. 그쪽에 다녀오신 적이 있나요?"

마리암은 그런 적이 없다고 말했다.

"저는 칸다하르 출신입니다. 함시라, 칸다하르에 가본 적 있습니까? 없다고요? 아름다운 곳이죠. 멋진 정원! 포도! 아, 그 포도 맛! 입에서 살살 녹았죠!"

몇몇 아이들이 문가에 모여 들여다보고 있었다. 자만은 파슈토어로 부드럽게 그들을 물리쳤다.

"물론 저는 헤라트도 좋아합니다. 예술가와 작가, 수피교도와 신비주의자들이 사는 도시죠. 헤라트에서는 다리를 뻗으면 닿는 것이 시인이라는 옛 농담이 있죠."

라일라 옆에서 아지자가 코웃음을 쳤다.

자만은 놀라서 숨을 들이쉬는 척했다.

"꼬마 아가씨, 내가 너를 웃게 만들었구나. 보통 그게 어려운 부분이지. 잠시 걱정했었지 뭐냐. 나는 닭처럼 꼬꼬댁거리고 당나귀처럼 히힝 하고 울어야 네가 웃을 줄 알았다. 네가 웃어서 다행이다. 그런데 너 참 예쁘구나."

그는 직원을 불러 아지자를 잠시 돌보라고 얘기했다. 아지자는 마리암의 무릎으로 뛰어들더니 그녀를 꼭 붙들었다.

라일라가 말했다.

"얘야, 그냥 얘기를 하려는 것뿐이다. 나, 여기에 있을게. 알았지? 바로 여기에 말이다."

마리암이 말했다.

"아지자, 우리 잠시 밖으로 나가는 게 어떠냐? 엄마가 여기 계시는 선생님과 얘기를 해야 하니까 말이다. 잠시면 된다. 자,

나가자."

그들만이 남자, 자만은 아지자의 생년월일, 병력, 알레르기 증상 등에 대해 물었다. 그는 아지자의 아버지에 대해 물었다. 얘기를 하다 보니, 라일라는 실제로는 진짜인 거짓말을 하고 있다는 이상한 느낌을 받았다. 자만은 믿는다는 표정도, 믿지 않는다는 표정도 짓지 않았다. 그는 자신이 신뢰로 고아원을 운영하고 있다고 말했다. 만약 함시라가 남편이 죽었으며 아이를 돌볼 여력이 없다고 말하면, 그는 그걸 의심하지 않는다고 말했다.

라일라가 울기 시작했다.

자만이 펜을 내려놓았다.

라일라가 손바닥으로 입을 가리고 울먹였다.

"부끄럽습니다."

"함시라, 저를 보세요."

"어떤 엄마가 자기 자식을 버리겠어요?"

"저를 보세요."

라일라는 눈을 들었다.

"당신 잘못이 아닙니다. 제 말 들리세요? 당신 잘못이 아닙니다. 비난을 받아야 할 자들은 저 와흐시(야만인)들입니다. 그들은 파슈툰인 저를 수치스럽게 만듭니다. 그들은 저희들의 이름을 치욕스럽게 만들었습니다. 그리고 당신은 혼자가 아닙니다, 함시라. 당신 같은 어머니들이 늘 찾아옵니다. 탈레반이 나가서 밥벌이를 하지 못하도록 하기 때문에 자식들을 먹일 수 없어서 이곳으로 오는 겁니다. 그러니 자책하지 마십시오. 이곳에 있는 어느 누구도 당신을 비난하지 않습니다. 저는 이해합니다."

그는 이때 앞으로 몸을 기울였다.

"함시라, 저는 이해합니다."

라일라는 부르카 자락으로 눈을 닦았다.

자만이 손짓을 하며 한숨을 쉬었다.

"이곳에 대해 말씀드리자면, 당신은 이곳이 끔찍한 상태라는 걸 아실 겁니다. 늘 돈이 부족해서 힘들게 임시변통으로 운영하고 있죠. 우리는 탈레반으로부터 도움을 거의 받지 못하고 있습니다. 하지만 우리는 꾸려가고 있습니다. 우리는 당신처럼 우리가 해야 할 일을 합니다. 알라신은 선하고 자애로우십니다. 알라신이 허락하는 한, 아지자가 먹고 입을 수 있도록 하겠습니다. 그만큼은 제가 당신에게 약속할 수 있습니다."

라일라가 고개를 끄덕였다.

"됐나요?"

그는 다정하게 미소를 지었다.

"함시라, 울지 말아요. 당신이 우는 걸 아이가 보지 않도록 하세요."

라일라는 다시 눈을 닦았다. 그리고 목 메인 소리로 말했다.

"신께서 당신을 축복해주시기를 빌겠습니다. 신께서 형제를 축복해주시기를 빌겠습니다."

하지만 헤어질 시간이 다가오자, 정확하게 라일라가 두려워했던 일이 일어났다.

아지자는 공포에 질렸다.

마리암에게 기대어 집으로 돌아가는 내내, 라일라의 귀에는 아지자의 날카로운 울음소리가 들렸다. 그녀는 자만의 두툼하고 못이 박인 손이 아지자의 팔을 처음에는 부드럽게 잡았다가, 다시 더 힘을 줘 잡았다가, 나중에는 아지자를 그녀에게서 떨어지도록 더 세게 잡는 모습을 떠올렸다. 그리고 자만이 아지자를 잡고 급하게 모퉁이를 돌아갈 때, 아이가 발버둥을 치던 모습과 세상이 끝나기라도 하는 것처럼 아지자가 비명을 지르는 소리를 듣던 걸 떠올렸다. 그리고 라일라 자신도 고개를 숙이고 목구멍으로 올라오는 울음을 참으며 통로를 뛰어갔던 일을 떠올렸다.

그녀는 집에 가서 마리암에게 말했다.

"그 애 냄새가 나요."

그녀의 눈은 마리암의 어깨를 넘고, 뜰과 담을 넘어, 담배를 피우는 사람이 뱉은 침처럼 갈색을 띤 산으로 향했다.

"애가 잠을 자는 냄새가 나요. 저만 그런가요? 저만 그래요?"

마리암이 말했다.

"오, 라일라. 그러지 마. 그래야 무슨 소용이야? 무슨 소용이 있어?"

처음에 라시드는 라일라의 비위를 맞추며, 그녀와 마리암, 잘메이를 데리고 고아원에 갔다. 그러나 그는 걸어가면서 그녀에게 자신의 괴로워하는 모습을 보게 하고, 그녀 때문에 고아원을 오가느라 다리와 등과 발이 얼마나 아픈지 고래고래 불평하는 소리를 듣게 만들었다. 그는 자신이 얼마나 짜증이 나는지 그녀가 알게 만들었다.

"나는 더 이상 젊은 사람이 아니야. 그렇다고 네가 그것에 대해 신경을 쓴다는 말은 아니다. 너는 네 마음대로 할 수만 있으면 나를 땅에 처박고 싶겠지. 하지만 라일라, 너는 그렇게 할 수 없어. 네 맘대로 할 수는 없지."

그들은 고아원에서 두 블록 떨어진 곳에서 갈라졌다. 그는 그들에게 15분 이상을 주지 않았다.

그는 이렇게 말했다.

"1분만 늦으면 나는 돌아갈 거야. 정말이야."

라일라는 아지자와 조금 더 있기 위해서는 그에게 애원해야 했다. 자신과 아지자를 위해서였다. 아지자가 곁에 없으니 마리암은 늘 수심이 가득했다. 그러나 그녀는 늘 그랬던 것처럼 자신의 고통을 조용히 혼자서 삭였다. 라일라가 애원한 것은 잘메이를 위한 것이기도 했다. 그는 날마다 누이를 찾았다. 때로는 화를 내며 아무리 달래도 울기만 했다.

때때로 라시드는 고아원에 가다가 길을 멈추고 다리가 아프다고 불평했다. 그리고 돌아서서 집을 향해 휘적휘적 걸어가기 시작했다. 돌아갈 때는 절뚝거리지도 않았다. 혹은 혀를 차며 이렇게 말했다.

"라일라, 폐 때문에 그래. 숨이 차서 그래. 내일이나 모레면 괜찮아질 거야. 두고 보자고."

그는 숨을 헉헉거리는 척하지도 않았다. 그는 집으로 돌아오면 담배를 피웠다. 라일라는 분노에 몸을 떨며 무기력하게 그를 따라 집으로 돌아와야 했다.

그러던 어느 날, 그는 라일라에게 더 이상 그녀를 데려다주지 않겠다고 말했다.

"하루 종일 거리를 돌아다니며 일자리를 찾느라 너무 피곤해."

라일라가 말했다.

"그렇다면 저 혼자 가겠어요. 당신이 저를 막을 수는 없어요. 아시겠어요? 때리고 싶으면 얼마든지 때리세요. 하지만 저는 갈 거예요."

"네 마음대로 해. 하지만 탈레반 옆을 지나가지는 마. 내가 경고를 하지 않았다고 얘기하지도 말고."

마리암이 말했다.

"내가 같이 갈게."

라일라는 그러려고 하지 않았다.

"잘메이와 함께 집에 계셔야 해요. 만약 우리가 제지를 당한다면…… 저 애한테 그걸 보이고 싶지는 않아요."

그래서 라일라의 일상은 갑자기, 아지자를 보러 가는 길을 찾아내는 일을 중심으로 맴돌았다. 그중 반은 고아원에 가보지도 못하고 끝났다. 거리를 건너다가 발각되면 질문이 쏟아졌다.

"이름이 뭐죠? 어디 가죠? 왜 혼자죠? 당신의 마흐람은 어디 있죠?"

그러고는 집으로 돌려보냈다. 운이 좋으면 훈계로 끝나거나 엉덩이를 한 번 차이거나 등을 떠밀렸다. 그러나 다른 때는 곤봉, 나뭇가지, 짧은 채찍, 손바닥으로 얻어맞았고 주먹으로도 자주 맞았다.

어느 날, 젊은 탈레반이 라일라를 라디오 안테나로 때렸다. 그는 때리는 걸 끝내면서 그녀의 목덜미 뒤를 마지막으로 한 번 더 치며 말했다.

"다시 한번 걸리면, 네 어미의 젖이 네 뼈에서 짜질 때까지 때리겠다."

그때, 라일라는 집으로 돌아갔다. 그녀는 우둔하고 불쌍한 동물이 된 듯한 느낌을 받으며 배를 깔고 누웠다. 마리암이 피투성이가 된 그녀의 등과 허벅지를 젖은 천으로 닦아줄 때 라일라는 신음 소리를 냈다. 하지만 그녀는 보통의 경우엔 굴복하지 않으려 했다. 그녀는 집으로 돌아가는 척하고 옆길을 통해 다른 도로로 우회했다. 때로 그녀는 하루에 두 번, 세 번,

네 번까지 잡혀서 취조를 당하고 혼이 났다. 그리고 채찍으로 맞고 안테나로 맞았다. 그리고 아지자는 보지도 못한 채 피투성이가 되어 터벅터벅 집으로 돌아왔다. 곧 라일라는 옷을 겹겹으로 껴입기 시작했다. 더위도 상관하지 않았다. 때려도 아프지 말라고 부르카 밑으로 스웨터를 두세 개 껴입었다.

하지만 탈레반을 지나치고 나면 돌아오는 보상은 그럴 만한 가치가 있는 것이었다. 그녀는 원하는 만큼 아지자와 함께 시간을 보낼 수 있었다. 때로는 몇 시간이고 함께 있을 수 있었다. 그들은 다른 아이들과 그들의 어머니들과 함께 안뜰에 있는 그네 옆에 앉았다. 그러면 아지자는 그 주에 배운 것에 대해 재잘댔다.

아지자는 자만이 그들에게 뭔가를 매일 가르쳐준다고 했다. 대부분은 읽기와 쓰기이고, 때로는 지리나 약간의 역사 혹은 과학, 혹은 동물이나 식물에 관한 것을 가르쳐준다고 했다.

아지자가 말했다.

"하지만 우리는 탈레반한테 들키지 않도록 커튼을 쳐야 해요."

자만은 탈레반이 조사하러 들어올 것에 대비해 뜨개질바늘과 실패를 준비해놓고 있다고 했다.

"책을 치우고 바느질하는 시늉을 하는 거죠."

어느 날이었다. 라일라는 아지자를 보러 갔다가, 부르카를 뒤로 젖히고 사내아이 셋과 여자아이 한 명과 함께 그곳을 찾은 중년 여자를 보았다. 움푹 들어간 입과 흰머리는 그렇지 않았지만, 날카로운 얼굴과 짙은 눈썹이 어쩐지 낯이 익었다. 숄, 검은 스커트, 무뚝뚝한 목소리를 보니 그녀였다. 그녀는 목덜미의 검은 털이 보일 정도로 새까만 머리를 묶어서 올리고 다니던 선생이었다. 라일라는 그 여자가 한때, 여학생들이 몸을 가리는 걸 금지했던 선생이었다는 걸 떠올렸다. 그녀는 남자와 여자는 평등하다며, 남자가 그러지 않는데 여자가 몸을 가릴 이유가 전혀 없다고 말했었다.

랑그마알 선생이 고개를 들었다. 두 사람의 눈이 마주쳤다. 그러나 선생의 눈에는 옛 제자를 알아보는 기미가 전혀 없었다.

아지자가 말했다.

"지각地殼을 따라 갈라진 곳이 있는데 그걸 단층이라고 한대요."

2001년 7월의 어느 금요일, 따뜻한 오후였다. 라일라, 잘메이, 마리암, 그리고 아지자는 고아원 뒤의 공터에 앉아 있었다. 자주 있는 일은 아니었지만, 라시드가 이번에는 마음이 누그러져서 그들 넷을 데리고 왔다. 그는 거리 아래쪽 버스 정류장 옆에서 기다리고 있었다.

맨발의 아이들이 주위에서 뛰어다니고 있었다. 그들은 바람 빠진 축구공을 활기 없이 차고 있었다.

아지자의 말이 이어졌다.

"단층의 양쪽에는 지각을 이루는 바위 층이 있대요."

누군가가 아지자의 얼굴에 흘러내리는 머리를 뒤로 잡아당겨 땋아서 머리 위에 상큼하게 핀으로 고정시켜 놓았다. 라일라는 딸을 가만히 앉혀놓고 뒤에 앉아서 머리를 땋은 사람이 누구인지, 그 사람이 부러웠다.

아지자는 손을 펴고 손바닥을 위로 올리고 서로 비비면서 그걸 설명하고 있었다. 잘메이는 그 모습을 아주 골똘히 바라보았다.

"켁토닉 플레이트라고 하던가?"

라일라가 말했다.

"아니, 텍토닉이야."

그런데 말을 하자 아팠다. 아직도 턱이 쓰리고 등과 목이 아팠다. 입술은 부어 있었고, 혀는 이틀 전에 라시드가 부러뜨린 아래쪽 앞니의 빈 공간을 자꾸 들락거렸다. 엄마와 바비가 죽고 그녀의 삶이 뒤집어지기 전이었다면, 라일라는 인간의 몸이 그렇게 악의적이고 규칙적으로 맞는 걸 견디고도 계속 기능을 할 수 있다는 걸 믿지 않았을 것이었다.

"맞아요. 그들이 서로 마찰을 하게 되면 엄마, 이렇게 말이에요, 에너지가 나오는데, 그것이 올라오며 지구의 표면이 흔들리게 되는 거예요."

마리암이 말했다.

"너, 영리해지고 있구나. 이 우둔한 할라보다 훨씬 더 말이다."

아지자의 얼굴이 환하게 빛났다.

"할라는 우둔하지 않아요. 그런데 자만 선생님이 아래쪽에서 바위들이 움직이는 건 엄청나게 깊다고 했어요. 너무 강력해서 겁날 정도래요. 우리가 표면에서 느끼는 건 약간의 진동일 뿐이래요."

지난번에 왔을 때는 태양에서 나오는 푸른빛을 흩어버리는 대기 속의 산소 원자에 관한 얘기를 했었다. "만약 지구에 대기가 없다면, 하늘은 파랗지 않고 칠흑같이 어두운 바다처럼 보이고 태양은 어둠 속에서 빛나는 커다란 밝은 별로 보였을 거래요." 아지자는 약간 숨을 헐떡이며 이 말을 했었다.

잘메이가 말했다.

"아지자 누나가 이번에는 우리와 같이 집에 가나요?"

라일라가 말했다.

"아니, 곧 그렇게 될 거다. 곧."

라일라는 잘메이가 저쪽으로 걸어가는 걸 지켜보았다. 앞으로 몸을 숙이고 발가락을 안쪽으로 굽히고 걷는 모습이 꼭 제 아버지 같았다. 그는 그녀가 있는 곳으로 빈 의자를 밀고, 콘크리트 위에 앉아서 틈새에 난 풀을 잡아 뜯었다.

"엄마, 빨랫줄에 걸린 빨래에서 물이 증발하듯이 나뭇잎에서도 물이 증발한다는 거 알아요? 그래서 물이 나무 위로 흐르게 되는 거라고요. 땅속으로부터 뿌리를 거쳐 몸통을 타고 올라가 가지를 거쳐 잎으로 가는 거죠. 그것을 증산蒸散작용이라고 한대요."

라일라는 탈레반이 자만의 비밀 수업에 대해 알게 되면 어떻게 할 것인지 궁금했다.

아지자는 찾아갈 때마다 가만히 있질 않았다. 그녀는 높게 울리는 목소리로 얘기에 열을 올렸다. 그녀는 얘기를 하다가 옆길로 샜다. 얘기를 할 때면 손을 공중으로 치켜들고 평소답지 않게 강렬한 몸짓을 했다. 웃는 모습도 새로웠다. 라일라는 그것이 웃음이라기보다는 뭔가를 다짐하기 위한 것이라고 생각했다.

다른 변화도 있었다. 라일라는 아지자의 손톱 밑이 더러운 걸 보았다. 아지자는 라일라가 자신의 손을 눈여겨보는 걸 보고 허벅지 밑으로 손을 감췄다. 그들과 가까운 곳에서 아이가 콧물을 흘리며 울 때마다, 혹은 머리에 흙이 덕지덕지 묻은 아이가 엉덩이를 드러내고 지나갈 때마다, 아지자는 눈을 깜빡이며 그걸 변명하려고 애썼다. 그녀는 자신의 집이 누추하고 아이들이 깨끗하지 못해서 손님들 앞에서 당혹스러워하고 있는 여주인 같았다.

어떻게 지내느냐고 물으면 모호하지만 쾌활한 대답이 돌아왔다.

"할라, 잘 지내고 있어요. 저는 잘 지내요."

"애들이 너를 괴롭히지 않니?"

"엄마, 안 그래요. 다 좋아요."

"잘 먹고 있니? 잠은 잘 자니?"

"먹는 것도 그렇고 자는 것도 다 좋아요. 네. 지난밤에는 양고기를 먹었어요. 아니, 지난주였는지도 모르겠네요."

아지자가 이런 식으로 얘기하는 모습에서 라일라는 마리암의 모습을 보았다.

아지자는 이제 말을 더듬었다. 마리암이 그걸 처음으로 알아챘다. 희미하지만 느낄 수 있을 정도였다. '트'로 시작되는 단어들을 발음할 때는 그게 더 분명해졌다. 라일라는 자만에게 그것에 관해 물었다. 그는 얼굴을 찡그리더니 말했다.

"저는 원래부터 그랬다고 생각했어요."

그들은 금요일 오후, 아지자를 데리고 짧은 외출을 했다. 그들은 버스 정류장에서 기다리던 라시드를 만났다. 잘메이는 아버지를 보자, 흥분해서 소리를 지르며 라일라의 팔에서 빠져나가려고 몸을 비틀었다. 아지자는 라시드를 보고 딱딱하게 인사를 했지만 적의는 없었다.

라시드는 일을 하러 갈 때까지 두 시간밖에 안 남았다면서 서두르라고 말했다. 인터콘티넨털의 문지기로 일하게 된 첫 주였다. 일주일에 엿새를 정오에서 8시까지, 라시드는 차 문을 열고 짐을 나르고 이따금 마루에 엎질러진 것들을 닦았다. 때때로 하루가 끝날 때쯤, 뷔페식 레스토랑에서 일하는 요리사가 라시드에게 기름에 튀긴 고기 완자, 닭 날개 튀김, 딱딱해진 빵

껍질, 잘 씹어지지 않는 파스타, 딱딱한 밥 등 남은 음식을 집으로 가져가게 했다. 그는 아주 조심스럽게 처신해야 했다. 라시드는 라일라에게 돈을 좀 모으면 아지자를 집으로 데려오겠다고 약속했다.

라시드는 제복을 입고 있었다. 흰 셔츠에 붉은 혼방 양복을 입고 클립으로 고정하는 넥타이를 차고, 챙이 있는 모자를 흰머리 아래까지 눌러쓰고 있었다. 제복을 입자 라시드는 달라 보였다. 약하고, 처량하게 어리둥절하고, 거의 순진하게까지 보였다. 삶이 그를 냉대한 것을 아무런 한숨이나 이의 없이 받아들인 사람 같았다. 순진한 모습이 애처롭고도 칭찬을 받을 만한 사람 같았다.

그들은 타이타닉시로 가는 버스를 탔다. 양쪽에 있는 마른 둑에는 임시 노점들이 길게 늘어서 있었다. 그들은 강바닥을 향해 걸어갔다. 그들이 다리 가까이에서 계단을 내려가는데, 기중기에 매달린 한 남자의 시체가 보였다. 맨발에 귀가 잘리고 목이 꺾인 채 로프 끝에 대롱대롱 매달려 있었다. 그들은 환전상들, 무료해 보이는 NGO 사람들, 담배 장수들, 몸을 가리고 가짜 항생제 처방전을 사람들에게 내밀며 돈을 구걸하는 여자들 속으로 들어갔다. 채찍을 들고 나스와르(씹는 담배)를 씹는 탈레반들이 경박하게 웃으면서 베일로 얼굴을 가리지 않은 여자들이 있는지 순찰하고 있었다.

잘메이는 옷 가게와 조화 가게 사이에 있는 장난감 가게에서 노랗고 푸른 소용돌이 장식이 있는 고무 농구공을 골랐다.

라시드가 아지자에게 말했다.

"너도 하나를 골라라."

아지자는 곤혹스러움에 몸이 굳어 애매한 몸짓을 했다.

"서둘러. 나는 한 시간 내로 직장에 나가야 한다."

아지자는 동전을 넣으면 아래로 껌이 나오는 기계를 택했다. 같은 동전으로 캔디가 나오게 할 수도 있었다.

라시드는 상인이 값을 얘기하자 눈썹을 치켜올리며 값을 깎으려 옥신각신했다. 그러다가 라시드는 아지자가 값을 흥정한 사람이라도 되듯 그녀에게 따지듯이 말했다.

"놓아라. 둘 다 사주지는 못하겠다."

그러다가 그들은 다시 돌아가야 했다. 그런데 고아원에 가까워질수록 아지자는 활기를 잃었다. 더 이상 손을 공중으로 치켜들지도 않았다. 표정은 어두워졌다. 매번 그랬다. 이번에는 라일라의 차례였다. 그녀가 수다를 떨며 불안하게 웃었다. 그녀는 우울해진 분위기를 맥없는 농담으로 때우려 했다. 마리암도 그에 가세했다.

나중에 라시드가 그들을 내려놓고 버스를 타고 직장에 나간 후, 라일라는 아지자가 손을 흔들면서 고아원 뒤뜰에 있는 담을 따라 발을 질질 끌며 가는 모습을 바라보았다. 그녀는 아지자가 말을 더듬던 것에 대해 생각했다. 아지자는 전에 단층에 대해 얘기하며, 지구의 아래쪽에서는 강력한 충돌이 있지만 우리가 표면에서 느끼는 건 약간의 흔들림일 뿐이라고 말했었다. 아지자도 그랬다.

잘메이가 소리쳤다.

"저리 비켜요!"

마리암이 말했다.

"쉿! 너, 누구한테 소리를 지르는 거니?"

그가 손가락으로 가리켰다.

"저기, 저 사람요."

라일라는 잘메이의 손가락이 가리키는 곳을 보았다. 한 남자가 앞문에 기대서 있었다. 그들이 다가오는 걸 보자 남자가 고개를 돌렸다. 그가 팔짱을 풀고 그들을 향하여 몇 발자국을 떼었다.

라일라가 걸음을 멈췄다.

숨이 막히는 소리가 그녀의 목구멍을 타고 넘어왔다. 다리가 후들거렸다. 갑자기 라일라는 마리암의 팔, 어깨, 팔목, 아니 그 무엇에든 기대고 싶었다. 그럴 필요가 있었다. 그러나 그렇게 하지 않았다. 감히 그러려고 하지 않았다. 그녀는 감히 몸의 어느 한 부분도 까딱할 생각을 하지 못했다. 그녀는 그가 멀리서 가물거리는 아지랑이, 조금만 건드려도 사라질 덧없는 환영일까 봐 감히 숨을 쉬지도, 눈을 깜빡거릴 생각도 하지 못했다. 라일라는 전혀 미동도 하지 않고 서서, 공기가 부족해 가슴이 터지려 하고 눈이 깜빡거리려고 몸부림을 칠 때까지 타리크를 바라보고 있었다. 그런데 그녀가 숨을 들이쉬고 눈을 감았다가 떴을 때, 그는 기적적으로 아직도 거기에 서 있었다. 타리크는 아직도 거기에 서 있었다.

라일라는 그를 향해 한 걸음을 떼었다. 또 한 걸음. 또 한 걸음. 그리고 달려가기 시작했다.

43

마리암

잘메이는 마리암의 방에서 흥분해 있었다. 그는 새로 산 고무 농구공을 마루와 벽에 튕겼다. 마리암은 그렇게 하지 말라고 했다. 하지만 잘메이는 그녀가 자신에게 권위를 행사할 수 없다는 걸 알았다. 그래서 그는 마리암의 눈을 도전적으로 쳐다보며 공을 튕기고 다녔다. 잠시 동안, 그들은 양쪽에 붉은 글씨가 굵게 쓰여 있는 앰뷸런스 장난감 차를 서로에게 밀면서 놀았다.

그보다 일찍, 그들이 문에서 타리크를 만났을 때, 잘메이는 농구공을 껴안으며 엄지손가락을 입에 넣고 빨았다. 뭔가 걱정스러운 것이 있을 때를 제외하고 더 이상 하지 않던 버릇이었다. 그는 타리크를 의심스럽게 바라보았다.

그가 이제 물었다.

"저 사람이 누구야? 나는 저 사람이 싫어."

마리암이 그 사람과 그의 엄마가 같이 자란 사이라고 설명하려 했지만, 잘메이는 그녀의 말을 자르고 장난감 앰뷸런스의 앞이 그를 향하도록 돌려달라고 말했다. 그녀가 그렇게 해주자 그는 다시 농구공을 달라고 했다.

"어디 있어? 아빠가 사준 농구공 어디 있어? 어디 있어? 내놔! 내놔!"

그의 목소리가 점점 더 날카로워지고 있었다.

마리암이 말했다.

"바로 저기 있잖니."

그가 소리쳤다.

"아냐, 잃어버린 거야. 잃어버린 거야. 어디 있어? 어디 있어?"

그녀가 벽장 쪽으로 굴러간 공을 가져오며 말했다.

"여기 있다."

그러나 잘메이는 주먹으로 바닥을 치고 소리를 지르며 그것이 같은 공이 아니라고 했다. 잃어버렸기 때문에 가짜 공이라는 것이었다. 그러면서 진짜 공이 어디 있느냐며 찾아내라고 난리를 쳤다.

그는 라일라가 위층으로 올라와 그를 안아 흔들고 딱딱한 검은 고수머리에 손가락을 넣어 문지르고 축축한 볼을 닦아주고 자신의 귓속에 혀 차는 소리를 낼 때까지 소리를 질러댔다.

마리암은 방 밖에서 기다렸다. 계단 위에서 볼 수 있는 건 타리크의 긴 다리뿐이었다. 그는 카키색 바지를 입고, 진짜 다리와 의족을 카펫이 깔리지 않은 거실 바닥에 뻗고 있었다. 바로 그때, 그녀는 라시드와 함께 전화를 걸려고 인터콘티넨털 호텔에 갔을 때 문지기의 얼굴이 낯익었던 이유를 깨달았다. 모자와 선글라스를 쓰고 있었기 때문에 더 일찍 알아보지 못했던 것이다. 이제, 마리암은 9년 전에 그가 아래층에 앉아 있던 모습을 떠올렸다. 그는 아래층에 앉아 손수건으로 이마를 두드리며 물을 달라고 했었다. 이제, 온갖 의문이 마음속에 맴돌았다. 술파제 알약도 계략의 일부였을까? 그들 중 누가 그처럼 그럴듯하게 거짓말을 꾸며냈을까? 압둘 샤리프라는 이름이 진짜라면, 라시드는 그에게 얼마를 주고 타리크가 죽었다고 거짓말을 하게 해 라일라의 희망을 짓밟은 걸까?

44

라일라

타리크는 그와 감방을 같이 쓴 남자들 중 하나가 자신의 사촌이 플라밍고를 그렸다는 이유로 공개적인 태형을 당했다는 말을 했다고 했다. 그 사람은 플라밍고에 구제 불능으로 빠져 있었다고 했다.

"스케치북 전체가 다 플라밍고였대. 초호에서 거니는 플라밍고, 습지대에서 햇볕을 쬐는 플라밍고, 석양 속으로 날아가는 플라밍고 등 유화가 몇십 점이었대."

라일라가 말했다.

"플라밍고."

그녀는 성한 다리를 구부리고 벽에 기대어 앉아 있는 그를 바라보았다. 그녀는 앞문에서 그에게 달려갔을 때처럼 다시 그를 만지고 싶은 충동을 느꼈다. 그의 목에 팔을 두르고, 그의 가슴에 대고 흐느끼고, 목이 멘 소리로 그의 이름을 몇 번이고 거듭하여 불렀던 걸 생각하자, 그녀는 당황스러웠다. 자신이 너무 지나치게, 너무 필사적으로 그랬던 걸까? 그랬을지 몰랐다. 하지만 그건 그녀도 어쩔 수 없었다. 지금, 그녀는 다시 그를 만지고 싶었다. 그래서 그가 정말로 눈앞에 있으며, 꿈이 아니고 환영이 아니라는 걸 자신에게 증명해주고 싶었다.

"그래, 플라밍고."

타리크의 말에 의하면, 탈레반은 플라밍고의 기다란 맨다리를 보고 화를 냈다. 그들은 그 사람의 발을 묶고 발바닥이 피투성이가 될 정도로 때렸다. 그리고 그에게 선택의 기회를 주었다. 그림을 없애든지, 플라밍고를 점잖게 만들든지 하라고 했다. 그래서 그 사람은 붓을 들고 플라밍고 한 마리 한 마리에 바지를 입혔다.

타리크가 말했다. "그래서 이슬람식 플라밍고가 된 거지."

웃음이 나왔지만 라일라는 참았다. 그녀는 앞니가 빠진 데다 누렇게 변한 이가 창피했다. 그리고 시들어버린 모습과 부은 입술이 창피했다. 그녀는 세수를 하고 적어도 머리를 빗을 시간이 있었으면 싶었다.

타리크가 말했다.

"하지만 마지막으로 웃을 사람은 그 사람일 거야. 그 사람은 수채화 물감으로 바지를 그렸거든. 탈레반이 사라지면 씻어내면 되잖아."

타리크가 웃었다. 라일라는 그도 이가 하나 없는 걸 보았다.

그가 자기 손을 내려다보며 말했다.

"확실히."

그는 머리에 파콜을 쓰고, 등산화를 신고, 검은 스웨터를 카키색 바지의 허리춤에 넣어서 입고 있었다. 그는 희미하게 미소를 지으며 서서히 고개를 끄덕였다. 그는 이런 식으로 "확실히"라는 말을 쓴 적이 없었다. 생각에 잠긴 모습과 무릎에 얹은 손을 천막처럼 오그리는 모습과 고개를 끄덕이는 모습도 새로운 것이었다. 그처럼 어른스러운 말, 그처럼 어른스러운 몸짓이 어째서 그렇게나 놀라운 것일까? 그는 이제 어른이었다. 움직임이 느리고 피곤함이 웃음에 배인 스물다섯 살 먹은 어른이었다. 키가 크고, 수염을 기르고, 꿈속에서 보았을 때보다 더 호리호리하지만, 힘줄이 불거져 나오고 강인해 보이는 노동자의 손을 가진 남자. 그의 얼굴은 아직도 야위고 잘생겼지만 더이상 피부 결이 좋지는 않았다. 그의 이마에는 풍상을 겪은 흔적이 있었다. 이마는 목처럼 볕에 그을어 있었다. 장기간의 피곤한 여행의 끝에 다다른 여행자의 이마 같았다. 파콜은 뒤로 젖혀져 있었다. 그녀는 그의 머리가 빠지기 시작했다는 걸 알 수 있었다. 그의 눈은 그녀가 기억하는 것보다 흐릿하고 창백했다. 어쩌면 그건 방 안의 불빛 때문인지 몰랐다.

라일라는 타리크의 어머니를 떠올렸다. 서두르는 법이 없던 몸가짐, 영리해 보이던 미소, 그녀가 쓰던 흐릿한 진홍색 가발.

라일라는 앞서, 울먹이면서 자신이 그와 그의 부모에게 무슨 일이 일어났다고 생각했는지 얘기했다. 그러자 그는 고개를 저었다. 그녀는 이제, 그의 부모님은 어떻게 됐느냐고 물었다. 하지만 그녀는 타리크가 눈길을 내려뜨리며 괴로운 어조로 "돌아가셨다"고 말하는 걸 듣고 안부를 물은 걸 후회했다.

"정말 안타까워."

"응, 그래. 나도 그래."

그는 호주머니에서 작은 종이봉투를 꺼내 그녀에게 건넸다. '알료나의 인사'라고 적혀 있었다. 안에는 비닐에 싸인 치즈 한 덩이가 들어 있었다.

"알료나. 예쁜 이름이네."

라일라는 동요하지 않으려고 노력했다.

"부인이야?"

"내 염소야."

그는 그녀가 뭔가에 대한 기억을 떠올리기를 기다리는 것처럼, 그녀를 향해 미소를 지었다.

그때, 라일라의 머릿속에 그들이 함께 보았던 소련 영화가 떠올랐다. 그건 타리크, 하시나와 함께 소련군의 탱크와 지프차가 카불을 떠나는 걸 구경하고, 타리크가 우습게 생긴 러시아제 털모자를 쓰고 나타났던 날 보았던 영화였다. 알료나는 그 영화에 나오는 일등항해사와 사랑에 빠진 선장의 딸 이름이었다.

타리크가 말하고 있었다.

"염소를 말뚝에 묶고 울타리를 쳐야 했어. 늑대들 때문이지. 내가 살고 있는 산기슭에서 400미터쯤 떨어진 곳에 나무들로 울창한 숲이 있어. 대부분 소나무들이지만 히말라야 삼목들도 더러 있지. 늑대들이 그 숲에 사는데 그 염소가 매애 소리를 내면서 돌아다니기를 좋아해. 그러면 늑대들이 나오는 거지. 그래서 울타리와 말뚝이 필요했어."

라일라는 그에게 어느 산기슭에 사느냐고 물었다.

"파키스탄에 있는 피르판잘이야. 내가 살고 있는 곳에서는 마리라고 부르지. 이슬라마바드에서 한 시간쯤 떨어진 여름 휴양지야. 언덕이 많고 녹지대야. 나무들이 많아. 해발이 높은 곳이지. 그래서 여름에는 서늘해. 여행객들에게는 이상적인 곳이야."

그의 말에 의하면, 영국군은 라왈핀디의 군사령부 근처에 있던 그곳을 영국군을 위한 피서지로 만들어 더위를 피할 수 있게 했다. 찻집, 별장으로 불리는 함석지붕으로 된 방갈로 같은 식민지 시대의 유물이 지금도 남아 있다고 했다. 도시 자체는 작고 쾌적한 곳이라고 했다. 몰이라고 불리는 중심가에는 우체국, 시장, 몇 개의 식당, 여행객들에게 바가지를 씌워 수공 카펫과 착색한 유리를 파는 가게들이 있다고 했다. 이상하게도, 몰의 일방통행로는 한 주는 이쪽으로, 다음 주는 반대쪽으로 통행하게 돼 있다고 했다. "그곳 사람들 말로는 아일랜드에 가면 그런 식이라고 하더군. 모르겠어. 여하튼 좋아. 삶이 단순해서 좋아. 나는 거기에 사는 게 좋아."

"염소 알료나와 같이 말이지."

라일라의 말은 농담이라기보다는 다른 이야기로 넘어가기 위한 은밀한 의미를 띤 것이었다. 가령, 그 외에 누가 거기에서 염소를 잡아먹는 늑대들을 염려하며 사느냐는 얘기를 듣고 싶었다. 그러나 타리크는 계속 고개만 끄덕였다.

"네 부모님 일은 참 안됐어."

"들었나 보네."

"조금 전에 이웃들과 얘기를 했거든."

잠시 그가 말을 멈춘 사이, 라일라는 이웃들이 그 외에 무슨 얘기를 했을지 궁금했다.

"아무도 모르겠더군. 옛날에 알던 사람들이 없었어."

"모두 떠났어. 한 사람도 없을걸."

"카불도 낯설어."

"나도 그래. 나는 떠나지 않았는데도 그래."

그날 밤, 타리크가 떠난 후, 저녁을 먹고 나서 잘메이가 말했다.

"엄마한테 친구가 생겼어요. 남자예요."

라시드가 고개를 들었다.

"그래?"

타리크는 담배를 피워도 되는지 물었다.

타리크는 접시에 재를 떨며, 한동안 그들이 페샤와르 근처에 있는 나시르 바그흐 난민 수용소에 있었다고 말했다. 그가 부모와 함께 도착했을 때, 그곳에는 벌써 6만여 명의 아프간들이 있었다고 했다.

"잘로자이 수용소와 같은 수용소들처럼 나쁘지는 않았어. 아마 그곳은 옛날 냉전기에는 서구인들이 세계를 향해, 그들이 아프가니스탄에 무기만 들여보내는 게 아니라고 말할 수 있을 만큼 일종의 모범적인 수용소였던 적도 있었을 것 같아."

하지만 타리크는 그것이 소련과의 전쟁 당시에만 그랬다고 했다. 그것은 지하드와 세계적인 관심과 넉넉한 자금 지원, 그리고 마거릿 대처 수상이 그곳을 찾았을 때의 일이었다.

"라일라, 너도 나머지 얘기는 잘 알잖아. 전쟁이 끝난 후에 소련은 해체되었고 서방세계는 앞으로 나아갔지. 그들은 아프가니스탄과 이해관계가 없었고 돈은 말라버렸지. 지금, 나시르 바그흐는 텐트와 먼지만이 있는 시궁창일 뿐이야. 우리가 그곳에 갔을 때, 그들은 막대기 하나와 텐트 천을 주면서 알아서 텐트를 치라고 했어."

타리크는 나시르 바그흐에 머물렀던 1년 동안 가장 기억에 남는 것은 갈색이라고 말했다.

"텐트와 사람, 개와 죽, 모든 게 갈색이었어."

그가 매일 올라가는 이파리 없는 나무 한 그루가 있었다. 그

는 나뭇가지에 걸터앉아, 햇볕 속에 누워 있는 난민들을 바라
보았다. 그들의 상처와 의족이 훤히 보였다. 그는 여윈 소년들
이 폴리에틸렌 통에 물을 담아 나르고, 불을 피우기 위해 개똥
을 줍고, 무딘 칼로 나무를 깎아 장난감 AK-47 총을 만들고,
빵을 만들 수 없을 정도로 굳어진 밀가루 자루를 끌고 가는
모습을 보았다. 난민촌 주변에는 바람이 불어 텐트가 펄럭였
다. 바람은 잡초를 이곳저곳에 뿌리고, 오두막의 지붕 위로부터
연들을 날려버렸다.

"많은 아이들이 죽었어. 이질과 폐결핵에 걸려 죽고, 못 먹어
서 죽었어. 대부분, 이질 때문에 죽었어. 세상에! 수많은 아이
들이 땅에 묻히는 걸 나는 보았어. 최악이었어."

그가 다리를 포갰다. 잠시, 그들 사이에 침묵이 깃들었다.

"나의 아버지는 첫 겨울을 넘기지 못하고 주무시다가 돌아
가셨어. 고통은 없으셨을 거야."

그해 겨울, 그의 어머니는 폐렴에 걸려 하마터면 죽을 뻔했
다. 스테이션왜건을 개조한 이동식 병원에서 일하는 수용소 의
사가 아니었더라면 죽었을 것이다. 그녀는 밤새도록 열에 들떠
기침을 하며 적갈색 담을 토해냈다. 의사를 보려고 사람들이
길게 줄을 지어 서 있었다. 모든 사람들이 떨고 신음하고 기침
을 하고 있었다. 어떤 사람들은 바짓가랑이에서 똥물이 흘러내
렸고, 어떤 사람들은 너무 지치거나 배가 고프거나 아파서 말
을 할 수도 없는 상황이었다.

"그러나 의사는 괜찮은 사람이었어. 내 어머니를 치료해주고 약을 줬어. 그해 겨울을 버틸 수 있게 해준 거지."

그해 겨울, 타리크는 한 아이를 구석에 밀어붙였다.

타리크는 담담한 목소리로 말했다.

"열두 살이나 열세 살쯤 되는 아이였어. 나는 유리 조각을 그의 목에 대고 담요를 빼앗아 어머니에게 갖다드렸어."

그는 어머니가 아픈 후로, 수용소에서 다시는 겨울을 보내지 않겠다고 맹세했다. 일을 해서 돈을 모아, 페샤와르에 있는 난방이 되고 깨끗한 물이 나오는 아파트로 이사하겠다고 결심했다. 봄이 오자, 그는 일을 찾아 나섰다. 때때로 트럭 한 대가 아침 일찍 와서 20여 명의 사내아이들을 모아 들판으로 데리고 가서 돌을 운반하거나 과수원에서 사과를 따는 일을 시켰다. 그리고 약간의 돈이나 담요, 신발을 주었다. 하지만 그들은 타리크를 원하지 않았다.

"일단 내 다리를 보면 그것이 끝이었지."

도랑을 파는 일, 움막을 짓는 일, 물을 나르는 일, 변소에서 똥을 푸는 일 등, 다른 일들이 있었다. 하지만 젊은 사람들이 서로 하려고 싸웠다. 타리크에게는 기회가 없었다.

그러던 어느 날, 어떤 가게 주인을 만났다. 1993년 가을이었다.

"그는 가죽 코트를 라호르에 갖다주면 돈을 주겠다고 했어. 많은 돈은 아니었지만, 한두 달치 아파트 임대료로는 충분한 돈이었어."

가게 주인은 그에게 버스표를 주고, 라호르 기차역 근처에
있는 친구의 집 주소를 알려줬다. 그곳에 코트를 갖다주고 오
면 되는 일이었다.

"나는 벌써 알아차렸지. 물론 알아차렸지. 그는 내가 잡힐 경
우, 모든 걸 내가 뒤집어써야 한다고 말했어. 그러면서 내 어머
니가 어디 사는지 자기가 알고 있다는 걸 염두에 두라고 했어.
하지만 그냥 지나치기에는 너무 큰 돈이었어. 다시 겨울이 다
가오고 있었어."

라일라가 물었다. "어느 정도까지 갔어?"

그가 웃으며 말했다. "멀리는 못 갔지."

미안하기도 하고 창피한 듯도 싶은 웃음이었다.

"버스에 타지도 못했지. 하지만 나는 안전하다고 생각했어.
귀 뒤에 연필을 꽂은 누군가가 이런 걸 기록하고 계산하며 아
래를 내려다보며 '좋아, 좋아. 이 사람은 이걸 갖고 있어도 괜찮
아. 통과시켜. 그는 낼 것은 이미 다 냈어'라고 말하기라도 할
것처럼 말이야."

그런데 경찰이 옷의 솔기를 칼로 찢자 대마초가 길바닥으로
쏟아졌다.

타리크는 이 말을 하며 다시 웃었다. 흔들리면서 위로 올라
가는 듯한 웃음이었다. 라일라는 그가 이렇게 웃던 모습을 떠
올렸다. 어렸을 때, 그는 무모하거나 수치스러운 짓을 했을 때면

그걸 무마하고 당황한 모습을 감추기 위해 그렇게 웃곤 했다.

잘메이가 말했다.

"절름발이였어요."

마리암이 말했다.

"그는 손님이었을 뿐이에요."

"너는 입 닥쳐!"

라시드가 손가락 하나를 들어 올리며 말허리를 싹둑 잘랐다. 그리고 라일라를 향해 돌아섰다.

"네가 뭘 알지? 라일리와 마즈눈의 재회라! 옛날처럼 말이지."

그의 얼굴이 냉혹해졌다.

"그래서 너는 그놈을 안으로 들였단 말이지. 이곳에 말이야. 내 집에 말이야. 그놈을 들어오게 했단 말이군. 그놈이 내 아들과 함께 이곳에 있었단 말이지."

라일라가 이를 악물고 말했다.

"당신은 나를 속였어요. 당신은 나에게 거짓말을 했어요. 당신은 그 남자를 시켜 내 앞에 앉히고……. 당신은 그가 살아 있다는 걸 내가 알았다면 떠날 거라는 걸 알고 있었죠."

라시드가 고함을 쳤다.

"너는 나한테 거짓말을 하지 않았느냐? 너는 내가 알아차리지 못했다고 생각하느냐? 네 하라미에 대해 몰랐다고 생각하느냐? 이 갈보 년아, 너는 나를 바보로 아느냐?"

타리크가 얘기를 하면 할수록, 라일라는 그가 말을 멈추게
될 순간이 더 두려워졌다. 그가 말을 멈추면 침묵이 깃들 것이
고, 그것은 그녀가 설명할 차례라는 신호일 것이었다. 그가 틀
림없이 이미 알고 있는 것들이 어째서, 어떻게, 언제 일어나게
됐는지 설명할 차례가 되는 것이었다. 그녀는 그가 잠시 말을
멈출 때마다 가벼운 구토감을 느꼈다. 그녀는 그의 눈을 피했
다. 그녀는 그의 손과 그들이 떨어져 있던 사이에 그의 손등에
자라난 거칠고 검은 털을 내려다보았다.

타리크는 거기에서 우르두어를 배웠다는 사실 외에는 감옥
에서 보낸 세월에 대해 많은 얘기를 하지 않았다. 라일라가 물
으면 그는 조급하게 고개를 저었다. 라일라는 그의 몸짓에서
녹슨 쇠창살, 씻지 못한 몸, 폭력적인 남자들, 사람들이 북적거
리는 넓은 공간, 곰팡내가 나는 침전물로 썩어가는 천장을 보
았다. 그녀는 그의 얼굴에서 그곳이 굴욕과 절망의 장소였다는
걸 읽었다.

타리크는 체포된 후에 어머니가 면회를 오려고 했다고 말했
다.

"어머니는 세 번 오셨어. 나는 한 번도 어머니를 못 뵈었지."

그는 어머니에게 편지를 한 통 썼다가 그 후에 몇 통을 더
썼다. 그러나 그는 어머니가 편지를 받을 것이라고는 생각하지

않았다.

"너한테도 썼어."

"그랬어?"

"수없이 썼지. 네가 좋아하는 루미 시인이 보았더라면, 내가 그렇게 많이 쓰는 걸 부러워했을 거야."

그때 그가 다시 웃었다. 이번에는 요란하게 웃었다. 마치 자신의 대담함에 놀라고, 동시에 그가 발설한 것에 대해 당황한 듯한 웃음이었다.

잘메이가 위층에서 소리를 지르기 시작했다.

라시드가 말했다.

"옛날처럼 말이지. 너희 둘이 말이야. 네 얼굴을 보도록 그놈을 안으로 끌어들였단 말이지."

잘메이가 말했다.

"그랬어요."

잘메이는 다시 라일라를 향해 말했다.

"그랬잖아, 엄마. 나는 봤어."

라일라가 아래층으로 돌아왔을 때, 타리크가 말했다.

"아들이 나를 별로 좋아하지 않는군."

"미안해. 그게 아니야. 그냥…… 아이는 신경 쓰지 마."

그렇게 말하다가 그녀는 갑자기 화제를 바꿨다. 잘메이에 대해 그런 느낌을 갖는 것이 죄책감이 들고 잘못된 것이라는 생각이 들어서였다. 잘메이는 아이였다. 자신의 아버지를 사랑하는 어린애였다. 낯선 사람을 본능적으로 싫어하는 것도 당연하고 이해할 만했다.

타리크가 그녀에게 '수없이' 편지를 썼다니!

"마리에는 얼마나 있었는데?"

타리크가 말했다.

"1년도 안 돼."

그는 감옥에서 자기보다 나이가 많은 살림이라는 사람을 알게 되었다고 했다. 그는 파키스탄 사람이자 필드하키 선수였다. 그는 감옥을 들락거리다가 비밀경찰을 찌른 혐의로 10년형을 받고 복역 중이었다. 어느 감옥에나 살림 같은 사람이 있었다. 약삭빠르고 연줄이 있는 누군가가 늘 있었다. 시스템을 이용하여 뭔가를 찾아내고, 주변의 공기가 기회와 위험으로 가득한 누군가가 늘 있었다. 타리크의 어머니에 대해서 알아낸 사람도 살림이었다. 어느 날, 살림은 타리크를 앉히고 자애로운 아버지 같은 목소리로 그의 어머니가 날씨 때문에 돌아가셨다고 말했다.

타리크는 파키스탄 감옥에서 7년을 보냈다.

"나는 쉽게 나온 셈이지. 운이 좋았어. 내 사건을 담당한 판사의 남동생이 아프간 여자와 결혼했던 모양이야. 잘 모르지만 아마 그래서 관대한 처분을 내려준 것 같아."

2000년 겨울, 타리크의 형기가 만료되었을 때, 살림이 그에게 자기 형의 주소와 전화번호를 주었다. 형의 이름은 사이드였다.

"살림은 자기 형이 마리에 작은 호텔을 갖고 있다고 하더군. 스무 개의 객실에 라운지를 갖춘 여행객들을 위한 작은 호텔이라고 했어."

타리크는 버스에서 내리자마자 마리가 좋아졌다. 눈으로 덮인 소나무들, 차갑고 상쾌한 공기, 셔터가 달린 목조 오두막들, 굴뚝에서 피어오르는 연기 등 모든 것이 좋았다.

타리크는 사이드의 집 현관문을 두드리며 그곳이 자신이 알고 있던 비참한 것들로부터 멀리 떨어져 있을 뿐만 아니라 어려움과 슬픔에 대한 생각마저도 역겹고 상상하기 힘든 것으로 만드는 곳이라는 생각이 들었다.

"나는 속으로 이곳이라면 살 수 있겠다고 생각했어."

타리크는 호텔의 수위이자 잡역부로 취직이 되었다. 한 달간 임시직으로 일할 때는 급료의 반을 받았다. 라일라는 타리크가 얘기하는 걸 들으며, 가느다란 눈과 혈색 좋은 얼굴의 사이드가 리셉션 사무실의 창문을 통해, 장작을 패고 차도에 쌓인 눈을 치우는 타리크의 모습을 바라보는 걸 상상해보았다. 또한 사이드가 타리크의 다리 위에 서서 싱크대 밑으로 들어가서 물이 새는 파이프를 고치는 모습을 바라보는 것도 상상해보았다. 그리고 돈의 액수가 모자라서 금전등록기를 점검하는 모습도 상상해보았다.

타리크의 오두막은 요리사의 작은 오두막 옆에 있었다고 했다. 요리사는 아디바라는 이름의 위엄 있는 늙은 과부였다. 두 사람의 오두막은 호텔에서 떨어져 있었는데, 호텔과 오두막 사이에는 아몬드나무들, 공원 벤치, 여름에는 하루 종일 물을 뿜어 올리는 피라미드 모양의 분수가 있었다. 라일라는 타리크가 침대에 누워 오두막의 창문을 통해 잎이 무성한 나무들을 바라보는 모습을 상상해보았다.

임시직이 끝나자, 사이드는 타리크의 급료를 제대로 주고 점심을 공짜로 먹게 해줬다. 그리고 그에게 털옷을 주고 새 의족을 맞춰줬다. 타리크는 그 사람의 친절함에 울었다고 말했다.

첫 달 월급을 호주머니에 넣고 타리크는 시내로 나가 알료나를 샀다.

타리크가 웃으며 말했다.

"눈처럼 하얀 염소였어. 밤새도록 눈이 내린 아침에 창문 밖을 내다보면 두 눈과 주둥이밖에 안 보였어."

라일라가 고개를 끄덕였다. 또 다른 침묵이 이어졌다. 잘메이가 위층에서 벽에 공을 튕기기 시작했다.

라일라가 말했다.

"나는 오빠가 죽은 줄 알았어."

"알아. 네가 말했잖아."

라일라의 목소리가 변했다. 그녀는 헛기침을 하고 마음을 가

다듬어야 했다.

"그 소식을 전해주러 왔던 남자가 아주 진실하게 보여서 나는 그를 믿어버렸지. 타리크, 내가 그러지 않았다면 좋았겠지만, 나는 그때 믿었어. 그리고 나는 혼자였고 너무 두려웠어. 그렇지 않았다면 라시드와 결혼하지 않았을 거야. 그러지 않았을……."

그가 그녀의 눈을 피하며 부드럽게 말했다.

"이럴 필요 없어."

그의 어조에는 아무런 비난도 숨겨져 있지 않았다. 비난의 기미조차 없었다.

"하지만 나는 말해야 해. 내가 그와 결혼한 더 큰 이유가 있었으니까. 오빠가 알지 못하는 뭔가가 있어. 아니, 누군가라고 해야겠네. 오빠에게 꼭 얘기해야 해."

라시드가 잘메이에게 물었다.

"너도 앉아서 그놈과 얘기를 했느냐?"

잘메이는 아무 말도 하지 않았다. 라일라는 그의 눈에서 머뭇거림과 불안감을 읽었다. 그는 자신이 발설한 것이 생각했던 것보다 훨씬 더 심각한 것이 되어버렸다는 걸 막 깨달은 것 같았다.

"너한테 물었다."

잘메이는 침을 삼켰다. 그의 눈길이 계속 움직이고 있었다.

"위층에서 마리암과 놀고 있었어요."

"네 엄마는?"

잘메이는 라일라를 미안한 듯 바라보며 울음을 터뜨리려고
했다.

라일라가 말했다.

"괜찮다, 잘메이. 사실대로 말해라."

"엄마는…… 엄마는 아래층에서 그 남자와 얘기하고 있었어
요."

그는 속삭이는 소리보다 더 크지 않은 가느다란 목소리로
말했다.

라시드가 말했다.

"알았다. 작당을 했군."

타리크는 떠나면서 말했다.

"아이를 만나고 싶어. 보고 싶어."

라일라가 말했다.

"그렇게 해볼게."

"아지자. 아지자."

그는 미소를 지으며 그 이름을 음미했다. 라시드가 딸의 이
름을 부를 때마다 라일라의 귀에는 늘 거슬렸었다. 거의 상스
럽게 들릴 지경이었다.

"아지자. 아름다운 이름이네."

"실제 모습도 그래. 보면 알 거야."

"어서 보고 싶어."

그들이 마지막으로 서로를 본 지 거의 10년이 흘렀다. 라일라의 마음은 그들이 골목길에서 남몰래 입을 맞추던 과거로 돌아갔다. 그녀는 자신이 지금 그에게 어떤 모습으로 비칠지 궁금했다. 아직도 아름답다고 생각할까? 그게 아니라면, 발을 질질 끌며 다니는 처량한 노파처럼 불쌍하고 쇠약해지고 시들어버린 여자로 보일까? 10년 가까운 세월이 흘렀다. 하지만 한순간, 타리크와 함께 햇볕 속에 서 있으니 그 세월이 흐르지 않은 것만 같았다. 부모의 죽음, 라시드와의 결혼, 살인, 로켓탄, 탈레반, 구타, 배고픔, 심지어 아이들까지, 모든 것이 꿈이었던 것만 같았다. 마지막으로 같이 있었던 오후와 이 순간 사이가 단순한 막간이나 기괴한 우회로 같았다.

그때, 타리크의 안색이 변하면서 무거워졌다. 그녀는 그의 이러한 표정을 알았다. 수년 전, 그들이 어렸을 때, 의족을 풀고 하딤을 향해 달려들었을 때, 그의 얼굴에 어렸던 것과 똑같은 표정이었다. 그는 한 손을 들어 그녀의 아랫입술 구석을 만졌다.

그가 차갑게 말했다.

"그가 이렇게 했구나."

그의 손길이 닿자, 라일라는 그들이 아지자를 만들었던 그날 오후에 느꼈던 감정을 떠올렸다. 그녀의 목에 닿던 그의 입김, 구부러지던 그의 엉덩이, 그녀의 가슴에 밀착해오던 그의 가슴, 그들의 엉킨 손.

타리크가 거의 속삭이듯이 말했다.

"너와 같이 떠났더라면 얼마나 좋았을까."

라일라는 눈길을 아래로 떨구고 울지 않으려고 애썼다.

"나는 네가 결혼한 여자이고 아이의 엄마라는 걸 알고 있어. 지금 나는 그 모든 세월이 흐르고 모든 일이 일어난 후에 너의 집 문 앞에 나타났어. 어쩌면 옳은 행동이 아닐지도 모르고 정당한 행동이 아닐지도 몰라. 하지만 너를 보려고 나는 먼 길을 왔어. 그리고…… 라일라, 너를 남겨두고 떠나지 말았어야 했어."

그녀가 목이 멘 소리로 말했다.

"그러지 마."

"더 노력했어야 했어. 기회가 있었을 때, 너와 결혼했어야 했어. 그랬다면 모든 것이 달라졌을 텐데."

"그런 식으로 말하지 마. 부탁이야. 가슴이 아파."

그는 고개를 끄덕이고 그녀를 향해 한 걸음을 떼었다. 그리고 멈춰 섰다.

"나는 주제넘은 생각은 전혀 하지 않아. 이렇게 난데없이 나타나 네 인생을 뒤바꿔놓으려는 게 아니야. 라일라, 내가 이곳을 떠나 파키스탄으로 갔으면 좋겠다고 생각하면 그렇게 말해. 정말이야. 한 마디만 하면 갈게. 다시는 괴롭히지 않을게. 나는……"

"안 돼."

라일라는 의도했던 것보다 더 날카롭게 말했다. 그녀는 손을 뻗어 그의 팔을 붙잡았다. 그리고 손을 내렸다.

"안 돼. 가지 마, 타리크. 안 돼. 제발 있어줘."

타리크가 고개를 끄덕였다.

"그 사람은 정오에서 저녁 8시까지 일해. 내일 오후에 다시 와. 아지자한테 같이 가게."

"너도 알겠지만 나는 그 사람이 두렵지 않아."

"알아. 내일 오후에 다시 와."

"그다음엔?"

"그다음엔…… 몰라. 생각해봐야겠어. 그건……."

"알아. 이해해. 미안해. 많은 것들이 미안해."

"그러지 마. 오빠는 다시 온다고 약속했었고 다시 왔잖아."

그의 눈이 젖었다.

"라일라, 널 보니 좋다."

그녀는 그 자리에 서서 몸을 떨며 그가 가는 모습을 지켜보았다. 편지를 "수없이" 썼다는 타리크의 말이 마음속을 맴돌았다. 또 다른 전율이 그녀의 몸을 훑고 지나갔다. 슬프고 고독한 물결이었다. 그러나 그것은 간절하면서도 무모하게 희망적인 물결이기도 했다.

45

마리암

잘메이가 말했다.

"저는 위층에서 마리암과 놀고 있었어요."

"네 엄마는?"

"엄마는…… 엄마는 아래층에서 그 남자와 얘기하고 있었어요."

라시드가 말했다.

"알았다. 작당을 했군."

마리암은 그의 얼굴이 풀어지는 모습을 바라보았다. 그녀는 그의 이마에 잡혔던 주름이 펴지는 걸 바라보았다. 그의 눈에 의심과 불안이 교차하고 있었다. 똑바로 앉아서 반란이 일어날 것이라는 보고를 받고 다음 행동을 어떻게 할지 생각하는 선장처럼, 그는 잠시 생각에 잠긴 것 같았다.

그가 고개를 들었다.

마리암이 뭔가를 얘기하기 시작했다. 그러나 그가 한 손을 들어 그녀를 쳐다보지도 않고 말했다.

"마리암, 너무 늦었다."

잘메이에게 그는 차갑게 말했다.

"너는 위층으로 올라가라."

잘메이의 얼굴에서 마리암은 공포를 보았다. 아이는 조바심을 치며 그들 세 사람을 둘러보았다. 그는 이제, 자신의 고자질이 뭔가 심각한 사태를 불러왔다는 걸 직감했다. 그는 의기소침하고 후회스러운 눈길로 마리암을 쳐다보고 다시 자신의 엄마를 쳐다보았다.

라시드가 무섭게 말했다.

"당장!"

그는 잘메이의 팔꿈치를 잡았다. 잘메이는 순순히 위층으로 끌려갔다.

마리암과 라일라는 바닥에 눈을 고정하고 있었다. 서로를 쳐다보면 라시드가 생각하는 바를 인정하는 셈이라도 되는 것처럼 말이다. 그에게 눈길 한번 주지 않는 사람들을 위해 문을 열어주고 여행 가방을 운반해주고 있는 사이, 추잡한 음모가 그의 등 뒤에서, 그의 집에서, 그가 사랑하는 아들이 보는 앞에서 진행되고 있었다는 그의 생각을 인정하는 셈이 될 것처럼 말이다. 그들 중 아무도 말이 없었다. 그들은 위층 복도에서 들리는 발자국 소리를 들었다. 하나는 무겁고 불길한 걸음 소리였고, 다른 하나는 겁이 많은 작은 동물의 잔걸음 소리였다. 그들은 무슨 말인가 오가는 소리를 들었다. 소리치며 애원하는 소리에 무뚝뚝한 대꾸가 이어지고 문이 닫히고 열쇠가 돌아가는 소리가 들렸다. 그런 다음, 이제 더 다급하게 되돌아오는 발자국 소리가 들렸다.

마리암은 그가 내려오는 걸 보았다. 계단을 무겁게 쿵쿵 밟는 그의 발이 보였다. 그녀는 그가 열쇠를 호주머니에 집어넣고 벨트를 거머쥐고 있는 걸 보았다. 그는 구멍이 뚫린 쪽을 손목에 단단히 감고 있었다. 그가 계단을 내려오면서, 모조 놋쇠 버클이 계단에 부딪는 소리가 났다.

마리암은 그를 막으려고 달려갔다. 하지만 라시드는 그녀를 밀치고 달려갔다. 그는 한 마디 말도 없이 라일라를 향해 벨트를 휘둘렀다. 그가 너무 빠른 속도로 벨트를 휘두르는 바람에 그녀는 뒤로 물러서거나 몸을 숙이거나 팔을 들어 올릴 겨를도 없었다. 라일라는 관자놀이를 손으로 거머쥐었다. 피가 나왔다. 그녀는 소스라치게 놀라며 라시드를 바라보았다. 믿을 수 없다는 표정은 잠깐이었을 뿐이다.

라시드가 다시 벨트를 휘둘렀다.

이번에는 라일라가 팔뚝으로 몸을 막으며 벨트를 잡았다. 그녀가 놓치자, 라시드가 다시 벨트를 내리쳤다. 라일라는 잠깐 그것을 잡았다가 라시드가 잡아당기는 바람에 다시 놓쳤다. 라시드가 그녀를 향해 벨트를 내리쳤다. 라일라는 방 안에서 도망 다녔다. 마리암이 같이 뛰어다니며 소리를 지르고 라시드에게 그만두라고 애원했다. 그는 마리암이 길을 막자, 그녀를 향해 벨트를 내리쳤다. 한번은 라일라가 몸을 피하면서 그의 귀를 주먹으로 쳤다. 그러자 그는 욕설을 퍼부으며 더 무자비하게 그녀를 쫓아갔다. 그가 마침내 그녀를 잡고 벽으로 밀어붙였다. 그리고 벨트로 연거푸 내리쳤다. 버클이 그녀의 가슴, 어깨, 들어 올린 팔, 손가락을 내리쳤다. 버클이 닿는 곳은 어디나 피투성이였다.

마리암은 벨트 소리가 얼마나 많이 났는지, 자신이 얼마나 많이 애원을 했는지, 이빨과 주먹과 벨트가 뒤엉킨 곳을 얼마나 많이 돌고 돌았는지 알지 못했다. 손가락이 라시드의 얼굴을 할퀴고, 그의 목덜미에 손톱을 박고, 그의 머리를 끌어당기고, 그의 이마에 상처를 내는 걸 보기 전에는 그랬다. 한참 지나서야, 그녀는 그 손가락의 주인이 자신이라는 걸 알았다. 경악스럽기도 하고 만족스럽기도 했다.

그는 라일라를 놓고 그녀를 향해 돌아섰다. 처음에는 그녀를 쳐다보는 둥 마는 둥 하다가 눈을 가늘게 뜨고 흥미롭다는 듯 마리암을 쳐다보았다. 그 눈길이 당혹감에서 놀라움으로 바뀌었다. 그리고 한순간, 실망감마저 엿보였다.

마리암은 그의 눈을 처음으로 보았던 때를 떠올렸다. 그때는 결혼식 베일 아래에 있는 거울을 통해서였다. 잘릴이 쳐다보고 있을 때, 그들의 눈이 거울 속에서 만났었다. 그의 눈길은 무관심했고, 그녀의 눈길은 유순하고 포기하고 거의 미안해하는 듯했었다.

미안해하다니! 마리암은 이제, 똑같은 그 눈을 보며 자신이 얼마나 바보였는지를 깨달았다.

그녀는 자문해보았다. 내가 그를 기만하는 아내였나? 독선적인 아내였나? 떳떳하지 못한 여자였나? 수치스러운 여자였나? 천한 여자였나? 내가 무슨 나쁜 짓을 했기에, 이 남자의 악의와 구타를 계속 감수해야 했는가? 그가 아플 때 간호해주지 않았던가? 그와 그의 친구들을 위해 음식을 대접하지 않았던가? 그리고 모든 게 끝나면 설거지와 청소를 하지 않았던가?

이 남자에게 내 젊음을 바치지 않았던가?

나는 이 남자의 비열함을 견뎌야 마땅한 사람인가?

라시드는 벨트를 바닥에 던지고 마리암을 향해 덤볐다. 벨트를 바닥에 던진다는 것은 맨손으로 뭔가 할 일이 있다는 말이었다.

하지만 그가 자신을 덮치려 할 때, 마리암은 그의 등 뒤에 있던 라일라가 바닥에서 뭔가를 집는 걸 보았다. 그녀는 라일라의 손이 위로 들리고 멈췄다가 그의 얼굴 옆쪽으로 내려오는 걸 보았다. 유리가 와장창 깨졌다. 유리잔의 파편들이 바닥으로 쏟아져 내렸다. 라일라의 손은 피로 범벅돼 있었다. 라시드의 볼에 난 상처에서 피가 나와 그의 목을 타고 셔츠를 적시고 있었다. 그는 이를 갈고 눈을 이글거리며 돌아섰다.

라시드와 라일라는 뒤엉켜 바닥으로 쓰러졌다. 그는 그녀를 올라타고 있었다. 그는 벌써 라일라의 목을 조르고 있었다.

마리암은 그를 할퀴었다. 그녀는 그의 가슴을 쳤다. 그녀는 그를 향해 몸을 던졌다. 그녀는 라일라의 목에서 그의 손가락을 떼내려고 몸부림을 쳤다. 그녀는 라시드의 손을 물어뜯었다. 하지만 라일라의 숨통을 틀어쥔 그의 손은 꼼짝하지 않았다. 마리암은 그가 끝까지 밀어붙일 작정이라는 걸 알았다.

그는 라일라의 숨통을 끊어버릴 작정이었다. 아무것도 할 수 있는 게 없었다.

마리암은 뒤로 물러서서 거실을 나섰다. 위층에서 쿵쿵거리는 소리가 들렸다. 작은 손바닥이 잠긴 문을 치는 소리였다. 그녀는 달렸다. 그리고 앞문을 박차고 나갔다. 그리고 뜰을 가로질렀다.

마리암은 공구실에 가서 삽을 움켜쥐었다.

라시드는 마리암이 방으로 다시 돌아왔다는 걸 알지 못했다. 그는 아직도 라일라의 몸에 걸터앉아 살기등등한 눈으로 목을 조르고 있었다. 라일라의 얼굴이 이제 파랗게 질려가고 있었다. 그녀의 눈이 뒤집어졌다. 마리암은 그녀가 더 이상 몸부림을 치지 않고 있다는 걸 알았다.

'죽일 작정이구나. 정말로 죽일 작정이구나.'

그녀는 이렇게 생각했다. 그런 일이 일어나도록 놔둘 순 없었다. 아니, 놔두지 않을 작정이었다. 그는 27년에 걸친 결혼생활에서 너무나 많은 걸 빼앗아 갔다. 라일라마저 빼앗아 가는 걸 지켜만 보지는 않을 것이었다.

마리암은 발을 버티고 삽자루를 단단히 잡았다. 그리고 치켜올렸다. 그리고 그의 이름을 불렀다.

"라시드."

그녀는 그가 보아주길 바랐다. 그가 올려다보았다.

마리암이 삽을 휘둘렀다.

삽은 그의 관자놀이에 정통으로 맞았다. 그 충격으로 그는 라일라에게서 떨어져 나갔다.

라시드는 손바닥으로 머리를 만졌다. 그는 손가락 끝에 피가 묻은 걸 보고, 다시 마리암을 바라보았다. 마리암은 그의 얼굴이 부드러워지는 것 같다고 생각했다. 그녀는 그들 사이에 뭔가가 오갔다고 생각했다. 그렇게 내려침으로써 어쩌면 그의 머리에 뭔가를 일깨워줬는지 모른다고 생각했다. 마리암은 어쩌면 그도 그녀의 얼굴에서 뭔가를, 그로 하여금 방어적인 자세를 취하게 만드는 뭔가를 보았는지 모른다고 생각했다. 어쩌면 그는 그녀가 안하무인적인 폭력, 비열함, 잔소리를 견디기 위해 필요로 했던 모든 노력과 모든 희생과 모든 자기부정의 흔적을 보았는지도 몰랐다. 그녀가 그의 눈에서 본 것은 존중일까? 아니면 후회일까?

하지만 그때, 그의 윗입술이 악의적인 미소를 띠며 뒤틀렸다.

마리암은 그때 그것을 끝내지 않는 것이 소용없는 짓이며, 어쩌면 무책임한 짓일지 모른다는 걸 깨달았다. 만약 지금 그를 놔두면, 그는 머지않아 호주머니에서 열쇠를 꺼내 잘메이를 가둔 위층 방으로 가 문을 열고 총을 가져올 것이었다. 만약 그가 총을 갖고 돌아와 자기만 쏴 죽이고 라일라는 죽이지 않는다는 확신만 있다면, 마리암은 삽을 내려놓았을지도 몰랐다. 그러나 라시드의 눈에서 그녀는 그들 두 사람을 향한 살기를 보았다.

그래서 마리암은 삽을 높이 치켜들었다. 그녀는 삽이 등의 잘록한 부분에 닿을 정도로 최대한 높이 들었다. 마리암은 날카로운 삽날이 직각을 이루게 세웠다. 그녀는 그렇게 하면서 '자신'이 처음으로 자신의 삶의 행로를 결정하고 있다고 생각했다.

그리고 그 생각과 함께, 마리암은 삽을 내리쳤다. 이번에는 그녀가 갖고 있는 모든 걸 거기에 쏟아부었다.

46

라일라

　라일라는 자신의 위에 있는 얼굴을 의식했다. 이빨, 담배 냄새, 불길한 눈길. 또한 그녀는 그 얼굴 너머의 마리암을 의식했다. 그녀는 계속 주먹으로 치고 있었다. 그 위에는 천장이 있었다. 라일라의 시선을 끈 건, 옷에 잉크가 묻은 것처럼 번진 검은 곰팡이 자국이 있고, 방의 어느 쪽에서 바라보느냐에 따라 무딘 미소나 찡그린 모습처럼 보이는, 벽토壁土가 갈라진 틈이 나 있는 천장이었다. 라일라는 빗자루 끝에 걸레를 묶어 천장에 난 거미줄을 청소하던 걸 생각했었다. 그녀와 마리암은 세 차례나 천장을 흰 페인트로 덧칠했었다. 갈라진 틈은 더 이상 미소가 아니라 조소하는 듯한 곁눈질로 보였다. 그리고 그것도 뒤로 물러나고 있었다.

　천장이 작아지면서 희미하고 침침한 쪽으로 멀어지고 있었다. 그것은 주변의 모든 것이 어둠에 묻힌 하얀 우표 한 장만한 크기가 될 때까지 계속 작아졌다. 어둠 속에서 라시드의 얼굴은 태양의 흑점처럼 보였다.

이제, 은빛 별들이 폭발하는 것처럼, 그녀의 눈앞에서 작게 순간적으로 터지는, 눈이 멀 정도의 빛. 상하와 좌우로 움직이다가 서로한테로 녹아들었다가, 다시 분리되었다가, 뭔가 다른 것으로 바뀌었다가, 다시 희미해지면서 암흑 속으로 빠져드는, 빛 속의 기괴한 형상들, 달걀 모양의 벌레들.

멀리서 들리는 둔탁한 목소리들.

그녀의 눈꺼풀 안에서 아이들의 얼굴이 너울거리다가 꺼졌다. 명민하고 무겁고 의미심장하고 비밀스러운 아지자. 자신의 아버지를 너무너무 진지하게 올려다보고 있는 잘메이.

라일라는 생각했다. 결국 이렇게 끝나는구나. 얼마나 비참한 결말이냐.

하지만 그때 어둠이 걷히기 시작했다. 그녀는 자신이 떠오르고 들어 올려지는 느낌을 받았다. 천장이 서서히 돌아오면서 커졌다. 그리고 갈라진 틈이 보였다. 전처럼 무딘 미소로 보였다.

그녀의 몸이 흔들리고 있었다.

"괜찮아? 대답해봐! 괜찮아?"

온몸이 긁히고 근심으로 가득한 마리암의 얼굴이 라일라의 몸 위에 아른거렸다.

라일라는 숨을 쉬려고 했다. 목이 탔다. 다시 쉬려고 해봤다.

이번에는 더 탔다. 목만이 아니라 가슴까지 탔다. 그녀는 기침을 하면서 헐떡이고 있었다. 하지만 숨은 쉬고 있었다. 그녀의 성한 귀가 웡웡거렸다.

일어나 앉았을 때, 라일라의 눈에 처음 들어온 건 라시드였다. 그는 물고기 입 모양의 표정을 짓고 특별히 어떤 것을 바라보지도 않은 채 누워 있었다. 옅은 분홍색 거품이 그의 입에서 볼로 약간 흘러내리고 있었다. 바지 앞자락은 젖어 있었다. 그녀는 라시드의 이마를 바라보았다.

그리고 삽을 보았다.

그녀에게서 신음 소리가 터져 나왔다.

"아, 아, 마리암."

그녀는 떨면서, 거의 알아들을 수 없는 목소리로 말했다.

마리암은 무릎에 손을 얹고 미동도 하지 않고 조용히 라시드 옆에 앉아 있었다. 라일라는 양손을 마주치며 신음 소리를 내면서 방 안을 거닐었다. 마리암은 오랫동안 아무 말도 하지 않았다.

라일라의 입술은 말라 있었다. 그녀는 온몸을 덜덜 떨면서 무슨 말인가를 더듬거렸다. 그녀는 라시드를 쳐다보지 않으려고 노력했다. 그의 벌어진 입, 뜬 눈, 우묵한 쇄골에서 굳어가는 피.

밖에서는 빛이 희미해지고 그림자가 짙어지고 있었다. 마리암의 얼굴은 희미한 빛 속에서 초췌하고 찡그린 모습이었다. 하지만 동요하거나 놀란 것 같지 않았다. 그저 뭔가를 골똘히 생각하는 표정이었다. 너무 열중해 있어서, 파리 한 마리가 턱에 앉아도 신경을 쓰지 않았다. 그녀는 생각에 잠겨 있을 때는 늘 그랬듯이, 아랫입술을 내밀고 그냥 그 자리에 앉아 있었다.

마침내 그녀가 말했다.

"라일라, 이리 와서 앉아봐."

라일라는 고분고분하게 그녀의 말에 따랐다.

"우리는 저 사람을 옮겨야 해. 잘메이가 이걸 못 보게 해야 돼."

마리암은 라시드를 시트로 싸기 전에 그의 호주머니에서 침실 열쇠를 꺼냈다. 라일라는 무릎 뒤로 그의 다리를 잡고, 마리암은 그의 팔을 잡았다. 그들은 그를 들고 나가려고 했지만 너무 무거워서 끌어당겨야 했다. 앞문을 통과해 뜰로 나가려 할 때, 라시드의 발이 문틀에 걸리면서 다리가 옆으로 휘어졌다. 그들은 몸을 다시 안으로 들었다가 나가야 했다. 그때, 위층에서 쿵쿵거리는 소리가 났다. 라일라는 다리가 후들거렸다. 그녀는 라시드를 떨어뜨렸다. 그녀는 몸을 떨면서 흐느끼며 바닥에 주저앉았다. 그래서 마리암이 엉덩이에 손을 짚고 서서 용기를 내야 한다고 말해야 했다. 그녀는 끝난 것은 끝난 것이라고 말했다.

잠시 후, 라일라는 몸을 일으키고 얼굴을 닦았다. 그리고 그들은 라시드를 더 이상의 문제 없이 뜰로 옮겼다. 그들은 그를 공구실로 들고 갔다. 그들은 그를 작업대 뒤에 놓았다. 작업대 위에는 라시드가 쓰던 톱, 못, 끌, 망치, 원통형 나무토막이 놓여 있었다. 라시드는 그 나무토막을 이용해 잘메이에게 뭔가를 만들어주려고 했지만 그렇게 하지 못했었다.

그런 다음, 그들은 다시 안으로 들어갔다. 마리암은 손을 씻고 머리 속에 손을 넣은 다음, 숨을 깊게 한 번 들이쉬었다가 내뱉었다.

"이젠, 상처를 치료해야겠어. 라일라, 온몸이 상처투성이야."

마리암은 밤새 생각을 해봐야겠다고 말했다. 생각을 정리하고 계획을 세워야겠다고 말했다.

그녀가 말했다.

"방법이 있을 거야. 그걸 찾아내기만 하면 돼."

라일라가 쉬고 갈라진 목소리로 말했다.

"떠나야 해요! 우리는 여기에 있을 수 없어요."

그녀는 갑자기, 삽이 라시드의 머리를 치면서 냈을 게 틀림없을 소리를 떠올렸다. 라일라의 몸이 앞으로 쏠렸다. 담즙이 넘어왔다.

마리암은 라일라가 괜찮아질 때까지 묵묵히 기다렸다. 그런 다음, 그녀는 라일라를 눕혔다. 그리고 자신의 무릎에 놓인 라일라의 머리를 쓰다듬으며, 모든 것이 잘될 테니 걱정하지 말라고 했다. 그녀는 그들이 떠날 거라고 말했다. 그녀와 라일라와 아이들, 그리고 타리크까지 떠날 거라고 말했다. 이 집과 이 잔인한 도시를 떠날 것이라고 했다. 마리암은 라일라의 머리에 손을 넣어 어루만지며 그들이 이 절망적인 나라를 떠나, 아무도 그들을 찾지 못하고 과거와 단절하고 은신처를 찾을 수 있는 멀고 안전한 곳으로 갈 것이라고 말했다.

"나무들이 있는 곳이면 좋겠지. 그래, 나무들이 많은 곳이면 좋겠지."

마리암은 그들이 한 번도 들어본 적이 없는 어떤 도시의 변두리에 있는 작은 집이나, 좁고 닦이진 않았지만 온갖 식물들과 관목이 심겨진 도로가 있는 머나먼 마을에서 살 것이라고 말했다. 어쩌면 아이들이 뛰어놀 수 있는 풀밭으로 통하는 길도 있을 것이고, 송어가 헤엄치고 갈대들이 수면 위로 나풀거리는 맑고 푸른 호수로 통하는 자갈길도 있을 것이다. 그들은 양과 닭을 기르면서, 빵을 함께 만들고 아이들에게 읽는 법을 가르칠 것이다. 그들은 평화롭고 조촐한 삶을 살아가게 될 것이다. 거기에 살면서, 그들이 지금까지 견뎌야 했던 모든 짐들을 벗어던질 것이다. 그들은 행복하게 잘 살 자격이 있다. 마리암은 이런 이야기들을 했다.

라일라는 맞장구를 치며 중얼거렸다. 그녀는 그렇게 사는 게 쉽지는 않겠지만, 가보가 그렇듯이 자부심을 갖고 소유할 만한 가치가 있는 만족스러운 삶일 것이라고 생각했다. 마리암의 어머니 같은 부드러운 목소리가 계속되면서 라일라의 마음을 안정시켰다.

"방법이 있을 거야."

마리암은 이렇게 말하면서, 아침이 되면 어떻게 해야 하는지 얘기해주겠다고 했다. 어쩌면 내일 이맘때쯤이면 어렵지만 즐거움이 가득한 새 삶을 향해 가고 있을지 모르겠다고 했다. 라일라는 마리암이 동요하지 않고 침착하게 그들을 위해 이 모든 것들을 생각해주는 게 너무 고마웠다. 자신은 신경과민에 모든 게 혼란스럽기만 한 상태였다.

마리암이 일어섰다.

"아들한테 가봐야지, 이젠."

그녀의 얼굴에 괴로운 표정이 어려 있었다. 그것은 라일라가 지금까지 인간의 얼굴에서 본 것 중 가장 괴로운 표정이었다.

아이는 어둠 속에서 라시드가 눕는 쪽 매트리스에 몸을 웅크리고 있었다. 라일라는 이불 속으로 들어가 옆에 누우면서 담요를 덮었다.

"잠들었니?"

잘메이는 엄마를 향해 몸을 돌리지 않고 말했다.

"아직 못 자요. 아빠가 바발루 기도를 안 해줘서요."

"오늘 밤은 내가 해줄게."

"아빠처럼 못 하잖아요."

그녀는 아들의 작은 어깨를 으스러지게 껴안았다. 그리고 그의 목덜미에 입을 맞췄다.

"해보마."

"아빠는 어디 있어요?"

"아빠는 어디 좀 가셨다."

이렇게 말하는데 라일라는 목이 다시 막혔다.

처음으로 큰 거짓말을 한 것이었다. 얼마나 더 거짓말을 해야 할까? 얼마나 더 잘메이를 속여야 할까? 그녀는 라시드가 집에 올 때, 환호성을 지르며 달려가던 잘메이의 모습을 생각했다. 라시드는 잘메이의 팔꿈치를 잡고 다리가 완전히 펼쳐질 때까지 빙글빙글 돌리곤 했었다. 그리고 내려놓고 잘메이가 술취한 사람처럼 비틀비틀하면, 둘이서 킬킬거리곤 했었다. 그녀는 그들의 무질서한 놀이와 떠들썩한 웃음, 은밀한 눈길을 떠올렸다.

아들을 위한 수치심과 슬픔의 장막이 라일라를 덮었다.

"어디 갔어요?"

"모르겠다, 아가야."

"아빠는 언제 와요? 아빠가 선물을 사갖고 오실까요?"

그녀는 잘메이와 함께 기도를 했다. 일곱 손가락 마디에 하나씩, 스물한 번에 걸친 "비스말라히 라흐마네라힘(알라신의 이름으로)". 그녀는 그가 얼굴 앞에 손을 컵 모양으로 펴고 입김을 불고, 손등을 이마에 대고 떨쳐내는 동작을 하며 이렇게 소곤거리는 모습을 지켜보았다.

"바발루, 가라. 잘메이한테 오지 말라. 잘메이는 너와 볼일이 없다. 바발루, 가라."

그런 다음, 그들은 '알라후 아크바르'를 세 번 말하고 기도를 끝냈다. 그날 밤 늦게, 라일라는 희미한 목소리로 이렇게 말하는 소리에 깜짝 놀랐다.

"아빠가 나 때문에 나가셨나요? 내가 엄마와 그 남자가 아래층에 있었다고 말한 것 때문이었나요?"

그녀는 그에게 몸을 숙이고 이렇게 말하려고 했다.

"잘메이, 그건 너와 아무런 상관이 없는 일이다. 아니다. 네 잘못은 아니다."

하지만 그는 작은 가슴을 오르락내리락하며 벌써 잠들어 있었다.

라일라는 잠자리에 들면서 머리가 흐릿해 아무것도 생각할 수 없었다. 도무지 제대로 된 생각을 계속할 수 없었다. 하지만 아침 기도 시각을 알리는 소리에 깨어났을 때는 흐릿한 것이 많이 없어진 상태였다.

그녀는 일어나 앉아 잘메이가 주먹을 턱에 대고 자는 모습을 한동안 지켜보았다. 라일라는 자신과 잘메이가 잠을 자고 있던 한밤중에 마리암이 방 안으로 들어와 자신들을 지켜보며 계획을 세우는 모습을 상상해보았다.

라일라는 침대를 빠져나갔다. 일어나는 게 힘이 들었다. 모든 곳이 다 아팠다. 목, 어깨, 등, 팔, 허벅지 등 모든 곳이 라시드가 휘두른 벨트의 버클에 찢겨져 있었다. 그녀는 몸을 움찔하면서 조용히 방을 나섰다.

마리암의 방에서 빛은 회색이라기보다 검은 그늘이었다. 그 빛은 언제나 라일라에게 수탉의 울음과 풀잎에서 떨어지는 이슬을 생각나게 했다. 마리암은 구석에 있는 기도용 양탄자에 앉아 창문을 향하고 있었다. 라일라도 서서히 몸을 낮춰 옆에 앉았다.

마리암이 말했다.

"오늘 아침, 아지자한테 다녀와."

"무슨 말씀인지 알겠어요."

"걷지 마. 버스를 타고 사람들과 섞여서 가. 택시는 너무 눈에 띄어. 혼자 타고 간다고 잡을 테니까."

"지난밤에 말씀하셨던 것은……."

라일라는 하려던 말을 다 할 수 없었다. 나무, 호수, 이름 없는 마을. 그녀는 그것들이 환상이었다는 걸 알았다. 슬퍼하는 아이를 달래듯, 위로해주기 위한 아름다운 거짓말.

마리암이 말했다.

"나는 진심이었어. 라일라, 너를 위한 진심이었어."

라일라가 쉰 목소리로 말했다.

"같이 안 가시면 다 필요 없어요."

마리암은 힘없이 미소를 지었다.

"마리암, 말씀하신 것처럼 우리 모두가 함께 가야 해요. 마리암과 저, 아이들 모두가요. 타리크는 파키스탄에 머물 곳이 있어요. 거기에서 잠시 숨어 지내면서 잠잠해지기를 기다릴 수 있어요."

의도는 좋지만 잘못 알고 있는 아이에게 부모가 그러하듯 마리암이 인내심을 갖고 말했다.

"그것은 불가능해."

라일라는 눈물이 그렁그렁해지며 울먹이는 소리로 말했다.

"말씀하셨던 것처럼, 우리가 서로 돌보면 되잖아요. 아니, 이번에는 제가 돌봐드릴게요."

"오, 라일라."

라일라는 계속 말을 더듬으며 떠들어댔다. 그녀는 타협도 해보고 약속도 해봤다. 그녀는 모든 청소와 요리를 자신이 하겠다고 말했다.

"아무것도 하실 필요가 없어요. 쉬면서 주무시고 정원이나 가꾸세요. 원하시는 건 모두 제가 구해드릴게요. 마리암, 이러지 말아요. 저를 버리지 말아주세요. 아지자의 마음을 아프게 하지 말아주세요."

마리암이 말했다.

"그들은 빵을 훔쳤다는 이유로 손을 자르는 자들이야. 남편이 죽고 부인 둘이 사라졌다는 걸 알면 어떻게 할 것 같아?"

라일라가 낮은 소리로 말했다.

"아무도 모를 거예요. 아무도 우리를 찾지 못할 거예요."

"조만간 찾아낼 거야. 그들은 피에 굶주린 사냥개들이야."

마리암은 목소리를 낮추라고 주의를 줬다. 그것은 라일라가 한 약속들을 허황하고 과장되고 어리석은 것처럼 들리게 만들었다.

"마리암, 제발 부탁해요."

"그들이 우리를 찾으면, 나뿐만 아니라 너한테도 죄를 뒤집어씌울 거야. 타리크도 마찬가지 신세가 될 거야. 나는 두 사람이 도망치며 살게 하고 싶지 않아. 잡히면 아이들은 어떻게 될 것 같아?"

라일라의 눈에 눈물이 그렁그렁했다.

"그때는 누가 아이들을 돌보지? 탈레반? 라일라, 엄마답게 생각해. 엄마답게 생각하라고. 나는 그래."

"그럴 순 없어요."

"그래야 해."

라일라가 쉰 목소리로 말했다.

"그건 공정하지 못해요."

"공정한 거야. 이리 와. 여기에 누워."

라일라는 그녀를 향해 기어가 다시 한번 마리암의 무릎에 머리를 누였다. 그녀는 그들이 서로의 머리를 땋아주면서 함께 보냈던 그 많은 오후 시간들을 떠올렸다. 마리암은 라일라의 종잡을 수 없는 생각들과 하찮은 이야기들을 고마운 표정으로, 자신이 몹시 바랐던 특권을 갖게 된 사람이 짓는 표정으로 들어줬었다.

마리암이 말했다.

"공정한 거야. 나는 우리의 남편을 죽였어. 네 아들에게서 아버지를 빼앗아버렸어. 내가 도망가는 건 옳지 않아. 나는 그럴 수 없어. 그들이 나를 잡지 못한다고 해도, 나는 결코……."

그녀의 입술이 떨렸다.

"나는 네 아들의 슬픔으로부터 도망치지 못할 거야. 내가 어떻게 그 아이를 바라보겠니? 라일라, 내가 어떻게 그 아이를 쳐다볼 수 있겠니?"

마리암은 라일라의 머리 한 줌을 만지작거리며 엉킨 부분을 풀었다.

"나는 여기에서 끝나. 더 이상 원하는 게 없어. 내가 어렸을 때 원했던 모든 걸 너는 이미 나한테 줬어. 너와 네 아이들이 나를 너무 행복하게 해줬어. 라일라, 괜찮아. 괜찮아. 슬퍼하지 마."

라일라는 마리암의 말에 제대로 된 답을 찾을 수 없었다. 그래도 그녀는 과일나무를 심고 닭을 키우는 일에 대해 어린애처럼 조리 없이 말했다. 그녀는 이름 모를 도시에 있는 작은 집들, 송어로 가득한 호수로 산책을 나가는 것에 대해 계속 얘기했다. 결국 말이 말랐다. 그러나 눈물은 마르지 않았다. 라일라가 할 수 있는 건 도무지 공격할 여지가 없는 어른의 논리에 압도당한 어린애처럼 백기를 들고 우는 것뿐이었다. 그녀가 할 수 있는 건 돌아누워 마리암의 따뜻한 무릎에 마지막으로 얼굴을 묻는 것뿐이었다.

그날 아침 늦게, 마리암은 잘메이에게 빵과 마른 무화과로 된 점심을 챙겨줬다. 그녀는 아지자를 위해서도 몇 개의 무화과와 동물처럼 생긴 과자 몇 개를 챙겨줬다. 그녀는 그것들을 종이봉투에 넣어 라일라에게 건넸다.

마리암이 말했다.

"나를 위해 아지자에게 입맞춤을 해줘. 그 아이는 내 눈의 누르(빛)이자 내 마음의 술탄(황제)이라고 말해줘. 나를 위해 그렇게 해주겠지?"

라일라는 입을 굳게 다물고 고개를 끄덕였다.

"내가 얘기했던 것처럼 버스를 타고 고개를 숙여."

"마리암, 우리 언제 만날 수 있을까요? 제가 증언을 하기 전에 뵙고 싶어요. 그들에게 무슨 일이 있었는지 말하겠어요. 마리암의 잘못이 아니었다고 설명하겠어요. 그렇게 해야만 했던 상황이었다고 말하겠어요. 그들은 이해하겠죠? 마리암, 그들은 이해할 거예요."

마리암이 그녀를 부드러운 눈길로 쳐다보았다.

그녀는 잘메이의 눈높이까지 쭈그려 앉았다. 그는 붉은 티셔츠와 낡은 카키색 바지를 입고, 라시드가 만다이에서 사준 헌 카우보이 부츠를 신고 있었다. 그는 두 손으로 새 농구공을 들고 있었다. 마리암은 그의 볼에 입을 맞췄다.

"너, 착하고 튼튼한 아이가 되거라. 엄마 말 잘 듣고."

그녀는 잘메이의 얼굴을 손으로 감쌌다. 그가 물러섰지만 계속 붙들고 있었다.

"잘메이, 정말 미안하다. 너의 모든 아픔과 슬픔에 대해 정말로 미안하게 생각한다는 걸 믿어주렴."

라일라는 길을 따라 내려가면서 잘메이의 손을 잡았다. 그들이 구석을 돌기 직전, 라일라는 뒤를 돌아봤다. 마리암은 문에 서 있었다. 마리암은 머리에 흰 스카프를 두르고, 앞 단추가 달린 짙은 감색 스웨터를 입고, 흰 면바지를 입고 있었다. 흰머리가 이마 위로 내려와 있었다. 햇볕이 그녀의 얼굴과 어깨를 스쳤다. 마리암이 쾌활하게 손을 흔들었다.

그들은 모퉁이를 돌았다. 라일라는 마리암을 다시는 보지 못했다.

47

마리암

그 모든 세월이 흐른 후, 다시 오두막에 돌아온 것 같았다.

왈라야트 여자 감옥은 코체흐 모르가 인근의 샤레나우에 위치한 정사각형 모양의 단조롭게 생긴 건물이었다. 그 감옥은 남자 죄수들을 수용하는 더 큰 건물들의 중앙에 있었다. 맹꽁이자물쇠가 달린 문이 마리암과 다른 여자 죄수들을 주변의 남자 죄수들로부터 갈라놓고 있었다. 마리암이 세어보니 감방은 다섯 개였다. 더러운 벽은 칠이 벗겨지고, 작은 창문들은 뜰쪽으로 나 있고, 가구는 전혀 없는 감방이었다. 창문에는 쇠창살이 쳐져 있었다. 그러나 감방으로 통하는 문들은 열려 있었고, 여자 죄수들은 자유롭게 뜰을 들락거릴 수 있었다. 창문에는 유리가 없었다. 커튼도 없었다. 그것은 탈레반 간수들이 감방 내부를 지켜본다는 의미였다. 어떤 여자들은 간수들이 창문 밖에서 담배를 피우며 눈이 벌게져 늑대처럼 웃고 자신들을 곁눈질하며 음탕한 농담을 소곤거린다고 불평했다. 그래서 대부분의 여자들은 하루 종일 부르카를 입고 있다가 해가 지고, 정문에 자물쇠가 걸리고 간수들이 그들의 자리로 돌아간 다음에야 벗었다.

마리암이 여자 다섯과 아이 넷과 함께 쓰는 감방은 밤이 되면 어두웠다. 전기가 들어오는 날이면, 그들은 젖가슴이 거의 없고 머리가 검고 곱슬곱슬하고 키가 작은 나그마라는 여자를 천장으로 들어 올렸다. 껍질이 벗겨진 전기선 때문이었다. 나그마는 올라가서 전기가 흐르는 전선을 전구 주변에 감아 정리했다.

화장실은 작았다. 시멘트로 된 바닥은 깨져 있었다. 땅에는 직사각형으로 된 작은 구멍이 있었고, 바닥에는 똥이 수북이 쌓여 있었다. 파리들이 윙윙거리며 구멍을 들락거렸다.

감옥의 한가운데에 직사각형 모양의 뜰이 있었고, 그 한가운데에 우물이 있었다. 우물에는 배수로가 없었다. 그래서 뜰은 종종 질퍽거리고 물에서는 썩은 냄새가 났다. 서로 겹쳐지는 빨랫줄들에는 손으로 빨아서 널어놓은 양말과 기저귀가 가득했다. 이곳에서 죄수들은 그들을 찾아온 사람들을 면회했다. 그들은 거기에서 가족이 가져온 쌀을 끓였다. 감옥에서는 아무 음식도 주지 않았다. 뜰은 아이들이 뛰어노는 곳이기도 했다. 마리암은 많은 아이들이 왈라야트 감옥에서 태어났으며 담 너머에 있는 세상을 한 번도 본 적이 없다는 사실을 알게 되었다. 마리암은 그들이 서로를 쫓아다니고 맨발로 진흙을 튀기는 모습을 바라보았다. 그들은 왈라야트와 자신들의 몸에 배인 똥과 오줌 냄새를 의식하지 못하고, 한 대 얻어맞을 때까지 탈레반 간수들한테 신경을 쓰지 않고 하루 종일 뛰어다니며 재미있게 놀았다.

마리암은 찾아오는 사람이 없었다. 그것은 그녀가 이곳에 있는 탈레반들에게 처음으로, 그리고 유일하게 요청한 것이었다. 면회 사절.

마리암의 감방에 있는 여자들 중 흉악한 범죄를 저지른 사람은 아무도 없었다. 그들은 모두 '집에서 달아나려고 했다'는 죄목으로 여기에 갇혀 있었다. 결과적으로 마리암은 그들 사이에서 유명해졌다. 일종의 유명 인사가 되었던 것이다. 여자들은 존경의 눈초리로 그녀를 바라보았다. 그들은 마리암에게 자기들의 담요를 줬다. 그들은 앞을 다퉈 그녀와 음식을 나눠 먹으려고 했다.

가장 욕심이 많은 사람은 나그마였다. 그녀는 늘 마리암의 팔꿈치를 끌어안고 어디를 가든 졸래졸래 따라다녔다. 나그마는 그것이 자기 것이든 다른 사람의 것이든 상관없이 불행한 일에 대한 소식을 사람들에게 알리는 걸 좋아하는 사람이었다. 그녀는 아버지가 자기보다 서른 살이 많은 양복장이한테 자기를 주겠다고 약속했다고 말했다.

　나그마는 양복장이에 대해 이렇게 말했다.

　"그 사람한테선 고흐(똥) 냄새가 났어요. 그리고 손가락 수보다 이빨 수가 적더라니까요."

　그녀는 지방의 율법학자의 아들과 사랑에 빠져 가르데즈로 함께 달아나려고 했다. 그런데 그들은 카불을 채 빠져나가지도 못하고 잡혔다. 그들이 집으로 끌려갔을 때, 율법학자의 아들은 태형을 당했다. 그리고 나그마가 자신을 유혹했으며 자신의 행동을 후회한다고 말했다. 그는 그녀가 자신을 홀렸다고 말했다. 그는 코란을 연구하는 일에 다시 전념하겠다고 약속했다. 율법학자의 아들은 석방되었다. 나그마는 5년형을 선고받았다.

　그녀는 감옥에 있는 게 차라리 낫다고 말했다. 그녀의 아버지는 나그마가 감옥에서 나오기만 하면 칼로 목을 따버리겠다고 벼르고 있다고 했다.

　나그마의 말을 들으며 마리암은 나나가 어느 날 아침에 했던 말을 떠올렸다.

　"내 딸아, 이제 이걸 알아라. 잘 기억해둬라. 북쪽을 가리키는 나침반 바늘처럼, 남자는 언제나 여자를 향해 손가락질을 한단다. 언제나 말이다. 그걸 명심해라, 마리암."

　오래전 일이었다. 그 말을 했을 때, 하늘에는 차가운 별들이 희미하게 깜빡거리고 사피드코산 위에는 실오리 같은 분홍색 구름이 떠 있었다.

마리암의 재판은 지난주에 있었다. 법률 자문도 없었고 청문회도 없었으며, 반대심문도 없었고 상고도 없었다. 마리암은 증언할 권리를 포기했다. 모든 것이 15분도 못 되어 끝났다.

가운데에 앉은 판사가 재판장이었다. 과민해 보이는 탈레반이었다. 그는 가죽 같은 누런 피부에 꼬불꼬불하고 붉은 수염을 기른 몹시 여윈 사람이었다. 그는 눈을 커 보이게 하고 누런 흰자위가 훤히 보이게 하는 안경을 끼고 있었다. 그의 목은 머리에 복잡하게 둘린 터번을 감당하지 못할 정도로 가늘었다.

그는 피곤한 목소리로 다시 물었다.

"함시라, 이걸 인정합니까?"

마리암이 말했다.

"네."

그는 고개를 끄덕였다. 아니, 어쩌면 끄덕이지 않았는지도 모른다. 분간하기가 어려웠다. 그는 손과 머리를 표시 나게 떨고 있었다. 마리암은 그걸 보고, 파이줄라 선생이 몸을 떨던 모습을 떠올렸다. 그는 차를 마시면서도 컵을 손으로 잡지 않았다. 그가 자신의 왼쪽에 있는 건장한 체격의 남자에게 몸짓을 하자 그의 입술에 공손하게 컵을 갖다 댔다. 그러고 나면 그 탈레반은 살포시 눈을 감았다. 고마움을 표시하는 우아한 몸짓이었다.

그에게는 상대의 경계심을 풀게 하는 특징이 있는 것 같았다. 그는 부드럽게 말했다. 그의 미소는 성급하지 않았다. 그는 마리암을 경멸스러운 눈으로 바라보지 않았다. 그는 악의나 비난의 어조가 아니라 미안해하는 듯한 부드러운 어조로 말했다.

그의 오른쪽에 있던 앙상한 얼굴의 탈레반이 말했다.

"당신은 당신이 말하고 있는 것을 충분히 이해합니까?"

이 사람은 셋 중에서 나이가 가장 어렸다. 그는 단호하고 오만하고 자신만만한 어조로 빠르게 말했다. 그는 마리암이 파슈토어를 할 줄 모르자 짜증을 냈다. 마리암의 눈에 그는 자신의 권위를 즐기고 모든 곳에서 범죄행위를 보고 판결을 내리는 것이 자신의 생득권이라고 생각하는 남자로 보였다.

마리암이 말했다.

"알고 있습니다."

젊은 탈레반이 말했다.

"신은 당신네 여자들과 우리 남자들을 다르게 만들었나 봅니다. 뇌부터 다릅니다. 당신들은 우리처럼 사고할 수도 없습니다. 서구의 의사들과 그들의 과학이 그걸 증명했습니다. 그래서 우리가 남자는 증인이 하나만 있어도 되지만 여자는 둘이 있어야 한다고 하는 겁니다."

마리암이 말했다.

"저는 제가 한 행동을 시인합니다. 하지만 제가 그렇게 하지 않았다면 그는 그 여자를 죽였을 겁니다. 그는 여자의 목을 조르고 있었습니다."

"당신은 그렇게 말하지만 여자들이란 늘 온갖 것에 대해 맹세를 하지요."

"제가 얘기한 건 진실입니다."

"증인이 있습니까? 둘째 부인 말고 증인이 있느냐 이 말입니다."

마리암이 말했다.

"없습니다."

그는 손을 위로 치켜들고 킬킬거렸다.

"그것 보시오."

다음에 얘기를 한 사람은 병색이 완연한 탈레반이었다.

"페샤와르에 의사가 있소. 파키스탄 출신의 유능한 젊은 의사요. 나는 한 달 전에 그를 보고 지난주에 다시 보았소. 나는 그에게 진실을 얘기해달라고 했소. 그랬더니 그 사람이 이렇게 말합디다. '석 달입니다. 길어야 여섯 달입니다. 물론 모든 게 알라신의 뜻입니다.'"

그는 왼편에 있는 어깨가 넓은 남자를 향해 조심스럽게 고개를 끄덕였다. 그리고 그가 입에 대어준 차를 한 모금 더 마셨다. 그는 떨리는 손등으로 입술을 닦았다.

"나는 하나밖에 없는 내 아들이 5년 전에 떠난 이 세상을 떠나는 게 두렵지 않소. 더 이상 참을 수 없음에도 우리에게 수많은 슬픔을 참아내라고 요구하는 이 세상을 떠나는 게 두렵지 않소. 아니, 나는 시간이 되면 즐겁게 떠날 것 같소. 함시라, 내가 두려워하는 건 신 앞에 불려 가는 날, 신이 이렇게 물을 것 같아서요. '왜 너는 내가 하라는 대로 하지 않았느냐? 어째서 너는 내 율법에 복종하지 않았느냐?' 함시라, 내가 어떻게 내 자신을 신에게 설명하겠소? 그의 명령을 지키지 않은 것에 대해 내가 뭐라고 변명할 수 있겠소? 내가, 아니 우리 중 누구든, 할 수 있는 것은 신이 우리를 위해 만드신 법을 계속 지키는 길밖에 없소. 함시라, 내가 나의 종말을 더 분명히 보고 심판의 날에 더 가까워질수록, 나는 신의 말씀을 지켜야 한다는 마음이 더 확고해지고 있소."

그는 자리에서 움직이며 몸을 움츠렸다.

그리고 안경을 쓴 눈으로 마리암을 쳐다보았다. 엄격하면서도 자비로운 눈길이었다.

"나는 당신의 남편이 유쾌하지 못한 성격의 남자였다는 당신의 말을 믿소. 하지만 함시라, 나는 당신의 행동의 잔인함에 마음이 혼란스럽소. 나는 당신이 한 일이 걸리오. 나는 당신이 그 일을 했을 때, 그의 어린 아들이 위층에서 그를 위해 울고 있었다는 사실이 걸리오. 나는 피곤하오. 나는 죽어가는 몸이오. 나는 관대해지고 싶소. 나는 당신을 용서하고 싶소. 하지만 신이 나를 부른 뒤 '하지만 용서하는 건 네가 할 일이 아니었다'라고 말씀하시면, 내가 뭐라고 할 수 있겠소?"

그의 동료들이 고개를 끄덕이며 존경스러운 눈길로 그를 바라보았다.

"함시라, 당신은 사악한 여자가 아니라는 생각이 드오. 하지만 당신은 사악한 짓을 했소. 그리고 당신은 자신이 한 일에 대한 값을 치러야 하오. 샤리아는 이 문제에 대해서 애매하지 않소. 샤리아는 나에게 당신을 내 자신도 곧 가게 될 곳으로 보내야 한다고 말하고 있소. 함시라, 이해하겠소?"

마리암은 그녀의 손을 내려다보았다. 그리고 이해한다고 말했다.

"알라신이 당신을 용서해주시길 빌겠소."

그들은 그녀를 내보내기 전, 마리암에게 서류를 건네며 그녀의 진술과 판결문 아래에 서명을 하라고 했다. 마리암은 세 탈레반이 지켜보는 가운데, 자신의 이름을 쓰고 서명을 했다. 27년 전, 다른 율법학자가 지켜보는 가운데, 자신의 이름을 쓰고 서명을 했던 게 생각났다.

마리암은 감옥에서 열흘을 보냈다. 그녀는 감방의 창문 옆에 앉아서 뜰을 바라보았다. 그녀는 여름 바람이 불면서, 종이 쓰레기가 미친 듯이 나사 모양으로 올라가다가 이리저리 내동 댕이쳐지고 벽 위로 올라가는 모습을 지켜보았다. 그녀는 바람에 흙먼지가 날려 소용돌이 모양으로 올라가는 모습을 지켜보았다. 모든 사람들—간수, 수감자들, 아이들, 마리암—이 고개를 숙였지만 먼지는 그들의 몸속으로 스며들었다. 먼지는 귓바퀴, 코, 속눈썹, 주름, 어금니 사이의 빈 공간을 파고들었다. 해 질 녘이 되어서야 바람이 잦아들었다. 낮에 불던 바람이 과했음을 속죄하기라도 하듯 밤바람은 잔잔했다.

왈라야트에서 보내는 마지막 날, 나그마는 마리암에게 귤 한 개를 주었다. 그녀는 그걸 마리암의 손바닥에 놓고 손을 오므려줬다. 그런 다음, 울음을 터뜨렸다.

"당신은 최고의 친구였어요."

마리암은 쇠창살이 쳐진 창문 옆에서 수감자들을 바라보며 그날의 남은 시간을 보냈다. 누군가가 식사를 준비하고 있었다. 미나리 냄새가 밴 연기와 따뜻한 공기가 창문으로 흘러들었다. 마리암은 아이들이 술래잡기 놀이를 하는 걸 바라보았다. 작은 소녀 둘이 노래를 부르고 있었다. 마리암이 알고 있는 노래였다. 그녀는 바위에 앉아서 낚시를 하며 잘릴이 그 노래를 불러주던 기억을 떠올렸다.

황톳길에 놓인
새의 목욕 그릇
가장자리에 앉아
물을 마시던 피라미
철부덕 미끄러지더니
얼랄라 얼랄라
허부적 허부적

마리암은 마지막 날 밤, 앞뒤가 안 맞는 꿈들을 꿨다. 수직으로 쌓인 열한 개의 조약돌. 다시 젊어진 잘릴, 그의 환한 웃음, 보조개가 있는 볼, 군데군데 흐르는 땀, 어깨 위에 걸친 코트. 번들번들한 검은색 뷰익 로드마스터에 태워주려고 그녀를 데리러 온 잘릴. 시내를 따라 그녀와 함께 걸으며 로사리오 묵주를 빙빙 돌리는 파이줄라 선생, 엷은 자주색 야생 붓꽃이 피어 있고 풀이 무성한 녹색 둑과 물을 따라 미끄러지는 두 사람의 그림자. 붓꽃은 꿈속에서는 클로버 향이 났다. 오두막의 문간에 서 있는 나나, 밥을 먹으라고 멀리서 마리암을 부르는 나나의 분명치 않은 목소리, 녹색 그늘 속에서 개미들이 기어다니고 딱정벌레들이 종종걸음을 치고 메뚜기들이 뛰어다니는 서늘한 곳에서 놀고 있는 그녀를 부르는 목소리. 황톳길을 힘들여 올라가며 손수레가 삐걱거리는 소리. 소의 목에 달린 종이 딸랑거리는 소리. 언덕에서 매애 하고 양이 우는 소리.

가지 경기장으로 가는 길이었다. 트럭이 도로에 난 구멍을 지나고 돌을 튕기면서 짐칸 바닥에 앉은 마리암의 몸을 들썩거리게 만들었다. 그 충격으로 엉덩이뼈가 아팠다. 무장을 한 젊은 탈레반이 맞은편에 앉아 그녀를 바라보고 있었다.

마리암은 그윽하고 밝은 눈에 얼굴에 약간 각이 지고, 트럭 옆을 손톱이 새까만 집게손가락으로 두들기고 있는 온화해 보이는 이 젊은이가 그 일을 하는 사람인지 궁금했다.

그가 말했다.

"어르신, 배고프세요?"

마리암이 고개를 저었다.

"저한테 비스킷이 하나 있어요. 좋은 거예요. 배고프시면 드릴게요. 저는 괜찮거든요."

"아니요."

그는 고개를 끄덕이고 그녀를 온화하게 바라보았다.

"어르신, 무서우세요?"

목구멍에 뭔가가 걸린 것 같았다. 마리암은 떨리는 목소리로 사실대로 말했다.

"그래요, 아주 무서워요."

"저한테 아버지 사진이 있습니다. 저는 아버지가 기억나지 않아요. 한때 자전거 수리공이셨다는 건 압니다. 하지만 아버지가 어떻게 돌아다니셨고 어떻게 웃었고 목소리가 어땠는지는 기억나지 않습니다."

그는 눈길을 옆으로 돌렸다가 다시 마리암을 쳐다보았다.

"제 어머니는 제 아버지가 가장 용감한 사람이었다고 말씀하시곤 했어요. 사자 같다고 하시더군요. 하지만 공산주의자들이 그를 데려가던 날 아침에는 어린애처럼 우셨다고 하더군요. 제가 이 말씀을 드리는 것은 무서워하는 게 정상이라는 걸 아셨으면 해서요. 어르신, 전혀 창피하실 것 없습니다."

그날 처음으로, 마리암은 조금 울었다.

수천 개의 눈이 그녀를 응시했다. 사람들은 북적거리는 좌석에서 그 모습을 더 잘 보려고 목을 길게 빼고 있었다. 혀를 차는 소리가 들렸다. 마리암이 트럭에서 내렸을 때, 수군거리는 소리가 경기장을 감쌌다. 마리암은 확성기에서 자신의 죄상이 발표되자, 사람들이 고개를 젓고 있다고 상상했다. 하지만 그녀는 그들이 못마땅해서 그러는지, 아니면 불쌍해서 그러는지 보려고 고개를 들지는 않았다. 마리암은 그들을 쳐다보지 않으려 했다.

그날 아침 일찍, 그녀는 자신이 웃음거리가 되지나 않을까 두려웠다. 울고 애원하고 난리법석을 떨면서 웃음거리가 되지 않을까 두려웠다. 그녀는 소리를 지르거나 토하거나 오줌을 지리지나 않을까 두려웠다. 마지막 순간에 동물적인 본능이나 육체적인 치욕에 굴복하지나 않을까 두려웠다. 하지만 트럭에서 내려오면서, 그녀의 다리는 휘청거리지 않았다. 팔이 불안하게 흔들리지도 않았다. 그녀를 끌고 갈 필요도 없었다. 그녀가 비틀거렸던 건 잘메이를 생각했을 때였다. 그에게서 사랑하는 사람을 빼앗은 건 자신이었다. 그의 삶은 이제 아버지가 없어졌다는 슬픔으로 가득한 삶이 될 터였다. 마리암은 걸음걸이를 바로 하고 아무 소리 없이 걸어갔다.

무기를 든 남자가 그녀에게 다가와서 남쪽 골문을 향해 걸어가라고 했다. 마리암은 사람들이 긴장해서 기다리고 있다는 걸 느낄 수 있었다. 그녀는 눈을 들지 않았다. 그녀는 땅과 자신의 그림자, 그리고 그 그림자를 따라오는 사형집행인의 그림자에 눈길을 주고 있었다.

아름다운 순간이 없었던 것은 아니지만, 마리암은 대부분의 삶이 자신에게 친절하지 않았다는 걸 알았다. 하지만 그녀는 마지막 스무 걸음을 걸으면서 조금 더 살았으면 싶었다. 라일라를 다시 보고 싶었다. 그녀의 웃음소리를 듣고 싶었다. 그녀와 같이, 별들이 떠 있는 하늘 밑에서 차를 마시고 먹다 남은 할와를 먹었으면 싶었다. 마리암은 아지자가 커가는 모습을 볼 수 없다는 사실이 슬펐다. 그녀가 아름다운 처녀로 성장하는 걸 못 본다는 게 슬펐다. 그녀의 손톱을 헤나로 칠해주고 결혼식 날에 노쿨(사탕)을 뿌려주지 못한다는 게 슬펐다. 아지자의 아이들과 놀아줄 수 없다는 게 슬펐다. 늙어서 아지자의 아이들과 놀아주는 건 참 좋을 것 같았다.

골대 가까이에 이르자, 뒤에 있던 남자가 그녀에게 걸음을 멈추라고 말했다. 마리암은 시키는 대로 했다. 마리암은 부르카의 망사를 통해서, 그림자의 팔이 그림자의 칼라시니코프 소총을 들어 올리는 모습을 보았다.

마리암은 이 마지막 순간에 그렇게 많은 걸 소망했다. 그러나 눈을 감을 때, 그녀에게 엄습해온 건 더 이상 회한이 아니라 한없이 평화로운 느낌이었다. 그녀는 천한 시골 여자의 하라미로 이 세상에 태어난 것에 대해 생각해보았다. 그녀는 쓸모없는 존재였고, 세상에 태어난 것만으로도 불쌍하고 유감스러운 일이었다. 그녀는 잡초였다. 그러나 그녀는 사랑을 하고 사랑을 받은 사람으로서 세상을 떠나고 있었다. 그녀는 친구이자 벗이자 보호자로서 세상을 떠나고 있었다. 어머니가 되어, 드디어 중요한 사람이 되어 이 세상을 떠나고 있었다. 마리암은 이렇게 죽는 것이 그리 나쁜 건 아니라고 생각했다. 그리 나쁜 건 아니었다. 이건 적법하지 않게 시작된 삶에 대한 적법한 결말이었다.

마리암의 마지막 생각은 코란의 한 구절이었다. 그녀는 그걸 나직하게 웅얼거렸다.

"신은 진실을 갖고 하늘과 땅을 창조하셨다. 신은 밤이 낮을 가리게 하시고, 낮이 밤을 따라잡도록 하신다. 신은 해와 달을 소용이 되도록 만드셨다. 해와 달은 정해진 주기에 따라 움직인다. 그래서 신은 위대하시고 용서하시는 분이다."

탈레반이 말했다.

"무릎을 꿇으시오."

"오, 신이시여! 용서해주시고 자비를 베풀어주소서. 당신은 가장 자비로운 분이십니다."

"함시라, 여기에 무릎을 꿇으세요. 그리고 아래를 보세요."

마리암은 시키는 대로 했다. 마지막으로.

제4부

48

타리크는 지금 두통에 시달리고 있다.

라일라는 잠에서 깨어 그가 머리에 셔츠를 뒤집어쓰고 침대 가장자리에 누워 있는 모습을 본다. 그는 나시르 바그흐에서 시작된 두통이 감옥에 가면서 더 심해졌다고 말한다. 때때로 두통이 심해져 먹은 걸 토하고 한쪽 눈이 안 보일 정도가 된다고 한다. 정육점 주인의 칼이 한쪽 관자놀이를 파고들어 뇌를 서서히 비틀다가 다른 쪽을 파고드는 것 같다고 한다.

"두통이 시작될 때는 입에서 쇳내가 나."

때때로 라일라가 수건에 물을 묻혀 이마에 대주면 두통이 조금 가신다. 사이드의 의사가 타리크에게 준 흰 알약도 도움이 된다. 그러나 어떤 날은 머리를 감싸 쥐고 신음을 하는 것 말고는 달리 할 수 있는 게 없다. 눈에는 핏발이 서고 코에서는 콧물이 떨어지고 그런 난리가 없다. 라일라는 그가 두통으로 고통스러워할 때는 옆에 앉아 목덜미를 주물러준다. 그녀는 그의 손을 잡는다. 그녀의 손바닥에 닿는 반지의 감촉이 차갑다.

그들은 마리에 도착한 날, 결혼을 했다. 사이드는 타리크가 결혼할 거라고 하자 안심했다. 결혼하지 않은 부부가 호텔에 사는 민감한 문제에 대해 얘기를 꺼낼 필요가 없어졌던 것이다. 사이드는 라일라가 생각했던 것처럼 혈색이 좋고 눈이 작은 사람이 아니었다. 그는 희끗희끗한 검은 콧수염을 길러 끝을 살짝 말고 있다. 그리고 긴 흰머리를 이마에서 뒤로 넘기고 있다. 말씨가 부드럽고 매너가 좋으며 말하는 모습이 차분하고 움직임이 품위가 있었다.

그날 결혼식을 위해 친구와 율법학자를 부르고, 타리크를 옆으로 불러 돈을 준 사람도 사이드였다. 타리크는 받지 않으려 했지만 사이드가 우겼다. 그래서 타리크는 쇼핑센터에 가서 가느다란 반지 두 개를 사갖고 돌아왔다. 그들은 아이들이 잠자리에 든 후, 밤늦게 결혼을 했다.

율법학자가 그들의 머리에 둘러준 녹색 베일 밑의 거울 속에서 라일라의 눈이 타리크의 눈과 만났다. 눈물도 없었고, 결혼할 때 짓는 미소도 없었고, 변치 말고 사랑하자는 속삭임도 없었다. 침묵 속에서 라일라는 거울 속에 비친 자신들의 모습을 바라보았다. 나이보다 늙어버린 얼굴이었다. 한때 젊었던 얼굴은 주름이 잡히고 늘어져 있었다. 타리크는 입을 열고 뭔가를 말하기 시작했다. 하지만 바로 그때, 누군가가 베일을 잡아당겼다. 그래서 라일라는 그가 무슨 말을 하려고 했는지 놓쳐버렸다.

그날 밤, 그들은 남편과 아내로 침대에 누웠다. 아이들은 그들 밑에 있는 간이침대에서 코를 골며 자고 있었다. 라일라는 어렸을 때를 떠올렸다. 그녀와 타리크는 정말로 편안하게 얘기를 했었다. 얘기를 할 때는 대기가 그들의 말로 가득 차는 듯했다. 아무 말이나 재잘대고 서로의 말을 끊으면서 자신의 요점을 강조하기 위해 목깃을 잡아당기고, 걸핏하면 웃고 좋아서 난리였었다. 어렸을 때 이래로 수많은 일들이 일어났다. 얘기할 게 너무 많았다. 그러나 첫날밤의 무게가 그녀에게서 모든 말들을 훔쳐 가버렸다. 그날 밤은 그의 옆에 있다는 것만으로도 축복이었다. 그가 바로 옆에 있고 그의 온기를 몸으로 느끼고, 그와 머리를 맞대고 눕고 그의 오른손이 그녀의 왼손에 닿아 있다는 걸 아는 것만으로도 충분히 축복이었다.

한밤중에 라일라는 목이 말라 잠에서 깨었다. 그들은 아직도 손을 꼭 잡고 있었다. 풍선이 날아갈세라 묶은 끈을 조바심치며 움켜쥐고 있는 아이들처럼.

라일라는 마리가 좋다. 서늘하고 안개 낀 아침나절과 눈부신 노을, 빛나는 밤하늘, 소나무들의 녹색, 나무의 튼튼한 몸통을 오르락내리락하는 다람쥐들의 부드러운 갈색, 쇼핑몰에서 쇼핑을 하는 사람들을 차양 밑으로 몰려들게 하는 소나기

등 모든 게 좋다. 이 지역 사람들은 끊임없이 공사가 진행되고 그런 시설들이 확장되면서 마리의 자연이 훼손된다고 불평하지만, 그녀는 기념품 가게들과 여행객들이 묵는 호텔들이 좋다. 라일라는 사람들이 건물을 짓는 걸 안타까워하는 걸 보고 이상하다고 생각한다. 그게 카불이었다면 사람들은 좋아할 것이다.

그녀는 옥외 화장실이 아니라 진짜 화장실이 있다는 게 좋다. 수세식 변기, 샤워기, 싱크대도 좋다. 싱크대에는 손목만 살짝 움직이면 냉수와 온수가 나오는 두 개의 수도꼭지가 달려 있다. 그녀는 알료나가 매애 하고 우는 소리, 그리고 기가 막히게 요리를 잘하고 악의 없는 불평을 늘어놓는 요리사 아디바가 아침에 내는 소리에 잠에서 깨는 게 좋다.

때때로 라일라는 타리크가 잠을 자고 아이들이 잠을 자다 뭔가를 중얼거리는 모습을 바라보면서 고마움에 목이 멘다. 그녀의 눈이 물기로 가득해진다.

아침에 라일라는 타리크를 따라 이 방 저 방 옮겨 다닌다. 그의 허리에 걸린 고리에서 열쇠들이 짤랑거린다. 유리를 닦는 스프레이 병이 그의 청바지 벨트에 매달려 대롱거린다. 라일라는 걸레, 소독제, 화장실용 솔, 경대를 닦는 데 쓰는 스프레이용 왁스가 가득 담긴 통을 가져온다. 아지자도 한 손에 걸레를 들고 따라온다. 그녀의 다른 손에는 마리암이 콩으로 속을 채워 만들어준 인형이 들려 있다. 잘메이는 마지못해서 시무룩하게 그들을 따라온다. 늘 몇 발자국 뒤로 처진다.

라일라는 진공청소기로 청소를 하고 침대를 만지고 먼지를 턴다. 타리크는 화장실 세면대와 욕조를 씻고 변기를 청소하고 리놀륨 바닥에 걸레질을 한다. 그는 깨끗한 수건, 소형 샴푸병, 아몬드 향이 나는 비누를 선반에 채운다. 아지자는 스프레이를 뿌려 유리 닦는 일을 하겠다고 우긴다. 인형은 언제나 그녀가 일하는 곳 가까이에 놓여 있다.

라일라는 결혼식이 끝나고 며칠 후에 아지자에게 타리크에 관한 얘기를 했다.

아지자와 타리크의 관계는 이상하다. 거의 불안할 정도다. 벌써 그들은 말을 하지 않아도 서로의 마음을 안다. 아지자는 그가 달라고 하기도 전에 물건들을 건네준다. 밥을 먹을 때도 두 사람 사이에는 은밀한 미소가 오간다. 서로에게 낯선 사람이 아니라 오랫동안 헤어졌다 만난 벗 같다.

라일라가 그 말을 했을 때, 아지자는 생각에 잠겨 자신의 손을 내려다보았다.

그녀가 잠시 후에 말했다. "저는 그분이 좋아요."

"그는 너를 '사랑'한다."

"그렇게 말씀하시던가요?"

"아지자, 그건 설명이 필요 없는 거다."

"엄마, 제가 알 수 있도록 나머지 얘기도 해줘요."

그래서 라일라는 나머지 얘기를 해줬다.

"네 아빠는 좋은 사람이야. 내가 알았던 사람 중 최고의 남자란다."

"떠나시면 어떻게 하죠?"

"안 떠날 거야. 아지자, 나를 봐라. 네 아빠는 너를 해치지도 않을 것이고 떠나지도 않을 거다."

아지자가 안도하는 모습을 보면서 라일라는 가슴이 미어졌다.

타리크는 잘메이에게 흔들목마를 사주고 수레를 만들어줬다. 감옥에서 한 수감자로부터 종이로 동물을 만드는 법을 배워서 익히고 있던 그는 종이를 수없이 접고 잘라 잘메이에게 사자, 캥거루, 말, 화려한 깃털이 달린 새들을 만들어줬다. 하지만 잘메이는 그러한 노력을 버릇없이, 때로는 악의에 찬 어조로 내친다.

그가 울면서 소리친다.

"아저씨는 당나귀야! 나한테는 그런 장난감 필요 없어!"

라일라가 놀라서 숨을 헐떡인다.

"잘메이!"

타리크가 말한다.

"괜찮아, 라일라. 괜찮아. 그냥 둬."

"아저씨는 우리 아빠가 아니야! 우리 아빠는 여행을 갔어. 돌아오면 우리 아빠가 아저씨를 두들겨 팰 거야! 아저씨는 도망도 못 갈 거야. 우리 아빠는 다리가 둘이고 아저씨는 하나잖 아!"

밤에 라일라는 잘메이를 껴안고 바발루 기도문을 같이 낭송 한다. 잘메이가 물으면, 그의 아빠는 여행 중이고 언제 돌아올 지 모른다고 또다시 거짓말을 한다. 그녀는 그렇게 하는 게 싫 다. 아이한테 거짓말하는 자신이 싫다.

라일라는 치욕스러운 거짓말을 수없이 해야 될 것이라는 걸 안다. 잘메이가 그네에서 뛰어내리고, 오후에 낮잠을 자고 일어 나서, 혹은 나중에 자기 신발 끈을 스스로 맬 수 있을 정도로 나이가 들어서도, 스스로 학교에 갈 수 있는 나이가 되어서도, 끝없이 물을 것이기 때문이다.

라일라는 그가 언젠가는 질문을 하다 지칠 것이라는 걸 안 다. 서서히 잘메이는 왜 아버지가 자신을 버렸는지 의아해하 지 않게 될 것이다. 그는 신호등에서 아버지를 봤다고 말하지 않게 될 것이다. 그는 더 이상, 길거리를 지척거리며 지나가거 나 앞이 트인 사모바르 찻집에서 차를 마시는 노인들을 보고 아버지를 찾았다고 하지 않게 될 것이다. 어느 날, 그는 굽이 쳐 흐르는 강을 따라 걷다가, 혹은 아무도 지나간 흔적이 없는 눈 덮인 들판을 바라보다가, 아버지의 부재가 더 이상 아픈 상 처가 아니라고 생각하게 될 것이다. 그는 그것이 전적으로 다 른 어떤 것이 됐다는 걸 알게 될 것이다. 가장자리가 더 무뎌 진 어떤 것 말이다. 민담처럼. 존경해야 하고 신비로운 그 무엇처럼.

라일라는 마리에서 행복하다. 하지만 그것이 쉬운 행복은 아니다. 고통이 없는 행복은 아니다.

타리크는 일을 하지 않는 날에는 라일라와 아이들을 데리고 쇼핑몰에 간다. 몰을 따라서 장신구를 파는 가게들이 있고, 그 옆에 19세기 중반에 세워진 성공회 교회가 있다. 타리크는 거리의 행상에게서 그들에게 차플리(채소와 고기를 꼬챙이에 꿴 요리)를 사준다. 그들은 그 지역 사람들, 핸드폰과 디지털카메라를 든 유럽 사람들, 더위를 피해 이곳으로 온 펀자브 사람들 속에 섞여 산책을 한다.

이따금 그들은 카슈미르곳으로 가는 버스에 올라탄다. 거기에서 타리크는 젤룸강의 계곡, 소나무들이 우거진 경사면, 나무들이 울창한 산을 보여준다. 그는 그 산에 원숭이들이 산다고 말한다. 그들은 마리에서 30킬로미터쯤 떨어진 단풍나무로 덮인 나티아갈리에도 간다. 타리크는 라일라의 손을 잡고 총독 관저로 통하는, 나무들이 그늘을 드리우고 있는 길을 걸어간다. 그들은 옛 영국인 공동묘지에서 멈추거나 택시를 타고 산의 정상으로 가서 안개에 덮인 푸릇푸릇한 계곡을 내려다본다.

그들이 가끔 그렇게 외출해 가게의 창문을 지나칠 때, 라일라는 거기에 비친 자신들의 모습을 바라본다. 남자, 아내, 딸,

아들. 그녀는 자신들이 낯선 사람들에게는 비밀도 거짓말도 회한도 없는 아주 평범한 가족으로 보일 게 틀림없다는 걸 안다.

아지자는 가끔 악몽을 꾸고 덜덜 떨면서 일어난다. 라일라가 옆에 누워 소매로 그녀의 볼을 닦아주고 달래서 다시 잠이 들게 해줘야 한다.

라일라도 꿈을 꾼다. 꿈속에서 그녀는 언제나 카불에 있는 집으로 돌아가 있다. 그녀는 통로를 거닐고 계단을 오른다. 그녀는 혼자다. 그러나 문 뒤에서 다리미질을 하는 소리, 시트를 펼쳤다가 접는 소리가 들린다. 때때로 한 여자가 헤라트의 옛 노래를 낮게 흥얼거리는 소리가 들린다. 하지만 들어가보면 방은 텅 비어 있다. 아무도 없다.

꿈을 꾸면 라일라는 힘들다. 그녀는 땀에 젖어 깨어난다. 눈이 쑤실 정도로 눈물이 쏟아진다. 힘들다. 매번 힘들다.

49

그해 9월, 어느 일요일, 라일라는 감기에 걸린 잘메이에게 낮잠을 재우려고 눕히고 있다. 타리크가 그들의 오두막에 뛰어든다.

그가 숨을 약간 헐떡이며 말한다.

"들었어? 그들이 그를 죽였어. 아마드 샤 마수드가 죽었대."

"그래?"

문간에서 타리크는 그녀에게 자신이 알고 있는 얘기를 전한다.

"모로코 태생의 벨기에인이라고 하는 두 기자와 인터뷰를 하고 있었는데, 인터뷰 도중에 비디오카메라에 숨겨져 있던 폭탄이 터졌대. 마수드와 기자 하나가 죽었대. 다른 사람이 도망치려 하자, 그들이 쏴 죽였대. 사람들 말로는 그 기자들이 어쩌면 알카에다였을 거래."

라일라는 그녀의 어머니가 침실 벽에 붙여놓았던 아마드 샤 마수드의 사진을 떠올린다. 누군가의 말에 귀를 기울이는 사람 처럼 몸을 앞으로 숙이고 골똘한 얼굴에 주름을 짓고 한쪽 눈 썹을 치켜올린 사진이었다. 라일라는 마수드가 오빠들의 장례 식에서 기도를 해줬다는 걸 어머니가 얼마나 고맙게 생각했는 지를, 그리고 그 얘기를 모든 사람에게 수없이 했던 걸 떠올린 다. 그의 도당과 다른 도당 사이에 전쟁이 일어난 후에도 그녀 의 어머니는 그를 비난하지 않으려 했다.

어머니는 이렇게 말하곤 했다.

"그는 좋은 남자야. 평화를 원하는 사람이야. 아프가니스탄 을 재건하려고 하는 사람이야. 그들이 그를 내버려두지 않는 거야. 그들이 가만두지 않는 거라고."

그녀는 모든 것이 끔찍해지고 카불이 폐허로 변했어도 마수 드를 여전히 판지시르의 사자라고 생각했다.

라일라는 그렇게 용서할 기분이 아니었다. 마수드의 처참한 말로가 즐겁지도 않지만, 그녀는 인근 지역들이 그가 지켜보는 가운데 황폐화되고 깨진 벽돌 조각에서 시체들을 끄집어내고, 아이들의 장례를 치르고 며칠이 지나 옥상이나 높은 나뭇가지 에서 그들의 손과 발이 발견되던 걸 너무나 잘 기억하고 있다. 그녀는 로켓탄이 떨어지기 전에 어머니의 얼굴에 깃들었던 표 정을 너무도 분명히 기억한다. 그리고 잊으려고 노력했지만, 머리가 날아간 아버지의 몸통이 근처에 떨어지고, 그의 티셔츠에 그려져 있던 다리의 탑이 짙은 안개와 피 속으로 보이던 걸 너무나 분명히 기억하고 있다.

타리크가 말한다.

"장례식이 있을 거야. 분명해. 아마 라왈핀디에서 있을 거야. 거창한 장례식이 되겠지."

잠이 거의 다 들었던 잘메이가 주먹으로 눈을 비비며 일어나 앉는다.

이틀 후, 그들이 방을 청소하고 있는데 요란한 소리가 들린다. 타리크는 걸레를 놓고 급히 밖으로 나간다. 라일라가 그의 뒤를 따른다.

소음은 호텔 로비에서 들려오고 있다. 리셉션 데스크의 오른쪽으로 여러 개의 의자들과 베이지색 양가죽으로 된 두 개의 소파가 놓인 라운지가 있다. 소파의 맞은편 구석에 텔레비전이 있다. 사이드, 수위, 손님 여럿이 그 앞에 모여 있다.

라일라와 타리크도 그곳으로 간다.

텔레비전은 BBC 방송에 맞춰져 있다. 화면에 보이는 건물 혹은 탑의 꼭대기에서 검은 연기가 치솟고 있다. 타리크가 사이드에게 무슨 말인가를 하고 사이드가 대답하려고 할 때, 비행기 한 대가 화면의 구석에서 나타난다. 그것은 근처의 탑으로 돌진해, 라일라가 지금까지 본 어떤 것보다 더 큰 불덩이로 폭발한다. 로비에 있는 모든 사람의 입에서 이구동성으로 헉하는 소리가 나온다.

두 시간도 안 되어 두 탑이 무너졌다.

곧 모든 텔레비전 방송국들이 아프가니스탄, 탈레반, 오사마 빈 라덴에 대해 얘기하고 있다.

타리크가 말한다.

"탈레반이 빈 라덴에 대해 뭐라고 하는지 들었어?"

아지자는 그의 맞은편 침대에 앉아 체스 판을 들여다보고 있다. 타리크는 그녀에게 체스를 두는 법을 가르쳐줬다. 아지자는 그녀의 아버지가 말을 어떻게 움직일지 생각할 때 취하는 몸짓을 흉내 내어 얼굴을 찡그리며 아랫입술을 두드린다.

잘메이의 감기는 조금 괜찮아졌다. 그는 잠들어 있다. 라일라는 그의 가슴에 빅스(감기약)를 문질러주고 있다.

그녀가 말한다.

"들었어."

탈레반은 빈 라덴이 아프가니스탄으로 피신한 메흐만(손님)이기 때문에 그를 넘겨주지 않겠다고 말했다고 한다. 손님을 넘겨주는 것은 파슈툰의 윤리에 어긋나는 것이라고 했다는 것이다. 타리크는 쓴웃음을 짓는다. 라일라는 그의 웃음에서 훌륭한 파슈툰 전통이 왜곡되고 부족의 방식이 제대로 반영되지 못하고 있는 것에 대한 반감을 읽는다.

그 공격이 있은 지 며칠 후, 라일라와 타리크는 다시 호텔 로비에 가 있다. 텔레비전 화면에서 조지 W. 부시가 연설을 하고 있다. 그 뒤에 커다란 미국 국기가 보인다. 어느 한 지점에서 그의 목소리가 흔들린다. 라일라는 그가 울 것 같은 느낌을 받는다.

영어를 할 줄 아는 사이드는 그들에게 부시가 지금 전쟁을 선포했다고 설명한다.

타리크가 묻는다.

"누구한테요?"

"우선 당신네 나라한테."

타리크가 말한다.

"그리 나쁜 건 아닐지도 몰라."

그들은 사랑을 막 끝낸 상태다. 그는 머리를 라일라의 가슴에 대고, 팔을 그녀의 배에 두른 채 누워 있다. 처음 몇 번은 어려웠다. 타리크는 미안하다고 했고 라일라는 괜찮다고 했다. 아직도 문제가 있다. 지금은 육체적인 문제가 아니라 기술적인 문제다. 아이들과 함께 쓰는 오두막이 너무 비좁다. 아이들은 그들 밑에 있는 간이침대에서 잔다. 그래서 사적인 공간이 거의 없다. 대부분, 라일라와 타리크는 아이들이 깨어날까 두려워 옷을 입은 채로 담요 밑에서 소리를 죽이고 사랑을 한다. 시트가 바스락거리고 침대 스프링이 삐걱거리는 소리에 유독 신경이 쓰인다. 하지만 라일라에게는 타리크와 같이 있다는 것만으로도 이러한 불안감은 이겨나갈 만한 가치가 있다. 그들이 사랑을 할 때, 라일라는 안정감을 느낀다. 그들이 같이 사는 삶이 일시적인 축복이고 곧 그것이 다시 산산이 부서질 것이라는 불안감이 누그러진다. 헤어짐에 대한 두려움이 사라진다.

그녀가 말한다.

"무슨 말이야?"

"우리 나라에서 일어나는 일 말이야. 결국 그리 나쁜 건 아닐지도 몰라."

고국에서는 다시 폭탄이 떨어지고 있다. 이번에는 미국의 폭탄이다. 라일라는 시트를 바꾸고 진공청소기로 청소를 하면서 날마다 텔레비전에 나오는 전쟁의 모습을 바라본다. 미국인들은 다시 한번 군벌들에게 무기를 제공했고 탈레반을 쫓아내고 빈 라덴을 찾기 위해 북부연합의 협력을 끌어냈다.

그러나 타리크의 말이 그녀의 마음을 괴롭힌다. 라일라는 그의 머리를 그녀의 가슴에서 거칠게 밀어낸다.

"그리 나쁜 건 아니라고? 여자들과 아이들과 노인들은 어쩌라고? 다시 집들이 파괴될 텐데 괜찮다고? 그리 나쁜 건 아니라는 말이 나와?"

"쉿. 아이들이 깨겠어."

그녀가 고함을 친다.

"타리크, 어떻게 그런 말을 할 수 있지? 카람에서 그렇게 실수를 하고도? 죄 없는 사람이 100명이나 죽었어! 직접 죽은 사람들을 봤을 거 아냐."

타리크가 팔꿈치로 몸을 받치고 라일라를 내려다본다.

"그게 아니야. 내 말을 잘못 이해하고 있어. 내 말은……."

라일라가 말한다.

"당신은 몰라."

그녀는 자신의 목소리가 높아지고 있으며 그들이 남편과 아내로서 첫 싸움을 하고 있다는 걸 의식한다.

"당신은 무자헤딘이 싸움을 시작했을 때 떠났어. 나는 뒤에 남았던 사람이야. 나는 전쟁을 알아. 나는 전쟁으로 부모를 잃었어. 타리크, 내 부모를 잃었다고. 그런데 당신 입에서 전쟁이 그리 나쁜 건 아니라는 말을 내가 들어야 해?"

"라일라, 미안해. 정말 미안해."

그는 손으로 그녀의 얼굴을 감싼다.

"당신 말이 맞아. 미안해. 나를 용서해줘. 내 말은 어쩌면 이번 전쟁이 끝나면 희망이 있을지 모른다는 의미였어. 그리고 오랜만에 처음으로……."

"나는 이 문제에 관해서 더 이상 얘기하고 싶지 않아."

라일라는 자신이 그를 몰아쳤다는 사실에 깜짝 놀라며 말한다. 그에게 한 말은 부당하다. 전쟁 때문에 그의 부모도 죽지 않았던가? 그녀의 마음속에 타올랐던 것이 무엇이었든 이미 부드러워지고 있다. 타리크는 계속 부드럽게 말한다. 그가 끌어당기자 그녀는 끌려간다. 그가 손과 이마에 입을 맞추자 그녀는 가만히 있는다. 그녀는 그가 맞을지 모른다고 생각한다. 그녀는 그가 한 말의 의미를 안다. 어쩌면 이것은 필요한 것일지 모른다. 어쩌면 부시의 폭탄이 더 이상 떨어지지 않게 되면 희망이 있을지 모른다.

그러나 아버지와 어머니에게 일어났던 일이 아프가니스탄에 있는 누군가에게 일어나고 있고, 아무것도 모르는 아프간 아이들이 자신처럼 로켓탄에 의해 고아가 되는 상황인데 그런 말을 할 수는 없다. 라일라는 도저히 그런 말을 할 수는 없다. 좋아하는 건 어렵다. 그건 위선적이고 사악해 보인다.

그날 밤, 잘메이는 잠에서 깨어 기침을 한다. 라일라가 몸을 움직이기 전에 타리크가 침대 가장자리로 다리를 움직인다. 그는 의족을 채우고 잘메이에게 걸어가 그를 들어서 안는다. 침대에서 라일라는 어둠 속을 이리저리 오가는 타리크의 모습을 바라본다. 그녀는 타리크의 어깨에 얹힌 잘메이의 머리, 타리크의 목을 감고 있는 잘메이의 손, 타리크의 엉덩이에서 흔들리는 잘메이의 작은 발의 윤곽을 바라본다.

타리크가 침대로 돌아왔을 때, 그들 중 아무도 말을 하지 않는다. 라일라는 손을 뻗어 그의 얼굴을 만진다. 타리크의 볼이 젖어 있다.

50

마리에서의 삶은 편안하고 평온하다. 일도 힘들지 않다. 쉬는 날이면 라일라와 타리크는 아이들을 데리고 파트리아타산에 있는 체어리프트를 타러 가거나, 맑은 날이면 이슬라마바드와 라왈핀디 시내가 멀리 보이는 핀디곳에 간다. 그곳에서 그들은 잔디 위에 담요를 펼쳐놓고 오이가 곁들여진 고기 완자 샌드위치를 먹고 차가운 진저에일을 마신다.

괜찮은 삶이다. 고마운 삶이다. 라일라는 속으로 이렇게 생각한다. 라시드와 함께 정말 힘들게 살던 시절에 그녀가 꿈꾸곤 했던 삶은 바로 이런 것이었다. 매일, 라일라는 스스로에게 이걸 환기시킨다.

2002년 7월, 어느 따스한 밤, 그녀와 타리크는 침대에 누워 아프가니스탄의 변화에 대해 낮은 목소리로 얘기한다. 너무 많은 변화가 있었다. 연합군이 탈레반을 주요 도시로부터 국경 너머의 파키스탄과 아프가니스탄 북동부에 있는 산악지대로 밀어냈다. 국제평화유지군이 카불에 파견되었다. 하미드 카르 자이가 임시 대통령이다.

라일라는 지금이 타리크에게 얘기할 때라고 생각한다.

1년 전이었다면, 그녀는 카불을 빠져나오기 위해서라면 한 쪽 팔이라도 기꺼이 내줬을 것이다. 그러나 지난 몇 달 동안, 그녀는 고향을 그리워하기 시작했다. 북적거리는 쇼르 시장, 바부르의 정원들, 물이 담긴 염소 가죽 부대를 끌고 다니는 사람들의 소리가 그립다. 코체흐 모르가에서 옷감값을 흥정하는 사람들, 카르테파르완에 있는 멜론 장수들이 그립다.

하지만 라일라는 단순한 향수 때문에 카불에 대해 그렇게 많이 생각하는 게 아니다. 그녀는 불안감에 쫓기고 있다. 그녀는 카불에 새로 학교가 지어지고 도로가 다시 포장되고 여자들이 일터로 돌아가고 있다는 얘기를 듣는다. 이곳에서의 삶은 즐겁고 감사한 것이지만 어딘지 불충분해 보인다. 중요치 않아 보인다. 아니, 낭비인 것 같다. 최근에는 바비의 목소리가 머릿 속에서 들리기 시작했다. "너는 네가 원하는 무엇이든 될 수 있어, 라일라. 나는 너를 안다. 그리고 나는 전쟁이 끝나면 아프가니스탄이 너를 필요로 할 것이라는 걸 안다."

어머니의 목소리도 들린다. 라일라는 아버지가 아프가니스탄을 떠나자고 했을 때 어머니가 했던 말을 떠올린다. "나는 내 아들들의 꿈이 현실이 되는 걸 보고 싶어요. 나는 그 일이 벌어질 때, 아프가니스탄이 해방될 때, 그 자리에 있고 싶어요. 그래서 내 아들들도 그걸 보도록 말이죠. 그 애들은 내 눈을 통해서 그걸 보게 될 거예요." 이제 라일라의 일부는 카불로 돌아가고 싶어 한다. 어머니와 아버지를 위해서, 그들이 그녀의 눈을 통해서 그걸 보도록 말이다.

그리고 가장 절박한 이유는 마리암 때문이다. 마리암이 이걸 위해 죽었을까? 그녀는 라일라가 외국에서 하녀 노릇을 하라고 자신을 희생했을까? 라일라와 아이들이 안전하고 행복하다면 라일라가 무슨 일을 하는지는 마리암에게 중요하지 않을지 모른다. 하지만 라일라에게는 중요하다. 갑자기 그게 아주 중요해졌다.

그녀가 말한다.

"나는 돌아가고 싶어."

타리크는 침대에 일어나 앉아 그녀를 내려다본다.

라일라는 그가 얼마나 멋있는지 다시 한번 감탄한다. 이마의 완벽한 곡선, 팔의 홀쭉한 근육, 생각에 잠긴 듯하고 지적인 눈이 너무너무 아름답다. 1년이 지났다. 그럼에도 라일라는 아직도 그들이 서로를 다시 찾았고, 그가 정말로 옆에 있으며, 그가 자신의 남편이라는 사실을 믿을 수 없다.

그가 묻는다. "돌아가? 카불로?"

"당신도 원할 경우에 그렇다는 거지."

"여기에서는 불행해? 당신, 행복해 보이는데. 아이들도 그렇고."

라일라가 일어나 앉는다. 타리크는 움직여서 그녀를 위해 자리를 만든다.

라일라가 말한다.

"행복해. 물론이지. 하지만 타리크, 여기서 우리는 어디로 가지? 얼마나 오래 머물 거야? 이곳은 고향이 아니잖아. 카불이 고향이잖아. 그곳에서는 많은 일들이 일어나고 있어. 그것도 좋은 일들이 말이야. 나는 그것의 일부가 되고 싶어. 뭔가를 하고 싶어. 나는 기여하고 싶어. 내 말 이해하겠어?"

타리크가 서서히 고개를 끄덕인다.

"그게 당신이 원하는 거야? 확실해?"

"응, 맞아. 확실해. 하지만 그 이상이야. 나는 돌아가야 한다고 생각해. 여기에 머무는 것은 더 이상 옳은 일이 아닌 것 같아."

타리크는 그의 손을 내려다보고 다시 그녀를 바라본다.

"하지만 당신도 가기를 원할 경우에만 그렇다는 거야."

타리크가 미소를 짓는다. 이마의 주름이 펴지면서 짧은 순간, 그는 옛날의 타리크로 돌아가 있다. 두통이 없던 시절의 타리크로 말이다. 시베리아에 가면 콧물이 땅에 닿기 전에 얼어버린다고 말하던 옛날의 타리크로 말이다. 그것은 그녀의 상상일지 모른다. 하지만 라일라는 요즘, 타리크의 옛 모습을 자주

본다고 생각한다.

그가 말한다.

"나? 라일라, 나는 이 세상 끝까지 당신을 따라갈 거야."

그녀는 그를 잡아당겨 입을 맞춘다. 라일라는 이 순간보다 더 그를 사랑한 적이 없다고 생각한다.

그녀는 그의 이마에 자신의 이마를 맞대고 말한다.

"고마워."

"고향으로 돌아가자."

"하지만 먼저, 나는 헤라트에 가고 싶어."

"헤라트에?"

라일라는 그 이유가 뭔지 설명한다.

아이들에게 각각 다짐을 해줄 필요가 있다. 아지자는 아직도 악몽을 꾼다. 지난주에는 근처에서 있었던 결혼식에서 누군가가 여러 발의 축포를 쏘자 깜짝 놀라 울음을 터뜨렸다. 라일라는 아지자에게, 그들이 카불로 돌아가면 탈레반은 거기에 없을 것이고, 더 이상의 전투도 없을 것이고, 그녀를 고아원에 보내지도 않을 것이라고 말해준다.

"네 아빠, 나, 잘메이, 너, 이렇게 넷이서 같이 살 거야. 아지자, 너는 다시는 내게서 떨어져 살진 않을 거야. 약속하마."

그녀는 딸을 향해 미소를 짓는다.

"네가 그렇게 하기를 원하는 날까지 말이다. 네가 어떤 젊은

이와 사랑에 빠져 결혼하고 싶어 할 때까지는 말이다."

마리를 떠나는 날, 잘메이를 달래는 게 어렵다. 그는 알료나의 목에 팔을 두르고 놓지 않는다.

아지자가 말한다.

"엄마, 저 애를 염소한테서 떼놓지 못하겠어요."

라일라가 다시 설명한다.

"잘메이, 버스에 염소를 태울 수는 없어."

타리크가 그의 옆에 무릎을 꿇고 카불에 가면 알료나와 똑같이 생긴 염소를 사주겠다고 약속하고 나서야 잘메이는 마지못해 염소를 놓아준다.

사이드와도 아쉬운 눈물의 작별을 한다. 그는 문간에서 그들에게 행운을 빌어주기 위해, 코란을 높이 들고 타리크, 라일라, 아이들이 세 번씩 입을 맞추고 그 밑으로 지나가게 한다. 그는 타리크가 트렁크에 두 개의 여행 가방을 싣는 걸 도와준다. 사이드는 그들을 정류장까지 데려다준다. 그리고 버스가 부르릉거리며 떠날 때, 보도에 서서 손을 흔든다.

그녀는 몸을 뒤로 기대고 버스의 뒤 창문으로 멀어져가는 사이드의 모습을 바라본다. 그녀의 머릿속에 의심이 생기기 시작한다. 마리의 안전함을 뒤로하고 떠나다니 바보 같은 짓은 아닐까? 그녀의 부모와 오빠들이 죽었고, 이제야 겨우 폭탄의 연기가 사그라드는 땅으로 돌아가는 것은 바보짓이 아닐까?

그때, 기억의 어두운 저편으로부터 바비가 카불에 작별을 하려 할 때 암송했던 두 줄의 시가 떠오른다.

지붕 위에서 희미하게 반짝이는 달들을 셀 수도 없고
벽 뒤에 숨은 천 개의 찬란한 태양들을 셀 수도 없으리.

라일라는 의자에 깊숙이 들어앉으며 눈물에 젖은 눈을 깜
빡인다. 카불이 기다리고 있다. 카불이 필요로 하고 있다. 고국
으로 돌아가는 건 잘하는 짓이다.

하지만 그러기 전에 마지막으로 해야 할 작별 인사가 있다.

아프가니스탄에서 있었던 전쟁은 카불, 헤라트, 칸다하르를
잇는 도로들을 파괴해버렸다. 지금 헤라트에 갈 수 있는 가장
쉬운 길은 이란의 마슈하드를 경유하는 것이다. 라일라와 그녀
의 가족은 그곳에서 하룻밤만 묵는다. 그들은 호텔에서 하룻
밤을 묵고 다음 날 아침에 다른 버스를 탄다.

마슈하드는 혼잡하고 분주한 도시다. 라일라는 공원, 사원,
첼로 케밥 식당들이 차창 밖으로 지나가는 걸 바라본다. 버스
가 여덟 번째 이맘(이슬람교의 수니파에서 칼리프나 뛰어난 학자에
대한 존칭)인 이맘 레자의 사당을 지나칠 때, 라일라는 반짝이
는 타일, 첨탑, 장엄한 금빛 지붕을 자세히 보려고 목을 길게
뺀다. 모든 게 완벽하고 아름답게 보존되어 있다. 그녀는 자신
의 나라에 있는 불상에 대해 생각한다. 이제는 흙이 되어 바미

안 계곡에서 바람에 흩날리고 있을 불상들.

버스로 이란과 아프가니스탄 사이의 국경까지 가는 데 거의 열 시간이 걸린다. 아프가니스탄이 가까워지면서 지형은 더 황량하고 더 메마르게 변한다. 헤라트로 가는 국경을 넘기 직전에 그들은 아프간 난민 수용소를 지나친다. 누런 먼지, 검은 텐트, 함석으로 된 빈약한 구조물이 흐릿하게 라일라의 눈에 비친다. 그녀는 손을 뻗어 타리크의 손을 잡는다.

헤라트의 거리들은 대부분 포장이 되어 있고 향기로운 소나무들이 줄을 지어 심겨져 있다. 공원과 도서관들이 건축 중이고, 손질이 잘된 안뜰이 있고, 페인트로 새로 칠한 건물들이 있다. 신호등은 작동되고 있다. 가장 놀라운 것은 전기가 계속 들어와 있다는 것이다. 라일라는 헤라트의 봉건적인 군 지도자인 이스마일 한이 아프간과 이란 사이의 국경에서 거둔 상당한 관세 수입으로 도시를 재건하는 일을 돕고 있다는 얘기를 들었다. 카불에서는 그 돈이 그의 것이 아니라 중앙정부의 것이라고 말한다고 한다. 그들을 무와파크 호텔까지 실어다 준 택시 운전사는 이스마일 한의 이름을 입에 올릴 때면 어조가 존경스럽고 경건해진다.

무와파크 호텔에서 이틀 밤을 묵으면 가진 돈의 5분의 1에 해당하는 금액이 들어가겠지만, 마슈하드에서 이곳까지 오는 데 너무 오래 걸리고 힘들었던 데다 아이들은 기진맥진해 있

다. 데스크에 있던 나이가 지긋한 사무원은 방 열쇠를 가져다
주면서 타리크에게 무와파크 호텔이 기자들과 NGO 근무자들
이 좋아하는 곳이라고 말해준다.

그는 큰소리를 친다.

"빈 라덴도 여기에서 잔 적이 있다오."

방에는 두 개의 침대와 찬물이 나오는 욕실이 있다. 침대 사
이의 벽에는 하자 압둘라 안사리 시인의 초상화가 붙어 있다.
라일라는 창문으로 사람들의 왕래가 잦은 도로와 그 너머에
있는 공원을 바라본다. 공원에는 무성한 꽃들 사이로 파스텔
풍의 색조를 띤 벽돌길이 나 있다. 텔레비전에 익숙해 있던 아
이들은 방에 텔레비전이 없자 실망한다. 하지만 그들은 곧 잠
이 든다. 타리크와 라일라도 곧 잠에 빠진다. 라일라는 기억이
나질 않는 꿈을 꾸다가 한밤중에 한 번 깬 걸 제외하고 타리
크의 팔에 안겨 곤히 잔다.

다음 날 아침, 마르멜루 잼을 바른 신선한 빵에 삶은 달걀을
곁들인 아침 식사를 하고 차를 마신 다음, 타리크는 그녀에게
택시를 잡아준다.

타리크가 말한다.

"나 없이 혼자 다녀와도 되겠어?"

아지자는 타리크의 손을 잡고 있다. 잘메이는 그러지 않지
만, 타리크의 엉덩이에 한쪽 어깨를 기대고 가까이에 서 있다.

"응."

"걱정이 돼서 그래."

라일라가 말한다.

"괜찮을 거야. 약속할게. 아이들을 데리고 시장에 가서 뭘 좀 사줘."

택시가 빠져나갈 때, 잘메이가 울기 시작한다. 라일라가 돌아보니, 그가 타리크를 향해 손을 내밀고 있다. 그가 타리크를 받아들이고 있다는 사실에 라일라는 마음이 편해지면서도 가슴이 아프다.

운전사가 말한다.

"당신은 헤라트 사람이 아니군요."

그는 검은 머리를 길러 어깨까지 내리고 있다. 왼쪽 콧수염 속으로 상처가 있다. 앞 유리 운전석 쪽으로 사진이 놓여 있다. 머리를 가운데에서 양쪽으로 땋고 볼에 분홍빛이 감도는 작은 소녀의 사진이다.

라일라는 그에게 작년에는 파키스탄에 있다가 카불로 돌아가는 중이라고 말한다.

"데흐마장에 살아요."

그녀는 앞 유리를 통해서 구리 세공인이 놋쇠 손잡이를 주전자에 용접하는 모습과 안장을 만드는 사람들이 생가죽을 잘라 햇볕에 말리는 모습을 본다.

그녀가 묻는다.

"여기에서 오래 사셨어요?"

"아, 평생 살았죠. 여기에서 태어났습니다. 나는 모든 걸 보았죠. 당신은 폭동에 대해서 알고 있나요?"

라일라는 알고 있다고 말한다. 그러나 그는 말을 계속한다.

"1979년 3월이었죠. 소련군이 침공하기 9개월 전이었어요. 화가 난 헤라트 사람들이 소련 고문관들을 몇 죽였어요. 그러자 소련군은 탱크와 헬리콥터를 보내 이곳을 폭격했죠. 함시라, 그들은 사흘 동안 도시를 폭격했어요. 건물을 무너뜨리고 첨탑 중 하나를 파괴했으며 수천 명의 사람들을 죽였어요. 수천 명이나 되는 사람들을요. 나는 그 사흘 동안에 두 여동생을 잃었어요. 그중 하나는 열두 살이었어요."

그는 앞 유리에 있는 사진을 두드린다.

"이게 그 동생이랍니다."

"안됐군요."

라일라는 아프간에 관련된 얘기마다 어쩌면 그렇게 한결같이, 죽음, 상실, 상상할 수 없는 슬픔으로 가득 차 있는지 놀라며 이렇게 말한다. 하지만 그녀는 사람들이 어떻게든 살아남아 계속 살아가는 모습을 본다. 라일라는 자신의 삶과 자신에게 일어났던 모든 일에 대해 생각한다. 그리고 살아남았다는 게 놀랍기만 하다. 자신이 살아서 이 남자의 이야기를 택시 안에서 듣고 있다는 사실이 놀랍기만 하다.

굴다만은 흙과 짚으로 지어진 납작한 오두막들과 그 사이에 울타리가 있는 몇몇 집들이 있는 마을이다. 오두막 밖에서 햇볕에 까맣게 탄 여자들이 요리를 하고 있다. 그들의 얼굴은 임시로 만든 장작 석쇠 위에 놓인 커다란 검은 그릇에서 나오는 김 때문에 젖어 있다. 노새들이 여물통에서 먹이를 먹고 있다. 닭을 쫓던 아이들이 택시를 쫓아오기 시작한다. 라일라는 돌이 가득 실린 손수레를 밀고 가는 남자들을 본다. 그들은 가던 길을 멈추고 차가 지나가는 걸 바라본다. 운전사가 방향을 한 번 꺾는다. 그들은 정중앙에 비바람에 상한 묘가 있는 공동묘지를 지나친다. 운전사는 마을의 수피교도가 거기에 묻혀 있다고 말한다.

풍차도 있다. 한가로운 적갈색 날개가 드리운 그늘 속에 세 명의 작은 사내아이들이 쪼그리고 앉아 흙을 갖고 놀고 있다. 운전사가 차를 멈추고 창밖으로 몸을 기울인다. 그중에서 나이가 제일 많아 보이는 아이가 질문에 대답한다. 아이는 위쪽의 집을 가리킨다. 운전사는 그에게 고맙다고 말하고 다시 기어를 넣는다.

그는 담이 둘러쳐진 단층짜리 집 밖에 차를 세운다. 라일라는 담 너머로 무화과나무들의 우듬지를 본다. 어떤 가지들은 옆으로 나와 있다.

그녀가 운전사에게 말한다.

"오래 걸리지 않을 거예요."

문을 열어준 중년 남자는 땅딸막하고 마른 몸집에 적갈색 머리를 하고 있다. 수염은 듬성듬성 희끗희끗하다. 그는 피르한 툼반(평상복) 위에 차판을 걸치고 있다.

그들은 서로 인사를 한다.

라일라가 묻는다.

"여기가 파이줄라 선생님 댁인가요?"

"네, 저는 그분의 아들 함자입니다. 함시라, 제가 도와드릴 일이 있나요?"

"저는 당신 아버지의 옛 친구인 마리암에 관한 일로 왔습니다."

함자가 눈을 깜빡인다. 당혹스러운 표정이 그의 얼굴을 스친다.

"마리암이라……."

"잘릴 한의 딸입니다."

그가 다시 눈을 깜빡인다. 그리고 손바닥을 볼에 대더니 얼굴이 환해져 웃는다. 그러자 빠지고 없거나 썩어가는 이가 드러난다.

그가 말한다.

"아!"

그 말은 아아아아아아아 하고 숨을 내뱉는 소리처럼 들린다.

"아, 마리암! 당신은 그분의 딸입니까?"

그는 목을 틀어 그녀의 뒤를 유심히 살핀다.

"그분이 이곳에 오셨나요? 너무 오래된 일이네요! 오셨나요?"

"미안하지만 돌아가셨어요."

함자의 얼굴에서 미소가 사라진다.

잠시, 그들은 문간에 서 있는다. 함자는 바닥을 바라보고 있고, 어딘가에서 당나귀 울음소리가 들린다.

함자가 문을 열면서 말한다.

"들어오세요. 어서 들어오세요."

그들은 가구가 별로 없는 방의 마룻바닥에 앉는다. 바닥에는 혜라티 양탄자가 깔려 있고 구슬이 달린 방석이 놓여 있다. 벽에는 메카 사진이 액자에 담겨 걸려 있다. 그들은 햇볕이 비스듬하게 들어오는 창문 양쪽에 앉는다. 라일라는 다른 방에서 여자들이 속삭이는 소리를 듣는다. 맨발의 소년이 그들 앞에 녹차와 피스타치오 가즈(누가)가 담긴 그릇을 놓는다. 함자가 그를 향해 고개를 끄덕인다.

"제 아들입니다."

소년이 소리 없이 나간다.

함자가 피곤한 목소리로 말한다.

"자, 얘기해보시죠."

라일라는 그에게 모든 걸 얘기해준다. 생각했던 것보다 시간이 오래 걸린다. 이야기가 끝나갈 무렵, 그녀는 마음의 평정을 유지하려고 노력한다. 1년이 지났어도 마리암에 대해 얘기하는 게 여전히 쉽지 않다.

그녀가 이야기를 마치자, 함자는 오랫동안 아무 말도 하지 않는다. 그는 받침접시에 놓인 자신의 찻잔을 서서히 이쪽저쪽으로 돌린다.

그가 마침내 말한다.

"돌아가신 제 아버님은 그분을 아주 좋아하셨습니다. 그분이 태어나셨을 때, 그녀의 귀에 아잔을 불러준 사람도 제 아버님이셨습니다. 아버님은 한 번도 빼먹지 않고 그분을 찾아가셨습니다. 때때로 저를 데리고 가셨습니다. 아버님은 그분의 스승이었지만 친구이기도 하셨습니다. 제 아버님은 마음이 너그러운 분이셨습니다. 잘릴 한이 그분을 결혼시켰을 때, 아버님은 몹시 낙담하셨습니다."

"그러셨군요. 아버님께 신의 축복이 있으시기를 빕니다!"

함자는 머리를 끄덕여 고마움을 표시한다.

"아버님은 장수하셨습니다. 사실, 잘릴 한보다 더 오래 사셨습니다. 우리는 마리암의 어머니가 묻혀 있는 곳에서 멀지 않은 마을 공동묘지에 아버님을 묻어드렸습니다. 제 아버지는 정말로 다정한 분이셨습니다. 틀림없이 하늘나라로 가셨을 겁니다."

라일라는 컵을 내려놓는다.

"한 가지 부탁드려도 될까요?"

"물론입니다."

"마리암이 어디에 살았는지 알려주실 수 있나요? 저를 그곳에 데려다줄 수 있나요?"

운전사는 조금 더 기다리는 데 동의한다.

함자와 라일라는 마을을 빠져나가 굴다만과 헤라트를 잇는 도로의 경사면을 걸어서 내려간다. 15분 정도 걷고 나자, 그가 양쪽에 큰 풀이 나 있는 좁은 협곡을 가리킨다.

"저쪽으로 가야 됩니다. 길이 나 있습니다."

풀과 덤불이 나 있는 길은 거칠고 구불구불하다. 바람이 불면서 큰 풀잎이 라일라의 종아리를 때린다. 그녀와 함자는 길을 올라가 방향을 바꾼다. 길 양편에 핀 갖가지 야생화들이 바람에 흔들린다. 어떤 꽃들은 크고 꽃잎이 구부러져 있고, 어떤 꽃들은 키가 작고 잎이 부채 모양이다. 이따금 깔쭉깔쭉한 미나리아재비가 낮은 풀 속에서 고개를 내밀고 피어 있다. 라일라는 제비들이 머리 위에서 지저귀는 소리와 메뚜기가 발밑에서 바쁘게 우는 소리를 듣는다.

그들은 이렇게 200미터쯤 걸어 올라간다. 그러자 길이 평평해지더니 더 평평한 땅이 나온다. 그들은 걸음을 멈추고 숨을 고른다. 라일라는 소매로 이마를 훔치고 얼굴 앞에서 앵앵거리는 모기 떼를 쫓는다. 여기에서 그녀는 먼 지평선에 펼쳐진 산

들, 사시나무, 포플러나무, 이름을 알 수 없는 야생 관목들을
바라본다.

함자가 숨을 약간 헐떡거리며 말한다.

"이곳에 시내가 있었는데 말라붙은 지 오래됩니다."

그는 여기에서 기다리겠다고 말한다. 그는 그녀에게 마른 시
내 바닥을 건너 산 쪽으로 가라고 말한다.

그는 포플러나무 밑에 있는 바위에 앉으며 말한다.

"나는 여기에서 기다릴 테니 당신은 계속 가세요."

"오래 안 걸……."

"걱정 마세요. 충분히 시간을 가지세요. 함시라, 어서 가세
요."

라일라는 그에게 고맙다고 말한다. 그녀는 돌에서 돌로 발을
옮기며 시내 바닥을 건너간다. 그녀는 바위 사이에 깨진 소다
수 병이 있는 걸 본다. 녹슨 깡통도 보이고, 아연 뚜껑이 달린
쇠 그릇이 흙으로 덮여 반쯤 묻혀 있는 것도 보인다.

그녀는 산을 향해 간다. 버드나무들이 보이기 시작한다. 바
람이 불 때마다 길게 늘어진 가지가 흔들린다. 가슴이 방망이
질을 한다. 마리암이 얘기한 것과 똑같은 버드나무들이 서 있
다. 가운데에 개간지가 있고 둘레에 버드나무들이 서 있다. 라
일라는 걸음을 빨리한다. 이제는 거의 뛰다시피 한다. 그녀는
어깨 너머를 쳐다본다. 함자는 아주 작게 보인다. 그의 차판이
나무들의 갈색 껍질에 대비되어 보인다. 그녀는 돌에 걸려 넘어

질 뻔하다가 중심을 잡는다. 그녀는 바짓가랑이를 올리고 걸음을 서두른다. 그녀는 버드나무에 도착할 때쯤 숨을 헐떡인다.

마리암의 오두막이 아직도 있다.

라일라는 오두막에 다가서면서, 하나밖에 없는 유리창은 비어 있고 문짝은 떨어지고 없는 걸 본다. 마리암은 닭장과 탄두르, 나무로 된 옥외 변소에 대해 얘기했었다. 하지만 그것들은 보이지 않는다. 그녀는 오두막 입구에서 잠시 멈춘다. 안에서 파리들이 윙윙거리는 소리가 들린다.

그녀는 출렁이는 커다란 거미줄을 피해서 안으로 들어간다. 안은 어두침침하다. 라일라는 잠시 눈이 어둠에 익숙해지기를 기다려야 한다. 눈이 어둠에 익숙해지자, 생각했던 것보다 안이 좁아 보인다. 마룻바닥에는 썩어가는 깨진 판자 반 조각만이 남아 있다. 그녀는 나머지는 장작으로 쓰기 위해 누군가가 뜯어 갔다고 생각한다. 바닥에는 이제 가장자리가 마른 풀잎들, 깨진 유리병, 껌 종이, 야생 버섯, 오래된 누런 담배꽁초가 널려 있다. 하지만 대부분은 잡초다. 어떤 것은 제대로 자라지 못하고 어떤 것들은 뻔뻔하게 벽을 타고 반쯤 올라가 있다.

15년. 이곳에서 15년을 살았다니!

라일라는 벽에 등을 대고 앉는다. 그녀는 버드나무 가지를 훑고 지나가는 바람 소리를 듣는다. 천장에는 더 많은 거미줄이 있다. 누군가가 벽에 스프레이로 뭔가를 써놓았다. 하지만 대부분의 글씨가 벗겨져서 무슨 말인지 알아볼 수 없다. 그녀는 문득, 거기에 적힌 글씨가 러시아어라는 걸 깨닫는다. 한쪽 구석에 버려진 새 둥지가 있다. 벽과 낮은 천장이 만나는 다른 쪽 구석에는 박쥐 한 마리가 거꾸로 매달려 있다.

라일라는 눈을 감고 잠시 앉아 있다.

파키스탄에서는 마리암의 얼굴을 떠올리는 게 때로 어려웠다. 혀끝에 감돌면서 나오지 않는 말처럼, 마리암의 얼굴이 떠오르지 않을 때도 있었다. 그러나 이곳에 와 있으니 마리암을 떠올리는 일이 쉬워진다. 그녀의 부드러운 눈빛, 기다란 턱, 거칠어진 목의 피부, 다문 입술에 머금던 미소를 떠올리는 게 쉽다. 이곳에 있으니 라일라는 마리암의 부드러운 무릎에 볼을 대고 누워 있을 수도 있고, 마리암이 코란 구절들을 암송하며 앞뒤로 몸을 흔드는 걸 느낄 수도 있고, 말들이 마리암의 몸 아래로, 그녀의 무릎으로 떨리며 내려와, 귀에 들리는 걸 느낄 수도 있다.

그때, 땅 아래에서 무엇인가가 그것들을 잡아당기는 것처럼, 잡초들이 갑자기 뒤로 물러나기 시작한다. 그것들은 오두막의 흙이 가시로 덮인 마지막 잎들을 집어삼킬 때까지, 점점 아래로 떨어진다. 거미줄이 기적적으로 풀어 헤쳐진다. 새 둥지가 어디론가 없어지고, 잔가지들이 하나씩 부러져 오두막 밖으로 날아간다. 보이지 않는 지우개가 러시아어로 된 낙서를 벽에서 지운다.

마룻바닥이 돌아와 있다. 라일라는 두 개의 간이침대, 나무 식탁, 두 개의 의자, 구석에 놓인 스토브, 벽을 따라 질러진 선반, 그 위에 놓인 다기와 냄비, 그을린 찻주전자, 컵과 숟가락들을 본다. 그녀는 닭들이 밖에서 꼬꼬댁거리고 멀리서 시냇물이 흐르는 소리를 듣는다.

어린 마리암이 석유램프 불빛으로 식탁에서 인형을 만들고 있다. 그녀는 뭔가를 흥얼거리고 있다. 그녀의 얼굴은 부드럽고 발랄하다. 머리는 감아서 뒤로 넘기고 있다. 이는 모두 나 있다.

라일라는 마리암이 인형의 머리에 실 가닥을 붙이는 걸 바라본다. 몇 년 후에 이 작은 소녀는 삶에 요구하는 게 별로 없는 여인이 될 것이다. 다른 사람들에게 짐을 지우지 않고, 자신에게도 슬픔과 실망이 있으며 비웃음거리가 되어버리긴 했지만 꿈이 있다는 걸 밖으로 내비치지 않는 여인이 될 것이다. 강바닥에 있는 바위처럼 아무런 불평 없이 견디고, 자신을 덮쳐오는 물살에도 불구하고 품위를 잃지 않고 나름의 형상을 갖춰가는 그런 여인이 될 것이다. 벌써 라일라는 이 소녀의 눈 뒤에 있는 뭔가를 본다. 라시드나 탈레반이 깰 수 없는 깊은 마음속을 본다. 석회암처럼 단단하고 굳은 어떤 것. 결국 그녀 자신의 삶을 끝내고 라일라에게 구원이 될 어떤 것.

소녀가 고개를 든다. 그리고 인형을 내려놓고, 미소를 짓는다.

"라일라?"

라일라의 눈이 번쩍 뜨인다. 그녀는 숨을 헐떡인다. 몸이 앞으로 쏠린다. 그 동작에 박쥐가 놀라 이쪽에서 저쪽으로 날아간다. 박쥐의 날갯짓 소리가 책장을 넘기는 소리 같다. 박쥐가 창문 밖으로 날아간다.

라일라는 몸을 일으키고 바지에 묻은 나뭇잎을 털어낸다. 그녀는 오두막 밖으로 나온다. 밖에 나오자 빛이 약간 변해 있다. 바람이 불고 있다. 풀들이 나풀거리고 버드나무 가지가 소리를 낸다.

라일라는 개간지를 떠나기 전에 마리암이 자고 먹고, 꿈을 꾸고 잘릴 때문에 애간장을 졸였던 오두막을 마지막으로 다시 한번 바라본다. 버드나무가 바람이 불 때마다 움직이는 구부러진 그림자를 기울어진 벽에 드리운다. 까마귀 한 마리가 판판한 지붕 위에 내려앉는다. 그것은 뭔가를 쪼아 먹다가 까악까악 소리를 내며 날아간다.

"마리암, 잘 있어요."

그 말과 함께 라일라는 자신이 울고 있다는 것을 알지 못한 채 풀 속으로 달려가기 시작한다.

그녀는 함자가 아직도 바위 위에 앉아 있는 걸 본다. 그는 그녀를 보자 일어선다.

그가 말한다.

"돌아갑시다. 당신에게 줄 게 있어요."

라일라는 문 옆의 뜰에서 함자를 기다린다. 그들에게 차를 내왔던 사내아이가 닭 한 마리를 들고 무화과나무 밑에 서서 그녀를 무심히 바라보고 있다. 라일라는 창문에서 새침하게 자신을 바라보는 두 사람의 얼굴을 알아본다. 히잡을 쓴 나이 많은 여인과 어린 소녀의 얼굴.

문이 열리고 함자가 나온다. 상자를 들고 있다.

그는 그것을 라일라에게 준다.

"잘릴 한이 돌아가시기 한 달쯤 전에 제 아버님께 이걸 주셨습니다. 그분은 마리암이 그걸 찾으러 올 때까지 보관해달라고 하셨습니다. 제 아버님은 그걸 2년 동안 갖고 계셨습니다. 그리고 돌아가시기 전에 저한테 주시면서 마리암을 위해 갖고 있으라고 하셨습니다. 하지만 당신도 알다시피 그분은 오신 적이 없습니다."

라일라는 타원형 주석 상자를 바라본다. 오래된 초콜릿 상자처럼 생겼다. 황록색이다. 경첩이 달린 뚜껑 주변이 온통 금색 소용돌이 장식인데 퇴색해가고 있다. 측면은 약간 녹슬어 있다. 뚜껑의 앞쪽 가장자리에 약간 팬 곳이 두 군데 있다. 라일라는 상자를 열려고 한다. 하지만 열쇠가 채워져 있다.

그녀가 묻는다.

"이게 뭐죠?"

함자는 그녀의 손바닥에 열쇠를 놓아준다.

"제 아버님은 이걸 열어보신 적이 없습니다. 저도 마찬가지입니다. 당신이 여는 것이 신의 뜻인 모양입니다."

호텔로 돌아오니 타리크와 아이들은 아직 돌아와 있지 않다.

라일라는 상자를 무릎에 놓고 침대에 앉는다. 그녀의 일부는 그걸 열지 않고 놓아두고 싶다. 그래서 잘릴이 뭘 의도했든 비밀로 남겨두고 싶다. 하지만 결국 호기심이 이긴다. 그녀는 열쇠를 넣는다. 열쇠가 달가닥거리다가 상자가 열린다.

안에는 세 개의 물건이 있다. 하나는 봉투이고, 다른 하나는 삼베 자루이고, 다른 하나는 비디오카세트다.

라일라는 테이프를 갖고 리셉션 데스크로 간다. 전날 접수를 받았던 나이가 많은 사무원은 그녀에게 비디오가 가장 큰 방에 하나밖에 없다고 말한다. 그 방은 현재 비어 있으니 그녀를 그곳으로 데려다주겠다고 한다. 그는 핸드폰으로 통화를 하고 있는 콧수염을 기른 젊은 남자에게 데스크를 넘긴다.

나이가 많은 직원은 라일라를 2층에 있는 기다란 복도 끝으로 데리고 간다. 그는 문을 열고 그녀를 들어가게 한다. 라일라의 눈이 구석에 있는 텔레비전을 찾는다. 그녀의 눈은 다른 아무것도 보지 못한다.

그녀는 텔레비전과 비디오의 전원을 켠다. 그리고 테이프를 넣고 작동 단추를 누른다. 화면에는 잠시 아무것도 나오지 않는다. 라일라는 왜 잘릴이 빈 테이프를 마리암에게 줬을지 궁금해하기 시작한다. 하지만 그때 음악이 나오고 화면이 나오기 시작한다.

라일라는 얼굴을 찡그린다. 그녀는 1, 2분 동안 쳐다본다. 그리고 멈춤 단추를 누르고 앞으로 감았다가 다시 작동 단추를 누른다. 같은 영화다.

노인이 그녀를 이상하다는 듯 쳐다보고 있다.

화면에 나오는 영화는 월트 디즈니에서 만든 〈피노키오〉다. 라일라는 이해할 수가 없다.

타리크와 아이들은 6시가 막 지나서 호텔로 돌아온다. 아지자는 라일라에게 달려와 타리크가 사준 귀걸이를 보여준다. 에나멜 나비가 달린 은색 귀걸이다. 잘메이는 주둥이를 누르면 삑삑 소리가 나는, 바람을 넣어서 쓰는 돌고래를 안고 있다.

타리크가 라일라의 어깨에 팔을 두르며 묻는다.

"기분이 어때?"

라일라가 말한다.

"괜찮아. 나중에 얘기해줄게."

그들은 근처의 식당으로 걸어간다. 작은 식당이다. 끈적끈적한 비닐 식탁보가 깔린 연기가 자욱하고 시끌벅적한 곳이다. 하지만 양고기는 부드럽고 촉촉해서 맛있다. 빵은 뜨끈뜨끈하다. 그들은 식사를 마친 후 한동안 거리를 거닌다. 타리크는 거리 한쪽에 있는 매점에서 아이들에게 아이스크림을 사준다. 그들은 벤치에 앉아 먹는다. 그들 뒤로 붉은 황혼을 배경으로 산들의 실루엣이 보인다.

라일라는 비디오를 본 후 방으로 돌아와 봉투를 열었다. 줄이 쳐진 한 장의 노란 종이에 청색 잉크로 쓰인 편지가 안에 들어 있었다.

사랑하는 마리암에게

이 편지를 읽을 때쯤 네가 건강한 몸이었으면 좋겠구나.

너도 알다시피, 나는 한 달 전에 너와 얘기를 하려고 카불에 갔었다. 하지만 너는 나를 만나지 않으려 했다. 나는 실망했지만 그렇다고 너를 탓할 수는 없었다. 내가 너라면 나도 똑같이 했을지 모른다. 나는 오래전에 신뢰를 잃어버린 사람이다. 그것에 대해 비난받아야 할 사람은 나밖에 없다. 하지만 네가 이 편지를 읽고 있다면, 내가 너의 집 문 앞에 놓아둔 편지를 너는 읽었을 게다. 내 편지를 읽고 내가 부탁한 대로 파이줄라 선생을 보러 왔을 게다. 사랑하는 마리암, 그 편지를 읽어줘서 고맙구나. 그리고 너한테 몇 마디 얘기할 수 있는 이런 기회를 줘서 고맙구나.

어디서부터 시작해야 할지 모르겠구나.

사랑하는 마리암, 네 아빠는 우리가 마지막으로 얘기한 이후로 많은 슬픔을 겪었다. 네 의붓어머니 아프순은 1979년, 폭동이 일어난 첫날 죽었다. 너의 동생 닐로우파르도 같은 날 산탄에 맞아 죽었다. 닐로우파르가 손님들에게 자랑을 하려고 물구나무서기를 하던 모습이 지금도 눈앞에 선하다. 네 오라비인 파르하드는 1980년 지하드에 참전했다. 그 애는

1982년, 헬만드 외곽에서 소련군의 총에 죽었다. 나는 그의 시신을 보지 못했다. 사랑하는 마리암, 나는 너한테 자식들이 있는지 알지 못한다. 하지만 자식들이 있다면 신이 그들을 돌봐 내가 겪었던 슬픔을 네가 겪지 않기를 기도하겠다.

나는 아직도 그들에 대한 꿈을 꾼다. 나는 아직도 나의 죽은 자식들에 대한 꿈을 꾼다.

사랑하는 마리암, 나는 너에 대한 꿈도 꾼다. 나는 네 목소리와 네 웃음소리가 그립다. 너한테 책을 읽어주고 같이 고기를 잡았던 시절이 그립다. 우리가 함께 고기를 잡았던 때를 너는 기억하니? 사랑하는 마리암, 너는 착한 딸이었다.

너를 생각할 때마다 나는 창피하고 후회스럽다. 그래, 후회스럽다. 사랑하는 마리암, 나는 많은 걸 후회한다. 네가 헤라트에 왔던 날, 너를 만나지 않았던 걸 후회한다. 문을 열고 너를 안으로 들이지 않았던 걸 후회한다. 너를 내 딸로 삼지 않고, 그곳에서 그렇게 오랫동안 살게 했던 걸 후회한다. 뭣 때문에 그랬을까? 체면을 구길까 봐 두려워서였을까? 나의 평판에 먹칠을 하기 싫어서였을까? 이 저주받은 전쟁에서 내가 보았던 끔찍한 것들과 내가 잃어버린 것들을 생각하면 그런 것들이 얼마나 하찮은 것들이었는지 모르겠구나. 어쩌면 이것은 무정한 사람에 대한 벌인지 모르겠다. 아무것도 되돌릴 수 없는 때가 되어서야 뭔가를 깨닫는 사람들을 위한 벌인지 모르겠다.

내가 지금 할 수 있는 건 사랑하는 마리암, 네가 착한 딸이었으며 나는 아비 자격이 없다고 말하는 것 외에는 없구나. 지금 내가 할 수 있는 건 너에게 용서를 비는 것밖에 없구나. 사랑하는 마리암, 나를 용서해다오. 나를 용서해다오. 나를 용서해다오. 나를 용서해다오.

나는 한때 네가 알았던 부자가 아니다. 공산주의자들은 내 땅 대부분과 모든 가게를 압수했다. 하지만 나는 불평할 수가 없다. 왜냐하면 신은 내가 알지 못하는 이유에서, 대부분의 사람들보다 훨씬 더 많은 축복을 내게 내려주셨기 때문이다. 카불에서 돌아온 후, 나는 조금 남아 있는 땅을 팔았다. 여기에 네가 받아야 할 몫을 넣었다. 큰돈이 아니라는 건 너도 알 수 있을 게다. 약간의 돈일 뿐이다. 약간의 돈 말이다. (너는 내가 돈을 달러로 바꿨다는 걸 알 거다. 나는 그것이 최선이라고 생각한다. 우리 나라 돈이 어떻게 될지는 신만이 아신다.)

내가 너의 용서를 돈으로 사려고 한다고 생각하지 않았으면 좋겠구나. 너의 용서가 돈으로 사고팔 수 없는 것이라는 건 나도 알고 있다. 네가 그걸 알아줬으면 좋겠다. 그런 적도 없고 말이다. 비록 늦었지만 늘 네 것이었던 걸 너한테 주는 것뿐이다. 나는 너한테 성실한 아비가 아니었다. 어쩌면 죽어서는 그럴 수 있을지 모르겠구나.

죽음에 관해서 구구절절 얘기해 너에게 부담을 주긴 싫다. 하지만 나는 죽음에 임박해 있다. 의사들 말로는 심장이 좋지 않다고 한다. 나처럼 나약한 사람에게는 딱 맞는 죽음의 방식이라는 생각이 든다.

사랑하는 마리암.

이 편지를 읽고 나서, 내가 너에게 그랬던 것보다는 네가 나한테 더 관대했으면 하는 희망을 품어본다. 네가 아비를 보러 한번 와줬으면 좋겠다. 내가 전에는 그러하지 못했지만, 네가 다시 한번 문을 두드리면 문을 열고 너를 맞아들이고 너를 가슴에 안을 기회를 주면 좋겠다. 내 심장처럼 약한 희망이긴 하다. 나도 그건 알고 있다. 하지만 나는 기다릴 것이다. 나는 네가 문을 두드리는 소리에 귀를 기울이고 있을 것이다. 희망을 품고 기다릴 것이다.

내 딸아, 신이 너에게 길고 유복한 삶을 주시기를 기도하겠다. 신이 너에게 건강하고 아름다운 아이들을 많이 허락해주시기를 기도하겠다. 내가 너한테 주지 못했던 행복과 평화와 사랑을 네가 찾기를 바란다. 잘 있어라. 나는 사랑이 깊으신 신의 손길에 너를 맡긴다.

1987년 5월 13일
너의 못난 아비 잘릴

그날 밤, 호텔로 돌아가 아이들이 놀다가 잠이 든 후, 라일라는 타리크에게 편지에 대해 얘기한다. 그녀는 그에게 삼베 자루에 들어 있는 돈을 보여준다. 라일라가 울기 시작하자 그는 그녀의 얼굴에 입을 맞추고 껴안아준다.

51

2003년 4월

가뭄이 끝났다. 마침내 지난겨울에는 눈이 무릎 높이까지 쌓였고, 지금은 며칠 동안 비가 내리고 있다. 카불강이 다시 흐르고 있다. 봄에 홍수가 나면서 타이타닉시를 쓸고 가버렸다.

이제 거리에는 진흙이 있다. 신발이 진창에 빠진다. 자동차도 빠진다. 사과를 가득 실은 당나귀들이 웅덩이 속 진흙을 철벅거리며 무거운 발걸음을 옮긴다. 하지만 아무도 진흙에 대해 불평하지 않는다, 아무도 타이타닉시가 없어진 걸 슬퍼하지 않는다.

사람들은 이렇게 말한다.

"우리는 다시 카불이 푸르러지길 원해."

어제, 라일라는 아이들이 비가 쏟아지는데 회색 하늘 밑의 뒤뜰에서, 이 웅덩이에서 저 웅덩이로 뛰어다니며 노는 모습을 지켜보았다. 그녀는 데흐마장에 세내어 살고 있는 침실 두 개짜리 작은 집의 부엌 창문에서 그 모습을 바라보고 있었다. 뜰에는 한 그루의 석류나무가 있고 들장미 덩굴이 수북하다. 타리크는 미끄럼틀과 그네, 잘메이의 염소를 위한 작은 우리를 벽에 붙여 만들었다. 라일라는 잘메이의 머리에서 빗물이 미끄러지는 모습을 바라보았다. 그는 바발루 기도를 해주는 타리크처럼 자기도 면도를 해달라고 했다. 비 때문에 아지자의 긴 머리가 납작해졌다. 그녀가 머리를 흔들자, 머리에 튀겼던 물이 젖은 넝쿨손이 되어 잘메이에게 튀겼다.

잘메이는 이제 여섯 살이 다 되었다. 아지자는 열 살이다. 그들은 지난주 그녀의 생일 파티를 해주고, 마침내 〈타이타닉〉이 카불 사람들을 위해 공개적으로 상영되는 영화관에 데리고 갔다.

라일라가 종이봉투에 점심을 넣으며 말한다.

"얘들아, 서둘러. 늦겠다."

아침 8시다. 라일라는 5시에 일어났다. 늘 그랬던 것처럼, 아침 나마즈를 위해 그녀를 흔들어 깨운 건 아지자였다. 라일라는 아지자가 기도에 집착하는 건 마리암에게 가까이 가기 위해서라는 걸 안다. 당분간은 그러할 것이다. 그러다가 시간이 되면, 뿌리가 뽑힌 잡초처럼 시간은 기억의 정원에서 마리암을 데려갈 것이다.

나마즈가 끝난 후, 라일라는 다시 침대에 들었다. 그녀는 타리크가 집을 나설 때도 잠들어 있었다. 그녀는 그가 자신의 볼에 입을 맞추는 걸 희미하게 기억한다. 타리크는 지뢰를 밟았다가 살아난 사람들과 다리가 잘린 사람들에게 의족을 맞춰주는 프랑스 NGO에서 일을 하고 있다.

잘메이가 아지자를 쫓아 부엌으로 들어온다.

"너희들 공책은 챙겼니? 연필은? 교과서는?"

"여기요."

아지자가 가방을 들며 말한다. 라일라는 아지자의 말 더듬는 버릇이 점점 없어지고 있다는 걸 느낀다.

"그럼, 가자."

라일라는 아이들을 밖으로 데리고 나가 문을 잠근다. 그들은 서늘한 아침 공기 속으로 발을 내딛는다. 오늘은 비가 내리지 않는다. 하늘은 푸르고 구름 한 점 없다. 세 사람은 손을 잡고 정류장으로 향한다. 거리는 인력거, 택시, UN 트럭, 버스, ISAF 지프 등으로 벌써 붐비고 있다. 상인들은 졸린 눈으로 밤 사이에 내려놓았던 상점 문을 열고 있다. 노점상들이 껌과 담뱃갑을 높이 쌓아놓고 그 뒤에 앉아 있다. 과부들은 벌써 거리의 구석에 자리를 잡고 행인들에게 동전을 구걸하고 있다.

라일라는 카불에 돌아왔다는 것이 신기하다. 도시는 변해 있다. 그녀는 이제, 날마다 사람들이 묘목을 심고 집에 페인트를 칠하고 새집을 지으려고 벽돌을 나르는 모습을 본다. 라일라는 옛날 무자헤딘 로켓의 빈 탄환에 꽃이 심겨져 창턱에 놓여 있는 걸 본다. 사람들은 그걸 로켓꽃이라고 부른다. 얼마 전, 타리크는 라일라와 아이들을 데리고 보수 중인 바부르 정원에 데리고 갔다. 몇 년 만에 처음으로 라일라는 카불의 거리 구석에서 루바브와 타블라, 두타르와 소형 오르간과 탐부라, 옛 아마드 자히르 노래를 듣는다.

라일라는 어머니와 아버지가 살아서 이렇게 변한 모습을 보았으면 싶다. 하지만 잘릴의 편지가 그러한 것처럼, 카불의 참회는 너무 늦게 왔다.

라일라와 아이들은 색유리를 끼운 검은색 랜드 크루저가 갑자기 지나갈 때, 버스 정류장으로 가는 도로를 막 건너려고 한다. 그것이 마지막 순간에 방향을 틀어 라일라는 간신히 사고를 면한다. 거무튀튀한 빗물이 아이들의 옷에 튀긴다.

라일라는 소리를 지르며 아이들을 보도로 데려간다. 가슴이 떨린다.

랜드 크루저는 거리 아래쪽으로 속력을 내고 달려가더니 경적을 두 번 울리고 왼쪽으로 가파르게 방향을 꺾는다.

라일라는 그곳에 서서 아이들의 팔목을 꼭 잡은 채 숨을 쉬려고 노력한다.

마음이 산란하다. 군벌들이 다시 카불로 돌아왔다는 것이 라일라의 마음을 산란하게 만든다. 부모의 살인자들이 담으로 둘러싸이고 정원이 있는 호화로운 저택에 살고, 그들이 이런저런 부서의 장관과 차관으로 임명되고, 번쩍번쩍한 방탄용 SUV

차를 자신들이 파괴한 지역에서 아무런 벌도 받지 않고 질주한다는 것 때문에 마음이 산란하다. 그것이 그녀를 괴롭힌다.

하지만 라일라는 분노에 무력해지지 않겠다고 결심했다. 마리암은 그렇게 되는 걸 원치 않을 것이었다. "그래야 무슨 소용이야? 라일라, 그래야 좋을 게 뭐가 있어?" 그녀는 순진하고 현명한 미소를 지으며 이렇게 말했을 것이다. 그래서 라일라는 체념을 하고 앞으로 나아갔다. 자신을 위하여, 타리크를 위하여, 아이들을 위하여. 그리고 아직도 꿈에 나타나는 마리암을 위하여, 그녀의 의식 가까운 곳에 있는 마리암을 위하여. 라일라는 앞으로 나아갔다. 결국 그것이 자신이 할 수 있는 전부라는 걸 알기 때문이다. 그것과 희망.

자만이 농구공을 튀기며 무릎을 굽히고 자유투를 던지는 선에 서 있다. 그는 똑같은 저지를 입고 코트에 반원을 그리고 앉아 있는 소년들을 가르치고 있다. 자만은 라일라를 알아보고 공을 겨드랑이에 넣고 손을 흔든다. 그가 소년들에게 뭔가 얘기하자 아이들이 손을 흔들며 소리친다.

"선생님, 안녕하세요!"

라일라가 손을 마주 흔든다.

고아원 운동장에는 동쪽 벽을 따라 사과나무 묘목이 심겨져 있다. 라일라는 건물이 다시 지어지는 대로 남쪽 벽에도 사과나무를 심을 계획이다. 고아원에는 이제, 새 그네도 있고 새

원숭이 기둥도 있고 새 철골 놀이 시설도 있다.

라일라는 방충망을 지나 안으로 다시 들어간다.

그들은 고아원 안팎에 새로 페인트칠을 했다. 타리크와 자만은 지붕이 새는 곳을 수선하고 벽을 때웠으며, 창문을 교체하고 아이들이 자고 노는 방들에 카펫을 깔았다. 지난겨울, 라일라는 아이들을 위해 몇 개의 침대를 사서 숙소에 들여놓았다. 베개도 사고 제대로 된 양털 담요도 샀다. 그녀는 겨울을 대비해 난로도 들여놓았다.

카불에서 발행되는 신문 중 하나인 《어니스》는 지난달, 고아원 개조에 관한 기사를 실었다. 그들은 자만, 타리크, 라일라, 그리고 직원 중 한 사람이 아이들 뒤에 일렬로 서 있는 사진도 실었다. 라일라는 그 기사를 보고, 어렸을 때 친구였던 기티와 하시나를 떠올렸다. 하시나는 이렇게 말했었다. "우리가 스무 살이 됐을 때쯤이면 기티와 나는 아이를 네다섯씩 낳았을 거다. 그러나 라일라, 너는 우리 두 바보가 자랑할 만한 사람이될 거다. 너는 뭔가가 될 거야. 신문 1면에 네 사진이 실릴 날이 올 거야." 사진은 1면에 실리진 않았지만 그것은 하시나가예언했던 대로였다.

라일라는 방향을 바꿔 2년 전에 자신과 마리암이 아지자를 자만에게 넘겨주며 걸었던 복도를 따라 걸어간다. 라일라는 아직도 손목에서 아지자의 손가락을 떼어내야 했던 일을 기억하고 있다. 그녀는 울음을 참고 이 복도를 달려가고, 마리암은 그녀를 쫓아오며 이름을 부르고, 아지자는 공포에 질려 울던 그때의 일을 기억한다. 복도의 벽은 이제 공룡, 만화에 나오는 인물들, 바미안 석불 포스터, 고아들이 그린 그림으로 가려져 있다. 그림들 중 상당수는 오두막을 밟고 넘어가는 탱크, AK-47을 휘두르는 남자들, 난민 수용소의 텐트, 지하드의 장면을 그린 것들이다.

라일라는 복도의 구석을 돌면서 교실 밖에 기다리고 있는 아이들을 본다. 그들의 스카프, 깎인 머리에 모자를 눌러쓴 모습, 작고 마른 모습, 충충한 갈색의 아름다움이 그녀를 반긴다.

아이들은 라일라를 보자 달려온다. 그들은 쏜살같이 달려온다. 라일라는 에워싸인다. 높은 목소리, 날카로운 목소리의 인사, 두드리고 잡고 잡아당기고 만지고, 그녀의 팔에 서로 안기려고 씨름을 하는 소동이 벌어진다. 아이들은 자그만 손들을 내밀며 관심을 끌려고 한다. 어떤 아이들은 그녀를 엄마라고 부른다. 라일라는 그걸 틀렸다고 하지 않는다.

아이들을 진정시키고 줄을 세워 교실로 데리고 들어가는 일이 오늘 아침에는 상당히 힘들다.

두 개의 인접한 방 사이의 벽을 헐어내고 교실을 지은 건 타리크와 자만이었다. 바닥은 아직도 심하게 깨져 있고 어떤 곳은 타일이 없다. 당분간 타르칠을 한 방수포로 때우고 적당히 지내야 한다. 그러나 타리크는 곧 타일을 새로 깔고 카펫을 깔아주겠다고 약속했다.

교실 문간 위에 직사각형 게시판이 걸려 있다. 자만이 사포로 닦아 하얗고 반들반들하게 칠한 것이다. 그 위에 자만은 붓으로 넉 줄로 된 시를 써넣었다. 라일라는 그것이 아프가니스탄에 돈을 주겠다던 원조가 오지 않고, 재건축이 너무 천천히 진행되고, 부정부패가 만연해 있고, 탈레반이 다시 결집하여 돌아와 복수를 할 것이고, 세계는 다시 한번 아프가니스탄을 잊을 것이라고 불평하는 사람들에 대한 그의 답변이라는 걸 안다. 그 시행은 그가 좋아하는 하페즈의 가잘에 나오는 것이다.

요셉은 가나안으로 돌아갈 것이니 슬퍼하지 마라.
헛간은 장미 꽃밭으로 바뀔 것이니 슬퍼하지 마라.
살아 있는 모든 걸 집어삼키려고 홍수가 닥치면
노아가 태풍의 눈 속에서 너희들을 안내할 것이니 슬퍼하지 마라.

라일라는 그 밑을 지나 교실에 들어간다. 아이들이 자리를 잡고 공책을 펴고 잡담을 하고 있다. 아지자는 옆줄에 있는 아이와 얘기하고 있다. 종이비행기가 높은 호를 그리며 날아간다. 누군가가 그것을 다시 던진다.

라일라가 교탁에 자신의 책을 놓으며 말한다.

"여러분, 페르시아어 교과서를 펼치세요."

아이들이 책장 넘기는 소리를 들으며 라일라는 커튼이 없는 창문 쪽으로 간다. 자유투를 연습하기 위해 운동장에 줄을 지어 서 있는 사내아이들이 유리창으로 보인다. 그들 위에 있는 산 위로 아침 해가 떠오르고 있다. 농구 골대의 가장자리 쇠, 타이어로 된 그네의 고리, 자만의 목에 걸린 호각, 그의 새로 맞춘 안경이 햇빛에 반짝인다. 라일라는 따뜻한 유리창에 손바닥을 댄다. 그리고 눈을 감는다. 그녀는 햇빛이 그녀의 볼, 눈꺼풀, 이마에 닿도록 놔둔다.

그들이 카불에 처음 왔을 때, 라일라는 탈레반이 마리암을 어디에 묻었는지 몰라 괴로워했다. 그녀는 마리암의 무덤에 찾아가 머물다가 한두 송이의 꽃을 놓고 왔으면 싶었다. 그러나 라일라는 이제 그것이 중요하지 않다는 걸 안다. 마리암은 결코 멀리 있지 않다. 그녀는 이곳에 있다. 그들이 새로 칠한 벽, 그들이 심은 나무, 아이들을 따뜻하게 해주는 담요, 그들의 베개와 책과 연필 속에 그녀가 있다. 그녀는 아이들의 웃음 속에 있다. 그녀는 아지자가 암송한 시편, 아지자가 서쪽을 향하여 절하면서 중얼거리는 기도 속에 있다. 하지만 마리암은 대부분, 라일라의 마음속에 있다. 그녀의 마음속에서 천 개의 태양의 눈부신 광채로 빛나고 있다.

누군가가 자신의 이름을 부르고 있다는 걸 라일라는 깨닫는다. 그녀는 몸을 돌려 본능적으로 고개를 기울이며 성한 귀를 약간 들어 올린다. 아지자다.

"엄마, 괜찮아요?"

교실이 조용해졌다. 아이들이 그녀를 쳐다보고 있다.

라일라가 대답하려고 하는데 갑자기 숨이 멈칫한다. 그녀의 손이 내려간다. 뭔가, 하나의 물결이 그녀의 몸을 스치고 지나간 것 같다. 그녀는 그것이 스친 자리를 가볍게 두드린다. 그녀는 기다린다. 하지만 더 이상의 움직임은 없다.

"엄마?"

라일라가 미소를 짓는다.

"응, 애야. 나는 괜찮다. 그래. 괜찮아."

그녀는 앞에 있는 책상으로 돌아가면서, 전날 밤에 저녁을 먹으며 다시 즐겼던 이름 짓기 놀이에 대해 생각한다. 그것은 라일라가 타리크와 아이들에게 그 소식을 전해준 후로 계속되는 밤의 의식이 되었다. 그들은 돌아가며 자기들이 지은 이름에 대한 이유를 댄다. 타리크는 모하마드라는 이름이 좋다고 한다. 최근에 비디오로 〈슈퍼맨〉을 본 잘메이는 왜 아프간 소년의 이름이 클라크일 수 없는지 궁금해한다. 아지자는 아만이라는 이름이 좋다고 열을 올린다. 라일라는 오마르라는 이름이 좋다.

하지만 이 놀이에서는 남자아이의 이름만이 거론된다. 딸의 이름은 라일라가 이미 지어놓았기 때문이다.

아프간 난민 문제는 세계에서 가장 극심한 위기 중 하나였습니다. 이제는 벌써 30년이 다 되었습니다. 전쟁, 기아, 무정부, 핍박은 이 소설에 나오는 타리크와 그의 가족처럼, 수백만 명의 아프간 사람들로 하여금 집을 버리고 아프가니스탄을 떠나이웃 나라인 파키스탄과 이란에 살도록 강요했습니다. 그들의 탈출이 정점에 이르렀을 때는, 800만 명에 달하는 아프간 난민들이 해외에 살고 있었습니다. 현재는 200만 명이 넘는 아프간 난민들이 파키스탄에 남아 있습니다.

지난해, 나는 명예롭게도 세계에서 가장 인도주의적인 기관 중 하나인 유엔난민기구의 미국 특사로 일할 기회가 있었습니다. 유엔난민기구는 난민의 기본적 인권을 보호하고 비상 원조 물자를 제공하고 난민들이 안전한 환경하에서 새로운 삶을 시작하도록 돕는 걸 목적으로 합니다. 유엔난민기구는 세계 곳곳에 있는 2천만 명이 넘는 난민들을 돕고 있습니다. 난민은 아프가니스탄뿐만 아니라 콜롬비아, 부룬디, 콩고, 차드, 수단의 다푸르 지역 등 세계 곳곳에 있습니다. 난민기구와 더불어 난민들을 돕는 일은 내 삶에서 가장 보람 있고 의미 있는 경험 중 하나였습니다.

난민기구를 돕거나 난민기구와 그것이 하는 일, 난민들이 처한 어려운 입장에 대해서 전반적으로 알고 싶다면, www.UNrefugees.org를 방문하시기 바랍니다.

고맙습니다.

2007년 1월 31일
할레드 호세이니

감사의 말

  감사의 말을 시작하기 전에 몇 가지 분명히 할 것들이 있습니다. 굴다만 마을은 허구의 장소입니다. 내가 알기로는 그렇습니다. 헤라트시를 잘 아는 사람들은 내가 주변의 지리를 실제와 다르게 살짝 고쳐 묘사했다는 것을 알 것입니다. 마지막으로, 소설의 제목은 17세기 페르시아 시인 사이브에타브리지가 쓴 시에서 따온 것입니다. 이 페르시아 시를 원어로 알고 있는 사람들은 이 소설의 제목이 포함된 시행의 영어 번역이 직역이 아니라는 것을 알 것입니다. 그러나 그것은 일반적으로 인정된 번역으로, 조지핀 데이비스 박사가 번역한 것입니다. 나는 그 번역이 아름답다고 생각했습니다. 번역자에게 감사를 드립니다.

  나는 카윰 사르와르, 헤크마트 사다트, 엘리스 해서웨이, 로

즈메리 스태세크, 로런스 퀼, 할리마 재스민 퀄의 도움과 지원에 감사하고 싶습니다.

또한 내 원고를 읽고 자신의 생각을 말씀해주시고, 늘 그러셨듯이 사랑과 지원을 아끼지 않으신 아버지께 특별한 감사의 말씀을 드립니다. 또한 어머니께 감사드립니다. 어머니의 헌신적이고 너그러운 정신은 이 이야기의 곳곳에 스며 있습니다. 어머니, 당신은 나의 존재 이유입니다. 너그럽고 친절하게 대해준 처가 식구들에게도 감사를 드립니다. 다른 가족들 모두에게도 감사의 마음을 전합니다.

언제나 변함없이 나를 신뢰한 에이전트 일레인 코스터, 조디 호치키스, 데이비드 그로스먼, 헬렌 헬러, 지칠 줄 모르는 챈들러 크로퍼드에게 감사를 드립니다. 많은 신세를 진 리버헤드 북스 출판사의 직원들 모두에게 감사를 드립니다. 특히 이 스토리를 믿어준 수전 피터슨 케네디와 제프리 클로스키에게 감사를 드립니다. 또한 메럴린 덕워스, 민호 차, 캐서린 린치, 크레이그 D. 버크, 레슬리 슈워츠, 호니 워너, 웬디 펄에게도 진심으로 감사를 드립니다. 어느 것 하나 놓치지 않는 예리한 눈을 가진 저작권 편집자 토니 데이비스, 그리고 인내심을 갖고 앞을 내다보고 나를 이끌어준 재능 있는 편집자 세라 맥그래스에게도 특별한 감사를 드립니다.

마지막으로, 이 이야기를 여러 번에 걸쳐 읽어주고, 자신감과 관련한 작은 위기들과 두 번에 걸친 큰 위기들을 극복하게 해주고, 결코 흔들리지 않았던 로야에게 고마움을 전합니다.
이 책은 당신이 없다면 존재하지 않을 것입니다. 사랑합니다.

찬란한 아프간 소설[*]

저명한 미국 평론가 가쿠타니Michiko Kakutani는 《뉴욕 타임스》의 2007년 5월 29일 자 서평에서, 정확하게 일주일 전인 5월 22일에 출간된 할레드 호세이니의 두 번째 소설 『천 개의 찬란한 태양』을 그의 첫 번째 소설 『연을 쫓는 아이』와 비교하며, 폴란드 출신의 영국 작가인 "콘래드의 『로드 짐』과 주제적인 면에서 흡사한" 『연을 쫓는 아이』가 "처음에는 아주 흥미롭게 시작되지만 후반부에 감상적으로 흐르는 데 반해" 『천 개의 찬란한 태양』은 "주도면밀하게 시작되어 이야기가 서서히 풀려가면서 감정의 힘을 얻고 있다"라고 했다. 흥미롭게도 그는 호

---

[*] 이 글은 다음 책에 있는 옮긴이의 글을 보완한 것이다. 왕은철, "격랑의 근대사와 아프간 여성들의 삶―『천 개의 찬란한 태양』과 할레드 호세이니의 스토리텔링", 『문학의 거장들』(현대문학, 2010), 169~180쪽.

세이니의 소설을 콘래드의 소설에 견주고 있다. 이는 직접적인 언급은 없지만 배반과 관련된 주제적 특징(이는 콘래드의 소설을 관통하는 주제 중 하나다)만이 아니라 두 작가 사이에 또 다른 공통점이 있다는 사실을 염두에 둔 언급일 것이다. 콘래드가 폴란드를 떠난 것이 러시아 제국의 압제 때문이었듯이, 호세이니가 아프가니스탄을 떠난 것도 소련의 침공 때문이었다. 두 작가 모두, 러시아의 제국주의와 관련된 역사의 격랑에 밀려 밖으로 쫓겨났다. 콘래드가 그랬듯이 호세이니에게도 디아스포라離散의 경험이 없었다면, 그리고 그것을 통해 아프가니스탄의 참담한 근대사를 밖에서 바라보며 사유하는 계기가 없었다면, 『연을 쫓는 아이』와 『천 개의 찬란한 태양』은 씌어지지 않았을지도 모른다. 그래서 호세이니의 소설을 제대로 이해하기 위해서는 그의 삶이 아프가니스탄의 근대사와 어떻게 얽혀 있는지를 주목할 필요가 있다.

호세이니는 1965년, 카불에서 태어났다. 아버지는 외교관이었고 어머니는 카불의 고등학교에서 페르시아어와 역사를 가르치던 교사였다. 1970년, 호세이니는 이란 주재 아프간 대사관으로 발령이 난 아버지를 따라 테헤란에 갔다가 3년 후에 카불로 돌아왔다. 그로부터 몇 달 후 자히르 샤 국왕이 그의 사촌 다우드 한이 주도한 쿠데타에 의해 쫓겨났다. 1976년, 호세이니의 아버지는 프랑스 주재 아프간 대사관에서 근무를 하게 되었고 그로부터 2년 후인 1978년에는 자히르 샤 국왕을 축출하고 대통령이 되었던 다우드 한이 공산주의 세력에 의한 쿠데타로 살해당하고 공산 정권이 수립되었다. 그런데 공산주의 지도자들 사이의 권력 충돌이 벌어지고 소련과의 우호적 관계를 원하던 누르 무함마드 타라키 대통령이 살해당하면서 소련군이 1979년 12월 아프가니스탄을 침공했다. 그래서 아프가니스탄은 공산국가가 되었다.

공산 정권이 들어서면서 호세이니의 가족은 아프가니스탄에 돌아갈 수 없었다. 숙청의 대상이었던 것이다. 그래서 호세이니의 가족은 1980년, 미국에 망명을 신청해 캘리포니아의 산호세에서 힘겨운 이민 생활을 시작했다. 그들은 한동안 생활 보호 대상자에게 주는 식량카드에 의존해 근근이 살았다. 이처럼 호세이니의 삶은 소련의 침공 이전과 이후의 시기로 양분되는 셈이다.

1979년에 소련이 침공했을 때만 해도, 이후의 역사가 전쟁으로 얼룩지고 800만에 달하는 아프간 사람들이 피난길에 오를 것이라고 예상한 사람은 아무도 없었다. 그렇게 비극적인 역사가 계속되다 보니 세계는 아프가니스탄 하면 끝없는 전쟁과 탈레반과 테러리즘만을 떠올리게 되었다. 호세이니의 말을 옮기면 이렇다. "사람들은 아프가니스탄에 계곡과 나무들, 강과 울창한 숲이 있다는 말을 들으면 놀란다. 뉴스에 나오는 것들이 언제나 토라보라의 동굴들과 산, 혹은 사막이기 때문이다. 그래서 아프가니스탄은 먼지가 휘날리고 메마르고 바위가 많은 곳으로 비친다. 그러나 아프가니스탄의 전 지역은 수풀이 무성한 계곡과 목초지와 강들과 아름다운 나무들과 꽃들로 가득 차 있다."

아프가니스탄의 20세기 역사는 소련이 침공하기 전에는 호세이니의 말대로 "대부분 평화롭고 조화로운 역사였다". 소련 침공 이전의 아프가니스탄은 세상으로부터 잊혀진 "익명의 상태"로 수십 년 동안 평화롭게 살았다. 그가 『연을 쫓는 아이』와 『천 개의 찬란한 태양』의 시대적 배경을 침공 이전의 평화로운 시기와 이후의 요동치는 시기를 아우르는 것으로 설정한 것은 아프가니스탄에 전쟁으로 얼룩진 역사와 탈레반만이 있는 게 아니라는 사실을 사람들에게 환기시키기 위해서였다.

호세이니는 소련군이 아프가니스탄을 침공한 이듬해인 1980년, 그의 나이 열다섯 살이었을 때 미국에 갔다. 미국에 도착했을 당시, 그는 몇 마디 단어밖에 모르는 상태였다. 언어에 재능이 있던 그는 고등학교에 다니면서 아주 빠르게 언어를 익혔다. 그리고 대학에 들어가 생물학을 전공하고 다시 의과대학에 진학해 의사가 되었다. 호세이니가 의과대학에 들어간 것은 의사가 되려고 하는 대다수의 젊은이들처럼 안정된 직장을 보장받기 위한 것이었다. 본국에 있는 모든 "재산과 집"을 잃고 낯설고 물선 미국에 온 그의 가족은 그야말로 "무일푼이었다". 그들은 "밑바닥에서부터 시작해야 했다". 다섯 자녀 중 장남이었던 호세이니가 의사의 길을 택한 것은 생활보호 대상자로서 그의 가족이 겪어야 했던 고단한 삶을 "다시 겪고 싶지 않아서였다".

그러니 글을 써서 '먹고사는' 작가가 되겠다는 생각은 꿈에도 하지 못했다. 그러나 그는 늘 문학을 좋아했다. 그는 어렸을 때부터 페르시아 시들을 읽기 좋아하는 문학 소년이었다. 그래서 그는 의사가 되고 생활이 안정되자 틈틈이 소설을 쓰기 시작했다. 그렇게 해서 나온 소설이 2003년에 발표한 『연을 쫓는 아이』였다. 여러 출판사로부터 거절을 당하는 우여곡절이 있었지만 결과적으로는 대성공이었다. 그보다 더 좋은 소설을 다음에 쓸 수 있을지가 의심될 정도로 화려한 데뷔였다. 그는 그 후로도 1년 반 정도, 더 병원에 근무하다가 전업 작가의 길로 들어섰다. 그러니까 8년 남짓 의사로 근무한 셈이다. 그리고 2007년에는 『천 개의 찬란한 태양』을 갖고 소설 제목처럼 '찬란하게' 돌아왔다. 이는 그의 두 번째 소설이 또다시 베스트셀러가 되고 열광적인 찬사를 받아서라기보다는, 두 번째로 발표한 소설이 처음 것보다 훨씬 더 자신감 있고 뉘앙스가 풍부하며 더 감동적이고 좋은 소설이기 때문이다. 이는 《워싱턴 포스트》의 야들리Jonathan Yardley를 비롯한 많은 평자들의 공통된 생각이다. 야들리는 『천 개의 찬란한 태양』에 대해 "자신을 비롯한 평자들이 무슨 말을 하든, 이 소설이 또 다른 베스트셀러가 될 것"이라고 예언하며 처음 소설인 "『연을 쫓는 아이』만큼 좋은 정도가 아니라 그보다 더 좋다"라고 단언했다.

첫 소설 『연을 쫓는 아이』가 아프가니스탄의 비극을 뒤로하고 미국으로 건너온 아프간 이민자들에 관한 이야기여서 호세이니가 말한 바와 같이 "어느 정도까지는" 자신과 가족의 이민 생활이 투영된 것이라면, 『천 개의 찬란한 태양』은 뒤에 남아 그 비극을 살아내야 했던 평범한 사람들에 관한 이야기다. 첫 소설이 아프간 남성들, 특히 소년들의 이야기라면, 두 번째 소설은 "아프간 여성들에게 바친다"라는 헌사가 말해주듯이 아프간 여성들에 관한 이야기다. 『천 개의 찬란한 태양』이 앞의 소설보다 감동적인 것은 이야기를 풀어가는 방식에도 부분적인 이유가 있겠지만, 그것보다도 뒤에 남은 사람들, 그것도 뒤에 남은 아프간 여성들에 관한 이야기라서 더욱 그럴지 모른다. 역사의 소용돌이에서 빠져나오지 못하고 그것에 갇혀 허우적거리는 사람들에 관한 이야기는 언제나 그렇듯이 눈물겨운 법이니까. 그리고 전쟁과 가부장제 이데올로기와 현실이라는 이중 삼중의 고통을 감수해야 하는 게 여성이니까.

디아스포라의 경험을 내면화하여 존재론적인 물음을 제기하고 인간 심리를 해부하고 천착했던 모더니즘 작가인 콘래드와 달리, 호세이니는 폭력적인 역사에 휘말리는 개인의 고단한 삶과 현실을 사실적으로 그려내는 것을 목적으로 한다. 그런 의미에서 호세이니는 고전적인 의미의 스토리텔러다. 이 점만을 놓고 보면, 호세이니는 콘래드보다는 『테스』나 『이름 없는 주드』처럼 다소 대중적인 소설들을 썼던 토머스 하디와 같은

19세기 리얼리즘 작가들에 더 가깝다. 구사하는 문장도 아주 간단하고 실용적이며, 그러한 문장을 통해서 만들어지는 인물들도 단순하다. 작가는 인물들의 심리보다는 그들이 견뎌내야 하는 현실적인 상황에 초점을 맞춘다. 따라서 독자가 스토리를 따라가면서 소설 속의 인물들을 향해 느끼게 되는 동정심이나 안쓰러움은 그들의 개성에서 연유하는 것이라기보다는 그들이 처한 상황, 즉 불행한 가족사나 폭력적인 결혼생활, 개인의 삶을 지배하려 드는 권력자와 문화적 억압 등에 연유하는 것이다. 호세이니가 "내게는 언제나 스토리가 여타의 모든 것에 선행한다. 나는 거창한 생각들을 갖고 글을 쓰려고 한 적이 없다……. 그래서 나는 언제나 아주 개인적이고 익숙한 것으로부터 출발하여 인간관계에 관해 쓴다. 그리고 그것으로부터 이야기를 풀어나간다"라고 말한 것은 이러한 맥락에서다. "거창한 생각들을 머릿속에 갖고 글을 쓰려고" 했던 사람은 콘래드였다. 그래서 콘래드의 내러티브는 복잡하고 따라잡기 힘들다. 호세이니는 정반대다. 인물들은 복잡하지 않고 내러티브는 누구라도 따라갈 수 있을 정도로 평이하고 쉽고 직선적이다.

그래서인지 플롯이 다소 멜로드라마적이고 감상적이며, 등장인물들이 선악의 이분법으로 명확하게 구분되는 경향이 있다. 그렇다고 영어 구사가 세련되거나 독특한 것도 아니다. 영어가 모국어가 아니라는 사실을 감안하면 흠잡기 어려운 문장을 구사한다는 점은 높이 살 만하지만 별다른 특징은 없다. 콘래드처럼 영어의 '속'을 깊이 파고들어 영어를 한 차원 높은 곳으로 끌어올렸다는 찬사를 받을 만한 천재적 언어 감각이 엿보이는 것은 더더욱 아니다.

그러나 이러한 단점이나 약점은 스토리가 탄력을 받게 되면 더 이상 중요하지 않은 것이 된다. 거의 본능적이라고 할 수 있는 스토리의 추진력이 단점이라고 느껴질 만한 여타의 것들을 압도하면서 놀라운 감정적인 힘을 불러일으키기 때문이다. 『천 개의 찬란한 태양』의 등장인물을 예로 들어 설명해보면 이는 쉽게 이해할 수 있다. 가령, 마리암은 원한을 품은 어머니와 불성실한 아버지 사이에 태어난 하라미 즉 사생아인데, 그렇지 않아도 운이 나쁜 그녀는 어머니가 자살한 후에 아버지와 정실부인들에 의해 자기보다 서른 살이나 많은 폭력적인 남자 라시드와 결혼한다. 라일라는 마리암과는 정반대의 상황에 처해 있다. 눈부시게 아름다운 그녀에게는 마리암과 달리 무조건적인 사랑을 주는 아버지가 있고, 그녀를 지극히 사랑하는 남자 친구도 있다. 그런데 그녀는 로켓탄에 부모를 잃게 되고 사랑하는 사람마저 잃고(사실은 라시드가 꾸며낸 거짓말이다) 아버지 정도가 아니라 할아버지뻘쯤 되는 라시드의 둘째 부인이 되어, 자신과는 전혀 다른 환경에서 살아온 마리암과 한 지붕에서 살게 되는 기구한 상황에 처하게 된다. 두 여자를 데리고 사는 라시드는 여성을 차별하다 못해 혐오하기까지 하는 가부장적이고 폭력적이며 악마적인 인물이다. 라시드라는 인물이 "현대문학에서 가장 혐오스러운 남자 중 하나" 혹은 "현대소설에서 가장 악의 현신인 듯한(악마적인) 인물 중 하나"라는 평자들의 말은 작가가 선악의 이분법에 과도하게 기대고 있다는 말에 다름 아니다.

사실, 이러한 인물들은 가쿠타니의 말대로 "너무 일차원적이어서 만화에 나오는 인물들 같은 느낌을 준다". 그런데 놀라운 것은 이야기를 풀어나가는 작가의 능숙한 솜씨에 의해 그러한 인물들의 삶이 서서히 실제적인 것으로 느껴지기 시작하면서 그러한 "일차원적인" 약점을 상쇄하는 효과를 자아낸다는 데 있다. 이는 우리가 멜로드라마를 보면서 처음에는 인물이나 상황의 상투성에 고개를 젓다가도 이야기가 진행되면서 자신도 모르게 일종의 마비 상태에 들어가는 것과 엇비슷한 현상이다.

작가들이 적당한 정도의 멜로드라마를 이용하는 이유는 이처럼 독자들을 사로잡기 위해서인 경우가 많다. 그것을 통속적이고 소설 문법에 맞지 않는 것이라고 책잡을 필요는 없다. 위대한 작가라고 칭송받는 도스토옙스키도 멜로드라마를 즐겨 사용했다. 우리는 그의 소설들을 칭송만 하지, 폭풍 같은 삶의 파노라마 속으로 우리를 끌어들이는 비결이 멜로드라마의 적절한 사용에 있다는 사실을 흔히 간과한다. 앞서 언급한 하디도 마찬가지다. 엘리엇 같은 시인은 하디를 엉성하기 짝이 없는 멜로드라마적인 플롯에 의존하는 "이상한 신을 좇는" 작가라며 폄하했지만, 하디의 소설들은 동시대 작가들의 더 잘 짜이고 감상적이지 않은 소설들보다 훨씬 더 감동적이어서 당대에도 더 많이 읽혔고 지금도 상황은 마찬가지다. 이는 멜로드라마나 감상을 무조건 배격할 일이 아니라, 활용하기에 따라서는 그것이 독자의 심금을 울리는 데 아주 효과적인 전략일 수 있다는 말이다.

구체적인 예를 하나 들자면 이렇다. 마리암의 어머니 나나는 눈이 내리는 걸 보고 눈이란 "이 세상 어딘가에서 고통받고 있는 여자의 한숨"이 "하늘로 올라가 구름이 되어 작은 눈송이로 갈라져 아래에 있는 사람들 위로 소리 없이 내리는 것"이며 "그래서 눈은 우리와 같은 여자들이 어떻게 고통당하는지를 생각나게 해주는 거란다"라고 말한다. 이 말은 서두에서는 다소 감상적이고 진부한 말로 느껴진다. 신파조가 따로 없는 것 같다. 그런데 스토리의 실타래가 풀리는 과정에서 그것이 그녀가 느끼는 감정의 현실에 부합되는 말이었음이 서서히 드러난다. 이후에 펼쳐지는 마리암의 힘겨운 삶은 그녀의 어머니가 했던 말이 상투적인 푸념이 아니라 현실 그 자체라는 것을 확인시켜준다. 그렇다면 그 상투성을 탓할 일이 아니게 된다.

이처럼 호세이니의 소설은 처음에는 너무 감상적이고 멜로드라마적인 것 같고, 스토리가 상투성에 너무 심하게 의존하는 것 같은 느낌이 들다가도, 이야기가 흘러가면서 가슴을 쥐어뜯는 인간 드라마의 일부분으로 전환되는 과정을 거친다. 소설의 요소요소에 배치되어 있는 구체적인 역사적 사실들, 즉 다우드 한에 의한 국왕 자이르 샤의 축출, 소련의 지원을 받는 반군에 의한 다우드 한의 살해, 소련군과의 전쟁, 소련의 패전과 공산주의자들의 실각, 무자헤딘의 집권 후에 벌어지는 부족들(파슈툰, 하자라, 타지크, 우즈베크) 사이의 피비린내 나는 내전과 패권 다툼, 재앙이나 악몽에 가까운 탈레반의 집권, 9·11 이후에 발생한 미국의 침공 등의 세부적인 역사적 사실들이 다른 소설에서라면 걸림돌이 될 텐데, 이 소설에서는 모나지 않을 정도의 교육적인 기능을 하는 것도 그 역사의 소용돌이에 갇힌 두 여성의 삶이 이야기의 힘을 통해서 너무 진솔한 것으로 느껴지고, 그들이 참담한 현실 속에서 서로를 보듬는 모습이 감동적으로 느껴지기에 가능한 일이다.

소설에 묘사되는 아프간 여성들의 비극적인 삶은 너무 가슴이 아프고 비참한 것이어서 때로 읽어내기가 힘들 정도다. 너무나 대조적인 배경을 가진 두 여성, 즉 마리암과 라일라를 중심으로 벌어지는 일들은 읽는 사람의 마음까지 비참하게 만든다. 놀라운 일은 이 작가가 그처럼 비참하고 참을 수 없는 이야기들을 읽을 만한 이야기로, 그것도 서글프지만 아름다운 결말을 가진 사랑과 구원의 이야기로 만들어냈다는 사실이다. 호세이니는 배반과 폭력의 이야기를 사랑과 구원의 인간 드라마로 만들 줄 아는 놀라운 작가임이 분명하다.

작가는 자신의 소설과 관련하여 이런 말을 한 적이 있다. "나는 사람들이 아프가니스탄을 기억해주기를 바란다. 만약 내 소설이 아프가니스탄에 관한 대화를 촉발시키는 데 성공한다면, 그리고 그것이 사람들의 의식 속에 계속 남게 된다면, 나는 많은 것을 성취한 셈이 될 것이다." 이것이 그가 성취하고자 하는 것이라면 그는 이미 성공한 셈이다. 『천 개의 찬란한 태양』을 읽고 나면, 아프가니스탄이 더 이상 전쟁과 테러리즘의 나라가 아니라, 여느 나라들처럼 일상적인 삶을 살아가는 평범한 사람들이 있는 곳으로 다가온다. 또한 그러한 평범한 사람들이 역사의 격랑에 휘말려 있는 가슴 아픈 실존적 상황이 자연스럽게 느껴진다.

고백하건대, 나는 호세이니의 소설을 읽고 번역하기 전에는 아프가니스탄에 대해 아는 바가 거의 없었다. 이슬람 문화에 대해서도 우리나라의 보통 사람들처럼 아는 게 별로 없었다. 그래서 이 소설을 번역하는 과정은 내게 배움의 장이었다. 나는 전주에 있는 이슬람 사원을 찾아 이슬람교도들로부터 자문을 구했고 그들의 종교와 문화를 이해하려 했다. 짧은 기간이었지만 인도, 파키스탄, 방글라데시, 카슈미르, 시리아 등에서 온 다양한 이슬람교도들로부터 많은 걸 배웠다. 특히 아프가니스탄에서 온 이슬람 신자는 우연히 전주에 들렀다가 나한테 '잡혀' 이 소설에서 내가 미심쩍어하는 부분들을 다 설명해주고서야 '풀려났다'. 그가 열정적이면서 조용하게 코란에 대해 설명하던 모습을 나는 잊지 못할 것이다.

나는 다른 문화에 대한 몰이해, 타자에 대한 몰이해는 물리적 폭력과 다를 바 없는, 아니 어쩌면 그 이상의 인식론적 폭력이라고 배웠고 또 그렇게 가르쳐왔다. 다른 문화와 민족, 그리고 다른 종교에 언제나 겸손해야 하는 이유가 여기에 있다. 『천 개의 찬란한 태양』은 그것을 이야기로 풀어서 가르침을 주는 좋은 교과서다. 이 소설은 내가 전혀 모르고 있던 아프가니스탄이라는 나라의 비극적이고 찬란한 역사, 그리고 그 역사를 향유하고 또 그것에 시달려온 사람들에 관한 많은 걸 나에게 깨우쳐줬다. 나도 이슬람에 대해 퍽이나 무지했고 그들에 대한 편견을 조금은 갖고 있었다. 우리도 모르는 사이에 우리한테 배인 편견을 깨는 일은 생각보다 쉬운 일이 아니다. 어쩌면 이슬람에 대한 편견을 극복하는 가장 자연스럽고 효과적인 방법 중 하나는 호소력이 강한 이슬람 문화와 접촉하는 것일지 모른다. 그 접촉이 우리에게 이슬람들이 낯선 존재가 아니라 우리와 하나도 다를 바 없는 사람들이라는 걸 깨닫게 해주기 때문이다. 소련의 침공 이전의 평화로운 시기에서부터 바로 지금 이 순간까지의 파란만장한 아프간 역사를 아우르고 그 역사를 살아야 했던 아프간 사람들의 눈물과 고통과 사랑과 염원이 녹아들어 있는 『천 개의 찬란한 태양』을 읽는 것은 이슬람 문화와 접촉하는 간접적이지만 효과적인 방식일 수 있다.

『천 개의 찬란한 태양』에는 여성들에 대한 폭력이 난무하지만 그래도 위안이 되는 것은 결말에 가면 그것이 해소되고 여성들이 안정된 삶을 살 가능성이 암시된다는 것이다. 라일라는 고아원을 운영하며 아이들을 가르친다. 이제는 여성에 대한 더 이상의 폭력은 없을 것만 같다. 이 소설이 출간될 당시만 해도 그런 기대가 있었다. 탈레반이 도피하면서부터 여성들은 적어도 어느 정도의 자유를 누릴 수 있었다. 이후로도 그러할 것 같았다. 소설의 끝이 다소 낙관적인 것은 당시의 분위기가 그래서였다.

그러나 낙관은 당분간만 유효한 것이었다. 아프간 여성들은 다시 원점에 서 있다. 2001년 아프가니스탄을 침공한 후로 20년 동안 머물던 미군이 2021년에 철군하면서 탈레반이 다시 정권을 잡았다. 그러면서 소설 속의 여성들이 탈레반 치하에서 당했던 모진 일들이 2021년부터 재현되고 있다. 아프가니스탄에 관한 뉴스를 보면 『천 개의 찬란한 태양』에 묘사된 여성들에 대한 억압과 폭력은 과거가 아니라 현재의 일이다. 이후로도 특별한 변화가 없는 한 이것은 아프간 여성들의 현실일 것이다. 세계가 아무리 소리를 지르고 비난해도 탈레반 정권은 여성들을 집에 가둬놓을 것이다. 여성들은 교육과 직업을 가질 권리를 박탈당하고 집이라는 일종의 감옥에 갇혀 있을 것이다. 그래서 『천 개의 찬란한 태양』은 과거의 역사를 증언하는 소설이 아니라 지금 이 순간 일어나는 일들을 환기하는 소설이 된다. 대단한 아이러니가 아닐 수 없다. 이 소설에 대한 세계 독자들의 관심이 다시 살아난 것은 그 아이러니와 별개의 것이 아니다.

소설 제목에 대해 잠깐 언급하고 옮긴이의 말을 끝내려 한다.

'천 개의 찬란한 태양'은 카불의 아름다움을 노래한 17세기 페르시아 시인 사이브에타브리지의 시 「카불」에서 따온 것이다. 장미와 튤립으로 가득한 눈부시게 아름다운 카불은 시인의 눈에는 천국에 이르는 길목으로 보인다. 그래서 시인은 하늘의 천사들도 그곳의 푸른 초원을 부러운 눈으로 내려다본다고 생각한다. 도시의 지붕 위에는 헤아릴 수 없이 많은 달들이 반짝이고, 벽 뒤에는 천 개의 찬란한 태양들이 숨어 있네! 시인은 노래한다. "알라여, 그러한 아름다움을 인간의 사악한 눈으로부터 보호해주소서."

호세이니는 시의 한 구절을 인용하며 카불의 아름다움과 아프가니스탄의 비극적인 역사, 자신이 태어난 곳에 대한 그리움을 교차시킨다. 무엇보다 중요한 것은 작가가 '천 개의 찬란한 태양'을 아프간 여성의 내면에서 찾아내고 있다는 사실이다. 따뜻한 눈의 작가다. 내가 그와 인터뷰를 하면서 느낀 따뜻함이 다른 데서 온 게 아니었다. 그는 내가 2007년 12월 그와 인터뷰를 할 때 한국 독자들이 그의 소설에 환호하고 있다고 전해주자 자신의 "소설이 한국 독자들과 연결되고 있다는 사실이 짜릿하다"며 독자들에게 고마운 마음을 전해달라고 했다. 한국어 번역판이 나온 지 15년 만에 개정판을 내는 이 자리를 빌려 늦었지만 작가의 인사를 대신 전하며, 옮긴이도 독자들에게 감사의 인사를 드린다.

2022년 7월

왕은철

할레드 호세이니 인터뷰

아래의 인터뷰는 2007년 11월에 『천 개의 찬란한 태양』 한 국어판이 출간된 직후에 행해졌다. 본 인터뷰는 캘리포니아 시 간으로 2007년 11월 26일(월요일) 오전 6시 30분에 행해진 세 계 각국과의 릴레이 인터뷰 중 첫 번째에 해당한다. 역자로서 더 많은 질문을 하고 싶었지만, 다른 인터뷰 일정이 연이어 잡 혀 있어서 짧은 시간 내에 마무리할 수밖에 없었다. 그러나 그 의 목소리와 답변 방식에서 느껴지는 따뜻함은 내가 그의 소 설을 읽고 번역하면서 느꼈던 따뜻함에 다름 아니었다. 『천 개 의 찬란한 태양』의 출간 직후에 행해진 인터뷰여서 전반적인 내용이 그 소설에 국한된 것이지만, 내용의 일부가 『연을 쫓는 아이』에 관한 것일 뿐만 아니라 아프가니스탄을 비롯한 다양 한 주제에 관한 작가의 생각을 두루두루 엿볼 수 있다는 점에서 주목을 요한다. 독자들의 이해를 돕기 위해 인터뷰 전문을 여기에 싣는다.*

왕은철 : 안녕하십니까. 우선, 당신이 두 권의 소설로 화려하게 미국 문단에 데뷔하기 전에 소설을 쓴 적이 있는지 궁금합니다. 어떻습니까?

호세이니 : 저는 평생 글을 써왔다고 할 수 있습니다. 카불에 살던 소년 시절에도 글을 썼습니다. 의사가 되겠다는 생각을 하기 훨씬 이전부터 글쓰기는 제가 원하던 것이었고 정열의 대상이었습니다. 지금까지 살아오면서 늘 그랬습니다. 대부분 단편소설들을 썼습니다. 미국에서 발표한 적이 있는 두 편의 단편소설을 제외한 대부분은 발표되지 않았습니다. 『연을 쫓는 아이』는 제가 처음 시도한 장편소설입니다.

왕은철 : 이제 더 이상 의사로서 활동하지 않고 전업 작가가 될 계획입니까?

호세이니 : 아닙니다. 언젠가 의사로서 환자를 돌보게 될 것입니다.

---

* 왕은철, 『문학의 거장들─세계의 작가 9인을 만나다』(현대문학, 2010), 156~167쪽에서 인용.

왕은철 : 당신에게 특별한 영향을 준 작가가 있다면 누구인지 말씀해주시겠습니까?

호세이니 : 특별한 어떤 작가에게서 영향을 받은 것 같지는 않습니다. 다만 저는 제가 읽었던 작가들에게서 글쓰기에 관한 전반적인 것들을 두루 배웠던 것 같습니다. 저는 소설을 읽을 때, 그 작가가 대화, 페이스(속도), 구조 등을 어떻게 처리하는지 아주 세심하게 살피면서 읽습니다. 제가 요즘 좋아하는 작가들은 이언 매큐언, 앨리스 먼로, J. M. 쿳시, 데이브 에거스 등과 같은 작가들입니다.

왕은철 : 《뉴욕 타임스》《워싱턴 포스트》등과 같은 다양한 언론매체에 실린 평들을 보면 평론가들은 두 번째 소설인 『천 개의 찬란한 태양』이 첫 번째 소설인 『연을 쫓는 아이』보다 더 좋고 더 자신감 있는 소설이라고 평가하고 있습니다. 당신의 생각은 어떻습니까?

호세이니 : 저는 첫 소설을 썼을 때보다 두 번째 소설을 쓸 때, 등장인물들을 더 잘 통제하고, 더 편안하게 자제력을 발휘할 수 있었습니다. 그래서 저는 『천 개의 찬란한 태양』이 첫 소설에 비해 뉘앙스가 더 풍부하고 더 성숙한 소설이 되었다고 생각합니다. 글을 써가면서 제가 작가로서 서서히 지평을 넓혀가

는 걸 바라보는 것은 아주 흥분되는 일이었습니다. 두 번째 소설이 더 좋은 소설이라는 제 생각에 다른 사람들이 동의해주니까 저로서는 아주 짜릿한 느낌마저 듭니다.

왕은철 : 두 소설 사이에 공통점이 있다면 무엇일까요?

호세이니 : 두 소설 모두, 아프가니스탄을 배경으로 하고 있는 러브 스토리입니다. 『연을 쫓는 아이』가 주로 아버지, 아들, 형제 사이의 사랑에 관한 것이라면, 『천 개의 찬란한 태양』은 어머니와 딸, 집이나 거리에서 폭력을 견뎌내도록 서로를 도와야 하는 여성들 사이의 사랑에 관한 것입니다. 두 소설에서 인물들은 궁극적으로 사랑에서 구원을 찾습니다. 그들이 용기를 찾고 그들의 약점을 초월하게 해주는 것은 사랑입니다.

왕은철 : 『천 개의 찬란한 태양』을 쓰는 데 어느 정도의 시간이 걸렸습니까?

호세이니 : 2004년 봄에 시작해서 2006년 가을에 끝냈습니다.

왕은철 : 첫 소설이 매우 성공적이었는데 두 번째 소설을 쓰는 일이 그리 만만치는 않았을 것 같습니다. 그래서 2년차 증후군 sophomore syndrome이라는 말까지 있는 게 아닌가 싶습니다. 베

스트셀러 작가로서 중압감은 없었습니까?

호세이니 : 중압감이 만만치 않았습니다. 『천 개의 찬란한 태양』
은 첫 소설에 묻은 잉크가 채 마르기도 전에 쓰기 시작한 소
설입니다. 독자들은 첫 소설을 읽고 두 번째 소설에 대한 기대
감을 저한테 짐으로 남겨줬습니다. 문제를 더 복잡하게 만든
건 제 자신이었습니다. 저는 중심인물을 하나가 아니라 두 사
람으로, 그것도 두 여성으로 설정했습니다. 더 쉬운 길을 택해
다른 소재의 이야기를 전개할 수도 있었을 것입니다. 그러나
저는 작가로서, 그리고 아프간 사람으로서, 아프간 여성들의
몸부림과 그들의 내면적인 삶보다 더 중요하고 압도적이고 매
혹적인 이야기를 생각할 수가 없었습니다. 제가 아니라 그 여
성들이 저를 통해 이야기를 하게 되면서 제가 첫 소설의 성공
이후에 느꼈던 압박감은 자연스럽게 잊게 되었습니다. 많은 사
람들이 두 번째 소설을 더 좋은 소설이라고 평가해준다는 사
실이 제게는 얼마나 짜릿한 일인지 모릅니다.

왕은철 : 당신은 남성 작가입니다. 그런데 『천 개의 찬란한 태
양』은 두 여성에 관한 이야기입니다. 제 번역서로 당신의 소설
을 읽은 어떤 독자는 여성 작가가 썼다고 해도 될 만큼 여성
인물이 설득력이 있다고 했습니다. 그리고 저도 그러한 생각을
학생들에게 얘기한 적이 있습니다. 남성 작가로서 어떻게 그처

럼 여성 인물들을 설득력 있게 그릴 수 있었는지 궁금합니다.

호세이니 : 그렇게 평가해주다니 고맙습니다. 좋은 평가에 감사할 따름입니다. 저는 믿을 수 있는 여성 본연의 목소리를 포착해내는 데 많은 고심을 했습니다. 저는 여성은 남자와는 다른 감정적 수단으로 세계를 경험한다고 제 스스로에게 말하곤 했습니다. 그래서 정말 어려웠습니다. 기가 질리고 너무나 힘든 일이었습니다. 결국 저는 마리암과 라일라를 여성이라기보다는 희망과 꿈과 좌절과 두려움을 가진 인간으로 보기 시작했습니다. 일단 그들의 성보다는 본질에 집중하자, 그들을 묘사하고 형상화하는 일이 훨씬 더 쉬워졌습니다. 그러자 인물들이 저를 통해서 말을 하기 시작했습니다. 저는 그들의 목소리를 전하는 매개였던 셈입니다.

왕은철 : 그렇다면 이 소설이 실화를 바탕으로 한 게 아니라 상상력에 의존한 것이라는 말입니까? 그래도 어떤 계기가 있었을 것 같은데 어떻습니까?

호세이니 : 저는 2003년에 카불에 갔습니다. 부르카를 입은 아프간 여성들이 네댓 명의 아이들을 데리고 거리의 구석에 쪼그리고 앉아 구걸을 하고 있었습니다. 저는 그들을 그곳으로 내몬 삶이 어떤 것이었을지 상상하기 시작했습니다. 그 여성들

이 무엇을 보았고 경험했으며 무엇을 견뎌내야 했을지 상상해 보았습니다. 그들의 슬픔과 절망과 희망이 무엇인지 생각해보기 시작했습니다. 계기라고 하면 그것이 계기일 것입니다. 그들의 목소리, 그들의 얼굴, 믿기 힘든 이야기들이 저한테 남았습니다. 제가 영감을 받았다면, 그들의 집단적인 정신에서 받았다고 해야 할 것입니다. 그래서 『천 개의 찬란한 태양』은 저에겐 너무나 소중한 소설입니다. 그것은 고난의 삶을 살아온 아프간 여성들의 용기와 인내와 활력에 대한 저 나름의 작은 존경과 찬사입니다. 저는 아프간 여성들의 베일 속에 있는 인간성을 소설 공간에 재현해보고 싶었습니다. 그들 안에 있는 '천 개의 찬란한 태양'을 드러내보고 싶었다고나 할까요.

왕은철 : '천 개의 찬란한 태양'이라는 제목은 페르시아 시인의 시에서 인용한 것으로 되어 있습니다. 이 시의 내용은 어떤 것입니까?

호세이니 : 사이브에타브리지는 17세기의 페르시아 시인이었습니다. 그는 아프가니스탄으로 귀양을 왔다가 돌아가면서 카불의 아름다움을 찬미한 시를 남겼습니다. 시 제목은 제가 태어난 '카불'이었습니다. 천 개의 태양과 수많은 달들이 있다고 한 것은 카불의 아름다움을 일컫기 위한 수사였습니다. 이 소설의 제목을 처음에는 '타이타닉시에서 꿈꾸기Dreaming in Titanic

City'라고 했었는데, 등장인물(여기서는 라일라의 아버지입니다)이 사랑하는 카불을 떠나는 걸 슬퍼하는 장면에 어울리는 더 좋은 제목을 찾고 싶었습니다. 그러다가 그 장면만이 아니라 소설 전체를 함축적으로 담아낼 수 있는 '천 개의 찬란한 태양'이라는 제목을 사이브에타브리지의 시에서 찾아낼 수 있었습니다. 저는 그 아름다움을 아프간 여성들에게서 찾고자 했습니다. 전쟁과 폭력과 광기를 이겨내는 아프간 여성들의 내면에 있는 '천 개의 찬란한 태양'의 소중함과 아름다움을 찾고자 했습니다.

왕은철 : 그런데 이 소설의 인물 형상화나 전개 방식을 두고 멜로드라마적이라고 하는 평자들이 있습니다. 어떻게 생각하십니까?

호세이니 : 아프간 여성들의 삶은 마리암과 라일라의 삶만큼이나 멜로드라마적입니다. 멜로드라마는 소설적 장치라기보다는 아프간 여성들의 삶을 반영합니다. 탈레반이 집권했을 때, 아프간 여성들의 삶이 얼마나 견디기 어려운 것이었는지, 그들이 얼마나 힘들게 살아야 했는지 알게 되면 멜로드라마가 따로 없다는 사실을 깨닫게 될 것입니다. 여성들은 가부장적 이데올로기 밑에서 비인간적인 삶을 강요당했습니다. 가부장제가 아프가니스탄에만 있는 건 결코 아닐 것입니다. 그것은 세계 도

처에 산재해 있는 것입니다. 그러나 탈레반 정권은 극단적 형태의 가부장제 이데올로기로 여성을 비인간화했습니다. 그것은 성의 아파르트헤이트였습니다. 아프간 여성들에게 가해진 유형, 무형의 폭력은 언어로 다 드러낼 수 없을 정도의 것이었습니다. 멜로드라마는 그들의 현실이었습니다. 제 소설은 그 현실에 기초한 것입니다. 앞서 말씀드린 것처럼, 저는 부르카 속에 감춰져 있는 아프간 여성들의 내면을 드러내고 싶었습니다.

왕은철 : 가부장제에 대한 당신의 입장은 어떻습니까?

호세이니 : 불행하게도 세상 사람들은 아프간 여성을 생각하면, 탈레반 관리가 험상궂게 쳐다보는 가운데 거리를 지나치는 부르카를 입은 아프간 여성의 이미지를 떠올리는 것 같습니다. 이미지가 고착되어 그렇습니다. 그러나 슬프게도, 탈레반이 정권을 잡기 오래전에도 아프가니스탄에는 탈레반과 흡사한 형태의 여성 억압이 있었습니다. 파키스탄과의 국경 인접 지역에서는 특히 그랬습니다. 가부장적이고 남성중심주의적인 그곳에서는 남자들이 여자들의 운명을 좌지우지했습니다. 여자들은 갇혀 살아야 했고 거리에 나갈 때는 언제나 부르카를 입어야 했습니다. 열두 살이 넘으면 학교에도 다니지 못했습니다. 수백 년 동안 그랬습니다. 여자들이 누구와 언제 결혼해야 할지를 결정하는 건 남자들이었습니다.

물론 카불과 같은 도시에서의 상황은 달랐습니다. 1920년대만 해도 아마눌라왕이 여성해방운동을 주도했습니다. 여학교와 여성 전용 병원을 세웠으며 여자들을 해외로 보내 교육받게 했습니다. 최소 결혼연령을 열여섯 살로 높이고 부르카를 입는 걸 금지했습니다. 그러다가 왕이 권좌에서 쫓겨났습니다. 가부장적인 종족 지도자들의 반발을 샀던 것입니다. 1950~1960년 대에도 유사한 시도가 있었습니다. 1964년에는 아프간 여성들이 투표권을 획득했습니다. 그러나 카불에서 이뤄진 개혁은 반란을 불러왔습니다.

제가 하고자 하는 말은 탈레반 정권 이전에도 아프간 여성들은 힘겨운 종속적 삶을 살아왔다는 것입니다. 부족과 파당의 전쟁이 터지면서 여성들의 삶은 거의 참을 수 없는 지경에 이르렀습니다. 그들은 폭탄 공격에 시달렸을 뿐만 아니라 구타와 고문을 당하고 감옥에 갇혔습니다. 그들은 유괴당하고 노예로 팔리고 강간당하고 윤락행위를 강요당하고 강제 결혼을 해야 했습니다. 아프간 여성들의 삶은 눈물 없이는 이야기할 수 없을 정도로 힘겨운 것이었습니다. 저는 이보다 절박한 이야기를 생각해낼 수 없었습니다. 그래서 『천 개의 찬란한 태양』이 저한테 그토록 소중한 소설인 것입니다. 저의 소설은 수난의 삶을 살아온 아프간 여성들에 대한 자그만 헌사입니다.

왕은철 : 『천 개의 찬란한 태양』은 참으로 감동적입니다. 읽을

때도 그랬고 번역할 때도 참 힘들었습니다. 지금까지 많은 소설을 번역했지만 번역을 하면서 울기는 처음이었습니다. 당신은 이 소설을 쓰면서 어떤 메시지를 염두에 두고 있었습니까? 독자들에게 하실 말씀이 있다면 해주십시오.

호세이니 : 제게 우선적인 것은 메시지가 아니라 흥미진진하고 감동적인 이야기입니다. 스토리가 선행한다는 말입니다. 메시지가 있다면, 그것은 제가 의도한 것이라기보다는 스토리가 만들어낸 것입니다. 물론 제 편에서 보면 이 소설을 쓸 때 일종의 의무감을 느꼈다고 고백해야 할 것 같습니다. 아프간 여성이 처한 딜레마에 관한 많은 이야기들이 있습니다. 그에 관한 에세이도 있습니다. 그런데 주류 문학에서는 이런 이야기를 찾아볼 수 없습니다. 저는 독자들이 더 접근하기 쉬운 소설 형식을 통해 아프간 여성의 리얼리티를 재현해보고 싶었습니다. 앞서 제가 의무감을 느꼈다고 하는 것은 이런 의미에서입니다. 소설은 독자에게 자신과 전혀 동떨어진 세계에 관해 많은 걸 알게 해줍니다. 그것도 다른 양식의 글보다 더 직접적으로 그 세계에 접근하게 해줍니다. 이것은 제가 역사서보다는 스타인벡John Steinbeck의 소설에서 세계 대공황에 대해 더 많이 알게 된 것과 같은 이치입니다. 여하튼 저는 독자들이 『천 개의 찬란한 태양』을 재미있게 읽고 감동을 받았다면, 그 감동이 근대사에서 유례를 찾기 힘들 만큼 고통을 받고 수난을 당해온 아

프간 여성들에 대한 연민과 감정이입으로 이어지기를 바랍니다.

왕은철 : 당신의 두 소설은 대부분 아프가니스탄과 관련된 것들입니다. 앞으로의 계획은 어떻습니까? 구상하고 있는 소설들이 있습니까? 앞으로도 아프가니스탄을 소재로 글을 쓰실 계획입니까?

호세이니 : 저는 아직 어떤 소설을 쓸지 결정하지 않았습니다. 많은 것들이 머릿속에 떠돌고 있습니다. 아프가니스탄에 관한 또 다른 소설을 쓸 수도 있을 것입니다. 그러나 흥미를 끌 만한 인물들이나 스토리가 생각나고 그들에 관해서 계속 제 자신에게 질문을 하고 싶어질 경우에만 그러할 것입니다. 만약 아프가니스탄과 관련이 없는 인물들이 머릿속에 떠오르게 되면 저는 주저 없이 아프가니스탄과 무관한 소설을 쓸 것입니다. 제게 가장 중요한 것은 배경이 아니라 스토리와 인물들입니다.*

왕은철 : 이곳은 자정입니다. 그곳 캘리포니아는 이른 새벽 시간이라고 알고 있습니다. 이른 시간에 전화 인터뷰에 응해주셔서 감사합니다. 이걸 계기로 저는 역자로서 당신을 더 잘 이해

---

* 그는 이 인터뷰 이후 6년이 지난 2013년에 『그리고 산이 울렸다』를 출간했다. 그의 말을 들어보면, 인터뷰를 할 당시에는 그 소설에 대한 구상이 없었던 것으로 보인다.

할 수 있게 되었습니다.

호세이니 : 또 다른 인터뷰가 잡혀 있어 당신의 질문에 더 많은 시간을 할애하지 못해 미안하게 생각합니다. 감사합니다.

천 개의 찬란한 태양

지은이 | 할레드 호세이니
옮긴이 | 왕은철
펴낸이 | 김영정

초판　1쇄 펴낸날　2007년 11월 25일
개정판 1쇄 펴낸날　2022년 8월 20일
개정판 4쇄 펴낸날　2024년 11월 1일

펴낸곳 | ㈜현대문학
등록번호 | 제1-452호
주소 | 06532 서울시 서초구 신반포로 321(잠원동, 미래엔)
전화 | 02-2017-0280
팩스 | 02-516-5433
홈페이지 | www.hdmh.co.kr

ISBN 979-11-6790-119-4 03840